# MEMOIRES

Concernant

## LES VIES

ET

## LES OUVRAGES

de plusieurs

## MODERNES

CELEBRES

dans la Republique des Lettres,

Par

## Mr. ANCILLON,

*L'un des Membres de la Societé*
*Roiale de Berlin.*

A AMSTERDAM,
Chez les WETSTEINS,

MDCCIX.

# A SON EXCELLENCE

## MONSIEUR LE BARON

# DE LINTELO,

SEIGNEUR D'EHLE; DEPUTE
AUX ETATS GENERAUX;
DROSSART DE BREDEVOORT,
ET DE LOCKUM: ENVOYE'
EXTRAORDINAIRE DE LEURS
HAUTES PUISSANCES A LA
COUR DE SA MAJESTE' LE
ROI DE PRUSSE.

## MONSIEUR,

LE plaiſir que VOTRE EXCEL-
LENCE prend à attirer près
d'Elle, à careſſer & à honorer de toute ſorte de témoignages d'eſtime, les perſonnes qu'un Savoir extraordi-
naire, ou un Merite rare diſtinguent du com-

\* 2                                     mun

mun, dans les lieux où les affaires de l'Etat, & les Vôtres propres Vous attachent, m'a persuadé que Votre Excellence ne trouveroit pas mauvais que je lui présentasse ces Hommes célebres dont il est parlé dans ce Volume que je donne au public.

Parmi les Romains, les Conviez amenoient souvent avec eux quelques personnes de leurs amis, & ces gens-là s'appelloient Ombres. C'étoit une espece de distinction d'avoir toûjours ainsi à sa suite un certain nombre de gens; on les menoit volontiers chez les égaux, presque toûjours chez ceux qui étoient un peu inferieurs, & avec plus de reserve chez les autres. La grace que Votre Excellence m'a fait de recevoir obligeamment, ceux que j'ai pris la liberté de lui amener quelquefois, me donne la hardiesse d'y conduire ceux ci. Ce sont veritablement des Ombres, puisque ce sont des morts, & qu'avec tous mes efforts, je ne puis les faire revivre que dans la mémoire des hommes. S'il est vrai, comme on l'assure, que les peuples de la Russie donnent des Lettres de recommandation aux deffunts, pour être reçus plus favorablement dans le Ciel, cette Epitre peut bien servir de recommandation aux ombres de ceux-ci pour être reçus plus favorablement dans l'Hôtel de Votre Excellence. J'espere qu'elle fera d'autant

plus efficace que connoissant le goût de VOTRE
EXCELLENCE je n'y veux introduire que des
gens d'un caractére, qui lui soit agréable. J'ai
remarqué depuis que j'ai l'honneur d'avoir
entrée chez VOTRE EXCELLENCE qu'il y a
principalement quatre sortes de gens dont Elle
fait cas, & dans la conversation desquels Elle
se plait.

Les uns usent bien de leur Science, parlent sans affectation, & ne voulant point faire
du savant, apportent à ce qu'ils disent, moins
d'art & plus de naturel. On peut dire d'eux,
à cet égard, ce qu'on a dit de Severus Cas-
sius, Virum fuisse præsentis animi, & ma-
joris ingenii, quàm studii, cùm magis pla-
ceret in iis quæ inveniebat, quàm in his
quæ attulerat. Ce sont des Savans qui met-
tent à profit leur lecture & leur érudition,
non pas pour en faire montre, mais pour répandre de la lumiére sur tout ce qu'ils disent; ils ont l'usage du monde, mais ils ont
un goût formé, & un esprit orné & poli par
l'Etude, qui leur donnent une certaine distinction que le merite superficiel qu'on aquiert
dans le monde ne peut donner.

„ Il y en a d'autres qui parlent bien, qui
„ parlent facilement, qui donnent un tour
„ agréable à tout ce qu'ils disent, qui font
„ dans les occasions, des reparties ingénieu-

* 3                                    ses.

,, ses ; qui ont toûjours quelque question sub-
,, tile à proposer, & quelque joli conte à faire
,, pour animer la conversation ou pour la
,, réveiller quand elle commence à languir ;
,, qui pour peu qu'on les excite disent mille
,, choses surprenantes ; qui savent sur tout
,, l'art de badiner avec esprit, & de railler
,, finement dans les conversations enjouées,
,, mais qui ne laissent pas de se bien tirer
,, des conversations serieuses. Ils raison-
,, nent juste, sur toutes les matieres qui
,, se proposent & parlent toûjours de bon
,, sens.

,, Il y en a d'autres qu'on peut appeller
,, des Esprits de Negociation & de Cabinet.
,, Ce sont des genies éclairez, judicieux, ac-
,, tifs & propres pour les affaires ; d'une vûë
,, ils en pénétrent le fond, ils en découvrent
,, toutes les circonstances, & toutes les suites ;
,, ils trouvent en un instant tous les expe-
,, dients & toutes les voyes par où l'on peut
,, ménager & faire réüssir les choses les plus
,, difficiles, mais ils ne voyent que ce qu'il
,, faut voir, & qu'autant qu'il faut, pour
,, prendre un bon parti, & faire un choix
,, raisonnable, car c'est quelquefois un foible
,, dans la politique d'avoir trop de pénétra-
,, tion & trop de lumiére. Tant de biais &
,, tant de jours differens dissipent l'esprit, &

nuisent

„ nuifent fouvent à l'exécution ; le temps d'a-
„ gir fe paffe à deliberer.

Les autres, enfin, font des Savans pieux
qui confiderent toutes les Sciences humaines
comme inutiles quand elles ne font point ac-
compagnées de la veritable, qui eft la Science
Divine ; qui ont la bonne Science du Cœur
auffi bien que celle de l'Efprit. VOTRE EXCEL-
LENCE fait un bon accueil aux perfonnes de
ces differens caractéres, mais on peut dire que
les derniers font fes favoris. Il faut que tous
foient également de ces Savans humbles & mo-
deftes, à qui le Savoir fait connoître, & fait
avoüer leur propre ignorance, la foibleffe de
l'entendement humain, le peu de compréhen-
fion que les hommes ont des chofes qui les environnent, auffi bien que de celles qui font au
deffus d'eux. Ceux qui font farouches & mal
polis, qui ont contracté un air fombre & trifte
dans le cabinet, qui à force d'avoir communiqué avec les Anciens ne favent pas vivre
avec les gens de leur fiécle ; qui n'ont pas le
fens commun, ou qui font plus infupportables
que des ignorans qui ont beaucoup moins d'efprit, mais beaucoup plus d'ufage du monde
qu'eux ; en qui c'eft un defaut que d'être
trop favant ; ou ceux qui n'ont étudié que les
Chimeres ou les bagatelles des Sciences, qui
ont employé toute leur vie à rechercher, par

* 4

ex-

exemple, quelle étoit la figure des souliers
des Hebreux; à combien de sortes de jeux ils
s'exerçoient; de quelle pesanteur étoient les
cheveux d'Absalou; quelle figure avoient les
éperons du temps de Charlemagne, ou quelle
étoit la forme de son bonnet, ou de son cha-
peau; combien vit un moucheron, & d'autres
fadaises semblables, qui enorgueillissent ordinairement plus ces sortes de Savans que les
découvertes les plus utiles à la Societé Civile;
qui pleins de presomption croyent qu'ils connoissent non seulement toutes les choses naturelles, mais même celles qu'on nomme surna-
turelles; tout ce qu'il y a dans le Ciel, aussi
bien que sur la terre; qu'ils connoissent plus
de choses que personne n'en a jamais connuës
avant nôtre siécle; & que leur connoissance
égalera avec le temps, celle des Anges. Ces
gens-là ne sont point de Vôtre goût, & s'il
m'arrivoit d'en produire quelques-uns, ce seroit pour en faire voir le ridicule & pour faire
paroitre avec d'autant plus d'éclat, par ce mélange, les Vertus & les excellentes qualitez
des autres.

Ce panchant que Vous avez, MONSIEUR,
pour les hommes doctes & polis, & le choix
judicieux que Vous en faites composent un
Eloge magnifique, je n'y ajoûterai qu'un trait
qui Vous attire leur estime & leur attachement,

c'est

c'eſt la conſtance avec laquelle vous les honorez de vôtre bienveillance lors que Vous les
connoiſſez. Vôtre amitié n'eſt pas ce qu'on appelle ainſi dans le monde, c'eſt-à-dire de
pures grimaces & des dehors affectez. Dans
ce ſiécle ſi rafiné l'on ſe fait un point de politique neceſſaire de ſe tromper par un
commerce reciproque de ſemblants d'amitié. L'amitié n'eſt plus proprement qu'un piege
tendu à celui qui veut bien être la dupe de
ces démonſtrations extérieures. On paſſe ſa
vie dans une hypocriſie continuelle, & à ſe
compoſer pour ſurprendre l'eſtime de ceux même que l'on hait ſecretement. Le monde eſt à
la lettre un théatre où les hommes toûjours
maſquez ſe joüent les uns les autres. Celui
qui ſoûtient le mieux le faux perſonnage qu'il
a choiſi, eſt le plus applaudi des ſpectateurs.
Ce n'eſt point là l'idée de Vôtre amitié. Vous
n'êtes point de ces faux amis que quelqu'un a comparez très-ingenieuſement à de
certains fleuves, tels que le Mançanarez de
Madrid, qui eſt gros & qui regorge dans
les ſaiſons dans leſquelles on peut fort bien ſe
paſſer de ſes Eaux, & qui ſe trouve à ſec
lorſqu'on en auroit le plus de beſoin; ni de
ceux qui aiment leurs amis de la même ſorte
qu'ils aiment leurs arbres, leurs prez & leurs
champs, par le profit qui leur en revient:

\* 5                                non

non est ista amicitia, sed mercatura quæ
dam utilitatum suarum, *dit l'Orateur Ro*
*main au chapitre dernier du Livre premie*
de la Nature des Dieux. *La véritable ami*
*tié est celle qui est desinteressée* ; Majore
nostri, *disent les Jurisconsultes* *, inter virum & uxorem donationes prohibuerunt,
amorem honestum solis animis æstimantes.
*Vôtre amitié est sans interêt, semblable à celle*
*de Pomponius Atticus qui se faisoit une af-*
*faire,* apparere se non fortunæ sed homi-
nibus solere esse amicum. *Enfin,* Monsieur, *on peut Vous appliquer ce beau*
*mot de* † *Plaute.* Sunt quorum ingenia
atque animos non possum noscere, ad amici
partem, an ad inimici perveniant. Sed tu
ex amicis certis, mihi es certissimus.

*Je n'ai parlé jusques ici,* Monsieur,
*que de Vôtre affabilité & de Vôtre bonté pour*
*les gens de Lettres. Cependant cette Epître*
*passe les bornes qui lui sont prescrites. Que*
*feroit-ce donc si je voulois parler ici de la*
*splendeur de Vôtre race; des Vertus de Vos*
*Illustres Ancêtres, de Vos grandes Alliances,*
*de Vôtre excellent genie, & de toutes Vos*
*éminentes qualitez qui Vous ont rendu dans*

un

---

* L. 3. ff. de donat. inter vir. & uxor. † Plaut.
in Trinum. act. 1. scen. 2. v. 55. 56. 57.

*un age peu avancé le depofitaire des Interêts d'un grand Etat. C'eft affez pour moi de pu-blier quelques unes de Vos bontez fecretes. Il faut d'autres mains que les miennes pour dref-fer un monument à Vôtre merite, & un autre champ qu'une fimple Lettre pour étaler toutes les richeffes de Vôtre ame. Il y a feulement deux chofes qui rendent Vôtre Dignité plus Illuftre, qu'il m'eft impoffible de paffer fous filence. L'une eft ce foin que Vous prenez à en-tretenir toûjours la bonne Correfpondance & l'union entre le Roi vers la Majefté duquel Vous êtes envoyé, & Leurs Hautes Puiffances que Vous reprefentez. L'efprit & le cœur d'un Miniftre Public, contribuent beaucoup à la paix & à la concorde; & les peuples doivent regarder, pour ainfi dire, avec amour, un homme de ce Caractére, lors qu'il eft animé d'un efprit doux, bienfaifant, officieux, en-nemi des troubles & des divifions. L'autre eft cette fincerité qui accompagne Vos difcours & toute Vôtre conduite. Vôtre Prudence eft honnête & legitime, exempte de fraudes & de tromperies. Lipfe definiffoit autrefois la Pru-dence dans fes Politiques,* argutum confi-lium à virtute & legibus devium, Regni Regisque bono. *La Vôtre n'eft point de cette nature. Si Vous êtes obligé de Vous écar-ter quelquefois des routes ordinaires, Vous ne*

*per-*

perdez jamais de vûë la Vertu ni les Loix.
On pourroit exprimer les détours que Vous êtes
quelquefois obligé de prendre pour venir à Vos
fins dans les négociations délicates, par un
fleuve qui fait plusieurs tours pour se rendre
dans la Mer, & y ajoûter ces paroles obliquus
non devius.

Forcé comme je le suis à faire violence à
mon inclination en retranchant ici plusieurs
choses agréables qui Vous seroient glorieuses,
je finis par des vœux très-ardents pour Vôtre
prosperité ; je Vous souhaitte principalement
une santé parfaite, qui est l'ame qui anime tous
les biens dont nous jouïssons dans la vie, qui
sans cela sont fades & insipides, & même inutiles. Et pénétré des bontez que Vous avez
pour moi & pour les miens, & de la reconnoissance qui Vous en est dûë, je fais vœu d'être
toute ma vie avec un profond respect,

## MONSIEUR,

## DE VOTRE EXCELLENCE

Le très-humble & très-obeïssant Serviteur
C. ANCILLON.

A Berlin ce 10. Decembre 1708.

# PREFACE.

L Es Liftes & les Catalogues des Auteurs & de leurs Ouvrages, qui ont été publiez jufques ici font fi divers qu'il eft prefque impoffible d'en fixer le nombre & les differentes efpeces. Valentin Henri Vogler a tâché de les réduire à douze Claffes, comme on le voit dans fon * *Introduction Univerfelle à la connoiffance de toutes fortes de bons Auteurs.* Il eft venu depuis, des Ecrivains célébres qui ont compris dans l'execution d'un même deffein prefque toutes les differentes vûës que ceux qui les ont précédez ont euës féparément. Mais il y a une chofe qui rendra toûjours ces projets imparfaits, tout vaftes, & tout excellens qu'ils font ; c'eft l'impoffibilité. 1. Un fi grand deffein ne peut être achevé

\* 7

* Pag. 2.

achevé par un feul homme, il faut que plufieurs y contribuent. 2. Chaque jour produit de la matiere nouvelle & il faut qu'il
produife en même temps des Ecrivains capables de la mettre en œuvre. D'un côté
il y a une infinité de Savans oubliez, &
de l'autre il en naît à tout moment qui font
dignes d'un éternel fouvenir. L'Ouvrage
eft donc, pour ainfi dire, infini, & la
vie d'un homme ni de plufieurs ne fuffi-
fent pas pour l'achever ; c'eft un Ouvrage
périodique qui aura toûjours befoin de fup-
plémens.

La Bibliotheque de la Croix du Maine,
celle de Gefner, celle de Sixte de Sienne,
celle de du Verdier, celle de Poffevin,
celle de Bellarmin, celle d'Aubert le Mire,
celle de Simler, celle de Perkins, celle de
Scultet, celle de Swertius, celle de Valerius Andreas Deffelius, celle de Nicolas
Antonio, celle de Nicolas Toppi, celle
de Leonard Nicodeme ; le gros Ouvrage
du P. Labbe & celui de Beverland ; tous
les Catalogues en un mot, dans quelque ordre qu'ils foient rangez, & toutes les Bibliothéques générales & particuliéres des Ecrivains d'une certaine Nation,
d'un certain ordre, ou d'une certaine faculté, ne font ni du mérite, ni de l'utilité

lité & de l'importance du *Theatre des Hommes Illuſtres* de Freherus, des *Bibliotheques Eccleſiaſtiques & profanes* de Dupin, du *Dictionnaire* de Bayle, de *l'Hiſtoire Litteraire* de Cave, des Ouvrages de Baillet, ni de ceux de Morhoff.

Ces Modernes ont imité & ſurpaſſé le grand Voſſius, qui dans ſes excellens Traitez des Hiſtoriens Grecs & Latins, ne marque pas ſeulement, autant qu'il l'a pû ſavoir, en quel temps, les Auteurs dont il parle, ont vêcu. Il rapporte les circonſtances de leur vie, il parle de leur ſtyle, il n'oublie pas les Verſions & les Editions qui en ont été faites, ni le cas qu'on en doit faire. Ces Modernes, en un mot, ne laiſſent rien, non plus que lui, à déſirer ſur leur ſujet, quand ils ont eû des lumiéres ſuffiſantes pour en inſtruire leurs Lecteurs. Mais pluſieurs choſes ont échapé à la pénétration, à la ſagacité, & à la connoiſſance de ces grands hommes, & il n'y en a pas un qui n'ait encore laiſſé après une riche & abondante recolte, dequoi glaner, à ceux qui les ſuivent. Il reſte toûjours des perſonnes & des choſes qui n'ont point été placées dans ces grands corps de Litterature.

Sor-

Sorbiere (*a*) avoit entrepris d'écrire l'Histoire des Savans, mais il n'a pas exe-cuté son dessein.    (*b*) Un Docteur de Navarre nommé *Drouin* a travaillé long-temps & travaillé peut-être encore à nous donner de gros Volumes touchant les Au-teurs François, en quelque temps qu'ils ayent paru.   Mr. l'Abbé Bordelon qui a beaucoup de lecture, & sur tout des Li-vres Modernes a commencé à nous don-ner (*c*) l'Histoire Critique des personnes les plus remarquables de tous les siécles. (*d*) Le P. Jacob avoit entrepris de faire un Catalogue général de tous les Au-teurs; & feu Mr. Heindreich, Bibliothé-quaire de Sa Majesté le Roi de Prusse a-voit fait esperer un pareil Ouvrage. L'un & l'autre étoient très-propres à y réüssir. (*e*) Maître Augustin Goguet, Medecin à Beauvais a travaillé aux Vies des gens de Lettres de toute sorte de professions, dont il a recherché les singularitez avec soïn.
                                    Quand

*****

(*a*) Voy. Sorberiana, Mémoires pour la Vie de Sor-biere &c. pag. 16.   (*b*) Histoire des Ouvrages des Sa-vaus Août 1696. pag. 527.   (*c*) Ibid. Septemb: 1699. pag. 415.   Nouvelles de la Republique des Lettres Septembre 1699. pag. 343.   (*d*) Ibid. Octob. 1685. pag. 1086.   (*e*) Nouvelle Bibliotheque Historique & Chronologique des Auteurs de Droit par Denis Si-mon&c. Avertissement pag. 6.

Quand tout cela feroit executé & porté
juiqu'à la derniere perfection il refteroit
encore des noms & des chofes fur lefquelles on pourroit continuer fur des plans fi
utiles & fi beaux à donner l'Hiftoire des
Auteurs & des Ouvrages qui ont paru depuis, qui paroiffent actuellement, & qui
paroitront à l'avenir. Je n'ai garde d'entreprendre de donner des Hiftoires complet-
tes & achevées; je ne fuis pas affez verfé
dans la connoiffance des Auteurs Modernes & de leurs productions pour ofer entreprendre de fuppléer à de fi excellents
Ouvrages, ou de les continuer fur le même
pied qu'ils nous les ont donnez; je laiffe à
*Meurerus* * s'il vit encore, ou à tout autre
qui fera auffi capable que lui, la gloire de
travailler à une Hiftoire Litteraire complette, & à la continuer. Je la laiffe à un
*Struvius*, à un *Bofius*, à un *Arndius*, & à
quelques autres qui nous en ont déja donné d'excellens morceaux. Je ne donne
donc ici que des *Memoires*, qui pourront
fervir peut-être de materiaux propres à
être employez à la compofition de ces
grands Ouvrages. Comme ces *Mémoires*
en-

---

* Nouvelles de la Republique des Lettres Septemb.
1699. pag. 351. 352.

entrent dans un affez grand détail, j'efpere
qu'ils ne feront pas defagréables. Je fai que
les particularitez de la Vie des Auteurs &
de leurs fentimens ne font pas la moindre
partie, & la moins curieufe de la belle Litterature, & qu'il y a beaucoup de gens
qui s'accommodent mieux de ces fortes de
connoiffances, que des dogmes mêmes, de
quelque Science que ce foit; on ne fauroit
auffi trop foigneufement recueillir les materiaux qui peuvent fervir à compofer la
Vie des Auteurs. Perfonne ne doute que
les Vies des hommes favans ne foient d'u-
ne grande utilité. L'on y rencontre mille
circonftances que l'Hiftoire générale ne
conferve point, defquelles cependant
on retire d'excellens fruits. Les portraits
que l'on fait de ces grands hommes font
également agréables & inftructifs; on laiffoit autrefois tomber dans l'oubli mille chofes qui les concernoient. Auffi on remarque que Diogene Laërce qui a vêcu avant
les débris des Bibliotheques, & avant les
invafions des peuples Barbares, & qui a
été un Compilateur fort diligent, n'a trouvé que peu de chofes à dire fur la plûpart
des grands Philofophes de l'Antiquité. Et
il faut avouër qu'on ne fauroit lire fans dépit, & fans fe plaindre ou de la negligence

de

de l'Hiſtorien, ou de la pareſſe & de l'in-
dolence qui ont regné dans ſon ſiecle, &
dans les précédens, la Vie de pluſieurs Empereurs de Rome, qui ne nous apprend
ni le lieu de leur Naiſſance, ni leur famille, ni leur âge, ni la maniere dont ils
ſe ſont avancez. Les Modernes ne tombent
point dans cette faute, ils font des Recueils Hiſtoriques & Critiques, incompa-
rablement plus vaſtes que ne l'étoient ceux
des Anciens. Mr. du Perier a imaginé
une nouvelle eſpece d'Ouvrage de cette
nature. Il a publié, il n'y a pas long-temps,
un Recueil de pieces fugitives d'Hiſtoire &
de Litterature ancienne & moderne, avec
les Nouvelles Hiſtoriques de France & des
Païs étrangers ſur les Ouvrages du temps;
& les nouvelles découvertes dans les Arts
& dans les Sciences pour ſervir à l'Hiſtoire
anecdote des gens de Lettres. Ce deſſein
eſt trop utile & trop agréable tout enſemble pour être abandonné. Il ne faut pas
douter que Mr. du Perier, & quelque autre après lui ne ſoûtienne dignement cette
entrepriſe.

On s'étoit bien aviſé autrefois de relever de temps en temps les bévuës de certains Auteurs. On voit par exemple dans
le Livre huitiéme d'Athénée une partie des
bévuës

bévuës d'Ariſtote. Mais je n'ai vû nulle
part qu'on ſe ſoit aviſé de recueillir en un
corps toutes les bévuës des Savans. Cependant, tant il eſt vrai, que même juſqu'à leurs fautes, on recueille tout ce
qu'on ſait d'eux & qu'on ne laiſſe rien perdre de ce qui les concerne ; cependant,
dis-je, un Auteur moderne s'en eſt aviſé
depuis quelques années. Mr. Boileau Docteur de Sorbonne & Chanoine de la Ste.
Chapelle de Paris, a fait un Traité des
Bevuës des hommes Illuſtres dans la République des Lettres ; *Colloquium Criticum
de Sphalmatis Virorum in re Litteraria Illuſtrium.* Cet Ouvrage croîtra tous les
jours, & tel Auteur qui n'y penſe pas,
travaille peut-être à lui préparer de la matiere. La quantité en augmentera ſans ceſſe,
& comme il eſt du goût de bien des Auteurs & de bien des Lecteurs, de remarquer & de relever les fautes de leurs pro-
chains, il ne manquera pas ſans doute de
gens qui ſe feront un plaiſir de mettre cette
matiére en œuvre.

Je me flatte enfin que ces Mémoires que
je donne préſentement, & que je donnerai
peut-être dans la ſuite ſeront reçus favorablement ; je ſai que non ſeulement les
gens aiment les perſonalitez, mais même
qu'ils

qu'ils ne font pas fâchez qu'on les faſſe
repaſſer devant leurs yeux, fans avoir la
peine de les ramaſſer, ni de les raſſembler;
c'eſt ce qui fait qu'encore qu'il y ait un
grand nombre d'Ouvrages de ce caraĉtére
on ne s'en dégoûte point. Il eſt vrai que
tous ceux qui paroiſſent ne parlent point
des mêmes Auteurs, & des mêmes Ouvrages, & quand cela feroit il y a pluſieurs maniéres de faire une même choſe, & tous
ceux qui en parlent ne ſuivent pas le même chemin. Les uns ſe contentent d'exprimer en fort beaux termes les belles qualitez de celui dont ils veulent faire l'Eloge, & ils s'attachent tellement à ce point-
là, qu'ils ne font connoître ni la patrie,
ni la famille, ni les differens emplois de
la perſonne dont ils parlent. Les autres au
contraire font un Eloge plus Hiſtorique,
& qui contient par ordre & en abregé la
Vie de ceux qu'ils loüent. La Bibliothéque d'Alegambe eſt fort approuvée & fort
eſtimée. Il y marque par tout, le temps
& le lieu de la Naiſſance de ſes Auteurs,
l'âge dans lequel ils ſe font faits Jeſuites,
les divers emplois par leſquels ils ont paſſé
ſucceſſivement, & enfin les Ouvrages qu'ils
ont compoſez. Cette methode eſt fort du
goût du public, & ſi j'oſe le dire, du mien.

Si

Si je faifois un Ouvrage de cette nature je la prendrois pour modele. Mais comme je ne donne que de fimples Mémoires, je ne m'engage auffi à donner au public que ce que je fai moi-même ou ce que j'ai appris dans les Livres que j'ai lûs. Le public, n'aura donc aucun reproche à me faire fi j'omets quelquefois quelque Ouvrage d'un Auteur, ou quelques particularitez de fa Vie. J'efpere qu'il ne m'accufera point non plus d'avoir pillé les Livres, ni d'être plagiaire, parce que j'en aurai tiré la matiére de mes articles. 1. Il s'agit ici de chofes qui ne confiftent point en raifonnemens, ni en Syftême d'aucune Science, il s'agit de faits qu'on ne peut point deviner. 2. J'indiquerai toûjours de bonne foi, à la marge, autant que je m'en fouviendrai, les lieux où j'aurai puifé. Afin même de fuppléer d'avance aux fautes que je pourrai commettre à cet égard, je déclare en général que les Journaux de Paris, de Hambourg, ceux de Mr. de Fontenelle, ceux de Meffieurs Bayle, le Clerc, de Beauval, Bernard & Chauvin, que je nomme ici felon l'ordre du temps qu'ils ont commencé à les faire; je declare, dis-je, que ces Journaux font les fources aufquelles j'ai eû recours le plus frequemment, & qui m'ont

fourni

fourni le plus de materiaux. J'ai prétendu prendre d'eux ce dont j'ai eu befoin dans les diverfes occafions qui fe font
préfentées ; mais je n'ai point prétendu
le leur dérober. Après cette déclaration je n'ai plus qu'à ajoûter ce que Jean
Michel Brutus Vénitien dit autrefois à
ceux qui lui imputérent le plagiarifme,
& qui eft rapporté dans le Dictionaire
Hiftorique & Critique de Mr. Bayle *.
*Poftea addit, fe fumpfiffe quidem ab aliis,*
*non verò furripuiffe. Sumere enim eum, qui,*
*à quo mutuetur, indicet, & laudet, quem*
*Auctorem habeat. Surripere verò qui taceat,*
*qui ex alterius induftria fructum quaerat; quòd*
*quidem à fe omnino alienum effe dicit.*

Si mon Ouvrage, au refte, n'a pas
toute l'exactitude & la politeffe que nôtre fiécle exige, il ne laiffera pas d'avoir
fon prix un jour, & la pofterité, s'il va
jufqu'à elle, ne dédaignera pas mon prefent ni mon travail. Il en fera comme de
ces Marbres, ou de ces pieces antiques
que l'on déterre après bien des fiécles, qui
pour être raboteufes, & gravées par un
Ouvrier mal habile, ne font pas pourtant
moins eftimées des curieux, parce que ce
font

* Tom. I. pag. 759. lettr. C.
**

font toûjours des monumens qui ont confervé quelque refte de l'antiquité.

L'entreprife que je commence aujourd'hui, n'empêchera pas que je ne continuë à travailler à l'execution de mon premier deffein, qui eft de donner au public dans nôtre Langue les Eloges des hommes Illuftres répandus dans l'Hiftoire de Mr. de Thou, & d'y joindre les additions que mes lectures m'auront fournies. Je les donnerai néanmoins fous une forme differente du projet que j'ai publié. Je fuis entré dans le fentiment de mes amis, qui m'ont repréfenté que mon entreprife étant trop vafte, il n'y avoit point d'apparence que j'euffe affez de temps & de vie à efperer pour pouvoir en venir à bout, & qu'ainfi pour vouloir donner trop de chofes au public je courrois rifque de n'être jamais en état de lui rien donner. Je lui donnerai donc uniquement les Eloges tels qu'ils font dans l'Hiftoire de Mr. de Thou, & je mettrai au deffous feparément, mes augmentations, telles que la quantité de materiaux que j'aurai fur chaque article me permettra de les faire ; n'entreprenant point de dire tout ce qu'il y a à dire fur le chapitre de chaque homme Illuftre, mais uniquement ce que j'en fai, de même que

je

je le pratique dans l'Ouvrage que je donne
aujourd'hui. J'ai été un peu surpris que
ces grands hommes qui font les excellents
Journaux de Leipsik * se soient trompez
dans la nature, & dans le but de mon dessein, & qu'ils ayent crû que j'allois travailler après Mr. Teissier. Ils ne se font pas apparemment souvenus que Mr. Teissier n'a donné que les *Eloges des hommes savans*, & que
je ne me propose de donner que *les Eloges
des Hommes Illustres*, c'est-à-dire des Empereurs, des Rois, des Princes, des Papes,
des Cardinaux & des grands Capitaines,
entant qu'ils ont été tels & qu'ils ont acquis de la reputation dans l'exercice de leurs
dignitez, & non pas entant qu'ils ont été
savans. L'Illustre Monsieur de Beauval †,
qui a fait de mon Ouvrage un Extrait que
je ne puis assez louer, est tombé dans la
même erreur. Il faut sans doute que je me
sois mal expliqué puis que tant d'excellents hommes m'ont si mal entendu.

* Vid. Acta Eruditor. publ. Lipf. Menf. Maji 1700.
pag. 209. † Voy. l'Histoire des Ouvrages des Savans
Decembre 1706. pag. 523.

**2 AVER-

# AVERTISSEMENT.

Onsieur Leers, fameux Marchand Libraire à Rotterdam ayant dessein de donner au public, un Supplément au Dictionaire de feu Mr. Bayle, me fit l'honneur de m'écrire, peu de temps après la mort de ce grand homme, que huit ou dix Savans, tant en Angleterre qu'en Hollande, s'étoient chargez de faire chacun un certain nombre d'articles pour achever ce Supplément que Mr. Bayle a laissé apparemment incomplet en mourant, & il me sollicita à me charger aussi de quelques-uns. J'avois accepté avec plaisir cette proposition & j'avois déja choisi une vingtaine d'Illustres Modernes sur lesquels j'avois dessein de travailler. Mais ma santé ne me l'ayant point permis alors, j'ai été contraint d'abandonner cette entreprise. M'étant trou-

vé

vé depuis un peu plus en état de m'occuper, j'ai crû que le Supplement étant ou fait,
ou fort avancé je ne pourrois pas avoir a-
chevé mon Ouvrage affez tôt pour l'y faire
inferer, j'ai donc pris le parti de lui donner la forme fous laquelle il paroit aujour-
d'hui, afin de pouvoir le donner féparément
au public. Cependant comme l'Illuftre
Monfieur de Leibnitz étoit à Berlin lorfque
Monfieur Leers me fit cette ouverture, je
la lui communiquai, non feulement comme à
un homme auquel j'ai une entiére confiance,
mais auffi comme à un homme dont les avis font
infaillibles en matiere de Science & de Litterature, duquel on peut recevoir de merveilleux fecours, & qui les donne toûjours de
la maniére du monde la plus honnête & la
plus obligeante. Il eft donc refté dans l'efprit de ce grand homme que je travaillois à
contribuer quelque chofe à ce Supplément. Deforte que quand je lui ai écrit que je venois
d'achever cette vingtaine d'articles dont je
viens de parler, & que je l'ai prié de me
communiquer ce qu'il pourroit favoir fur ce
fujet, il m'a fait la réponfe fuivante que je
donne ici au public parce qu'elle contient
quelques particularitez curieufes qu'on fera
fans doute bien aife d'apprendre ; & que
d'ailleurs on ne doit rien laiffer perdre de ce

** 3      qui

qui vient d'un homme auſſi ſavant & auſſi célébre que l'eſt l'Illuſtre Monſieur de Leibnitz. *Voici l'extrait de ſa Lettre écrite de Hanovre, où il fait ſa reſidence, le 5. Decembre 1707.*

„ Vous avez choiſi, Monſieur, de
„ bons articles pour entrer dans vôtre
„ Supplément du Dictionaire de Mr. Bay-
„ le, & vôtre exemple en encouragera
„ d'autres pour continuer un ſi louable
„ deſſein. Mais je ne ſuis gueres propre
„ à vous fournir quelque choſe qui me-
„ rite d'être remarqué. Il s'agit du dé-
„ tail, & je ne me fie pas aſſez à ma
„ mémoire pour y entrer. Je vous dirai
„ ſeulement quelque choſe ſur Meſſieurs
„ Juſtel & d'Herbelot, qui pourroit avoir
„ de l'utilité. Après avoir dit, à l'égard
„ de Monſieur Chevreau, que je fis un
„ jour quelques petites remarques ſur ſes
„ louanges, elles lui furent envoyées, &
„ l'on me dit qu'elles ne lui avoient point
„ déplû. Je fus attiré à la lecture de ſes
„ *Mélanges*, par la maniére pleine de re-
„ connoiſſance dont on y parle de la Mai-
„ ſon de Brunſwic. Il avoit été quelque
„ temps au ſervice du feu Duc d'Hano-
„ vre, Pere de l'Imperatrice, qui étoit
„ un Prince fort éclairé. J'ai ouï dire à

ce

„ ce Prince, que Mr. Chevreau étoit ha-
„ bile homme, mais qu'il commençoit à
„ intriguer à sa Cour & vouloit extor-
„ quer je ne sai quelles graces. De là il
„ alla au service de l'Electeur Palatin,
„ Frere de Madame l'Electrice de Hano-
„ vre, qui étoit aussi un grand connois-
„ seur.

„ Monsieur Justel a été de mes amis;
„ je le voyois souvent à Paris. Il médi-
„ toit un Ouvrage fort utile *sur les com-*
„ *moditez de la Vie*, & il avoit ramassé
„ quantité de belles observations & prati-
„ ques utiles pour le ménage, jardinage,
„ bâtimens, voyages, & autres occasions.
„ Je me souviens que je lui envoyai la des-
„ cription d'un coche inventé par feu
„ Monsieur Erhard Weigel, qui pou-
„ voit être changé en bateau & en Tente,
„ comme on en fit l'expérience assez
„ promptement; il se trouve presente-
„ ment à Wolfenbutel. Il seroit à souhai-
„ ter qu'on s'informât de ce que sont de-
„ venus les memoires de son Recueil, &
„ qu'on en fit part au public.

„ Pour ce qui est de Mr. d'Herbelot,
„ feu Mr. Thevenot, le Bibliothecaire
„ du Roi, m'apprit que cet habile Orien-
„ taliste étant à Florence, y avoit traduit

„ duit pour le Grand Duc, je ne sai si
„ de l'Arabe ou du Persan, la Relation
„ d'un ancien voyage dans la grande Tar-
„ tarie, qui paroissoit proüver qu'il y a-
„ voit eû autrefois des Chrétiens à la Chi-
„ ne. J'en ai écrit à Monsieur Maglia-
„ becchi, mais il ne m'a point pû donner
„ satisfaction là dessus. Cependant l'ori-
„ ginal même de cètte Relation merite-
„ roit d'être consideré.

ME-

# MEMOIRES

## HISTORIQUES & CRITIQUES
### CONCERNANT
### LA VIE ET LES OUVRAGES
de
### DIVERS MODERNES
*Célébres dans la*
### REPUBLIQUE DES LETTRES.

---

## VALENTIN CONRART.

CEL U Y qui a fait l'Eloge de Mr. Patru que l'on voit à la tête de ses Oeuvres imprimées in 8 à Paris par Cramoisy en l'année 1681. * remarque qu'on donna place à Patru dans l'Academie Françoise en l'année 1640. † & que le remerciment qu'il fit à sa reception plût si-fort aux Académiciens que la Compagnie ordonna que tous ceux qu'elle admettroit dans la suite, feroient un discours pour la remercier ; ce qui s'est toûjours pratiqué depuis constamment, & d'une maniére glorieuse pour ceux qui reçoivent & pour ceux qui sont reçus

---

* Pag. 2. † Voy. aussi l'*Histoire de l'Académie Françoise.* pag. 233.

A

çus. Mr. Perrault, qui a emprunté cette cir-
conftance de la Vie de Patru, dans cet Eloge,
ajoute, dans celui qu'il en a donné parmi fes
*Hommes Illuftres qui ont paru en France pendant
le dix-feptiéme Siécle*\*, cette Reflexion qui eft
de fon crû, ,, On a imprimé, *dit-il*, un Recueil
,, de tous ces Remercimens, & de tous les au-
,, tres Difcours qui ont été prononcez par
,, Meffieurs de l'Academie en diverfes ren-
,, contres, dont le public a profité, & dont il
,, eft redevable en quelque forte à Mr. Patru,
,, qui a commencé à mettre en ufage une fi
,, loüable coûtume.

Dans tous ces Recueils qui font préfentement en grand nombre, on voit une quantité
très-confiderable de Difcours éloquents, dans
tous lefquels le Cardinal de Richelieu eft toûjours préconifé comme le Fondateur de cette
illuftre & célébre Académie; on peut dire que
cela lui eft dû parce qu'il lui a donné le luftre
& le credit qu'elle a. Mais il n'y eft prefque
jamais parlé de Conrart, cependant il ne devroit point être oublié, car c'eft lui qui lui a
donné la naiffance, & fa maifon en a été comme le berceau pendant les premieres années de
fon établiffement. C'eft une des plus judicieufes maximes & des mieux fondées en droit,
que *res quæque initiis fuis debentur*, on ne l'ignore pas, mais la maxime de politique l'emporte.
Quand je fais reflexion fur cette conduite des
Academiciens, je me reprefente celle de l'ancien Peuple Romain; c'étoit autrefois une opinion bien établie parmi le peuple Romain, que
l'habileté de leurs Capitaines avoit eû moins
de

* Tom. 2. pag. 142.

de part à leurs bons succès que la fortune.
Sylla se vantoit que son bonheur ne l'abandon-
noit jamais, & qu'en dépit de la prudence les
conseils les plus temeraires lui avoient souvent
réussi. Cesar se confioit assez à sa fortune pour
braver les vents & les flots. De là vient que les
Romains, si le Lieutenant remportoit une victoire en l'absence du Général decernoient les
honneurs du triomphe au Général ; on attribuoit tout aux auspices du Général, & rien à
la valeur & à la conduite de celui qui commandoit en sa place. La flatterie a succedé à
l'ignorance & à la superstition des Romains ; Et
l'on n'attribuë pas moins aujourd'hui qu'alors
tous les heureux succès des affaires à ceux qui
ont le credit & le pouvoir entre les mains, quelque peu de part neantmoins qu'ils y ayent eux-
mêmes, quoique très souvent ils n'y en ayent
eu absolument aucune.

Cela étant je ne m'étonne pas beaucoup si
on tait dans ces harangues le nom Illustre de
Conrart, pour ne faire retentir que celui du
Cardinal. Cette coûtume s'est établie en Loi
de son vivant, & s'est conservée depuis sa mort
comme un usage que la bienseance ne permet
pas d'abolir. Mais je ne sai comment il peut
être arrivé qu'une foule de grands hommes que
cette Academie a produit depuis sa naissance
jusqu'à present, ait tellement oublié cet Illustre Conrart, qui a été l'objet de leur admiration, que pas un d'eux n'ait fait ni Eloge, ni
Panegyrique, ni Histoire ni Vie, ni aucun autre monument de cette nature, pour honorer
sa mémoire. C'étoit pourtant, ce me semble,
un tribut bien legitime qui devoit lui être
rendu, au moins par quelques particuliers d'entr'eux;

tr'eux; & je ne puis diffimuler que je confidere le filence qu'ils ont gardé jufqu'à prefent
comme une ingratitude envers ce digne & cet
obligeant Collegue, & par conféquent comme
une tache qu'ils ont faite eux-mêmes à leur
propre reputation.

Ce n'eft point pour reparer cette faute, ni
pour élever un monument digne du merite
rare & fingulier de Conrart que j'entreprends
de recueillir ici quelques particularitez qui le
concernent. Je fuis d'un côté, trop loin du lieu
où il a brillé jufqu'à fa mort, & où fa famille
eft établie, pour pouvoir tirer les éclairciffement & les inftructions neceffaires à un ouvrage de cette nature pour être rendu complet &
achevé. Et de l'autre, le fujet eft fi grand & fi
relevé que je ne pourrois le traiter auffi dignement qu'il le merite. Je ne donnerai donc ici
que des morceaux d'hiftoire, des materiaux,
des Memoires en un mot, que quiconque fe
fentira capable de réuffir dans une entreprife
fi délicate & fi difficile, mettra en œuvre, fi
bon lui femble, tels qu'ils font, ou après les
avoir polis & rendus dignes de la place qu'il
leur donnera dans l'hiftoire complete de ce
grand homme.

Conrart étoit né à Paris au commencement
du Siécle paffé. Il fut nommé Valentin, parce
que fon pere & fes ancêtres étoient originai-
res de Valenciennes dans les Païs bas; fes parents crurent par là conferver plus aifément
le fouvenir du lieu de leur origine.

Il ne fut pas deftiné à l'étude. Comme il
avoit du bien, l'intention de fon pere étoit
qu'il vêcut de fes rentes, en attendant qu'on
trouvât l'occafion de le pouffer dans les emplois

plois des finances ou dans d'autres semblables dans lesquels les belles Lettres & les Sciences sont moins utiles qu'embarrassantes.

Cependant on peut dire que ce fut une perte pour le public, car Conrart fut doüé de tant de dons extraordinaires, & il eut de si grands talents, qu'il seroit devenu un prodige s'il avoit été occupé pendant sa jeunesse à apprendre au moins quelques-unes des Langues mortes, particuliérement la Langue Latine ; on ne trouvera point ici d'exaggeration si l'on fait reflexion qu'avec son naturel seul, sans aucun acquis, il a égalé & peut-être surpassé plusieurs grands hommes qui avoient sué sang & eau pendant le cours d'une longue vie pour acquerir du mérite & de la reputation.

Lorsqu'il fut assez avancé en âge pour reconnoître qu'il n'étoit plus temps de s'appliquer aux études scholastiques ni aux humanitez, & qu'il falloit par conséquent qu'il renonçât à la qualité de Savant, il borna ses desirs à acquerir celle d'honnête homme & celle d'homme de bon goût, à connoître les beautez de la Langue Françoise & à s'en servir avec jugement & avec adresse. Il y réüssit si heureusement qu'il fut bientôt recherché par toutes les personnes qui se piquoient alors de delicatesse & de droiture.

* En l'année 1629 quelques particuliers logez en divers endroits de Paris ne trouvant rien de plus incommode dans cette grande ville que d'aller fort souvent se chercher les uns les autres sans se trouver, resolurent de se voir un jour de la semaine chez l'un d'eux ;

A 3 ils

* Voy. Relation contenant l'histoire de l'Académie Françoise par Mr. Pelisson. pag. 5. 6. &c.

ils trouverent à propos de s'assembler chez Conrart qui se trouva le plus commodément logé pour les recevoir, & au cœur de la vil-le, d'où tous les autres étoient presque égale-ment éloignez. Mr. Pellisson Fontanier a fait l'Histoire de l'Academie Françoise, & par con-sequent de cet heureux commencement dont je parle; on a imprimé à Paris in 4. en l'an-née 1686. quatre Discours prononcez dans l'A-cademie Françoise par Messieurs de la Cham-bre; le premier a été prononcé par le pere, pour montrer que les François sont les plus capables de tous les peuples de la perfection de l'Eloquence, les autres ont été faits par le fils, à sa reception, & à celle de Mrs. Qui-naut, de la Fontaine & Despreaux; il y a dans le dernier une description admirable de cette petite Academie qui se tenoit chez Mr. Con-rart, & qui fut comme le prélude de l'Acade-mie Françoise; j'aurai occasion dans la suite de remarquer quelques autres particularitez de ce Discours.

Conrart n'étoit pas seulement un de ces beaux & de ces bons Esprits qui goûtoient ainsi sans bruit & sans pompe, sans autres loix que celles de l'amitié, avec toute l'innocence & toute la liberté des premiers Siécles tout ce que la societé des Esprits & la vie raisonnable ont de plus doux & de plus charmant. Il fut même resolu comme je viens de le dire, que l'assem-blée se feroit chez lui. Il en a été depuis établi le Secretaire perpetuel, en l'année 1634. cette Charge lui fut donnée en son absence d'un com-mun consentement, *tout le monde demeurant

* Voy. *Relation contenant l'histoire de l'Academie Françoise.* pag. 18.

rant d'accord que perfonne ne pouvoit mieux remplir cette place. Dès lors il commença à écrire ce qui fe paffoit dans les affemblées, & à tenir ces Regîtres, d'où Mr. Peliffon a tiré la meilleure & la plus grande partie de fon Hiftoire; ils commencent au 13. Mars de 1634. c'eft Mr. Peliffon lui-même qui nous apprend ces particularitez & il faut bien l'en croire, car il ne prodigue point fon encens en faveur de Mr. Conrart ni de fa memoire. De forte qu'il paroit que Conrart a donné, pour ainfi dire, naiffance à cette Academie, & qu'il a fourni les materiaux neceffaires pour faire cette belle Hiftoire qui leur fait tant d'honneur. * Conrart n'a pas été feulement, l'un des membres de cette Academie, ni fon Secretaire perpetuel, ayant le droit de préfider aux affemblées en l'abfence du Directeur & du Chancelier; comme † ces deux derniers emplois s'exerçoient tour à tour par tous les Academiciens, Conrart n'en a point été exclus, ces Charges n'étant point incompatibles avec celle de Secretaire dont il étoit revêtu.

En l'année 1634. Conrart fe maria; il époufa la fœur de Mr. Muiffon, pere de cet Illuftre Mr. Miffon qui a été Confeiller au Parlement de Paris & qui fera mis fans doute au nombre des plus glorieux confeffeurs que la derniere perfécution de France aît produit dans le Siécle paffé & dans celui-ci; il eft mort Refugié en Hollande; ce genereux Magiftrat avoit abandonné une Charge des plus confiderables du Royaume de France, & des biens en fond de terre & en argent qui le rendoient un des plus riches

* Ibid. pag. 80. 81.    † Ibid. 191. 217.

A 4.

riches & des plus puissants de sa Compagnie;
il a fait voir par là que la Religion étoit ce
qu'il avoit de plus cher & de plus à cœur; il a
préferé la Verité & la liberté de sa conscience à
tous ces avantages, dont un homme avare, vain,
ou ambitieux auroit fait tant de cas; il s'en est
vû dépouiller, raser ses maisons de campagne,
dégrader ses bois, traiter en un mot avec fureur en haine de sa retraite les choses animées
& les choses inanimées pour peu de rapport
qu'elles eussent avec lui; tout cela ne lui a
donné aucun regret, & il a fini tranquillement
une si belle vie par une mort douce & édifian-
te; laissant le soin d'une belle & nombreuse
famille à une épouse sage & vertueuse, qui
avec la benediction de Dieu en a déja établi solidement une partie en Hollande & en Angleterre.

Il se fit deux mariages en même temps, Conrart épousa comme je viens de le dire, la sœur
de Mr. Muisson, & ce Mr. Muisson épousa la
sœur de Conrart, de sorte que par cette dou-
ble alliance, ce Mr. Misson dont je viens de
parler, étoit aussi doublement neveu de l'Illustre Conrart.

Lorsque Conrart se maria, il pria tous ses
Collegues comme ses amis particuliers d'assister à son contract. Ils aviserent entr'eux, dit
Mr. Pelisson*, qu'à l'avenir sa maison ne seroit plus si propre qu'auparavant pour leurs
Conferences, ainsi on commença à s'assembler
chez Mr. Desmarêts. Mr. Pelisson étoit assurément un bel Esprit, il avoit beaucoup de jugement, cependant il y a, ce me semble, un endroit

* Ibid. pag. 15.

droit dans sa belle Histoire de l'Academie qui
pourroit donner prise sur lui à quelque Critique sévére & querelleur ; c'est l'endroit qui
concerne la circonstance de la vie de Conrart
que je viens de remarquer. Mr. Pelisson * a dit
que l'assemblée se fit d'abord chez Mr. Conrart parce qu'il s'étoit trouvé le plus commo-
dement logé pour les recevoir, & au cœur de
la ville, d'où tous les autres étoient presque
également éloignez. Et il dit † ensuite que
Mrs. les Académiciens voyant qu'il se marioit,
aviserent entr'eux qu'à l'avenir sa maison ne
seroit plus si propre qu'auparavant pour leurs
Conferences. Le Mariage de Conrart chan-
geoit-il quelque chose à la situation de sa maison ? Etoit-elle moins au cœur de la ville ? &
tous les autres en étoient-ils plus éloignez depuis ce mariage qu'ils ne l'étoient auparavant ?
Si Mr. Pelisson eut dit qu'on s'assembla d'a-
bord chez Conrart parce qu'étant à marier,
n'ayant ni femme ni Enfant on étoit plus en
liberté chez lui qu'ailleurs ; il auroit pû dire à
la suite que les choses ayant changé depuis à
cét égard, les Academiciens avoient aussi changé de résolution ; mais le motif qui les avoit
engagé à s'assembler chez lui ayant été la situation de sa maison ; sa maison demeurant après
son mariage dans la même place où elle étoit
auparavant, pourquoi trouva-t-on qu'elle étoit
moins propre ? Je laisse à mon Lecteur à deviner cet énigme, mais si j'étois obligé de dire ce
que je pense sur ce sujet j'avoüerois franchement que je suis persüadé que la jalousie de
quelques Academiciens eut plus de part à ce
chan-

---

* Ibid. pag. 6.    † Ibid. pag. 15.

**A 5**

changement que la bienseance, la commodité
& la necessité; & que Mr. Peliſſon ne voulant
pas rendre publique & immortelle cette foibleſſe de tant d'hommes célébres d'ailleurs, a mieux
aimé faire une faute de raiſonnement dans ſon
Hiſtoire que d'y faire une tache ineffaçable à leur
memoire.

Conrart étoit Secretaire du Roi, Maiſon &
Couronne de France & c'eſt cette qualité qui
a donné lieu à Menage de le faire entrer dans ſa
*Requête des Dictionnaires* adreſſée à l'Academie
Françoiſe; il l'y fait paroître défendant le *Car*
qu'on vouloit proſcrire, & alleguant pour raiſon l'autorité Royale qui ne peut pas s'exprimer ſans lui;

*Cependant on ſait par la ville*
*Que depuis, vôtre Gomberville*
*Auroit injuſtement proſcrit*
*Le pauvre* Car *d'un ſien écrit,*
*Comme étant un mot trop antique,*
*Et qui tiroit ſur le Gothique;*
*Et qu'auſſi-tôt vôtre Baro*
*Sur ce mot cria tant haro*
*Qu'on alloit par cette crîrie*
*Bannir de la Chancellerie,*
*Tant lors on étoit de loiſir*
*Le* Car *tel eſt nôtre plaiſir:*
*Sans que Conrart le Secretaire*
*D'un tel mal ne pouvant ſe taire*
*S'oppoſa généreuſement*
*A ce cruel banniſſement;*
*Vous remontrant qu'en toute affaire*
*Le* Car *eſt un mot neceſſaire*

Que

* Voy. *Menagiana.* tom. 2. pag. 403.

*Que c'est un mot de liaison*
*Introducteur de la Raison*
*Et que depuis plus de cent lustres*
*Toûjours par des emplois illustres*
*Il sert utilement nos Rois*
*Dans leurs Traitez & dans leurs Loix.*
*Sa Remontrance étant suivie*
*Au pauvre Car sauva la vie.*

Voila quels ont été les Emplois de Conrart :
voyons quel a été son Caractére personnel, &
nous verrons ensuite quelle a été sa conduite, quelle opinion on a euë de lui pendant
qu'il a vêcu, & depuis qu'il est mort; en un
mot quelle est la reputation qu'il s'est acquise.

Nous ne pouvons apprendre mieux ni plus
sûrement à le connoître que par ce que ses
contemporains qui avoient une étroite liaison avec lui, nous en disent.

Conrart *trempoit sa plume dans le sens*, disoit
Balzac*, après du Perron & un autre beaucoup
plus ancien, qui appliquoient ce mot à quelque
bel Esprit de leur temps; c'est-à-dire que tout
ce que Conrart écrivoit étoit solide & judicieux. On peut dire sûrement la même chose
de tout ce qu'il disoit. L'Archidiacre d'Angoulême nous l'apprend dans son excellente
Épître dedicatoire addressée à Conrart lui-même à la tête du Volume de Lettres de Balzac
à Conrart †, „ si vous valez tant par écrit, lui
„ dit-il, vous ne valez pas moins de vive voix
„ &

___

* Voy. Lettres de Balzac à Conrart. Edition des El-
zeviers, in 12. de l'année 1664. pag. 135.   † pag.
14. 15.

„ & dans la converfation familiére. Chacun
„ demeurant d'accord qu'il n'y en a point de
„ plus inftructive, de plus commode, de meil-
„ leur ufage. Par elle vous aquerez, & vous
„ confervez l'eftime & la bienveillance de tout
„ ce qu'il y a d'excellents Efprits dans la Re-
„ publique des Lettres. Et s'il arrive, que l'é-
„ mulation excite entr'eux (ceci n'eft pas de
„ mon invention) quelque commencement
„ de defordre, rien n'eft capable de l'arrêter, fi
„ vous ne le faites par la force de vos raifons,
„ accompagnée de toutes les graces du bien
„ dire. Que fi enfin ils en viennent aux mains,
„ leur imagination-préoccupée les empêchant
„ de vous écouter & de fe rendre, vous êtes
„ toûjours également refpecté des partis con-
„ traires, qui ne conviennent de rien, que de
„ vôtre merite. Tout ce qu'il écrivoit donc &
tout ce qu'il difoit étoit également bien penfé
& bien exprimé. „ Je crois, lui difoit Balzac ‡ ce
„ fidele & ce fincere ami, je crois qu'elles (les
„ Graces) ont quitté le fervice de leur an-
„ cienne Maîtreffe, qu'elles ne font plus à Vé-
„ nus, qu'elles ne la connoiffent plus, qu'el-
„ les ne l'ajuftent plus, tant elles font occu-
„ pées auprès de vous. Elles ne font plus au-
„ tre chofe que vous préfenter de belles ma-
„ niéres, que vous choifir de nouvelles fleurs,
„ & de nouveaux ornemens, que fouffler leurs
„ charmes dans vos écrits; en un mot il faut
„ croire que c'eft aujourd'hui l'office des gra-
„ ces, de rendre généralement agréable ce
„ que vous penfez, & ce que vous dites,

De-

‡ Voy. Lettres choifies du même, & de la même
edition. pag. 152.

*Degne d'un chiaro sol, degne d'un pieno*
*Teatro, opre sarian sì memorande.*

Toutes les Venus, toutes les Graces, toutes
les autres Deesses qui président à la Conversation & aux plaisirs de l'esprit, lui étoient
assujetties. C'est là à peu près l'Eloge qu'un
Theologien nommé Jean Bowman fit autrefois du celebre Owenus & des trois Livres d'E-
pigrammes † qu'il a donnez au public au commencement du siécle passé.

*Quicquid habent Veneres Venerum, Charitesque*
  *leporum*
  *Quicquid Musa joci, quicquid Apollo salis;*
*Quodcunque est sophiæ, quodcunque est artis ubi-*
    *que*
  *Ingenii aut Genii quicquid ubique viget,*
*Omne id, Oene, tuis reor insedisse libellis;*
  *Hæc quando nobis lemmata dia dabas.*

On a trouvé cette loüange outrée par rapport
au Poëte Owen; mais Balzac l'a si heureusement traduit, & si justement appliqué à son
cher Conrart, & à ses Ouvrages, qu'il a eu le
consentement, l'agrément, & l'applaudisse-
ment universel de tous les Connoisseurs & de
toutes les personnes de bon goût. En effet il
n'y a rien de trop dans cet Eloge, & on peut
dire de l'Illustre Conrart ce qu'un ancien Poëte * a dit autrefois de ceux qu'on nomme *hu-*
*mani Joves*, & qu'il appelle *Diis æqua potestas.*
*Nihil est quod credi de se non possit, cùm laudatur.*

Il

† Vid. Epigrammar. Joann. Oweni, &c. pag. 1.
* *Juvenal.* Satyr. IV. v. 70. 71.

A 7

Il ne se peut rien voir de plus beau que ce
portrait de l'esprit de Conrart; on trouve dans
tous les Ouvrages des Auteurs célébres de son
temps mille autres traits disperséz qui le font
admirer, & qui rassemblez donneroient plûtôt
l'idée d'un prodige que celle d'un homme,
quelque grand & extraordinaire qu'on puisse le
concevoir. Personne n'a jamais pû parler de
lui sans se sentir comme forcé à le loüer; son
nom seul étoit un Eloge parmi ses Contemporains; à l'ouïe du nom illustre de Conrart ils se
représentoient tout ce qui se trouve de plus exquis & de plus noble dans l'Esprit de l'homme. Un Recueil de tout ce qui a été dit & é-
crit sur son sujet seroit bien digne de la cu-
riosité du public. Au lieu qu'un Tobias Ma-
girus, un Wilhelmus Eybenius, un Henninges
Witte, ont à peine rempli chacun, un volume mediocre des Eloges qu'on a fait d'un nombre presque infini de Savants, ou des témoignages avantageux qu'on leur a rendus, les témoignages qu'on a rendus à la vertu & à la probité du seul Conrart feroient la matiere d'un
gros Livre *. On a dit de Mr. Menage † qu'il a
été loué par 44 personnes, mais on ne sauroit
compter le nombre de ceux qui ont loué Conrart. Or lors qu'on peut faire un gros Recueil
de loüanges, il est permis à celui qui en est le
sujet, de se flatter de valoir quelque chose. Il
semble que personne n'aiant dressé à son honneur aucun monument de la nature de ceux
dont j'ai parlé au commencement de cet article,

* Voy. *Bayle* Dictionaire Historique & Critique.
Tom. 1. pag. 1069. colomn. 2. vers le milieu. † Voy.
*Histoire des Ouvrages des Savants*, Fevrier 1689. p. 597.

cle, ce Recueil feroit au moins un petit tribut qu'on rendroit à la mémoire de ce grand
homme. Je me fens beaucoup de panchant à
acquiter nôtre fiecle & la Republique des Lettres
de ce devoir; ces fortes d'entreprifes qui confiftent plus dans le travail des mains que dans
celui de l'efprit ne feroient peut-être pas au
deffus de mes forces & de mon peu de loifir. Il
femble même que la nature de mon Ouvrage
demande que j'amaffe tout ce qui eft répandu
par tout ailleurs. Mais comme mon but néanmoins n'eft point de faire les vies ni les Eloges
des hommes célébres, & qu'il ne tend uniquement qu'à fournir des Mémoires à ceux qui
voudront y travailler, je ne dois m'attacher
qu'aux particularitez & aux circonftances importantes & effentielles, qui concernent les Vies
& les Ouvrages de ces grands hommes. D'ailleurs, il faut l'avoüer, un gros volume qui ne
contiendroit que les loüanges d'un feul homme
feroit un prefent peu agréable au public qui
n'aime pas l'encens qui fume pour un particulier. * Les Eloges font devenus fort dégoû-
tants prefque dans tous les païs du monde, foit
parce qu'on en fait trop, foit parce qu'on les
remplit d'un galimathias hyperbolique & infi-
pide, éternellement monté fur cinq ou fix lieux
communs. Et un Libraire n'ofe prefque point
montrer aux Curieux un Livre dont la premiere
page eft une ménace de panégyrique. Je laiffe-
rai donc cet Ouvrage à un autre qui ne fe pro-
pofant que de faire des Eloges, & les faifant
avec autant d'art & de fuccès que (le P. Rapin)
l'Au-

* Voy. *Nouvelles de la République des Lettres.* Fevrier
1686. pag. 238. Voy. ibid. Août, 1704. pag. 224.

l'Auteur du livre intitulé; *Du Grand ou du Su-*
*blime dans les mœurs & dans les differentes condi-*
*tions des hommes; avec quelques Observations sur*
*l'Eloquence des bienseances.* Cet Auteur a montré
le Sublime dans les mœurs dans quatre sortes
de conditions, 1. dans la Robe, en la personne de Mr. le Premier Président de Lamoignon.
2. dans la profession des armes en la personne
de Mr. de Turenne; 3. dans la vie privée en
la personne de Mr. le Prince de Condé depuis
sa retraite de Chantilly. 4. dans la vie en public & sur le Trône en la personne du Roi Louïs
XIV. Ces quatre petits Panegyriques sont précédez d'un discours fort délicat à Mr. de Basville, Intendant du Languedoc, & fils de Mr.
le Premier Président de Lamoignon ; cet Auteur y explique en peu de mots le Sublime dont
Longin a fait un si excellent Traité parfaitement
bien traduit par Mr. Despreaux ; & il y mêle
adroitement les Eloges qui sont dûs à l'érudition, à l'éloquence, & aux autres belles qualitez de Mr. de Basville. On ne sauroit mieux
recommander cet Ouvrage, (c'est Mr Bayle
qui parle) qu'en disant qu'on le lit avec plaisir
quoi qu'il soit rempli d'Eloges. Je laisserai, dis-
je, à un autre à faire le Recueil dont je parle, &
à assaisonner si bien les Eloges qu'il contiendra
qu'on pourra le lire sans dégoût ; Et après avoir
donné une simple idée de l'Esprit de nôtre
Conrart, j'en donnerai une pareille de son Cœur.
Balzac qui l'a mieux connu qu'aucun autre, & qui a fait le tableau raccourci de son esprit, que nous venons de voir, éleve son Cœur
beaucoup au dessus ; il fait infiniment plus
de cas des grandes qualitez dont il est orné
que de ces beaux talents dont il a parlé ; ces

ta-

talents n'étoient pas ce qu'il estimoit principalement en lui; (a) *la sainte amitié, l'inviolable
fidelité &c. c'est,* dit-il, *ce qui fait le solide &
l'essentiel de Mr. Conrart.*

*Huom che' n'amor m'è padre....*

(b) C'étoit un homme bon, charitable, bienfaisant; (c) sa bonté étoit une bonté sage, judicieuse, clairvoyante, &c. (d) Son amitié étoit
une amitié douce, indulgente, compatissante;
(e) son Cœur étoit un Cœur tendre, généreux & passionné: (f) C'étoit un ami officieux,
exact, ponctuel, judicieux; veritablement, lui
disoit autrefois Balzac (g), ,, si vous ne m'ai-
,, miez, vous seriez injuste; mais vôtre amitié va
,, bien au delà de la justice ordinaire; les gra-
,, ces & les faveurs coulent en abondance, de
,, la profusion de cette excellente amitié:

*Et quel che'l bello, e'l caro accresce à l'opre.
L'arte che tutto fà, nulla si scuopre.*

,, car vous comptez toûjours pour rien tous les
,, bons offices que vous me rendez; & vôtre
,, affection n'est pas seulement liberale, elle
,, est magnanime, & ne se souvient que de ce
,, qu'elle reçoit; mais jamais de ce qu'elle donne. (h) Il se réjouïssoit du bien qui arrivoit aux
autres comme s'il l'eut reçu lui même. Balzac
(i) le remerciant un jour *de sa diligence si exacte,*

(a) Voy. Lettres de Balzac à Conrart, ubi suprà.
(b) Ib. pag. 219. (c) Voy. ibid. pag. 228. (d) Voy. ib.
pag. 286. (e) Voy. ibid. pag. 269. (f) Voy. Lettres
de Costar Tom. 1. pag. 700. (g) Lettres de Balzac, ubi
supra. (h) Voy. Lettres de Costar Tom. 1. pag. 691.
(i) Lettres de Balzac, ubi supra pag. 273.

*acte , de ses soins si obligeants , de ses perpetuelles bontez ,.*

　　*Bellezze incorrutibili e divine!*

*en un mot de la continuation de sa sainte amitié ,.* lui dit & l'assure qu'il étoit prêt, si Conrart l'eut voulu, de le jurer sur les Autels, qu'il n'eut pas changé *cette amitié pour la faveur du plus grand Prince du monde ; pour le Nepotisme du Cardinal Pamphilio , pour le Ministére de D. Louis de Haro ; & ainsi du reste des autres Cours.*

　　Conrart étoit charitable & bienfaisant; † Balzac nous en fournit encore la preuve. „ Je „ vous rends mille graces, lui dit-il, des bons „ offices que vous avez rendus au prisonnier „ que je vous avois recommandé. J'espere „ que vous serez son liberateur, & nous ajoû-„ terons ce nouveau titre à vos autres quali-„ tez; pour moi j'en demeurerai où j'en suis, „ toûjours dans le plus bas étage de l'amitié, „ toûjours très - obligé à vôtre Seigneurie très „ Illustre, perpetuel suppliant de Mr. Conrart, „ comblé de faveurs & de bienfaits, par le plus „ franc & le plus genereux ami qui soit sur la „ terre.

　　Conrart étoit discret; on pouvoit lui confier sûrement un secret; le témoignage que Balzac ‡ lui en a rendu, ne peut être plus beau, ni plus avantageux. „ Je vous écrivis il y a huit „ jours, lui dit-il, & vous envoyai le reste de mon „ Socrate; Ma Lettre étoit accompagnée d'un.
　　　　　　　　　　　　　　　　　bil-

† Voyez Lettres de Conrart ubi supra pag. 139.
‡ ibid. pag. 122.

„ billet de vôtre ami dans lequel il se confessoit
„ à vous avec toute la honte & toute la confu-
„ sion d'un homme qui se laisse voir tout nud
„ à quelqu'un. Il s'assure, Monsieur, que vous
„ serez toûjours vous-même, c'est-à-dire, le
„ plus sage confident qui soit au monde, & le
„ plus fidele dépositaire des pensées de vos
„ amis. C'est pourquoi il ne vous demande pas
„ *l'art d'oubliance*, (si célébre en la personne du
„ bon pere d'Aubigny.) il sait que vous avez
„ tout ensemble beaucoup de mémoire & beau-
„ coup de discretion.

Balzac a confirmé par sa pratique & par son
exemple la verité de ce beau témoignage ; la
fidelité de Conrart lui étoit si bien connuë
qu'il n'avoit rien de caché pour lui ; „ * Au
„ reste, mon très-cher Monsieur, lui dit-il, je
„ me fie plus à vous qu'à moi même. Vous
„ savez bien les choses qu'on peut montrer,
„ & celles qui doivent être secretes ; j'ai ici,
„ lui dit-il encore ailleurs †, des freres & des
„ neveux, mais ils ne savent rien de toute cette
„ petite affaire, parce qu'il n'est pas necessaire
„ qu'ils en sachent rien, je ne doute point que
„ vous n'ayez agi de la même sorte au lieu où
„ vous êtes, & que nôtre secret n'ait été ca-
„ ché à ceux à qui il ne falloit point le com-
„ muniquer. Il l'avoit choisi pour son confident unique pour lequel il n'avoit aucune reserve ; ‡ *je vous ai choisi*

*Pour arbitre absolu de tout ce que je pense*
*De tout ce que je dis, de tout ce que je fais.*

Il

* Voy. ibid. pag. 244. † Ibid. pag. 286.
‡ Ibid. pag. 160.

Il lui repete la même chose en profe *. Il lui
dit que les fecrets de fon cœur ne lui font point
inconnus; Tout cela n'eft point compliment,
ce font des veritez certaines, ce ne font point
des flateries, ce font des témoignages que Balzac veut confirmer en mourant; „ Après avoir
„ publié, lui dit-il, † l'ardeur & la conftance
„ de nôtre fainte amitié, après en avoit paré
„ tous mes Ouvrages, & après que mes Ou-
„ vrages en ont informé tout l'Univers, je
„ veux lui apprendre encore, jufques à mon
„ dernier foûpir, que vous êtes l'homme du
„ monde que j'ai le plus aimé, & le plus ho-
„ noré. Je rendrai ce témoignage, même en
„ mourant, que je n'ai jamais trouvé de pro-
„ bité, de fidelité & de bonté plus entiéres &
„ plus folides qu'en vous. Je defire que la pof-
„ terité le fache, mais bien plus, qu'elle le
„ croye, afin qu'elle eftime mon bonheur auffi
„ grand qu'il eft;

*Et-hora, & dopo un corfo ancor di luftri,
Infiammati ne fian, gl'animi illuftri.*

„ ‡ Je vous mets toûjours hors du pair,
„ mon très-cher & très-parfait ami, & je
„ vous confidere de telle forte que mon der-
„ nier foûpir fe tournera vers vous en allant
„ au Ciel,

*e vedraffi ov', Amor, tù mi legafti.*

„ * Dans mon extrême langueur je n'ai point
d'au-

---

* Ibid. pag. 305. † Voy. ibid. pag. 301.
‡ Ibid. pag. 303. * Ibid. pag. 307.

„ d'autre confolation , que celle de penfer à
„ mourir en la grace de Dieu , & de me repre-
„ fenter à toute heure, quel bonheur ce m'eft
„ d'avoir acquis un ami comme vous, & de l'a-
„ voir confervé jufqu'au tombeau;

*Così congiunta la concorda coppia,*
*Ne la fida union le forze adoppia.*

„ Vous voyez que je ne puis tarir fur cette
„ matiere, tant elle me tient au cœur ; elle
„ me fait vaincre ma foibleffe.
   Tel aiant été Conrart, il ne faut pas s'étonner fi on l'appelloit , * *l'Invincible Conrart, le*
*grand Conquerant des Cœurs , & des volontez,*

*Al cui valor 'ogni vittoria è certa,*

à qui perfonne ne pouvoit refifter, *& contre le-*
*quel perfonne ne pouvoit fe revolter.* Il ne faut pas
s'étonner fi en l'appelloit † *les delices du genre*
*humain.* Et fi fuivant le témoignage que Coftar ‡ lui rend, il avoit *la reputation de très-bel*
*Efprit & de parfaitement honnête homme,* fi non
feulement *il la poffedoit ,* mais encore *s'il en*
*jouiffoit paifiblement à Paris.* Temoignage que
Balzac lui rend auffi avec un ftile fleuri: „ Vous
„ êtes, lui dit-il, *le cher ami de mon Cœur,
„ & je fuis encore plus affuré de vôtre fide-
„ lité que de la mienne. Vous êtes l'idée des
„ bons, des fages, & des généreux; & veri-
„ tablement vôtre bonté , vôtre fageffe, &
                 „ vô-

* Voy. ibid. pag. 223. † Ibid. pag. 228. ‡ Voy.
Lettres de Coftar. tom. 1. pag. 699. * Voy. Lettres de
Balzac à Conrart. ubi fupra pag. 175.

„ vôtre generofité me font en toutes rencontres

*Compagne elette a le fortune auverfe.*

„ Mais que puis-je faire pour vous témoigner
„ que je ne fuis pas indigne de vôtre amitié ;
„ que je ne fuis pas ingrat de tant de faveurs
„ que j'ai reçuës ? Je le crierai fi haut, que toute
„ la terre l'entendra, que toute la pofterité
„ le faura — Je vous garde un Cœur qui brule
„ d'amour pour la vertu & pour vous, qui
„ font deux fynonymes en la langue de mon
„ Cœur. * J'ai conclu qu'il n'eft rien dans le
„ monde de fi bon ni de fi beau que vôtre
„ belle ame ;

*Che fola più che mille infieme vale.*

„ Que vous êtes le plus excellent homme, le
„ plus excellent ami, le plus excellent fai-
„ feur de Lettres qui fe foit vû, depuis que l'on
„ raifonne, depuis que l'on aime, & depuis
„ que l'on écrit. Il y a long-temps que je me
„ fuis déclaré là-deffus, & il ne fe paffe guere
„ de jour, que je ne renouvelle ma déclaration. A fon temoignage, il en ajoûte un autre qui le confirme & qui eft fort glorieux à
Conrart ; c'eft celui de l'Illuftre Mr. de Montaufier ; „ Mr. de Montaufier, dit Balzac,
„ fait merveilles, quand il traite le même fujet,
„ mais j'ai cet avantage fur lui, que j'entame
„ toûjours la matiere ; c'eft moi, d'ordinaire,
„ qui commence la converfation par, *mais*
„ *que dirons nous encore de nôtre excellent ami ?*

J'ai

* Voy. ibid pag. 177.

J'ai dit d'abord que ce Conrart si Illustre & si
célébre n'avoit point étudié, & qu'il avoit renoncé à la qualité de Savant. Peut-être croira-t-
on que ce langage ne signifie autre chose sinon
que Conrart n'étoit pas fort versé dans la connoissance des Langues & des Sciences : je dirai
donc ici pour lever l'équivoque, que Conrart
n'avoit aucune étude quelle qu'elle fut, & qu'il
ne savoit pas même le Latin. Cette vérité a
donné lieu à Balzac de faire cette savante Dissertation critique * qui est la dix-septiéme, addressée à Mr. de la Thibaudiere, dans laquelle
il fait voir *qu'il y a des gens naturellemens savants.*
Cette Dissertation est un pur Eloge de nôtre
Conrart, Eloge d'autant moins suspect qu'il
ne le nomme point; ,, N'en déplaise à l'Uni-
,, versité, dit Balzac, il y a une Logique natu-
,, relle, & des sages ignorants; nous en som-
,, mes demeurez d'accord, & la dispute doit
,, cesser, où se trouve l'experience. En tout
,, païs il y a des Docteurs en Langue vulgaire.
,, La Raison peut faire toute seule de grandes
,, choses, sans l'assistance de l'Art & de la Scien-
,, ce. Vous savez le nom que les Grecs ont
,, fait pour signifier, ceux qui se sont enseignez
,, eux-mêmes, & qui ont été tout ensemble
,, leurs Maîtres & leurs Disciples.
  ,, Les Turcs sont plaisants, quand ils disent
,, des Tartares, que les autres peuples lisent
,, les Livres, mais que les Tartares les ont man-
,, gez; qu'ils ont leur doctrine dans l'estomac,
,, & dans les entrailles, & que nous avons la
,, nôtre sur le bord des levres.
                                      ,, L'Am-

* Voy. Oeuvres de Balzac in folio. tom. 2. pag.
653. 654.

„ L'Ambaffadeur Busbequius m'a appris ce
„ que je vous dis, & à dire vrai, Monfieur,
„ c'eft une excellente chofe que d'être bien
„ né. L'heureufe naiffance fait prefque tout,
„ & je foûtiens qu'un grand Orateur eft plus
„ obligé à fa Mere qu'à fes Maîtres, & à fes
„ Etudes ; je dis de fon Eloquence & de la
„ Nobleffe de fon ftyle. Il y a des terres extré-
„ mement fertiles, qui ne font cultivées que
„ par le Ciel; la main des hommes n'y touche
„ jamais. Où fe trouve cette abondance, qu'a-
„ t'on que faire de l'Agriculture? Où l'on don-
„ ne le bien pour rien, à quoi bon travailler
„ pour l'acquerir? La liberalité de la Nature
„ enrichit bien plus que le mefnage des hom-
„ mes.

„ Je pourrois vous fournir plufieurs exem-
„ ples de gens de ma connoiffance, qui ne fa-
„ vent pas un mot de Grec ni de Latin ; qui
„ n'ont étudié ni en Rhetorique, ni en Logi-
„ que, & qui font neantmoins des Pieces, où
„ nous remarquons toutes les Regles de l'O-
„ raifon, & du Raifonnement, mais je me con-
„ tenterai de vous en alleguer un feul, & en-
„ core ne veux-je pas vous le nommer, qui
„ brille entre les autres comme le Soleïl en-
„ tre les Aftres, pour parler Horace *. En
„ voila affez pour vous le faire connoître. J'en
„ reçois très-fouvent des chofes qu'il n'a point
„ imitées, qui font purement fiennes, & que
„ vous jugerez, comme moi, dans la derniere
per-

---

\* ——— *Micat inter omnes*
*Julium fidus, velut inter ignes*
*Luna Minores.*
Horat. Carmin. lib. I. Od. XII. v. 46. 47. 48.

,, perfection de bonté, & d'ajuftement, quand
,, je vous les aurai communiquées.

· ,, Son fens naturel eft fi fin & fi affuré, que
,, quelqu'un lui aiant montré l'autre jour la
,, Traduction d'une Oraifon de Ciceron, il re-
,, connut que le Traducteur s'étoit mépris en
,, un endroit qu'il trouva plus lâche que les
,, autres. On lui allegua la fuperiorité que la
,, Langue Latine avoit fur la nôtre, & qu'il
,, étoit impoffible d'y rendre Elegance pour
,, Elegance. Mais cela ne le fatisfit point. Il
,, foûtint que le paffage de Ciceron devoit être
,, conçu *de telle maniere*, & qu'il étoit impoffi-
,, ble, par ce qu'il voyoit devant & après, que
,, ce grand perfonnage eût affoibli fa penfée
,, de la forte qu'elle lui paroiffoit, le livre fut
,, apporté, & on demeura d'accord que Mr.
,, * * * avoit raifon. Ainfi vous voyez qu'il y
,, a une Logique naturelle, & des Docteurs fans
,, avoir étudié.

· On fera peut-être furpris de voir que Balzac
parlant de Conrart d'une maniére fi avantageufe
il ait fupprimé fon nom. Ce procedé ne paroi-
tra pas neantmoins fi étrange fi l'on confidere
que comme Balzac ne connoiffoit point d'homme qui égalât Conrart, en qualitez pour ainfi
dire furnaturelles, il s'imaginoit que dès là
qu'il faifoit le portrait d'un homme extraordinaire & d'un homme rare, tout le monde étoit
obligé de reconnoître que c'étoit le portrait de
Conrart. *Je me contenterai*, dit-il, *de vous en*
*alleguer un feul, encore ne veux-je pas vous le nom-*
*mer* ; il prétend le faire affez connoître en difant *qu'il brille entre les autres, comme le Soleil*
*entre les Aftres.* D'ailleurs, Conrart étoit extrémement modefte ; Girard, Archidiacre d'An-

B                         gou-

goulême parle souvent de sa modestie dans l'E-
pître dedicatoire * qui est à la tête des Lettres
de Balzac à Conrart, & qu'il lui a addreffée.
Il s'en plaint même quelquefois, & se met en
colere contre cette modestie outrée. Lors
qu'il veut empêcher qu'on ne publie les Lettres
de Balzac qui paroiffent sous le titre de *Lettres
de Balzac à Conrart*, parce qu'elles font pleines
de loüanges & d'éloges par lesquels il pretend,
que fa modestie feroit bleffée ; † *O pudeur injuste ! m'écriai-je à ces paroles ; & je protestai
que ce seroit la seule occasion en toute ma vie où je
ne vous obéirois pas.* ‡ *Comment se peut-il faire
aussi que vous apprehendiez si fort les loüanges ?
car il me semble que vous y devez être accoûtumé, depuis le temps qu'on vous loue.* § *Relâchez
un peu de cette scrupuleuse severité qui vous fait
fuir les loüanges, de la même forte que les autres
les désirent. Je ne sai guere que vous avec qui il
fallut disputer en pareille rencontre. Et les loüanges ayant toûjours été, comme elles font encore, la
plus honnête récompense de la vertu, principalement quand elles viennent d'une personne digne d'ê-
tre loüée, je ne sai pourquoi vous vouliez vous priver
de celles-ci, qui ne sont point, ce me semble, à re-
fuser.* Godeau n'a pas ôfé le nommer dans fa
Préface de fa Paraphrafe des Pfeaumes de David, ¶ „ Je confeffe, dit-il, que pour moi elle
„ (la correction) est plus penible que la com-
„ position ; deforte qu'il peut bien être arrivé
„ qu'en revoyant mes Pfeaumes, je n'y aurai
„ pas fait tous les changements que je voyois
　　　　　　　　　　　　　　　　　　　　　　„ ne-

* Voy. Epître Dedicatoire à Conrart, au devant des
Lettres de Balzac à Conrart. pag. 1. 7. † Ibid. pag.
XI. XII. ‡ Ibid. pag. 13. § Ibid. pag. XXI. ¶ pag. 9.

,, neceſſaires pour leur perfection. Deux ex-
,, cellents amis (leur modeſtie me défend de
,, les nommer) m'y ont aidé, & leur jugement
,, m'a pluſieurs fois obligé de paſſer la plume
,, ſur beaucoup de choſes, que j'euſſe laiſſées
,, comme ſupportables. Nous ne ſaurions pas
que ces *deux excellents amis*, étoient Conrart
& Chapelain, ſi celui * qui a fait l'Avertiſſement qui eſt à la tête des Pſeaumes de Conrart
ne nous avoit obligeamment revelé ce ſecret.
† *C'eſt de lui*, (Conrart), dit-il, *& de feu Mr.*
*Chapelain que Mr. Godeau entend parler, ſous le*
*nom de deux de ſes excellents amis, qui lui avoient*
*ſi fort aidé à corriger ſa paraphraſe ſur les mêmes*
*Pſeaumes.* D'autres amis trop complaiſants ont
agi de la même maniere que Godeau, & par la
même raiſon. Balzac ne desapprouve pas ſeulement ſa trop grande modeſtie, il a le courage de la cenſurer, auſſi bien que le ſincere &
le vigoureux Archidiacre d'Angoulême. ,, ‡ Je
,, n'avois garde, lui dit-il, de priver Madame
,, la Marquiſe de Montauſier d'une lecture ſi
,, agréable que celle de vôtre derniere Lettre.
,, Vous avez donc été très-mal obeï, parce que
,, j'ai crû que vôtre défenſe étoit très-injuſte;
,, & je vous déclare que je ſerai rebelle toutes
,, les fois que vous ſerez Tyran de cette façon.
,, De l'humilité, de la modeſtie, tant qu'il
,, vous plaira, mon très-cher Monſieur, pour-
,, vû que vôtre modeſtie ne viole pas l'ordre
,, du monde, ni les devoirs de la charité, ce
,, qu'il ſemble qu'elle vueille faire, empêchant
,, que le bien ne ſe communique, en l'enviant

---

* Mr. de la Baſtide. † Pag. 13. ‡ Voy. Lettres de
Balzac à Conrart. pag. 224. 225.

„ à vôtre prochain. Cette impérieuſe modeſtie
„ ne ſe peut ſouffrir, & après m'avoir défendu
„ de montrer à Madame la Marquiſe, les Let-
„ tres que vous m'écrivez, ne voudriez-vous
„ point auſſi l'obliger à me faire un ſecret de
„ celles qu'elle reçoit de vous? Cependant quoi
queBalzac condamne ainſi la modeſtie de Conrart, il l'épargnoit quelquefois quand il le falloit; & s'agiſſant ici d'une Diſſertation critique, Conrart n'y entroit que pour ſervir d'exemple, il y auroit eû de l'affectation s'il l'y
avoit fait entrer comme le heros de la piece.
Quoi qu'il en ſoit on ne peut pas douter que
ce ne ſoit de Conrart dont il y eſt parlé. Il re-
donne le même portrait dans une de ſes Lettres,
* & déclare que c'eſt le portrait de Conrart.
„ Vous me prenez pour un autre, dit-il, ſi
„ vous me prenez pour un admirateur; je ne
„ le ſuis pas de Virgile, comment le ſerois-je
„ de Malherbe? En effet je ne l'eſtime beau-
„ coup, que par la comparaiſon des autres
„ que j'eſtime peu; mais je vous l'ai dit il y
„ a long-temps, & je ne penſe pas que je m'en
„ dédiſe jamais, s'il y a quelqu'objet de mon
„ admiration dans le monde, c'eſt l'homme à
„ qui j'écris cette Lettre. Je ne trouve rien
„ d'admirable dans nôtre République Litte-
„ raire, que cet homme qui ſait tout, ſans a-
„ voir été à l'école; que cette naiſſance bien-
„ heureuſe, que cet eſprit riche de ſes propres
„ biens,

    *E di ſe ſteſſo à ſe fregio aſſai chiaro;*

„ qui fournit plus à nôtre commerce, ſans em-
                            „ prunter

    * Voy. ibid. pag. 239. 240.

„ prunter de perſonne , que nous ne faiſons ,
„ avec le ſecours de nos Grecs & de nos
„ Romains, avec tout nôtre crédit, & tout
„ nôtre acquis. Voulez-vous que je vous
„ le die, d'une maniere plus gaillarde ? Pour
„ la fertilité & pour la beauté , pour le
„ beſoin & pour les délices , il n'y a contrée
„ en Grece, ni en Italie, qui vaille vôtre Pa-
„ latinat ;

*Beato è ben chi naſce à tàl deſtino !*

Cela paroiſſoit ſi ſurprenant & ſi extraordinaire
à Balzac lui-même, qu'il ſembloit quelquefois
qu'il eut de la peine à le croire. „ * Si vôtre
„ modeſtie, dit-il en parlant à Conrart, ſi vô-
„ tre modeſtie, (je n'oſe dire vôtre diſſimula-
„ tion) ne m'avoit point défendu de vous en-
„ tretenir en la Langue de Virgile, & d'Hora-
„ ce, je ſemerois toutes mes Lettres de leurs
„ Tulippes, de leurs fleurs d'Orange, & de
„ leur Jaſmin, & j'y mêlerois quelquefois de
„ mes Marguerites & de mes Penſées ; mais
„ parce que vous ne le voulez pas je me re-
„ tranche aux roſes & aux oeillets de vos grands
„ amis, le Petrarque & le Taſſe, dont les cou-
„ leurs ſont ſi vives , & l'odeur ſi bonne, qu'el-
„ les ſe conſervent ſans déchet , & dans leur
„ propre terroir , & lôrs même que l'on les
„ tranſplante. Balzac fait paroître ailleurs bien
plus clairement encore qu'il eſt dans quelque
doute & quelque incertitude à cet égard ; c'eſt
toûjours à Conrart qu'il parle ; „ † Je vous
„ envoye mes derniers vers, lui dit-il, pour
Mr.

* Voy. ibid. pag. 160. 161. † Voy. ibid. pag. 81.

B 3

„ Mr. de Graffe & pour vous auffi; car à vous
„ dire le vrai, je crois que vous êtes un impof-
„ teur, & que fi vous n'avez appris le Latin,
„ il vous a été revelé, qui eft une maniére d'ap-
„ prendre, beaucoup plus noble que celle qui
„ fe pratique au College.

Coftar a dédié fes *Entretiens* à Conrart, & il fait
dans l'Epitre Dedicatoire, un magnifique &
jufte Eloge de ce grand homme : & en effet
* *où trouve-t-on en une même perfonne*, comme
on a trouvé dans Conrart, *un bon efprit & une
bonne ame*; *de l'intelligence & de la vertu*, pour
me fervir des expreffions de Balzac. Nous
voyons dans une autre Lettre du même Coftar
† écrite à Conrart, qu'il en a reçu une excellente de lui; qu'il montrera, dit-il, à quelques-
uns de leurs Provinciaux qui ne connoiffoient
peut-être pas fon rare merite & qui pouvoient
douter de la vérité des loüanges qu'il lui donnoit dans cette *Epitre liminaire de fes Entretiens*,
dont je viens de parler. Voici entr'autres chofes ce que ‡ Coftar y dit à Conrart fur ce qu'il
étoit un des plus grands hommes de fon fiécle
fans favoir le Latin, ni avoir aucune autre é-
tude. „ Certes, Monfieur, il faut que je vous
„ déclare une penfée que j'ai de vous & que je
„ garde fur mon cœur depuis que j'ai l'hon-
„ neur de vous connoître de bonne forte. Du-
„ rant la faveur de Seneque, un de fes freres
„ ne voulut jamais briguer les dignitez & les
„ charges de la Republique; & s'avifa de cette
„ nouvelle ambition, de faire paroître au monde

* Voy. ibid. pag. 240. † Voy. Lettres de Coftar.
tom. 1. pag. 699. 700. ‡ Voy. Lettre à Conrart qui eft
au commencement des *Entretiens* de Coftar.

„ de qu'un simple Chevalier Romain pouvoit
„ égaler le crédit, la puiſſance & l'autorité
„ des perſonnes Conſulaires. Je puis dire en
„ quelque façon que vous avez imité ce brave
„ homme, ayant dédaigné la Langue Latine
„ & la Gréque, pour faire honneur à la nôtre
„ & témoigner à toute la France, que, ſans ſe
„ charger la mémoire des connoiſſances étran-
„ geres on pouvoit diſputer aux plus ſavants la
„ gloire de bien écrire.

Mr. de Girac, Conſeiller au Préſidial d'Angoulême, de la perſonne & des démêlez duquel feu Mr. Bayle a fait l'hiſtoire dans ſon
*Dictionaire Hiſtorique & Critique* ſous le nom de
*Paul Thomas Sieur de Girac, fils de Paul Thomas
Sr. de Maiſonnette*, Mr. Girac, dis-je, écrivant
contre ces Entretiens a prétendu que cette comparaiſon de Coſtar étoit injurieuſe à Conrart.
„ * J'ai desja remarqué, dit-il, que vous uſiez
„ d'une adreſſe ſi ſubtile, & ſi artificieuſe à
„ manier l'Ironie, que vos loüanges étoient
„ ſi ſuſpectes & ſi peu ſinceres, & que vôtre
„ venin étoit ſi bien préparé, qu'il étoit égale-
„ ment difficile de le reconnoître & de l'évi-
„ ter. Expliquez-vous donc, je vous ſupplie,
„ puiſqu'il eſt ſi difficile de ſavoir quand vous
„ loüez tout de bon, & découvrez un peu da-
„ vantage vos ſentiments lorſque vous parlez
„ de Mr. Conrart. Le parallele que vous faites de
„ lui avec Mella eſt également forcé & desobli-
„ geant; car Tacite dans le lieu où il fait men-
„ tion de ce frere de Seneque, dit que ce
„ fut par une ambition impertinente & hors de
„ ſaiſon qu'il s'abſtint des honneurs & des charges,

* Pag. 223. & ſuivantes.

,, ges,. & qu'il fut confirmé dans cette refolu-
,, tion par un appetit du gain , afin que de-
,, meurant homme privé il fit les affaires du
,, Prince en qualité d'Agent, ce qu'il n'eut pû
,, s'il eut pofledé les charges les plus éminen-
,, tes de la Republique.

,, Vôtre comparaifon eft donc injurieufe à
,, celui que vous loüez , & en traduifant le *per*
,, *ambitionem præpofteram* de Tacite par ces ter-
,, mes, *il s'avifa de cette nouvelle ambition , de*
,, *faire paroître au monde qu'un fimple Chevalier*
,, *pouvoit égaler l'autorité des perfonnes Confulai-*
,, *res*, vous faites voir que vous n'avez pas
,, compris le fens de l'Auteur , & que vous
,, manquez étrangement contre l'hiftoire.

,, Il n'étoit pas nouveau que des Chevaliers
,, Romains fe fuffent trouvez dans une pareille
,, puiffance. L'Exemple de Mecenas étoit trop
,, récent & trop illuftre pour attribuer à Mella
,, L'invention d'une fi glorieufe modeftie. Ce
,, fage favori d'Augufte étoit defcendu des Rois
,, d'Etrurie ; fa naiffance & fes rares qualitez,
,, méritoient bien la reconnoiffance du plus
,, équitable maître qui fut jamais, & il poffédoit
,, entiérement fes bonnes graces. Il fe contenta
,, neantmoins d'être fimple Chevalier, & fe re-
,, fufa à foi-même les dignitez & les emplois
,, dont il recompenfoit à toute heure le mérite
,, de fes amis.

\* Coftar a répondu à cette accufation en
ces termes. ,, Je n'ai befoin que d'une partie
,, de ma patience, pour fouffrir doucement que
,, l'on me reproche de n'avoir pas compris le
,, fens de Tacite, & d'avoir offenfé la verité de
           l'Hif-

\* Voy. l'Apologie de Mr. Coftar. pag. 238. 239.

,, l'Hiſtoire. Mais quel moyen de ſupporter
,, l'accuſation d'une inſigne perfidie contre un
,, excellent homme, pour qui j'ai tant de ve-
,, neration & de tendreſſe, & dont l'aimable
,, vertu a des charmes ſi puiſſants, qu'elle ſe-
,, roit capable de rendre fidele, l'infidelité mê-
,, me ? Quoi ? lorſque j'ai loué la beauté de
,, ſon Eſprit, je me ſuis ſervi de mon Ironie,
,, & parce qu'il m'eſt arrivé une fois d'employer
,, cette figure, on me ſoupçonnera d'en uſer
,, toûjours ? Par cette raiſon ſi quelqu'un s'eſt
,, maſqué dans un balet, on croïra qu'il ne
,, montre jamais ſon viſage naturel, & qu'é-
,, ternellement il va déguiſé. Par cette raiſon
,, l'on croïra que Ciceron qui étoit grand mo-
,, queur, ſe vouloit moquer de Céſar & de
,, Pompée lorſqu'il les élevoit juſque dans le
,, Ciel; & qui nous empêchera de faire un ſem-
,, blable Jugement des Panegyriques d'Auſone
,, & du Jeune Pline, puis que chacun ſait qu'ils
,, aimoient à rire, & qu'ils ne laiſſoient pas é-
,, chaper les occaſions qui s'en préſentoient ?
,, En quoi la comparaiſon du Chevalier Ro-
,, main eſt-elle injurieuſe à Mr. Conrart ? Qui
,, a dit à mon adverſaire que j'ai voulu traduire
,, tout le paſſage de Tacite ? N'eſt-ce pas aſſez
,, pour moi qu'on ne puiſſe me conteſter qué
,, l'ambition de Mella étoit quelque choſe d'ex-
,, traordinaire, & qu'il voulut ſe ſignaler par
,, là ? Que s'il eſt vrai qu'il eut encore quel-
,, qu'autre motif du deſſein qu'il prit de ne bri-
,, guer point les charges & les honneurs de la
,, Republique ; qu'étoit il neceſſaire que j'en
,, fiſſe mention ?

Coſtar continuë enſuitte à ſe défendre contre la Cenſure maligue de ce mal intentionné Critique.                               B 5                 Con-

Conrart n'avoit pas ces connoiſſances qui é-
galent les petits eſprits aux plus grands, & dont
chacun peut être capable ; ni ces fâcheuſes
Sciences qui donnent tant de peine aux ames
les mieux nées & les plus laborieuſes, & qui leur
font ſouvent plus de préjudice que d'avantage
& d'honneur. Son Eſprit étoit façonné des mains
de la nature, qui avoit pris plaiſir à le polir, à
le perfectionner, & à y mettre tous les dons &
tous les talents qu'elle ne donne qu'à ceux
qu'elle favoriſe le plus.

*　——————— Quibus arte benigna
Et meliore luto finxit præcordia Titan.

Ou comme s'exprime Ciceron dans ſes Livres
de la Republique, quibus datus eſt animus ex illis
ſempiternis ignibus quæ ſydera & ſtellas vocant.
L'Illuſtre Auteur des Melanges d'Hiſtoire & de
Litterature qui ſe cache ſous le nom de Vigneul
Marville remarque fort à propos que „ † que
„ nous avons vû Mr. Conrart avec ce bon ſens tout
„ ſeul donner des leçons à l'Academie Françoiſe,
„ dont il étoit un des Membres ; & faire paſſer à
„ ſa coupelle des Ouvrages ſur leſquels des Savants,
„ hériſſez de Latin & de Grec, auroient ſû ſans
„ y trouver dequoi mordre.
　En un mot Conrart n'a point appris le Latin
dans ſa Jeuneſſe, ni depuis dans un âge avancé. Il ne l'a jamais ſçu ; Et ſi Balzac ‡ a dit
qu'on lui a voulu faire croire que Conrart avoit
appris le Latin, ce n'a été apparemment qu'un
prétexte à la faveur duquel il lui a envoyé ces
vers

* Voy. Juven. Satyr. XIV. v. 34. 35. † Tom. 2. p.
358. ‡ Voy. Lettres de Balzac à Conrart. pag. 168.

vers Latins qu'il avoit faits pour lui & dont
il auroit été très-fâché de ne pouvoir se faire
honneur,

> *Di carum servate caput! vis noxia cœli,*
> *Et turpes nebulæ Conrado parcite nostro,*
> *Quo sine nec jucunda dies, nec Balzacus ipse*
> *Ipse sibi placeat.*

A peine Balzac ne lui soûtient-il pas qu'il ait sû
le Latin sans l'avoir appris; „ * Jamais, lui dit-
„ il, naissance ne fut si heureuse ni si belle que
„ la vôtre, & quoi que vous ayez quarante ans
„ passez, & que vous m'ayez juré plusieurs fois,
„ que vous ne saviez pas la Langue Latine, je
„ gage que si vous voulez, vous ferez avant
„ que de mourir, un Livre Latin qui donnera
„ de la jalousie à Mr. de Saumaise, & à Mr.
„ Heinsius; voire même à Mr. Menage & à
„ vôtre très-humble serviteur, si nôtre jalou-
„ sie pouvoit compatir avec nôtre amour.

Balzac ne parloit pas serieusement, aussi, dit-
il, *qu'on lui a voulu faire croire;* ce n'est qu'un
bruit qui a couru, & qui est sans fondement,
d'autant plus qu'il sait le contraire, de la bouche de Conrart lui-même *qui lui a juré plusieurs
fois qu'il ne savoit point de Latin.* Il y a donc
beaucoup d'apparence, je le repete, que Balzac
n'a fait semblant de le croire que pour avoir un
pretexte d'adresser à Conrart les vers Latins que
je viens de rapporter; & de les lui adresser au hazard qu'il ne les entendît point & qu'il fut obligé de se les faire traduire par quelqu'un. En
effet Conrart les fit mettre en François par
une

* Voy. ibid. pag. 137.

une savante de ses amies. „ * Je vous annon-
„ ce, mon cher Monsieur, que vôtre Metamor-
„ phose m'a bien surpris, je parle de ce chan-
„ gement (dont je ne me fusse jamais dou-
„ té) du Traducteur en la Traductrice. Est-
„ il possible qu'il y aît au lieu où vous êtes,
„ des Inconnuës si spirituelles & si sçavan-
„ tes.

*Tanto di gloria à la feminca mano.*
*Conceße il Cielo!* ——

„ Quand il vous plaira je saurai le nom de
„ celle-ci, car je ne pense pas que vous m'en
„ vouliez faire un secret. Voudriez-vous me
„ renvoyer à l'autel d'Athenes, & que je l'a-
„ dorasse parmi les Divinitez ignorées?

Voici enfin comment Balzac se demêle du
reproche qu'on lui a fait d'avoir été trop crédule & d'avoir ajoûté foi à cette fausse nouvelle; „ Pour † vôtre Latin, mon cher Mon-
„ sieur, dit-il à Conrart, je soûtiens encore
„ une fois que si vous ne l'avez appris, il vous
„ a été revélé. Si vous n'avez pas la Clef des
„ Sciences, vous avez un passe-par-tout à qui
„ il n'y a point de porte qui ne soit ouverte,
„ qui vous donne entrée dans les lieux les plus
„ cachez, qui vous introduit jusques dans le
„ cabinet, jusques dans le sanctuaire de nos
„ Déesses.

Girard, Archidiacre d'Angoulême ne s'est pas
embarrassé aussi fort que Balzac; ‡ Il allegue
en

* Voy. ibid. pag. 270. 271. † Voy. ibid. 275. ‡ Voy.
Epître Dedicatoire mise à la tête des Lettres de Balzac à
Conrart. p. 8.

en écrivant à Conrart ces belles paroles qu'A-
pollon ou le Soleil repondit à Phaeton lorsqu'il
eût l'ambition & la témerité de vouloir entreprendre de conduire son char :

* *Pœnam Phaëton pro munere poscis.*

Mais en même temps il fait semblant qu'elles
lui sont échapées : „ Ces cinq petits mots, dit-
„ il, me sont échapez en vôtre presence, & je
„ ne veux point les effacer de peur de deshono-
„ rer, par une rature, mon papier qui aura as-
„ sez d'autres tâches.

Costar ne biaise pas tant, & ne cajolle pas
Conrart ; „ Je vous envoye, lui dit-il, une
„ partie de mes *Entretiens*, que je vous avois
„ promis à la saint Martin ; J'espere que vous
„ aurez la bonté de vous charger du soin de
„ l'impression, & qu'à vôtre priére, Mr. Me-
„ nage, Mr. Pelisson, ou quelqu'autre de nos
„ amis se donnera la peine de revoir le Latin
„ & le Grec qui sera dans cet Ouvrage. Costar
ne lui auroit pas fait l'affront de lui demander
le secours & les lumiéres de ses amis, s'il eut
crû qu'il eut pû lui donner lui-même celles
qui lui étoient necessaires.

Je ne rapporte point ici les vers qui ont été
faits à cette occasion par Neuf Germain, Poëte
Heteroclite de Mr. le Duc d'Orléans, on peut les
voir dans le Dictionaire de feu Mr. Bayle *.
Et d'ailleurs Boileau † parle de lui d'une maniere à donner une idée peu avantageuse des
pro-

* Ovid. Met. II. 99. Tom. 3. pag. 2220. col. 1.
† Voy. Oeuvres diverses de Boileau. Discours sur &
pour la Satire pag. 74. 75.

productions de ce Poëte en difant *qu'il n'eſt re-*
*commandable que par l'antiquité de ſa barbe, &*
*par la nouveauté de ſa poëſie.*

Ce qu'il y a de certain c'eſt que fi Conrart ne
favoit point de Latin, il ſavoit au moins fort
bien l'Italien. Il avoit lû les bons Ouvrages de
profe & de poëſie des plus excellents Auteurs qui
ayent écrit dans cette Langue. Il faiſoit un merveilleux uſage de ce qu'il y avoit vû de plus beau
& de meilleur, en les citant à propos dans toutes
les occaſions qui ſe preſentoient. C'étoit à ſon
imitation & pour lui faire ſa cour que Balzac
parſemoit ſes écrits des penſées de ces Ecrivains. Il rapporte, en lui écrivant, un paſſage
du Taſſe, qu'il appelle *nôtre ami le Taſſe*, & il
ajoûte, „ * voyez comme je ſuis ſoigneux de
„ vous tenir ma promeſſe, & de ſuivre vôtre
„ exemple, en vous faiſant de petits préſents
„ de belles fleurs, cueillies au Jardin des Mu-
„ ſes, & cultivées par les plus habiles mains du
„ Parnaſſe. Si je ne choiſis pas ſi bien que vous,
„ c'eſt que je n'ai pas le diſcernement auſſi fin &
„ auſſi pénétrant que vous l'avez. Mais c'eſt
„ aſſez que ces fleurs que je vous envoye, plai-
„ ſent à vos yeux, & que l'odeur ne vous en
„ ſoit pas deſagréable. Vous êtes digne, en ce
„ choix & en toute autre choſe, d'arriver à la
„ perfection, c'eſt aſſez pour moi d'y pouvoir
„ tendre.

—— *a chi più deggio*
*Ceder homai? ſe tu non ſei, no'l veggio.*

Petrarque & le Taſſe étoient les Auteurs favoris
de

* Voy. Ibid. pag. 208. 119.

de Conrart, * Balzac lui parlant du Taſſe l'appelle *nôtre excellent Taſſe vôtre bon ami.* Et parlant ailleurs de Petrarque & du Taſſe, voici comment il s'exprime, „ † Je me retranche aux
„ roſes & aux œillets de *vos grands amis, le Pe-*
„ *trarque & le Taſſe,* dont les couleurs ſont ſi
„ vives, & l'odeur ſi bonne, qu'elles ſe con-
„ ſervent ſans dechet, & dans leur propre ter-
„ roir, & lors même que l'on les tranſplante ;
„ *c'eſt pourquoi je me pare ordinairement de quel-*
„ *qu'une de ces aimables fleurs, quand je me pre-*
„ *ſente à vous, afin de vous être plus agréable.*
Conrart ſavoit auſſi l'Eſpagnol, & il avoit
ſur ſa table l'*Inſtitution de Calvin* traduite en
cette Langue ; il paroiſſoit même qu'il en faiſoit ſa lecture ordinaire.

Quoi qu'il en ſoit, cet homme qui n'avoit
point d'étude, qui ne ſavoit point de Latin a été
un homme illuſtre qui a fait un grand honneur
à ſon ſiecle, & il s'eſt rencontré en lui †

*Tanto vigor di mente, e di parole,*

qu'il a été l'oracle de ſon temps. „ Nous avons,
dit Vaugelas, * „ Nous avons à Paris une per-
„ ſonne de grand merite qui ne ſait point la Lan-
„ gue Grecque nî la Latine, mais qui ſait ſi bien
„ la Françoiſe, qu'il n'y a rien de plus beau que
„ ſa proſe & que ſes vers. Preſque tous ceux
„ qui ſe mêlent de l'un & de l'autre, & nos
„ Maîtres mêmes, *le conſultent comme leur ora-*
„ *cle,* & il ne ſort gueres d'Ouvrages de prix,
aſ-

* Voy. ibid. pag. 147. 170.   † Voy. ibid. pag. 161.
‡ Voy. ibid. pag. 305.   * Voy. *Vaugelas,* Remarques
ſur la Langue Françoiſe Tom. 2. pag. 272.

„ aufquels il ne donne fon approbation, avant
„ que d'en expedier le privilege. C'eft fur cet
exemple de Conrart, que Vaugelas fonde cette
maxime qu'il établit, *Que dans les doutes de la
Langue, il vaut mieux, pour l'ordinaire, confil-
ter les femmes & ceux qui n'ont point étudié, que
ceux qui font bien favants en la Langue Grecque
& en la Latine.* Tout le monde le loüoit, am-
bitionnoit d'avoir avec lui quelque liaifon d'a-
mitié, & de remporter fon approbation; on fe
foumettoit à fon jugement & à fa cenfure, &
on fe faifoit un honneur particulier d'être digne
de fes loüanges. „ Je ne fuis point infenfible,
„ dit Coftar * en lui écrivant, aux louanges
„ qui me viennent d'un homme qui en reçoit
„ de tous côtez comme vous. Il n'y a point
„ de jeûne ni d'aufterité, lui dit-il ailleurs ‡,
„ que je n'aimaffe mieux que d'être privé des
„ affurances que vous me donnez de fi bonne
„ grace de la faveur de vôtre eftime & de vô-
„ tre affection. Son approbation attiroit celle de
tout le monde; „ L'honneur que je reçois de
„ vôtre approbation, dit Coftar dans une Lettre
„ qu'il lui addreffe §, eft au deffus de tous mes
„ remerciements, car ce n'eft pas feulement un
„ bien qui contente ma vanité, c'eft un bien
„ folide qui m'acquiert, ou qui me conferve
„ l'affection de plufieurs honnêtes perfonnes.
„ Si Mr. l'Evêque de Vence, dit-il encore ail-
„ leurs †, daigne fe donner la peine de lire ce
„ que je fais, c'eft fans doute la complaifance
„ qu'il a pour vous, qui l'oblige de porter pa-
„ tiemment cette fatigue & cette corvée; &
                              vous

* Voy. Lettres de Coftar. Tom. I. pag. 685. ‡ Voy.
ibid. pag. 696. § Ibid. pag. 710. † Voy. ibid. pag. 706.

„ vous devez, Monsieur, l'en remercier de
„ vôtre chef, & joindre vos ressentiments à
„ ceux que j'ai de la gloire qui me revient de
„ ses favorables témoignages. *Il lui demande*
*ses officieux mensonges* auprès d'un de ses amis.
* Il lui addresse deux Lettres qu'il écrit à
deux de ses plus illustres amis: „ Si après
„ les avoir luës, lui dit-il, vous les jugez
„ dignes d'eux, je vous supplie, Monsieur,
„ de les leur vouloir envoyer. En passant
„ par vos mains je m'imagine qu'elles aug-
„ menteront de prix, ou qu'au moins el-
„ les seront plus favorablement reçuës où je
„ les addresse. Balzac lui même, ce bel Esprit, & ce savant homme, soûmettoit ses
beaux Ouvrages à la correction de Conrart;
„ Ils vous demandent, dit-il † en parlant de
„ quelques uns de sa façon, *ils vous demandent*
„ *une heure de révision*. Mr. Bouhereau, qui
vient de nous donner une traduction Françoise
du Traité d'Origene contre Celse, confirme ce
qui est dit ici de Mr. Conrart, *cet homme illus-*
*tre, qui, bien que sans Lettres, étoit en France*
*l'arbitre des belles Lettres, & comme le pere com-*
*mun de tous ceux qui les aimoient.* „ Je lui en-
„ voyois mes cahiers, (dit encore Mr. Bou-
„ hereau) à mesure que je les mettois au net,
„ & il me permettoit de le consulter sur les dif-
„ ficultez de nôtre Langue ‡.

Voici

* Voy. Lettres de Costar. Tom. 2. pag. 467. † Voy.
Lettres de Balzac à Conrart. pag. 135.  ‡ Ces Remarques de Conrart sont à la fin de la traduction que Mr.
Bouhereau a faites du Traité d'Origene contre Celse,
& des notes qu'il y a ajoûtées; comme je le dirai plus
amplement dans la suite de cet article.

  „ Voici ce que Mr. Conrart lui écrivoit au
„ mois d'Octobre 1670. C'est une grande erreur
„ dans la Langue, que d'en exclure absolument
„ Lequel & Auquel, dont on ne se peut passer
„ en certains lieux. Mais ce qui n'est pas bien,
„ c'est de dire & d'écrire à tout moment Lequel,
„ Laquelle, Auquel, à laquelle, en parlant
„ d'un homme ou d'une femme ; au lieu de se ser-
„ vir de Qui, qui est le vrai Pronom Relatif,
„ qui convient au Masculin & au Feminin.

  „ Le même Mr. Conrart, sur le mot de Jo-
„ seph, observe * qu'il y a beaucoup de gens qui
„ disent encore Josephe, en parlant de l'Historien
„ Juif. Ce sont Mrs. de P. R. qui ont commencé
„ à dire Joseph ; & comme ils parlent & écrivent
„ très-bien, la plûpart du monde les imite volon-
„ tiers. Comme il me semble que Josephe reprend
„ presentement le dessus, je n'aurois pas de peine
„ à y retourner. Mr. Bauldry le croit même né-
„ cessaire pour deux raisons. L'une, afin de ne pas
„ confondre l'Auteur dont il s'agit avec l'Epoux
„ de la sainte Vierge, en écrivant leur nom de la
„ même sorte, quand il est si aisé de les distinguer.
„ L'autre, parce que dans la Langue Grecque ils
„ sont réellement distinguez. Le premier s'écri-
„ vant Ιωσηπος, qui se décline ; & le second Ιω-
„ σηφ, tout court, qui ne se décline point. Ces
„ deux ou trois Remarques suffisent pour faire
„ connoître quel étoit le caractere de Mr. Con-
„ rart. Mais cet Auteur qui paroit très-judi-
cieux dans tout ce qu'il dit, (je parle de celui
qui prend le nom de Vigneul-Marville) pourra-
t-il concilier ces remarques de Critique, &
                          cette

* Voy. Mélanges d'histoire & de Litterature. Tom.
3. pag. 284. 285.

cette connoiſſance de la Langue Grecque qu'il
attribuë à Conrart , avec ce qu'il a dit précé-
demment , * *qu'il étoit ſans Lettres* , & avec
ce qu'il en a dit dans le ſecond Tome de ſon
excellent Mélange ; que *Conrart n'avoit que le
bon ſens tout ſeul* ? Cet Auteur fait un autre Remarque au ſujet de Conrart , qui eſt plus certaine & qui confirme ce que je me propoſe d'é-
tablir , ſavoir que les Savants , quelque ſavoir
qu'ils euſſent , prioient Mr. Conrart d'examiner les Ouvrages qu'ils vouloient publier , &
de les corriger , & ils n'auroient pas crû pouvoir eſperer de remporter l'approbation du public s'ils n'avoient pas été aſſurez de la ſienne
particuliere ; & que cette reviſion ou ces corrections qu'ils faiſoient à ſes manuſcrits , ont
donné lieu ſouvent de croire qu'il étoit non le
Reviſeur & le Correcteur ſeulement de ces Ouvrages, mais qu'il en étoit l'Auteur principal.
Voici cette Remarque de Vigneul-Marville.
„ † Quand le Livre du Miniſtre Claude , con-
„ tre la perpétuité de la foi de l'Euchariſtie
„ commença à paroître , il courut un bruit
„ que Mr. Conrart en étoit l'Auteur; le mon-
„ de jugeant qu'un Livre écrit d'un ſtile ſi
„ pur , ne pouvoit venir que de ce fameux Se-
„ cretaire de l'Academie Françoiſe , qui étoit
„ Huguenot. Un de mes amis l'en complimen-
„ ta ; mais Mr. Conrart reçut avec chagrin
„ cette honnêteté , diſant qu'il ne ſavoit com-
„ ment les gens étoient ſi aveuglez , que de lui
„ attribuer un Livre de cette importance. Il
„ avoüoit pourtant que le Manuſcrit lui en a-
„ voit été confié , & qu'il l'avoit revû.

On

* Ibid. Tom. 3. pag. 284.   † Tom. 3. pag. 152.

„ On se sioit assez volontiers pour cela, à
„ Mr. Conrart; (ajoûte cet Auteur). Il a-
„ voit le jugement excellent, le goût délicat, &
„ une Critique sûre & éclairée qui perçoit dans
„ tous les coins & les plis d'un Ouvrage.

Nous voyons encore actuellement imprimer
& réimprimer tous les jours sous le nom de
Mr. Conrart, un *Traité de l'action de l'Orateur,
ou de la prononciation & du geste*, parce qu'il l'a
revû, qu'il en a corrigé le stile & le langage,
& qu'il en a procuré l'impression, quoiqu'il soit
certain dans le fond que cet Ouvrage est de la
façon de feu Mr. le Faucheur qui a été l'un des
Ministres de Paris, vers le milieu de siecle passé. On pourroit bien voir aussi publier un jour
sous son nom *la Vie de Guillaume Farel* composée par feu mon pere, parce que le manuscrit
que Mr. Conrart qui étoit son intime ami, a-
voit vû & retouché étant égaré, ses observations qui sont à la marge écrites de sa propre
main, pourront bien donner lieu à quelque
étranger de croire que l'Ouvrage entier est de
sa façon. L'Aristippe de Balzac pourroit bien
être en quelque sorte attribué à Conrart, car
Balzac lui marque que pour l'Aristippe, il s'est
arrêté à la difficulté qu'il lui avoit proposée †,
parce qu'*il ne voyoit que par ses yeux les choses qui
se passoient à la Cour; Et que ce qu'il voyoit par
ses yeux il le voyoit avec certitude, au lieu*, disoit-
il, †, *qu'il doutoit bien souvent de ce qu'il voyoit
par les siens propres.* Aussi après avoir dit à Conrart que l'Aristippe n'auroit à point la liberté de
passer des mains, de lui Balzac, en celles du public

* Voy. Lettres de Balzac à Conrart. pag. 289.
† Voy. ibid. pag. 298.

blic qu'il n'eut paſſé par les ſiennes , il ajoûte
ces mots *, *car ſi je ſuis ſon pere, & s'il tient la
vie de moi, il faut, s'il vous plait, que vous ſoyez
ſon Parrain.* Suivant ce langage il y a dans la
Republique des Lettres un grand nombre d'excellents Ouvrages dont Conrart a été le Parrain. On pourroit dire même que Conrart,
comme on l'a dit de Socrate , a fait l'office
de ſage-femme aux accouchements de pluſieurs
grands hommes de ſon temps.

Il n'avoit pas ſeulement le droit de corriger
les Ouvrages qu'on ſoûmettoit à ſa cenſure, il
avoit même celui de ſupprimer ce qu'il ne
trouvoit pas digne de paroître en public; Témoin les Priapées de Mainard, ce Poëte célébre dont Menage † fait l'hiſtoire en abregé.
L'Illuſtre Ménage étoit en peine de ſavoir ce
que Conrart en avoit fait; pouvoit-il douter
que ſa gravité ne l'eut obligé à tacher de les
enſevelir dans l'oubli & à les empêcher de voir
le jour? L'Echantillon que Menage lui-même nous en donne, par ces vers

> *Muſe., trêve de Modeſtie,*
> *Vous vous fâchez toutes les fois*
> *Qu'on parle de cette partie,*
> *Qui fait les Papes & les Rois*
> *Sachez, &c.*

cet échantillon, dis-je, nous fait bien connoître ce que Conrart peut avoir fait de toute la
piece.

La déférence que les grands hommes con-
tem-

temporains de Conrart, avoient unanimement
pour lui est une chose fort extraordinaire, & on
n'a peut-être jamais vû un consentement plus
universel & plus uniforme de lui attribuer une su-
periorité absoluë, que celui que tous les beaux
Esprits & les Savants de son siécle ont donnez
sans peine, en sa faveur; „ *Je vous avertis, lui
„ dit Balzac, de ne pas prendre garde à l'ordre
„ des temps, aux dislocations de mes matieres,
„ ni même à quelques paroles qui ne seroient
„ peut-être pas reçuës dans vôtre Academie. Car
„ je suis en pleine liberté avec vous, & si vous me
„ faites passer de vous en autrui, corrigez, s'il
„ vous plait, mes improprietez; *car vous avez*
„ *le même pouvoir sur mes écrits que sur moi.* L'E-
„ claircissement que vous m'avez donné depuis,
„ lui dit-il encore ailleurs †, m'a fait connoî-
„ tre que je m'étois trompé, & j'ai changé de sen-
„ timent, dès que j'ai sçu que le mien n'étoit
„ pas conforme au vôtre, qui est toûjours con-
„ forme à la droite & à l'infaillible Raison. †N'ê-
„ tes-vous pas mon Platon & mon Socrate,
„ mon très-cher Monsieur? N'est-ce pas vous qui
„ m'instruisez, qui me corrigez, qui me resol-
„ vez tous mes doutes, qui me consolez dans
„ tous mes Ennuis, qui adoucissez toutes mes
„ peines? Je le dis à vôtre honneur; Vôtre
„ vertu m'a plus appris de Morale, que tous
„ les Livres d'Aristote & de Seneque, mais je
„ confesse à ma honte, que je n'ai pas aussi
„ bien profité de vos enseignements & de vô-
„ tre exemple, que je le devois. Il n'a pas
                                        tenu

---

* Voy. Balzac. Dissertations Politiques. Dissertat.
8. in folio. pag. 485.  † Voy. Lettres de Balzac à Conrart. ubi supra. pag. 298.  † Voy. ibid. pag. 246. 247.

„ tenu à mon cher ami que je n'aye été un fort
„ honnête homme, & je reconnois de bonne
„ foi, que je n'avois qu'à le croire, & qu'à
„ l'imiter, pour le devenir ; mais je fuis in-
„ corrigible. Je voi bien ce qu'il faudroit faire,
„ & n'ai pas affez de vigueur pour l'exécuter.
„ Je fuis fincere pour le moins, & je juftifie
„ aux yeux du Ciel & de la terre, en me con-
„ damnant, celui à qui il n'a pas tenu que
„ je fuffe ce que je ne fuis pas à mon grand
„ regret.

*Onde à ragion gl'è quel honor devuto.*

Après une déclaration fi authentique, & un
portrait fi avantageux de Conrart ; n'eft-on pas
obligé de convenir qu'on trouvoit en lui toute
forte de fublime, *le fublime dans le Difcours &*
*le fublime dans les mœurs*. Il avoit l'efprit grand
& l'ame grande ; Et peut-être que s'il n'eut
pas été de la Religion Reformée le P. Rapin,
Jefuite, qui nous montre le fublime dans les
mœurs, dans quatre fortes de conditions, comme je l'ai dit, y auroit joint celle de Conrart
qui a été affez finguliere , & nous l'auroit
montré ce fublime dans cinq états differents,
& dans cinq grands hommes, illuftres, chacun
dans fon efpece.

Balzac ne fe contente point de le reconnoître Grand à tous égards, il fe foûmet abfolument à lui pour ce qui concerne les Ouvrages
de l'Efprit ; *En toutes nos affaires de Livres*, lui
dit-il, *vôtre Cabinet fera toûjours nôtre dernier*
*Tribunal. Vous jugez fi fainement que je n'appel-*
*lerai point de vous à un autre, non pas même au*
*Peuple ni à Cefar*. Il l'établit ainfi fon Juge fu-
perieur, & en dernier reffort.

Bal-

Balzac n'étoit pas le seul qui eût une si haute idée de Conrart ni une grande déférence pour ses avis. Il nous apprend que Mr. Girard Archidiacre d'Angoulême, le célébre Auteur de la Vie de Mr. le Duc d'Epernon, qui est la Vie la mieux écrite qui ait jamais été composée, & qui fasse le plus d'honneur à son Heros; ce *Mr. Girard*, nous dit Balzac, *ne juroit que par Mr. Conrart*. Ce que Balzac dit de Mr. Girard par rapport à Conrart, nous pouvons le dire de mille autres personnes d'un merite fort grand, & d'une qualité fort éminente.

Cette situation dans laquelle étoit nôtre Conrart le rendoit, pour le dire ainsi, le distributeur de la reputation & de la gloire, & lui attiroit par consequent sur les bras, une foule de gens qui s'imaginoient qu'il n'y avoit qu'à se faire connoître de lui pour être considerez dans la Republique des Lettres. Richelet * qui étoit un des jaloux de la reputation de Conrart & qui ne l'aimoit point, l'appelloit, soit par raillerie, ou autrement, *le Secretaire des Muses*. „ Mr. de la Sabliere, dit-il, écrivoit ingenieu„ sement en Vers & en Prose, & il faisoit de „ si jolis Madrigaux, que Mr. Conrart lui don„ na en qualité de Secretaire des Muses, des „ Lettres de Grand Madrigalier François. Les importunitez qu'il recevoit de toutes sortes de gens ruinoient sa santé. Costar lui écrivoit † *que la goutte lui donneroit du relâche, s'il en donnoit à son esprit*. „ La temperance, dit Bal-

---

* Voy. les plus belles Lettres des meilleurs Auteurs François, avec des Notes par Pierre Richelet, impress. de Bruxelles. 1696. pag. 4. aux Notes.
† Voy. Lettres de Costar Tom. I. pag. 704.

„ Balzac †, le regime, les remedes, les Eaux
„ de Bourbon, les souhaits des honnêtes gens,
„ les vœux que je fais pour vôtre Santé; tout
„ cela sera-t-il employé inutilement? Je vous
„ conjure, mon cher Monsieur, de faire va-
„ loir toutes ces aides, & tous ces remedes,
„ en vous conservant, & en renonçant à toutes
„ les corvées, & à toutes les fatigues que vous
„ donnent les importuns ; vôtre unique soin
„ doit être desormais de rétablir vôtre Santé,

*Di te stesso curar, sovra ogni cura,*

„ & de la bien ménager, quand vous l'aurez ré-
„ tablie. Ses amis le blâmoient de sa trop grande
complaisance. Il est constant, lui dit franchement & ingenûment Balzac ‡, „ il est cons-
„ tant que vous avez tort d'employer un loisir
„ aussi cher, & aussi important que le vôtre à
„ des corvées inutiles & importunes. Mr. de
„ Montausier soûtient que c'est une des prin-
„ cipales causes de vos maux, . . . . . voila,
„ en verité, d'étranges effets de vôtre trop
„ grande complaisance, & de vôtre excessive
„ bonté ! & vos précieux & véritables amis
„ (*precieux* est pour nôtre Marquis seul, & ve-
„ ritables, est pour lui, & pour moi conjoin-
„ tement) n'ont-ils pas grande raison de se
„ plaindre que vous traitiez des indifferents &
„ des fâcheux, comme eux seuls devroient
„ être traitez ? Bien que je ne vous épargne
„ pas autant que je devrois, je donne toute-
„ fois souvent des bornes à mes desirs, & à n. a
cu-

* Voy. Lettres de Balzac à Conrart. pag. 145.
† Voy. Ibid. pag. 156. 157. 158.

„ curiofité, beaucoup plus étroites que je ne
„ voudrois, depeur de vous être à charge; &
„ j'ai cependant le déplaifir de voir que d'au-
„ tres, par leur impudence, profitent de ce que
„ je perds par ma difcretion. Au nom de Dieu,
„ mon très aimable Monfieur, affranchiffez-
„ vous d'une fi cruelle Tyrannie, . . . . C'eft
„ le feul défaut que l'on vous puiffe reprocher
„ . . . . . Sans lui je vous verrois peut-être
„ bien fain, vous me feriez plus liberal de vos
„ richeffes . . . . . Si vous faviez dans quel
„ chagrin, & dans quelle langueur je fuis en
„ vous écrivant ceci, vous diriez, qu'il faut
„ que la matiére me tienne bien au cœur †, car
„ la plume m'eft tombée vingt fois des mains,
„ & je me fuis toûjours opiniâtré à la repren-
„ dre, jufqu'à ce que mon invective amoureufe
„ fût achevée :

„ *Nelle fcuole d'Amor che non s'apprende!*

„ & que je fentiffe mon cœur déchargé. „ Je
„ compatis, dit encore ailleurs Balzac * à Con-
„ rart, je compatis (& Dieu fait avec quelle
„ douleur) à vos Rhûmatifmes, & à vôtre
„ goutte ; mais je ne faurois vous pardonner

† Ces paroles font une imitation de celles de Virgile, Æneid. lib. vi. ỵ. 31. &c.

Bis conatus erat cafus effingere in auro,
Bis patriæ cecidére manus, quin protinus omnia
Perlegerent oculis.

Balzac emprunte fouvent les plus belles penfées des
Poëtes anciens & modernes, les traduit & les applique heureufement. Il paroit en cela qu'il les entendoit très-bien.

* Voy. Lettres de Balzac à Conrart pag. 237. 238.

» ner vos occupations, & vôtre embar-
» ras. Les autres maux ne sont pas, comme
» on dit, en nôtre puissance. Une cause su-
» perieure nous les envoye, & nous som-
» mes contraints de les recevoir. Ceux-ci,
» mon cher Monsieur, sont de vôtre élection,
» sont les bien-venus chez vous; vous vous les
» attirez par vôtre facilité. Encore une fois,
» c'est ce qui n'est pas pardonnable à un hom-
» me qui doit être gueri des opinions du vul-
» gaire, & qui doit connoître le bien de la li-
» berté. Vous vous souvenez de cette Galere
» d'Athenes, qui n'étoit employée qu'aux be-
» soins pressants de la Republique, qu'aux gran-
» des & importantes occasions; comme vous
» diriez à porter des Ambassadeurs à Delphes,
» pour y consulter l'oracle d'Apollon. N'eût-
» ce pas été profaner cette Galére sacrée, que
» de la charger de bois, ou de pierre, de paille
» ou de foin; que de la faire servir aux autres
» besoins des Particuliers? C'est ce que nous
» faisons vos solliciteurs & moi; Nous vous
» mettons à tous usages, & à tous les jours.
» Nous abusons incessamment de vôtre bonté.
» Vous êtes au premier occupant. Quoi da-
» vantage! Vous êtes l'Esclave de mille maî-
» tres. Mais je suis d'avis de commencer le
» premier à avoir quelque discrétion, & à vous
» être moins à charge. Je veux donner bon ex-
» emple à vos autres importuns. Balzac avoit
raison; Il y avoit d'un côté quantité de ces
*fanfarons de vertu, de Doctrine & d'Eloquence,*
dont il fait le portrait †, qui parloient & qui écrivoient galimatias en perfection, qui avoient
fait

† Voy. ibid. pag. 273.

fait imprimer un volume de fottifes mefurées, & qui, s'ils étoient mauvais Orateurs, étoient encore plus mauvais Poëtes, grands & hardis menteurs s'il en fut jamais, faux honnêtes gens; Et de l'autre il y avoit beaucoup d'indignes qui fe mêloient dans la foule & qui tous fous pretexte & à la faveur de leurs richeffes, ou de leur qualité pretendoient être du nombre des honnêtes gens. *Les uns & les autres efcroquoient fon amitié.* * Balzac parlant de cette derniere Efpece d'importuns, acheve le portrait par ces mots, „ Riches & puiffants tant „ qu'il vous plaira, mais impertinents & ridi- „ cules plus que tout cela, & qui vaudroient „ bien plus qu'ils ne font s'ils n'avoient point „ été au College & s'ils ne favoient point parler . . . . . † Ces gens-là ne meritoient en aucune maniere l'amitié de Mr. Conrart; quand ils auroient été encore plus riches qu'ils n'étoient, *quand ils auroient été le veau d'or ou quelqu'autre de ces bêtes d'Egypte enfermées dans des tabernacles de Diamans.* Mais, comme Balzac s'exprime ‡, *ils la lui efcroquoient* fouvent.

Conrart n'étoit pas utile feulement aux Savans de fon temps, en ce qu'il examinoit leurs Ouvrages. Il étoit, pour ainfi dire, le lien qui les uniffoit entr'eux; il étoit l'ame qui les animoit; il étoit le centre auquel eux & leurs Ouvrages aboutiffoient. C'étoit lui qui les faifoit connoître les uns aux autres, & qui par le bien qu'il en difoit, leur donnoit envie de contracter enfemble une honnête amitié. Balzac nous en donne une preuve, lors qu'il lui écrit en

ces

* Voy. Lettres de Balzac à Conrart. pag. 273. 274.
† Ibid. pag. 274. ‡ Ibid. pag. 173.

ces termes. „ * J'ai reçu une très-belle & très-
„ obligeante Lettre de Mr. de Scudery, *auprès*
„ *duquel je vous demande toûjours la continuation*
„ *de vos bons offices.* Coſtar s'addreſſe à lui pour
obtenir part dans les bonnes graces de Mr. Peliſſon ; † *Ayez agreable, Monſieur*, lui dit-il,
*que je vous demande quelque petite part en l'hon-*
*neur de ſes bonnes graces,* préſuppoſant apparemment que Mr. Peliſſon les donnoit ſur la recommandation de Conrart. Balzac le remercie
des bons offices qu'il lui avoit rendus auprès
de la Reine de Suede. „ ‡ Si j'ai quelque fa-
„ veur, lui dit-il, auprès de la Sereniſſime
„ Reine, je veux croire que je vous la dois
„ toute entiére, ou du moins la meilleure
„ partie, & que ma Lettre eût peu réüſſi ſans
„ vôtre recommandation, & les ſoins que vous
„ avez pris de la faire réüſſir. ¶ C'étoit Con-
„ rart qui avoit donné Mr. Fléchier à Mr. de
„ Montauſier ; & qui avoit produit Mr. Pe-
„ liſſon. C'eſt lui qui a fait connoître Godeau
qui étoit ſon parent, à Mr. Chapelain, qui le
mena enſuitte à l'Hôtel de Rambouillet, qui
étoit en ce temps-là le tribunal § où il falloit
faire preuve d'eſprit & de probité pour être ad-
mis au rang des Illuſtres. Il en a produit une
infinité d'autres dont la liſte occuperoit trop de
place ici.

Non ſeulement il produiſoit ainſi les Savans
de ſon temps, il leur rendoit auſſi toutes ſortes
d'au-

---

* Voy. ibid. pag. 87. † Voy. Lettres de Coſtar.
Tom. I. p. 705. ‡ Voy. Lettres de Balzac à Conrart. p.
222. ¶ Voy. *Menagiana.* Tom. I. pag. 151. § Voy.
*Melanges d'Hiſtoire & de Litterature,* recueillis par Mr.
de Vigneul-Marville. Tom. 2. pag. 295.

d'autres bons offices. On en voit le détail dans
une Differtation Critique de Balzac * qui lui
eft addreffée. J'ai reçu, lui dit Balzac, *le Committimus* ; *la Queftion agitée par le P. Faure* ; *le
Xenophon de Mr. d'Ablancourt* ; *le Nouveau Panegyrique François* ; *& les Difcours Italiens du Philofophe Orateur.* Il rend compte à Conrart de
tous ces Ouvrages après les avoir lûs. Il ne
s'agit point ici des remarques qu'il lui envoye ;
mais voici ce qu'il lui dit au fujet du *Commi-
mittimus.* „ Commençant par le *Committimus*,
„ je vous dirai que vôtre adreffe à obliger fait
„ couler vôtre civilité jufques dans la barba-
„ rie des *Committimus.* Vous cultivez les pier-
„ res & les épines de la Chancelerie. Vous
„ cueillez du fruit fur des arbres morts. Car
„ en effet n'eft-ce pas par vôtre moyen, que je
„ recouvre aujourd'hui mes qualitez & mes ti-
„ tres ? Le Temps les avoit moifis ; Ma pareffe
„ les avoit oubliez ; Je croyois les avoir per-
„ dus dans la longueur d'un Exil de plus de
„ douze ans. Je ne croyois plus être ni Con-
„ feiller d'Etat, ni Hiftoriographe de France.
„ Et fi j'ai obligation à la liberalité du feu Roi,
„ de ces magnifiques bagatelles, ( Le mot de
„ magnifiques corrige celui de Bagatelles )
„ c'eft vous, Monfieur, qui me confirmez les
„ graces du Prince, qui remettez en honneur
„ un pauvre Banni ; qui le rehabilitez en ciré &
„ en parchemin, & ce qui s'enfuit.
Comme Conrart étoit Secretaire du Roi, il
follicitoit, il obtenoit, il expedioit lui-même
des privileges pour l'impreffion des Ouvrages
de

* Differtations Critiques, Differtat. cinquième
Oeuvres de Balzac in folio. Tom. 2. pag. 567.

de fes amis; témoin ce que Balzac lui écrit:
„ Quand les deux Livres feront imprimez,
„ Mr. Courbé pourra faire un corps de tou-
„ tes mes Oeuvres, & il y en aura affez pour
„ deux juftes volumes *in folio*, pour le débit &
„ la fûreté defquels, vous lui fournirez, s'il
„ vous plait, *le privilege authentique*, *que j'ai*
„ *obtenu par vôtre faveur*. Il prenoit foin lui-
même fort fouvent de l'impreffion; témoin ce
que Balzac lui écrit * touchant celle de fon
*Ariftippe*, „ j'aime mieux, lui dit-il, qu'il ne s'im-
„ prime point, que fi fon impreffion vous don-
„ noit autant de peine, qu'a fait celle de So-
„ crate. Ce que Mr. de Graverol Avocat au
Préfidial de Nifmes, dit dans les *Memoires* †
qu'il a dreffez *pour la vie de Mrs. Samuel Sorbiere & Jean Baptifte Cotelier*, nous fournit
une preuve qui confirme cette verité. „ La tra-
„ duction du *Syntagma Philofophiæ Epicuri*, que
„ Gaffendi a mis à la fin de fes animadverfions
„ fur Diogene Laërce, auroit été imprimée,
„ dit Mr. de Graverol, dès l'année 1652. fi
„ Sorbiére à qui Auguftin Courbé en envoya
„ quelques feuilles à Orange, n'eut pas prié
„ par Lettres Mr. Conrart d'en arrêter l'im-
„ preffion pour complaire à Gaffendi, qui fou-
„ haita par des raifons particuliéres que cette
„ traduction ne fut pas publiée. Conrart faifoit
pour fes amis mille autres fortes de commif-
fions.

Il terminoit par accommodement toutes les
querelles & les differends qui furvenoient entr'eux. C'eft fous ce caractere qu'on le fait
pa-

* Voy. Lettres de Balzac à Conrart. pag. 238.
† pag. 16.

C 4

paroître dans la † Parodie de quelques endroits
du Cid fur Chapelain , Caffagne & la Serre,
que Boileau fît autrefois pour divertir Monfieur le Premier Prefident de Lamoignon;

> *Il vaut mieux courir chez Conrart ,*
> *Il peut vne conferver ma gloire & ma finance.*
> *On fait comme en Traittez excelle ce vieillard*
> *S'il n'en vient pas à bout &c.*

Il encourageoit les Savants à travailler, & à faire
part de leurs Ouvrages au public. Il leur donnoit pour ainfi dire des tâches. „ Du moment,
„ lui difoit Coftar *, que vous ferez choqué de
„ mon *Rien-faire*, j'ai tant d'envie de vous plaire
„ que je vous promets qu'il n'aura plus de char-
„ me pour moi que je ne rompe facilement, ni
„ d'enchantement que je ne défaffe. Ce fut à fa
follicitation que Mr. le Moyne fit en l'année
1666. l'Hiftoire de Cyrille Lucar, laquelle a
couru long-temps en manufcrit dans le monde
& qu'il eût fait imprimer , nonobftant la belle
& favante Differtation que le célébre Thomas
Smith, Prêtre de l'Eglife Anglicane, a faite
fur la Vie de ce fameux Patriarche, s'il eût
donné un troifiéme Tome de fes *Varia Sacra*,
comme il l'avoit efperé. Le public eft auffi redevable à Conrart, du *Traité du délire* que Mr.
Menjot a donné en François. Ce célébre Medecin ne pût pas refufer à l'inftante priere de
cet homme Illuftre , de traduire ce Difcours
en nôtre Langue, & nous devons lui en avoir
d'autant plus d'obligation qu'il eft furvenu à
l'Auteur plufieurs penfées qui ne font point
dans

---

† Voy. *Menagiana.* Tom. 1. pag. 59.   * Voy. Lettres de Coftar. Tom. 2. pag. 601.

dans l'original ; & que ne croyant faire qu'une
simple traduction, il a fait, pour ainsi dire, un
nouveau Traité. C'est, Menjot * lui - même
qui nous l'apprend dans une Lettre qu'il a é-
crite à Mr. de Lorme Medecin ordinaire du Roi,
qui est inserée dans ses Opuscules posthumes.
Ce fut à la sollicitation de Conrart, que le célébre *Elie Bouhereau*, Medecin à la Rochelle,
commença la Version du Traité *d'Origene contre*
*Celse*. Il l'avoit commencé du vivant de Conrart, mais Conrart étant mort avant que Bouhereau eut fini son entreprise, il crût être
quitte de son engagement ;   „ Il y a plus de
„ vingt ans, a dit Mr. Bernard † au mois de
„ Janvier de l'année 1700, Il y a plus de vingt
„ ans, que Mr. Bouhereau commença cette
„ version d'Origene à la sollicitation de feu Mr.
„ Conrart, qui prenoit plaisir de donner de
„ pareilles tâches à ses amis.  Après sa mort
„ Mr. Bouhereau qui avoit déja avancé son
„ Ouvrage, crût être quitte de son engage-
„ ment, & tourna ses occupations d'un autre
„ côté, d'autant plus que des personnes d'un
„ merite distingué croyoient qu'il étoit dange-
„ reux de mettre Origene entre les mains de
„ tout le monde, à cause de quelques senti-
„ mens singuliers, qu'on lui a reproché de tout
„ temps. ‡ Il continua cependant cet Ouvrage
„ à ses heures de loisir, mais après l'avoir fini
„ à diverses reprises, il le laissa là entre les pa-
„ piers oubliez. Mr Bernard fait voir ensuitte
ce qui le porta à donner enfin cet Ouvrage
                                          au

* Voy. Opuscules posthumes de Mr. Menjot. part. 1.
pag. 128. 129. † Dans ses Nouvelles de la Republique
des Lettres. pag. 3. 4.  ‡ Voy. ibid. pag. 1.
                    C 5

au public; le tort qu'il auroit eu de ne le lui
avoir pas donné ; & l'avantage que le public
en retire. Et il ajoûte qu'il ne dira rien de la
pureté, de la clarté & de la fidelité de la traduction de Mr. Bouhereau parce que le Lecteur peut en juger lui-même par les paſſages
qu'il en a alleguez, mais il dit qu'il eſt bon qu'il
avertiſſe * que ce n'eſt pas ſeulement une ſimple traduction; que Mr. Bouhereau y a ajoûté
„ de ſavantes notes Latines, où il corrige le
„ texte en pluſieurs endroits, & où il releve
„ de temps en temps les fautes de l'Interprete
„ Latin, qui quelqu'habile qu'il ait été n'a pas
„ toûjours bien entendu ſon Auteur. Il y ex-
„ plique auſſi diverſes phraſes, dont il eſt d'au-
„ tant plus difficile de comprendre le ſens qu'el-
„ les ſemblent être particulieres à Origene, &
„ y corrige en paſſant quelques paſſages de
„ quelques autres Auteurs Grecs qui lui pa-
„ roiſſent corrompus. Enfin il remarque qu'il
a mis à la ſuitte de ſa traduction, de ſes notes,
d'une Lettre à Mr. Menjot, & de ſes Remarques Françoiſes ſur la traduction, de la nature
de celles que Mr. d'Ablancourt † a miſes à la
fin de ſes traductions; pour rendre raiſon de ſa
maniére de traduire divers endroits particuliers; il remarque, dis-je, que Bouhereau a mis
à la ſuitte de tout cela quelques remarques ſur
la Langue Françoiſe que Mr. Conrart lui avoit
communiquées, dans des Lettres qu'il lui avoit
écrites.

Mr. Patru qui a fait la Vie ou l'Eloge de Mr.
d'Ablancourt, ‡ dit que ce Grand homme
n'a-

* Voy. ibid. pag. 19. † Voy. ib. pag. 20. ‡ Oeuvres
de Patru Tom. 2. Edit. de Holl. 1692. pag. 346. 347.

n'avoit point d'autre guide que lui Patru, mais
que depuis qu'il connut Mr. Conrart & Mr.
Chapelain il prenoit auffi leurs avis, mais fur-
tout de Mr. Conrart avec lequel il revoioit
tous fes Ouvrages; & d'autant plus volontiers
que ne fachant ni Grec ni Latin, il lui donnoit moins de peine. Il rend encore d'autres
raifons de cette préference qui font curieufes
& agreables à lire.

C'a été Conrart qui a engagé d'Ablancourt
à faire ces belles traductions que nous avons
de lui. Il a commencé par *Minucius Felix* dont
il a dédié la Verfion à Conrart, & il a fini par
celle de Lucien qu'il lui a auffi dédié ; ,, Il
,, étoit jufte, lui dit-il, * de confacrer la fin
,, de mes traductions, à celui qui en avoit eû
,, les prémices; Et *Minucius Felix* ayant don-
,, né naiffance à nôtre amitié, Lucien en de-
,, voit faire, comme l'accompliffement. D'ail-
,, leurs il falloit mettre au frontifpice de cet
,, Ouvrage, un nom qui bannit toute la mau-
,, vaife opinion que l'on en pourroit avoir; &
,, que le libertinage de cet Auteur fut effacé
,, par la vertu de Mr. Conrart. Ajoûtez à cela,
,, que le Livre ne pouvoit honnêtement pa-
,, roître en public, fous d'autres aufpices
,, que de celui, de qui les foins ont tant con-
,, tribué à fa production, & de qui les bons
,, avis font maintenant qu'il fe montre au jour
,, en un état plus parfait. Ce n'eft donc pas
,, tant ici un préfent, qu'un acte de reconnoif-
,, fance intereffé, puis qu'elle mandie la pro-
tec-

---

* Voy. Epître Dedicatoire de D'Ablancourt à Conrart. à la tête du Lucien de la traduction de D'Ablancourt. pag. 1. & 2.

„ tection de celui qu'elle reconnoit pour son
„ bienfaicteur. Et veritablement, Monsieur,
„ puisque c'est vous principalement, qui m'a-
„ vez fait entreprendre cette Version, vous
„ devez avoir part au blâme ou à la loüange qui
„ en pourra revenir.

D'Ablancourt n'a pas été le seul qui lui a
dedié quelques-uns de ses Ouvrages. * Costar
lui a dedié *ses Entretiens*; Menage lui a dedié
ses *Origines de la Langue Françoise*, la premiére
fois qu'il les a données au public ; Balzac lui
auroit dedié tous ses Ouvrages s'il avoit suivi
son panchant. „† Non seulement, mon cher
„ Monsieur, lui dit-il, j'ai dessein de vous
„ addresser un second Discours, mais je vous
„ addresserois volontiers tous ceux que je ferai
„ à l'avenir, si vous ne les en jugiez pas indi-
„ gnes. Et il n'y a point d'Officier de la Cou-
„ ronne, ni de Ministre d'Etat, que je ne
„ quitte de bon cœur, pour aller à vous. On
rendoit plus d'hommages au merite & à la vertu
de Conrart qu'à la Naissance & aux dignitez
des personnes les plus élevées. Encore ne
croyoit-on pas que l'on fit envers lui tout ce
qu'il méritoit. „ Encore une fois je vous dis,
„ Balzac le lui repete, que vous vous mo-
„ quez de moi, & de mes hommages de pa-
„ pier. ‡ Quel moyen de souffrir, en la per-
„ sonne d'un Huguenot, une humilité plus
„ que Capucine ? Je vous déclare qu'à cette
„ heure que le Grand Roi de Suede n'est plus
„ au monde, il n'est point de Roi dans le
monde,

* Voy. Lettres de Costar. Tom. 1. pag. 699. 700.
† Voyez Lettres de Balzac à Conrart pag. 91. ‡Voy.
ibid. pag. 134. 135.

,, monde, que j'eftime plus que ce *petit Secre-*
,, *taire du Roi.*

    *A chi mi ftringe obligo antico e nuovo*;

,, Et quoi que vous en parliez avec mépris

   ,, *Rien n'eft plus haut que lui fous l'Aftre de la*
      *Lune* ;
   ,, *Demandez-le au pere Zenon,*
   ,, *Le Sage eft Roi*, dit-il, *fans l'aide de fortune.*

Outre tous les Ouvrages qu'on lui a dédié fous
fon nom, & qui font prefque fans nombre; il
y en a une infinité d'autres qui lui ont été dé-
diez, ou fous des noms empruntez, ou fans
que fon nom parut à la tête de l'Epître qui lui
étoit addreffée. Colomiez nous apprend dans
fa *Bibliothéque Choifie* * ,, que le Traducteur
,, du *Dialogue des caufes de la corruption de l'Elo-*
,, *quence*, que quelques uns attribuent à Ta-
,, cite, & d'autres à Quintilien, eft Mr. Giry,
,, de l'Académie Françoife; Que l'Auteur de
,, la Préface fur ce Dialogue eft Mr. Godeau;
,, Philandre à qui il eft dédié, eft feu Mr. Con-
,, rart, Secretaire du Roi, l'un des plus polis,
,, & l'un des plus-honnêtes hommes de Fran-
,, ce. Mr. D'Ablancourt lui dédia fous le mê-
,, me nom l'an 1637. fon *Minucius Felix.* Mr.
,, Godeau lui écrit auffi une Lettre fous le
,, même nom dans le Recueil de Faret ; &
,, c'eft de lui dont il parle dans une Epître en
,, Vers, à Madame de Rambouillet, quand
,, il dit;

                              *C'eft*

* Pag. 153. 154.

      C 7

*C'est Philandre dont l'ame a de toutes nos Muses*
*Sans étude, & sans soin les richesses infuses.*

„ Il lui addresse aussi une Epître en Vers, où
„ il l'appelle Philandre.

Au reste ce Mr. Giry dont je viens de parler, étoit de ces Assemblées d'amis qui se fai-
soient chez Mr. Conrart, mais il s'en étoit retiré pour des raisons qui ne concernent point
Conrart, & n'avoit point été appellé lorsqu'on
commença à faire un corps d'Académie. La
traduction qu'il fit de *l'Apologetique de Tertul-*
*lien* lui procura cet honneur, * le Cardinal de
Richelieu ayant jugé après l'avoir luë qu'on ne
pouvoit choisir un plus digne Membre d'un
Corps, qui ne faisoit encore que de se former.
Il étoit de Paris, Avocat au Parlement & au
Conseil, & est mort, vers l'an 1667. puisque
Mr. Boyer fut reçû en sa place, cette an-
née-là.

Enfin on ne se contentoit point de dédier
ainsi des Livres à Conrart, on peut dire qu'on
lui faisoit la Cour. „ C'est vous, lui disoit Balzac, c'est vous, mon très-cher Monsieur, *à qui*
„ *je voudrois faire ma Cour,* avec assiduité. Il
„ est certain qu'étant au lieu où vous étes,
„ je vous obsederois les jours & les nuits, à
„ moins que d'être arraché de vôtre cabinet,
„ sans doute j'y prendrois racine, & on m'a-
„ joûteroit aux Metamorphoses †. On ne faisoit rien même qu'on ne lui communiquât, &
dont

* Voy. Histoire de l'Academie Françoise, par Mr.
de Pelisson. Edit. de Paris 1672. pag. 227. 228. † Voy.
Lettres de Balzac à Conrart pag. 144.

dont on ne lui rendit compte. „ En quelqu'é-
„ tat que je fois, lui dit encore Balzac, & quel-
„ ques mauvaifes chofes que je faffe, il me
„ femble que je vous en dois rendre compte ;
„ à plus forte raifon quand il s'agit d'un de vos
„ Patriarches avec qui je n'ai garde d'avoir de
„ commerce qui vous foit caché. On pourroit
dire prefque & fans beaucoup exaggerer, qu'on
ne dédioit aux autres, que ce que fa modeftie
& fa difcretion ne vouloient point accepter.
Tout cela n'étoit ni grimaces ni fimagrées.
C'étoit par eftime & par amitié. Il n'y auroit
point de fin à mon Ouvrage, fi je voulois y faire
voir jufqu'à quel degré chacun les portoit.
Comme l'amitié que Balzac a euë pour lui a été
celle qui a fait le plus de bruit, j'efpere que
mon Lecteur ne fera pas fâché que je lui en
donne ici l'idée, & que cette petite digreffion
ne lui déplaira pas.

* Balzac écrivant à Conrart lui marquoit
qu'il ramaffoit tout ce qui concernoit leur affection reciproque, *afin*, dit-il, *que rien ne fe per-
de de l'Hiftoire de nôtre amitié.* Il avoit bien des
chofes à ramaffer, car comme il le dit lui-même †, *il en avoit paré tous fes Ouvrages.* Mr.
Girard nous dit dans cette excellente Epître
addreffée à Conrart †, qui eft à la tête des *Lettres de Balzac à Conrart*, que Balzac *s'étoit engagé à publier l'Hiftoire de fon amitié*, & il ajoûte
qu'il appelloit ainfi *les Lettres familieres qu'il
avoit écrites à Conrart & à Chapelain.* Mais j'ai
quelque peine à croire que Balzac ait fait con-
fifter toute l'Hiftoire de fon amitié dans fes
Let-

* Voy. ibid. pag. 79. † Voy. ibid. pag. 301.
‡ Pag. 4.

Lettres feules, car comme il vient de le dire lui même, *il en avoit paré tous fes Ouvrages.*

Il faut avoüer pourtant que ce que dit Girard n'eft pas tout-à-fait fans fondement, car Balzac * lui-même écrivant à Conrart, lui parle en ces termes. „ Quoi que j'appelle ainfi les „ Lettres que je vous ai écrites, je ne les mé-„ prife pas fi fort, que je n'efpere d'en faire un „ demi Volume de billets qui vaudront bien à „ mon avis, les longues Épîtres des Auteurs „ Afiatiques, & qui porteront des nouvelles „ de nôtre amitié aux derniers hommes qui ha-„ biteront la terre. *Ultimæ pofteritati*, ainfi que „ parlent les Clercs. Cependant comme il y a dans tous les autres Ouvrages de Balzac de bons & d'excellents morceaux de cette Hiftoi-re, il n'auroit pas eû raifon de la borner à fes Lettres familieres. Quoi qu'il en foit, il feroit à fouhaiter que Balzac en eût fait une bien complette, elle eut été nonfeulement fort curieufe, mais même fort utile & de bon ex-emple. „ C'étoit en quelque forte le but de Bal-„ zac †, je ne tiendrois pas fi fort, dit-il, ma gravi-„ té d'Hiftorien regulier que je craigniffe d'être „ pris pour le Notaire d'un Sage mourant. Il „ faut avoir foin de l'inftruction de la pofteri-„ té, aux dépens même de l'égalité de nôtre „ ftile. Soyons bienfaifants à ceux qui naîtront „ après nous, fourniffons-leur des armes con-tre

* Voy. Lettres de Balzac à Conrart. pag. 170.
† Voy. Lettres de Balzac à diverfes perfonnes, Liv.5. Lettre 2. *à Monfieur de Corberon, Maitre des Requêtes ordinaire du Roi, Intendant de la Juftice, Police & Finances, en la Généralifé de Limoges.* pag. 614.

„ tre la Fortune, en leur fourniſſant de bons
„ exemples.

Cette amitié étoit franche & ſincere, le compliment & les ceremonies en étoient bannis.
„ Je vous dis à vous une fois pour toutes (c’eſt
„ Balzac * qui parle à Conrart) qu’autant d’ex-
„ cuſes que vous me ferez à l’avenir, je les
„ prendrai pour autant d’injures qui ſeront fai-
„ tes à nôtre amitié. Il faut qu’un jour on la
„ propoſe en exemple;

    *Perche memoria ad ogni età ne paſſi.*

„ Et par conſequent il ne faut pas l’aſſujettir
„ aux regles des communes amitiez. Il faut la
„ mettre au deſſus des complimens, des cere-
„ monies, & des ſcrupules. Cette liberté é-
toit cauſe qu’il ſurvenoit quelquefois entr’eux
quelques petites conteſtations. Si quelquefois ils conteſtoient entr’eux pour ſavoir lequel
des deux avoit le plus d’amitié pour l’autre,
ce n’étoit point par une vaine oſtentation; ‡
mais c’étoit parce que l’un ne vouloit pas le ceder à l’autre en ſincerité & en zele. Mais ces innocentes conteſtations ne ſont pas blâmables
en amitié; au contraire elles ſont dignes de
loüange, elles ont quelque choſe d’heroïque.
Et c’eſt par celle qui fut entre Pylade & Oreſte
que la memoire de leur incomparable affection
eſt venuë juſques à nous, & qu’elle paſſera
juſques aux derniers ſiécles. Si quelquefois il
s’eſt agi entr’eux de quelqu’autre choſe que de
l’amitié, & que Balzac ſe ſoit d’abord offenſé
de la reſiſtance & de la roideur de Conrart; il
a reconnu qu’il avoit eû tort & il lui en a fait
                         une

* Voy. ibid. pag. 254. ‡ Voy. ibid. 218.

une espece de reparation publique. ,, Si dans
,, le cours de cette amitié, lui dit-il, je vous
,, ai trouvé deux ou trois fois seulement un
,, peu plus sévére pour moi, que je n'eusse
,, voulu que vous eussiez été, je reconnois,
,, mon très cher, que ç'a été ma faute, plûtôt
,, que la vôtre, & que mon chagrin vous re-
,, presentoit à mon Esprit inquiet tout autre
,, que vous n'étiez en effet, car vous m'avez
,, toûjours été officieux, indulgent & charita-
,, ble, mais je n'ai pas toûjours été assez clair-
,, voyant & assez équitable pour vous voir tel
,, que vous étiez, & pour juger de vous com-
,, me je devois. Quoi qu'il en soit, on peut
dire que Balzac étoit amoureux de Conrart, &
nonobstant cette confession si humble. Il est
certain qu'il n'a jamais perdu de vuë l'amitié
qu'il avoit pour lui; ,, vous êtes, lui dit-il, *
,, l'homme du monde à qui je voudrois le
,, moins déplaire. Je n'ai pas seulement estime
,, & respect pour vôtre vertu, j'ai châleur &
,, tendresse pour vôtre personne. Ce n'est pas
,, meme la seule vertu qui a été l'ouvriere de
,, nôtre amitié; le Ciel s'en est mêlé aussi bien
,, qu'elle. Il m'a imposé une necessité de vous
,, aimer, qui ne se peut changer, non pas mê-
,, me par vôtre mépris & par vôtre haine. Je
,, serois donc inconsolable si vous vous plai-
,, gniez de moi, & si j'étois déchû de faveur
,, auprès de vous. (J'en parle par supposition,
,, & comme d'un malheur qui ne m'arrivera
,, jamais.) Il ajoûte à cette déclaration d'autres motifs de son amitié pour Conrart qui font
beaucoup d'honneur à ce dernier. Après lui
avoir dit que toutes les loüanges sont au des-

* Voy. ibid. pag. 61.                              sous

ſoûs de l'eſtime qu'il fait de ſon merite, * ,, je
,, dis de vôtre merite tout entier, ajoûte-t-il, &
,, ſoûs ce grand mot, il n'y a point de vertu
,, dans la Morale qui ne ſoit compriſe; Mais,
,, dit-il encore, particulierement mon Interêt
,, m'attache à cette ſincerité, cette tendreſſe,
,, cette chaleur pour les perſonnes qui vous
,, ſont cheres, & je ſoûtiens que jamais hom-
,, me ne fut ni meilleur, ni plus franc, ni plus
,, aimable que vous; non pas même quand on
,, iroit chercher des hommes au ſiécle d'or. Je
,, ſoûtiens que jamais homme ne verifia mieux
,, que vous cet ancien proverbe, *Que l'homme
,, eſt un Dieu à l'homme.* Il me ſuffit de vous
,, plaire, lui dit - il encore †, & de vous rendre
,, agreables mes actions, je tâcherai de le faire
,, toute ma vie. Je ſerai ingenieux a en recher-
,, cher les occaſions, je parlerai à vous, je par-
,, lerai de vous, je vous alleguerai éternelle-
,, ment. . . . J'ai grande impatience de ſa-
,, voir de vos nouvelles, & ſuis tout à vous,
,, mon très - cher & très - aimable Monſieur. L'a-
mitié étoit liée ſi étroitement entr'eux que Balzac ne ſe regardoit que comme un ſeul & même homme avec Conrart; ,, Mais puis que, lui
,, dit-il, ‡ par l'étroite ſocieté que nous avons
,, contractée enſemble, vous & moi, ſommes
,, aujourd'hui une même choſe, c'eſt pour vô-
,, tre Livre, Monſieur, que vous prenez de la
,, peine, & je m'aſſure que vous ne ſerez pas
,, fâché de l'envoyer le plus correct que vous
,, pourrez, à la plus parfaite Reine du monde.
* Il l'apelloit *le cher ami de ſon Cœur;* ſon *très-*
*cher,*

* Voy. ibid. pag. 70. 71.  † Ibid. pag. 216. 217.
‡ Voy. ibid. pag. 148.  * Voy. ibid. pag. 355.

cher, *très-bon*, *& très-aimable Monsieur*. * Il
le nomme une infinité de fois, *sa consolation;*
„ Toute la consolation de ma solitude, lui dit-
„ il †, ne consiste qu'aux témoignages que je
„ reçois de vôtre souvenir,

     *E di ciò vivo, e d'altro mi cal poco.*

„ de sorte que quand ces agréables secours me
„ manquent, le chagrin trouve bien plus de
„ prise sur moi, & la tristesse me ronge avec
„ beaucoup plus de violence que quand je suis
„ muni de ces excellents préservatifs, qui me
„ sont des cordiaux admirables contre le ve-
„ nin de ces deux cruelles passions. Ce m'est
„ pourtant, dit-il ailleurs, une très-grande con-
„ solation d'être aimé de vous, & vôtre bonté
„ fait ce que ma Raison ne sauroit faire;

     *Ove tu vuoi mi gira.*

„ O foiblesse! O impuissance de la Raison!
„ Vous pouvez adoucir mon chagrin, en me
„ caressant, mais je ne puis le vaincre quel-
„ que violence que je me fasse, quelque Epic-
„ téte, quelque Seneque que j'employe pour
„ me servir de second contre moi-même. Mais
voici un langage plus expressif encore sur ce
sujet que celui qui vient d'être rapporté. Je
„ ne suis plus capable d'aucune joye, dit Bal-
„ zac ‡ à Conrart; Je ne dis pas d'aucune
„ consolation, car vôtre amitié, vos Lettres,
„ vos bontez, vos soins, vos presents, m'en
           four-

---

* Voy. ibid. pag. 191. 156. 200.    † Voy. ibid. pag.
124. 138.    ‡ Voy. ibid. pag. 201.

„ fourniſſent tous les jours de très-douces, &
„ très-agréables; de ſorte que dans mes dou-
„ leurs, dans mes peines & dans mes déplai-
„ ſirs, pourvû que je vous aye, je puis dire
„ qu'il ne me manque rien, & que

*D'ogni timor m'affidi, e mi conſoli.*

„ Continuez donc à m'aimer, & me comblez
„ toûjours de vos graces pour empêcher que
„ l'ennui ne me tuë ; & ſauvez une vie qui
„ vous eſt toute dévoüée, & que j'avoue ne
„ tenir plus que de vous.
„ *Che ſenza tè, ſon nulla*; auſſi bien que le
„ Petrarque, (c'eſt-à-dire, le plus tendre &
„ le plus ſenſible de tous les amans) ſans ſa
„ Maîtreſſe. Je ſuis paſſionnément & ſans ré-
„ ſerve, vôtre très-fidele & très-obligé ſervi-
„ teur. Lorſque Balzac étoit malade les paroles de Conrart étoient plus efficaces pour ſa
gueriſon, que les remedes qu'on lui ordon-
noit. „ Vous m'eſtimez, lui dit-il, * infini-
„ ment plus que je ne vaux, & à cela vous em-
„ ployez des paroles qui valent infiniment.
„ Mais quoi que vôtre eſtime & vôtre bien dire
„ ſoient de très-grand prix, il faut que je vous
„ avoüe que rien ne m'eſt precieux à l'égal de
„ vôtre affeçtion; ſans elle, la bonne fortune
„ ne ſauroit me rendre heureux ; avec elle la
„ mauvaiſe ſe peut ſupporter, & mes maux per-
„ dent plus de la moitié de leur force,

*O uſato di mia vita ſoſtegno!*

Puiſ-

* Voy. ibid. pag. 99.

„ Puifque ce remede eſt toûjours en vôtre puiſ-
„ ſance, je vous ſupplie qu'il ne manque ja-
„ mais à mes maux. Aimez-moi, careſſez
„ moi, rejouïſſez-moi, ſi vous voulez que je
„ ne meûre pas de chagrin. Vous ſavez faire
„ tout cela, Monſieur, & vous l'avez fait ad-
„ mirablement dans vôtre derniere Lettre. Vos
„ dernieres Lettres, lui dit-il ailleurs *, m'ont
„ donné ce que je ne reçois jamais de moi-mê-
„ me, je veux dire de la ſatisfaction d'eſprit,
„ & quelque petit rayon de joye, au travers de
„ mon chagrin. Si mes maux n'étoient incu-
„ rables, ce feroit vous, ſans doute, qui les
„ gueririez.

*Mais le Ciel ne veut pas qu'Amynte ſoit heureux.*

Tout cela eſt fort, mais voici deux autres endroits qui le font ſans comparaiſon plus, & plus
precis. „ Ce ne ſera jamais volontairement
„ † que je me ferai de la plus douce ſatisfac-
„ tion qui me reſte au monde après celle que
„ je reçois de lire vos Lettres. Les trois der-
„ nieres comme de raiſon, ont été les très-
„ bien venuës, quoi qu'elles ne ſoient venuës
„ de Paris ni ſi droit, ni ſi vîte que les autres,
„ Je ne vous dirai rien de leur mérite. Je me
„ contenterai de vous le faire ſavoir par ma
„ gueriſon; & de vous avouër à la honte de la
„ Medecine, que je tire bien moins de ſoû-
„ lagement de ſes remedes, que de vos pa-
„ roles,

*E riſuona più c'huomo in ſue parole.*

L'or

„ L'or potable, les perles fonduës, tout ce
„ que la terre & la mer produifent de falutaire
„ & de precieux, ne m'eft point fi falutaire ni
„ fi precieux que ce que je trouve dans les Let-
„ tres que vous m'écrivez. Et ailleurs * il lui
„ dit, que les remedes, les Medecins ne lui
„ font ni bien ni mal ; vous feul, mon très-
„ cher, êtes capable de me guerir ; c'eft de
„ vôtre bonté, c'eft de vôtre amitié que j'at-
„ tends un fi grand fecours & une fi utile af-
„ fiftance ;

*Quindi l'ardir, quindi la fpeme nafce.*
*Pur ch'ella mai non c'abbandoni e lafce,*
*Poco dobbiam curar ch'altri ci mauche.*

„ Sans doute vous m'avez écrit, lui dit-il en-
„ core, mais vos Lettres fe font perduës. Car
„ feroit-il poffible que vous m'euffiez refufé
„ une confolation dont j'avois befoin, & que
„ je vous avois demandée?

*Sfortunato filenzio!*

Cela étant il ne faut pas s'étonner fi Balzac
†. dit qu'il n'avoit pas de plus grande fatisfaction que celle de lire les Lettres de Conrart,
Et fi elles lui paroiffent toûjours trop courtes.
„ ‡ Vos plus longues Lettres me paroiffent
„ courtes, lui dit-il, parce que leur longueur
„ n'a rien qui ne foit agréable & divertiffant ;
„ rien qui ne plaife, qui n'inftruife, qui n'o-
„ blige de façon ou d'autre.

*Laſci*

* Voy. ibid. pag. 227. 228.   † Voy. ibid. pag. 202.
‡ Voy. ibid. pag. 205. 206.

*Lacci amor mille, & neſſun tende in vano,*

„ comme diſoit autrefois un galant-homme
„ qui a emporté le prix ſur tous les A-
„ mans. Importunez-moi donc toûjours, en-
„ nuyez moi toûjours de la ſorte, je ne m'en
„ plaindrai jamais. Au contraire, mon très-cher
„ Monſieur, c'eſt avec inſtance que je vous
„ demande la continuation de cette longueur,
„ pourvû que ce ne ſoit point à vous, à qui
„ elle ſoit importune, & que vous ne preniez
„ point trop de peine à me donner du conten-
„ tement. Si une goute de Nectar eſt une
„ choſe précieuſe, & rend heureux un miſera-
„ ble mortel, que faut-il dire d'une riviére
„ de Nectar, & du débordement même de
„ cette riviére? Comme c'eſt une des felicitez
„ du ſiécle d'or, c'eſt l'image de vos belles é-
„ critures, dont il ſemble que vous vouliez ex-
„ cuſer la prolixité, de laquelle je vous remer-
„ cie & dont je me trouve ſi bien. Si vous
„ n'appellez point *fardeaux, courvées*, lui dit-
„ il * encore, les longues Lettres que vous
„ m'écrivez, je n'en ſaurois recevoir qui ne
„ me ſemblent trop courtes. Si Balzac prenoit
tant de plaiſir à recevoir & à lire les Lettres de
Conrart; il en prenoit auſſi beaucoup à lui en
écrire. „ Je voudrois bien, dit-il, † que Mr.
„ le Préſident ne m'écrivit point, & que Ma-
„ dame la Comteſſe qui m'a écrit, ne vous
„ renvoyât point ſa Lettre, je ſuis accablé de
„ pareils honneurs, & ne cherche point de ces
„ pratiques. A vous ſeul, mon cher Mon-
„ ſieur, j'écris avec plaiſir, & à nôtre cher
　　　　　　　　　　　　　　　　　　Mr.

* Ibid. pag. 226. † Voy. ibid. pag. 263. 303.

,, Mr. Chapelain ; toutes les autres civilitez me-
,, font *fardeaux*, *corvées*, & *quelque chofe de pis*.-
,, Chofe étrange, dit-il * encore, moi qui ne
,, puis commencer avec les autres, je ne puis-
,, finir avec vous. Epaminondas difoit qu'il-
,, avoit obligé les Lacedémoniens à faire leurs-
,, périodes plus longues , vous pouvez dire-
,, plus que cela, & un homme à qui j'écris-
,, deux fois la femaine, des procès verbaux, a-
,, bien fait un plus grand miracle qu'Epami-
,, nondas.

  † Balzac s'intereffoit extraordinairement à-
la confervation de *la chere tefte qu'il eftimoit*
*tant*, tout ce qui pouvoit l'incommoder un peu
lui donnoit de grandes inquietudes. ,, Etes-
,, vous mieux que vous n'étiez il y a un mois,
,, dit-il à Conrart ‡ ; la goute n'a-t-elle point-
,, quelque remords de l'injuftice qu'elle vous :
,, fait ? L'intemperance de Mr. des Barreaux-
,, fe moquera-t-elle toûjours impunément de-
,, la foibleffe de Mr. Conrart? C'eft un chapi-
,, tre qui ne s'oublie jamais dans la converfa-
,, tion que j'ai avec Mr. le Marquis de Mon-
,, taufier. Nous vous fouhaitons fans ceffe le-
,, bien qui vous manque , & ce bien n'eft que-
,, le feule fanté, puis que vous avez tous les-
,, autres biens. Pour cette fois vous ne faurez
,, que cela de nos converfations où vous eftes
,, toûjours allegué avec éloge, quoi que Sca-
,, liger & Cafaubon n'y foient pas toûjours al-
,, leguez de la même forte, pour ne rien dire
,, de Platon, d'Ariftote & de plufieurs autres à
,, qui nous faifons fouvent le procès. Il étoit in-
                                    quiet

---

* .Voy. ibid. pag. 195.    † Voy. ibid. pag. 248.
‡ Voy. ibid. pag. 152.

quiet pendant la guerre de Paris: „ Ayant ap-
„ pris, disoit-il *, les nouvelles générales, & n'en
„ ayant point eû des vôtres particulieres, je ne
„ puis que je ne sois en peine de vous, de Mr.
„ de Grasse & de Mr. Chapelain, je crains tous
„ les coups de la tempête pour des biens si rares
„ & si precieux, pour des biens que j'ai dans le
„ vaisseau agité; & quoi que puissent dire là-des-
„ sus les Philosophes brutaux, tel que peut être
„ . . . . . c'est une crainte qui n'est pas deshonnê-
„ te, & qui peut tomber dans l'ame d'un hom-
„ me constant. En ces allarmes une amitié ten-
„ dre & sensible, comme la nôtre, ne sauroit
„ être en repos, elle tremble, elle est timide,

„ *Porge più di timor, che di speranza.*

„ sans qu'on puisse pourtant l'accuser de foi-
„ blesse ni de poltronnerie. Dieu vueille cal-
„ mer vôtre Paris & r'assurer nos provinces.
„ Je vous assure, dit-il ailleurs †, à Conrart, de
„ ce que je vous ai assuré mille & mille fois
„ que toutes vos joyes & toutes vos douleurs
„ sont miennes; qu'il ne vous peut arriver de
„ bien ni de mal qui ne passe à l'heure même
„ de vous à moi; souffrirai-je toûjours & ici &
„ à Paris; & ne voulez-vous point vous bien
„ porter, mon très-cher Monsieur, lui dit-il
„ ‡ encore, afin que mes maux ayent pour le
„ moins cette consolation qui les adoucisse?
„ Le billet de vôtre homme m'a épouvanté;
„ ces cruelles douleurs dont il fait mention
„ m'ont fait fremir à dix journées de celui qui
„ les a senties;

E

---

* Voy. ibid. pag. 214.    † Voy. ibid. pag. 266.
‡ Voy. ibid. pag. 277.

„ *E coſi di lontan m'alluma e incende,*

„ & qui eſt peut-être à preſent en meilleur état:
„ Dieu le vueïlle, par ſa ſainte grace; vôtre re-
„ pos eſt une piéce neceſſaire au mien, & je le
„ dis ſans figure, il n'y auroit point de joye pour
„ moi ſur le Thrône, ſi mon cher amï étoit à la
„ gêne. Vous avez été frapé par plus d'un en-
„ droit, lui dit-il encore *, & j'ai ajoûté vos dou-
„ leurs aux miennes. Je vous ai plaint, ne pou-
„ vant vous ſoûlager. Dieu m'eſt témoin, je
„ ne dis pas de la part que je prens en ce qui
„ vous touche, mais du tranſport tout entier
„ que je m'en fais à moi-même. Je m'appro-
„ prie de telle ſorte vos joyes & vos déplaiſirs
„ qu'en l'état preſent des choſes de mon vil-
„ lage, je puis dire que ce ſont les bonnes ou
„ les mauvaiſes nouvelles de la Rüe St. Martin
„ qui ſont les bons, ou les mauvais jours de
„ Balzac. Redoublez donc, s'il vous plaît, vos
„ ſoins dans la conſervation d'une ſanté qui
„ ne s'arrête pas en vôtre perſonne; prenez
„ de nouvelles peines; travaillez plus que ja-
„ mais à l'acquiſition, ou au recouvrement du
„ bien perdu; ſoyez heureux, Monſieur, pour
„ vous & pour moi. Je ſuis extraordinaire-
„ ment affligé, lui dit-il ailleurs †, de la conti-
„ nuation de vos maux; j'avois de la peine à
„ les croire, me fondant ſur les termes de vô-
„ tre derniere Lettre qui m'aſſuroit du recou-
„ vrement de vôtre ſanté; mais la mauvaiſe
„ nouvelle que mon Libraire nous avoit écri-
„ te, m'ayant été confirmée par Mr. de Mon-
　　　　　　　　　　　　　　tauſier,

* Voy. ibid. pag. 24. † Ibid. pag. 165. 166.
　　　　　　D 2

,, taufier, je vois bien qu'elle n'eſt que trop
,, veritable & que la goutte ne s'étoit pas re-
,, tirée de bonne foi. . . . . N'ajoûtez point
,, cette corvée à vos autres maux. Je les
,, plains, Monſieur, je les pleure, je les ſens
,, comme les miens propres. Ces vingt cruel-
,, les nuits me font fremir, quand je me les
,, repreſente, & j'ai le cœur tout gelé de la
,, ſeule image de ce ſquelette qui m'eſt apparu
,, dans vôtre Lettre.

*Dieux, ne puniſſez pas la vertu pour le vice.*
*Les juſtes tourmentez vous demandent juſtice.*

. . . . . . . . . .

,, † En conſcience, mon très-cher Monſieur,
,, je ne ſavois pas que vous euſſiez du mal, &
,, même je ne m'en doutois pas. Si je l'euſſe
,, ſû, au lieu de vous gronder, j'euſſe grondé
,, le Deſtin, j'euſſe murmuré contre le Ciel;

*Et dit aux Aſtres innocents*
*Tout ce que fait dire la rage*
*Quand elle eſt maitreſſe des ſens.*

Je ne ſai ſi on ne pourroit pas dire que Balzac
ſe laiſſoit un peu trop emporter à la paſſion, & ſi
ſon hyperbole ſa figure favorite n'eſt pas pouſſée ici trop loin. Mais voici un langage plus
Chrêtien par lequel Balzac exprime en beaux
termes à ſon ordinaire la joye qu'il a du réta-
bliſſement de la ſanté de Conrart. ,, ‡ Je me
,, rejouïs avec vous de la bonne nouvelle que
,, Mr. Courbé nous a fait ſavoir. Je parle de
la

† Voy. ibid. pag. 230.    ‡ Voy. ibid. pag. 231.
232.

„ la nouvelle de vôtre guerifon. Et quand
„ celle de la rupture de la paix feroit verita-
„ ble, je ne laifferois pas, mon très-cher Mon-
„ fieur, de me rejouïr de la premiere, tant je
„ fuis attaché à vous, par une fociete qui prévaut
„ à tous les autres devoirs. Il faudroit, dit-il
„ ailleurs *, il faudroit facrifier plus d'un coq
„ à Æfculape, fi nous étions au païs & au
„ temps des facrifices. Mais il faut parler
„ Chrétien, & je me contente de vous dire,
„ que je louë nôtre bon Dieu, des bonnes
„ nouvelles que j'ai trouvées dans vôtre dernie-
„ re Lettre. Puifque vos grandes douleurs ont
„ cessé, & que le très-cher Mr. Chapelain n'a
„ plus de fiévre, je n'ai garde de me plaindre
„ de mes foibleffes, & de mes langueurs. La
„ confervation de deux têtes qui me font fi che-
„ res, eft une grace que me fait le Ciel, de la-
„ quelle je ne faurois affez le remercier, non
„ pas même quand toute ma vie fe pafferoit à
„ lui rendre des actions de graces, à lui chan-
„ ter des hymnes & des cantiques. Son amitié
alloit jufqu'a un tel excès qu'il comptoit fa maladie pour rien pourvû que la fanté de Conrart
fut bonne; *Je fuis malade*, lui difoit-il †, *mais
tout ira bien pourvû que vous ne le foyez pas*. Il
preferoit Conrart à tout le monde, il l'en affure lui-même d'une maniere fi obligeante
& fi agréable que le Lecteur ne fera pas fâché
que je lui rapporte ici les propres termes dont
il fe fert. „‡ Pour tant de chofes que j'ai à vous
„ dire, ce ne feroit pas affez d'une Lettre. Il
faut

* Voy. ibid. pag. 103. † Voy. ibid. pag. 253. ‡ Voy.
Differtations Critiques Differtation cinquiéme, Oeuvres de Balzac *in folio*. tom. 2. pag. 566.

D 3

„ faut un Diſcours, & encore qui ne ſoit pas
„ petit. Je vous écris donc un grand Diſcours,
„ moi qui n'écris plus & ne parle plus depuis
„ quelque temps; moi qui ſuis réduit à oui &
„ à non, par l'ordonnance des Medecins.

„ Ma Modeſtie n'eut oſé vous le faire ſa-
„ voir; mais puiſque vous le ſavez d'ailleurs,
„ & qu'on vous l'a mandé de Saintonge, je ne
„ vous le deſavouërai pas. Je dois des répon-
„ ſes à plus d'un Prélat, & à plus d'un Officier
„ de la Couronne; ils m'ont honoré de leur
„ ſouvenir, ils m'ont obligé par leurs ſoins & par
„ leurs civilitez. Mais quoi que mes Seigneurs
„ exigent à la rigueur ces ſortes de dettes, &
„ que mes amis me faſſent grace, n'en déplaiſe
„ à la Grandeur, il faut que l'Amitié paſſe la
„ prémiere, & que j'aille où m'appelle mon in-
„ clination.

„ C'eſt tout droit à vous, mon cher Mon-
„ ſieur, qui êtes ſi avant dans mon eſprit, qui
„ vous êtes ſaiſi de mon cœur à ſi juſte titre,
„ par tant de bontez, & par tant de courtoi-
„ ſies. Vous y faites entrer, avec vos belles &
„ obligeantes paroles, toute la conſolation
„ dont il eſt capable; & apparemment Dieu
„ m'envoye ce ſecours ſur le declin de ma vie
„ pour me fortifier contre une infinité de diſ-
„ graces, qui me viennent attaquer en foule.
„ Elles m'auroient déja accablé, ſi vous ne
„ me ſoûteniez. L'importance eſt que vous
„ me ſoûtenez avec une main qui n'eſt pas ru-
„ de, & qui en m'appuyant ne m'ébranle point.
„ Vôtre affection & vôtre tendreſſe, toûjours
„ parfumées, & toûjours fleuries, adouciſſent
„ les maux que la Raiſon toute ſéche irrite-
„ roit. Et je vous avoüe qu'en l'état où je

ſuis,

„ fuis, je ne puis plus fouffrir cette auftére,
„ épineufe, & affirmative Raifon. Je redoute
„ ces amis qui veulent faire les Pedants dans
„ l'amitié; qui alléguent hors de temps les Pro-
„ verbes de Salomon, *& les bleſſures meilleures*
„ *que les baiſers*; qui débitent fans ceſſe des
„ Dogmes & des Maximes; leur autorité ma-
„ giftrale me porte à la revolte plûtôt qu'à l'o-
„ beïſſance.

„ Continuez à m'aimer de la même forte
„ que vous avez fait jufques ici. Je n'ai point
„ befoin du fer & du feu de la Philofophie
„ des Stoïques. Je vous demande vôtre baûme,
„ vos huiles, vôtre indulgence, vôtre pitié.

Conrart étoit le tout de Balzac *. Il lui tenôit
lieu de tout, il auroit renoncé volontiers à tout
le refte du monde pour conferver fon cher Conrart. Il fe fut confolé s'il eut été dans un défert
pourvû qu'il eut été avec Conrart. † Il étoit tout
tranfporté de joye quand il lui écrivoit parce
qu'il lui fembloit qu'il étoit avec lui. Il n'avoir
aucune referve pour lui. Il ne lui cachoit rien;
on voit bien qu'il lui écrivoit du cœur, car les
Lettres qu'il lui a écrites font pleines de fecrets, de paroles paffionnées, que le bon Mr.
de St. Cyran appelloit autrefois ‡ *effufions de*
*cœur* & *débordemenns d'amitié*; & § l'on a
trouvé que les Lettres à Conrart font les plus
belles que Balzac aît écrites, qu'elles font plus
belles que celles qu'il a écrites à Chapelain qui
font les plus belles de toutes les autres. Balzac lui-même voulant exprimer à Conrart jufqu'où

* Voy. ibid. pag. 118. 119. † Voy. ibid. pag. 178.
‡ Voy. ibid. pag. 200. § Voy. *Menagiana* Tom. I.
pag. 136.

qu'où alloit son amitié pour lui ; lui parle
ainsi, * *aimez-moi comme je vous aime, c'est tout
dire en peu de mots.* Et lui envoyant deux petites pièces de sa façon, il lui dit qu'il souhaitte
qu'elles le divertissent agréablement, & il a-
joûte ces mots. † *C'est en cela que je mets tout
leur prix, & que je fais consister tout leur merite.
Car si elles ne vous plaisent, elles me déplairont,
& je ne saurois pas m'empêcher de hair les choses
que j'aurois le plus aimées, si je savois que vous ne
les aimassiez pas.*

*E. legge sia ciò che tè sol comandi.*

Nous voyons un des derniers traits de cette
rare amitié dans ces mots que Balzac écrit à
Conrart, ‡ „ En verité, mon cher Monsieur,
„ il faut que je vous aime bien tendrement,
„ puisque rien au monde ne me donne autant
„ de satisfaction que de parler & d'ouïr parler
„ de vous ! Il n'y a ni Muses, ni Parnasse, ni
„ Latin, ni Grec, ni Science, ni Eloquence,
„ qui ne me touche moins l'esprit que ce que
„ j'entends dire de vôtre vertu, & de l'amitié
„ dont vous m'honorez.

Balzac faisoit tant de cas de l'amitié de son
cher Conrart, qu'il ne l'auroit pas changée contre quoi que ce fut. *Je ne changerois pas cette
amitié,* dit-il ¶, *pour la faveur du plus grand
Prince du monde.* § *Toutes les richesses de Paris,
pour ne point parler de la pauvreté de Bordeaux
ne seroient pas capables de me débaucher,* dit-il encore

---

* Voy. Lettres de Balzac à Conrart pag. 252. † Voy.
ibid. pag. 251. 252. ‡ Voy. ibid. pag. 59. ¶ Voy.
ibid. pag. 273. § Voy. ibid. pag. 265.

core ailleurs.   Il regrettoit ſouverainement de
n'avoir pas connu ce cher ami, plûtôt. „ Pour-
„ quoi, dit - il, * ne vous ai-je pas connu dès
„ les premieres années de ma vie ?  Elle au-
„ roit été plus douce & plus reglée qu'elle n'a
„ été.  J'aurois eû plus de contentement, &
„ j'aurois fait moins de fautes. Mais il eſt im-
„ poſſible de vivre deux fois, & ce qui eſt per-
„ du ne ſe pouvant recouvrer, ménageons
„ bien, pour le moins, ce qui nous reſte. Ai-
„ mons-nous, comme vous dites, *cordialement*,
„ afin qu'au milieu d'une infinité de maux qui
„ nous environnent, parmi tant de miſeres
„ publiques, tant de déplaiſirs particuliers, je
„ trouve un azile dans vôtre cœur, & que vous
„ en trouviez un dans le mien.   Il auroit fort
ſouhaitté de pouvoir le voir encore avant
que de mourir. „ La mort, dit - il, † me ſe-
„ parera bien-tôt de vous, c'eſt le plus grand
„ regret que j'aurai en quittant le monde, &
„ ce me ſeroit une eſpéce de conſolation ſi je
„ pouvois vous embraſſer avant que d'en par-
„ tir.   Mais je ſuis à cent lieuës de vous, &
„ vous étes malade auſſi bien que moi.

*Queſt' è quel che più inaſpra i miei martiri.*

Il oublioit l'état où il étoit lorſqu'il lui écrivoit ; *vous voyez*, lui dit-il. ‡ *qu'un moribond*

*E già morto a' diletti, al duol ſol vivo,*

*ne laiſſe pas de rire avec vous.* § „ Dans quelque
                                                    mi-

* Voy. ibid. pag. 193.  † Voy. ibid. pag. 298. 299. 300.
‡ Voy. ibid. pag. 303.  § Voy. ibid. pag. 47

,, misere que je vive., vous êtes causé que je
,, ne voudrois pas être mort; je perdrois trop
,, à la vie., en perdant un si sage, si fidele, & si
,, genereux ami que vous. Mais enfin sentant
qu'il ne pouvoit plus resister à ses maux &
qu'il alloit y succomber il lui dit qu'il le consideroit de telle sorte qu'il l'asuroit *que son der-*
*nier soupir se tourneroit vers lui en allant au Ciel.*
Voila l'image d'une amitié sincere, & constante, qui fait également honneur à l'amant & à
l'aimé.

Balzac n'aimoit point un ingrat ou un insen-
sible. L'amitié étoit bien reciproque. (a) *Il*
*l'aimoit comme s'il avoit été son frere:* Balzac en
étoit si persuadé, qu'il lui écrivoit qu'il ne
craignoit point de faire des fautes devant lui,
parce, lui dit-il (b), *que je suis assuré de vôtre*
*indulgence. Je sai que vous aimez tout ce qui vous*
*vient de moi, même jusques à mes barbarismes &*
*mes incongruitez.* Conrart tout incommodé
qu'il étoit (c) *lui écrivoit reguliérement toutes*
*les semaines.* Il étoit si exact que Balzac craignant que son exactitude ne redoublât ses maux
a été (d) obligé souvent à le prier de se dispenser de lui écrire. Et il lui écrivoit avec tant de
tendresse qu'il étoit impossible que Balzac n'en
fut touché, (e) *quand même,* comme il le dit,
*il auroit eû une lame de fer à l'entour du cœur.*

Balzac n'a pas été le seul qui ait aimé Conrart. (f) L'illustre Duc de Montausier avoit
pour lui une estime toute particuliere & une
tendre amitié. *Je passai hier,* dit Balzac à Conrart,

(a) Voy. ibid. pag. 176. (b) Voy. ibid. pag. 179.
(c) Voy. ibid. pag. 139. (d) Voy. ibid. pag. 230. 231.
(e) Voy. ibid. 300. (f) Voy. ib. pag. 186. 152. 268.

rart (*a*), la moitié du jour avec nôtre cher Marquis
(de Montaufier.)

*Huom ch' à l'alta fortuna agguaglia'l merto.*

Ce ne fut pas comme vous pouvez penfer, fans
faire mille fois vôtre Eloge & vous foubaiter mille
fois ici. Girard l'Archidiacre (*b*) ne juroit que
par Conrart. Et l'excellente Epître Dédicatoire
qu'il lui a addreffée à la tête des *Lettres de Balzac
à Conrart* dont il a procuré l'impreffion, au
public, eft un monument perpetuel de la haute
eftime & de la parfaite amitié qu'il avoit pour
lui. Le frere de cet illuftre Mr. Girard n'eftimoit pas moins que lui, le grand Conrart (*c*).
Godeau aimoit tellement Conrart, qu'on
l'appelloit (*d*) *un autre lui-même, que le ciel &
la nature,*

*Co'l bel nodo d'amor teco conjunge.*

Le P. André dont Balzac fait un Eloge fi magnifique étoit ami de Conrart; *Vous l'aimez,* lui
dit Balzac (*e*), *& il vous honore.* Mad. de Scudery étoit fon amie intime; Balzac (*f*) fait le
panegyrique de cette fille, & s'addreffant enfuite à Conrart, *O Monfieur,* lui dit-il, (*g*)
,, que vous êtes heureux d'avoir une telle a-
,, mie ! Et que je le ferois, fi je pouvois être
,, auffi honnête homme que vous, pour afpirer
,, à une fi grande gloire, & au bonheur de voir
tous

(*a*) Voy. ibid. pag. 234. (*b*) Voy. ibid. pag. 265.
(*c*) Voy. ibid. pag. 265. 277. (*d*) Voy. ibid. pag. 258.
(*e*) Voy. ibid. pag. 174. (*f*) Voy. ibid. pag. 287. 199.
(*g*) Voy. ibid. pag. 120.

„ toũs les jours une perſonne ſi admirable!
Coſtar, Daillé, du Boſc, en un mot toutes les
perſonnes de merite l’aimoient. Il ſeroit plus
aiſé de donner la liſte de ceux qui ne l’aimoient
point par un principe d’envie ou de jalouſie,
parce qu’elle ſeroit aſſez courte, que d’en donner une des perſonnes qui le cheriſſoient & qui
l’honoroient, parce qu’elle ſeroit, pour ainſi dire,
infinie. La difference des Religions n’empêchoit & ne diminuoit point les ſentimens avantageux qu’on avoit pour lui. Balzac * en rend
une bonne raiſon. „ Sans m’enfoncer, dit-il à
„ Conrart lui-même, en matiere plus avant,
„ je vous proteſte, mon cher Monſieur, que
„ je n’ai pas plus d’averſion pour les Hugue-
„ nots, que vous en avez pour les Catholiques.
„ Puiſque la bonne perſuaſion eſt un don de
„ Dieu, & une pure grace du Ciel, je ne ſuis
„ pas ſi injuſte que d’accuſer un homme de ſa
„ pauvreté; que de vouloir mal à un Courtiſan,
„ parce qu’il n’eſt pas en faveur; que de lui
„ être contraire, parce que le Prince ne lui a
„ pas été liberal. Non ſeulement on aimoit
Conrart, mais on aimoit les perſonnes qu’il
aimoit. On a vû Monſieur le Maréchal de
Schomberg, Duc d’Haluin, Gouverneur de
Metz avoir des égards très-grands, & une
amitié très-forte pour Monſieur le Duchat
Conſeiller au Parlement de Metz, parce qu’outre ſon merite particulier qui étoit grand, il
avoit l’avantage d’être beaufrere de Conrart.

Je reviens à la capacité de Conrart. Il n’é-
toit pas capable ſeulement, de juger des Ouvrages d’autrui, il auroit pû en produire lui-
même

* Voy. Lettres de Balzac à Conrart pag. 26.

même de son cru, de polis & de solides. Il n'y
avoit rien qui lui fut impossible & qu'il ne fit
bien s'il l'avoit entrepris. „ Ne pensez pas
„ vous moquer d'appeller vos Lettres, *des*
„ *Sermons*, luï disoit Balzac, & ne pensez pas
„ aussi que je me moque, de dire que vous
„ ferez de veritables Sermons quand il vous
„ plaira. Je vous crois, Monsieur, capable de
„ tout; vous mettriez bientôt derriere vous,
„ les Peres de Lingendes, & les Peres Faures,
„ si pour être Prédicateur, il ne falloit qu'être
„ éloquent, & qu'il ne fut pas necessaire d'ê-
„ tre Catholique. Mr. du Bosc, ce célébre
Ministre de Caën, mort Refugié à Rotterdam,
a rendu à cet égard un témoignage bien avantageux à nôtre Conrart. Si je vous écris, lui
dit-il *, mes sentimens sur ce sujet, c'est seu-
„ lement pour avoir les vôtres & pour rece-
„ voir vos instructions. Car je sai que les My-
„ stéres du langage de Canaan ne vous sont
„ pas moins connus que les beautez de nôtre
„ langage, & que vous ne voyez pas moins
„ clair dans les matiéres de Théologie, que
„ dans les Questions Académiques. En effet
sans parler des autres marques de sa capacité il
n'y a qu'à voir les Lettres savantes † que Mr.
du Bosc & lui se sont écrites reciproque-
ment au sujet de l'explication du dernier
verset du chapitre premier de l'Evangile selon

---

* Voy. la vie de Pierre Du Bosc. par Mr. le Gendre. pag. 457. Voy. aussi l'Avertissement qui est à la
tête des cinquante Pseaumes retouchez par Conrart.
pag. 12. 13. & suivantes. † Voy. ibid. pag. 451. &
suivantes.

lon St. Jean *; pour conoître que les honnêtetez que Mr. du Bosc lui fait, ne sont pas simplement des compliments , & des cajolleries;
mais qu'elles sont fondées sur la connoissance
qu'il avoit de ses lumieres & de sa capacité. Je
ne sai point au reste si Conrart a fait quelques
Sermons, mais je puis dire qu'il en a corrigé
plusieurs ; j'ajoûterai en passant une circonstance qui le justifiera, sans neanmoins nommer personne de peur de dire ici quelque chose qui soit capable de chagriner,ou qui soit desa-
gréable à quelqu'un. Un des amis de Mr. Conrart, & qui est presentement un des miens, en-
trant un jour dans sa chambre pour lui donner
visite, il le trouva lisant un Sermon qu'un Prédicateur Catholique Romain de Province, lui
avoit envoyé pour en faire l'examen & la censure.　Conrart voyant entrer cet ami discontinua sa lecture ; cet ami lui fit compliment sur
ce qu'il étoit venu l'interrompre, Conrart lui
repondit que cette interruption ne lui faisoit
aucune peine, qu'il y avoit pour le moins trois
mois qu'il avoit ce Sermon, & que de trois autres mois il ne devoit être prononcé. (C'étoit
apparemment d'un homme qui prêchoit rarement & qui s'y préparoit de bien longuemain )
Conrart ajoûta que lorsque cet ami étoit entré
il en étoit à lire l'invocation ou la priere à la
Vierge que les Predicateurs Catholiques font
ordinairement à la fin de leur exorde. Que ce
Prédicateur voulant dire quelque chose de sin-
　　　　　　　　　　　　　　　　　　gulier,

---

* Et il lui dit ; En verité, en verité je vous dis, que
desormais vous verrez le Ciel ouvert , & les Anges de Dieu
montants & descendants sur le fils de l'homme. Evang. selon St. Jean. ch. 1. y. 51.

gulier, depeur de parler comme les autres; au
lieu d'avoir dit, addreſſons-nous à la Ste. Vierge, ou à la mere du Sauveur, &c. avoit dit,
*addreſſons-nous à la mere du pur amour.* Faiſant
alluſion à ce qui eſt dit dans le verſet vingt-
quatriéme du chapitre vingt-quatriéme de l'Eccléſiaſtique. Qu'il avoit trouvé cette expreſſion, trop affectée; & qu'il l'avoit corrigée.

Conrart n'étoit point ſavant ſeulement en
Théologie. Il étoit encore capable des grandes
affaires. Et ſi lui-même a dit * en parlant du
Preſident Ardier que les Rois de France ne
parloient plus avec la Majeſté digne de leur
Empire, depuis qu'ils ne s'expliquoient plus
par la plume de Mr. Ardier qui avoit fait long-
temps la Charge de Secretaire d'Etat ſous Mr.
D'Herbaut ſon oncle, Pere de Mr. de la Vril-
lere; & des mains duquel, il ne ſortoit ni dépêches ni déclarations publiques, qui ne fuſſent & naturelles & fortes. On peut aſſurer
qu'on auroit remedié à cet inconvenient, ſi
Conrart avoit rempli la place qui étoit occupée par cet illuſtre Preſident. C'étoit bien là
le ſentiment de Balzac. „ Mais, dit-il † à
„ Conrart, quittant le langage figuré, & prenant
„ vos Lettres dans leur propre & naturelle ſi-
„ gnification, je ſoûtiens affirmativement,
„ qu'il n'y a homme en France plus digne que
„ vous de remplir la place vacante de Secre-
„ taire d'Etat. Au moins ſi pour cette Elec-
„ tion on recueilloit les voix de ceux qui écrivent,

---

* Voy. Memoires pour ſervir à l'Hiſtoire de Hol-
lande & des autres Provinces Unies par Mr. Louïs
Aubery, Sr. Du Maurier. Preface. pag. 6. 7. † Voy.
Lettres de Balzac à Conrart. pag. 125.

„ vent, vous feriez affuré d'avoir la mienne,
„ & on auroit beau la briguer d'ailleurs, je
„ vous nommerois fans délibérer.

Son grand talent, & qu'il mettoit en ufage
le plus fouvent, étoit d'écrire une Lettre, poliment, & excellemment bien. „ Vôtre Lettre
„ eft raviffante; lui dit Coftar *, il y a trois
„ ou quatre penfées très-rares & très-illuftres,
„ que Mr. du Mans a admirées, & que nos
„ beaux Efprits n'ont pû m'entendre lire fans
„ faire de grandes exclamations. Coftar lui-
même, comme il le dit ailleurs †, *en étoit touché*
*jufqu'au fond de l'ame.* Balzac nous apprend
que *Madame de Montaufier les eftimoit inginiment.*
„ Mais eft-il poffible, dit-il ailleurs ‡, que cette
„ folide & veritable vertu foit fi brillante, & fi
„ attrayante; que cette pure & Philofophique
„ amitié ait toutes les couleurs, tôutes les
„ graces & tous les enjolivements de la Cour?
„ En confcience, Monfieur, vous m'écrivez
„ les plus jolies chofes qui puiffent être con-
„ çuës, & neanmoins je ne les eftime pas en-
„ core tant, que la facilité avec laquelle vous
„ les écrivez; O belle & bienheureufe facilité!
„ nous en dirons davantage dans quelques cha-
„ pitres de nos Remarques. Pourquoi, lui dit-
„ il encore ailleurs ¶, pourquoi dictez-vous
„ des billets fi ingenieux, fi ajuftez, & fi élo-
„ quents, qui non feulement, comme vous di-
„ tes, ont vaincu vôtre filence; mais qui, com-
„ me je crois, ont combattu contre vôtre goutte?

* Voy. Lettres de Coftar. Tom. I. pag. 695. † Voy.
ibid. pag. 714. ‡ Voy. Lettres de Balzac à Conrart.
pag. 217. 224. § Voy. ibid. pag. 71. ¶ Voy. ibid.
pag. 230.

te? Chevreau * lui écrit en ces termes : „ Vos
„ Lettres, Monfieur, font toutes belles, toutes
„ obligeantes, & l'on y remarque depuis le com-
„ mencement jufqu'à la fin, le caractére de l'hon-
„ nête homme & du bel Efprit. Mais comme
„ j'eftime plus une belle ame que des mots
„ choifis & des fyllabes mifes en ordre, j'avouë
„ que la bonté de vos mœurs me touche plus
„ que la délicateffe de vôtre langage. Etant
„ fpirituel & généreux au point que vous l'ê-
„ tes, vous pouviez bien croire que deux qua-
„ litez fi peu communes ne vous feroient pas
„ inutiles dans ce Royaume, & que la Reine vous
„ devoit au moins quelques marques de fa bien-
„ veillance &c.    Voila des témoignages bien
precis & bien forts, donnez par les perfonnes
de ce temps les mieux verfées & les plus capables de bien juger des Ouvragës d'efprit. Balzac qui étoit un bon juge, bien competent, &
qui fe connoiffoit particulierement en Lettres
a trouvé que perfonne n'en écrivoit de fi belles
que Conrart; „ † Vous ne ferez pas fâché de
„ favoir particulierement, que le grand Epif-
„ tolier de France a jugé, en vôtre faveur, que
„ vous écriviez mieux des Lettres qu'homme
„ du monde.    Voila une decifion abfoluë &
donnée en dernier reffort. Balzac le connoiffoit fi bien fur ce pié-là qu'il écrivoit avec plus
de foin les Lettres qu'il lui addreffoit, que toutes les autres, & Ménage a remarqué comme je
l'ai déja dit, que les Lettres à Conrart font les
plus belles de toutes celles que Balzac a écrites. Si après cela il étoit encore befoin de preuve,

---

* Voy. Oeuvres Melées de Chevreau pag. 15.
† Voy. Lettres de Balzac à Conrart pag. 41. 186.

ve; le P. Bouhours en fourniroit une bien authentique. „ Il seroit à souhaiter, dit-il, * que „ nous eussions les Lettres du Secretaire de „ l'Academie; car il ne sort rien de ses mains „ qui ne soit fini, & il y a dans tout ce qu'il „ fait un certain air d'honnête homme, qui me „ plait infiniment. Un temoignage rendu par un Jesuite à un Huguenot ne doit point être suspect. On peut dire que les Lettres que Balzac a écrites à ce cher Conrart sont l'image de Ciceron & d'Atticus, & une belle imitation des Lettres que nous avons de Ciceron à ce cher ami. On a bien plusieurs de ses Lettres, mais elles sont extrémement dispersées. Mr. Pelisson n'a pû se dispenser d'en inserer quelques unes dans sa belle Histoire de l'Academie Françoise. Il n'y a que celles qu'il a écrites à feu Mr. de Felibien qui ayent été recueillies & dont on ait fait un corps entier d'Ouvrage separé. Peut-être eût-on mieux fait pour l'honneur de Mr. Conrart, & pour celui de Mr. de Felibien de les supprimer, car si d'un côté elles ne sont pas dignes de la plume d'un si excellent Ecrivain; de l'autre il semble qu'elles montrent que cet Ecrivain ne se servoit pas de sa meilleure plume lorsqu'il écrivoit à Mr. de Felibien. Cependant la verité est qu'elles ne doivent faire tort ni à l'un ni à l'autre. Mr. de Felibien étoit un intime ami de Conrart à qui il écrivoit fort familiérement, des Lettres qui n'étoient nullement destinées à paroître en public. Je m'imagine que les heritiers de Mr. de Felibien n'ont eû principalement en vuë dans la publication de ces Lettres que de faire honneur

* Voy. les Entretiens d'Ariste & Eugene pag. 181.

neur à la mémoire de Felibien du commerce
qu'il avoit avec l'illustre Conrart.

Comme Conrart s'entendoit à tout, son stile
beau, poli, fort, & mâle, donnoit du lustre &
du poids à tout ce qu'il écrivoit. „ C'est vous, lui
„ dit Balzac *, qui êtes le bienheureux faiseur
„ de miracles ; & on peut dire des plus maigres
„ & des plus seiches matieres quand vous les
„ avez seulement touchées,

„ Ces deserts sont Jardins de l'un à l'autre bout.

„ Vôtre Esprit laisse de la beauté par tout où
„ il passe, & je ne sai si ce ne sera point trop
„ peu de le comparer à cette belle riviere, de
„ laquelle un Ancien a dit ce beau mot. Elle
„ cultive ce qu'elle arrose. *Quicquid irrigat,
colit, &c.* Balzac parloit assurément comme il
pensoit, & on ne peut pas douter qu'il ait voulu flater Conrart, puisque nous voyons que non
seulement il vouloit bien adopter comme siens
les Ouvrages de cet ami sans craindre qu'ils lui
fissent deshonneur, & qu'ils donnassent la moindre atteinte à sa reputation, mais que même il
se faisoit honneur de ce qu'il faisoit à son ordinaire & sans effort. „ † Le Volume des Re-
„ marques, lui dit-il, sera de raisonnable gros-
„ seur, sera imprimé sans interruption, sera
„ suivi immédiatement de l'autre Volume, des
„ billets & des Lettres choisies, pour lequel je
„ vous demande de bonne heure une petite Préface.

* Voy. ibid. pag. 192.
*Ingenium cui sit, cui mens divinior, atque os.*
Horat. Sermon. Lib. I. Satyr. 4. V. 43.
† Voy. Lettres de Balzac à Conrart pag. 98.

„ face, mais de vôtre ſtile de tous les jours,
„ dont la negligence même a tant de graces &
„ tant de beautez. Il y en a bien d'autres qui ſe
ſont fait honneur de diverſes petites pieces de
la façon de Mr. Conrart, & qui ne s'en ſont
pas vantez, ou qui au moins ne l'ont pas fait
ſonner ſi haut que Balzac l'a fait dans l'endroit
que je viens de rapporter.

Comme Conrart avoit l'eſprit joli auſſi bien
que ſolide, & judicieux, il faiſoit un compliment à merveille. Il lui donnoit un certain
tour qui charmoit. „ Je vous demande, lui dit
„ Balzac *-un compliment de vôtre façon,
„ c'eſt-à-dire un excellentiſſime compliment
„ pour Mr. & pour Mademoiſelle de. Scu-
„ dery.

Conrart étoit, comme on vient de le voir,
capable de tout faire, cependant il n'a rien fait;
c'eſt-à-dire qu'il n'a fait imprimer aucun Ouvrage complet de ſa façon. Un Poëte, dont le
nom eſt caché dans le *Ménagiana* ſous un L.
& cinq points, mais que l'on découvre par ce
qui eſt dit dans les pages 38. & 53. du même
Livre être le Poëte *Liniere*, ce Poëte, dis-je,
qui a été autrefois en reputation, a fait une E-
pigramme contre Conrart, † „ ſur ce qu'il a-
„ voit été plus aviſé que les autres de n'avoir
„ jamais rien publié que ſon nom, voulant dire
„ qu'il n'avoit mis au jour aucun Ouvrage, &
„ qu'il s'étoit contenté de ſigner les Privileges
„ des Livres comme Secretaire du Roi. Voici
„ cette Epigramme;

*Conrart,*

* Voy. Lettres de Balzac à Conrart pag. 261.
† Voy. *Ménagiana* Tom. 1. pag. 35.

*Conrart, comment as-tu pû faire*
*Pour acquerir tant de renom,*
*Toi qui n'as, pauvre Secretaire*
*Mis en lumiere que ton nom?*

Balzac auroit pû repondre à ce Poëte, ce qu'il
écrivoit autrefois à Conrart lui-même & que
j'ai déja rapporté ; * *Il n'est point de Roi dans*
*le monde que j'estime plus que ce petit Secretaire du*
*Roi*, parce que,

*Rien n'est plus haut que lui sous l'Astre de la*
*Lune*
*Demandez-le au pere Zenon,*
*Le Sage est Roi*, dit-il, *sans l'aide de fortune.*

„† Il y a eu en Angleterre plusieurs savants hom-
„mes qui ayant consumé toute leur vie dans l'é-
„tude de l'antiquité, semblent n'avoir étudié
„que pour leur satisfaction particuliere, sans se
„soucier de faire part au public de leurs rares
„connoissances. Tels ont été, *Richard Thom-*
„*son, Gerard Langbaine* & *Matthieu Bustus*, dont
„le peu d'écrits qui nous reste ne sert presque
„qu'à nous faire connoître ce que ces grands
„hommes auroient pû faire s'ils avoient voulu.
Sorel remarque fort à propos que les gens qui
font le plus de Livres ne sont pas toûjours les
plus habiles. „Ce n'est souvent, dit-il,‡ que la con-
sidé-

---

* Voy. Lettres de Balzac à Conrart. pag. 134.
† Voy. *Bibliotheque Universelle* Tom. 4. pag. 524. 525.
Voy. aussi *Daillé* de l'Usage des Peres chap. 5. pag.
139. ‡ Voy. la *Bibliotheque Françoise* de *Sorel* pag.
269. 270.

„ fidération de leur fortune qui les fait travail-
„ ler. D'autres qui ont composé peu de chose,
„ mais avec beaucoup de circonspection, me-
„ ritent bien autant de gloire, principalement,
„ fi outre le talent qu'ils ont de bien écrire,
„ ils se rendent recommandables pour être de
„ ceux qui parlent bien en public, qui réuffif-
„ fent dans les Differtations, & les differends
„ des compagnies, & qui font paroître de
„ grandes lumieres d'esprit en toute forte de
„ rencontres. Il y en a qui n'ont jamais rien
„ fait imprimer & qui font pourtant en grande
„ estime ; on a toûjours fait cas de la pureté
„ du langage qui paroît dans les Lettres que
„ Mr. *Conrart* écrit à ses amis ; les conseils &
„ les avis qu'il a donnez sur plusieurs Ouvra-
„ ges François ont aussi été jugez très-uti-
„ les à leurs Auteurs. On peut comparer
Conrart à Serizai * dont Sorel parle dans le
même endroit, † *C'étoit un homme*, dit-il, *au*
*jugement duquel plusieurs avoient accoûtumé de*
*déferer, quoi qu'il n'eut point composé de Livres ;*
*& qui valoit davantage que quelques uns qui ont*
*fait rouler les preffes toute leur vie.* On pourroit
ajoûter à l'exemple de Serizai celui de Claude
Dupui, mort Conseiller au Parlement de Paris
en

---

* Il ne faut pas confondre Mr. de Cerisy, Mr. de
Serizai, & Mr. de Cerisiers. Le premier étoit Mr.
Habert Abbé de Cerisi. Mr. de Serizai étoit un Intendant de la maison de Mr. le Duc de la Rochefou-
caut. Et Mr. de Cerisiers étoit un Ecclesiastique qui
a fait les *Eloges des Saints*, la *consolation de la Theolo-*
*gie*, & plusieurs autres Livres ; mais qui est connu
principalement par son *Tacite François*. † Voy. ibid.
pag. 271.

en l'année 1594. n'étant pas encore âgé de
cinquante ans. Il a eu beaucoup de confor-
mité avec nôtre Conrart. Tous les Savans de
son temps lui ont donné plusieurs Eloges. Mais
il n'a rien laissé par écrit, s'étant contenté d'ai-
der les autres, * sans se mettre en peine de
tirer de la gloire de ses études. Si je voulois re-
monter jusqu'aux siécles plus éloignez je pourrois remettre devant les yeux de mon Lecteur
† Pythagore & Socrate qui n'ont jamais rien
écrit, & qui craignant les divers jugements du
public, n'ont point voulu hazarder leur reputa-
tation sur le papier. ‡ Et approchant de nôtre
siecle de plus près je pourrois rapporter l'exemple d'un nommé *Lazare Bonamicus* fort habile
homme qui ne voulut point se faire Auteur,
malgré tous les efforts d'Erasme qui le défioit
au combat par cette application un peu cava-
liére, des paroles de J. Christ. *Lazare sors du
tombeau, Lazare, prodi foras.* Je ne parle pas de
ce célébre Aristarque ¶ prétendu de l'antiquité
que l'on dit avoir érigé chez lui un bureau pour
censurer les écrits des autres, sans vouloir jamais rien écrire lui-même, pour ne point laiss-
er de matiére de censure aux autres. Car on
sait que Ménage s'en est moqué dans son *Anti-
Baillet*, & qu'il y a soûtenu que ce bureau de
Critique que Baillet a établi chez Aristarque a
été

---

* Voy. *Bibliotheque Historique & Chronologique des
Auteurs de Droit*, par Mr. Denis Simon. Tom. 1. pag.
255. † Voy. les Oeuvres du P. Rapin Tom. 2. Reflexions sur la Philosophie pag. 321. ‡ Voy. aussi
les Oeuvres de la Mothe le Vayer Tom. xi. pag. 138.
¶ Voy. Baillet Jugement des Savants sur les principaux Ouvrages des Auteurs pag. 7. 11. 13.

été inconnu à toute l'antiquité. Mr. le Vayer
applique à quelques Savants de fon temps, la
penfée que Pline * le jeune eut autrefois au
fujet d'un de fes amis. † Il dit que ceux qui
remplis de favoir & de merite, fe tiennent
neanmoins dans le filence témoignent plus de
force d'efprit que beaucoup d'autres qui ne fau-
roient s'empêcher de publier ce qu'ils favent,
& de mettre en évidence tout ce qu'ils ont de
naturel ou d'acquis. *Illi qui tacent hoc amplius*
*præftant, quod maximum opus filentio reverentur.*
On peut dire la même chofe de Conrart, mais
je lui applique particuliérement ce que le célébre Menjot ‡ appliquoit autrefois à Mr. de
Lorme, Medecin ordinaire du Roi, „ J'avois,
„ Mr., lui dit-il, admiré jufques ici vôtre rare
„ genie, mais à prefent j'en fuis charmé, & fans
„ prétendre faire le Prophete, je prevois qu'il
„ vous arrivera parmi les Medecins, comme
„ à Socrate parmi les Philofophes, d'y tenir
„ le premier rang dans la pofterité par la feule
„ force de la reputation, encore que ni l'un
„ ni l'autre n'ayez point laiffé de vos Ouvra-
„ ges au public.

Deux chofes ont à mon avis empêché Conrart de travailler à des Ouvrages confidérables
& d'en publier aucun. Sa Modeftie, & fes
grandes occupations. Sa Modeftie étoit fi grande que quoi qu'il paffât pour l'oracle du Roiau-
me en matiere de langage, & d'expreffion, cependant il ne laiffoit point de confulter lui-
même ceux qu'il favoit avoir du goût pour
cette

---

* Plin. Epift. 25. l. 7. † Voi. Oeuvres de le Vaier
in 12. Tom. 3. Avant-propos, pag. 8. ‡ Voi. Opufcules pofthumes de M. Menjot. pag. 127. 128.

cette forte de fcience. Mr. Bayle * nous en
fournit une preuve lors qu'après avoir fait l'E-
loge de Laurent Drelincourt & avoir dit qu'il
avoit étudié parfaitement la Langue Françoife
& qu'il en favoit admirablement toutes les de-
licateffes & la pureté, il ajoûte ces mots, *jufque-là*,
dit-il, *que le fameux Mr. Conrart le confultoit prefque tous les ordinaires fur ces fortes de matieres.* Balzac † lui reprochoit que fa modeftie étoit trop
grande. „ Vous êtes, lui dit-il, fi modefte &
„ fi humble que fi on ne devine ce qui fe paffe
„ dans vôtre cabinet, ou fi on ne le découvre
„ par furprife, vous en faites un fecret éternel
„ à vos plus intimes amis. Je n'ai jamais eû
„ que cette feule plainte à faire de vous, mais
„ n'eft-elle pas bien fondée puis qu'au point
„ où nous en fommes, & après vous avoir
„ communiqué tous mes deffeins, tous mes
„ fecrets, & toutes mes foibleffes mêmes, vous
„ me cachez jufques à vos Ballades & à vos
„ Rondeaux. Ses occupations étoient fi grandes
qu'elles pouvoient bien l'empêcher de travailler. Balzac ‡ & Mr. de Montaufier lui ont
même reproché comme je l'ai déja dit *qu'il employoit un loifir fort cher à des corvées inutiles &
importunes.* Je fuis furpris que l'illuftre Auteur
des *Mélanges d'Hiftoire & de Litterature* ¶ qui
eft fort équitable dans toutes les occafions, ait
pû foupçonner Conrart, d'orgueil, & d'infuf-
fifance, après en avoir fait lui-même un fi bel
Eloge. „ Il a eû la prudence, dit-il, de ne
                                            rien

* Voy. Bayle Diction. Hiftor. & Crit. Tom. 1. pag.
1069. col. fur la fin. † Voy. Lettres de Balzac à Conrart pag. 59. ‡ Voy. Lettres de Balzac à Conrart.
pag. 156. ¶ Tom. 3 pag. 151. 152.
                    E

,, rien publier de fa façon, & le peu qui en
,, a paru n'eft pas fort confiderable. Peut-
,, être que ne voulant que des Chefs-d'œu-
,, vres, il auroit bien eu de la peine à nous
,, en produire un de fa tête ; car c'eft le fort
,, de la plûpart des Critiques de favoir re-
,, prendre, & de ne favoir pas mieux faire.
,, Il ne femble pas qu'ils ayent le talent de
,, parler ni d'écrire, tant ils font fecs & ari-
,, des. J'en ai connu un, qui étant l'arbitre de
,, trois differentes traductions que d'habiles
,, gens avoient faites d'une Ode d'Horace, les
,, rebuta toutes trois. Sur quoi étant prié de
,, donner quelque chofe de meilleur, il n'en
,, put jamais venir à bout. Si bien que con-
,, vaincu par lui-même, qu'il eft plus aifé de
,, s'imaginer une haute perfection que de la
,, trouver, il jetta fon Ouvrage au feu, n'o-
,, fant pas l'expofer au jugement de ceux qu'il
,, avoit condamnez. Tout cela eft fort bien
dit, mais fort mal à propos, *faltavit benè fed
non in ftadio*. Conrart n'a jamais paffé pour un
Critique, fa modeftie étoit trop grande. C'eft
elle donc, je le repete, qui ne lui a jamais permis de fonger à publier aucun Ouvrage. Il n'y
a qu'à lire l'excellente Epître Dedicatoire que
Mr. Girard Archidiacre d'Angoulême lui a addreffée à la tête des *Lettres de Balzac à Conrart*,
pour en être convaincu. Et s'il lui arrivoit
quelquefois d'en faire quelqu'un il étoit fi modefte qu'il les cachoit même à fes amis. Je l'ai
déja fait voir, mais on pourra en être encore
plus convaincu par ce que Balzac lui dit ailleurs* •
fur ce fujet. ,, Vous m'aviez fait un fecret, lui
dit-

* Voy. Lettres de Balzac à Conrart. pag. 41.

„ dit-il, de vôtre Poëſie, & je ne ſavois pas
„ que vous fiſſiez des Ballades. Je meure, ſi je
„ vis jamais rien de mieux en ce genre-là. Vous
„ êtes toûjours un des principaux objets de mon
„ admiration; vous avez une aptitude, & une
„ aiſance à toutes les bonnes & belles choſes,
„ qui ne ſe peut aſſez eſtimer. Pour le moins
„ je l'eſtime bien plus que l'étude, que le
„ travail, que les efforts de Meſſieurs nos
„ Maîtres. Madame la Marquiſe de Montau-
„ ſier vous dira un jour là-deſſus ce qu'elle &
„ moi avons conclu à vôtre avantage. C'eſt
donc par modeſtie, & non pas par incapacité
que Conrart n'a rien publié. Et comme il étoit
d'ailleurs fort obligeant & fort officieux, il n'en
auroit pas eû le loiſir quand il en auroit eû l'intention.

D'ailleurs il ne faut pas prendre à la lettre
ce qui eſt dit de Conrart à cet égard. Quand
on dit qu'il n'a rien fait, on entend qu'il n'a pas
mis ſous la preſſe ce qu'un homme auſſi capable que lui auroit pû y mettre ; qu'il n'a pas
enrichi ni orné la Republique des Lettres de
pluſieurs Ouvrages de ſa façon, comme on
l'auroit ſouhaité. Car au reſte, il eſt certain,
qu'il a publié, comme je l'ai déja dit, diverſes Pieces qui font honneur à ſa mémoire *.
Je ne parle plus de ſes Lettres à Felibien ; je
parle d'une Préface ſur les Traitez de Religion
de Gombault, qui eſt une Piece digne de lui. Je
parle de l'excellente Preface qui eſt à la tête de
la Vie de Mr. Du Pleſſis Mornai. On peut ajoûter à cela ſa Ballade des goutteux, qui comme on
vient de le voir, lui a attiré de ſi beaux Eloges de

la

---

* Voy. Lettres de Balzac à Conrart pag. 41.

E 2

la part de Balzac. Mais sans faire une longue
liste de plusieurs petites Piéces de sa façon, son
principal Ouvrage est sans doute sa correction
des *Pseaumes de David* qu'il a mis en nouvelle
rime; ou si on veut, ceux de Marot & de Beze qu'il a retouchez. L'occasion qui a donné
lieu à cet Ouvrage est assez curieuse. Mon frere
Chapelain de Sa Majesté le Roi de Prusse m'en
a fait l'Histoire dans une Lettre qu'il m'a écrite
de Hollande au mois d'Octobre de l'année
1700. après qu'il fut de retour d'Angleterre;
le Lecteur ne sera pas fâché que je lui en fasse
part. Voici l'extrait de sa Lettre. ,, Monsieur
,, de la Bastide me vint voir. Avant que de
,, me quitter il me fit promettre que j'irois
,, passer quelques jours avec lui à un fort joli
,, bien qu'il avoit acheté proche de Londres,
,, & où il demeuroit presque toute l'année. Je
,, lui tins parole. Il m'envoya son carrosse, j'al-
,, lai à sa maison de campagne, où j'eus tout
,, le loisir de l'entretenir sur la nouvelle revision
,, de nos Pseaumes. Il me fit l'Histoire de cette
,, revision, à laquelle il avoit travaillé pen-
,, dant vingt-cinq ans, il me raconta diverses
,, particularitez à ce sujet qui me firent plaisir.
,, Comme il avoit été intime ami de l'illustre
,, Mr. Conrart, il m'apprit de quelle maniére
,, Mr. Conrart avoit été engagé à retoucher
,, nos Pseaumes. Elle est assez curieuse. Voici
,, ce qui y a donné lieu.

,, Tout le monde sait que Mr. Conrart étoit
,, extrémement incommodé de la goutte, elle
,, l'obligeoit très-souvent à garder la Chambre.
,, Un jour de Communion ne pouvant aller à
,, Charenton pour faire ses devotions il resta
,, à Paris. Aux heures à peu près qu'il savoit

que

„ que l'on communioit il se fit porter dans son
„ Cabinet, il y fit ses dévotions, & après avoir
„ lû les Chapitres de la sainte Ecriture que l'on
„ lit ordinairement aux jours de Cene, il chanta
„ quelques uns des Pseaumes qui se chantent
„ avant & après la Communion. Son Cabinet
„ étoit sur la ruë, & il chantoit assez haut, de
„ sorte qu'un Académicien Catholique Ro-
„ main de ses amis passant sous ses fenêtres
„ crût entendre la voix de Mr. Conrart. Il
„ s'arrêta, & l'ayant reconnuë il entendit qu'il
„ chantoit le premier verset du Pseaume trente
„ huitiéme, *Las en ta fureur aiguë ne m'argue*
„ *de mon fait, Dieu tout puissant, &c.* Surpris
„ d'entendre ce vieux langage dans la bouche
„ de Mr. Conrart, il monta dans son cabinet,
„ & après y être entré, *Quoi,* dit il, d'un ton
„ railleur, *Mr. Conrart, ce beau genie, l'oracle*
„ *de l'Académie Françoise, cet homme qui parle*
„ *& qui écrit avec tant de politesse se sert de ce*
„ *Jargon, Las en ta fureur aiguë ne m'arguë!* Mr.
„ Conrart le laissa dire & rire, & après l'avoir
„ écouté fort tranquillement il lui répondit
„ plus sérieusement encore, *Monsieur, c'est*
„ *aujourd'hui pour moi un jour de dévotion, je*
„ *chante les paroles d'un homme qui se sentant ac-*
„ *cablé de maux sensibles aussi bien que du poids*
„ *de ses pechez tâche à s'en soûlager. Il ne cherche*
„ *pour cela, ni les belles pensées ni les paroles étu-*
„ *diées.* Il lui dit encore d'autres choses qui le
„ contenterent. Mais après que cet Académi-
„ cien fût sorti de son cabinet, il fit quelque
„ reflexion sur cette avanture; & pensant à ce
„ que cet ami lui avoit dit, il crût qu'on pour-
„ roit bien, sans alterer le sens des paroles du
„ Psalmiste, parler mieux, & faire de meilleurs

vers

,, vers François. Sur le champ il essaya de re-
,, toucher le Pseaume trente-huitiéme qu'il cor-
,, rigea tout entier. Il le montra à Messieurs
,, les Ministres de Paris, & leur dit qu'il ne
,, feroit pas malaisé de retoucher de même
,, tous les Pseaumes. Ils trouverent sa correc-
,, tion belle & juste, ils entrerent dans sa pen-
,, sée & le priérent de travailler à cet Ouvra-
,, ge. Voila l'origine de la révision de nos
,, Pseaumes. Monsieur Benoit, Ministre à Delft,
,, à qui j'ai raconté cette Histoire, depuis mon
,, retour d'Angleterre ici, me l'a confirmée &
,, m'a dit, qu'il l'avoit déja ouï raconter de la
,, même maniére. Mr. de la Bastide doit en
être crû, non seulement parce que c'étoit un
intime ami de Conrart, & un homme d'un merite singulier, comme on le voit par les beaux
Eloges que Monsieur de Bauval en a fait; mais
encore parce qu'il a * lui même revû & corrigé
la vieille Version de nos Pseaumes. ,, C'est un
,, Ouvrage, dit Mr. de Bauval, † que Mr.
,, Conrart avoit commencé, & il chargea Mr.
,, de la Bastide de l'achever. Il l'a fait si heu-
,, reusement, & avec tant de succès que plu-
,, sieurs Eglises ont déja introduit sa revision,
,, dans le service public. On sait bien qu'elle
,, n'est pas absolument sans défauts. Mais la
,, contrainte de la rime & de la mesure ne lui
,, ont pas permis de réüssir aussi bien qu'il au-
,, roit fait s'il avoit été libre dans sa composi-
,, tion. En pareil cas il étoit plus aisé de cen-
,, surer que de mieux faire. Cette réflexion
judicieuse de Mr. de Bauval en faveur de
　　　　　　　　　　　　　　　　　Mr.

* Voy. *Histoire des Ouvrages des Savants* Mai 1692.
pag. 425. † Voy. ibid. Decembre 1704. pag. 548. 549.

Mr. de la Baſtide doit être faite auſſi en faveur de l'Illuſtre Conrart. Quoi qu'il en ſoit,
on ſait que ſa reviſion telle qu'elle a été a
remporté l'approbation générale des Connoiſ-
feurs, & qu'elle a eu un applaudiſſement univerſel. On montre dans l'Avertiſſement qui
eſt à la tête des cinquante & un Pſeaumes de la
façon de Mr. Conrart, (la mort ne lui ayant
pas permis de faire le reſte.) que c'eſt avec juſtice qu'on les a eſtimez. Cependant il s'eſt trouvé un vétilleur qui non ſeulement y a trouvé à
redire, mais qui même a trouvé que Conrart
y a commis un crime. Mr. Blache Prêtre à St.
Sulpice a fait un Livre qui a pour titre. *Refu-*
*tation de l'hereſie de Calvin par la ſeule doctrine de*
*Mrs. de la R. P. R. pour affermir ſans diſpute les*
*nouveaux Convertis dans la foi de l'Egliſe Catholi-*
*que &c.* dans lequel il a renouvelé contre
ceux de la Religion une plainte que le Clergé
de France fit en corps à Louïs XIII. l'an 1636.
& à laquelle Mr. Daillé oppoſa d'abord
une apologie. Cela regarde ces paroles du
Pſeaume vingtiéme, *Domine ſalvum fac Re-*
*gem*, qui ne font une priere pour le Roi ni dans
là Verſion de Beze ni dans celle de Mr. Conrart. Je ne ſai comment ce Catholique ſi zelé,
ou quelqu'autre ſemblable, n'a pas auſſi fait
un crime à Conrart, de ce qu'il avoit écrit à
Menage. „ La diviſion, dit Menage, qu'il y
„ avoit entre le Cardinal Mazarin & les Pari-
„ ſiens étant entierement appaiſée le Prévôt
„ des Marchands & les Echevins lui donnerent
„ à diner dans l'Hôtel de Ville, Mr. Conrart
„ m'écrivit là-deſſus à Angers, *que cela faiſoit*
„ *voir que les Pariſiens avoient pris l'amniſtie de*
„ *bonne foi, & même, ſi cela ſe pouvoit dire, qu'ils*

E 4 *la*

,, *la donnoient de la même forte.* Un difcours fem-
blable dans la bouche d'un Huguenot n'eft-
il pas un crime au jugement d'un Bigot li-
gueur?

Au refte les amis de Conrart qui ne favoient
pas qu'il fut Poëte ne furent pas peu furpris
lorfqu'ils virent paroître des Pieces de Poëfie de fa façon. Balzac * lui en témoigna d'a-
bord fon étonnement, comme nous l'avons
déja vû.

Je ne fai fi c'eft Mr. Bernard qui parle lui
même, ou fi c'eft l'Auteur ( Mr. de la Deve-
ze) d'une *Lettre fur le fujet de l'ancienne & de
la Nouvelle Verfion des Pfeaumes en Vers François. Et Maximes ou Reflexions Chrétiennes, tirées de divers paffages de l'Ecriture Sainte, mifes
en Vers François pour l'ufage particulier de fa famille, par Mr. A. R. D. L. D.* Mais l'extrait
que Mr. Bernard en a donné commence par
cette Préface. † ,, Il y a long-temps qu'on a
,, reconnu la neceffité qu'il y avoit de corriger
,, l'ancienne Verfion des Pfeaumes en Vers
,, François, que les Reformez chantent dans
,, leurs Eglifes. Il eft vrai qu'on y a fait des
,, changements de temps en temps, & comme
,, d'une maniére imperceptible, mais on ne
,, s'y eft pas pris affez-tôt, & on n'y en a pas
,, affez fait. L'Eglife de Geneve & quelques
,, autres, ont déja abandonné les Verfions de
,, Marot & de Beze, pour fuivre celle de Mr.
,, Conrart, en y retouchant quelque chofe;
,, parce que quelque bonne qu'elle foit, elle
n'eft

---

* Voy. Lettres de Balzac à Conrart pag. 41. 59.
† Voy. *Nouvelles de la Republique des Lettres.* Juillet
1701. pag. 84. &c.

„ n'eſt pas exémpte de défauts, comme on en
„ conviendra aiſément, lorſqu'on l'examinera
„ avec quelque ſoin. Il eſt ſûr d'ailleurs, que
„ quoique Mr. Conrart n'ignorât pas les re-
„ gles de nôtre Poëſie, la qualité de Poëte
„ n'étoit pas celle qu'il poſſédoit dans le plus
„ haut degré de perfection. Il avoit tant d'au-
„ tres belles connoiſſances que ce n'eſt pas faire
„ tort à ſa mémoire que de dire qu'il n'étoit
„ pas excellent Poëte. Si cela eſt Balzac ne ſe
connoiſſoit pas en Poëſie, car voici comment il parle de celle de Conrart dans une Lettre qu'il lui écrit. * „ Ce billet vous confir-
„ mera, Monſieur, la haute opinion que j'ai
„ conçuë de vos Muſes, lors même qu'elles
„ ſe veulent abbaiſſer. Un Poëte peut être
„ grand dans un petit poëme. Une ligne tirée
„ de la main d'Apelle, le fit reconnoître ce
„ qu'il étoit, par un Maître du métier qui n'a-
„ voit rien vû de lui que cela.

Conrart étoit extrémement goutteux, &
peut-être pourroit-on mettre ſa mauvaiſe ſanté
au nombre des obſtacles qui l'ont empêché de
produire beaucoup d'Ouvrages. Pluſieurs années avant ſa mort ſes amis ne le voyoient plus
qu'aſſis ou couché; c'eſt-à-dire dans ſon lit
ou dans ſon fauteuil. Il a été tellement goutteux, que Mr. Jaquelot Chapelain de S. M. le
Roi de Pruſſe m'a aſſuré qu'ayant à adminiſtrer
la Cene à Mr. Conrart dans ſon lit, pendant
qu'il exerçoit ſon Miniſtére à Charenton à la
place de Mr. Daillé le jeune qui avoit alors une
ſi mauvaiſe ſanté qu'il ne pouvoir faire les fonctions

† Voyez Lettres de Balzac à Conrart pag. 44. Voy.
auſſi ibid. pag. 41.

E 5

tions de Pasteur, il fut obligé de porter le pain
& le vin jusques dans la bouche de Conrart qui
ne pouvoit se servir de ses mains. Il suppor-
toit son mal avec beaucoup de patience. Et
rien n'est plus beau que ce que Balzac lui écrit
sur ce sujet. „ * Vous ne doutez point, lui
„ dit-il, que je ne participe à vôtre douleur.
„ Mais ce n'est pas vous soulager que vous
„ plaindre. Dieu vous donnera ce que les hom-
„ mes ne peuvent que vous souhaitter. Et j'es-
„ pere que vous aurez toûjours assez de force
„ pour les maux que vous aurez à combattre.
„ Il y a long-temps, mon cher Monsieur, que
„ vôtre Philosophie est pratique, & que vous
„ savez bien user de l'affliction. Il n'y a donc
„ ici qu'à vous proposer à vous-même. On ne
„ vous demande point une nouvelle vertu, il
„ suffit que celle qui a si souvent agi, ne se
„ lasse pas,& que vôtre constance soit constante
„ jusques à la fin;

„ *Mira con quante forze il Ciel t'aiti!*

„ Vous ne voudriez pas faire comme le Heros
„ dont les dernieres actions ont gâté le merite
„ des prémiéres, & qui s'est précipité de ce
„ haut degré de gloire où toute la terre l'ad-
„ miroit &c. Cependant quoi que Balzac le
consolât & l'exhortât ainsi, il étoit fort sensible
à ses maux, il en étoit fort touché. „ Vôtre
„ goutte, lui dit-il, me fait crier misericor-
„ de, & je suis peut-être moins patient que
„ vous dans des maux, que je ne souffre que par
„ communication. Ceux qui me touchent de
plus

* Voy. ibid. pag. 252 253. † Ibid. pag. 53.

„ plûs près, ne me touchent pas plus fenfible-
„ ment, & l'amitié me rend propre ce qui n'eſt
„ que ſpectacle, que repreſentation, que pein-
„ ture, à qui n'aime point.

„ *Sainte amitié! fatale maladie!*

„ De celle-là, Monſieur, je ne veux jamais
„ guérir, & ne doutez point de la perſévérance
„ de ma paſſion, ſoit à honorer vôtre vertu,
„ ſoit à plaindre vos douleurs. Coſtar lui écrivoit en ces termes tendres & obligeants: * „ Se-
„ rai-je toûjours malade de vos maladies ou
„ des miennes? n'apprendrai-je jamais de meil-
„ leures nouvelles de vôtre precieuſe ſanté que
„ celles que m'en dit quelquefois ici Made-
„ moiſelle de Chalais? Les vœux de tant de
„ gens de bien demeureront-ils ſans effet? Et
„ la part que nous prenons à vos maux ne
„ ſera-t-elle point capable de les diminuer un
„ peu? Il y a deux mois que je me retiens de
„ vous écrire les afflictions & les inquietudes
„ que vous me cauſez, parce que je ſai qu'il
„ ne faut point faire de bruit dans la Chambre
„ d'un malade. Mais enfin, Monſieur, je n'en
„ puis plus, & il ne m'eſt pas poſſible de me
„ commander davantage. Si j'avois le bien de
„ connoître l'honnête homme qui vous prête
„ quelquefois ſa main, je m'addreſſerois à lui,
„ & le prierois de m'inſtruire de ce que j'au-
„ rois à craindre ou à eſperer de vôtre goutte,
„ ou de vôtre Rhumatiſme. Car pour mes
„ amis ils ne ſont pas en état de me rendre ce
„ bon office. Cependant quoi qu'il fut ſi mal,
					il

* Voy. Lettres de Coſtar. Tom. 1. pag. 718.
					E 6

il étoit gai & de bonne humeur, dès qu'il fen-
toit le moindre foulagement, & qu'il avoit le
moindre relâche ; ce qui fait voir la bonté de
fon naturel. ,,Comment eft-il poffible, lui di-
,, foit encore Coftar *, que vous n'ayez pas
,, encore repris vos forces, & que vous ayez
,, déja recouvré toute vôtre joye? Je n'en vis
,, jamais davantage que dans vôtre Lettre. Elle
,, y brille de tous côtez à l'envi de vôtre Elo-
,, quence, & de vôtre Efprit. Et fi j'en avois
,, autant quand je fuis malade, je ne daigne-
,, rois prefque faire de fouhaits pour ma gue-
,, rifon. Il railloit même quelquefois, & railloit fort agréablement. ,,Vous êtes admirable,
,, lui difoit Balzac †, fur le fujet de vos jalou-
,, fies ! Si vous parliez tout de bon, j'aurois
,, grand fujet de me plaindre, de l'injure que
,, vous feriez à ma fidelité. Mais je vois bien,
,, mon cher Monfieur, que vous voulez rire,
,, & vous le faites de fi bonne grace, que quand
,, ce feroit à mes dépens, je ne le faurois trou-
,, ver mauvais. Quoique Conrart fut obligeant
au point que je l'ai fait voir, il n'étoit point
flateur ; témoin ce qu'il dit de la traduction
de Plutarque par l'Abbé Tallemant & ce qui eft
rapporté par feu Mr. Bayle dans fon Dictionaire Hiftorique & Critique ‡.

Tout parfait & tout aimable qu'étoit Conrart, il a eu des envieux & des ingrats qui ont
tâché de le chagriner. On ne pouvoit rien dire
contre fa vertu, ni contre fon merite, mais on
tâchoit de le brouiller avec fes amis par de
faux rapports ou de mauvais tours donnez à
fes

* Voy. ibid. pag. 715.   † Voy. Lettres de Balzac à
Conrart pag. 262. 263.   ‡ Tom. I. pag. 192. col. 1.

fes difcours & à fes fentiments ; ou en venant l'irriter contr'eux. Coſtar en fournit une
bonne preuve. „ Je ne vous apprendrai pas,
„ dit-il * à Conrart, les noms de ceux qui
„ m'ont voulu mettre en mauvaiſe humeur. Si
„ je revelois la confidence qu'ils m'ont faite,
„ je leur ferois une injure fignalée, & je ne
„ vous ferois qu'un médiocre plaiſir. Pour
„ vous être complaiſant, je leur ferois infidé-
„ le. Il n'y va pour vous que d'une legere fa-
„ tisfaction, & il iroit pour eux de la repu-
„ tation de leur probité, ou du moins de celle
„ de leur jugement. Il vous doit fuffire, Mon-
„ fieur, que je n'ai jamais crû leurs faux rap-
„ ports, & que s'il m'étoit reſté quelque petite
„ erreur là-deſſus, je l'abjure de tout mon cœur,
„ avec proteſtation de n'y retomber jamais,
„ & d'être toute ma vie, & de toute mon ame
&c. Coſtar demande ailleurs juſtice ou grace à
Conrart pour quelqu'un qui l'avoit offenſé. Et
l'on voit dans cette Lettre, un aveu fincere
fait par Coſtar d'avoir été lui-même jaloux de
Conrart, *Je me fouviens même*, lui dit-il, † *que
lors que j'étois jaloux de vous*, . . après quoi il
ajoûte pourtant; *Au pis aller, quand nous aurions
failli lui & moi, nous meritons bien que vous l'ou-
bliiez & je vous en fupplie de tout mon cœur.* Balzac lui-même n'a pas été exempt du danger de
fe voir brouillé avec fon meilleur ami. Heureuſement il s'éclaircit avec lui. „ ‡ Si je me
„ plains quelquefois à vous, dit-il à Conrart,
„ je ne me plains jamais de vous, mon très-
cher

* Voy. Lettres de Coſtar. Tom. 1. pag. 703. † Voy.
ibid. pag. 707. ‡ Voy. Lettres de Balzac à Conrart. pag.
197. 198.

E 7

,, cher Monſieur! Il eſt vrai que ma douleur ne
,, ſauroit faire la diſſimulée en vôtre préſence.
,, Peut-être qu'elle eſt plus impatiente qu'elle
,, ne devroit. Mais Dieu ne trouve point man-
,, vais que l'homme lui die, *haſtez-vous, Sei-*
,, *gneur, de me ſecourir.* Ma douleur en effet a
,, beſoin de vous, & je vous montre mes bleſ-
,, ſures pour recevoir de vos baumes. Quand
,, on me fait injuſtice j'en demande raiſon à
,, mon cher ami,

> ,, *Onde haver poſſo aiuto.*

,, J'en appelle à Mr. Conrart. Je le conjure
,, de vouloir proteger la pauvre innocence
,, perſecutée. Si j'ai une autre intention que
,, celle-là,

> *Que le Ciel n'ait pour moi que de mauvais deſ-*
> *ſeins!*

,, comme diſoit autrefois un Poëte Gaſcon.
,, Mais eſt-il poſſible qu'il y ait de ſi mauvais,
,, de ſi dangereux, de ſi pernicieux interpretes
,, des penſées d'autrui? Je ſerois ſans mentir
,, un bon Charlatan, ou pour mieux dire, un
,, bon traitre, ſi dans le . . . . . j'avois voulu
,, attaquer obliquement nôtre cher . . . . un
,, homme qui eſt le perpetuel objet de mon
,, amour, & de mon admiration, que j'ai ado-
,, ré en proſe & en vers, en Latin & en Fran-
,, çois, & que je veux adorer conſtamment,
,, juſques à la mort. Un homme dont j'ai
,, loué, dont j'ai célébré les . . . . . en plu-
,, ſieurs endroits de mes écrits, & qu'en celui-
,, ci même, que l'on vous marque, j'ai directement

„ tement opposé à certains faiseurs de ... so-
„ phistiquées, comme vous diriez un ..... de
„ Montpellier, un . . . . de Bordeaux. Je ne
„ saurois achever le reste.   Tant y a, Mon-
„ sieur, que le monde ne fut jamais plus ma-
„ lin, ni le diable plus calomniateur, qu'en
„ cette derniére calomnie. Ceux qui me trai-
„ tent si injustement, accuseront un de ces
„ jours Lelius d'avoir médit de Scipion.   Ils
„ donneront des démentis à toutes les Histoi-
„ res véritables des parfaites amitiez.

    * Ménage dit que Conrart avoit produit le
célébre Mr. Pelisson, mais qu'il lui donna
de la jalousie au sujet de Mademoiselle de Scuderi. Menage s'est fort trompé, & l'on sait de
gens qui l'ont ouï dire à Conrart lui-même,
qu'ils n'étoient en froideur ensemble que parce
que Mr. Pelisson, non-obstant les grandes
obligations qu'il lui avoit, affectoit néanmoins
de ne parler jamais nulle part de Conrart. Que
bien loin de lui rendre de bons offices, il ne
faisoit pas même semblant de le connoître dans
des occasions où sa gratitude devoit éclater.
En effet il n'y a qu'à voir de quelle maniere Mr.
Pelisson parle de Conrart dans sa belle Histoire de l'Académie, pour être convaincu,
qu'il a affecté de supprimer mille choses qu'il
savoit & qui auroient fait honneur à Conrart
& à sa mémoire. Voici comment il en parle †
sechement & desobligeamment.  Après avoir
fait l'éloge de la plûpart des autres Académiciens dans cette Histoire de l'Académie, il dit
simplement à l'article de Conrart. *Conrart. Va-*
                                                    *lentin*

    * Voy. *Menagiana*. Tom. 1. pag. 151. 152.
    † pag. 350.

lentin Conrart Conseiller, Secretaire du Roi, Maison & Couronne de France. Parisien. J'avouë que Mr. Pelisson a eu des dons & des talents qui l'ont rendu recommandable dans le monde & dans la République des Lettres. J'honore même des personnes d'un singulier merite qui sont ses Neveux & qui prennent sans doute interêt en ce qui le concerne, mais j'espere qu'ils ne prendront point en mauvaise part que s'agissant ici de rendre témoignage à la Verité, & de dire sur quel pié Conrart & Pelisson ont été ensemble, je parle naturellement sans trahir mes lumiéres & mes connoissances. Je suis persuadé qu'eux-mêmes n'approuvent point que Mr. Pelisson ait traité le grand Conrart d'une maniere si peu proportionnée à la reputation qu'il s'est acquise. Conrart est, pour ainsi dire, * le Pere & le Fondateur de l'Academie Françoise, sa maison en a été comme le berceau pendant sa jeunesse. Et Mr. Pelisson qui ne l'ignoroit pas, faisant l'Histoire de cette Academie devoit entrer dans les sentiments d'Horace qui sont si favorables à tous ceux qui montrent le chemin, qui font des ouvertures, ou qui sont les Auteurs des entreprises loüables, utiles, ou commodes.

† *Hoc erat, experto frustra Varrone Atacino,*
　　*Atque quibusdam aliis, melius quod scribere possem.*
　*Inventore minor; neque ego illi detrahere ausim*
　*Hærentem capiti multa cum laude coronam.*

Mr.

* Voy. Lettres choisies de Balzac impress. des Elzevirs in 12. pag. 110. † Voy. Horat. Satyrar. lib. I. Satyr. X. ỳ. 55. 56. 57. 58.

Mr. l'Abbé de la Chambre Curé de St. Bar-
thelemy , & Directeur alors de l'Academie
Françoise a fait le procès à cet égard à feu Mr.
Pelisson ; car lors que Boileau fut reçu dans
cette Académie à la place de Mr. de Bezons, &
qu'il eut achevé son compliment , Mr. de la
Chambre * après avoir loué le nouvel Acade-
micien s'étendit fort sur les Eloges de Mr. de
Bezons dont on remplissoit la place,& sur ceux
de Mr. Conrart , parce que Mr. de Bezons
avoit été son éleve. Cette expression est un peu
équivoque. Il semble que l'Eloge que Mr. de
la Chambre a fait de Conrart n'ait roulé que
sur ce qu'il avoit formé un Académicien aussi
digne que l'avoit été Mr. de Bezons; mais ce
n'est point cela que Mr. Bayle a voulu dire.
Il entend que Mr. de la Chambre a pris occasion de parler de Conrart & de faire son Eloge,
de ce que Mr. de Bezons avoit été son éleve ,
& c'est aussi de cette maniere qu'il a dû l'entendre. Cet Eloge sembloit être forcé & amené
là de trop loin, puis qu'il ne s'agissoit point là
directement de Conrart , & qu'on l'y faisoit
venir d'assez loin. Mais Mr. de la Chambre
pénétré d'estime pour ce grand homme, crût
qu'il étoit toûjours à propos d'en dire du bien.
Au lieu que Mr. Pelisson , obligé en quelque
sorte par l'occasion dans laquelle il se trouvoit, d'en faire l'Eloge, n'en parle que comme d'un homme dont il n'y a que le nom à
remarquer. Je laisse à mon Lecteur à juger d'u-
ne conduite si peu obligeante.

On peut mettre aussi Richelet au nombre
des

* Voy. Nouvelles de la Republique des Lettres,
Juillet 1684. pag. 527.

des jaloux de Conrart, comme on le verra par
quelques traits malins qui sont dans l'Eloge
qu'il en a fait, & que l'on va voir à la fin de
cet article.

Je ne sai si on ne pourroit pas mettre aussi
le Pere du Bosc dans ce rang, & si ce n'est pas
à Conrart qu'il en veut quand il parle ainsi
dans son *Honnête femme*. „ * Je ne puis m'em-
„ pêcher de blâmer ici la Tyrannie de certains
„ esprits, qui font je ne sai quelles cabales dont
„ ils pensent que l'approbation soit requise
„ pour meriter celle des autres. Comme la va-
„ leur & la monnoye dépend de l'ordonnance
„ des Princes, le prix des Livres & la pureté
„ de la Langue dépendent de l'opinion de ces
„ Rois imaginaires. On ne peut éviter leur
„ Censure, si on ne se soûmet à leur jugement.
„ L'usage & l'agrément sont entre leurs
„ mains. Leur créance est requise pour réus-
„ sir, & il n'y a point d'autre gloire que celle
„ qu'ils distribuent. Quoique les honnêtes gens
„ se moquent de ce petit commerce & de ces
„ intrigues ridicules, il y a neanmoins de foi-
„ bles Esprits qui se laissent conduire à ceux-
„ là; Et c'est pour cette erreur qu'il y a souvent
„ de bons Livres qu'on ne goute pas d'abord,
„ parce que ces petits imposteurs les décrient
„ & empêchent qu'on n'en reconnoisse l'ex-
„ cellence &c.

Je dirai aussi en passant, que je ne sai pourquoi on a retranché dans *les Vies des Poëtes Grecs
en abregé par Mr. le Févre* de l'Edition d'Amsterdam de l'année 1700. une Lettre de Mr. le
Févre à Conrart. Mr. Reland qui a donné cette
Edi-

* Part. 1. pag. 7.

Edition feroit peut-être plaifir au public s'il
vouloit bien lui apprendre les raifons qu'il a eû
de fupprimer cette piece.

Il me tombe au refte un foupçon dans l efprit que quelqu'autre que moi trouvera peut-
être affez bien fondé. Coftar a été accufé, comme tout le monde le fait, d'avoir raillé quelquefois malignement fes amis en faifant femblant de les loüer. Je trouve dans fes Lettres,
deux endroits qui quoi qu'indifferents en apparence, peuvent neantmoins recevoir un très-
mauvais fens, & je ne fai fi Conrart ne l'a
point fenti & n'en a point été choqué.

L'un concerne Mademoifelle de Chalais. Il
femble, de la maniere qu'il en parle, que Conrart en ait été amoureux, & que toute fa vie
il ait été paffionné pour les Dames. Il y a bien
de la difference entre, avoir de belles manieres; être civil, honnête & obligeant envers
les Dames, & entre en être amoureux & être
galant banal. L'un eft le caractére d'un homme bien né, poli, & d'un bon naturel. L'autre eft le caractére d'un débauché. Voici les
termes de Coftar afin que le public en juge.
* *Vous favez*, dit-il, à Conrart, *vous qui avez
été galant toute vôtre vie, & qui l'êtes encore de
Mademoifelle de Chalais, vous favez dis-je, tout
ce que fait dire la jaloufie quand elle eft maîtreffe
des fens.* Etre galant ne meffied à perfonne;
l'homme du monde le plus ferieux, dans quelqu'age & dans quelqu'état qu'il foit, peut être
galant, cela lui fait honneur. Mais être amoureux & paffionné ne convient point à un homme de l'age de Conrart, infirme, goutteux, &
marié,

* Voy Lettres de Coftar Tom. 1. pag. 702. 703.

marié, comme il l'étoit. Si Coſtar avoit dit
que Conrart étoit galant *envers* Mademoiſelle
de Chalais, l'expreſſion auroit été plus équivoque, mais il dit poſitivement qu'il étoit Galant *de* Mademoiſelle de Chalais. Et d'ailleurs
ce que Coſtar dit enſuitte que *Conrart ſait tout*
*ce que fait dire la jalouſie quand elle eſt maitreſſe*
*des ſens*, ne permet pas de douter que Coſtar
n'ait eu deſſein d'attacher à ce terme une ſigni-
fication peu convenable à la gravité du grand
Conrart, & qu'ainſi il n'ait eu en vuë de ſe
moquer de lui par cette expreſſion.    Il revient
encore à la charge ailleurs, *J'eſpere*, lui dit-il
encore * *que vous aurez le loiſir de vous guerir*
*parfaitement, la Sainte Chalais & moi en prions*
*Dieu de tout nôtre cœur. Je ne l'appelle point Ma-*
*demoiſelle: car vous ſavez, Monſieur, que Ma-*
*demoiſelle ne s'accorde point avec Sainte.   Qu'elle*
*vous aime! & qu'elle eſt aimable ! Je vous laiſſe*
*ſur cette penſée, arrêtez-vous y, Monſieur, le plus*
*que vous le pourrez.* J'avouë que je regarde ces
paroles comme une nouvelle attaque, ou plûtôt comme une nouvelle inſulte. Après tout,
perſonne n'a jamais penſé à accuſer Conrart de
galanterie, & on ne trouve nulle part aucune
apparence ni qu'on l'ait crû galant ni qu'il l'ait
été, Balzac dit bien en parlant de Mademoiſelle de Scuderi ; *que cette fille incomparable*
*eſt le perpetuel objet de l'admiration de Conrart;*
mais il ne dit pas que Conrart ait été ſon galant; & d'ailleurs, il dit qu'elle eſt auſſi l'objet de la ſienne, ce qui montre qu'il n'entend
pas fineſſe quand il parle à Conrart , de cette
                                                    ma-

* Voy. Lettres de Coſtar. Tom. I. pag. 719.
† Voy. Lettres de Balzac à Conrart. pag. 303.

maniere. Un langage donc si particulier & si affecté est au moins suspect dans la bouche d'un homme qui avoüé lui-même qu'il a été jaloux de Conrart, comme je l'ai déja dit, & qui est accusé d'employer l'ironie sa figure favorite, pour tromper ceux qu'il faisoit semblant de regarder comme ses plus intimes amis.

Le second endroit que j'ai remarqué concerne un proverbe que Conrart avoit assez souvent dans sa bouche. Costar en fait une application forcée pour tâcher apparemment de rendre ridicule l'usage frequent que Conrart en faisoit. C'est ce proverbe, *Entre la poire & le fromage.* * „ *Il est vrai,* dit Costar à Conrart, „ *qu'entre la poire & le fromage,* pour user de vô- „ tre mot, il y a quelquefois de certaines cho- „ ses qui lui pesent bien plus sur le cœur „ qu'elles ne feroient en un autre temps, & „ qu'à ces agréables heures il est sujet à s'en „ décharger dans le sein de ses amis. Ce proverbe signifie, *pendant le dessert. Lorsqu'on est entre deux vins. Qu'on dit les bons contes & les bons mots.* J'avoüe que *c'est aussi entre la poire & le fromage que l'on parle à cœur ouvert.* L'application que Costar en fait est assez ingenieuse, mais il est aisé de voir qu'il ne le fait entrer dans son discours que pour avoir le plaisir d'apprendre au public que Conrart s'en servoit souvent. Ce n'étoit point là une citation qui fit honneur à Conrart, & Costar qui ne cite rien autre de ce grand homme auroit bien pû se passer d'apprendre à la posterité que l'habitude plûtôt que la raison mettoit souvent ce

mot

* Voy. ibid. pag. 707.

mot dans la bouche de nôtre illuftre Conrart.

Tout le monde fait que Conrart a fait profeſſion publique de la Religion Reformée jufqu'au dernier foûpir de fa vie. * „ Menage dit
„ qu'il feroit mort de douleur s'il avoit vêcu
„ jufqu'à la revolution qui eſt arrivée à fa fec-
„ te. Il étoit, ajoûte-t-il , extrêmement opi-
„ niâtre fur ce fujet, néanmoins il n'en par-
„ loit jamais, à moins qu'on ne mit la conver-
„ fation fur ce chapitre. Je fuis furpris que
Ménage qui l'a connu & qui favoit que c'étoit
l'homme du monde le moins entêté , & le
moins prévenu pour fes fentiments, le plus
humble & le plus docile, ait attribué à opiniâ-
treté une conftance fondée fur une connoiffance certaine, & fur une obligation indifpenfa-
ble de fuivre fes lumieres. Il eut donc parlé
plus juftement & plus judicieufement s'il l'eut
nommé *fermeté*. Quoi qu'il en foit, il eft certain que Conrart n'étoit ni tiede ni flottant.
Balzac en parloit plus obligeamment , „ J'a-
„ vouë, lui dit-il †, que vous êtes invincible
„ en matiére de difpute , & que j'aimerois
„ mieux avoir affaire à Calvin, & au Cardinal
„ du Perron, tous deux enfemble, qu'à ce cham-
„ pion goutteux qui femble être cloué à fon
„ lit, & n'avoir ni force ni vertu, & de qui on
„ diroit que fon bon ami le Taffe ait voulu
„ parler dans ce Vers,

*Nè cofa è mai che gli s'ardifce opporre.*

On ne trouvoit pas fon compte à lui parler de
Re-

Religion, & nous voyons que Balzac lui ayant
donné une attaque fur ce fujet, il fut repouffé
d'une maniere qui lui fit connoître qu'il n'a-
voit point fait plaifir à ce cher ami: „A propos,
lui avoit-il dit * en riant, fans deffein, fans vuë
& fans affectation ; „A propos, Monfieur, vous
„ ai-je dit une penfée qui m'eft fouvent ve-
„ nuë en l'efprit ? C'eft un de mes étonne-
„ ments, & ce fera une énigme que la Pofte-
„ rité aura de la peine à déchiffrer, que vous
„ & moi étant ce que nous fommes à Mr. de
„ Graffe, il ne vous ait point rendu Catholi-
„ que, & qu'il ne m'ait point fait homme de
„ bien. En effet, à juger des chofes qu'il peut
„ faire, par celles qu'il a faites, il n'y en a
„ point qui lui doivent être impoffibles ;

 „ *L'alte non teme, e l'humili mon fdegne.*

Je m'étonne beaucoup plus, que Conrart n'ait
point rendu Mr. Godeau & Balzac, Reformez,
& je trouverois, que l'énigme feroit bien plus
difficile à déchiffrer fi l'on ne favoit, que ces
honnêtes gens ne vetilloient pas fur la Religion,
& ne fe faifoient pas une neceffité de fe convertir l'un l'autre.
 Conrart n'aimoit pas même qu'on parlât mal
ni avec mépris de Calvin, ni des autres Refor-
mateurs, tant il étoit perfuadé de leur mérite,
& jaloux de leur gloire & de leur honneur. Balzac nous en fournit une bonne preuve. „ A
„ refte, lui dit-il, † je ne me fuis point dé-
„ claré dans mon Livre fur ce que je penfe du
„ merite de vôtre Calvin, & je pourrai m'ex-
       pli-

* Voy. ibid. pag. 114. † Voy. Ibid. pag. 166. 167.

„ pliquer là-deſſus une autre fois. Il eſt vrai
„ que je l'ai appellé *petit ſophiſte*, mais ce n'a
„ pas été pour rien diminuer de la reputation
„ de ſon eſprit. C'a été ſeulement pour faire
„ conſiderer la qualité de Chef de parti, en la
„ perſonne d'un Maître ès Arts, d'un Bache-
„ lier, d'un Docteur, comme il vous plaira
„ de le baptiſer. Je le nomme donc, *petit*,
„ pour l'oppoſer aux grands Seigneurs ſes Sec-
„ taires, & non pas aux autres Docteurs ſes
„ compagnons. Toutefois, Monſieur, ayant
„ deſſein de vous plaire en toutes choſes, je
„ ſuis fâché que ce mot vous aît déplû & je
„ voudrois de bon cœur, pour l'amour de vous,
„ avoir mis *grand*, au lieu de *petit*. Je ne m'i-
„ maginois pas qu'étant Catholique je duſſe
„ plus de reſpect à Calvin, qu'il n'en a eu pour
„ les Peres de l'Egliſe, & qu'eux-mêmes n'en
„ ont eû pour les Calvins de leur ſiécle, &
„ pour les Socrates de l'Antiquité payenne,
„ qu'ils ont traittez non ſeulement de petits So-
„ phiſtes, mais qu'ils ont appellez en plus d'un
„ endroit, *Paraſites, Charlatans & Saltimban-*
„ *ques d'Athenes.* &c.

Je me ſuis ſouvent étonné que Balzac connoiſſant la delicateſſe de Conrart ſur ce ſujet,
il ait oſé lui parler en ces termes, en parlant
d'un ouvrier qui, à ce qu'il diſoit, avoit de l'eſprit au bout des doïts. „ Il m'a fait deux
„ pieces que * je vous envoye, & que je
„ vous ſupplie de vouloir garder pour l'amour
„ de moi;

　　　*Tal don ſia lecito, frà tal' amici.*

　　　　　　　　　　　　　　　　„ La

„ La Médaille doit être attachée à un des cha-
„ pelets que le R. P. André a donnez à Made-
„ moiselle Conrart. Le tout fera à fon ufage
„ quand il lui plaira. Et Dieu vueille qu'il lui
„ prenne envie de dire tout de bon le chape-
„ let, & de baifer la médaille catholiquement
„ & par un acte de Religion. Comme nous n'a-
vons pas les Lettres de Conrart à Balzac nous
ne favons pas comment Conrart a reçu ce
compliment, mais à en juger par ce qu'il a dit
fur d'autres fujets femblables, on ne peut pas
douter, qu'il n'ait donné à Balzac une févere
reprimende pour fes fouhaits indifcrets.

On n'auroit ofé parler defavantageufement
ni avec aigreur, de la Religion Reformée ni
de ceux qui en faifoient profeffion. C'étoit un
crime que de prononcer en fa préfence le nom
odieux de *Huguenot.* Quelqu'un l'ayant accufé
près de Conrart, d'avoir damné Saumaife parce qu'il étoit Réformé, voici comment il s'en
défend. „ * Celui qui vous a expliqué le La-
„ tin de mon Epigramme n'entend pas autre-
„ ment le Latin. Il vous a dit, mon cher Mon-
„ fieur, tout le contraire de ce que je dis. Bien
„ loin de damner Mr. de Saumaife dans mes
„ Vers, je veux croire d'abord qu'il eft mort
„ de la mort des juftes. Je veux croire enfuite
„ qu'il ne fe peut pas qu'un fi grand nombre
„ d'excellentes qualitez naturelles, & aquifes,
„ que tant de richeffes, tant de dons du Ciel,
„ ayent été la proye & le butin de l'enfer. Qu'il
„ n'y a point d'apparence qu'un même homme
„ qui éclaire ici toute la terre, foit là-bas dans
„ les ténébres; &c. Vous voyez bien que ce

n'eft

* Voy. ibid. pag. 305. 306.

F

„ n'eſt pas damner mon ami , & que vôtre de-
„ mi-Latin s'eſt équivoqué. Ne vous fiez donc
„ plus, je vous prie, en ſes équivoques. Outre
„ que ſon interpretation eſt mauvaiſe , elle
„ m'eſt injurieuſe, & je ſerois bien mal adroit,
„ & bien étourdi ſi j'offenſois quand j'ai deſ-
„ ſein d'obliger. Si à cette déclaration on joint
celle qu'il a faite * ſur ce qu'on avoit dit à
Conrart qu'il n'aimoit point les Huguenots,
on verra qu'il n'avoit garde de parler mal d'eux,
de peur que ce qu'il en auroit dit ne lui fît du
tort dans l'eſprit de Conrart, & d'en recevoir
de lui de griéves cenſures, ou de vigoureux reproches.

Le mot ſeul de *Huguenot* choquoit ſi fort
Conrart qu'il ne pouvoit ſouffrir qu'on l'em-
ployât, ni qu'on le prononçât, Balzac s'étant
aviſé de dire en riant dans une de ſes Lettres,
† *Quel moyen de ſouffrir en la perſonne d'un Huguenot, une humilité plus que Capucine?* de s'ê-
tre ſervi de ce mot dans une de ſes Diſſertations critiques ‡, *Quelque bon Huguenot que vous
ſoyez, il faut que vous ſouffriez de la Religion do-
minante, tous ces grands mots, dont elle a pouvoir
de ſe ſervir, & qui ne ſont pas à l'uſage de Charenton;* & d'avoir employé le même mot dans ſon
*Socrate Chrétien,* il tâche de s'en excuſer. ¶ *Pa-*
„ *piſte & Calviniſte,* lui dit-il, ſont les deux
„ termes de faction ; *Huguenot* eſt vôtre nom
„ de guerre, impoſé à vos premiers Peres for-
„ tuitement, & par le hazard. Ce nom ne louë
ni

* Voy. ibid. pag. 25. 26. † Voy. ibid. pag. 134.
‡ Diſſertation cinquiéme Oeuvres de Balzac in folio
pag. 576. ¶ Voy. Lettres de Balzac à Conrart. pag.
127. 128.

„ ni ne blâme, il marque & diſtingue ſeule-
„ ment. Mais, mon bon Monſieur, comment
„ rejettez-vous du langage ſerieux, *l'ancienne*
„ *probité Huguenotte ; la Phalange Huguenotte ;*
„ *les Sibylles, & les Caſſandres Huguenotes ;* dont
„ ſe ſont ſervis les plus honnêtes gens de vô-
„ tre parti, comme vous diriez, du Pleſſis,
„ d'Aubigné, du Fay - l'Hôpital, &c. Je vou-
„ drois bien que *Proteſtant* fut auſſi bien uſité
„ en France, qu'en Allemagne, & je m'en
„ ſervirois très - volontiers, ſi le peuple l'en-
„ tendoit. Mais quoi qu'il en ſoit, les mots ne
„ valent que ce qu'on les fait valoir, & pour
„ celui-ci, je ne ſaurois être du goût de Ron-
„ ſard,

　　„ *Qui deteſtoit les noms qui finiſſent en os,*
　　„ *Comme Gots, Oſtrogots, Viſigots, Huguenots.*

„ En ceci, pourtant, comme en tout le reſte,
„ je ferai toûjours de vôtre opinion ; mais
„ laiſſons à Socrate ſes fantaiſies. Je ne ſuis
„ que ſon Hiſtorien, & ne garantis pas tout ce
„ que je rapporte de lui. Si vous voulez mê-
„ me, je le déclarerai en quelque lieu, où je
„ parlerai de mon chef, & le monde ſaura
„ que je ſuis bien plus vôtre partiſan que je ne
„ ſuis celui de Socrate.
　　Tout cela fait voir que Conrart n'entendoit
point raillerie ſur ce chapitre, même avec ſes
meilleurs amis? Coſtar lui a parlé aſſez hardiment ſur ce ſujet. „ J'ai lû, lui dit-il †, les
„ Sermons de Mr. Daillé, & les ai trouvé très-
„ ſavants, très - éloquents & très - polis. Le
　　　　　　　　　　　　　　　　　　　Char-

† Voy. Lettres de Coſtar Tom. 1. pag. 698.

„ Chancelier Bacon, parlant des Jesuites, leur
„ applique ce mot d'un Ancien, *Etant tels*
„ *qu'ils m'ont paru, plût à Dieu qu'ils fussent*
„ *des nôtres.* J'en dirois de bon cœur autant de
„ Mr. Daillé, & ne vous en déplaise, je sou-
„ haitterois bien de lui voir prêcher d'aussi
„ belles choses en Rochet & en Camail. Et parlant à lui-même de lui-même, il dit, * „ Ma-
„ demoiselle de Chalais est encore à la campa-
„ gne, catechisant les Païsans & passant toute
„ la vie à exercer les œuvres de Charité. Enfin,
„ Monsieur, ce sera quelque jour une de nos
„ Saintes. Elle allongera sans doute nos Lita-
„ nies, & je me promets qu'elle obtiendra du
„ ciel vôtre conversion & ma confirmation en
„ grace. Comme nous n'avons pas les Lettres
de Conrart nous ne savons pas ce qu'il a re-
pondu à ce compliment; mais, comme je l'ai déja
dit, on peut fort bien le conjecturer. Costar,
pour le dire en passant, étoit assez de l'humeur
de ce personnage dont parle Tacite dans la vie
d'Agricola, *honestius putabat offendere quàm*
*odisse.* Mais il ne consideroit pas que dans
l'état dans lequel étoient déja alors les affaires
de la Religion, attaquer ainsi un homme c'é-
toit le haïr; parce qu'il n'osoit ni se défendre
ni repondre, *crudelis in re adversa est objurga-*
*tio.* Quoi qu'il en soit, Costar étoit peut-être le
seul qui en usât ainsi ; & il avoit ses raisons
pour cela, dans lesquelles je ne veux pas pénétrer ici. Tous les autres amis & amies de Conrart ne l'ont point chagriné sur ce sujet. La
difference de Religion n'empêchoit pas qu'on
ne l'aimât sincerement, & ardemment ; & ne
l'em-

* Voy. ibid. pag. 714-715.

l'empêchoit pas aussi d'aimer de même ses amis
Catholiques. *Cum illis erat, non inter illos.* Il
examinoit desinteressement, leurs Ouvrages
qui ne contenoient point de controverse. Il en
jugeoit équitablement, il les revoyoit & les cor-
rigeoit exactement & fidelement ; & donnoit
même souvent ses soins à ce qu'ils fussent bien
& correctement imprimez.

Conrart se plaignoit ordinairement qu'il n'a-
voit point de mémoire ; mais il disoit cela par
modestie, & Balzac * lui en fait un reproche
honnête. *Mais que veut dire ( s'il vous en faut
croire ) que vous n'ayez plus de mémoire, & que
vous vous souveniez pourtant de si peu de chose?*
En effet ceux qui l'ont connu disent qu'il avoit
une mémoire admirable à laquelle rien n'échapoit de ce qu'il lisoit, de ce qu'il voyoit, ou de
ce qu'il entendoit dire.

Conrart cherissoit & honoroit extrémement
sa femme. Elle étoit aussi honorée de tous ses
amis †. Il faisoit mention d'elle dans les Lettres les plus graves qu'il leur écrivoit ; Et eux
aussi de leur part, ne lui écrivoient guere sans
faire des compliments à Mad. Conrart ‡. Elle
faisoit de l'hydromel, des pastilles & differentes autres choses, avec lesquelles elle prenoit
plaisir de les soûlager, ou de les régaler. Ainsi
on peut dire que le mari & la femme étoient
sans exaggeration *les délices du genre humain* de
leur temps. L'un & l'autre avoit son merite,
d'espece differente à la verité. Mais quoi qu'il

en

* Voy. Lettres de Balzac à Conrart pag. 170.
† Voy. ibid. pag. 57. 195. & une infinité d'autres
endroits. ‡ Voy. la Vie de Pierre du Bosc. pag.
454. &c.

F 3

en foit, ils avoient un mérite également utile
& agréable à tout le monde. Il ne fera pas inutile au refte de remarquer ici que quoi que Mr.
Conrart fut Secretaire du Roi, Maifon & Couronne de France & de fes Finances, cependant
foit par modeftie, ou que telle fut la Coûtume
alors, ni lui ni fes amis parlant de fon époufe
ne l'appelloient que *Mademoifelle*, & jamais *Madame*.

Cet Illuftre Conrart n'a point laiffé d'enfans.
Mais il a eû deux freres, l'un nommé Robert,
& l'autre nommé Jaques.

Robert n'a point été marié, mais il avoit pris
amitié pour une nommée Marie Thiébe, qui
étoit fa fervante, il en avoit même eû une fille.
Ces deux perfonnes étrangéres prétendirent
après fa mort, avoir droit à fa fucceffion. Il y
eût procès fur ce fujet au Parlement de Metz,
où l'affaire fut renvoyée par le Confeil du Roi
de France. Un des plus célébres Avocats de
ce Parlement, plaida la caufe pour Meffieurs
Valentin & Jaques Conrart, & Conforts, & a-
près deux Audiences à la Grand' Chambre,
Marie Thiébe fut deboutée de fes prétentions.
Et la Cour lui adjugea feulement une fomme
modique pour la fubfiftance de fa fille.

L'autre frere nomme Jaques, a été auffi bien
que lui Secretaire du Roi, Maifon & Couronne de France & de fes Finances. Il a laiffé
deux fils que j'ai eû l'honneur de connoître
auffi bien que Mr. leur Pere. L'aifné qui étoit en
l'année 1677. Avocat au Parlement de Paris,
foûtient, s'il vit encore, la gloire & l'honneur du
nom Illuftre qu'il porte. Il y a lieu de croire
que tous les papiers de Mr. Conrart fon oncle
font tombez entre les mains. Et cela étant il
obli-

obligeroît beaucoup le public de lui faire part
de plufieurs pieces , & de plufieurs Ouvrages
que la modeftie de ce grand homme ne lui a
pas permis de mettre ni de laiffer mettre fous
la preffe. Le Teftament entr'autres de cet Oncle illuftre eft une piéce incomparable. Monfieur Ancillon mon beaupere, m'a dit qu'il en
avoit une copie parmi les papiers qu'il a laiffé à
Mets lors que la perfecution qui y a été faite aux
Reformez l'a contraint à en fortir précipitamment, pour fe refugier à Berlin, où il eft actuellement. Il m'a affuré que ce Teftament eft un
Ouvrage ineftimable, & très-digne de la curiofité d'un honnête homme.

Je regrette au refte qu'on n'ait pas mis l'illuftre Conrart en Taille douce afin qu'on eut
pû conferver l'Idée d'un homme dans lequel
fe font rencontrées tout à la fois tant de qualitez héroïques. Il femble qu'il y en ait eû
une autrefois, „ Je vous envoye de fa part,
„ lui écrivoit Balzac, une taille-douce qu'il a
„ faite pour vous, vous verrez par là que vous
„ n'avez pas perdu les louanges que vous lui
„ avez données. J'ai crû pendant long-temps
que c'étoit de la taille douce de Conrart dont
il étoit ici parlé, mais on m'a détrompé en
m'affurant qu'on n'en a jamais vû aucune. Son
portrait a bien été fait en Toile, mais non pas
en taille-douce. Mr. Jaquelot Chapelain du
Roi qui a connu particuliérement Mr. Conrart, & qui l'a vû très-fouvent, m'a dit qu'é-
tant un jour en converfation avec lui elle fut
interrompuë par une Dame de Qualité qui vint
lui donner vifite, qu'après avoir parlé de diver-

fes

---

* Voy. Lettres de Balzac à Conrart pag. 196.

F 4

ſes choſes, elle lui dit qu'elle le prioit de lui donner ſon portrait, qu'elle ſouhaitoit de le mettre près de celui de Montagne qu'elle aimoit beaucoup; mais que Mr. Conrart ne lui répondit que par un ſoûris. Cela me fait ſouvenir de ce qui eſt dit d'Alexandre Sévere qui tenoit dans ſon plus ſecret Oratoire l'image d'Abraham & celle d'Orphée.

Voici le portrait de Conrart de la façon de Richelet *, comme je l'ai promis, mais on verra bien que la paſſion a conduit quelquefois ſa main: je l'expoſe ici neanmoins de nouveau à la vuë de mon Lecteur, parce qu'on y verra quelques traits, & quelques circonſtances de la Vie de nôtre Conrart qui ne doivent point être ignorées.

„ Valentin Conrart étoit de Paris, d'une
„ bonne maiſon Bourgeoiſe; & il s'allia qu'il
„ étoit jeune à une honnête famille. Quelques
„ années après, il acheta un Office de Secre-
„ taire du Roi. Mais il ne s'attacha pas extré-
„ mement a en faire les fonctions, parce qu'il
„ aimoit avec ardeur les belles Lettres, & qu'il
„ ne ſongeoit qu'à s'y rendre illuſtre. L'Aca-
„ demie Françoiſe commença de ſe former
„ chez lui, & dès que le Cardinal de Riche-
„ lieu l'eut établie il en fut le Secretaire per-
„ petuel. De tous les honnêtes gens qui écri-
„ voient alors en Vers ou en Proſe, il n'y en
„ avoit preſque point qui ne lui rendit viſite,
„ qui ne le conſultât, & qui n'eut de la joye
de

---

* Voy. les plus belles Lettres des meilleurs Auteurs François avec des Notes par Pierre Richelet & les ſentiment de Richelet ſur les Ouvrages des Auteurs dont ces Lettres ſont tirées p g. 11.

„ de faire amitié avec lui. Il les obligeoit aussi,
„ mais autant par vanité que par affection ; il
„ aimoit passionnément la gloire, & il étoit
„ ravi qu'on dit qu'il connoissoit les personnes
„ de merite, & qu'il leur rendoit de bons offi-
„ ces, en galant homme. Si dans ce siécle
„ les mignons de la Fortune étoient de cette
„ humeur, Cassandre, Vaumoriére, & quan-
„ tité d'autres malheureux n'iroient pas en
„ poste à l'Hôpital. Les plus fameux amis de
„ Conrart ont été Messieurs d'Ablancourt,
„ Godeau, Balzac, Vaugelas, Sarazin, Boif-
„ robert, & Chapelain. Conrart étoit civil &
„ poli. Il passoit pour un homme qui savoit
„ extrémement bien sa Langue. Et il avoit de la
„ joye d'avoir cette reputation. Il la meritoit,
„ car il parloit & écrivoit poliment, & hormis
„ quelque peu de temps qu'il avoit employé
„ à apprendre l'Italien, il s'étoit seulement ap-
„ pliqué à étudier le François, à en lire les
„ bons Auteurs, à les consulter, & à faire en
„ sa langue diverses piéces. Il a composé des
„ Lettres qui sont estimées de ceux qui les
„ ont lûës, mais elles n'ont pas vû le jour,
„ & elles ne le verront peut-être jamais. Les
„ Lettres familieres que Mr. Felibien a fait im-
„ primer de cet illustre mort, en seront en par-
„ tie la cause. On craint que le public n'aille
„ juger par là des autres Ouvrages du célébre
„ Conrart. Ses billets à Mr. Felibien n'ont ja-
„ mais été écrits pour être imprimez. Il s'y
„ trouve trop de negligences, & elles n'y fc-
„ roient point, s'il les avoit faits pour être lûs
„ par d'autres que par celui à qui il les écrivoit,
„ & à qui il donnoit ses petites commissions.
„ Ce qu'il y a d'imprimé de Conrart & qui ne

F 5         fait

„ fait point de tort à fa mémoire ce font quel-
„ ques piéces qu'on trouve dans l'Hiſtoire de
„ l'Académie, & une Balade ſur la miſére des
„ gouteux, au nombre deſquels il a été preſ-
„ que toute ſa vie. Il a jouï d'une belle re-
„ putation tandis qu'il a vêcu, & il la con-
„ ſerve encore. Il eſt mort en 1677. & alors
„ il étoit agé d'environ ſoixante huit ans.

Richelet a été mal inſtruit de l'âge & du
temps de la mort de Conrart, car il eſt certain
qu'il eſt mort le 23. de Septembre de l'année
1675. & qu'il étoit alors agé de ſeptante deux
ans. Il fut enterré dans le cimetiere que les Reformez avoient à Paris dans le Fauxbourg St.
Germain près de la Charité. J'étois à Paris en
l'année 1676. & je me ſouviens très-bien que
j'ai eu l'honneur de voir Mr. ſon frere, le Secretaire du Roi, & Méſſieurs ſes neveux dont j'ai
parlé ci-devant. Que je regrettai beaucoup de
n'avoir point vû le grand Conrart qui étoit mort
alors & dont les parents portoient encore le
dueil. Voici une autre preuve bien certaine de
cette verité; c'eſt le témoignage de l'Illuſtre
Mr. Bouhereau qui étoit intime ami de Conrart. Je prendrai occaſion de ce qu'il dit ſur ce
ſujet pour inſerer ici la Lettre de Conrart qu'il
a miſe à la ſuite de ſes Remarques ſur ſa traduction d'Origene contre Celſe dont j'ai déja
parlé, parce que cette Lettre contient quelques
particularitez qui meritent d'être rapportées.
Voici donc comment Bouhereau s'exprime.

*J'ai pris occaſion, dans ces Remarques, de ra-
porter des extraits de quelques Lettres de Mr. Conrart, qui me permettoit de le conſulter ſur les difficultez de nôtre Langue. Sa Memoire eſt encore
ſi chére, & tout ce qui vient de lui ſi précieux, à*

ceux

ceux qui ont du goût pour les bonnes chofes, qu'on
n'auroit pas de peine à me pardonner, quand j'en
aurois raporté beaucoup davantage. Je fuis perfuadé qu'on ne trouvera pas mauvais que je finiffe
par fa Lettre du 13. de Juillet 1675. C'eft le dernier monument de l'amitié, dont cet homme illuftre
m'honoroit ; & l'une des dernieres productions de
fon Efprit, puis qu'il mourut le 23. de Septembre
fuivant âgé de 72. ans.

Voici la Lettre de Mr. Conrart à Mr. Bouhereau. ,, Il y a plus de deux mois, Monfieur,
,, que j'attens quelque moment de relâche,
,, pour pouvoir dicter un billet à mon homme,
,, qui vous apprenne que je ne fuis pas encore
,, mort. Mais plus j'attens ce moment, &
,, moins il arrive ; mes maux & ma foibleffe
,, augmentant tous les jours, & me reduifant
,, à ne plus quitter le lit, du tout. Je fais donc
,, un effort, aujourd'hui, pour vous dire, qu'en-
,, core que mes amis d'ici prennent tous les foins
,, imaginables de me divertir, & de me confo-
,, ler, & que même vôtre ami, qui avoit voulu
,, s'éloigner de moi, s'en foit rapproché, avec
,, beaucoup de tendreffe, & d'honnêteté ; il me
,, femble toutefois, qu'il manque quelque chofe
,, de confidérable à ma confolation, puis que
,, vous ne me dites rien, vous qui aviez toû-
,, jours tant de chofes agréables à me dire.
,, Croyez-moi, mon cher Monfieur, vôtre fi-
,, lence eft trop long & trop conftant, pour ne
,, pas dire trop opiniâtre. Et c'eft être trop cir-
,, confpect, de ne m'écrire plus, dès que je
,, manque à vous répondre. Souffrez ce petit
,, reproche d'amitié ; & ne comptez plus fi ex-
,, actement avec un ami, qui vous aime toû-
,, jours chérement ; & qui penfe continuelle-

F 6                    ment

„ ment à vous , au milieu de toûtes ſes mi-
„ ſeres.

„ Ayant rencontré une voye fort ſûre, d'un
„ des amis de Mr. Menard, l'un de nos Paſ-
„ teurs, qui s'en alloit à Saintes, & qui a bien vou-
„ lu ſe charger des Cayers de Mr. Heſperien,
„ je les lui ai renvoyez par lui avec des Remar-
„ ques fort importantes, que Mr. Claude a
„ pris la peine de faire ſur tout l'Ouvrage, &
„ qui regardent le fonds de la Doctrine, & les
„ écüeils que Mr. Heſpérien doit éviter pour
„ ne s'expoſer pas aux inſultes de ſon Adverſai-
„ re. Nous lui avons conſeillé tous deux, de
„ reprendre courage, pour mettre la derniere
„ main à cette réponſe ; afin de la donner en-
„ ſuite, au public, qui ne peut qu'en être ex-
„ trémement édifié. J'eſpere que Mr. L'ortie,
„ & vous, vous joindrez à nous, en cette oc-
„ caſion, pour lui conſeiller la même choſe ;
„ enſorte que cette excellente piece puiſſe pa-
„ roître promptement au jour. Je lui ai fort
„ recommandé, qu'en la corrigeant, ſur les
„ obſervations de Mr. Claude, il ne manque
„ pas de ſe ſervir, auſſi, des vôtres, que nous
„ trouvons, toutes, très-judicieuſes.

*C'étoit un Traité de la Juſtification contre Mr.*
*Arnaud ; qui eſt demeuré imparfait , par la mort*
*de l'Auteur.*

*Après quelques autres choſes, qui regardent des*
*perſonnes & des affaires particuliéres, ſur tout, nos*
*affaires Eccleſiaſtiques, que Mr. Conrart prenoit*
*extrémement à cœur, il continue ainſi.*

„ J'attens toûjours les innocents divertiſſe-
„ ments, que vous m'avez fait eſperer, & qui
„ ſont les ſeuls que je puiſſe ſouffrir, dans la
„ ſolitude, où tant de ſortes de maux me

ré-

„ réduifent. Vous n'oubliérez pas, s'il vous
„ plait, d'y joindre les Remarques de Mr. Dre-
„ lincourt, fur les Pfeaumes ; & les vôtres,
„ quand vous aurez eû le loifir de les faire. J'y
„ fais toûjours quelques corrections, durant
„ les nuits, que je paffe prefque toutes fans
„ dormir. Mais ce travail eft fi long, & fi pé-
„ nible, qu'en l'état languiffant où je fuis, il
„ ne peut guere avancer. Je vous demande la
„ continuation de vôtre chere amitié ; & de
„ celle de ma généreufe amie ; & vous fuis à
„ l'un & à l'autre, entiérement aquis.

„ Ma Lettre étant prête à fermer, on m'a
„ apporté la vôtre du 8. de ce mois ; à laquelle
„ je ne puis faire réponfe aujourd'hui, tant
„ parce que la pofte va partir, que parce que
„ la tête me fend, d'avoir dicté fi long-temps.
„ Je vous dirai donc feulement, Monfieur.....

„ Vous apprendrez, par ma Lettre, que j'ai
„ reçu une vifite de Mr. Teffereau, le plus
„ honnête du monde ; & que j'efpere que c'eft
„ de bonne foi, qu'il a renoüé le nœud, que le
„ temps avoit un peu lâché. Vous le pouvez
„ affurer que, de mon côté, je me fens autant
„ fon ferviteur, que je l'ai toûjours été. Adieu,
„ encore une fois, mon cher Monfieur. Je
„ fuis plus à vous, que je ne vous le faurois
„ dire.

BAR-

# BARTHELEMI D'HERBELOT.

BARTHELEMI D'HERBELOT, *nâquit à Paris
le quatriéme Decembre de l'année 1625.
Il étoit d'une famille unie ou de parenté ou
d'alliance à quantité des meilleures de cette même ville. Dès qu'il eût achevé ses études d'humanitez & de Philosophie sous les plus célébres
Professeurs de l'Université, il apprit les Langues Orientales, & s'appliqua principalement
à l'Hébraïque, à dessein d'entrer dans l'intelligence du texte original des Livres de l'ancien
Testament.

Après un travail continuel de quelques années il entreprit un voyage en Italie, dans la
creance que la conversation des Armeniens &
des autres Orientaux qui abordent souvent à
ses ports le perfectionneroit dans la connoissance de leurs Langues. A Rome il fut particulierement estimé par les Cardinaux Barberin
& Grimaldi, & contracta une étroite amitié
avec Lucas Holstenius & Leo Allatius deux
des plus savans hommes du siécle passé.

En l'année 1656. le Cardinal Grimaldi Archevêque d'Aix, l'envoya à Marseille au devant

---

* Voy. *Journal des Savans* Tom. 24. pag. 8. & suivantes. Mr. Perrault a suivi mot à mot ce qui y est dit,
excepté la particularité que je remarque & pour laquelle je le cite ci-dessous. J'ai suivi de même le
Journal des Savans, mais j'y ai ajoûté diverses choses que le Lecteur ne sera pas fâché d'apprendre.

vant de la Reine de Suede † qui fut ravie du choix qu'on avoit fait d'un homme si univer-sellement savant. & par consequent si capable de l'entretenir selon son goût & son genie.

Au retour de ce voyage qui ne dura qu'un an & demi, Mr. Fouquet Procureur Général du Parlement de Paris & Surintendant des Fi-nances, l'attira dans sa maison, & lui donna une pension de quinze cens Livres.

L'attachement qu'il avoit eû pour ce Mi-nistre n'empêcha pas qu'après sa disgrace il ne fut élevé à un emploi dont peu d'autres étoient aussi capables que lui, & que par Lettres veri-fiées en la Chambre des Comptes il ne fut pour-vû de la Charge de Secretaire, & d'Interprete des Langues Orientales.

Quelques années s'étant écoulées, il fit un second voyage en Italie, & y aquit une si gran-de reputation, que les personnes les plus dif-tinguées, soit par leur Science, ou par leur Dignité, s'empresserent à l'envi de le connoî-tre. Feu Mr. le Grand Duc de Toscane Fer-dinand second du nom, lui donna des mar-ques extraordinaires de son estime. Ce fut à Livourne qu'il eut l'honneur de voir ce Prince pour la premiere fois. Il y eut avec lui & avec le Prince son fils, qui est le Grand Duc de-funt, de frequentes conversations, dont ils fu-rent si satisfaits, qu'ils lui firent promettre de les venir trouver à Florence.

Il y arriva le 2. Juillet de l'année 1666. & y fut reçu par le Secretaire d'Etat, & conduit dans

† Voy. Perrault hommes Illustres qui ont paru en France pendant le dix-septiéme siécle *Tom.* 2. *pag.* 155.

dans une maison préparée pour son logement,
où il y avoit six pieces de plein pié magnifique-
ment meublées, une table de quatre couverts
servie avec toute sorte de délicatesse, & un
carrosse aux Livrées de S. A. S. On trouvera
certainement peu d'exemples d'honneurs aussi
grands rendus au seul merite d'un particulier
par un Souverain. Une Bibliotheque ayant été
en ce temps-là exposée en vente dans Florence,
Mr. le Grand Duc pria Mr. d'Herbelot de la
voir, d'examiner les Manuscrits en Langues
Orientales qui y étoient contenus, d'en mettre
à part les meilleurs, & d'en marquer le prix.
Dès que cela eut été fait ce généreux Prince les
acheta, & en fit present à Mr. d'Herbelot,
comme de la chose qui lui étoit la plus convenable, & la plus avantageuse au desir qu'il
avoit d'avancer de plus en plus dans la connoissance de ces Langues & dans celle du genie & des affaires des peuples qui les parlent.

Un traitement aussi honorable que celui-là
pouvoit paroître un sujet de reproche à la
France, qui se privoit si long-temps d'un si excellent homme. Mr. Colbert le fit inviter de
revenir à Paris, avec assurance qu'il y recevroit
des preuves solides de l'estime qu'il avoit acquise. Le Grand Duc deffunt ne le laissa partir
qu'après qu'il lui eut montré les ordres précis
du Ministre qui le rappelloit.

Quand il fut de retour en France le Roi lui
fit l'honneur de l'entretenir plusieurs fois, &
lui donna une pension de quinze cens livres
par an. Le loisir dont il jouïssoit en France ne
pouvoit être mieux employé qu'à continuer la
Bibliotheque Orientale qu'il avoit commencée

en

en Italie. D'abord il la compoſa en Arabe, &
Mr. Colbert avoit reſolu qu'elle fut imprimée
au Louvre, & qu'on fondit pour cet effet des
Caractexes en cette Langue. Mais cette reſo-
lution n'ayant pas été executée, Mr. d'Herbelot mit en François le même Ouvrage. Il le
fit mettre ſous la preſſe, mais il n'eut pas la
ſatisfaction de l'en voir ſortir, parce qu'il
mourut pendant le cours de l'impreſſion. Le
deſſein & l'œconomie ne peuvent pas en être
plus curieux & plus utiles tout enſemble. Je n'entreprendrai pas de les expliquer,
mais j'en dirai un mot ſeulement pour en convaincre mon Lecteur. Le titre en eſt fort long
& inſtruira beaucoup de ce que le Livre contient, ainſi il eſt à mon avis à propos de le
rapporter ici tout entier. Le voici donc, *Bi-*
*bliotheque Orientale, ou Dictionaire univerſel con-*
*tenant généralement tout ce qui regarde la connoiſ-*
*ſance des peuples de l'Orient. Leurs hiſtoires &*
*traditions veritables ou fabuleuſes. Leurs Religions,*
*Sectes & Politique. Leurs Gouvernements, Loix,*
*Coûtumes, Mœurs, Guerres, & les revolutions*
*de leurs Empires. Leurs Sciences, & leurs Arts.*
*Leurs Theologie, Mythologie, Magie, Phyſique,*
*Morale, Medecine, Mathématiques, Hiſtoire Na-*
*turelle, Chronologie, Geographie. Obſervations*
*Aſtronomiques, Grammaire, & Rhetorique. Les*
*Vies & Actions remarquables de tous leurs Saints,*
*Docteurs, Philoſophes, Hiſtoriens, Poëtes, Ca-*
*pitaines, & de tous ceux qui ſe ſont rendus*
*illuſtres parmi eux, par leur Vertu ou par leur*
*Savoir. Des Jugemens Critiques, & des Ex-*
*traits de tous leurs Ouvrages, de leurs Traitez,*
*Traductions, Commentaires, Abregez, Recueils de*
*fables, de ſentences, de maximes, de proverbes;*

*de*

*de contes, de bons mots, & de tous leurs Livres*
*écrits en Arabe, en Persan, ou en Turc, sur tou-*
*tes sortes de Sciences, d'Arts, & de Profession.*
,, Après un titre si étendu. Mr. de Beauval
,, n'a point eû tort de dire * qu'il n'étoit point
,, necessaire de donner aucun Extrait de cet
,, Ouvrage; & que les Libraires ont prévenu
,, les Journalistes & leur ont épargné la peine
,, de parcourir ce volume. Cependant il en
donne une juste idée; & ce qu'il en dit me ser-
vira de guide pour parvenir d'autant plus sûrement & plus facilement à mon but. L'excellente Préface que Mr. A. Galand a mis à la
tête de cette Bibliotheque, & l'Eloge que Mr.
Cousin a fait de nôtre Mr. d'Herbelot & qui
est à la suite de cette Preface me fourniront
& m'ont déja fourni de quoi executer mon
projet.

Mr. Galand nous représente nôtre Mr.
d'Herbelot comme un Savant qui n'a pas encore eu son semblable en Europe, dans la profonde connoissance des Langues Orientales ni
dans la grande érudition qui en dépend. Son
Ouvrage en est une bonne preuve, il y laisse à
la posterité un monument qui la surprendra
sans doute par sa nouveauté, & qui lui sera a-
gréable par l'usage avantageux qu'elle en fera.
Nôtre Auteur est le seul en effet que je connoisse
qui aît acquis par un travail long & penible de
plusieurs années une connoissance des Langues
Orientales, aussi grande que celle qu'il a eû,
& qui se soit ouvert par là un chemin pour
arriver à la connoissance de l'Histoire, des Loix,
des

* Histoire des Ouvrages des Savans, Juin 1697
pag. 469.

des Coûtumes, des Mœurs, des Religions ou des Sectes tant Chrétiennes que Mahometanes, de tous les peuples disperſez dans les trois parties de nôtre Continent qui parlent ces Langues-là; & la Poſterité lui aura cette obligation qu'il n'a pas voulu profiter lui ſeul de toutes les rares découvertes qu'il avoit faites, & qu'il a reſolu d'en faire part au public.

Il compoſa d'abord un Dictionaire Turc & Perſien le plus ample que l'on puiſſe ſouhaitter. Cet Ouvrage en trois gros volumes in folio eſt une partie de la ſucceſſion recueillie par Mr. ſon frere. Ce frere, pour le dire en paſſant, eſt ce Mr. d'Herbelot le jeune dont il eſt fait mention dans le *Menagiana* *, & qui fit cette replique ſi judicieuſe qui y eſt rapportée. Mr. du Perier fort grand admirateur de ſes propres Ouvrages ne trouvoit de bons vers que ceux qu'il avoit faits, quelqu'un lui ayant dit qu'il y avoit beaucoup de gens qui n'étoient pas de ſon ſentiment, *il n'y a que les foux, reponditil, qui ne les eſtiment pas. Si cela eſt,* repliqua Mr. d'Herbelot le Jeune, *ſtultorum infinitus eſt numerus.* Ce Mr. d'Herbelot le Jeune n'a pas encore fait part au public de ce riche tréſor dont je viens de parler & qu'il a herité de ſon frere. Mais peut-être que non moins généreux que le défunt il ne l'enfouïra pas & qu'il le rendra un bien commun à nous & à nos ſucceſſeurs.

Après que nôtre Mr. d'Herbelot eut fait ce Dictionaire, il fit des collections prodigieuſes qu'il traduiſit en François, des Hiſtoires tant fabuleuſes que veritables de toutes les Nations du Levant, de leur Geographie, de leur Theologie,

* Menagiana 2. Edit. Tom. 1. pag. 248. 249.

logie, de leurs Sciences & de leurs Arts, &
après avoir affemblé de fi riches materiaux, il
fe détermina à les feparer en deux corps, favoir, en cette Bibliotheque Orientale, & en
celui de Florilege ou d'Anthologie qu'il avoit
deffein de publier.

Ceux qui ont fait quelque progrès dans les
Langues Orientales tireront particulierement
de cette Bibliotheque, deux avantages très-confi-
derables, l'un par rapport aux Langues, l'autre
par rapport aux chofes. D'un côté ils y trouveront non feulement la jufte fignification d'un
très-grand nombre de mots des Langues Per-
fienne, Arabefque, & Turque, mais auffi l'explication jufte & exacte de plufieurs titres de
Livres & de quantité de paffages. D'autre part
ils y acquerront une facilité merveilleufe à
entendre tous les Livres écrits en ces Langues;
& tout ce qui concerne la Mythologie, l'Hiftoire, la doctrine, les mœurs, & l'érudition
des Orientaux leur étant connu par ce moyen,
ils n'auront pas à furmonter les difficultez qui
arrêtent ceux qui ignorent toutes ces chofes &
qui ne favent fouvent où en aller puifer la connoiffance.

En général cette Bibliotheque tient lieu de
tous les Livres Orientaux écrits en Arabe, en
Perfien, & en Turc, que nôtre d'Herbelot
avoit lûs, & qui étoient en très-grand nombre.
Elle commence à la création d'Adam & finit
au temps de la mort de l'Auteur. Il remonte
même encore plus haut fi l'on confidere ce qui
y eft rapporté fuivant les Hiftoires fabuleufes
du long regne des Solimans avant qu'Adam fur
créé. L'Hiftoire Orientale fait la principale
partie de cet Ouvrage. L'Auteur y rapporte
fort

fort exactement ce que l'on a écrit du premier
âge des Orientaux, avant le deluge, quoi qu'il
le reconnoiſſe fabuleux, mais il s'y eſt crû in-
diſpenſablement obligé, parce qu'il y a des
choſes ſingulieres & qu'il faut neceſſairement
ſavoir pour entendre les Poëſies, & la Mythologie de ces Peuples. Il fait auſſi l'Hiſtoire des
Anciennes Tribus des Arabes après le Déluge,
& il y rapporte les traditions de l'Orient touchant l'Hiſtoire ſainte, qui comprend le Regne de Nimrod, des Patriarches, de Moyſe,
de Samuel, &c. on y voit des choſes fort cir-
conſtanciées & bien remarquables. Il expoſe
encore diſtinctement ce qui regarde l'Hiſtoire
profane Orientale après le Déluge. Il montre
comment ce ſecond âge des Orientaux a commencé par l'établiſſement de la Monarchie en
Perſe, & s'eſt étendu juſqu'à la ſouveraineté
de Mahomet dont il decrit l'Empire, il le fait
voir enſuite, tel qu'il a été depuis ſous ſes
Succeſſeurs, ſavoir ſous les quatre premiers
Khalifes, & enſuite ſous les Ommiades & ſous
les Abbaſſides. Il démêle encore dans la ſuite
de cette Hiſtoire l'état dans lequel ſont aujourd'hui les anciennes fameuſes Dynaſties; &
l'on apprend ici qu'elles ſont reduites à celles
des Empereurs des Indes ou du grand Mogol;
des Uzbeks, maîtres du Turqueſtan, de la
Tranſoxane & du Khoraſſan; des Sofis de Perſe; des Empereurs Othmanides ou de Conſ-
tantinople; & des Rois de Fez & de Maroc.
Nôtre Auteur parle de tout cela en particulier,
& fait un grand détail dans lequel il eſt d'une
exactitude extraordinaire. Il ne ſe contente
pas de reciter les choſes qui ſont les plus mar-
quées dans l'Hiſtoire, ou les plus neceſſaires,

il indique les Auteurs qui ont travaillé fur l'Hiſtoire des Orientaux, ou en général, ou en particulier; & parce que la Chronologie & la Géographie doivent donner beaucoup de lumiere à l'Hiſtoire, il explique les Eres ou Epoques des Orientaux, & montre comment il faut rapporter ces Epoques à l'Ere Chrétienne. Il prend ſoin auſſi de bien marquer les lieux où ſe ſont paſſez les grands évenemens hiſtoriques, & décrit fort exactement, en bon Géographe, tous les endroits qu'il faut connoître. Souvent même il avertit des fautes que les Géographes ont faites dans leurs Cartes. Par exemple, parlant de la Mecque, il dit d'abord que c'eſt une ville d'Arabie, ſituée dans une des Provinces de ce vaſte païs, appellée Tehamah, parce qu'elle eſt plus baſſe que toutes les autres; *cependant*, ajoûte t-il, *il y a pluſieurs Géographes qui la placent dans celle de Hegiaz au milieu d'une grande plaine pierreuſe.* Les Philoſophes trouvent dans cette Bibliotheque de nôtre d'Herbelot de quoi ſatisfaire leur curioſité ſur toutes les parties de la Philoſophie. On y voit que les Arabes depuis la fondation du Khalifat & l'établiſſement de leur grande Monarchie ont fait beaucoup de cas des Arts & des Sciences, & qu'ils ont traduit en leur Langue tous les meilleurs Livres Grecs, Hébraïques, Chaldaïques & Indiens qui ſont venus à leur connoiſſance; & que les Turcs depuis le commencement de leur Empire cultivent fort les Sciences & les belles Lettres. Nôtre Mr. d'Herbelot a donné place dans ſa Bibliotheque à beaucoup de perſonnages reputez ſaints par les Muſulmans, à pluſieurs Docteurs de leur Religion, & de leur Loi, à leurs Philoſophes, à leurs Mathematiciens,

ciens, à leurs Hiſtoriens, à leurs Poëtes. Il
fait voir, comme je viens de l'inſinuer, non-
ſeulement que les Turcs n'ont pas l'averſion
qu'on leur attribuë pour les Sciences, mais
qu'ils les cultivent autant que le ſauroient faire
les Arabes & les Perſans. Le nombre de leurs
Poëtes montoit à 590. ſur la fin du ſeiziéme
ſiécle. Lorſque l'occaſion s'en preſente il releve les fautes commiſes par nos Auteurs, dans
les Traductions qu'ils ont données des Livres
Orientaux; mais il le fait avec tant de modeſtie & tant de circonſpection que le plus ſouvent il ſe contente de les redreſſer ſans les
nommer. Il n'a rien emprunté des Auteurs Eu-
ropéens, ſoit qu'ils ayent ſu les Langues O-
rientales, ſoit qu'ils les ayent ignorées. Enfin
ce n'eſt pas qu'il ne les ait bien connus, car on
trouve dans cette riche Bibliotheque une liſte
des Auteurs Chrétiens qui ont travaillé dans
ces derniers ſiecles à faciliter l'intelligence de
l'Arabe, comme Poſtel, Scaliger, Erpenius,
Golius, Louïs de Dieu, Seldenus, Pocok,
Caſtel, Hyde, Gabriel Sionita, Abraham Ec-
chellenſis, Mr. Meninski, Beckius, le P. Ma-
racci, &c. Mais apparemment il n'a point eu
beſoin de leur ſecours. Enfin on y trouve de
quoi ſuppléer ce que les Livres Grecs & Latins
ne diſent pas touchant les guerres des Romains
& des Rois de Perſe.

Il ſemble qu'on ait lieu de craindre que l'ordre alphabetique que nôtre Auteur a ſuivi dans
ſa Bibliotheque n'apporte quelque confuſion,
mais au contraire cet ordre facilite le deſſein
qu'a eû l'Auteur d'y inſerer pluſieurs choſes
qui ſont d'un puiſſant ſecours pour rendre
l'Hiſtoire plus intelligible. Les noms des Princes

ces ne se suivent pas pas à la vérité selon l'ordre des temps, mais selon l'ordre des Lettres, cependant l'Ouvrage ni le Lecteur n'en reçoivent aucun préjudice; parce que l'Auteur a remedié à ce défaut, en ce qu'en parlant de chaque Prince il a observé quel étoit son prédecesseur, & quel a été son successeur. D'ailleurs en faisant mention de chaque Dynastie il a eû soin de donner la liste de tous les Princes dont elles sont composées. Ainsi il est aisé aux Lecteurs de trouver la suite exacte de tous les Princes qui ont commandé dans la Perse, dans la Chine, & dans les autres parties de l'Orient & du Midi.

Cette Bibliotheque est une source publique à laquelle bien des gens puiseront à l'avenir, peut-être même sans s'en vanter. Le Reviseur François * du Dictionaire de Moreri avouë qu'il est redevable à nôtre d'Herbelot & à son Ouvrage, de quelques unes de ses additions. Mais Mr. Le Clerc, indigné de ce qu'il parle des siennes avec mépris, le releve sur ce qu'il ose dire que les additions qu'il a employées sont d'une autre espece que les siennes & que la plûpart ont été tirées du sein des Auteurs originaux. † *Vous diriez*, dit Mr. Le Clerc, *qu'il a feuilleté toute l'antiquité, pour y trouver ce que Moreri avoit omis, & que le plus petit nombre des articles ajoutez est tiré de Mrs. Bayle, d'Herbelot, & Corneille à qui il avouë d'en devoir quelques-uns. Au lieu que le contraire est visible.* Quoiqu'il en soit Mr. de Bauval fit un grand plaisir

au

* Mr. Vautier Avocat. Voy. *Hist. des Ouvrages des Savans* Septembre 1699. pag. 413. † *Nouvelles de la Republique des Lettres* Fevrier 1700. pag. 133.

au public lorfqu'il lui annonça * que cette
excellente Bibliotheque paroiſſoit imprimée.
Il ajoute à cet avis que la Préface qui eſt fort
ample & fort digne de l'Ouvrage eſt de la façon de l'illuſtre Mr. Galand. Mais il lui en
a fait encore davantage lorfqu'il en a donné
un extrait †, qui tout court qu'il eſt donne
neanmoins une juſte idée de cet excellent Livre.

Nôtre Mr. d'Herbelot n'a pas fait ſeulement
cette Bibliotheque dont je viens de parler, ni
l'Anthologie compoſée de ce qui n'a pû entrer
dans cette Bibliotheque & qui contient ce qu'il
y a de plus curieux dans l'Hiſtoire des Turcs,
& dans celles des Arabes & des Perſes ; ni le
Dictionaire dont j'ai fait mention. Il avoit fait
encore pluſieurs Traitez qui meritent de voir le
jour. Il eſt à ſouhaiter qu'on vueille bien les
donner au public en quelque état qu'ils ſoient,
les Fragmens mêmes des Ouvrages d'un ſi
grand homme ne pouvant être que très-excel-
lens. Il avoit un talent ſingulier pour éclaircir
les matiéres les plus difficiles & les plus em-
barraſſées. Comme il les poſſedoit parfaitement il les manioit aiſément, & avec addreſſe.

Ce fut en confideration de ces rares talents
que nôtre Mr. d'Herbelot fut pourvû il y a
quelques années d'une Charge de Profeſſeur
Royal en Langue Syriaque, vacante par la mort
de Mr. d'Auvergne. Ce qui releve extrêmement tout ce que j'ai dit juſqu'ici de Mr. d'Herbelot

* Hiſtoire des Ouvrages des Savans Novembre
1695. pag. 138. & Mai 1697. pag. 419. † Ibid. Juin
1697. pag. 458. & ſuivantes.

G

belot c'est que sa modestie étoit encore plus
grande que son érudition. Que dans les assemblées de Savans où il se trouvoit souvent, &
dans celles qu'il tenoit presque tous les jours
chez lui il ne décidoit jamais avec fierté, ne
préféroit point son sentiment à celui des autres,
écoutoit leurs raisons avec patience, leur ré-
pondoit avec douceur. Son savoir étoit accompagné d'une probité parfaite, d'une pieté solide, d'une tendresse extrême pour les pauvres,
& des autres vertus Chrétiennes qu'il pratiqua
constamment dans tout le cours de sa vie.
Elle fut terminée le huitiéme Decembre de
l'année 1695. par une maladie de dix ou de
douze jours, pendant lesquels il fit paroître
une entiére résignation aux volontez de Dieu,
& selon la coûtume de l'Eglise Catholique Romaine dont il étoit membre, il en reçut les Sa-
cremens avec une dévotion exemplaire. Il étoit
âgé de 70. ans.

Au reste on ne confondra pas la Bibliotheque Orientale de nôtre d'Herbelot avec celle
du célébre Hottinger, Professeur à Zurich. Car
sans m'étendre sur toutes les differences qu'il
y a entre l'une & l'autre qui sont immenses,
l'une a pour titre Bibliotheque Orientale, & est
écrite en François; l'autre a pour titre, *Promp-*
*tuarium sive Bibliotheca Orientalis.*, ou *Smegma*
*Orientale*, & est écrite en Latin. J'avouë que
la penultime Edition de cet Ouvrage qui est
de Zurich de l'année 1660. qui est beaucoup
plus ample que celle de Heidelberg de l'année
1658. dont je viens de parler, & la derniere
qui est de 1667. ont pour titre purement & simplement *Historia Orientalis &c.* Mais comme
celle de Hottinger & celle de nôtre d'Herbelot

lot portent en tête le nom de leur Auteur qui
les font bien reconnoître, il n'eſt pas poſſible
de s'y méprendre.

---

# URBAIN CHEVREAU.

URBAIN CHEVREAU étoit né à Loudun le 12. Mai 1613. Il s'eſt attaché à
l'étude dès ſa jeuneſſe avec beaucoup d'ardeur,
& comme il avoit une diſpoſition très-heureuſe
pour les belles Lettres, les progrès conſidéra-
bles qu'il y a faits lui ont merité un rang diſ-
tingué parmi les Savans.

Sa vie a été fort diverſifiée, c'eſt dommage
qu'il n'en a pas été lui-même l'Hiſtorien &
qu'il ne nous a pas fait au moins quelque recit
ſuivi de ſes avantures, qui ſont diſperſées dans
tous ſes Ouvrages, & que je ne ſuis pas capable de raſſembler avec autant d'ordre & de
juſteſſe qu'il l'auroit pû faire. Il écrivoit de
Copenhague au Pere Roatin, Jeſuite, * „ que
„ ce n'étoit pas d'une vie comme la ſienne
„ qu'avoit traité Seneque, lorſqu'il avoit traité
„ de la vie heureuſe, que la vie qu'il menoit
„ étoit une vie de Meſſager, & de Poſtillon;
„ qu'il donnoit aux Voyages les jours & les
„ nuits qu'il avoit autrefois donnez à la lec-
„ ture, & que ce Jeſuite devoit être bien éton-
„ né de voir que l'Hermite de Loudun fut
„ devenu le Bourgeois du monde. Il écrivoit
peu de temps après à un autre de ſes amis que
† ſes voyages n'avoient ni fin ni trêve, & que
de

---

* Oeuvres Mêlées pag. 83. 84.　† Ibid. pag. 82,

G 2

de la maniere qu'il s'y prenoit il n'auroit gueré
moins de peine à revoir Loudun , qu'en eut
Ulyſſe à revoir Itaque, c'eſt-à-dire qu'il avoit
un penchant violent pour les voyages, dont il
n'étoit pas le Maître: lui-même donne lieu de
le penſer ainſi lors qu'il dit * qu'il repaſſera
bientôt la Mer Balthique , qu'il ne paſſera en
Allemagne que pour faire enſuite un voyage
en Italie, qu'il feroit bien bien aiſe que celui-
ci couronnât les autres, & que s'il pouvoit en
être quitte pour tomber des Alpes dans ſon deſert ce feroit pour lui une belle chûte. En effet
à moins qu'il n'eut quelque commiſſion ſecrete
de la Cour de France pour aller ainſi de lieu
en lieu, & s'introduire dans les Cours étrangeres, on ne voit rien qui l'obligeât à paſſer
ainſi ſa vie dans des courſes ſi longues & ſi
fréquentes,& on eſt obligé de conclurre que ſon
inclination toute ſeule le portoit à errer ainſi
par le monde. Quelques remarques que je ferai pourtant dans la ſuite ſur ce ſujet pourroient bien faire trouver du myſtére à des gens
ſoupçonneux, dans cette vie ambulante de nôtre Chevreau dans un âge déja avancé, & ayant
fait dans ſa jeuneſſe tous les voyages qu'un
homme curieux fait ordinairement pour ſe
divertir & pour s'inſtruire.

Il étoit à Paris † au mois de Decembre de
l'année 1652. âgé pour lors, comme on peut
en juger par le temps de ſa naiſſance que j'ai
marqué, d'environ trente neuf-ans. ‡ Dès le
mois de Mars ſuivant il étoit à Stockholm, &
apparemment il avoit paſſé par la Hollande en
y allant, car il remercie Saumaiſe par une Lettre

* Ibid. pag. 85. † Ibid. pag. 4. ‡ Ibid. pag. 7.

tre du 28. du même mois, * qu'il lui écrit de
cette capitale de Suede, de la maniere obligeante dont il y avoit parlé de lui. Quoi qu'il
en foit il écrivoit dès lors à fes amis que la Reine Chriftine, fille du Grand Guftave Adolphe
continuoit à avoir pour lui de grandes bontez.
Il étoit Secretaire de fes commandemens, il raconte lui-même une avanture qui nous l'apprend
& qui nous fait connoître en même temps, que fa
qualité & les obligations qu'il avoit à fa Princeffe
n'empêchoient pas qu'il n'eut encore le cœur affez François. ,, † La derniere fois, dit - il, que
,, Mr. Chanut alla en Suede, il arriva fort tard
,, à Stockholm, & en arrivant, il me fit prier
,, de l'aller voir. Comme il me faifoit l'hon-
,, neur de m'aimer, & que j'avois beaucoup
,, de refpect pour lui par fon merite qui m'é-
,, toit connu, il me demanda des nouvelles
,, de la Cour, après m'avoir dit confidemment
,, que fi la Reine n'avoit point changé d'incli-
,, nation il paroîtroit avec fes Lettres d'Am-
,, baffadeur Extraordinaire. Je lui répondis,
,, qu'il n'en parlât point; que Mr. de Pimentel
,, romproit toutes les mefures qu'il avoit dû
,, prendre, & qu'il en feroit bientôt convaincu.
,, Etant étonné de ma réponfe, il voulut fa-
,, voir par quelle raifon je pouvois juger fi
,, précifément de l'inutilité de fon voyage; &
,, je repartis qu'étant Secretaire des Comman-
,, demens de la Reine, il ne devoit rien atten-
,, dre de moi; mais qu'elle avoit pour Valets
,, de chambre deux fcelerats; l'un Italien &
,, l'autre François, qui ne lui feroient pas un
,, grand myftere de ce qu'ils favoient. Il les
manda

* Ibid. pag. 8. 9. † *Chevræana* Tom. 1. pag. 103. 104.

„ manda dès le lendemain, parce qu'il les con-
„ noiſſoit auſſi bien que moi ; & le jour ſui-
„ vant, qu'il fit ſes premiers complimens à la
„ Reine, il ſut d'eux que Mr. de Pimentel avoit
„ écouté d'une chambre proche, à demi ou-
„ verte, ce qu'il avoit dit à Sa Majeſté. Après
„ cela il fit demander une Audience, dans la-
„ quelle il inſinua qu'il n'étoit venu que pour
„ renouveller les aſſurances de ſa ſoûmiſſion
„ & de ſon reſpect, & ne balança plus pour ſon
„ départ.

En l'année 1654. Chevreau écrivit encore
à ſes amis que cette grande Reine † avoit renoncé à la Royauté en faveur de Charles Guſtave à qui elle cedoit le Trône & la
Couronne. Il leur fit une magnifique apologie de ſon abdication, & du voyage qu'elle
étoit ſur le point de faire dans les païs étrangers. Il leur dit que le Roi lui avoit fait l'honneur de le choiſir pour Secretaire de ſon cabinet, & pour leur faire entendre qu'il avoit part
à ſa confidence il leur apprit que Sa Majeſté
l'avoit fait appeller, il n'y avoit que deux jours,
& qu'il avoit eû la bonté de lui expliquer lui-
même en particulier, le journal de ſon voyage
qui étoit étrange par les circonſtances dont il
étoit rempli. Chevreau donne en peu de mots
le Caractére de cette Reine d'une maniere ſi
preciſe, qu'il n'y a pas moyen de l'omettre ici.
‡ „ Quand les Anglois eurent fait couper la
„ tête au Roi Charles, dit-il, cette Reine fut
„ informée de cette action par des Lettres, &
„ les ayant luës dit publiquement, *les Anglois ont*
*fait*

---

† Oeuvres Mélées pag. 18.　‡ Voy. Chevræana
Tom. I. pag. 24. 25.

„ *fait trancher la tête à leur Roi qui n'en faisoit*
„ *rien, & ils ont bien fait.* Cette Reine, ajoûte
„ Chevreau, dit cela dans un temps, où elle
„ negligeoit toutes les affaires, où elle avoit
„ perdu l'amour de ses peuples, par ses libé-
„ ralitez mal ménagées, où les Prêtres n'épar-
„ gnoient dans leurs Sermons ni son irreligion
„ ni son caractére. Cette Princesse, nous dit
„ encore Mr. Chevreau, fit à Inspruch l'abju-
„ ration publique de la Religion Lutherienne,
„ & on la regala de la Comédie l'après-dinée.
„ *Messieurs,* dit-elle à des personnes du pre-
„ mier Ordre, qui avoient assisté à son chan-
„ gement de Religion & qui n'étoient là que
„ pour chercher à la divertir ; *il est bien juste*
„ *que vous me donniez la Comedie, après vous*
„ *avoir donné la farce.*

　Il semble qu'un poste tel que celui que Chevreau possedoit près du Roi Charles Gustave
méritoit bien d'être conservé : cependant il se
retrouve chez lui à Loudun, au mois de Juillet
de l'année 1656. Il y reste jusqu'à la fin de l'année
1662. Au commencement de l'année 1663. il
est à Cassel, & enfin au mois de Fevrier 1664.
il est à Coppenhague. Il parle du Dannemarc
assez froidement, il dit * que le Septentrion
n'est pas le païs des vers, & que † si chaque
étoile a son influence, l'étoile du Nord qui est
l'étoile des Matelots ne doit pas être celle des
Poëtes. Mais il parle très-obligeamment &
très-avantageusement de la Cour. „ La plus
„ belle famille Royale qui soit en Europe, dit-
„ il, est celle-ci, & je serois stupide & ingrat,
„ si je ne me loüois en toutes manieres de leurs
　　　　　　　　　　　　　　　　Ma-

* Oeuvres mêlées pag. 84.　† Ibid. pag. 85.

„ Majeſtez de Dannemark. Sans leur Reli-
„ gion qui n'eſt pas la nôtre, il y auroit à Cop-
„ penhague, plus qu'il n'en faudroit pour con-
„ vaincre de la derniere opiniatreté ceux qui
„ s'imaginent qu'il n'y a plus de Cour ſainte
„ dans le monde que celle qu'un très-ſa-
„ vant Pere de vôtre Compagnie nous a laiſ-
„ ſée.

Il étoit-là fort agréablement, cependant il
partit un mois, ou ſix ſemaines après pour retourner à Caſſel. Il y fit peu de ſejour, car dans
l'année 1665. il étoit à Zell, & à Hanover. Il
alloit perpetuellement d'une Cour à l'autre;
il en fait un portrait magnifique en aſſez peu
de mots. „ Comme il y a de certaines terres,
„ dit-il, où les bêtes venimeuſes ne peuvent
„ vivre, le Brunſwik & le Lunebourg ne ſouf-
„ frent point de vilaines ames ; & Mrs. les
„ Ducs de Zell & de Hanover les éloignent
„ d'eux, comme les peſtes publiques d'un E-
„ tat, & de toutes les familles particuliéres.
„ En paſſant même je puis ajoûter, dit-il en-
„ core, ſans craindre que l'on me ſoupçonne
„ de flaterie, que leurs maniéres ſont d'ail-
„ leurs ſi honnêtes & ſi engageantes, qu'il eſt
„ difficile, pour me ſervir de l'expreſſion d'u-
„ ne perſonne de qualité, *que l'on s'accoûtume*
„ *aux autres Princes, quand on a une fois tâté de*
„ *ceux-là.* Il eſt, dit-il ailleurs, attaché lui-
même à ces deux Cours par les careſſes que
l'on lui fait, & par la maniere dont il y jouït
de ſa liberté. Mais, ajoûte-t-il, comme les Cours
paiſibles ont leurs embarras, que le tumulte

pour

* Ibid. pag. 89. † Chevræana Tom. I. pag. 125.
126.

pour n'être pas grand eſt toûjours tumulte, il
a reſolu d'aller droit à ſon repos à moins que
la mort ne l'arrête en chemin. Il ne tint pourtant point parole comme il l'avouë lui même,
* „ car au ſortir de Brunſwik où j'avois de-
„ meuré aſſez long-temps, dit-il, je fus en-
„ gagé de paſſer par Heidelberg, où Mr. l'E-
„ lecteur Palatin (Charles Louïs) me fit l'hon-
„ neur de me venir voir avec toute la maiſon
„ Electorale & les Principaux de ſon Conſeil.
„ J'y fus retenu avec le titre de Conſeiller
„ quand je croyois retourner en France : & Ma-
„ dame la Princeſſe Palatine Doüairiere, ſœur
„ de la Reine de Pologne, menageoit alors le
„ mariage de Madame la Princeſſe Electorale
„ avec Monſieur. Comme elle ne pouvoit
„ être Madame, en France, ſans être de la
„ Religion Romaine ; que Mr. l'Electeur n'eut
„ jamais ſouffert, qu'un Religieux, de quel-
„ que Ordre qu'il eut été, ou un Prêtre fût
„ introduit dans ſa Cour ; & que les Etrangers
„ ne voyent point les Princeſſes dans leurs ap-
„ partements, j'eus un moyen ſûr de voir cel-
„ le-là, & de plus, la joye de la convertir, a-
„ près avoir pris toutes les précautions & les
„ meſures que je pouvois prendre. J'y em-
„ ployai dix-huit ou vingt jours, quatre heu-
„ res par jour, ſans qu'aucun en put former
„ le moindre ſoupçon ; & quand Madame la
„ Princeſſe Electorale n'eut plus de ſcrupule ni
„ de doute à m'oppoſer, j'écrivis en France à
„ Madame la Princeſſe Palatine, & lui envoyai
„ une copie de l'abjuration dont j'avois laiſſé
„ l'original à un grand Prince, de peur qu'il
n'ar-

* Chevræana Tom. 1. pag. 186.
G 5

„ n'arrivât quelque changement. Mr. l'Elec-
„ teur ayant eû des Lettres de Madame la Prin-
„ cesse Palatine qui l'avertissoit qu'elle étoit
„ sur son départ, lui donna rendez-vous à
„ Strasbourg, d'où elle devoit conduire Ma-
„ dame la Princesse Electorale. Elle avoit a-
„ mené avec elle le P. Jourdan Jesuite, pour
„ voir si rien ne manquoit à la nouvelle con-
„ version, mais les choses étoient en si bon
„ état, qu'il ne trouva plus rien à faire pour
„ lui de ce côté-là. J'eus ordre de l'Electeur
„ d'être de la suite jusqu'à Metz, où Mr. le
„ Maréchal Duc du Plessis Praslin épousa Ma-
„ dame, au nom de Monsieur; & je retour-
„ nai à Heidelberg pour y rendre compte de
„ ce qui s'étoit passé dans le voyage.

Pendant qu'il fut dans cette Cour * il y
parla fort avantageusement de Spinosa, † quoiqu'il ne connut encore ce Juif Protestant que
par la premiere & la deuxieme partie de la Philosophie de Mr. Descartes imprimées à Amsterdam chez Jean Rieuwertz en 1663. Mr.
l'Electeur avoit ce Livre & après en avoir lû
quelques Chapitres, il se resolut de l'appeller
dans son Academie de Heidelberg pour enseigner la Philosophie, *à condition de ne point dogmatizer*. Mr. Fabrice Professeur alors en Theologie eût ordre du Maître de lui écrire; &
quoi

* Chevræana Tom. 2. pag. 99. &c.   † Mr. Bayle
remarque que cette expression n'est pas juste & que
pour parler le langage d'un Orthodoxe il eut fallu
dire, *parce que* je ne connoissois encore ce Juif Protestant que par la premiere &c. Dictionaire Histor. &
Critique Tom. 3. pag. 2772, col. 1. à la marge sur
la fin.

quoi que Spinofa ne fût pas trop bien dans ses affaires, il ne laiffa point de refufer cet honnête emploi. On chercha les raifons de ce refus ; & fur
quelques Lettres que nôtre Chevreau reçut de
La Haye & d'Amfterdam, il conjectura que ces
mots *à condition de ne point dogmatizer*, lui a-
voient fait peur. Il fe trouvoit bien mieux en
Hollande où il entretenoit un fort grand commerce avec Mr. Oldenburg & d'autres Anglois ; où il avoit une liberté entiere d'entre-
tenir de fes opinions & de fes maximes les Curieux qui le vifitoient ; & de faire de tous fes
difciples, ou des Deiftes, ou des Athées. Mr.
Bayle * fait remarquer dans fon article de Spinoza que dès lors il étoit connu pour l'Auteur
du Livre impie qui porte le titre de *Tractatus
Theologico-Politicus* imprimé à Amfterdam l'an
1670. Livre pernicieux & deteftable, où il fit
gliffer toutes les femences de l'Atheïfme qui fe
voit à découvert dans fes *Opera Pofthuma* ; car la
Lettre de Vocation addreffée à Spinoza n'étoit
que du 16. Février 1673. Il faut avouër avec
Mr. Bernard † qu'on a lieu d'être furpris, que
Spinoza étant déja connu pour ce qu'il étoit,
on eut voulu lui confier des jeunes gens pour
les inftruire dans la Philofophie, & encore plus
qu'on lui impofât en même temps la neceffité
de ne point dogmatizer ; car puis que le fonds
& les principes de la Philofophie étoient cela
même qui établiffoit fes dogmes impies, comment auroit il pû enfeigner la Philofophie fans
ré-

* Dictionaire Hiftorique & Critique. Tom. 3.
pag. 2770. au texte. & 2772. à la marge. † *Nouvelles de la Republique des Lettres* Septembre 1700. pag.
301. &c.

répandre abſolument ſon venin ? Mr. Bayle
impute dans la premiere Edition de ſon Dictionaire, le refus de Spinoza à l'envie qu'il
avoit de mediter tout à ſon aiſe. Mr. Bayle
à qui pourtant rien n'échapoit, ne ſavoit
peut-être rien de la condition qu'on lui im-
poſoit ; du moins Mr. Bernard le conjectu-
roit ainſi *. Un ami de Mr. Bayle expliqua
d'abord ſa penſée ſur ce ſujet par un article
qu'il fit inſerer dans les nouvelles litteraires
du mois de Decembre de l'année 1700†. „Cet
„ Auteur, dit-il, en parlant de nôtre Che-
„ vreau, dit que l'Electeur Palatin fit appeller
„ Spinoza dans ſon Academie, pour y enſei-
„ gner la Philoſophie *à condition de ne point*
„ *dogmatizer.* Cette expreſſion, ajoûte-t-il, peut
„ être fauſſe ou vraye ſelon le ſens qu'on lui
„ donnera. Voici les termes de la Lettre de
„ Mr. Fabrice, (traduits mot à mot en Fran-
„ çois) *Vous aurez une fort grande liberté de phi-*
„ *loſopher, de laquelle, comme le Prince l'eſpe-*
„ *re, vous n'abuſerez point pour troubler la Re-*
„ *ligion qui eſt établie ici publiquement.* Spinoſa
„ répond, que ſi quelque choſe eût été capa-
„ ble de lui faire embraſſer quelque profeſſion,
„ c'eût été l'offre de celle que Mr. l'Electeur
„ lui préſentoit, ſur tout à cauſe de la liberté
„ de philoſopher, qu'on lui accordoit, mais
„ qu'il avoit peur que cela n'allât à le diſ-
„ traire de ſes meditations, outre qu'il ne ſa-
„ voit pas bien juſqu'où s'étendroit la liberté
„ qu'on lui accordoit, & il conclut ainſi,
„ *vous voyez donc, Monſieur, que je ne ſuis point*

re-

* Nouvelles de la Rep. des Lettres, ubi ſupra.
† Ibid. pag. 688.

,, *retenu par l'esperance d'une meilleure condition,*
,, *mais que je me prive de faire des leçons publiques*
,, *par amour du repos, que je puis obtenir par*
,, *quelque moyen, comme je l'espere.* L'ami de Mr.
,, Bayle ajoûte qu'on voit donc que cet illustre
,, Critique a eû connoissance de ces Lettres &
,, les a même citées, & qu'il a eu raison de
,, dire, que c'étoit l'envie de méditer à son
,, aise qui avoit obligé Spinoza à n'accepter pas
,, cette Vocation; Que l'autre raison peut y
,, avoir eu part, mais qu'elle n'a pas été la
,, principale ". Cet éclaircissement est raisonnable & moderé tout ensemble. Mais Mr.
Bayle qui, à ce qui me paroît par divers endroits
de ses écrits, avoit quelque chagrin contre nôtre Chevreau, a répondu lui-même depuis,
dans la seconde Edition de son Dictionaire *,
& s'est étendu à faire voir que Chevreau *s'étoit*
*trompé à l'égard de la condition de ne point dogma-*
*tizer,* que Chevreau *s'est abusé en cela.* Il le
montre par diverses reflexions; cela lui étoit
permis, mais il en ajoûte une personnelle contre Chevreau dans laquelle il y a de l'aigreur.
*Ceci nous montre,* dit-il, *que même les bons Au-*
*teurs sont fort sujets à mal raconter un fait.* Je
n'entre point plus avant dans cette dispute, je
laisse à mon Lecteur la liberté de s'en instruire
& d'en juger. Je dirai seulement, qu'il me
semble que Mr. Bernard † a raison de dire que
la Vocation addressée à Spinoza jointe à la loi
qu'on lui imposoit impliquoit une espece de
contradiction; & que si c'étoit une grande imprudence à l'Electeur de vouloir confier l'instruction

* Tom. 3. pag. 2772. col. 2.   † Nouvelles de la
Repub. des Lettres. *Sept.* 1700. pag. 301.

truction de la jeuneſſe à un tel homme, Spinoza
fit au contraire prudemment de ne vouloir
point accepter les offres qu'on lui faiſoit, & je
goûte fort les raiſons que Mr. Bayle * allegue pour juſtifier l'approbation qu'il donne à
Spinoza à cet égard. Mais pour ce qui concerne la condition de cette Vocation qui fait le
ſujet de la diſpute de ces deux grands hommes
Bayle & Chevreau; il me ſemble qu'on peut
dire que Mr. Bayle s'eſt un peu trop animé.
Il devoit conſiderer 1. que Chevreau n'a pas
rapporté cette condition dans ſon *Chevræana*
pour le contrarier, car le Dictionaire de Mr. Bayle
dans lequel il traite cette matiere n'avoit point
encore paru lors que Chevreau compoſoit ſon
Livre. 2. Chevreau parle généralement & en
gros de cette Vocation, & ſon but dans cet article n'eſt proprement que d'apprendre à ſon
Lecteur qu'il a été la cauſe de cette Vocation, & non pas de lui expliquer ſcrupuleuſe-
ment la maniere avec laquelle elle avoit été
addreſſée à Spinoza. Je crois donc que le different qui eſt entre eux ne roule que ſur un
mal entendu, & que s'ils vivoient encore l'un
& l'autre il ſeroit très-aiſé de les en faire convenir, & de les reconcilier au moins ſur cet article.

Chevreau propoſa un autre ſujet à l'Electeur
Palatin, beaucoup meilleur que Spinoza, plus
digne & moins dangereux. Ce fut Mr. le Févre de Saumur qui étoit ſon intime ami. Son
Alteſſe Electorale agréa cette propoſition, &
ſouhaitta même d'attirer un ſi ſavant homme

à

* Dictionaire Hiſtorique & Critique Tom. 3. pag.
2773. col. 1. au commencement.

à Heidelberg. Il lui fit offrir six-cens Ecus de
gages par an, & lui fit mander par nôtre Chevreau qu'il lui avoit choisi la plus belle & la
plus commode maison de la ville, & qu'elle sou-
haitoit que quand il y seroit établi, il vint deux
fois la semaine manger à sa table. Mr. le Févre avoit accepté fort agréablement, * il choisit dans sa Bibliotheque les Livres dont il avoit
le plus de besoin, les fit emballer dans l'impatience de quitter Saumur, mais il est malheu-
reusement arrivé que dans le temps qu'il se dis-
posoit à un prompt départ il fut saisi d'une
fiévre lente qui s'accrut peu à peu, & qui l'en-
leva enfin du monde. L'Electeur Palatin aimoit la conversation des Savans, & la rendoit
lui-même quelquefois fort animée. Chevreau
nous raconte une avanture qui le concerne, qui
montre que ce Prince étoit curieux. ,, Un François †, dit-il, parlant de Mr. le Comte de G.
,, dit qu'il étoit savant & enjoüé. Mr. l'Elec-
,, teur m'ayant demandé depuis quel temps ce
,, mot étoit en usage; je repondis qu'il étoit en
,, regne depuis long-temps, & même qu'il étoit
,, Latin; qu'il venoit de *Lætaster*. Deux Profes-
,, seurs qui étoient alors dans la chambre d'Au-
,, dience, me le nierent fort civilement; & je
,, repartis qu'on le trouveroit dans le *Lexicon*
,, *Philologicum* de Martinius; Mr. l'Electeur me
,, dit qu'il y en avoit un dans sa Bibliotheque, &
,, l'envoya chercher par un Secretaire. Quoi que
,, les deux Professeurs fussent mes amis, & qu'ils
,, n'eussent nié le fait que pour n'avoir jamais en-
,, tendu parler de ce mot, ils furent surpris
,, & bien confus de lire dans le Dictionaire que
l'on

* Chevræana Tom. I. pag. 35. 36. † Ibid. T. II. p. 98. 99.

l'on apporta ; *Lætafter, qui fe lætum oftendit.*

Après toutes les honnêtetez qu'on lui a faites
dans les Cours d'Allemagne dans lesquelles il
a été, il ne faut pas s'étonner qu'il releve &
qu'il cenfure la maniere peu honnête avec laquelle le Cardinal du Perron, Scaliger, & le
P. Bouhours ont parlé des Allemands. Il le
fait avec juftice & avec reconnoiffance ; & on
voit que ce qu'il dit part du cœur, & qu'il en
eft très-bien perfuadé.

On voit au refte, par tout ce que je viens de
dire que nôtre Chevreau ne negligeoit pas dans
les occafions qui fe prefentoient, d'être utile
à la France, dans les païs étrangers où il fe
rencontroit. S'il n'y negotioit pas toûjours des
affaires d'Etat, il rendoit fervice au moins aux
Savans de fa connoiffance, mais principalement
à ceux de fa Nation, il leur procuroit des vo-
cations, des honneurs ou des prefens. Cela
paroiffoit dès lors par des memoires qui a-
voient été publiez *. „ Je ferois heureux, dit-
„ il, fi je pouvois remedier à tous les defor-
„ dres dont vous parlez & confirmer par de
„ bons effets, les Memoires que vous avez la
„ bonté de nommer fidelles, par lefquels vous
„ avez été informé que je faifois honneur à la
„ Nation Françoife, pour l'efprit & pour ma
„ fermeté ordinaire à défendre toûjours la bon-
„ ne caufe. Je n'oferois foûtenir que ces
„ memoires font très - fidelles, mais je puis
„ dire que je fuis très-fatisfait du témoignage
„ de ma confcience ". Mais s'il m'eft permis
de

---

* Voy. Lettre à Chapelain dans fes *Oeuvres Mêlées* pag. 13.14. Et ibid. depuis la page 4. jufqu'à la
page 16.

de dire ici ce que je penſe, je trouve qu'il n'eſt
guere poſſible de connoître le caractere de
nôtre Chevreau ſans conjecturer que toutes ſes
allées & ſes venuës, ont eû toûjours quelque
but important. En effet c'étoit alors un homme avancé en âge, qui regardoit la liberté comme une choſe que tout l'or du monde ne ſauroit payer. * *La ſervitude*, diſoit-il, *n'eſt pas mon
fait; je n'ai chez moi que des bagatelles, mais rien
ne me toûche plus ſenſiblement que ces bagatelles.*
C'étoit un homme qui avoit donné tout ſon
attachement aux fleurs, & aux Livres. † *Je
tiens toûjours à la bagatelle*, diſoit-il, *& je fais
plus d'état de ſix anemones & de ſix tulipes bien
panachées que de toutes les fleurs de la Rhétorique.*
Il les préferoit à tout, voici comment il s'en
expliquoit dans une Lettre qu'il écrivoit à Mr.
Des Portes. „ ‡ Vous me faites vôtre heritier
„ & vous me laiſſez vôtre patrimoine qui con-
„ ſiſte en fleurs :

      „ *Meliusne fluctus*
  „ *Ire per longos fuit, aut recentes*
         „ *Carpere flores?*

„ Il eut mieux valu, Monſieur, ſe mettre en
;, poſſeſſion de vos anemones; & quand le ſa-
„ ble de la Mer Balthique, ſeroit auſſi riche
„ que celui du Tage, ou du Pactole, je n'ai-
„ me aſſez ni l'or ni l'argent qui m'ont ſou-
„ vent manqué au beſoin pour en préferer la
„ vûe à celle des fleurs qui m'ont fait paſſer de
„ ſi agréables heures dans ma ſolitude. Je crois
„ même qu'un Poëte Grec veut que les heures,

* Oeuvres Mêlées. pag. 87.   † Ibid. pag. 26.
‡ Ibid. pag. 86.

„ res, pour être belles, foient parées de fleurs;
„ & les Anciens en ont couronné les Ris &
„ les Graces. * *Il étoit fouffert à Richelieu*, dont
il fait une defcription magnifique, c’eſt-à-dire
qu’il étoit vû de bon œuil , & qu’il y étoit a-
gréablement. „ Cependant quand j’y fuis, dit-
„ il, plus d’un mois ou deux, il m’arrive de
„ regretter quelquefois mes fleurs , ou mes
„ Livres ; & vous n’en ferez nullement fur-
„ pris, vous qui aurez pû remarquer fans
„ doute, dans l’un des Dialogues de Lucien
„ que Ganymede, quoique dans le Ciel, avec
„ Jupiter, ne laiffoit pas de fonger à fes bre-
bis. Il a toûjours vécu dans le celibat, † „ j’ai
„ regardé, difoit-il, avec beaucoup de refle-
„ xion, les incommoditez infeparables du ma-
„ riage, & n’ayant pû m’en accommoder j’ai
„ pris le parti dont je me trouve parfaitement
„ bien. Quoi qu’il en foit le Confeil de St.
„ Paul, *qu’il vaut mieux fe marier que brûler*
„ n’eſt à mon avis pour vous ni pour moi; &
„ je pourrois donc rapporter ici beaucoup
„ d’exemples & d’autoritez fur le ridicule des
„ vieillards qui fe propofent de faire des
„ nôces quand ils doivent penfer à leurs fu-
„ nerailles. Ce ridicule eſt toûjours mor-
„ tel ; & vous m’entendrez fans commen-
„ taire, quand je vous ferai fouvenir des
„ Vers que Hardi à mis dans la bouche d’un
„ confident à Alcyonée, qui pour avoir l’E-
„ tat de fon Roi, croyoit en devoir époufer
„ la fille.

*On*

* Oeuvres Mêlées pag. 136. 137. † Voy. Chevræana Tom 2. pag. 416. &c.

„ *On ne fe fervira que d'un même flambeau.*
„ *Pour te conduire au lit, & du lit au tombeau.*

Il avoit refufé un Canonicat , ne voulant être
gêné par aucun emploi. * „ Je vous fup-
„ plie très-humblement, Monfeigneur, d'a-
„ gréer que je vous renvoye les provifions du
„ benefice dont vous avez bien voulu me pour-
„ voir , parce que je n'en puis profiter aux
„ conditions qu'il demande ; & qu'ainfi le bien
„ que vous m'avez fait , eft perdu pour moi.
„ Pour n'être pas vôtre Chanoine je n'en ferai
„ pas avec moins de foumiffion & de refpect
„ vôtre très-humble ferviteur. Voila donc
un homme qui aime bien fes aifes, cependant,
il renonce à toutes fes inclinations , il quitte
toutes les chofes qui lui étoient fi agréables &
fi cheres. il va de lieu en lieu , s'affujettir
aux devoirs fatigants de diverfes Cours , fouffrir les incommoditez & les dangers de plufieurs voyages longs & penibles. Y a-t-il apparence qu'il aît fait tant de chofes contraires à
fon genie, par hazard, par inconftance & en
vain. Je laiffe à mon Lecteur à en juger ce que
bon lui femblera. Pour moi je trouve qu'il nous
donne lui-même le dénouëment de cette enigme dans ces Vers qu'il addreffe à Mr. Des-
Portes, „ † Il me fâche, dit-il,

„ *Qu'ayant, pour flatter mes malheurs*
„ *Des Livres, des Tableaux, des arbres & des fleurs,*
„ *Je ne puiffe jouir de mes biens ni des vôtres ;*
„ *Que le fort se foûmette à fa plus dure Loi :*
„    *Et que devant mourir pour moi*
„    *Je vive toûjours pour les autres.*

Ces

* Oeuvres Mêlées pag. 45.   † Ibid. pag. 86. 87.

Ces Vers reſſemblent fort à ceux-ci de Virgile *

*Me ſi fata meis paterentur ducere vitam*
*Auſpiciis, & ſponte meas componere curas.*

On y voit aſſez clairement, ce me ſemble,
qu'il n'étoit pas le Maître de ſon ſort ni de ſa
conduite, & qu'une autorité ſuprême les con-
duiſoit ſelon ſes vuës & ſes intérêts.

Quoi qu'il en ſoit, après bien des courſes
& des voyages, enfin il revient en France &
on voit dans ſes *Oeuvres Mêlées* des Lettres qu'il
a écrites de Paris au commencement de l'année 1678. D'abord qu'il y fut de retour il fut
choiſi pour Précepteur de Mr. le Duc du Maine, & il a été depuis Secretaire de ſes commandemens. Il fut bien heureux d'avoir un
diſciple & un maître tout enſemble, ſi illuſtre,
ſi généreux, & ſi bien intentionné pour les Savans.

Après m'être ſi fort étendu à parler des voyages de nôtre Chevreau, il eſt temps d'examiner quel étoit ſon genie, & ſes talens, &
de parler de ſes Ouvrages. Lui-même nous
donne le caractére de ſon cœur & de ſon eſprit
en divers endroits de ſes Ouvrages. † *Il étoit,*
dit-il, *beaucoup plus ſincere qu'éloquent.* Mon
cœur eſt ſincere, dit-il encore, & je me
trompe ſi vous n'y trouvez de quoi vous fortifier dans l'opinion que vous en avez toûjours
conçuë. Pour mon Eſprit c'eſt tout autre choſe, vous en connoiſſez la ſechereſſe, & je ne
me

* Virg. Æneid. lib. 4. ℣. 340. 341. † Oeuvres
Mêlées. pag. 95.

me regarde jamais de ce côté-là que je ne me
fouvienne du Comique.

*Offa àtque pellis fum mifera macritudine.*

Il étoit fort modefte. „*Si j'étois affez vain,
„ *dit-il*,pour triompher de quelques paffages que
„ je croi avoir reftituez,je ne ferois pas moins ri-
„ dicule que le favori du Conquerant de toute
„ l'Afie,qui pour avoir coulé à fonds trois ou
„ quatre Galeres des Grecs, s'avifa de fe faire
„ appeller *Neptune*, & de porter le trident auffi
„ bien que lui. Après les deux Scaligers, les Ca-
„ faubons, les Saumaifes, les Bocharts, les
„ Peres Sirmond & Petau, qui peut fe vanter
„ d'une profonde érudition ? On ne fait plus
„ que tranfcrire ce que l'on a lû, & ce n'eft
„ pas d'aujourd'hui que l'on a dit que ce n'é-
„ toit pas être favant que de favoir lire. Je fai
„ qu'il y a des gens en Angleterre, en Hol-
„ lande, en Allemagne, & même en France,
„ qui marchent fur les pas de ces grands hom-
„ mes,qui puifent de fource,& qui à l'exemple
„ des premiers pourront informer la pofterité
„ de leurs découvertes. Je ne me trouve, à
„ mon grand regret,ni parmi les uns ni parmi les
„ autres; & il faut de neceffité que je me con-
„ tente d'une legere teinture des belles Let-
„ tres, d'une lecture diverfifiée, de quelque
„ facilité d'expreffion qui n'eft ni trop obfcu-
„ re, ni trop étenduë, & d'un ftile que je ne
„ crois guere au deffus du médiocre. Autre-
„ fois, *dit-il ailleurs*, † j'avois une imagina-
„ tion affez vive, & une fecondité affez gran-
„ de. La première idée étoit toûjours pour
moi

* Ibid. pag. 135. 136.  † Ibid. pag. 47.

„ moi la meilleure ; & en ce temps-là je n'é-
„ tois pas trop perſuadé qu'il y eut des mo-
„ mens pour mediter, & d'autres momens pour
„ reflêchir ſur ce que l'on avoit medité. J'ai
„ trouvé depuis , qu'il y avoit une facilité au
„ mal comme au bien. Et il ajoûte ailleurs, * à
tout cela, que „ Graces au Seigneur il y a
„ long-temps qu'il n'eſt plus entêté de l'amour
„ propre qui dans ſa jeuneſſe lui a fait paſſer
„ d'aſſez bonnes heures, quand il ſe prenoit
„ pour un autre; & qu'il en fut gueri quand il
„ commença à ſe connoître & à ſe ſervir de ſa
„ Raiſon.

On peut dire que Chevreau qui a excellé
dans l'art de faire des portraits , n'a pas réüſſi
dans le ſien , & qu'il ne l'a point fait d'après
nature. Il a beau proteſter † qu'il ne ſait diminuer les choſes ni les agrandir, qu'il les repréſente comme il les trouve , & qu'il lui ſuffit
que la reſſemblance ſoit la premiere partie du
portrait, on n'en croira rien ſi on en juge par
le ſien propre qui n'eſt point du tout reſſemblant. Mais on peut dire qu'il ne faut attribuer
ce defaut ni à la ſuffiſance de l'art, ni à la capacité de l'Ouvrier, mais uniquement à ſa modeſtie qui l'a ſéduit. Voyons donc puis qu'il
eſt ſuſpect en ſa propre cauſe, ce que d'autres
en ont dit, & enſuite nous entendrons la dé-
poſition de ſes propres Ouvrages & les jugemens que le public en a fait.

Il eſt certain qu'il a paſſé pour un des hommes illuſtres de ſon temps. Il eſt vrai qu'il a
rejetté modeſtement cette qualité , mais elle
ne lui a pas été moins duë & moins donnée. „ Si
dans

* Ibid. pag. 39. † Ibid. pag. 67.

„ dans un Poëte Grec, dit-il, Pan est surpris
„ qu'on lui serve à boire en des coupes d'or, &
„ qu'on ne le traite point comme un Dieu Cham-
„ pêtre, j'ai quelque raison de m'étonner que
„ vous me traitiez de Grand & d'Illustre, moi
„ qui dois le peu de reputation que j'ai, à
„ mes amis & à mon bonheur ". Les plus grands
hommes de la Republique des Lettres, n'ont
pas crû outrer l'Eloge en le traitant de *Heros.*
Il s'en défend honnêtement. „ * Vous m'a-
„ vez traité de Heros, *dit-il*, & apparemment
„ vous avez crû que ce nouveau titre devoit
„ m'étonner. Je vous declare que ne pouvant
„ le recevoir de la maniere qu'il vous a plû de
„ me le donner de vôtre pure liberalité, je
„ puis me vanter d'avoir quelque chose de com-
„ mun avec le plus grand de tous les Heros,
„ & d'être aussi bien qu'Hercule, pour expri-
„ mer vôtre Euripide par nôtre Amyot,

„ *De peu de montre & sans nul parement*
„ *Homme de bien, au reste, entierement.*

Il est certain qu'il a été veritablement savant.
Il n'étoit pas de ces gens qu'il * compare lui-
même à ce Cardinal, qui parut beaucoup en
Angleterre par les males & par les valizes de
velours qu'il faisoit porter sur ses mulets & qui
cependant n'étoient remplies que de paille, de
foin, & d'étouppe. Il n'étoit point savant en
apparence; & les Ouvrages qu'il a donnez au
public font des preuves manifestes de son savoir, & montrent qu'on ne peut pas le nommer le prometteur comme un ancien, appellé
Anti-

* Oeuvres Mêlées pag. 31. † Ibid. pag. 344.

Antigonus à qui on avoit donné ce nom. Il
étoit réellement savant dans la belle Litterature & dans toutes les Sciences, & de peur d'i-
gnorer quelque chose il avoit appris les Langues mortes aussi bien que les vivantes. „ *Il
„ est vrai, dit-il, qu'en Allemagne, je savois
„ assez d'Hebreu, & peut-être qu'avec un mé-
„ chant habit, la fraize courte, & la barbe sa-
„ le, on ne m'auroit pas pris pour étranger dans
la Synagogue. Les Ouvrages de Lewiden, de
Hottinger, de Buxtorff, & les Ouvrages des
Rabbins, n'étoient point pour lui des terres inconnuës, & on peut voir dans ses *Oeuvres Mêlées* † avec quelle exactitude il les avoit lûs.

Il a été un des bons Critiques de son siecle,
& Baillet ‡ qui lui rend ce témoignage n'est
point suspect, quoi qu'il l'aît dit du vivant de
Chevreau, car il croyoit qu'il étoit mort, lorsqu'il écrivoit son article.

Il a été bon Poëte, & il faut bien que cela
aît été très-certain, & bien connu puis qu'il
l'avouë lui-même. „ Je connus en Suede,
„ *dit-il,* ¶ Mr. le Comte Montecucculi, de-
„ puis Général des Armées de l'Empereur, &
„ comme il aimoit passionnément les Vers,
„ qu'il en faisoit assez bien lui-même, & qu'il
„ estimoit beaucoup les miens, parce qu'ils
„ étoient en ce temps-là, dans le goût Ita-
„ lien, il me demanda si j'avois les Oeuvres
„ du Comte Fulvio Testi? Je lui répondis que
„ j'en avois seulement entendu parler, mais
que

* Ibid. pag. 116. † Ibid. pag. 119. & suiv. ‡ Baillet *Jugement sur les Ouvrages des principaux Auteurs.* Tom. 3. pag. 488. ¶ Chevræana Tom. 2. pag.
13. 14.

„ que je ne les avois point encore vuës. Après
„ m'avoir dit qu'il étoit prêt de faire un voyage
„ en Italie, il m'aſſura qu'il m'apporteroit un
„ exemplaire de toutes les Oeuvres du Comte
„ Fulvio Teſti, & ne manqua point à ſa pro-
„ meſſe. Quand il alla voir la Reine Chriſtine
„ à Bruxelles, il ſût que je n'avois point été
„ de la ſuite de cette Reine, & il chargea Mr.
„ du Freſne Trichet, de m'envoyer de ſa part,
„ ce Livre de l'Edition de Venize. Je le reçus,
„ & après l'avoir lû & avec beaucoup d'appli-
„ cation & de plaiſir, j'en traduiſis quelqués
„ Madrigaux & quelques Sonnets, pour me
„ délaſſer d'une étude plus embarraſſante & plus
„ ſerieuſe.

Il étoit propre à être Poëte, car il étoit d'u-
ne humeur gaye & enjouée. „ J'aime aſſez la
„ joye, *dit-il* *, & la bonne chere, pour être
„ allé goûter chez vous l'une & l'autre, ſi mon
„ indiſpoſition n'y eut pas été un grand obſ-
„ tacle. " Ce qu'il dit de la magnificence des
tables eſt fort curieux & merite d'être rapporté:
on y verra qu'il n'aimoit ni l'excès ni le défaut, à cet égard. „ La magnificence de la ta-
„ ble, *dit-il* †, n'a jamais été du goût des An-
„ ciens; & la coûtume d'y faire ſervir un ſi
„ grand nombre de plats, ne peut être venuë
„ des bons ſiécles. Les Rois d'Egypte ne de-
„ voient pas être fort délicats, puiſque le veau
„ & l'oye faiſoient les ſeuls honneurs de leurs
„ tables; qu'ils ſe contentoient d'une ſi petite
„ meſure de vin, que leur tête & leur eſto-
„ mach n'en pouvoient ſouffrir; & il ſembloit,

ſi

---

* Oeuvres Mêlées pag. 83.   † Chevræana, Tom. II.
pag. 389. 390.

**H**

,, fi l'on s'en rapporte à Diodore , qu'ils euf-
,, fent eû quelque Medecin pour Legiflateur.
,, Timothée fils de Conon Général des Athe-
,, niens, étoit ennemi des feftins d'éclat, & il
,, difoit de Platon qui l'avoit invité à manger
,, chez lui , & qui apparemment lui fit une
,, chere très-médiocre, *que ceux qui avoient*
,, *foupé chez Platon , s'en portoient fort bien le*
,, *lendemain.* Alcamene fils de Telecre, étoit
,, extrémement riche ; & quelqu'un lui ayant
,, reproché avec aigreur, que fa vie ne répon-
,, doit point à fon opulence , il lui repartit,
,, *Que la Raifon étoit la regle de la vie de l'hom-*
,, *me , & que l'on ne devoit pas mefurer fon ventre*
,, *à fes richeffes.*

,, Tout cela eft bien, *ajoûte nôtre Chevreau,*
,, pourvû que l'avarice ne s'en mêle point: &
,, je me fouviens que Chapelle & moi ayant
,, été invitez chez . . . . qui nous regala de
,, fon ordinaire, Chapelle qui s'approcha de
,, moi, immédiatement après le repas, me dit
,, à l'oreille, *où allons-nous diner au fortir*
,, *d'ici* " ? Le repas que lui donna le fameux
le Févre, à Saumur, n'étoit pas un de ces repas mal apprêtez. La defcription qu'il en fait
au P. Fronteau qui y avoit été convié & qui
n'avoit pû s'y trouver eft fort agréable. ,, Ne
,, penfez pas , *lui dit-il\*,* qu'il eut feulement
,, deffein de vous traiter en Grammairien & en
,, Philofophe, de Critique, de fyllogifmes, de
,, paffages, & d'autoritez. Vous y euffiez été
,, regalé de ce que la Province a de plus ex-
,, quis ; & quand il n'y eut eû dans le repas
,, qu'il vous deftinoit, que du vin de St. Lau-
                                             rens

---

* Oeuvres Mêlées pag. 3 8.

,, rens & de Bourgogne ; que les Perdreaux &
,, les Faiſans qu'on lui avoit envoyez de ces
,, quartiers, il y eut eû aſſurément ce qui man-
,, quoit dans le célébre feſtin de Platon, &
,, dans le banquet des ſept Sages de Plutarque.
Il vivoit bien chez lui, ſon ordinaire étoit honnête.   ,, Il y a huit jours, *dit-il* *, qu'un de
,, mes amis, que je n'avois pas vû depuis quin-
,, ze années, & qui alloit en Anjou, ſe détour-
,, na de ſix lieûës, pour me venir voir.  Il me
,, fit l'honneur de loger chez moi ; & l'on y eſt
,, mieux & plus proprement qu'au Cabaret.
,, Comme il eſt d'une dévotion exemplaire, &
,, qu'il n'a plus de penſées que pour ſon ſalut,
,, nôtre converſation fut ſerieuſe & ne roula
,, preſque durant trois jours que ſur l'éternité
,, de l'avenir.  Il m'en parla bien, & il lui ar-
,, riva de me dire que l'humilité de Jeſus-Chriſt
,, devoit être bien grande d'avoir choiſi une
,, aſne pour ſa monture ".  Cette fauſſe penſée
a donné lieu à nôtre Chevreau de faire de doctes Diſſertations ſur l'aſne que Jeſus-Chriſt a
choiſi pour ſa monture.

Mr. Chevreau étoit bon ami, nous l'avons
déja vû rendre avec empreſſement & avec ſoin,
tous les bons offices dont il a été capable à
ceux qu'il a conſiderez comme tels.   Et † les
regrets qu'il donne à la mort de ſon Atticus,
ſon cher Mr. de Court, & l'Eloge magnifique
qu'il en fait montre bien qu'il n'étoit pas de
ces gens qui enſeveliſſent l'ami & l'amitié tout
enſemble dans un même tombeau.  Il ſe réjouïſſoit

* Chevræana Tom. 2. pag. 337. & ſuivantes, &
Oeuvres Mêlées pag. 37.   † Oeuvres Mêlées. pag.
151. &c.

jouïſſoit quelquefois avec eux en honnête homme & en homme d'Eſprit. Il leur envoyoit
quelquefois *des billets folatres* *. Il leur écrivoit *des Lettres folatres*. Il étoit complaiſant,
mais il n'étoit point flateur, † tout ce qu'il a
dit contre la flaterie & contre les flatteurs dans
tous ſes Ouvrages montre ſuffiſamment qu'il
les avoit en horreur. S'il tombe quelquefois
dans ce défaut il ne faut pas l'en blâmer, la
foibleſſe de ſes amis l'oblige à avoir pour eux
de la complaiſance. „ ‡ Ma Lettre eſt flateu-
„ ſe, *dit-il*, & peut-être plus que je ne vou-
„ drois, parce que le ſtile de Panegyriſte n'eſt
„ ni de mon inclination, ni de mon talent, &
„ que dans ce genre on n'en dit jamais aſſez
„ ſi on n'en dit trop. Mais vous ſavez qu'il y
„ a des hommes qui naturellement aiment le
„ parfum, de quelque côté qu'il puiſſe venir,
„ qui le demandent comme une dette, & qui
„ s'y ſont tellement accoûtumez qu'on ne peut
„ leur plaire qu'avec un encenſoir à la main.
„ C'eſt une foibleſſe qui fait pitié, mais qui eſt
„ humaine.
Quoi qu'il fut ennemi de la vaine gloire, il
aimoit pourtant qu'on lui fît juſtice, & s'il re-
jettoit les loüanges qui ſentoient l'encens & la
flaterie, il étoit bien aiſe qu'on ne lui enle-
vât point le veritable honneur qui lui étoit dû.
La plainte honnête qu'il fait de la conduite de
Mr. Chanut & de Mr. de Clerſellier ſon beau-
frere, au ſujet de l'impreſſion du *Traité de
l'Homme* de Mr. DesCartes en eſt une preuve
ma-

* Ibid. pag. 34. 300. &c. 535. &c. † Chevræana
Tom. 2. pag. 241. &c. Chevræana Tom. 1. pag. 123.
&c. ‡ Oeuvres Mêlées, pag. 48.

manifefte. ,, * Dans cet intervalle, *dit-il*, je
,, lui dis que j'avois un Traité *de l'Homme* par
,, Mr. DesCartes, qu'il avoit cherché inutile-
,, ment avec toute la paffion qu'il avoit pour
,, les Ouvrages de ce Philofophe, qu'il préfe-
,, roit aux anciens & aux modernes. Il me de-
,, manda plus d'une fois comment ce tréfor
,, avoit pû tomber entre mes mains. Et je ré-
,, pondis comme il eft vrai, que je l'avois eû
,, de Mr. de la Voyette, Gentilhomme de la
,, Reine, qui avoit été Page du Prince d'O-
,, range, & qui l'avoit eu de Madame la Prin-
,, ceffe Elizabeth, fameufe Eléve de Mr. Des-
,, Cartes. Quand il en eût vû les premieres
,, feuilles, il me pria inftamment de les lui
,, prêter, avec promeffe de me le renvoyer de
,, Hambourg, où il auroit foin de le faire co-
,, pier avec la derniere diligence. Etant à Pa-
,, ris, il en fit part à Mr. de Clerfellier, fon
,, beaufrere, qui remit en ordre ce manufcrit
,, fort mal copié, qui le communiqua depuis
,, à d'autres : & dans la Préface de ce Traité
,, qu'on fit imprimer, on peut voir la deftinée
,, de ce manufcrit, quoi qu'il n'y foit nulle-
,, ment parlé de moi, ni de Mr. de la Voyette,
,, qui avoit eû l'honnêteté de me le prêter ''.
On voit bien que c'eft-là le langage d'un homme qui n'eft point content; mais en même temps
on voit que c'eft un homme dont le chagrin
n'eft ni aigre ni violent, mais honnête & moderé tout enfemble.

On peut dire en un mot que le Savant dont
le Libraire rapporte le jugement dans l'Avertiffement qu'il a mis a la tête des Oeuvres Mêlées
de

* Chevræana, Tom. I. pag. 104.

H 3

de nôtre Chevreau a affez bien rencontré dans ce qu'il en a dit, „ Un des plus favans hommes de nôtre fiecle, *dit - il*, m'envoya „ quatre Vers Latins pour être mis au def- „ fous du portrait que j'ai fait graver, & „ voici l'extrait de ce qu'il m'écrit ". *Pour louër l'Auteur comme il le merite, il en faudroit bien davantage. J'ai toûjours eu une eftime pour ceux qui ont le fecret de réünir le bon goût des Modernes avec celui des Anciens, & c'eft en quoi Mr. Chevreau excelle. Bien des Savans ne font propres qu'à diffamer l'antiquité parmi ceux qui ne la connoiffent pas, parce qu'ils ne femblent avoir gagné dans la lecture des anciens, qu'un air de pedant, & une fotte vanité qui les rend le fleau des honnêtes gens. On ne voit en eux, ni bon fens, ni delicateffe. Et l'on s'imagine qu'il en eft de même des Auteurs qu'ils ont lûs. Il en eft tout autrement de Mr. Chevreau dont les écrits font pleins de fineffe, d'élegance, & de jugement. On y voit une trèsgrande lecture. Et l'on reconnoit en même temps qu'elle n'a pas fimplement fervi à remplir fa mémoire & à l'enrichir, mais à lui former encore l'efprit, & à regler les mouvemens de fon cœur. Tout cela peut également le rendre aimable aux gens d'étude qui ont du difcernement, & à ceux qui pour n'avoir pas d'étude, ne laiffent pas d'avoir le fens bon & droit.*

Si de la perfonne, des fentimens & de la conduite de Mr. Chevreau, je paffe à fes Ecrits, je ne trouverai pas moins de chofes avantageufes à en dire.

Son premier Ouvrage ne fut d'abord qu'une fimple traduction. Jofeph Hall, Docteur Anglois, qui a fait plufieurs Traitez qui raffemblez & traduits par Theodore Jaquemot, Genevois;

nevois, ont été donnez au public en dix Volumes in 12. en a fait un entr'autres qui a pour
titre, *Confiderations Fortuites*. Chevreau le trouva à fon gré & le mit en François.   Voici ce
qu'en a dit Mr. de Veldenrod en parlant d'un
Ouvrage qui eſt à peu près de la même nature
publié par Tollius , & intitulé *Tollii Fortuita*.
„ * On avoit vû autrefois des confiderations
„ fortuites de Joſeph Hall, qui avoient extré-
„ mement plû en France à cauſe que c'étoit
„ de la Morale qui ne paroiſſant pas préparée
„ & faite exprès pour endoctriner les gens,
„ faiſoit plus d'effet ſur l'eſprit, parce qu'on
„ regimbe naturellement contre ſon devoir;
„ peut-être auſſi que la Verſion de Mr. Che-
„ vreau aidoit beaucoup à la beauté de cet Ou-
„ vrage de Hall, car tout le monde ſait que
„ Mr. Chreveau écrit avec bien de l'eſprit &
„ de la politeſſe ". Il y a une remarque à faire
ſur cette traduction, qui à mon avis ne doit
point être negligée, c'eſt que Jaquemot a
ignoré que ce Traité de ſon Auteur eut été
traduit en François, car il en a fait une Verſion lui-même qui eſt la derniere piece du Tome feptiéme, & quoi qu'il aît mis une Epître
Dédicatoire à la tête de cette petite piece, il
n'y fait mention d'aucune autre traduction,
au contraire en parlant à Hall à qui il l'addreſſe , il lui dit que Hall lui ayant fait
l'honneur de lui envoyer cette piece pour en
faire part à ceux de ſa Nation, (Francoiſe) il
eut penſé lui faire tort s'il ne lui en eut pas
renvoyé la traduction pour en avoir ſon jugement;

* Nouvelles de la Republique des Lettres, Avril
1687. pag. 398.

ment. Cependant comme ces deux Verſions paroiſſent en public ſous deux titres differents il auroit été neceſſaire que celui qui a donné la derniere eût averti le Lecteur que c'eſt un même Ouvrage que l'autre. Mr. Chevreau nomme le ſien, *Conſiderations Fortuites*, & Jaquemot nomme le ſien *Meditations Occaſionelles*. Il eſt bon d'avoir donné cet avertiſſement au Lecteur afin qu'il ne ſe trompe pas en prenant pour deux Ouvrages differents de Hall ce qui n'en eſt qu'un ſeul & le même.

Les Ouvrages de Hall plaiſoient tellement à nôtre Chevreau, qu'il fit à ſon imitation, & à peu près ſur ſon modele, un Livre qui a pour titre, *l'Ecole du Sage, ou le caractére des vertus & des vices*, qu'il dedia à Madame la Comteſſe de la Suze. Il avouë dans l'Avertiſ-ſement qu'il a mis après l'Epître Dédicatoire qu'il en a emprunté une partie de ce ſavant Anglois. „ Le premier Livre des Caractéres „ des Vertus & des Vices, eſt tiré de Joſeph „ Hall, Evêque d'Exceter. Je l'ai traduit, *dit-* „ *il*, en certains endroits, & paraphraſé en „ d'autres ; & ſi ce n'étoit point faire tort à „ un auſſi grand homme que de me compa- „ rer à lui je te dirois après le jugement mê- „ me qu'il en a fait, qu'il n'y a point de „ traits plus hardis dans l'original que dans la „ copie. Le Chapitre de la Gloire eſt une imi- „ tation du Latin de Meurſe ; & tu peux pren- „ dre le reſte comme une liberalité que je te „ fais de mon bien ; ce ſont des Traitez parti- „ culiers que j'avois compoſez ſur quelques „ Idées de la Morale Chrétienne dans un temps „ où je croyois m'être donné tout entier à la „ lecture des Conciles & des Peres de l'Egliſe.

Et

„ Et comme il eſt mal aiſé d'en ſortir ſans
„ en rapporter quelque fruit, je fus obligé de ·
„ les mettre au jour ſans les mettre en ordre,
„ pource que j'étois preſſé d'aller à l'armée
„ avec un ami qui ne pouvoit vivre ſans moi,
„ & dont la mort a fait dèpuis toutes mes diſ-
„ graces & toutes mes plaintes ". Si Balzac
avoit avoué auſſi ingenument que nôtre Chevreau l'emprunt qu'il avoit fait de diverſes penſées de Joſeph Hall, dont il s'eſt fort utilement
ſervi, le P. le Goulu ne l'auroit pas accuſé
de plagiat, & pour l'en convaincre n'auroit pas
donné à la fin du premier Tome de ſon Eloquence Françoiſe, ou de ſes Lettres de Phi-
larque à Ariſte, qui ſont une continuelle Critique des Ouvrages de Balzac, de longs extraits des paſſages de Hall que Balzac a mis en
œuvre, quelquefois même ſans rien avoir
trop deguiſé. Les partiſans de Balzac n'ont pas
tout-à-fait raiſon lorſqu'ils prétendent le diſ-
culper en diſant que les penſées de Hall n'ayant
ſervi que d'ouvertures à Balzac, & n'ayant rien
du tour ni de l'air que cet Anglois leur avoit
donné, on ne peut pas dire qu'elles lui appartiennent, & que Balzac les lui aît volées. Comme cette diſpute n'eſt point de mon ſujet je dirai ſeulement que Chevreau a agi plus prudemment en reconnoiſſant qu'il n'eſt point le premier Auteur des materiaux de ſon Ouvrage,
& en indiquant la ſource dans laquelle il les a
puiſez.

Après ce premier Ouvrage Chevreau a fait
le caractére du Chrétien & de l'Hypocrite en
beaux Vers François; & comme il étoit bien
éloigné du ſentiment de ces plagiaires qui croyent qu'en déguiſant le travail d'autrui ils peu-

vent

vent fe l'approprier impunément, *qui croyent,*
comme il s'exprime lui-même *, *imiter Horace*
*quand ils le dérobent*, il déclare à fon ordinaire, que l'invention n'en eft point de fon crû.
„ Voici deux hommes, *dit-il* †, fort differents;
„ & ceux qui ont lû les caractéres des Vertus
„ & des Vices par Jofeph Hall, verront d'a-
„ bord que cet Evêque d'Excéter en a fourni
„ prefque toutes les idées ". Cette fincerité plaît
beaucoup au public, & lui donne bonne opinion d'un Auteur qui lui parle naturellement,
& dont les Ouvrages font fans déguifement &
fans fard.

Il donna au public, quelque temps après,
un autre Livre qui a pour titre *le Tableau de la*
*Fortune.* Il le dédia à Mr. de Schomberg Duc
d'Halluin. Il déclare fuivant fa loüable coûtume, dans fon Avertiffement au Lecteur,
qu'Orofe, Eufebe, Carion, Bocace, & Gue-
vare, ont mis la main à ce Tableau, que Drouin
y a touché depuis, que les premiers lui en ont
fourni une partie des figures, & que le dernier
lui en a fourni l'ordonnance. Cet Ouvrage eft
divifé en trois parties ou trois Livres. La premiere partie qui a dix-fept Chapitres traite de
la décadence des Empires & des Royaumes;
de la ruine des villes & des malheurs qui font
arrivez au monde par les Elémens. La feconde qui a dix Chapitres traite des Malheurs qui
font arrivez aux Rois, & aux Grands par les
guerres. Et la troifiéme qui a douze Chapitres
traite des Malheurs qui font arrivez aux Princes, aux Courtifans, aux Avanturiers dans les
Tour-

* Oeuvres Mêlées pag. 115. † Chevræana Tom. 1.
pag. 351.

Tournois, & dans les Duels ; aux Savans, aux Dames, & à toutes fortes de perſonnes par diverſes avantures.

Il fit enſuite des Obſervations ſur les Vers de Malherbe.  Il a été le premier qui a repris ce Poëte de ſes obſcenitez.  „ J'ai été le premier, „ dit-il *, a reprendre dans Malherbe , le „ commencement de l'Ode, *pour la Reine Mere* „ *du Roi, pendant ſa Regence.*

> „ Si quelque avorton de l'envie
> „ Oſe encore lever les yeux
> „ Je veux bander contre ſa vie
> „ L'ire de la terre & des Cieux.

„ Mr. Ménage qui avoit lû ma remarque a dit „ à la page 388. de ſes Obſervations ſur le mê„ me Auteur, ſans m'avoir nommé, *Qu'il fal-* „ *loit avoir l'imagination bien gâtée pour trouver* „ *dans les Auteurs de ſemblables ordures.*  Et je „ répondis, *Qu'il faut être aveugle pour ne pas* „ *voir ces ſortes de choſes , & que quand on ne* „ *s'apperçoit pas de ces ordures, c'eſt un témoigna-* „ *ge que l'on y eſt fort accoutumé.*  Mais dans ſes „ Additions & Changements , à la fin de ſes „ Obſervations ſur Malherbe, à la page 581. „ il a été contraint de changer de ton ; & il a „ écrit : *Ceux qui trouvent quelque obſcenité* „ *dans ces mots,* ſi quelque avorton de l'envie, „ &c. *ont encore plus de raiſon que ceux qui en trou-* „ *vent dans ces mots de Terence,* Arrige aures ; *&* 

*dans*

---

* Chevræana Tom. 2. pag. 122. & ſuivantes. 133. &c.  Voy. la Bibliotheque Françoiſe de Sorel. pag. 214. Voy. Oeuvres Mêlées de Chevreau pag. 487. &c.

„ *dans ceux-ci de Salluste*, arrigere animos; *le mot*
„ *aures & animos, ôtant toute équivoque*. Ce
„ n'eſt rien dire parce que *bander l'ire* fait le
„ même effet ; que c'eſt le verbe que je con-
„ damne, & que la figure ne vaut pas mieux.
„ Il y a d'autres ordures dans Malherbe, mais
„ en petit nombre; & les Rabbîns veulent que
„ l'on compte entre les grands hommes, ceux
„ dont il eſt aiſé de compter les fautes.  On
„ ne cherche pas ces ordures dans les Livres,
„ & l'on en rougit quand on les y trouve.
„ Qu'auroit pû dire Mr. Ménage? ſi après a-
„ voir approuvé dans ſes *Changements*, mon
„ obſervation, il avoit lû dans un petit Livre
„ que je viens de lire, ces mots, *je ſuis convain-*
„ *cu qu'on examine aujourd'hui les choſes* &c. &
„ dans un autre, *on vit dans le Conſiſtoire tout au-*
„ *trement.* S'il eſt honteux de faire voir ces obſ-
„ cenitez, il eſt encore plus honteux de les
„ écrire; & pour les faire éviter, on eſt forcé
„ de les découvrir.
   Après avoir donné diverſes obſervations curieuſes ſur pluſieurs endroits des Poëſies de
Malherbe, & en avoir pris occaſion de debiter
beaucoup de belle Litterature, il les finit ainſi.
„ * J'ai ſur toutes les Poëſies de Malherbe des
„ Obſervations de cette nature, qui pourroient
„ être de quelque ſervice pour les gens de Let-
„ tres.   On en a pû voir déja quelques unes
„ dans mes *Oeuvres Mêlées* †, & j'en ai mis
„ quelques autres dans ce Recueil, pour con-
„ tenter un de mes amis qui les eſtime.  Mais
„ comme ces ſortes de Remarques, ne ſont
„ pas propres pour tout le monde, je m'em-
                                        pê-

* Chevræana tom. 2. pag. 168.   † pag. 504. &c.

„ pêcherai bien d'en fatiguer ceux qui n'aiment
„ pas cette efpece de Litterature.

Chevreau avoit fait la revifion de ces Obfervations dont je viens de parler, & il avoit
fait de plus un Commentaire général fur toutes
les Poëfies de Malherbe. M. Menage avoit eu
l'addreffe de fe les approprier ; il n'en dit rien
ici, mais le fort qu'eut cet Ouvrage eft trop
fingulier, & les plaintes que nôtre Chevreau
en fit font trop ameres pour être paffées fous filence. Je ne puis mieux en inftruire mon Lecteur qu'en lui donnant ici copie de la Lettre
que Mr. Chevreau écrivit fur ce fujet à Mr. de
Benferade le 17. Juillet 1687. La voici tout entiere & de mot à mot.

„ * Il eft vrai, Monfieur, que la Menardiere
„ après avoir lû mes dernieres obfervations
„ fur les Poëfies de Malherbe, me follicita de
„ les lui laiffer pour quelque temps, que pour
„ obtenir l'inftante priere qu'il m'en faifoit,
„ il eut recours à l'autorité de Mr. de Chande-
„ nier qui a un pouvoir abfolu fur moi. Il
„ garda ces obfervations à Paris plus de quatre
„ mois; & pour les ravoir je fus obligé de me
„ fervir de tout le credit qu'avoit fur lui une
„ Demoifelle de ces quartiers qu'il aimoit, &
„ dont il n'étoit nullement aimé, parce qu'il
„ y avoit une trop grande diftance entr'elle &
„ lui du côté de l'âge & de la fortune. A fa
„ priere & à fes reproches, il me renvoya mon
„ manufcrit affez mal en ordre pour me faire
„ croire qu'il avoit dû paffer par les mains de
„ tous les Cuiftres de la ruë St. Jaques. Je fus
„ depuis qu'il l'avoit prêté à Mr. Menage,
contre

* Oeuvres Mêlées pag. 103.

H 7

„ contre la promesse qu'il m'avoit faite de ne
„ le montrer à qui que ce fût : & par les ob-
„ fervations de Mr. Ménage fur les mêmes
„ Poëfies de Malherbe, je reconnus l'infi-
„ delité de mon ami. Cependant Mr. Mé-
„ nage dit dans fa Préface : *Je remarque*
„ *toutes ces dates, afin qu'on voye l'engagement où*
„ *je me fuis trouvé de publier ces Obfervations fur*
„ *les Poëfies de Malherbe, & qu'on ne croye pas*
„ *que j'aye voulu entreprendre fur Mr. Chevreau*
„ *qui a publié depuis peu un Commentaire fur les*
„ *mêmes Poëfies. Je ne doute point que ce Com-*
„ *mentaire ne foit rempli de plufieurs chofes cu-*
„ *rieufes & très-dignes d'être luës. Cependant je me*
„ *fuis privé du plaifir de lire toutes ces chofes, afin*
„ *qu'on ne m'accufât point d'avoir volé Mr. Che-*
„ *vreau, fi je me rencontrois dans fes penfées, ni*
„ *de l'avoir voulu contredire fi je n'étois pas de fon*
„ *avis.* Ce n'eft pas de mes Obfervations qui
„ font imprimées, que je me plains, puis
„ qu'elles étoient déja publiques, & que tout
„ le monde les pouvoit lire. C'eft de la revi-
„ fion de ces Remarques, & du Manufcrit où
„ j'avois entrepris un Commentaire général
„ fur toutes les Poëfies de Malherbe, que j'a-
„ vois confié à la Menardiére qui le lui prêta
„ fans refléchir fur ma bonne foi, ni fur fa
„ parole. Quoi que celui-ci affure fort, com-
„ me je viens de le remarquer, *qu'il s'eft privé*
„ *de lire toutes ces chofes, afin qu'on ne l'accufât*
„ *point de m'avoir volé, s'il fe rencontroit dans*
„ *mes penfées, ni de m'avoir voulu contredire s'il*
„ *n'étoit pas de mon avis*, il n'a pas été fincere
„ dans cette rencontre ; & j'en appelle à fa
„ confcience. Il y a longtemps qu'on l'a fait
„ paffer pour le Parafite de tous les Livres;

qu'on

„ qu'on le foupçonne de larcin pour peu
„ qu'il fe pare; & Boileau dans fon *Avis à Mr.*
„ *Ménage* prouve & condamne la longue habi-
„ tude qu'il s'eft faite d'être plagiaire. Pour
„ moi qui ne porte pas fi loin mon reffenti-
„ ment, j'avouë que je ne me trouve point
„ obligé à ceux qui fe font honneur de ce qu'ils
„ me prennent; & j'aimerois mieux que l'on
„ témoignât qu'on n'eft pas de mon avis, par-
„ ce qu'au moins je profiterois de la Critique
„ fi elle étoit jufte. J'avouë encore, que Mr.
„ Menage a une grande érudition, & une lec-
„ ture merveilleufe; qu'il entend fort bien les
„ Langues, Grecque, Latine, Efpagnole, &
„ Italienne; & que je ne connois que Mr. The-
„ venot & lui qui meritent d'être à la tête d'u-
„ ne Academie. Mais comme il défere beau-
„ coup à l'Antiquité dont il a retenu cette ma-
„ xime. *Que tous les biens doivent être communs*
„ *entre les amis*, je ne fai pas fi l'on s'en peut
„ faire une conféquence pour le larcin ; & fi
„ la Coûtume nous permet d'adopter indiffe-
„ remment les enfans d'autrui. Je ne crois pas
„ même que l'on en foit quitte pour affurer
„ qu'il y a des notions générales dans tous les
„ hommes, que chacun a droit de s'en préva-
„ loir ; & c'eft dequoi l'on peut convenir à
„ certains égards. On dit, par exemple, quand
„ on veut marquer la derniere ignorance de
„ quelqu'un, qu'il ne fait ni A, ni B. & par-
„ mi nous, il n'y a rien de plus ordinaire.
„ Avec tout cela on pourroit douter fi Mr.
„ Ménage, à l'examiner par fon humeur, en
„ écrivant,

    „ Ci-deffous gît Monfieur l'Abbé
    „ Qui ne favoit ni A, ni B.

                    n'avoit

„ n'avoit point en vuë les deux derniers vers
„ de Joachim du Bellay,

   „ Bonnet ſûr la Langue Hébraïque,
   „ Auſſi bien que la Chaldaïque,
   „ Mais en Latin le bon Abbé
   „ N'y entendoit ni A, ni B.

„ Quoi qu'il en ſoit, il lui a plû de s'approprier
„ mes plus curieuſes obſervations ſur Malher-
„ be, que je ne ferai jamais imprimer après
„ avoir lû les ſiennes, *afin qu'on ne m'accuſe*
„ *point de l'avoir volé.* On en verra pourtant
„ quelques unes dans mes Lettres Critiques à
„ Mr. le Févre; & pour les autres, je les a-
„ bandonne à qui les a priſes. Voïla, Mon-
„ ſieur, ce que vous avez eu la curioſité de ſa-
„ voir de moi; & je vous proteſte qu'il n'entre
„ ni mépris ni haine, ni déguiſement dans ma
„ réponſe. Je ſuis &c.
   Chevreau avoit été ſoupçonné d'avoir fait
ſes Obſervations ſur les Poëſies de Malherbe
dans la vuë de ternir la reputation de ce grand
homme, mais il s'en eſt défendu & s'en eſt juſtifié très-bien. „ Ceux qui ont crû, *dit-il* *, que
„ j'avois deſſein d'attaquer la mémoire de Mal-
„ herbe, n'ont pas bien pris mon intention; &
„ je n'ai travaillé ſur cet Auteur que pour me
„ le rendre plus familier dans le tour des vers,
„ & pour faire confeſſer à Mr. le Févre nôtre
„ ami, que ſon admiration ne devoit pas être
„ toute reſervée pour l'antiquité. Dans mes
„ remarques le Grammairien a eû du reſpect
                       pour

* Oeuvres Mêlées pag. 43. 44.

„ pour le Poëte, & s'eſt contenté de l'excuſer,
„ quand il n'a pû trouver de raiſon pour le dé-
„ fendre. Il a prouvé en la perſonne de Mal-
„ herbe que les plus grands hommes peuvent
„ faillir; & s'il le fait marcher avec Marot en
„ certains endroits, il ne le place pas trop mal
„ ailleurs, quand il le met au deſſus de l'A-
„ rioſte & de Lucain; & quelquefois même à
„ côté du Taſſe, de Virgile & de Théocrite ".
Ceux qui ont connu Chevreau, n'ont pas eû de
peine à l'en croire ſur ſa parole, & à être perſuadé que ſon intention n'a point été mauvaiſe; on ſavoit qu'il n'étoit ni malin ni medi-
ſant; & d'ailleurs ſi ſes obſervations ſur les
Poëſies de Malherbe pouvoient être priſes pour
des injures, on pourroit dire auſſi que Chevreau en a donné à l'Arioſte, au Taſſe & à la
plûpart des plus grands hommes des ſiecles paſſez ſur les Ouvrages deſquels il a fait quelques
remarques, ce qui n'eſt point vrai-ſemblable.
Il n'y a point d'apparence qu'il aît voulu ternir
la reputation de ces grands hommes avec leſquels il n'a jamais rien eû à démêler, & ſur
tout ſi on prend garde à la maniere équitable,
avec laquelle * il blâme Ricobon, Scioppius,
Guillandin, qui ont tâché de nuire à la reputation de Scaliger, & ceux qui ont fait des efforts
pour ſoûtenir que Balzac n'étoit point éloquent.

Mr. Chevreau a fait auſſi des Obſervations
ſur les Remarques que Vaugelas a faites ſur la
Langue Françoiſe. Il les croyoit même très-
ſûres. „ Je vous envoye, dit-il à Mr. le Févre †,
„ mes Remarques ſur celles de Vaugelas, & je
les

---

* Ibid. pag. 34. 35.    † Ibid. pag. 600.

„ les crois sûres, si on les examine par la Gram-
„ maire, par l'autorité des bons Ecrivains & par
„ l'Usage. Mais, ajoûte-t-il, ce qui peut être
„ aujourd'hui reçu, peut ne l'être pas dans vingt
„ ou trente ans; & d'ailleurs, je ne suis pas trop
„ persuadé que les quarante hommes qui travail-
„ lent au Dictionaire que l'on attend depuis si
„ long-temps imposent des Loix à cinquante
„ mille, & à une infinité de Dames qui écrivent
„ bien sans Dictionaire. Pourroit-on bien fixer
„ la Langue d'un peuple qui nomme une espece
„ de jargon, les Expressions du Regne de Henri
„ troisiéme? Qui fait son occupation & son plai-
„ sir de changer de mode, dans ses ameuble-
„ ments, dans ses habits, & dans ses ragouts?
„ & qui regarde comme ridicule, tout ce qui
„ n'a point l'air & la grace de la nouveauté?

Quoi que ses Observations sur la Langue
Françoise lui parussent sûres, il a eû raison de
douter qu'elles fussent du goût de ceux qui
viendroient après lui. Son propre langage a été
critiqué, & on a trouvé quelques unes de ses
expressions vicieuses & hors d'usage. Un Anonyme qui a fait des Observations sur quelques
Pronoms de la Langue Françoise, reproche à
Chevreau d'avoir dit dans ses Oeuvres Mêlées,
*les disciples se regardoient l'un & l'autre*; la reci-
proquation veut, dit cet anonyme * qu'on
dise, *les disciples se regardoient l'un l'autre*, sans
mettre aucune conjonction. Et, ajoûte-t-
il, n'est d'usage entre ces deux Pronoms que
lorsqu'on veut exprimer l'opposition des personnes ou des choses dont on parle & que l'on
dis-

* Voy. le *Nouveau Journal des Savans dressé à Ber-*
*lin*, Tom. 3. pag. 373.

diſtingue. De même au plurier on dit *les uns les autres*, toutes les fois qu'il y a une action mutuelle ou reciproque. Ils ſe dévoroient *les uns les autres*. Et jamais on ne dit en ces ſortes d'expreſſions, les uns *&* les autres. Cette conjonction n'eſt d'uſage que dans les Phraſes où les membres doivent être oppoſez en quelque façon, parce qu'elle ſert à faire ſentir l'oppoſition.

Cette Critique eſt bonne, mais je ne dois pas paſſer ſous ſilence, la plainte qu'a fait Mr. Chevreau de ce que quelque ignorant avoit mis dans la premiere Edition de ſon *Hiſtoire du Monde*, *Ptolomée* au lieu de *Ptolemée*, quoi qu'il l'eut toûjours conſtamment écrit de cette ſeconde maniére dans ſon manuſcrit.; ce qui fait voir qu'il y a des gens qui corrigent quelquefois par ignorance ou par vanité des choſes qu'ils n'entendent point, parce qu'ils les comprennent autrement qu'on ne les dit; & qu'il ne faut pas toûjours condamner un Auteur ſur les corrections que l'on trouve à faire dans ſon ſtile, ou dans l'execution de ſon deſſein.

* Le grand & le principal Ouvrage de Chevreau eſt ſon *Hiſtoire du Monde*. Elle parut pour la premiere fois, imprimée à Paris en l'année 1686. en deux volumes in 4. Il falloit pour compoſer un Livre d'une ſi vaſte étenduë, & qui embraſſe tant de matieres, avoir une bonne Bibliotheque & ſavoir en faire un bon uſage; ſoit par l'aſſiduité au travail, ſoit par les talents que l'on peut avoir reçus de la nature. On peut dire que toutes ces choſes ont concouru

* *Hiſtoire des Ouvrages des Savans*, Mars 1701. pag. 141.

couru à la production de cet Ouvrage. Ceux
qui ont lû les Lettres de Mr. le Fevre de Saumur n'ignorent pas que Mr. Chevreau s'eſt attaché fort heureuſement à l'étude des humanitez. Ce n'eſt pas un petit ſecours pour travailler à une Hiſtoire comme celle-ci, que d'é-
tre bon humaniſte. Mr. Baillet * le met au
nombre des bons Critiques de ſon temps, comme nous l'avons déja dit. Pour ce qui eſt de la
Chronologie, il nous apprend qu'il s'eſt ſervi
de celle de Bucholzer. Il nous donne une liſte
de près de cinquante calculs differents, qui
marquent une grande incertitude dans cette
Science, & il choiſit celui de tous les Chro-
nologues ſur lequel on peut faire le plus de
fond. Tout cela donne un préjugé fort avantageux à ſon Hiſtoire.

    Elle eſt diviſée en huit Livres ; le premier
† commence à la Creation du monde & s'é-
tend juſques à la fin de la Monarchie des Perſes. Mr. Chevreau ſachant que le plus grand
nombre des Lecteurs préfere à un grand vuide
hiſtorique, les traditions les plus incertaines;
qu'il aime mieux tomber ſur de pures ſuppo-
ſitions que de ne rencontrer rien ; & qu'il eſt
bien aiſe lors que l'Hiſtoire le quitte, que la
fable ne lui manque pas, *Dum caremus veris,
gaudia falſa juvant.* Chevreau, dis-je, n'ignorant pas cette diſpoſition des Eſprits, s'y eſt un
peu accommodé en rapportant quelques unes
de ces traditions, mais ſans garantir qu'elles
ſoient vrayes.

On

On fait que l'Hiſtoire des Aſſyriens eſt la premiere des quatre dont les Auteurs parlent tant. C'eſt le plus grand Cahos qui ſe puiſſe voir, que l'Hiſtoire de cette grande Monarchie. Tout ce que les plus ſavans peuvent faire ne va qu'à marquer bien diſtinctement les difficultez qui s'y rencontrent, & les efforts qu'on a faits pour les éclaircir. C'eſt toûjours quelque choſe, & quand on ne trouveroit que cela dans le premier Livre de *l'Hiſtoire du Monde*, on ne devroit pas ſe plaindre d'avoir mal employé ſon temps. Il eſt certain que Mr. Chevreau a ramaſſé tout ce qui nous reſte dans les bons Auteurs touchant Ninus, Semiramis, Sardanapale, &c. & qu'il nous ouvre tous les expedients qu'on a inventez pour accorder les Auteurs qui parlent des Rois d'Aſſyrie & des Rois de Babylone.

Le méchant Roman que les anciens nous ont laiſſé ſur l'éducation de Cyrus & qu'ils ont après cela renouvellé en faveur de Romulus avec quelques alterations, eſt duëment refuté par Mr. Chevreau. La connoiſſance qu'il avoit des Langues Orientales lui a fourni de bonnes conſiderations ſur les noms propres des Princes dont l'Ecriture nous parle., & il a trouvé ſouvent où placer les obſervations qu'il avoit faites dans le cours de ſes lectures. On le voit dans le tiſſu Chronologique de l'Hiſtoire ſainte qui compoſe le Chapitre troiſiéme de ce premier Livre, & dans un pareil tiſſu de l'Hiſtoire Grecque qui compoſe le Chapitre ſixiéme.

La Monarchie des Grecs fondée par Alexandre le Grand occupe le ſecond Livre. Chevreau y donne d'abord un abregé de l'Hiſtoire

de

de ce Monarque, dans lequel on trouve les meilleurs endroits de tous ſes Hiſtoriens. Enſuite il parle de tous ceux qui ont regné dans la Macedoine depuis Caranus juſques à ce que les Romains l'euſſent reduite en Province, cent cinquante ſix ans après la mort d'Alexandre. Mr. Chevreau explique fort bien, & débrouille la généalogie de tous les Heros dont il parle. Le Chapitre qui concerne les Rois de Syrie eſt fort curieux, non ſeulement parce qu'on y trouve bien arrangées leurs principales actions, mais auſſi à cauſe de pluſieurs remarques Geographiques. L'Egypte eſt un païs ſi conſidérable dans l'Hiſtoire ancienne, qu'elle fournit à Mr. Chevreau mille occaſions de faire valoir ce qu'il ſait. Les notes dont il accompagne la table Chronologique de Funccius qui s'étend depuis Mezraïm fils de Cham juſqu'à Nectanebe, chaſſé par Artaxerxes Ochus éclairciſſent conſiderablement le cahos inexplicable des antiquitez de cette Nation.

Le troiſiéme Livre eſt pour l'Hiſtoire de Rome, & voici l'ordre que Mr. Chevreau obſerve. Il touche d'abord en général les choſes les plus remarquables qui ſe ſont paſſées ſous les Rois & ſous les Conſuls, & puis il en donne une ſuite Chronologique, où il ſe contente ſouvent de marquer la date des faits, mais il en rapporte beaucoup d'autres avec leurs circonſtances les plus curieuſes, & il y mêle quelquefois des digreſſions inſtructives. Le reſte du troiſiéme Livre de Mr. Chevreau contient l'Hiſtoire des douze premiers Empereurs. C'eſt un Recueil fort exact & fort agréable des principales choſes que les Hiſtoriens en ont publiées. Nous y voyons le bien & le mal qui s'en eſt
dit,

dit, avec des reflexions fort jolies & fort inf-
tructives.

Le quatriéme Livre contient l'Hiftoire des
Empereurs Romains depuis Nerva jufques à
la prife de Conftantinople avec des Remarques
Chronologiques fur l'Hiftoire Ecclefiaftique &
fur la Profane. Il y paroit du choix & de la Litterature ; les Remarques qui font à la fin pour
indiquer les Auteurs dont on s'eft fervi , &
pour éclaircir quelques endroits, témoignent
que Mr. Chevreau avoit fait beaucoup de profit de la Lecture des Rabins & des Arabes. Cette
étude fe fait utilement fentir aux Lecteurs dans
le commencement du Livre cinquiéme où il
parle de l'Arabie, des Sarrazins & de la naiffance
de Mahomet. L'abregé que Mr. Chevreau y donne tant de la vie des Califes , que des chofes
les plus remarquables qui font arrivées de leur
temps, & fous les Empereurs Turcs, n'eft pas
l'endroit le moins agréable de cet Ouvrage.
O y voit auffi quelques particularitez qui concernent les hommes favans.

Le fixiéme Livre eft rempli de recherches
Hiftoriques concernant les plus fameufes villes
du monde , Babylone , Ninive, Jerufalem,
Tyr, Troye, Athenes, Carthage, Rome, &c.
L'Ifle de Chypre & l'Ifle de Crete n'ont pas été
oubliées & fourniffent à Chevreau un très-beau
champ de Litterature Mythologique. Il s'étend
beaucoup fur la magnificence de Rome, fur
les Cérémonies du Triomphe, fur les funerail-
les, &c. Il croit qu'il s'y eft trouvé près de
quatre millions d'habitans , & il rapporte que
les trois cens mille perfonnes qui y mouru-
rent de pefte en un Automne, fous le Regne
de Neron ne firent pas remarquer que le
nom-

nombre des habitans fût devenu moindre.

Le septiéme Livre est destiné aux sept merveilles du monde. Chevreau debite sur cela ce qui s'en trouve de plus remarquable dans les Auteurs, & comme il croit que le Temple de Jerusalem est une huitiéme merveille, il nous en donne une description fort ample. Il est certain qu'il suffit de lire ceci pour voir ramassées en un monceau bien disposé mille choses très-curieuses & très-savantes qui ont coûté beaucoup de temps à l'Auteur.

La derniere partie de son Ouvrage est pour le Nouveau Monde Occidental & Oriental. Il marque tout d'une suite les divers progrès de ces fameuses découvertes, & il donne à sa narration toute l'étenduë qu'on doit raisonnablement souhaiter. Et comme le Mexique & le Perou étoient proprement les seuls Royaumes que l'on ait trouvez dans l'Amerique il s'attache plus exactement à leur histoire. Ce qu'il dit des Indes Orientales n'est pas moins curieux. Mr. Chevreau prétend que celui qui a traduit la Relation de l'Ambassade Hollandoise n'a pas bien rendu l'original du Sr. Nieuhoff, & que ceux qui regnent dans l'Indostan sont de la famille de ce Tamerlan qui conquit en huit années plus de Royaumes que les Romains n'en conquirent en huit cens ans, & qui prit tout ce qu'il y a depuis la Chine jusqu'à la Pologne. Il refute Mr. de Thou sur l'étymologie de Tamerlan, & rapporte des choses fort singuliéres touchant ce fameux Tartare. Il nous avertit que la Vie de ce Conquerant écrite par Ahmed fils d'Arabsja est plûtot une Satire, qu'une Histoire, & que l'Abbé Jean du Becq a fort mal traduit Al Hacent l'un des Historiens

riens de ce Prince. Il ajoûte qu'Ahmed a été contraint d'avouër que l'opinion la plus vraisemblable est celle qui porte que Tamerlan étoit de la race de Zingiskhan, Prince qui mourut l'an 1228. après avoir conquis par les armes, l'Inde, la Perse, & ce qui est depuis le Tigre jusques au Wolga. Il n'oublie pas la question, si le Cathai & la Chine sont la même chose. Hornius l'a soûtenu, mais André Muller le nie dans sa Recherche Géographique & Historique du Cathai. La Description que l'on voit ici de la Chine est fort curieuse. Mr. Chevreau finit son Ouvrage par un Commentaire sur la table Chronologique que le P. Riccioli a donnée des Rois de la Chine & qui commence à Fohi qui vivoit 2952. ans avant Jesus-Christ, & dont le Regne fut de cent quinze ans. Cette Table de Riccioli a été tirée des Peres Trigaut, Martini, & Bartoli, & si elle étoit bien fondée elle favoriseroit la supputation des Septante. Mais comme Jean Gonçale de Mendoza dit que selon la tradition des Chinois ils ont eu pour leur premier Roi, Vitei qui commença à regner environ deux cens trente neuf ans avant le Déluge, il faut que leurs Livres & leurs Traditions ne s'accordent pas, & qu'ainsi on ne doive point s'y fier trop legerement. Entr'autres choses remarquables on trouve dans les notes de nôtre Chevreau sur la Table de Riccioli quelques recherches sur le *Prêtre-Jean*, & un abregé de la grande revolution qui a soûmis la Chine aux Tartares.

Un des plus habiles hommes * de ce siécle ayant vû cette Histoire, dit qu'on devoit la considerer

* Mr. Bayle.

I

fiderer comme un fruit qui étoit parvenu à l'é-
tat de maturité après une culture très-bien conduite. Cependant cette premiere Edition dont
une perſonne de ſi bon goût portoit un jugement ſi favorable, fut ſuivie d'une ſeconde
faite à Paris en cinq volumes in 12. en l'année
1689. dans laquelle outre divers autres chan-
gemens, Mr. Chevreau ajoûta un Volume entier contenant l'Hiſtoire des Empereurs d'Occident. Mais n'étant pas encore ſatisfait, il re-
vît ſon Ouvrage tout de nouveau. Il y fit de
nouvelles corrections à chaque page, pour ne
pas dire à chaque ligne, ajoûta diverſes notes
à la marge; un Chapitre entier, qui contient
en abregé l'Hiſtoire de Sicile, l'Hiſtoire de
Guſtave Adolphe, celle de la derniere revolution de Portugal, & pluſieurs autres articles,
en divers endroits. Mr. Bernard qui nous apprend cela dit * qu'il en peut parler avec d'autant plus de certitude qu'il a vû lui-même,
l'exemplaire corrigé & augmenté de la propre
main de Mr. Chevreau. Il eſt aiſé de juger que
cette derniere Edition doit être préferée de
beaucoup à toutes les précédentes. Ceux en
particulier qui ſouhaitent de ſavoir préciſé-
ment le temps de la mort des perſonnes, qui
ſe ſont diſtinguées dans les Arts ou dans les
Sciences, trouveront de quoi ſe ſatisfaire dans
cette Hiſtoire. Mr. Chevreau ſemble s'être attaché particulierement à marquer ces dattes
avec ſoin. Cette derniere Edition de Paris †, a
été contrefaite à la Haye. Abraham de Hond
qui

---

* Voy. Nouvelles de la Republique des Lettres,
Janvier 1699. pag. 103. † Voy. Hiſt. des Ouvrages des
Savans, Decembre 1698. pag. 553.

qui y eſt Marchand Libraire, l'y fit imprimer,
de même en cinq Tomes in 12. en l'année
1698.

Ce ſont là les principaux Ouvrages que nôtre
Mr. Chevreau ait faits pendant qu'il a été dans
le grand monde. Les autres ſont dignes de
lui, mais ils n'ont pas fait tant de bruit, parce
qu'ils n'ont pas porté ſon nom; & qu'ils n'ont
paru pour ainſi dire qu'incognito; comme ſi
leur Auteur n'avoit pas voulu s'en faire honneur.
Sorel * parle des *Lettres de Chevreau*. Il y en
a pluſieurs dans ſes *Oeuvres Mêlées*, mais comme ce Recueil n'étoit point imprimé du temps
de Sorel, il y a quelque apparence que les Lettres dont il parle ſont autres que celles qui y
ſont contenuës. Le même Sorel nous apprend
que nôtre Chevreau eſt Auteur de *Scauaerberg*
& d'*Hermiogene*, Romans qui ont été fort eſtimez dans leur temps, des connoiſſeurs & du
public. Et ſi nous en croyons le même Sorel,
nôtre Chevreau a compoſé quelques pieces de
Theatre. On voit par là & par ce que je dirai
dans la ſuite, que c'étoit un genie univerſel,
capable de réuſſir à tout ce qu'il vouloit entreprendre.

Vingt ans avant que de mourir il s'étoit retiré dans une belle maiſon qu'il avoit fait bâtir
à Loudun, & qu'il appelloit *ſon deſert* ou *ſa ſolitude*. Il s'y étoit retiré dans la vuë d'y vaquer
plus en repos aux exercices de la vie Chrétienne. Je ne doute pas qu'il n'y aît rempli mieux
que dans le tumulte du monde & dans l'embarras des affaires, tous les devoirs de la Religion. Mais il n'y a pas oublié la République
des

* Bibliotheque Françoiſe de Sorel, pag. 116.

des Lettres à laquelle il avoit fait tant d'honneur & de laquelle il en avoit tant reçu.

Il a ramassé d'abord diverses pieces détachées
dont il a composé le volume d'*Oeuvres Mêlées*
qu'il donna au public en l'année 1697. Tout
ce que je pourrois dire de ce riche mélange ne
vaudroit pas ce qu'en a pensé un Savant de
nôtre temps, je ferai mieux donc de rapporter
ici son jugement que de donner mes reflexions
qui ne pourroient être ni si solides ni si judi-
cieuses. ,, Il est rare, *dit-il*,* de voir en un
,, seul homme les deux qualitez qui regnent
,, également en Mr. Chevreau. Il a tout lû,
,, mais il a trouvé le secret de n'accabler pas
,, le Lecteur par un trop grand amas de Lit-
,, terature. Il choisit bien les matieres, & les
,, difficultez qui méritent nôtre attention, &
,, il est si poli qu'il fait trouver des douceurs
,, dans l'examen d'un sujet de critique tout
,, sec & tout rebutant qu'il est de sa nature.
,, Un trop grand amas d'autoritez est souvent
,, une richesse affectée & incommode. Il n'est
,, pas tombé à cet égard dans l'excès des Gi-
,, racs, des Costars, & des Ménages. Ces
,, Messieurs craignent si fort qu'on n'ignore ce
,, qu'ils savent, qu'ils ne veulent jamais se pro-
,, duire sans tout l'appareil de leur savoir. Mr.
,, Chevreau n'est point tombé dans le défaut
,, ordinaire des Critiques qui sont peu endu-
,, rans, & qui méprisent hautement les senti-
,, mens & les personnes qu'ils combattent. On
,, ne trouve rien de personel ni de fâcheux dans
,, ses disputes, & il ne prend point un ton de
Maître.

* Histoire des Ouvrages des Savans, Nov. 1696.
pag. 135. 136.

„ Maître. Les éclaircissemens qu'il donne sur
„ les larcins qu'ont fait nos Poëtes François
„ m'ont paru fort curieux ; on leur par-
„ donneroit les vols faits dans la Grece ou
„ dans le pays Latin ; mais il n'y a guere de sa-
„ gesse à voler nos voisins, les Espagnols & les
„ Italiens. Si Mr. Chevreau imite quelquefois les
„ pensées des autres il ne se fait point honneur
„ de la première invention. Il nous dit qu'il la
„ suit & ne nous dit pas qu'il la surpasse. Que ne
„ pourrois-je point dire de sa Poësie Françoise?
„ Sa versification est aisée, la rime est heureuse,
„ & ses pensées sont fines & bien tournées. Ses
„ Lettres à Mr. le Duc du Maine sont d'un
„ caractere inimitable. Il y débite les sentimens
„ d'un veritable honnête homme. Il y ménage
„ avec art les interêts de la Verité, & le respect
„ qu'il doit à son jeune Prince. Il y mêle agrea-
„ blement l'enjoué avec le serieux. On n'y
„ voit point de bassesse, ni cette flaterie outrée
„ qui est l'encens dont on parfume ordinaire-
„ ment les maîtres de la fortune.

Mr. de Bauval a donné depuis, l'extrait
de ces *Oeuvres Mêlées* de Mr. Chevreau, on
peut y voir le cas qu'il en faisoit. „ S'il étoit
„ besoin d'encouragement, *dit-il* *, pour une
„ lecture qui n'a ni la tristesse, ni la fatiganre
„ longueur des Ouvrages graves & serieux, le
„ nom de l'Auteur acheveroit de determiner.
„ Une vie de 83. années, toute occupée aux
„ Sciences & à la Litterature n'a pû demeurer
„ obscure ni inconnuë. Son mérite lui a ac-
„ quis l'estime & l'amitié de tous les habiles
„ gens de son temps, & son *Histoire du Monde*

a

* Ibid. Janvier 1697. pag. 236.

I 3

„ a juſtifié qu'il étoit digne des louanges qu'il
„ en a reçuës." Mr. de Bauval ajoûte * que les
„ citations des anciens Grecs, & Latins, & des
„ Modernes François, Eſpagnols, & Italiens
„ y ſont ſi fréquentes, qu'elles ne laiſſent point
„ douter qu'il n'aît lû les uns & les autres avec
„ une application extraordinaire. Il n'étoit
„ pas ſûr de lui produire une penſée pillée dans
„ un Livre. Non ſeulement il la reſtituoit
„ d'abord à ſon véritable Auteur, mais il
„ marquoit juſqu'où elle étoit imitée ou dé-
„ guiſée.

Mr. Chevreau travailla enſuite à ſon *Chevræana.* „ Dans Suetone, dit-il †, *Galba*, qui n'é-
„ toit encore que particulier ne balança point à
„ ſe demettre de tous ſes emplois, pour n'être
„ point ſuſpect à Neron; & ſe retirant à la cam-
„ pagne, dit à ſes amis aſſez étonnez de la reſo-
„ lution qu'il avòit priſe, *Que l'on ne forçoit ja-
„ mais perſonne de juſtifier ſon oiſiveté, ni d'en ren-
„ dre compte.* Columelle croyoit le contraire:
„ *Tam otii quam negotii rationem reddere majores
„ noſtri cenſuerunt*: & le temps, qui eſt la plus
„ précieuſe de toutes les choſes, en doit être la
„ plus ménagée, parce qu'il eſt impoſſible de le
„ reparer, quànd on l'a perdu. A mon âge, je me
„ ſuis trouvé du loiſir de reſte, que j'ai employé
„ à ce Recueil, & je me ſuis ſouvenu du mot de
„ Seneque: *Nihil turpius eſt quàm gravis ætate ſe-
„ nex, qui nullum aliud habet argumentum, quo ſe
„ probet diu vixiſſe, præter ætatem.*

* C'eſt le premier Livre en *Ana* qui aît été
fait du vivant de l'Auteur. Celui qui a fait
cette

*Ibid. p. 238. † Chevræana, Tom. 1. p. 423. † Hiſ-
toire des Ouvrages des Savans, Août 1697. pag. 554.

cette reflexion en a fait une autre fort erro-
née; *on auroit mieux fait*, dit-il, *d'attendre après
fa mort*. Cet anonyme préfuppofe que c'eſt un
étranger qui l'a compilé & qui l'a mis au jour;
& il prétend que ce Livre ne fait pas affez
d'honneur à Chevreau pour l'avoir dû faire paroître de fon vivant. Ce font là deux fautes
manifeſtes. Car 1. il eſt certain que c'eſt Chevreau lui-même qui en eſt l'Auteur, & 2. que
ce n'eſt pas celui de fes Ouvrages qui lui fait le
moins d'honneur. Mr. Bernard a mieux rencontré, lors qu'il a dit * qu'il penſe que c'eſt
„ ici le premier Livre en *ana* qui aît paru du
„ vivant de fon Auteur ; que Mr. Chevreau
„ l'a fans doute donné au public, de peur qu'a-
„ près fa mort, on ne publiât un *Chevræana*
„ rempli de penſées indignes de lui, comme
„ on ne fauroit nier qu'il n'y en aît dans les
„ *Ana* publiez ci-devant, d'indignes de ceux
„ fous le nom defquels on les a publiez. Auffi,
„ ajoûte-t-il, Mr. Chevreau nous avertit que
„ ceux qui ne cherchent que les mots des Hal-
„ les ou des Corps de garde, ne trouveront
„ point ici leur compte, parce qu'il s'eſt pro-
„ poſé de ne rien mettre dans ce Recueil qui
„ ne pût inſtruire. Ce font, comme on l'a
„ exprimé dans l'Edition qu'on vient d'en faire
„ à Amſterdam, des traits d'Hiſtoire, de Cri-
„ tique, d'Erudition & de Morale. Il y a trois
„ ans, *dit-il encore*, que ce *Chevræana* a été
„ imprimé pour la premiére fois à Paris, &
„ l'on en lit un extrait affez long & qui fait
„ honneur à Mr. Chevreau, en même temps
qu'il

* Nouvelles de la Republique des Lettres, Juin
1700. pag. 672. &c.

I 4

„ qu'il lui rend juſtice, dans le,* *Journal des*
„ *Savans* de 1697. Il eſt étonnant qu'on ne ſe
„ fut pas aviſé plûtôt d'en faire une Edition
„ en ce Pays (Hollande) où ces ſortes de Li-
„ vres ſont recherchez; & où le ſavoir de Mr.
„ Chevreau eſt connu & eſtimé ". Mr. Bernard aſſure au reſte & repond que cette Edition d'Amſterdam de 1700. dont il parle eſt beaucoup plus correcte que celle de
Paris.

Ce *Chevræana* a deux parties qui † ont paru
ſeparement & l'une après l'autre. Il eût été à
ſouhaiter que Mr. Bernard qui a eû une idée ſi
juſte du *Chevræana* dans l'extrait qu'il a donné
de la premiére Partie, s'en fut ſouvenu dans
celui qu'il a donné de la ſeconde ‡, mais elle
eſt bien differente. Il y dit deux choſes qui
ſont contraires à l'intention de Chevreau, & à ce
qui en paroit réellement & de fait. L'une, que
Chevreau a inſeré *des contes pour rire* dans ſon
*Chevræana*. L'autre, qu'il repete dans la ſeconde Partie des choſes qu'il a dites dans la premiére. A l'égard *des contes pour rire*, Chevreau ¶ rapportant celui qu'on fait depuis
long-temps d'un certain Profeſſeur qui répondit à ſa femme qui lui reprochoit qu'il étoit
toûjours après ſes Livres, & qui lui diſoit qu'à
cauſe de cela, elle voudroit bien être Livre,
qu'il le voudroit bien auſſi pourvû qu'elle fut
un almanach parce qu'on en change toutes les
an-

---

* Pag. 602. Edit. de Hollande. † Nouvelles de
la Republique des Lettres, Août 1700. pag. 238.
‡ Nouvelles de la Republique des Lettres, Septembre 1700. pag. 294. &c. ¶ Chevræana Tom. 2. pag.
115. 116.

années; il ajoûte incontinent *qu'on ne trouvera dans son Recueil que ce conte libre*, *& que si quelque Commissaire en fait la revuë il n'aura point de peine à s'appercevoir qu'il l'y fait entrer pour passe-volant*. Il faut avoûer que la memoire de Chevreau l'a trompé dans cette occasion. Car le conte qu'il fait à propos du mot *Canal* n'est pas moins libre. Le mot de *Canal* a eû son regne, dit-il, & pour faire entendre que l'on avoit réüssi dans quelque chose, par les sollicitations, par la faveur, ou par l'entremise de quelqu'un, on disoit *qu'on l'avoit faite par son Canal*. Un Gentilhomme étant venu voir un Prince pour le remercier de la bonté qu'il avoit euë de recommander ses interêts à une Dame de grande vertu, lui témoigna *qu'il se trouvoit bien d'avoir fait passer son affaire par le Canal de Madame* * * & il fut tourné en ridicule par ceux qui avoient écouté son remerciment. Mais excepté ces deux contes de cette espéce, je ne crois pas qu'il s'en trouve d'autres dans ce Recueil. Ces deux contes qui ne font mis, comme l'Auteur le dit, que comme *passevolants* ne meritoient pas qu'on dît, que ce Recueil contient *des contes pour rire*, & Mr. Bernard se feroit beaucoup mieux expliqué si après avoir dit que ce Livre contient des Histoires serieuses il avoit ajoûté qu'il contient aussi quelques historiettes réjouïssantes. Les termes de *contes pour rire*, ne font pas dignes d'un Auteur aussi grave que l'étoit Chevreau, ni d'un Ouvrage composé de choses rares & solides, tel qu'est le sien.

Pour ce qui concerne l'imputation qui est faite à Chevreau de repeter dans la seconde Partie de ce Recueil ce qu'il a dit dans la premiére,

elle

elle n'eſt point équitable , & la preuve qu'on
en rapporte n'eſt point juſte. Il a dit dans la
premiere (a) que *le Moſcovite eſt juſtement l'hom-*
*me de Platon*, & il le repete dans la ſeconde (b).
Cela paroit plauſible lors qu'on n'y fait pas
d'attention , mais ſi on remarque que la premiere fois Chevreau ne donne qu'un trait du
Moſcovite ; & que la ſeconde fois il en donne un portrait plus achevé, on conviendra que
cette repetition étoit neceſſaire , bien loin d'ê-
tre vicieuſe. On auroit pû choiſir un autre exemple qui auroit eu plus de vrai-ſemblance. Lorſqu'il parle de la défenſe qui a été faite aux Iſraë-
lites de manger la chair du pourceau , il avoit
dit dans la premiére Partie (c) ce qu'il dit encore ſur ce ſujet dans la ſeconde (d). Mais
pour faire voir que ce n'étoit pas ſa coûtume,
& que ce n'étoit pas par oubli , il ajoûte d'a-
bord qu'il croit l'avoir remarqué ailleurs. Il
n'y a donc pas dans tout cela dequoi le faire
paſſer pour un Battus (e), figurément ou à la
lettre, ni lui appliquer tout ce que les Interpretes (f) diſent de la Battologie, à propos de
ce precepte de St. Matthieu (g) *de n'uſer point*
*de vaines redites.* En effet ceux qui ont lû ce
Re-

(a) Tom. 1. pag. 16. (b) Tom. 2. pag. 12. (c) Ibid.
Tom. 1. pag. 224. (d) Tom. 2. pag. 300. (e) Il ne
faut pas confondre ce Poëte avec ce Battus dont
l'Ecrit eſt inſeré dans les Recueils de Wolſius. Voy.
au ſujet de ce dernier les Nouvelles de la Republique des Lettres, Fevrier 1686. pag. 145. (f) Vid.
Balthazar Stolbergi Profeſſ. Wittemberg. Exercitat.
Græcæ Linguæ, de Solœciſm. & Barbar. Græcæ No-
vi Fœderis dictioni falſo tributis, &c. Diſſertat. IX.
(g) St. Matth. ch. 6. ỳ. 7.

Recueil de nôtre Chevreau feront obligez d'a-
vouër qu'il ne reffemble en rien à ce (Battus)
Poëte ennuyeux, qui par fes longueurs & fes ré-
pétitions fit inventer le mot de Battologie qui a
tranfmis à la poftérité fa honte & le chagrin de
fes auditeurs.   Si cette petite raillerie de Mr.
Bernard étoit venuë à la connoiffance de Mr.
Chevreau il l'auroit peut-être bien relevée,
mais elle n'a été publiée en Hollande qu'au
mois de Septembre de l'année 1700. & Chevreau eft mort en France le quinziéme Février
1701.  Mr. Chevreau n'attaquoit perfonne, mais
il favoit fe défendre lors qu'on l'attaquoit, &
on peut dire qu'il fe défendoit en honnête
homme.  Feu Mr. Bayle lui ayant reproché
dans fon Dictionaire * qu'il avoit parlé peu
exactement dans fon Hiftoire, du Martyre de
S. Babylas, il crût que Chevreau corrigeroit
quelque chofe dans une Edition pofterieure.
Mr. Bayle s'exprime d'une maniere un peu
forte, & fon langage eft bien different de celui
qu'il a tenu au fujet de cette Hiftoire dans
fes Nouvelles de la Republique des Lettres du
mois de Février de l'année 1686 †. „ Les An-
„ ciens Auteurs, *dit-il aujourd'hui*, ne prê-
„ tent pas au Martyr les phrafes de Mr. Che-
„ vreau.  Avouons, *ajoûte-t-il*, que c'eft une
„ entreprife bien difficile que celle de l'Hif-
„ toire Univerfelle.  Mr. Chevreau étoit ha-
„ bile homme, il connoiffoit les défauts de
„ ceux qui l'ont précédé dans ce deffein, il a
„ mis un temps fort long à fon Ouvrage, &
                                                         .ce-

* Dictionaire Hiftorique & Critique 2. Edition
Tom. 1. pag. 443. au texte, & pag. 444. col. 1. au
commencement.   † Art. 1. pag. 1237.
                    I 6

„ cependant . . . . Comme il eſt plein de vie
„ & que nonobſtant ſon âge il jouït de la
„ ſanté du Corps & de celle de l'Eſprit, je ne
„ doute point qu'il ne publie une nouvelle
„ Edition, qui ſera encore plus belle que les
„ précedentes. " Mais bien loin de là, Chevreau „ a publié * en effet, dit encore Mr.
„ Bayle, une Edition à la Haye l'an 1698. avec
„ pluſieurs additions & corrections, mais il
„ n'a rien changé au paſſage qui concerne Ba-
„ bylas ". Mr. Bayle ne ſavoit pas apparemment alors que dès l'année précedente 1697.
Chevreau avoit fait imprimer pour la premiere
fois à Paris ſon Recueil intitulé *Chevræana* dans
lequel bien loin de corriger ce que Mr. Bayle
lui reproche touchant Babylas, il lui répond
de bonne encre. Comme cette diſpute eſt curieuſe par rapport au mérite & à la reputation
des parties intereſſées & par rapport aux manieres avec leſquelles elles ſe ſont expliquées,
je la rapporterai toute entiere. Après avoir vû
l'attaque de Mr. Bayle, il eſt juſte de voir
auſſi la défenſe de Mr. Chevreau, la voici
donc. Il rapporte les termes de Mr. Bayle tels
qu'ils ſont ci-deſſus, & enſuite il s'exprime de
cette maniere. „ † Par ce dernier mot, (cepen-
„ dant . . .) ſuivi de trois points, Mr. Bayle
„ veut faire entendre ſi je ne me trompe, que
„ dans mon Ouvrage qui m'a coûté plus de
„ trente années il y a des fautes. Hé pourrions-
„ nous bien dire lui & moi, qu'il n'y en a
„ point dans ſon Dictionaire ni dans mon Hiſ-
„ toire? Il eſt trop ſage, & il faudroit que je
fuſſe

* Ibid. pag. 444. col. 1. à la marge. † Chevræans,
Tom. II. p. 319. 320.

„ fuffe·fou. Je me connois & il ne m'en faut
„ pas davantage pour devoir être bien perfua-
„ dé que mes lumiéres font fort bornées. Ceux
„ qui me reprennent m'obligent toûjours, parce
„ qu'ils m'inſtruiſent ; & je rends ici très-hum-
„ bles graces à Mr. Bayle de la penſée qu'il a
„ euë de me *redreffer*. Il a trouvé en moi, un
„ homme docile & reconnoiſſant, & par l'eſ-
„ time finguliere que j'ai pour lui, je le prie
„ d'agréer la liberté que je prends ici, de l'a-
„ vertir que dans ſon Ouvrage qui eſt fort bon,
„ je n'ai pas laiſſé d'y trouver des fautes. J'en
„ ai remarqué d'eſſentielles contre nôtre Lan-
„ gue, des expreſſions baſſes & burleſques ;
„ d'autres obſcures & entortillées ; des mots
„ que les oreilles délicates ne peuvent ſouffrir ;
„ & quelques uns de ma connoiſſance les ont
„ remarquées auſſi bien que moi. Il eſt trop
„ prodigue de ſon encens, pour des perſon-
„ nes dont le merite a été au deſſous du mé-
„ diocre ; & certains Mémoires qu'on lui a
„ fournis ne ſont pas fidelles. On a été même
„ étonné de voir que le Heros des Nouvelles
„ de la Republique des Lettres, ſoit devenu
„ le dernier des hommes dans le Dictionaire
„ de Mr. Bayle ; & que par un interêt pure-
„ ment humain, comme on le ſuppoſe, il ait
„ achevé de ſacrifier à la haine & au mépris
„ des Catholiques & des Proteſtants, Mr. Ju-
„ rieu qui a été long-temps ſon idole. Mais il
„ faut répondre & répondre même de fort bon-
„ ne foi.

Après avoir répondu amplement, & avoir
étalé ſes preuves, dans dix pages confecu-
tives, il finit ſa défenſe en ces termes.

I 7        On

„ * On peut encore juger par les citations que
„ l'on vient de voir, ſi Mr. Bayle m'a rendu
„ juſtice quand il a dit d'un ton deciſif *que j'ai*
„ *parlé peu exaƈtement du Martyre de St. Babylas,*
„ *& que j'ai prêté à ce Martyr des phraſes que les*
„ *Anciens Auteurs ne m'ont point fournies.* Qu'il
„ accorde Euſebe avec St. Jean Chryſoſtome
„ & Philoſtorge. Qu'il démêle par de bonnes
„ preuves les difficultez que j'ai propoſées; &
„ celles de Mr. de Tillemont, *inſurmontables*
„ *à nôtre foibleſſe.* Quand il en ſera venu à
„ bout, il eſt raiſonnable qu'il s'applaudiſſe;
„ & je conſens déja par avance, qu'il diſe de
„ moi qui crois être en droit de me défen-
„ dre, ce qu'a dit Ajax en parlant d'Ulyſſe,
„ dans un Poëte de ſa connoiſſance & de la
„ mienne;

' „ *Quod ſi viƈtus erit, mecum certaſſe feretur.*

„ Avouons, *ajoûte-t-il,* que c'eſt une entre-
„ priſe bien difficile que celle d'un Diƈtionaire
„ Hiſtorique, Critique. Mr. Bayle a connu
„ tous les défauts de ceux qui l'ont précédé
„ dans ce deſſein. Il a mis à ſon Ouvrage plus
„ de quatre années, comme il le témoigne
„ dans ſa Préface; il eſt habile homme. Cepen-
„ dant . . . . .

Cette réponſe de nôtre Chevreau eſt vigoureuſe; mais elle n'eſt point aigre ni chagrine,
& je ſuis perſuadé qu'il n'eſt point reſté de ran-
cune après cette querelle; d'autant plus qu'il
étoit alors dans la retraite, ſongeant à ſa fin &
s'y préparant.

Mr.

* Ibid. pag. 330.

Mr. Chevreau a compofé des Meditations
& des Prieres en Vers & en Profe * qui font
connoître qu'il avoit alors l'Efprit tourné du
côté de la devotion ; & qu'après avoir travaillé
pour le monde, il travailloit pour lui. Voici
comment il parle à Madame la Marquife de
Sevret, étant alors âgé de quatre-vingt ans.

„ † Cependant, Madame, comme il n'eft pas jufte
„ de travailler toûjours pour les autres, &
„ de ne refléchir jamais fur foi, j'ai fait depuis
„ quatre mois pour mon ufage particulier, *le*
„ *Bréviaire de l'Hermite*, parce que les prieres
„ que nous avons fentent prefque toutes l'E-
„ loquence humaine qui paffe rarement de l'o-
„ reille au cœur ; & qu'elles doivent être ti-
„ rées de l'Ecriture qui feule eft capable de le
„ remplir & de le changer. L'Ouvrage eft de-
„ vot; je ne le fuis point; & vous connoiffez
„ trop bien Seneque pour ne pas favoir que
„ l'on a dit autrefois de lui que le Philofophe
„ ne valoit pas fa Philofophie. Pour éviter le
„ même reproche, on ne lira ce bréviaire que
„ chez moi où mes amis font toûjours les
„ Maîtres; & fi vous reveniez en ces quar-
„ tiers, je me ferois un fort grand plaifir de
„ vous le montrer.

Il n'étoit ni bigot ni fuperftitieux, il connoiffoit trop bien le caractere de ces deux per-
fonnages & il en a fait des defcriptions trop
juftes ‡ pour avoir voulu imiter l'un ou l'autre.
Lui même nous apprend quel étoit le fien à
cet égard. Après avoir raifonné fort favam-
ment

* Chevræana Tom. 1. pag. 112. Tom. 2. pag. 347.
350. † Oeuvres Mêlées pag. 138. ‡ Oeuvres Mêlées. pag. 627. 628.

ment sur *les corbeaux* * dont il est parlé dans
le chapitre dix-septiéme du troisiéme Livre des
Rois, *qui portoient du pain & de la chair à Elie
dans la vallée de Kerith*, & avoir rapporté les
divers sentimens des Interpretes & les diverses
versions de l'Ecriture sainte, il ajoûte „ que
„ celui qui a fait la version Latine de l'Arabe
„ doit avoir suspendu son jugement, puis qu'il
„ a conservé le mot *Olabim* dans sa version.
„ Mais, *dit-il*, je ne prends point ici de parti,
„ & c'est à l'Eglise & non pas à moi à en dé-
„ cider. En ce qui regarde la Religion, je ne
„ m'accommode ni de la nouveauté quand
„ elle est suspecte, ni des erreurs quand elles sont
„ vieilles. “ Il a fait une espece de confession de
foi dans son Chevræana † : „ autrefois, *dit-il*,
„ c'eut été une marque de reprobation, que
„ de mettre en doute la version Greque des Sep-
„ tante, & depuis deux siécles, quelques-uns de
„ la R. P. R. se sont ouvertement déclarez con-
„ tre elle. Je proteste ici que je m'en tiens à
„ l'Eglise Apostolique & Romaine ; que je
„ crois généralement ce qu'elle croit; que ce
„ qu'elle approuve & condamne, est à mon
„ égard article de foi “. Cependant il est certain qu'il étoit gueri des erreurs populaires, ce
qu'il dit touchant le lieu où Jesus-Christ nâquit, des Hymnes que l'Eglise chante à ce sujet, & touchant la Version des Septante ‡ ne
permet pas d'en douter. Après la Confession de
Foi que je viens de rapporter, il ajoûte, en
parlant de ce que les Reformez pensent de la
Ver-

---

* Chevræana Tom. II. pag. 366. 367. 368. † Tom.
I. pag. 275.  ‡ Voy. Chevræana, Tom. I. pag. 276.
& Tom. II. pag. 197. 260.

Verſion des Septante, „ Qu'il ne ſera peut-
„ être pas inutile de montrer ſur quels fonde-
„ mens ils ont bâti ; & qu'après la proteſta-
„ tion qu'il vient de faire il ne penſe pas que l'on
„ le rende reſponſable de leurs préjugez. "
Et enſuite il raiſonne fort doctement & fort
équitablement ſur ce ſujet. Après avoir parlé
du lieu où Jeſus-Chriſt eſt né, & des hymnes
que l'Egliſe chante à ce ſujet il ajoûte qu'il
fait les hymnes que chante l'Egliſe pour laquelle il a une parfaite ſoûmiſſion, mais qu'on
lui permettra bien auſſi de douter ſi le Cardinal
Baronius n'appuye point trop ſur la Verſion
Greque des Septante, & s'il ne s'eſt point laiſſé
tromper par l'explication litterale de quelques
endroits de l'Ecriture. Il ne fait point de difficulté de dire ailleurs * que „ quand St. Juſtin
„ témoigne qu'on lui a montré les ruines de
„ leurs ſeptante cellules, on peut dire avec
„ tout le reſpect que l'on doit à ce Martyr
„ qu'il a été un peu trop crédule ſur cet arti-
„ cle auſſi bien que ſur celui qui concerne Si-
„ mon le Magicien, que Juſtin aſſure avoir
„ été mis dans le rang des Saints par les Ro-
„ mains ; & lors qu'il dit qu'il a lû à Rome
„ cette Inſcription, *Simoni Sancto*, au lieu qu'il
„ y avoit *Semoni Sanco* ". Il ne raiſonne pas ſi
juſte ſur la Verſion de la Bible faite par Mr.
Diodati, car il dit † qu'elle a été revuë par
Mrs. Des Marets. C'eſt une erreur très-grande, comme on peut le voir par les particularitez concernant cette Verſion que je rapporte
dans mon Mélange Critique de Litterature ‡.
Je dirai auſſi en paſſant qu'il ſe trompe de même
en

* Chevræana Tôm. II. pag. 260. † Ibid. Tom. I.
pag. 49. ‡ Tom. II. pag. 232.

en parlant de Mr. Morin *, quand il dit qu'il
n'étoit que Miniſtre à Amſterdam, car il y étoit
à la verité Miniſtre ordinaire, mais il y étoit
auſſi Profeſſeur en Langues Orientales, & il
eſt mort en l'année 1700. revêtu de ces deux
qualitez.

Chevreau eſt parvenu à une grande vieilleſſe,
il étoit né le dix-huitiéme Février 1613. & il
eſt mort le 15. Février 1701. c'eſt-à-dire qu'il
a vecu près de quatre-vingt & huit ans, il a
joüi d'une très-bonne ſanté juſques à la fin.
,, La vie d'un malade, diſoit-il †, ne peut
,, être qu'une vie fort accablante; c'eſt le βίος
,, ἀβίοτος du Comique Grec; & la vita non vita-
,, lis, & vita invita de deux vieux Poëtes. Cette
,, ſorte de vie, ajoûte-t-il, n'eſt pas la mien-
,, ne, & à mon âge je ne me ſuis point enco-
,, re apperçu que l'on ait eu raiſon de donner
,, le nom de maladie à la vieilleſſe ". Et en
l'année 1697. il s'applique ‡ ces Vers de Virgile §

———— ———— Nec tarda ſeneƈtus
Debilitat vires animi mutatque vigorem.

L'application en étoit très-juſte à tous égards,
car il a toûjours eu l'eſprit vigoureux & vif.
Il a fait des Vers après quatre-vingt ans, quoique lui-même aît-dit que,

‡ Lors qu'un homme a vêcu deux fois quarante
hyvers
Il ne doit plus penſer aux Vers,
Ni troubler ſon repos par d'inutiles peines.

Son

* Chevræana Tom. I. pag. 51.  † Oeuvres Mêlées
pag. 134. 135.  ‡ Avertiſſement qui eſt à la tête de
Chevræana, pag. 2.  § Æneid. lib. IX. ℣. 610. ‡ Oeuvres Mêlées pag. 144. 145.

Son Esprit est pesant quand son corps est cassé;

    Le feu qu'il avoit est passé;

Et le sang le plus pur qui bouilloit dans ses veines

N'est plus qu'un sang épais que le froid a glacé.

    C'est vainement qu'il invoque Apollon,

        Et les sœurs du sacré Vallon.

        Qu'il les presse & les importune

        Par des vœux les plus engageants;

        Les Muses comme la Fortune.

Ne gardent leurs faveurs que pour les jeunes gens.

Mr. de Bauval * disoit encore en l'année 1697. après avoir loüé nôtre Chevreau du côté de la belle litterature, & pour quelques qualitez personnelles, *qu'il avoit du talent pour la Poësie.* Il est vrai qu'il ajoûte que nôtre Chevreau a dit quelque part que l'Étoile du Nord, qui est celle des Matelots, n'est pas celle des Poëtes. Si cela est, dit encore Mr. de Bauval, ne seroit-il point vrai aussi que sa Muse s'est quelquefois ressentie du sejour qu'il a fait dans les glaces & les frimats du Septentrion? Mais ce que dit Mr. de Bauval regarde les Poësies que nôtre Chevreau a faites pendant son sejour dans les Cours du Nord, de Suede & de Danemarc, & non pas celles qu'il a faites dans sa vieillesse.

Le grand âge auquel il est parvenu a souvent donné lieu à divers Auteurs de croire qu'il étoit mort & de parler de lui comme d'un deffunt, quoi qu'il vécut encore. Baillet ‡ en parle
comme

* Histoire des Ouvrages des Savans, Janvier 1697. pag. 238. 239. † Jugement des Savans Tom. II. 2. partie pag. 488.

comme d'un homme qui n'eſt plus, dès l'année 1701. „ Il étoit, dit Baillet en parlant de
„ Chevreau, il étoit des bons Critiques de ſon
„ temps, quoi qu'il ait aſſez peu écrit. Nous
„ avons de lui des Notes, dit-il encore, & des
„ Commentaires ſur Petrone & ſur les Poëſies
„ de Mr. de Malherbe. Il eſt loué ſouvent par
„ Mr. le Févre de Saumur, qui étoit ſon ami
„ particulier, & qui lui a addreſſé pluſieurs
„ de ſes Lettres, par Mr. Dacier, & par les
„ autres habiles Critiques du ſiécle.

Mr. Bayle avoit voulu excuſer Baillet ſur ce
qu'il avoit crû Chevreau mort quoi qu'il fut
encore vivant. „ On s'exprime de la ſorte, *dit*
„ *Mr. Bayle.* *, non pas pour ſignifier qu'il fut
„ mort, mais apparemment pour ſignifier qu'il
„ ne ſongeoit plus à la Critique dans l'emploi
„ qu'il avoit auprès de Mr. le Duc du Maine.
L'excuſe étoit aſſez ingenieuſe. Mais Mr. Baillet n'a point cherché de détour comme Mr.
Bayle en a cherché pour lui; † il dit ingenument qu'il a parlé de Mr. Chevreau comme
d'un homme qui ſeroit déja parti pour l'autre
monde, quoi qu'il ſoit encore plein de vie, &
que tout âgé qu'il eſt, il ſe diſpoſe à faire
au public un préſent conſiderable d'Hiſtoire
Chronologique, avant que de faire le grand
voyage.

Baillet ayant écrit cet article, comme il le
dit

* *Nouvelles de la Republique des Lettres*, Novembre
1686. pag. 1238. † Voy. *Jugement des Savans ſur
les principaux Ouvrages des Auteurs* Tom. 4. contenant
les Poëtes, première partie, corrections pour les 4
premiers Volumes, qu'il a miſes après la Préface de
ce Tome quatrième, pag. 202.

dit, avant que Chevreau eut donné fon *Hiftoire du Monde*, il ne faut pas s'étonner s'il dit que nôtre Chevreau avoit affez peu écrit, car la plus grande & la meilleure partie de tous fes Ouvrages a paru depuis ce temps-là.

Quoi qu'il en foit, il eft certain que Chevreau n'eft mort, comme je l'ai déja dit, que le quinziéme Février de l'année 1701. âgé de quatre-vingt fept ans, neuf mois & trois jours, c'eft Mr. Devizé * qui fait ce calcul, dans lequel il fe trompe, car toutes les tailles-douces de Mr. Chevreau qui font à la tête de fes Livres portent ces mots *Urbanus Chevreau Juliodunenfis, natus XII. Calendas Maias anno MDCXIII.* Or *XII. Kalendas* c'eft le dix-huitiéme Avril; & du quinziéme Février 1613. jour de fa naiffance au 15. Février 1701. jour de fa mort, il y a foixante & dix fept ans dix mois & trois jours, & non pas neuf mois, mais cette faute n'eft pas bien confiderable. Cependant un Critique exaĉt trouveroit fort étrange que je ne l'euffe pas relevée. Comme Mr. Chevreau avoit été célébre dans la Republique des Lettres, fa mort y fut annoncée dès le mois de Mars fuivant dans plufieurs Journaux †.

Après tout ce que je viens de dire il eft difficile de conjeĉturer fur quoi Chevreau a prétendu fonder la plainte qu'il a faite contre la fortune, qui va, dit-il ‡, le careffer enfin dans fa folitude, lui qu'elle n'a ceffé de perfecuter dans le grand monde. Comme Chevreau n'é-
toit

* Voy. *Mercure Galant* Mars 1701. pag. 146. † *Journal de Trevoux* Tom. 1. pag. 241. *Hiftoire des Ouvrages des Savans* Mars 1701. pag. 141. ‡ Ocuvres Mêlées, pag. 45.

toit point de ces Savans que l'étude rend sau-
vages & peu propres au Commerce de la vie;
& qu'il joignoit à une grande érudition tout
ce qui est necessaire pour vivre dans le grand
monde, non-seulement il y a été reçu & vû de bon
œuil, on peut dire même qu'on l'y a fait accueil;
on l'a honoré d'emplois illustres, dans sa patrie, & dans les pays étrangers où son merite
l'a fait connoître. Il a tenu un rang considérable dans la Republique des Lettres. Un Conrart, un Saumaise, un Scudery, un Cappel,
un Benserade, un P. Martianai, un Chapelain,
un Morus, un T. le Fevre, un Daillé, un P.
Fronteau, un Fabrice, & une infinité d'autres grands hommes se font fait honneur de
son amitié. Le grand Cardinal de Richelieu
même n'a pas dédaigné d'y vouloir avoir
part.

Nôtre Chevreau n'a pas été plus maltraité du
beau sexe qu'il l'a été du sien. On a crû même
que plusieurs avantures heureuses & plusieurs
commerces agréables qu'il avoit eû avec des
Dames très-considerables l'avoient détourné du
mariage, l'avoient rendu défiant, & scrupuleux
sur une union si délicate & de si longue durée.
Il n'avoit eû le temps d'y penser que sur ses vieux
jours; il avoit été trop distrait à cet égard pendant sa jeunesse & il s'étoit mis en tête que pour
les personnes de son âge, *est indeclinabile cornu* *,

qu'or-

* Il fait apparemment allusion, à cette Epigramme d'Audoenus Lib. 1. Epigr. 108.

*Uxorem jam forte senex vis ducere? doctam*
　*Angligena Lili consule Grammaticam,*
*Illic invenies indeclinabile cornu,*
　*Hunc scopulum pauci praeteriere senes.*

qu'ordinairement dans le mariage on en faisoit
des bêtes à corne. Il paroit pourtant qu'il a-
voit été toute sa vie assez prévenu contre le
mariage. „ Quelque impetueux que j'aye été,
„ dit-il *, dans ma jeunesse je m'en suis tenu
„ à la conclusion de ce Madrigal.

Quand tu voudras aimer, prens garde à bien choisir,
Sans te flatter jamais d'une esperance vaine.
    Sur tout fais si bien que la peine
    Ne passe jamais le plaisir.
Ne perds ni soin ni temps auprès de ta rebelle;
Pour peu qu'elle réponde à ton amour fidelle,
    Sois hardi jusqu'à tout oser;
    Et si tu veux te lasser d'elle
    Ne manque pas de l'épouser.

Je ne sai comment à toutes les raisons qu'il allegue contre le Mariage, il n'a pas ajoûté
celle d'Owenus † sur ces paroles du Deutero-
nome, ‡ *Duces uxorem & alius dormiet cum ea.*

    *Impleta in nostris hæc est scriptura diebus.*

La Bibliotheque de Chevreau étoit son centre,
il ne se plaisoit nulle part ailleurs autant que
parmi ses Livres. Mr. de Vizé nous apprend
qu'elle lui avoit coûté plus de soixante mille
livres ¶, & que sans être une des plus nombreuses, elle étoit une des plus belles qu'on
                   pût

* Oeuvres Mêlées pag. 149. 150. † Epigrammat.
Lib. 1. Epigr. 56. pag. 130. ‡ Cap. 28. v. 30. ¶ Mercure Galant Mars 1701. pag. 149.

pût voir, par la rareté des Livres, le choix des Auteurs, le papier, l'impreſſion, & la relieure. Il a eu la ſatisfaction de voir l'empreſſement du public pour ſes Ouvrages par le grand nombre des Editions qui s'en eſt fait, quoi qu'il les appellât par modeſtie ou en raillant, *de la fauſſe monnoye.* „ Trouvez bon, *dit-il* \*, en écrivant „ à Mr. Rozel du Boſc, trouvez bon que je „ ne vous envoye rien de ce que vous me de- „ mandez, puis que je n'ai plus de fauſſe mon- „ noye dans mon cabinet; & cela veut dire „ que je n'y ai pas un Livre de ma façon. Plût „ à Dieu, ajoûte-t-il, que ceux que j'ai mis „ au jour, euſſent eû la deſtinée du Roi, qui „ fut, à ce que l'on dit, mangé par les rats; ou „ qu'à tout le moins, je fuſſe aſſuré de vous „ pouvoir dire avec vôtre favori,

——— ——— *Et mihi dulces*
*Ignoſcent, ſi quid peccavero ſtultus, amici.*

Il eſt mort dans une belle maiſon qu'il avoit fait bâtir à Loudun pour vivre, comme je l'ai déja dit, Chrétiennement dans la ſolitude, & il y eſt mort avec des ſentimens de pieté & de reſignation aux ordres de la Providence. Peu de temps avant que de mourir il a prétendu conſacrer cette maiſon à Dieu, en la donnant aux filles de l'Union Chrétienne de Loudun, à condition qu'elles y recevroient trois Religïeuſes.

Il avoit au reſte fort mauvaiſe opinion de ſes compatriotes. Voici comment il en parle dans une Lettre qu'il écrit à Madame Bridier Superieure

* Oeuvres Mêlées pag. 46.

rieure des Dames de l'Union Chrétienne d'A-
lençon. „ Le bruit commun veut, *dit-il* \*,
„ qu'elle soit fiere, (il parle de la Superieure
„ des Dames de l'Union Chrétienne de Lou-
„ dun) & je n'aurai nulle peine à m'accom-
„ moder de sa fierté, si elle est accompagnée
„ de la bonne foi. Peut-être même qu'en ces
„ quartiers, on nomme fierté, ce que l'on nom-
„ me sagesse ailleurs, & vous savez bien que la
„ voix du peuple n'est pas à Loudun, la voix de
„ Dieu. Quoique la droiture de l'esprit, & celle
„ du cœur y soient décriées, j'espere, Madame,
„ que vous m'y demêlerez de la foule.

Je n'ai point parlé de la Genéalogie de Mr.
Chevreau. J'ai crû qu'en faisant son article, je
devois entrer dans ses sentimens, & voici quels
ils sont sur ce sujet; il les explique en parlant
des Scaligers; & d'un prétendu Genéalogi-
ste qui s'étoit mêlé de parler de leur origine.
„ Quoi qu'il en soit, *dit Chevreau* †, il ne
„ rendroit pas à l'Etat un fort grand service,
„ quand il feroit voir, que Scaliger n'étoit ni
„ moins vain, ni moins credule que cet Hé-
„ catée dont parle Herodote, qui se vantoit
„ de pouvoir compter jusqu'à seize Dieux par-
„ mi ses Ancêtres. Il suffit que Jules César
„ Scaliger, & son fils Joseph, ayent été deux
„ Heros incomparables; & j'aimerois mieux
„ que l'on m'appellât, comme on nomme en-
„ core l'un & l'autre, *l'Apollon, l'Hercule, &*
„ *l'apui des Muses; l'Esculape, le Roi & le Dic-*
„ *tateur des hommes de Lettres,* que le descendant
„ des Souverains de V'crope. Quel avantage lui
revien-

\* Chevræana, Tom. II. pag. 353. † Oeuvres Mêlées, pag. 34.

K

„ reviendra-t-il quand il aura prouvé qu'on ne
„ parloit point des Scaligers du temps de Clo-
„ dion, & de Meroüée? Cette curiofité ne re-
„ garde point les honnêtes gens qui convien-
„ nent tous que les biens de la fortune valent
„ beaucoup moins que ceux de l'Efprit. Que
„ dans les bons fiecles la Vertu a toûjours été
„ préferée à la Nobleffe & que celle-ci eft ve-
„ nuë de l'autre ". Il me fuffit donc pour fuivre la penfée de Chevreau d'avoir fait voir qu'il
a été un des Heros de la République des Lettres, & que fa mémoire y eft en veneration, &
qu'elle y fera auffi long-temps qu'on aura de
l'eftime & du refpeêt pour le merite, pour le
favoir, & pour la vertu.

Il ne faut pas finir fans avertir que Mr. de
Thou nomme nôtre Chevreau *Capralis*. „ Cette
„ terminaifon en *alis*, dit Baillet *, pour des
„ noms en *eau* n'étoit pas tout-à-fait inconnuë
„ à Mr. de Thou, qui a dit *Caprealis* pour mar-
„ quer *Capreau*. Chez lui *Capralis* veut dire en-
„ core *Chevreau*, ou plûtôt le Sr. de Chevreaux,
„ qui fe trouve appellé auffi *Capralius*, puis
„ *Capreolus* par le même Auteur, en divers au-
„ tres endroits, comme le Sr. de Capres, & le
„ nommé Cabral, font pareillement appellez
„ *Capralis*, & le Sr. de Cabrol *Capreolus*, dans
„ la même Hiftoire, qui peut paffer ainfi pour
„ une pépiniére perpetuelle de confufion ".
J'ai crû que cette Remarque n'étoit point inutile. Si on ne la trouve pas affez étenduë ou
affez éclaircie ici on pourra confulter *l'Index
Thuanus* ou *Clavis Hiftoriæ Thuaneæ*, id eft, *No-
menclatura nominum propriorum quæ in Illuftris
Viri*

* Baillet, *Auteurs déguifez* pag. 369. 370.

*Viri Jacobi Augusti Thuani operibus historicis usur-*
*pantur*; au mot *Capralis.*

Au reste le Lecteur sera sans doute surpris
que nôtre Chevreau ayant vécu, & ayant été à
Loudun dans le temps que le Diable y a fait
toutes les possedées prétenduës dont on a fait
tant de bruit dans la Republique des Lettres &
dans le monde, il n'en aît pas dit un mot dans
aucun de ses Ouvrages. Il a vraisemblablement
méprisé tous les contes & toutes les fables
que l'on a débitées sur ce ridicule sujet ; & il
a été persuadé que toutes les farces qui ont été
jouées à cette occasion n'ont eu pour but que
de perdre le malheureux Urbain Grandier Curé
de Loudun. La prudence & la politique ne lui
ont point permis de parler d'une avanture, à laquelle des personnes puissantes & accreditées
ont été interessées, & de laquelle il n'avoit rien
d'avantageux à dire par rapport à elles. Je ne
dis ceci que par conjecture, & je laisse à mon
Lecteur à juger si ma conjecture est juste & bien
fondée, après qu'il aura lû *l'Histoire des Diables*
*de Loudun ou de la possession des Religieuses Urseli-*
*nes, & de la condamnation & du supplice d'Urbain*
*Grandier, Curé de la même Ville*, imprimée à
Amsterdam chez Abraham Wolfgang, en l'année 1693. Il y verra entr'autres choses que l'on
avoit fait apprendre à danser aux Religieuses de Loudun, afin de persuader aux sots
qu'elles étoient démoniaques, & que ce pauvre
Grandier avoit envoié le diable dans leur corps;
& que ce malheureux Curé fut brûlé tout vif
en l'année 1634. sous ce prétexte faux, & ridicule tout ensemble.

HENRI

# HENRI JUSTEL.

HEnri Justel, étoit fils de Chriſtophle Juſtel Secretaire du Roi de France, qui donna en l'année 1615. le *Nomocanon* de Photius Grec & Latin; qui depuis en l'année 1610. a rétabli les Codes des Canons de l'Egliſe Univerſelle; & enſuite ceux de l'Egliſe d'Afrique, qui n'étoient auparavant qu'une Rapſodie des Grecs. Le Cardinal du Perron qui avoit vû ſes Ouvrages, diſoit * que ſi ce Juſtel étoit un jeune homme, il y avoit eſperance, ſi non que ce n'étoit pas grand cas; qu'il avoit tiré beaucoup de choſes de Mr. du Pleſſis Mornai; qu'il ne croyoit pas que Juſtel reſtât toûjours Huguenot; puis qu'il ſe plaiſoit à lire les Anciens, & qu'il prenoit plaiſir à l'Antiquité de l'Egliſe. Mais du Perron s'eſt trompé dans ſon jugement & dans ſa prédiction; car Juſtel a été un des plus grands hommes de ſon ſiécle. Je m'étonne même qu'il en aît parlé d'une maniere ſi mépriſante puis qu'il avouë lui-même †, que ſi Juſtel s'eſt trompé quelquefois, ç'a été pour avoir ſuivi Baronius, pour lequel du Perron avoit tant de vénération. Le Cardinal du Perron a été auſſi un très-mauvais Prophéte, car Mr. Juſtel eſt mort fort bon Reformé en l'année 1649. âgé de ſoixante neuf ans.

Henri Juſtel ſon fils lui a ſuccedé dans la Charge de Secretaire du Roi. Comme il étoit ſavant & qu'il avoit beaucoup de commerce

avec

* Voy. Perroniana pag. 219.    † Ibid. pag. 76.

avec les habiles gens de son temps, il employoit principalement le credit que sa charge
lui donnoit, à leur procurer des privileges pour
l'impreffion de leurs Ouvrages. Il se faisoit un
honneur de paroître dans ces occasions en qualité de Secretaire du Roi, & d'en faire les fonctions. Nous en avons un exemple dans le privilege du Roi qui fut accordé à Sorel, au mois
d'Avril 1656. pour l'impreffion de sa Bibliotheque Françoise, & dont on voit l'extrait
à la fin de ce Livre.

· Le seul Ouvrage que Henri Justel ait mis au
jour conjointement avec Guillaume Voel, est
la Bibliotheque du Droit Canonique qui a été
imprimée à Paris en deux Tomes in folio en
l'année 1661. le premier desquels contient les
Anciens Codes des Canons Grecs & Latins; &
le second, les principales Collections Grec-
ques de l'Ancien droit Canonique. Il a sans
doute travaillé sur plusieurs autres sujets curieux,
mais il a laissé ses Ouvrages manuscrits à ses
heritiers, au moins n'ai-je pas connoissance
qu'il en ait paru d'autres dans le public.

Tout le monde sait le sort que certaine Lettre
de St. Chrysostome au Moine Cesarius, qui est
une piece contraire au dogme de la Transsubstan-
tiation, eut en l'année 1680. & en l'année 1685.
En l'année 1680 le savant Mr. Bigot voulut
l'ajoûter à la vie de St. Chrysostome composée
par Pallade, elle fut même achevée d'imprimer; mais on exigea de lui qu'il la suppri-
mât, & comme on lui fit entendre que sans cela
il n'obtiendroit point de privilege pour son Livre, il fit ce qu'on souhaitta de lui. Les Pro-
testants qui ont sû cette avanture n'ont pas
manqué de s'en faire honneur, comme si l'on

n'a-

n'avoit empéché la publication de cette Lettre
que parce qu'on avoit trouvé qu'elle leur étoit
favorable. Mr. le Moine Profeſſeur à Leyde
l'a publiée dans ſes *Varia Sacra* en l'année 1685.
mais dès l'année 1682. un autre Savant bien
inſtruit de cette avanture avoit fait imprimer en Angleterre une longue Diſſertation
ſur ce ſujet ſous ce titre ; *St. Anaſtaſii Sinaitæ*
*Anagogicarum contemplationum in Hexaemeron li-*
*ber 12. hactenus deſideratus, cui præmiſſa eſt ex-*
*poſtulatio de S. Joannis Chryſoſtomi Epiſtola ad*
*Cæſarium Monachum adverſus Apollinarii hære-*
*ſin, à Pariſienſibus aliquot Theologis, non ita pri-*
*dem ſuppreſſa.* Londini 1682. in 4. Cette Diſſertation a été attribuée à Mr. Juſtel, & on l'en a cru
l'Auteur juſqu'au mois de Juin de l'année 1686.
dans laquelle Mr. Bayle * a détrompé le public,
en lui apprenant qu'elle eſt du ſavant Mr. Allix, & non point de Mr. Juſtel.

M. Juſtel avoit une très-belle Bibliotheque,
& en particulier beaucoup de manuſcrits rares.
Nous verrons dans la ſuite quelques exemples
du bon & du louable uſage qu'il en faiſoit pour
les rendre utiles à la République des Lettres,
avant qu'il les eut vendus.

Il ſe faiſoit chez lui une fois par ſemaine une
aſſemblée de gens doctes qui s'entretenoient de
tout ce qu'il y a de beau, de curieux, & de ſolide dans toutes les Sciences, ſur tout dans la
belle Litterature. J'ai eû l'honneur d'y aſſiſter
quelquefois, dans les années 1676. & 1677.
Comme il honoroit très-particuliérement feu
mon pere, de ſon eſtime & de ſa bienveillance,
il m'y recevoit quoique je fuſſe alors fort jeune,

* Voy. Nouvelles de la Republique des Lettres,
Juin 1686. pag. 686.

ne, de forte que je m'y fuis trouvé très-fouvent parmi de vieux Savans, & j'aurois tiré
beaucoup d'avantage de ces conférences fi mon
âge m'avoit permis d'en profiter, & fi la portée de
mon Efprit avoit répondu à mon affiduité & à l'inclination que j'avois d'apprendre d'eux une infinité de bonnes chofes, qui le furpaffoient trop.

Il étoit de la Religion Réformée. Le rang
qu'il tenoit dans la Société Civile, & parmi les
Savans, le rendoit bien digne de quelques é-
gards; cependant le Confiftoire de Charenton
le chagrina. Le P. Simon qui a eu connoiffance
des démêlez de cette Compagnie avec Mr.
Juftel, n'a pas manqué d'en inftruire le public.
„ Un de vos meilleurs amis, (Mr. Juftel,)
„ dit-il*, s'eft autrefois plaint hautement, des
„ Miniftres & des Anciens de Charenton, qui
„ après lui avoir permis de faire un banc s'a-
„ viférent dans la fuite de l'abatre, & lui re-
„ fuférent même de lui en rendre le bois qu'ils
„ vendirent à un autre. Tout ce qu'il pût faire
„ dans cette occafion fut de fe fervir du droit
„ de reprefailles, en refufant de contribuer
„ quoi que ce foit pour la fubfiftance de fes
„ Miniftres.

Mr. Juftel ne fit pas tant de vacarme que le
célébre le Févre † en a fait contre le Confiftoire
de Saumur, qui l'avoit irrité. Cependant comme les avantures des grands hommes, quelque petites qu'elles foient, ne peuvent pas être
enfevelies dans le filence, les Catholiques Romains en ont eû connoiffance. Cet éclat & ces
reproches devroient engager les Confiftoires à
mé-

* Voy. Lettres Choifies de Mr. Simon pag. 25.
† Voy. Menagiana Tom. 2. pag. 77. 78.

K 4

ménager un peu plus qu'ils ne font, certains
hommes célébres, dont le nombre est assez
petit, pour lesquels les honnêtes gens de tous
les Partis s'intéressent. Ils doivent être sur leur
garde à cet égard, car il regne depuis long-
temps un préjugé peu favorable aux Assemblées Ecclesiastiques. St. Gregoire de Nazianze
les apprehendoit, parce, disoit-il, qu'il n'avoit
jamais vû que la fin d'aucun Concile eût été
heureuse, & qu'il avoit toûjours vû, au contraire, qu'il avoit augmenté le mal plûtót que
de le diminuer. En effet on a toûjours remarqué que ces Assemblées bien loin de rétablir ou
d'affermir la paix dans l'Eglise n'avoient servi
qu'à y allumer la division, & étoient devenuës
le jouët de tous les Partis. On fait aussi qu'on
a loué autrefois la judicieuse resolution de St.
Martin qui ne voulut assister à aucun Concile
pendant les seize dernieres années de sa vie;
& le courroux de St. Gregoire qui avoüe dans
son dépit, ce que je viens de rapporter. Si mon
Lecteur trouve que mes Refléxions & ma com-
paraison ne soient pas justes, je lui déclare que
ne voulant point faire d'application ni m'expliquer plus particuliérement sur ce sujet, je veux
bien me tenir ainsi dans des termes généraux,
incapables, comme je l'espere, de choquer ni
de chagriner personne.

La mortification que les Conducteurs de l'E-
glise de Paris donnerent à Mr. Justel, ne di-
minua rien de son attachement pour la Religion Reformée. Sa conscience l'emporta sur
son honneur, & si l'une vouloit qu'il abandon-
nât un parti dans lequel il sembloit qu'on le
méprisât, & qu'on lui fit une injustice qui tenoit de l'outrage; l'autre l'y retenoit en faisant

fant prévaloir ses lumiéres & la crainte de Dieu,
aux troubles de ses passions. Il continua donc
à faire profession publique de la Religion Reformée. Ce ne fut pas exterieurement, & en
apparence seulement, son zéle & sa prudence
Chrétienne parurent quelque temps après. Mr.
Justel s'étant apperçu du dessein que la Cour
de France avoit formé de ruiner les Eglises,
& d'éteindre la Reformation dans tout le Royaume, il n'attendit pas le coup de foudre qui
les ménaçoit. Il sortit du Royaume de
France quelques années avant que l'Edit de
Nantes y fut révoqué. Comme les défenses
de se retirer dans les Pays étrangers n'étoient
point encore faites, ou que celles qui étoient
faites n'étoient pas si rigoureuses que celles
qui ont été publiées dans la suite, il en sortit
plus commodément & avec moins de risque, il
eut le bonheur de vendre sa Bibliotheque à
peu près ce qu'elle valoit, & ensuite il passa
en Angleterre, où il avoit resolu de s'établir.
Feu Mr. Bayle en témoigne sa joye dans ses
premieres Nouvelles de la Republique des Lettres *, dans l'esperance que ce voisinage donneroit lieu à Mr. Justel de lui fournir souvent
de la matiére pour ses Journaux, & de contribuer par là à l'execution & au succès de l'entreprise qu'il venoit de faire d'en publier un
tous les mois, & qu'il commençoit actuellement à executer. „J'espere, *dit-il,* que Mr. Justel
„ qui y demeure (Londres) presentement, &
„ qui est si curieux, si savant, si instruit de tout
„ ce qui regarde la République des Lettres, &
si

* Nouvelles de la Republique des Lettres, mois
de Mars 1684. pag. 66.

K 5

,, fi enclin à contribuër à la fatisfaction du pu-
,, blic, nous apprendra bien des chofes qui fe-
,, ront beaucoup d'honneur à nôtre entreprife.
Voila un Eloge de Mr. Juftel, fait par main
de Maître; court, mais complet, & magnifique.

Peu de temps après que Mr. Juftel fut à Londres il fut établi Bibliothécaire du Roi d'Angleterre, emploi qu'il a exercé très-dignement jufqu'à fa mort.

Il a fait depuis fon refuge, une chofe qu'on
a trouvée affez finguliére; il a pris l'Univerfité
d'Oxfort pour Marraine d'un de fes enfans.
Le fait eft rapporté dans le *Menagiana* *. On y
voit qu'il n'eft pas fi extraordinaire qu'il paroit
d'abord.   Le grand Connêtable de Montmo-
rency, par exemple, a fait préfenter autrefois
un de fes enfans au Baptême par la ville de Paris, ou par fes Députez, & il en appelloit tous
les habitans *fes comperes*. François I. voulut prendre la République des Suiffes pour Marraine
d'un des Princes fes Enfans, & nous avons vû
en l'année 1688. l'illuftre Mr. Hop, actuellement Tréforier des Provinces Unies, mais
alors Penfionnaire d'Amfterdam & Envoyé
extraordinaire de leurs Hautes Puiffances
Mrs. Les Etats-Généraux des Provinces Unies,
à la Cour Electorale de Brandebourg & pre-
fentement Cour Royale de Pruffe, préfenter au
Baptême au nom & de la part de fes Maîtres,
fon Alteffe Royale Monfeigneur le Prince
Royal de Pruffe.   J'avouë qu'il n'y a point de
comparaifon à faire entre des Rois & des Grands
Seigneurs tels que font ceux que je viens de
nom-

* Tom. I. pag. 351.

nommer, & un fimple particulier tel qu'éto't
Mr. Juftel, & qu'il y a bien des chofes qui
pourroient avoir été permifes aux uns; qui ne
le feroient pas à l'autre. Mais il faut remarquer, qu'il n'y a pas plus de difproportion
entre un Savant du premier ordre tel qu'étoit
Mr. Juftel, & une Univerfité, qu'il y en a entre un Roi & une République, ou un Connêtable de France & la ville de Paris. Quoi qu'il
en foit, l'Univerfité d'Oxfort ayant accepté fort
agréablement la propofition qui lui a été faite
par Mr. Juftel, a approuvé par là fuffifamment
fa conduite & fon choix.

Mr. Juftel avoit un grand commerce de Lettres avec tous les Savans de l'Europe. Comme
il étoit équitable & moderé, & qu'il n'avoît
correfpondance qu'avec des gens de ce caractére, il n'y avoit ni haîne de parti ni aigreur
dans les Lettres qu'ils s'écrivoient reciproque-
ment. Il fe faifoit un plaifir fingulier de leur
communiquer fes Livres, fes manufcrits &
fes lumieres, & de leur rendre tous les autres
bons offices qui dépendoient de lui. On voit
que le docte Ufferius fe prévaloit de cette inclination bienfaifante, il fe fert fort avantageufement dans un Traité des Libertez ou des privileges de l'Eglife Anglicane qu'il a mis à la
fuitte de deux autres qui traitent de l'origine
des Evêques, & de l'Afie Proconfulaire ou
Lydienne, qui ont été imprimez depuis fa
mort, il fe fert, dis-je, très utilement d'un Canon
du Concile de Calcedoine qu'il a trouvé dans
les Manufcrits des Bibliotheques de Mrs. de
Thou & Juftel. Mr. Teiffier avouë dans la Préface des *Eloges de Mr. de Thou*, qu'il a recueil-

K 6　　　　　　　lis

lis, traduît, & augmenté ; qui ont été imprimez à Geneve en l'année 1683. & depuis à U-
trecht en 1696. Il avouë, dis-je, dans la Preface de la premiere Edition, qu'il est redevable
de plusieurs instructions curieuses dont il a enrichi ses additions, à l'Illustre Mr. Justel, &
à Mr. Richelet.

Les Savans lui addressoient aussi plusieurs
Lettres & quelques uns de leurs Ouvrages. Il
y a une Lettre de Colomiez à Justel à la suitte
des dernieres Observations d'Isaac Vossius sur
Pomponius Mela ; & des réponses du même
Auteur à un jeune homme d'Oxfort qui l'avoit
attaqué sur l'Histoire d'Aristée, concernant les
Septante Interpretes, & à Mr. Simon qui avoit
déja écrit trois fois contre lui. Toutes ces pieces
ont été imprimées à Londres in 4. en l'année
1686. en un seul & même volume & sous un
même titre. Cette Lettre de Mr. Colomiez, Bi-
bliothequaire de Mr. l'Archevêque de Cantor-
beri, contient, pour le dire en passant, des Remarques bien curieuses sur quelques endroits de la
Critique de Mr. Simon, & n'a rien qui ne soit
d'un homme fort moderé, encore que Mr. Colomiez n'ignorât pas que Mr. Simon est l'Auteur de la Préface & des Notes qui ont paru
dans la nouvelle Edition de sa Critique.

Estienne Morin Ministre de Caën donna au
public huit Dissertations sous ce titre *Stephani
Morini Cadomensis M. D. Dissertationes octo, in
quibus multa sacræ & profanæ Antiquitatis monumenta explicantur*, imprimées à Geneve in 8.
en l'année 1683. La seconde de ces Dissertations est addressée à Mr. Justel. Elle
contient un examen du sentiment de Mr.

Bouil-

Bouillaud * qui n'approuvoit pas que Mr. Morin eut fait venir d'Idumée dans la Differtation précedente, le peuple de Thrace appellé *Edonii*, & qui eftimoit qu'on devoit le faire venir de la Colchide, où il eft certain que la circoncifion étoit en ufage. Mr. Juftel ayant donné avis à M. Morin qu'il avoit communiqué fa premiére Differtation à fes amis & qu'un d'en-tr'eux nommé Mr. Bouillaud y avoit trouvé à reprendre ce que je viens de remarquer, Mr. Morin fit cette feconde Differtation dans laquelle il répondit à cette Critique, & refuta ce fentiment, & crût qu'il devoit addreffer fa réponfe à Mr. Juftel, qui y avoit donné lieu.

Un autre Morin nous donnera lieu de faire une nouvelle remarque de litterature qui n'eft pas moins importante que la precedente & qui ne fait pas moins d'honneur à Mr. Juftel. C'eft le P. Morin dont les Lettres ont été imprimées en Angleterre. On a prétendu que cette Edition étoit très-fautive, & que ces Lettres y avoient été eftropiées. On a eu recours à Mr. Juftel, pour y remedier, comme à un homme qui s'intereffoit à la gloire des autres Savans, & au bien de la Republique des Lettres dans laquelle des pieces tronquées & mutilées ne pouvoient produire que de très-mauvais effets. Voici ce que

* Ce Mr. Bouillaud étoit un favant Proteftant qui avoit changé de Religion. On voit fon Hiftoire dans les *Mélanges d'Hiftoire & de Litterature de Vigneul-Marville*, Tom. 3. pag. 214. 215. Il eft membre de la Societé Royale de Londres. Voy. *l'Etat Nouveau d'Angleterre par le D. Chamberlaine*, Tom. 2. pag. 283. de l'Edition de 1692.

que le P. Simon écrit à un de ſes amis ſur ce
ſujet. „ J'ai eu raiſon de me plaindre, *dit-il*†,
„ en écrivant à Mr. Juſtel, de ce qu'on a eſ-
„ tropié les Lettres du P. Morin dans l'im-
„ preſſion qui s'en eſt faite chez vous. Il ſem-
„ ble qu'on les aît entierement abandonnées à
„ l'Imprimeur qui n'a ſongé qu'à leur don-
„ ner un titre pompeux afin de les mieux débi-
„ ter. Perſonne n'a été chargé de revoir les
„ feuilles de la copie lorſqu'elles ont été ſous
„ la preſſe; & c'eſt ce qui fait que cette Edi-
„ tion eſt pleine de fautes, auſquelles il n'eſt
„ pas poſſible de remedier, à moins d'en pu-
„ blier une nouvelle. Je l'aurois déja fait, ſi
„ ce n'eſt que j'eſpere toûjours que Mr. Stil-
„ linghfleet qui a les Originaux de ces Lettres
„ voudra bien les communiquer. Je ſai qu'il
„ ne veut pas qu'on ſache qu'il les a, & la per-
„ ſonne même qui me l'a appris, me prie fort
„ de garder le ſecret. Mais je vous avouë que
„ je n'ai pû me taire. J'eu ai donné avis à
„ Mr. Juſtel, afin qu'il cherche les moyens de
„ tirer ces originaux des mains de Mr. Stil-
„ linghfleet.

Il ſemble que Mr. Juſtel ait été reconnu ou
établi Juge par tous les Savans, pour recevoir leurs plaintes & leur faire juſtice dans les
occaſions qui s'en préſentoient. Voici encore
un exemple qui le montre. Colomiez parlant
dans ſa *Bibliotheque Choiſie* du Nouveau Teſtament traduit en François à Mons in 8. en l'année 1667. accuſa Mr. de Sacy neveu de Mr.
Arnaud de s'être trompé lorſqu'il a dit que S.
Jerôme a tellement éclairci Job & les Prophetes,

* Voy. Lettres Choiſies du P. Simon pag. 189.

tes, & leur a donné dans fa traduction tant de
force & tant de vigueur que St. Auguftin en
cite les paroles lors même qu'elle n'étoit pas
encore en ufage dans l'Eglife. „ Je ne fai, *dit*
„ *Colomiez*, où Mr. de Sacy a pris ce qu'il vient
„ de dire, mais il m'auroit fait plaifir de prou-
„ ver que St. Auguftin fe foit fervi de la Ver-
„ fion de St. Jerôme. " Dès que cette *Bibliotheque Choifie* parut, Meffieurs de Port Royal fe
plaignirent à Mr. Juftel du tort que Colomiez
faifoit à Mr. de Sacy. Mr. Juftel l'ayant fait
connoître à Mr. Colomiez, il lui en fit une reparation publique dans la feconde Edition de
fa *Bibliotheque Choifie* en ces termes : „ De-
„ puis la premiere Edition de cet Ouvrage,
„ Meffieurs de Port Royal ayant écrit à Mr.
„ Juftel en Angleterre que j'avois accufé in-
„ juftement Mr. de Sacy dans ce Chapitre, je
„ le reconnois de bonne foi, après avoir con-
„ fulté S. Auguftin, au quatriéme Livre de la
„ Doctrine Chrétienne ch. 7.
Enfin Mr. Juftel eft mort à Londres en l'année 1692. après avoir rendu de grands fervices
à la Republique des Lettres en général, & à
plufieurs Savans en particulier. Comme il étoit
déja fort âgé lorfqu'il s'eft marié, il n'a laiffé
que quelques enfans fort jeunes.
Mr. Juftel étoit fort agréable, & d'une converfation fort riche & fort abondante, mais il
étoit fort grave. Je finirai cet article par une
Hiftoire qui en fournit une preuve.
Mr. Juftel & Mr. de Launay à qui le caractére enjoué de Mr. l'Abbé Bourdelot Medecin
de Mr. le Prince, & fon bel efprit, ne plaifoit
point

† Voy. Bibliotheque Choifie de Colomiez pag. 123.

point du tout, furent le trouver un jour pour
lui donner des avis là-deſſus *. Ils lui repré-
ſenterent qu'un homme comme lui ne devoit
point ſortir de la gravité attachée à un habile
Medecin, & à un ſavant Philoſophe ; qu'il ſe
deshonoroit de turlupiner comme il faiſoit,
qu'à la fin il donneroit mauvaiſe opinion de ſa
capacité à Mr. le Prince, & qu'ils croyoient
devoir comme ſes bons amis, lui repréſenter
les inconveniens qui lui pouvoient arriver de
cette maniére d'agir, ſi peu convenable à ce
qu'il étoit. Il les écouta tranquillement, & les
remercia très-doucement; mais il leur dit qu'il
avoit commencé ce train de vie, qui l'accom-
modoit aſſez, & qu'ainſi il ne pouvoit le quitter. Je voudrois, Meſſieurs, ajoûta-t-il, pouvoir m'en défaire pour vous faire plaiſir. Eh
Monſieur, repliquerent ces Meſſieurs, nous
n'avons en cela d'autre interêt que le vôtre.
Nous apprehendons que vous ne diminuiez la
bonne reputation où vous êtes dans le monde,
mais principalement auprès de S. A. Si ce n'eſt
que cela qui vous inquiéte, dit l'Abbé, en ſe
levant pour prendre un papier ſur ſa table, te-
nez, liſez ce papier, & vous verrez qu'on ga-
gne plus à être fou comme je ſuis, que Philoſophe comme vous êtes. C'étoit une donation
de la Baronnie de Condé que Monſieur le Prince lui avoit faite depuis quelques jours.

* Fureteriana pag. 126. 127.

ADRIEN

# ADRIEN BAILLET.

ADRIEN BAILLET n'eſt pas le premier fils de paiſan, qui eſt devenu ſavant. Le Cardinal Baronius en étoit un. Joſeph Scaliger parlant de lui dans ſes Epitres * l'a appellé par cette raiſon *peronato* † *natus patre*. Il avoit été long-temps pauvre Prêtre. Sa naiſſance ne lui avoit donné aucun avantage, mais ſon ſavoir lui en a donné beaucoup. Cornelius à Lapide n'auroit pas mal fait d'alleguer cet exemple plûtôt que de ſe citer lui-même. *Certè*, dit-il ‡, *agricolæ multi filios habent doctos & doctores, ego quoque filius agricolæ ſum.* Baillet en eſt une troiſiéme preuve.

¶ Il eſt né le 13. Juin 1649. à la Neuville, village ſitué au Nord de Beauvais, & à quatre lieuës de cette ville. Il étoit fils d'un pere qui cultivoit de ſes propres mains un petit bien qu'il avoit reçu de ſes Ancêtres. La mediocrité de la fortune dans laquelle il vivoit ne lui permit, ni d'avoir de grandes vûes ſur ſon fils, ni de ſonger à l'appliquer aux études. Le jeune Baillet étudia pourtant, & voici comment cela arriva.

Il y a auprès de la Neuville un Couvent de Cordeliers appellé *la Garde*, où cet enfant alloit

---

* Pag. 316. † *Perones* ſont des guêtres *quibus tunc tantùm utebantur ruſtici.* ‡ Cornel à Lapide Comment. in 1. lib. Paralipom. c. 12. pag. 324. litt. B. ſub fin. ¶ Journal des Savans, Tom. XXXV. p. 208. *& ſuiv.* d'où l'on a tiré une bonne partie de cet Article.

loît fouvent. * Il y fervoit le matin les Prêtres
à l'Autel, & paffoit le refte de la journée à rendre tous les petits offices, dont il étoit capable,
foit au Sacriftain, foit aux autres Peres du Couvent. Le Sacriftain touché de ce naturel officieux, prit le jeune Baillet en affection, & lui
montra à lire & à écrire. Quoiqu'il n'eût alors
que huit à neuf ans, on vit bientôt paroître
cette grande paffion qu'il a toûjours eu pour
les Livres. Les amufemens ordinaires de l'enfance n'étoient point de fon goût, il aimoit la
retraite, & il employoit à lire & à écrire tout
le temps qu'il pouvoit dérober à fes petites occupations. Le Superieur du Couvent s'étant apperçu de cette inclination fi extraordinaire dans
cet âge, & ayant reconnu qu'elle étoit jointe en
cet enfant à une grande vivacité d'efprit, & à
une difpofition très-heureufe pour les Sciences,
il jugea qu'il feroit fort avantageux à l'Ordre de
St. François de l'y attirer, & il le demanda à
fon pere. Le pere étoit affez du fentiment de
donner fon fils aux Cordeliers, mais comme il
ne faifoit rien fans l'avis de fon Curé il fut bien
aife de favoir fa penfée là-deffus. Le Curé
n'approuva point cette idée, & les vûës du P.
Cordelier lui ayant fait naître l'envie d'examiner le jeune Baillet, de plus près, il fut charmé de fon efprit, & des progrès qu'il avoit
déja fait. Cela l'engagea à le prendre chez lui,
& après lui avoir appris les premiers élémens de
la Langue Latine, il le mit au College de la
ville de Beauvais.

Nôtre

* Voy. des Exemples pareils dans le Naudæana &
Patiniana, pag. 18. 19. Hift. des Ouvr. des Savans,
Juillet 1700. pag. 319. 333. 335. & ailleurs.

Nôtre Baillet ne brilla point beaucoup dans
fes Claſſes. Il ne donnoit au devoir Claſſique,
qu'autant de temps qu'il en falloit préciſé-
ment, pour être à couvert de la ferule, em-
ployant le reſte à apprendre les Langues, & à
lire l'Hiſtoire. Il ſavoit l'Hebreu à la fin de ſes
Claſſes, & en Rhetorique il avoit déja fait des
Tables de Chronologie.

La Philoſophie, comme on l'enſeignoit alors
dans ce College, n'eut pas plus de charmes
pour lui, qu'en avoit eû la Grammaire. Il ne
laiſſa pas néanmoins de ſoûtenir un Acte avec
aſſez d'applaudiſſement à la fin de ſon Cours.
Il trouva plus de goût dans la Theologie, &
ſur tout dans cette partie que l'on appelle la
Poſitive. Ce qui la lui fit aimer, ce fut le rapport qu'elle a avec l'Hiſtoire Eccléſiaſtique,
qu'il poſſedoit déja.

En l'année 1672. les études de nôtre Baillet
étant finies, on lui fit avoir une place de Re-
gent dans le même College. Cet emploi lui
donna lieu de ſe perfectionner dans les belles
Lettres; il conſacra quelque temps aux Muſes, & ſes amis aſſurent qu'il fit alors quelques Poëſies Françoiſes & Latines qui furent
très-eſtimées. Elles ne ſont pas venues juſqu'à
nous.

En l'année 1676. nôtre Baillet reçut les Ordres ſacrez, & cette nouvelle Dignité l'appel-
lant au ſervice de l'Egliſe, il ſe ſoûmit à la
volonté de ſon Evêque, qui envoya deſſervir
une petite Paroiſſe de ſon Diocéſe. Dans cet
emploi il mit toute ſon application à établir ſo-
lidement le Chriſtianiſme dans le petit trou-
peau qui lui étoit confié. Sa vigilance, ſon deſ-
intéreſſement, & ſa modération lui attirerent
l'eſ-

l'eſtime de toutes ſes ouailles. On paſſa un jour par deſſus les murs de ſon jardin, & on y vola du fruit. La nouvelle de cette perte n'émût point nôtre Baillet ; & quand on lui vint dire qu'on avoit découvert le voleur ; au lieu de témoigner beaucoup d'indignation & de colére, comme on s'y attendoit, il fit cueillir les plus beaux fruits du même jardin, & les lui envoya fort obligeamment.

Les fonctions Eccléſiaſtiques ne firent point abandonner l'étude à nôtre Baillet. Comme elles lui cauſoient de grandes diſtractions, il fit tant auprès de ſes Superieurs, qu'on le déchargea du ſoin de cette Paroiſſe, & qu'on l'attacha à une autre dans laquelle il étoit diſpenſé de la conduite des ames. Mais cela ne dura pas long-temps, car l'année ſuivante qui étoit l'année 1680. ſes amis le donnerent à M. le Preſident de Lamoignon pour être ſon Bibliothecaire, & c'eſt dans cette honorable & laborieuſe fonction qu'il a fini ſes jours.

Ceux qui le connoiſſoient particulierement, lui trouvoient l'eſprit très-vif & très-étendu, une facilité merveilleuſe à démêler la verité d'avec ce qui n'en avoit que l'apparence, un jugement ſolide, & un goût ſûr pour tous les Ouvrages de l'Eſprit. Ces qualitez étoient ac-compagnées d'une ardeur inſatiable pour les Sciences. Nôtre Baillet vouloit tout ſavoir, & cette paſſion avoit éteint en lui toutes les au-tres. Emplois, Dignitez, Benefices, fortune, établiſſement, c'eſt à quoi il n'a jamais été ſen-ſible. Il aimoit l'étude, & il avoit trouvé le ſecret d'en faire l'objet de ſes devoirs, & de ſes plaiſirs. Si on joint à cela un travail continuel, on n'aura pas de peine à comprendre comment il

a

a pû mettre au jour tant d'Ouvrages differents.

Les reflexions qu'il faifoit fur la route qu'il avoit tenue dans fa maniére d'étudier, lui ayant fait découvrir qu'on iroit beaucoup plus loin dans les Arts & les Sciences, fi on avoit une connoiffance certaine des Livres qu'il faut lire, & de ceux qu'il faudroit laiffer, il confulta les Critiques fur le choix qu'on en devoit faire. La lecture des Auteurs de ce genre lui facilita le chemin des Sciences; mais en même temps elle le rendit lui-même un des plus célébres Critiques. On peut affurer néanmoins que le bien public a toûjours été la principale vuë que nôtre Baillet s'eft propofée en écrivant. Au refte fes connoiffances n'étoient point bornées à cette feule Science, fes écrits nous le prouvent affez. Nous avons de lui des Hiftoires, des Traitez afcetiques, & des Traductions dont le ftile eft auffi naturel, qu'elles font exactes. Il avoit des idées très-claires & très-diftinctes des queftions les plus difficiles de la nouvelle Philofophie, on en peut juger par la vie qu'il nous a donnée de Mr. Defcartes, de laquelle nous parlerons dans la fuitte.

La rapidité avec laquelle il marchoit vers le but qu'il s'étoit propofé de tout favoir, ne lui permettoit pas de donner fon temps à polir fon ftile; il s'arrêtoit plus aux chofes qu'à la maniére de les dire. La premiére expreffion qui fe préfentoit à fon efprit, étoit ordinairement celle dont il fe fervoit, & on ne voyoit point de ratures dans fes écrits.

Quoique nôtre Baillet ait toûjours fort aimé la retraite, il avoit cependant un affez grand nombre d'amis. Il les fervoit avec beaucoup de zele & de fidelité dans les occafions. Il avoit

un

un attachement sincére & desinteressé pour
son illustre Protecteur, & une exactitude à
remplir ses devoirs, qui alloit jusqu'au scru-
pule. Rien ne prouve mieux cette derniere qualité, que l'ordre qu'il a mis dans la Bibliothéque de M. de Lamoignon.

Aussi-tôt que ce savant Magistrat lui en eût
confié le soin, il mit ensemble tous les Livres
qui regardent chaque Art & chaque Science en
particulier, & il les arrangea dans leur ordre
Chronologique. Il fit ensuite un Catalogue,
qui est proprement une Table des matiéres.
Par le moyen de cette Table, on trouve sans
peine tout ce que les Auteurs qui sont dans
cette Bibliotheque, ont dit sur la matiére dont
on veut traiter. Cette Table n'indique pas seulement les Auteurs qui ont parlé de cette matiére *ex professo*, mais elle marque, & tous les
endroits où les autres en ont traité en passant,
& tout ce qui en a été dit dans des pieces vo-
lantes. Ce Catalogue contient trente deux volumes *in folio*, écrits de la main de nôtre Baillet.

Persuadé de l'inutilité de la plûpart des Livres, ainsi que je l'ai déja remarqué, il avoit
conclû de là que le principal devoir d'un Bibliothéquaire étoit de connoître ceux dont la
lecture est necessaire. C'est ce qui lui fit entreprendre de recueillir les Jugemens des Savans
sur tous les Ouvrages que nous avons.

Il commença par les Grammairiens & les
Traducteurs qu'il donna au public en quatre
Volumes in 12. en l'année 1685. Quoique cet
Ouvrage ne soit qu'une compilation des pen-
sées des autres, il ne laissa point d'attirer des
ennemis à nôtre Baillet. On fit courir quelques
Piéces satyriques contre lui. Il faut avouër
aussi

auſſi que dès qu'il fut rendu public il fut annoncé aux Savans dans les *Nouvelles de la Repu-*
*blique des Lettres*, d'une maniére qui en donna
une haute idée. Le nom & le deſſein de l'Auteur en donnoient un préjugé ſi avantageux
qu'on ſe réjouïſſoit de le voir. „ Nous atten-
„ dons au premier jour, *diſoit Mr. Bayle* *,
„ un Livre curieux, intitulé *Jugemens des Sa-*
„ *vans ſur les principaux Ouvrages des Auteurs*,
„ 4. voll. *in* 12. Si l'on conſidére que M. Bail-
„ let qui nous donne cet Ouvrage eſt Biblio-
„ thécaire de Mr. l'Avocat Général de Lamoi-
„ gnon, heritier des vertus & des lumiéres
„ du célébre premier Preſident de Lamoi-
„ gnon, (c'eſt tout dire en peu de mots) on
„ en tirera un fort bon augure, & ſur tout ſi
„ l'on ſe ſouvient de ces belles Conferences où
„ les plus beaux Eſprits de Paris éclairez de
„ l'érudition & du bon goût de feu Mr. le pre-
„ mier Préſident diſcernoient ſi bien le prix des
„ choſes, & faiſoient connoître ſi ſavamment
„ les endroits choiſis des belles Lettres.‟ Mr.
Bayle parle un peu trop généralement de ces
Conferences. Le Lecteur n'en comprend pas
aſſez l'importance & l'utilité, & ne peut pas en
induire tout le merite de ceux qui y avoient
place. Un Auteur moderne en a donné depuis,
une déſcription plus exacte. „ Vous vous ſou-
„ venez ſans doute, *dit-il* †, que le ſavant
„ Mr. de Lamoignon ‡ tenoit chez lui une
„ eſpece d'Academie, où tout ce qu'il y avoit
„ de gens qui aimoient les belles Lettres dans
　　　　　　　　　　　　　　　Paris,

* Nouv. de la Rep. des Lettres, Septembre 1685.
p. 1028.　† Voy. Boileau aux priſes avec les Jeſuites
& des Eclairciſſemens ſur les Oeuvres de ce Poëte,
pag. 8. & 9.　‡ Le premier Préſident.

„ Paris, se trouvoient assidûment certains jours
„ de la semaine. Messieurs Baillet, de Varil-
„ las, Despreaux, Boileau le Chanoine de la
„ Ste. Chapelle, & quantité d'autres Savans
„ d'un merite très-distingué, primoient dans
„ cette assemblée. Une profonde Erudition y
„ décidoit les questions que le hazard avoit a-
„ menées. Ce fut dans cette même Conference
„ qu'un Académicien plein de vivacité & de
„ bons mots, en donna un au Pere Bouhours
„ qui s'étoit émancipé jusques à railler le fa-
„ meux Mr. Pascal * sur ce que pour fuir
„ l'orgueil & l'oisiveté il se plaisoit à ses heu-
„ res de loisir à recoudre & rapetasser ses sou-
„ liers. Je ne sai pas, reprit l'Académicien, si
„ Mr. Pascal racommodoit des vieux souliers.
„ Mais tout le monde sait qu'il a porté à la
„ Société des bottes toutes neuves. Je vous
„ laisse à penser s'il fut applaudi de quelques
„ personnes qui voyoient à regret que les PP.
„ Jesuites se fussent introduits dans cette As-
„ semblée.

A l'égard du Livre de nôtre Baillet il répondit à l'attente qu'on en avoit eûe. En effet
rien ne pouvoit être plus agréable & plus utile
que cette sorte d'Ouvrage. „ C'est une étude
„ toute digerée, disoit alors un des plus judi-
„ cieux Savans de ce temps †, très-avantageuse
„ pour la jeunesse, & principalement dans le
„ temps où nous sommes; où la situation des
„ affaires publiques ne permet pas, comme
„ autrefois, aux particuliers de donner tout le
„ temps nécessaire à l'étude des belles Lettres.
Quand on voit en même temps les lumiéres
de

* Auteur des Lettres Provinciales. † Mr. de Va
lois. Voy. Valesiana pag. 207.

de plufieurs Critiques, c'eft un grand fecours, c'eft en cela que confifte l'une des principales utilitez de ce Recueil de nôtre Baillet. Un Lecteur y trouve dans un moment les opinions differentes de ceux qui ont examiné chaque chofe, avec le plus d'attention, & ainfi quand il eft capable de tirer heureufement des confé- quences, il peut aller loin. Outre cet avantage qu'on peut en retirer, il y en a un autre qui n'eft pas moindre. * On y trouve le bien & le mal des Auteurs qu'on veut lire. La liberté avec laquelle il les dit penfa defabufer bien des gens de l'opinion dans laquelle ils étoient que la République des Lettres fouffroit en France une dure fervitude, *oppreffa gravi fub Religione*, & que les gens d'Eglife Seculiers & Reguliers qu'ils regardoient, comme les ennemis décla- rez de la Liberté Republicaine des Sciences l'a- voient enfin accablée dans ce païs-là fous le poids de leur domination defpotique; on crût qu'on s'étoit trompé, que les chofes n'y étoient point fur ce pié-là, & que ce Livre imprimé avec privilege, faifoit voir de fi beaux reftes de li- berté qu'il en falloit tirer un bon augure pour l'avenir. Mais toutes les perfecutions qui ont été faites à nôtre Baillet au fujet de fes Ou- vrages, & dont j'inftruirai mes Lecteurs en peu de mots à mefure que les occafions s'en préfenteront, leur firent voir fi on n'a pas crié victoire trop précipitamment, avant que d'a- voir vû le fuccès & les fuittes d'une entreprife fi hardie, & fi Baillet lui-même n'a pas eû rai- fon de croire & de craindre que fon Ouvrage fe-

* Nouv. de la Rep. des Lettres, Decembre 1685. pag. 1366.

L

feroit des mécontents. S'il est vrai, *dit-il* *, que je n'aye pas eû le plaisir de me voir trompé dans la prédiction que j'avois faite, que mon Ouvrage pourroit rencontrer quelques mécontens ; je ne puis nier aussi que je n'aye eû la consolation de m'être trouvé veritable en ce point, & d'avoir fait au moins un bon jugement, dans un Recueil de Jugemens, lorsque j'ai compté avec certitude sur la diversité des goûts des hommes.

Les quatre premiers Tomes qui parurent d'abord n'étoient que la sixiéme partie de tout l'Ouvrage. Le premier n'en contient que les préliminaires, & n'est destiné qu'à préparer le Lecteur. Il contient une infinité de bonnes remarques & de faits fort singuliers ; & le but général que l'on s'y propose est d'apprendre à bien juger des Ecrits d'autrui. Les trois autres Volumes contiennent les jugemens qui ont été donnez sur les Critiques Historiques , sur les Imprimeurs, sur les Critiques Grammairiens, sur les Grammairiens Techniques , (c'est-à-dire qui ont fait des Grammaires ou des Dictionaires,) Latins, Grecs, Hebreux, François, Italiens, Espagnols, & enfin sur les Traducteurs Latins, François, &c. On y trouve un recueil très-abondant de mille choses curieuses & nécessaires à ceux qui veulent avoir une grande connoissance des Auteurs & de leurs Ecrits, on y voit même mille particularitez, dont quelques unes regardent les Auteurs vivans,

* Voy. l'Avertissement qui est à la tête de la premiere Partie du Tome quatriéme des Jugemens des Savans sur les principaux Ouvrages des Auteurs, contenant les Poëtes, pag. 1. & 2.

vans, qui feront luës avec beaucoup de plaifir
& qu'on n'a pas manqué de tranfporter d'abord
en beaucoup d'autres Livres, en vertu du bé-
néfice de la citation. On voit entr'autres chofes dans le fecond Tome la Préface Latine du
Catalogue de la Bibliothéque de Mr. l'Avocat
Général de Lamoignon. Il y a peu de Bibliotheques mieux choifies, & mieux afforties
que celle-là, & on juge aifément par cette
Préface que Baillet en a dreffé le Catalogue
d'une maniére extraordinairement bien en-
tenduë.

Ceux qui avoient jugé fi favorablement de
la Liberté Républicaine des Sciences dont ils
s'imaginoient qu'on jouïffoit en France, eurent
bien-tôt lieu de fe retraêter. Le fracas que fit
la publication de cet Ouvrage de nôtre Baillet,
leur fit bientôt connoître qu'ils avoient eû trop
hâte d'en juger fi avantageufement. Baillet fe
vit tout d'un coup attaqué de tous côtez par
fes compatriotes auffi bien que par les étrangers; & on vit clairement par toutes les plaintes que l'on fit contre lui, qu'il eft impoffible
à un Auteur de fatisfaire tout le monde. L'experience que Mr. Bayle nous dit qu'il en a faite, jointe à celle de nôtre Baillet & à un nombre prefque infini d'autres, ne nous permet pas
d'en douter. Comme celle de Mr. Bayle & celle
de nôtre Baillet juftifient mutuellement leur
Auteur, mon Leêteur ne fera pas fâché fans
doute d'en être inftruit. Voici donc comment feu
Mr. Bayle s'exprime. „On s'eft plaint, *dit-il* *,
„ que Mr. Baillet rapportoit fouvent des
cho-

* Voy. Nouvelles de la Republique des Lettres, Dç-
cembre 1686. pag. 1430. 1431.
L 2

„ chofes qui n'étoient pas favorables aux Sa-
„ vans, & tous les jours on me fait des plain-
„ tes de ce que je ne dis point de mal des Li-
„ vres dont je rends compte au public. Voi-
„ la comment les hommes font faits; ils veu-
„ lent trouver à redire à toutes chofes, ils blâ-
„ ment les deux extrémitez, & ne veulent
„ point convenir qu'on fe tienne dans un jufte
„ milieu.

Voici les plaintes les plus légéres qui ont
été faites contre Baillet, & aufquelles il a répondu par une apologie fort agreable & fort curieufe dans l'éclairciffement qu'il a mis à la tête
du quatriéme Tome de fon Ouvrage qui contient les Poëtes.

La premiére eft que Baillet s'érige en juge
fouverain des Auteurs. Quoi que ceux qui lui
ont fait ce reproche ayent fans doute baucoup
de merite, & une reputation illuftre, il me fera
pourtant permis de dire qu'ils n'ont pas pris
garde que Baillet n'eft que le rapporteur, &
pour ainfi dire, le compilateur des jugemens
d'autrui, & qu'il ne s'engage point à en être
le garant; qu'au contraire bien loin de les a-
voir approuvez, il les a fouvent contredits &
critiquez.

La feconde plainte eft affez délicate. On a
trouvé mauvais qu'il ait rapporté le bien & le
mal des Auteurs vivans. S'il n'avoit fait que
recueillir des Elogès, il auroit été applaudi de
toutes parts, cependant il eft certain que c'eft
très-mal à propos que l'on lui fait une querelle fur ce fujet; & fi on étoit difpofé à fe
faire juftice à foi-même, on fauroit bon gré à
un Auteur qui en auroit ufé de cette maniére.
Bien loin que fon travail faffe quelques préju-
dices

judices aux vivans, il leur eſt à mon avis fort
avantageux, 1. Parce qu'ils ſont en état de
profiter des jugemens que l'on fait de leurs Ouvrages. 2. Parce qu'ils ont occaſion de faire
paroître la force de leur eſprit en ſupportant
également la louange & le blâme. 3. Parce que
s'ils croyent être blâmez à tort ils peuvent refuter leurs Cenſeurs. Bien loin donc qu'il ne
faille publier qu'après la mort des Auteurs,
ce que l'on penſe de leurs Ouvrages, il vaut
mieux le faire, ſans doute, pendant qu'ils vi-
vent. Un moderne * a fait une remarque fort
judicieuſe & qui confirme ce que je viens de
dire pour la juſtification de nôtre Baillet. „ Il
„ en eſt à peu près, *dit-il*, des Auteurs com-
„ me des Princes, ils ſont toûjours les derniers
„ à ſavoir ce que l'on dit d'eux, à moins que
„ quelque adverſaire ne leur faſſe une guerre
„ ouverte, ou qu'ils ne ſe trouvent par hazard
„ *incognito* dans quelqu'une de ces compagnies
„ libres, où chacun ſuivant le droit que ſon
„ argent lui a donné ſur un Livre, en dit ſou-
„ vent, avec trop d'ingenuité pour celui qui
„ s'y intereſſe, tout ce qu'on en penſe dans
„ le monde. Il leur ſeroit plus honorable &
„ plus avantageux, de trouver leurs fautes
„ dans quelque Ouvrage grave & ſerieux, que
„ de les entendre ainſi publier ridiculement
„ dans le monde ; il en arriveroit encore un
„ autre bien aux Auteurs, c'eſt qu'ayant appris
„ par de tels avertiſſemens en quoi ils ont pé-
„ ché, ils pourroient reparer dans des Ouvra-
„ ges poſtérieurs les fautes qu'ils auroient faites

* Mr. Bernard, Nouvelles de la Republique des
Lettres, Tom. 5. pag. 730.

„ tes dans les premiers. Et au lieu qu'il arrive
„ souvent qu'un Auteur retombant dans une
„ même faute qui a été diffimulée, ou qui lui
„ a été pardonnée la premiére fois, il perd
„ par une seconde réchûte sa reputation qu'il
„ auroit augmentée par sa correction. Il est
„ de lui à cet égard, *dit le même moderne* *
„ comme de ceux qui ont gagné aux jeux de
„ hazard, & qui comptants sur une premiére
„ fortune, non seulement viennent à perdre
„ le profit qu'ils avoient fait, mais qui se rui-
„ nent même à n'en jamais revenir.

Voici encore d'autres plaintes contre nôtre
Baillet, plus ingenues que les précédentes. Il
y a eû des Auteurs qui lui ont fait savoir qu'ils
avoient besoin de leur réputation afin de travailler avec succès, & que si l'on parle mal de
leurs Ouvrages, ils ne communiqueront plus
au public les fruits de leurs veilles. Comme
cette plainte renferme deux chefs on distingue
aussi les réponses que l'on y fait en deux Claffes. A l'égard du premier on dit que c'est à
tort qu'on se plaint: 1. Parce que la Cenfure,
telle qu'elle puisse être, ne peut nuire qu'à une
reputation faussement & injustement acquise,
& qu'elle est d'un usage merveilleux pour affermir celle qui est établie sur des fondemens folides. 2. Parce qu'un honnête homme ne doit
point se proposer la reputation comme la fin
principale de son travail. 3. Parce que si un
Auteur s'imagine qu'il a besoin de sa reputation, il doit s'imaginer aussi que les Lecteurs
ont autant de besoin de leur temps & de leur
Esprit, & qu'il ne lui est pas permis d'abuser
de

* Mr. Bernard ubi supra, Mai 1702. pag. 558.

de l'un & de l'autre pour acquerir cette plai-
fante reputation. Que s'il n'eſt pas aſſez desin-
tereſſé dans la publication de ſon Ouvrage pour
ne pas demander d'encens, il doit ſouffrir qu'on
examine s'il a mérité ce qu'il demande. A l'é-
gard du ſecond chef, qui contient une terrible
ménace de n'écrire plus, & de ne plus s'oppo-
fer deformais aux efforts que font les ténébres
de l'ancienne barbarie, Baillet s'en défend d'u-
ne maniére un peu railleuſe.  En effet on ne
doit guere s'allarmer de ces ménaces.  Il eſt
vrai que quand les Auteurs voyent qu'on mal-
traite leurs Ecrits, ils forment le même deſſein
qu'Apollon forma lorſque ſon fils Phaëton fut
tué d'un coup de foudre, c'eſt-à-dire qu'ils
fongent à ne plus répandre la lumiére dans l'U-
nivers, mais cela ne dure pas, ils reviennent
de ces premiers mouvemens, & on les embar-
raſſeroit un peu ſi on les défioit dans les for-
mes d'executer leurs ménaces. Il n'eſt pas befoin d'agir envers eux comme l'on fit envers
Apollon que l'on ſupplia très-humblement de
ne point laiſſer le monde dans les ténébres;
*Neve velit tenebras inducere rebus, ſupplice voce*
*rogant.* Il eſt encore moins néceſſaire qu'on les
en prie avec l'autorité du Commandement &
de la ménace, comme on l'a pratiqué envers
le même Apollon, *precibusque minas regaliter*
*addit.*  Ils ſont aſſez portez naturellement à
remplir le monde de leurs productions. Il ne
faudra pas faire revenir des enfers un Menenius
Agrippa pour les appaiſer, ni craindre que *c'en*
*foit fait,* qu'ils laiſſeront le pauvre public dans
fon ignorance & qu'ils nous abandonneront à
nôtre propre ſens. Ils n'auront garde de nous
punir ainſi par la privation de leurs lumiéres.

Aliton, dans le Traité de la Délicateſſe * parle à Paſchaſe en ces termes, *Je vous prie, Paſchaſe, défaites-vous de la qualité d'Auteur.* Mais Paſchaſe lui fait cette réponſe, *il eſt impoſſible, c'eſt un caractére indélébile, quiconque a fait un Livre eſt Auteur toute ſa vie. On trouveroit peut-être plûtôt une femme qui n'eut fait qu'une galanterie qu'un Auteur qui n'eut fait qu'un Livre.* Juvenal † diſoit déja de ſon temps

———— *laqueo tenet ambitioſi*
*Conſuctudo mali, tenet inſanabile multos*
*Scribendi Cacoëthes, & ægro in corde ſeneſcit.*

Baillet examine enſuite ce qu'on lui a objecté dans le *Journal des Savans* du douziéme Novembre de l'année 1685. & ſe juſtifie en particulier fort amplement de l'imprudence que bien des gens lui ont imputée par rapport à la Societé des Jeſuites. On a prétendu qu'il devoit prendre des meſures mieux proportionnées entre un ſi grand Corps, une Societé ſi conſidérable dans l'Egliſe & dans l'Etat, & un petit Particulier. On lui a fait à peu près le même reproche qu'on a fait autrefois à Cléanthe lors qu'il a fait la Critique des Entretiens d'Ariſte & d'Eugene, du Pere Bouhours, *d'avoir été conſeillé peu utilement & de n'être point entré dans la voye des benéfices.* Baillet developpe enſuite avec ſoin tout ce qu'il a dit à l'avantage de cette Societé, & il s'explique ſur les obſervations qu'il a rapportées concernant le
P.

* Pag. 3. voy. au ſujet de ce Livre Baillet Jugement des Savans, Tom. I. pag. 503. † Juven. Satyr. 7. ℣. 50. 51. 52.

P. Sirmond, le P. Petau, & le P. Bouhours.

Nôtre Baillet fait très-bien voir le ridicule
de la conjecture de quelques uns de ses adversaires qui se sont imaginez qu'il y avoit *du myf-*
*tére dans son Ouvrage, que le fond en étoit venu*
*de plus loin.* Il les assure que c'est une fiction
forgée mal à propos, & que son Livre n'a point
d'autre source que celle qu'il doit avoir, qui
sont les Auteurs anciens & modernes qu'il a
citez par tout. Il montre qu'il n'a jamais oublié l'honnêteté qui est duë, & qu'il a fait profeffion toute sa vie de garder pour tous les gens
de Lettres ; mais qu'on n'en a pas tout-à-fait
usé de même à son égard. En effet il est certain qu'on a joint le mépris & l'insulte à la Satyre pour le chagriner. On a publié des Vers
contre lui sur lesquels il donne ses réflexions ;
mais on a publié entr'autres pieces injurieuses,
un prétendu Songe sous le titre *d'Afinus in Par-*
*naffo ad Clar. V. Ægidium Menagium*, dans lequel on transforme tous les Poëtes en insectes
volants qui vont fondre sur un asne, qui est
l'emblême sous lequel on représente Baillet, &
qui est l'animal que Morphée a fait entrer dans
son imagination. * On avoit crû d'abord que
cette Satyre regardoit Despreaux, mais on a
su depuis, qu'elle regardoit Baillet, & que le
Jesuite Commire, grand Poëte Latin, en étoit
l'Auteur. Le portrait qu'Amelot de la Houf-
faye a fait de Baillet, & le jugement qu'on a fait
de sa moderation se sont trouvez fort justes par
l'évenement. ,, C'est un homme de merite &
,, d'érudition, *dit Amelot dans sa Préface sur la*
Mo-

* Nouv. de la Rep. des Lettres, Juin 1686.
pag. 709.

L 5

„ *Morale de Tacite*, malgré tous les Arrêts Poë-
„ tiques rendus contre lui, pour le bannir du
„ Parnaſſe; & l'autre s'exprime en ces termes *,
„ On dit que la ſuitte de ſes *Jugemens des Savans*
„ qui concerne les Poëtes s'imprime. Appa-
„ remment, il y répondra à celui qui l'a cri-
„ tiqué, & il ſera aſſez honnête homme pour
„ ne lui conteſter pas la loüange de faire de
„ fort bons vers. En effet Baillet y a répondu
avec beaucoup de modeſtie & de retenuë; & il
finit ſa réponſe par cette déclaration généreu-
ſe, „ Quelque deſir qu'ils ayent eû de me nuire,
„ *dit-il* †, je ne laiſſerai pas de les honorer
„ toûjours avec la même ſincerité qu'aupara-
„ vant. Je les prierois ſeulement de prendre
„ garde de ne pas confondre cet honneur que
„ je veux bien bien leur porter avec le mouve-
„ ment de la crainte. C'eſt une paſſion qui n'a
„ non plus de part à mon Ouvrage que celle
„ de l'eſpérance, ſi je ne m'abuſe moi-mê-
„ me; du moins puis-je aſſurer que je n'ai ja-
„ mais perdu beaucoup de temps à faire des re-
„ fléxions ou des raiſonnemens ſur les effets
„ merveilleux de ces deux paſſions. Ainſi rien
„ ne les empêche de voir que le reſpeĉt que
„ j'ai pour eux, eſt très-deſintereſſé. Baillet
acheve l'article de ſa défenſe par la réponſe
aux reproches qu'on lui a fait d'avoir donné
trop d'encens à Mrs. de Port Royal.

Il vient enfin à Mr. Ménage. L'endroit où
il parle de lui eſt fort travaillé. Il loüe beaucoup
le ſavoir, l'Eſprit, la politeſſe, & la Vertu de
ce grand homme, mais pourtant il lui livre de
fortes attaques par d'autres endroits; & il les
re-

---

* Ibid. † Voy. Eclairciſſement pag. 27. 28.

renouvelle de temps en temps dans la Préface
de ce Recueil. Cette querelle s'eſt échauffée,
car outre les Vers dont je viens de parler nous
verrons qu'elle a eû des ſuites. Menage a fait
*l'Antibaillet*, & Baillet y a répondu par un Traité
des Satyres perſonnelles, qui eſt un Traité
Hiſtorique & Critique de celles qui portent le
titre *d'Anti*. Il eſt en deux Volumes in 12.

Après cet Avertiſſement Baillet a mis à la tête
du même Ouvrage une Préface excellente qui
contient des refléxions fort Chrétiennes ſur l'a-
bus que l'on fait de la Poëſie. Il ne la condamne pas, & ne prétend point la faire paſſer,
comme pluſieurs perſonnes, pour un Art pernicieux au genre humain. Il n'eſt pas même du
ſentiment de ceux * qui ſe contentent de la
mettre au nombre des inutilitez de ce monde,
mais il condamne le mauvais uſage qu'on
fait de cet Art, & il fait voir qui ſont ceux qui
l'ont corrompu en le faiſant ſervir à des uſages
profanes, criminels & entierement contraires
à ſa premiere inſtitution. Car il prétend que la
Poëſie n'a été miſe au monde que pour honorer Dieu, & que ſi on a entrepris quelque choſe
de plus au commencement, cette liberté ne
s'eſt étenduë qu'à louër le merite dans les bons
Anges ou dans les hommes de bien; & à blâmer le mal dans les démons, ou dans les mé-
chans de la terre. † Il fait enſuite une déclaration qui a été bien du goût de feu Mr. Bayle ‡. „ Il dit qu'il reconnoît que ſi nos Poëtes
„ ſont plus déreglez que les Anciens dans leurs
　　　　　　　　　　　　　　　　　Ecrits

* Voy. Préface pag. 108. 109. † Voy. ibid. pag.
116. 117. ‡ Voy. Dictionaire Hiſtorique & Critique
Tom. 3. pag. 2924. col. 2. lettr. D.
　　　　　　　　L 6

„ écrits, ils ont d'ailleurs un avantage fur eux,
„ qui confifte dans une vie plus réglée. " Ce
qu'il dit fur ce fujet eft fort curieux. Il ajoûte
„ que c'eft une réflexion qu'on a faite, fur la
„ maniére differente de vivre & d'écrire, qu'on
„ a vû pratiquée depuis environ trois fiécles
„ par plufieurs Théologiens qui ont fait paroi-
„ tre dans leurs Livres beaucoup de facilité &
„ de condefcendance pour les autres, & qui
„ dans leur conduite particuliére étoient très-
„ févéres à eux-mêmes, vivans dans l'obferva-
„ tion la plus étroite des Confeils les plus diffi-
„ ciles de l'Evangile." Les exemples qu'il rapporte * fur ce fujet font très-curieux, & meritent qu'on les life dans le Livre même de
nôtre Baillet. Il finit cette Préface par un bon
nombre d'obfervations foit fur le méchant
goût qui a ôté à la Poëfie la noble fimplicité
qu'elle avoit anciennement ; foit fur les def-
ordres que la licence de la Poëfie, & les défauts qui font ordinaires aux Poëtes répan-
dent en mille lieux. Il fe prépare à en être maltraité, mais de la maniére qu'il en parle, il témoigne qu'il ne les craint pas beaucoup.

Cet Eclairciffement & cette Préface qui font
une bonne partie du volume font fuivis de la correction des fautes que Baillet a reconnuës dans
les quatre premiers Volumes de fon Ouvrage.
Il y a bien des chofes dans cet endroit qui méritent d'être lues. Baillet n'y cherche point de
détour comme Mr. Bayle, par exemple, en
avoit cherché pour lui à l'égard de Mr. Chevreau. Il avouë ingenument qu'il l'a crû parti
pour l'autre monde quoi qu'il fut encore plein
de

* Préface pag. 118. &c.

de vie. Le reste du premier Tome peut être
divisé en deux parties; la première contient
tous les Auteurs qui ont traité de l'Art Poë-
tique; la seconde contient les Poëtes Grecs
qui ont vécu avant que la Grece fut subjuguée
par les Romains. Il y a sur tout cela des Recueils fort instructifs, & cent bons morceaux
des meilleurs Livres, desorte que c'est une lecture fort agréable & dans laquelle on peut
faire beaucoup de profit. Le second Volume
comprend les Jugemens sur tous les Poëtes
Latins depuis Livius Andronicus jusques à A-
lain de l'Isle qui mourut vers la fin du quinziéme siécle. Les Poëtes Grecs qui ont vécu pendant le Christianisme y sont mêlez avec les Latins. On ne sauroit presque exprimer l'abondance & la vaste lecture, ni la maniére ingenieuse avec laquelle Baillet ajuste ensemble les
divers sentimens des Critiques. Il arrive rarement qu'il fasse voir le parti qui lui plait le plus
sans convaincre en même temps ses Lecteurs,
que c'est celui du jugement, de l'honnêteté &
de la bonne Morale. Les trois autres Tomes
contiennent les Poëtes modernes depuis la re-
naissance des Lettres jusqu'à present, soit qu'ils
ayent fait des Vers Grecs & Latins, soit qu'ils
ayent écrit en Langue vulgaire, c'est-à-dire
principalement en Italien, en Espagnol, & en
François.

Les adversaires de nôtre Baillet moins contents de ce dernier Ouvrage qu'ils ne l'avoient
été du premier, pousférent aussi leur ressentiment plus loin. Ménage mit au jour deux Volumes in 12. ausquels il donna le titre d'*Antibaillet*. Cet Ouvrage fut annoncé dans la Ré-

publi-

publique des Lettres dès le mois d'Octobre
de l'année 1687. ,, *Nous avons vû, dit-on
,, de Paris, l'*Antibaillet* de Mr. Menage en ma-
,, nufcrit. On le va faire inceſſamment rouler
,, ſous la preſſe. On peut répondre que l'im-
,, patience du public ſera bien recompenſée.
Il devoit être imprimé à Paris, cependant il a
été imprimé à la Haye, chez Etienne Foul-
ques & Louïs Vandole en l'année 1688. & il ne
s'eſt vendu à Paris que ſous le manteau † ;
L'Auteur des Memoires pour ſervir à la vie
de Mr. Ménage, nous apprend quel ſort eut
cet Ouvrage & pourquoi il eut ce ſort. ,, M.
,, Menage publia, *dit-il* ¶, ſon *Antibaillet* pour
,, répondre à quelques Jugemens desavanta-
,, geux que Mr. Baillet avoit recueilli contre
,, ſes Ouvrages, & particuliérement contre ſes
,, Poëſies. On conſeilla à Mr. Menage de faire
,, imprimer ce Livre ici, & comme on faiſoit
,, quelque difficulté de lui en accorder la per-
,, miſſion, il ſe réſolut, ne pouvant plus ſor-
,, tir à cauſe de ſon incommodité, d'en écrire
,, à Mr. le Chancelier. Il le prioit de l'excuſer
,, s'il ne pouvoit pas aller lui même lui deman-
,, der cette grace. *Je ſai*, Monſeigneur, ajoû-
,, toit-il, *qu'il faut marcher droit devant vous &*
,, *je ne ſuis pas en état de le faire* . . . . Elle lui
,, fut refuſée parce que des perſonnes de con-
,, ſideration s'en mêlerent, & ce Livre parut
,, imprimé en Hollande peu de temps après.
Dans

---

* Voy. Hiſtoire des Ouvrages des Savans, Octobre
1687. pag. 274. † Voy. Journal des Savans Tom. 35.
pag. 215. Vid. Burcardi Gotthelffii Struvii Introductionem ad Notitiam Rei Litterariæ &c. pag. 385.
¶. Pag. 21. 22.

„ Dans la fuitte on parla d’un accommode-
„ ment qui fe devoit faire entre M. Menage &
„ Mr. Baillet ; Et on ne fait pas bien ce qui
„ fut la caufe qu’il ne fe fît pas ; on croit qu’il
„ y a toûjours eû dans le cœur de l’un & de
„ l’autre une difpofition très - prochaine à l’u-
„ nion, & à un oubli très-Chrétien de tout ce
„ qui s’étoit paffé de part & d’autre.

Ménage déclare dans cet Ouvrage que fi
Baillet s’étoit exactement renfermé dans les
bornes qu’il s’étoit prefcrites il ne fe feroit pas
attiré l’orage qu’il dit être prêt à tomber fur lui.
Il devoit fe faire une Loi de ne publier que des
Veritez avantageufes à la reputation des vivans, & ne fe laiffer point prévenir par les bruits
defobligeants que l’envie répand dans le monde. Il devoit abfolument, en jugeant des Ouvrages, épargner les perfonnes & les mœurs.
Mais Ménage fe plaint, que Baillet le traite
indignement, & que de fang froid il tâche de
le faire paffer dans le public pour un pédant
plein de vanité, & pour un Poëte trop licen-
tieux dans fes Vers; Que non content de l’a-
voir ainfi outragé dans les premiers Tomes il
eft revenu à la charge dans l’Eclairciffement
qui eft à la tête du premier Volume qui contient les Poëtes ; que cette efpece d’acharne-
ment l’a contraint à fe défendre. Ce differend
perfonnel, ne fait pas pourtant uniquement la
matiére de ces deux Volumes. Ménage voulant intereffer le Lecteur en plus d’une maniére * entreprend d’y relever les fautes de Baillet & de reparer les brêches qu’il a faites à la
gloire de quelques Savans illuftres. De forte
que

* Voy. Struvius, ubi fupra pag. 387.

que cette diversité que l'on peut dire être partie d'une très-bonne main ne peut être que fort utile par le Recueil & par le mélange de plusieurs circonstances curieuses & agréables qui ne se trouvent point ailleurs.

Menage releve entr'autres fautes celle qu'il prétend que Baillet a faite sur le chapitre de Muret. Baillet a remarqué, que Muret savoit imiter si parfaitement les Anciens qu'il fit prendre à Joseph Scaliger une epigramme qu'il avoit faite, pour l'Ouvrage d'un Ancien ; Et que Scaliger voulut se vanger de cette fourberie par une allusion assez froide sur le supplice que l'on préparoit à Toulouse pour Muret à cause d'un crime detestable. M. Menage montre que Baillet n'a jamais vû cette imitation de Muret, puisque c'est une Scene de Comedie que Scaliger cita bonnement pour celle d'un ancien; & non pas une Epigramme comme Baillet le dit. Menage remarque quelques autres fautes, & il faut avouër que c'est un adversaire incommode. Tout vieux qu'il étoit lors qu'il a fait cette réponse à Baillet, il n'avoit l'esprit guere moins vigoureux qu'il l'avoit eû dans sa jeunesse, & il effectuë assez bien ce qu'il dit dans cette excellente Epître qui est à la tête de son Livre intitulé *Amœnitates Juris* qu'il addresse à l'illustre Mr. Nublé. *Qui mihi hoc negotium facesserunt, non tulissem olim juvenili calore inconsideratior. Illorum obtrectationes & maledicta fregissem, atque retudissem ; illos deridendos propinassem. Illos denique ipsos altis vulneribus confodissem, &c.* On peut voir dans son *Antibaillet* que ce qu'il dit de lui dans cette Epitre n'est pas une pure fanfaronade, & qu'il n'a pas trop bien tenu la parole qu'il y donne d'être à l'a-
venir

venir fort endurant ; *Verùm & mitiores & me-*
*liores facti fumus accedente ætate , diuturnifque*
*amicorum injuriis ad dolorem novum animus nofter*
*obduruit. Ingrati erunt, invidi, malefici, maledi-*
*ci, donec homines ; illorum igitur ingratum ani-*
*mum, invidias, injurias, maledicta, dicteria,*
*fcommata, immotus, ut Philofophum & Chriftia-*
*num decet, fino præterfluere.*

Je m'étonne pourtant que M. Ménage fe
foit attaché à relever les fautes que Baillet a
faites au fujet de Muret & de quelques autres
anciens, & qu'il ne lui aît pas reproché qu'il a
confondu les deux Mrs. Perrault qui étoient
fes contemporains. Mais peut - être que le célébre Wotton, Beughem, & plufieurs autres
Auteurs étant tombez dans la même erreur,
Ménage n'a pas voulu faire à Baillet un reproche qui fe feroit étendu fur tant de gens qu'il
n'avoit pas deffein d'offenfer. Peut-être auffi
que Ménage n'a point fû que ces Auteurs ni
Baillet lui-même fuffent tombez dans cette
faute. Au refte, Mr. de Valois le fils dit que
fon pere s'eft plaint * de ce que Ménage a fait
imprimer dans cet *Antibaillet*, une Epigramme
fous fon nom fans lui en parler, & qu'il avoit
dit nettement, qu'il ne lui favoit pas trop bon
gré de ce procedé, parce qu'il l'avoit prié de
n'en rien faire. Tant il eft vrai que dans la chaleur de la difpute on oublie fouvent les bonnes refolutions qu'on a prifes auparavant, &
qu'on met en œuvre tout ce qu'on croit capable de mortifier fon adverfaire, dût-on même
commettre fes propres amis. La paffion l'em-

porte

---

* Voy. *Valefiana* pag. 207.

porte dans ces occasions sur la considération qu'on a pour eux.

Baillet ne lût point d'abord cet *Antibaillet*, mais sur la connoissance qu'il eut du titre, il mit au jour un Livre intitulé *des Satyres person-nelles, ou Traité Historique & Critique de celles qui portent le titre d'Anti.* Il fut annoncé dans la Republique des Lettres, dès le mois de Juin de l'année 1689 \*. On crût d'abord que ce Livre étoit le précurseur d'un *Anti-Menage* que Baillet préparoit pour se vanger de l'*Antibaillet*, mais Baillet lui-même prit soin de détromper ses Lecteurs, dès l'entrée du Livre, assurant que cette pensée étoit injurieuse à la situation d'esprit où il se trouvoit, & que le ressentiment & la vengeance ne lui paroissoient point con-formes à la patience Chrétienne & à la politesse du siecle. Cependant il est certain que dans la liste qu'il donne des Ouvrages qui ont paru sous le titre d'*Anti*, l'*Antibaillet* vient à son tour sur les rangs, & il faut avouër que com-me le Livre est fait en forme d'Entretiens, si on n'attaque point Ménage à force ouverte, on le fait au moins entrer dans la conversation d'une maniére peu oblïgeante. Baillet ne s'y montre que sous le masque parce qu'il y fait parler d'autres personnages; il se contente de décrier en général les *Anti*, ou les Satyres per-sonnelles, & il donne une généalogie malicieuse & une mauvaise idée des prédécesseurs de l'*An-tibaillet*, capables de faire rebuter tous les Ou-vrages qui portent cette marque d'*Anti* sur le front. Ces *Anti* sont au reste accompagnez de cir-

\* Voy. Hist. des Ouvr. des Savans, Juin 1689. pag. 366.

circonſtances & de recherches curieuſes, ſur
la vie de ceux qui les ont compoſez, ou qui y
ſont attaquez, & ſur les occaſions qui les ont
fait naître. Baillet dit peu de choſes ſur *l'Anti-*
*baillet*, parce que, comme je l'ai déja dit, il ne
l'avoit point lû; il raille ſeulement Ménage
ſur les peines qu'il a euës à enfanter cet Ouvrage, & à le mettre au monde dans une terre
étrangere, faiſant alluſion à l'impreſſion qui
en a été faite en Hollande.   Le but principal
de nôtre Baillet a été de prévenir adroitement
les Eſprits contre les Satyres où l'on joint
*l'Anti* avec la perſonne, parce que ce titre emporte une déclaration de guerre à la perſonne
& non pas à l'Ouvrage; que ces ſortes de titres ne préparent les Lecteurs qu'à des inſultes, & à tout ce que la malignité & le chagrin
peuvent inſpirer; que c'eſt avertir le public
que l'on va répandre ſa bile contre ſon adverſaire. Au lieu que dans la Republique des Lettres l'on ne doit s'attacher qu'aux Ouvrages &
aux choſes, & ne faire que des *Anti-Réels*,
c'eſt-à-dire, des Critiques qui ne tendent qu'à
corriger les Erreurs. Cette querelle n'a pas été
pouſſée plus loin, la mort de l'un des intereſ-
ſez, & même de tous les deux y a mis fin. Peut-
être même que le deſſein de ſe reconcilier dans
lequel ils étoïent, les a retenu dans le ſilence. On
peut dire neanmoins que Ménage n'a guere
ceſſé, qu'il a critiqué Baillet pour ainſi dire
même après ſa mort; car dans le *Menagiana*\*,
il lui reproche encore une faute en litterature,
au ſujet de l'Auteur qui a fait trois Livres en
Vers Elegiaques ſous le titre de *Fabulæ Æſopi*;
&

---

\* 2. Edition Tom I. pag. 72.

& que Baillet nomme Accius après Scaliger.
Il prétend qu'il s'est extrémement trompé dans
le jugement trop avantageux qu'il en a fait, &
dans le temps dans lequel il l'a fait vivre. Il
semble que celui qui a fait des notes sur ce qui
est dit dans le *Menagiana* soit entré dans le même esprit de Critique que Ménage, car en parlant * d'une Epigramme que Mr. d'Alibrai a
faite contre Montmaur, dans laquelle il l'appelle *Gomor*, il remarque que cette Epigramme est une des soixante & treize qu'Alibrai a
faites contre ce Parasite ; que ce Recueil est intitulé *Antigomor* & que c'est un des *Anti* dont
Mr. Baillet ne s'est point souvenu. Si cet Auteur avoit su qu'il y a eu une *Anti-Lais* †, il
n'auroit pas manqué sans doute de reprocher à
Baillet non seulement qu'il l'a omis dans son Recueil, mais même qu'il n'a pas connu tous les
*Anti*, puis qu'il dit ‡ qu'il n'en a point pû trouver de plus anciens que les deux *Anti-Catons*.

Baillet s'étoit flaté qu'outre ceux de la Societé des Jesuites qui avoient été mécontents
de son Ouvrage, le nombre en étoit fort petit.
,, Le desir de satisfaire tout le monde, *dit-il* ¶,
,, me porte à rechercher même hors de la So-
,, cieté, ceux à qui ma conduite pourroit n'a-
,, voir pas été entierement agréable, & je les
,, trouve assez bien rassemblez en la personne
,, de Mr. l'Abbé Ménage, ou plûtôt réduits à
,, lui seul ". Il s'étoit trompé, & à dire les
choses comme elles sont, sa confiance n'étoit pas
trop

---

* Ibid. pag. 314.  † Voy. Bayle Dictionaire Historique & Critique, Tom. II. pag. 1747. col. 1. lettr. G.
‡ Voy. Satyr. personnelles, Tom. I. pag. 19.  ¶ Eclair-
cissement pag. 85.

trop bien fondée, il fe flatoit un peu trop en
cela. Il y avoit plus d'un *Ménage* intereffé dans
fon Ouvrage. L'Abbé Cotin y eft dépeint
d'une maniere très-choquante, voici le portrait que Baillet en fait. „ Si l'on prétend le
„ louër, *dit-il* *, comme un Poëte des plus
„ galants d'entre ceux qui ont lû & fû par
„ cœur la legende des Ruelles, on eft en dan-
„ ger de confondre avec lui un célébre Prédi-
„ cateur, connu fous le nom de Mr. l'Abbé
„ Cotin. Et dès qu'on aura trouvé dans un
„ Abbé feculier un fujet capable tout à la fois
„ d'occuper la Chaire & le Parnaffe, on fe verra
„ embarraffé par cette alliance extraordinaire
„ qu'il a pû faire des délices de la galanterie
„ avec la féverité des Maximes de la peniten-
„ ce, du renoncement à foi-même, & des
„ autres Vertus Evangeliques. Le Sarcafme
eft un peu fort, la raillerie eft piquante, on ne
peut pas mieux faire fentir les irregularitez de
l'Abbé Cotin que Baillet le fait ici; il eft vrai
que Cotin étoit mort lorfque Baillet a parlé
de lui en termes fi offenfants, mais Baillet n'en
favoit rien quoi qu'il demeurât dans la même
ville. Mr. Bayle, pour le dire en paffant, l'en
raille fort agréablement & fort finement, dans
fes Réponfes aux Queftions d'un Provincial,
„ Que diriez-vous, *dit-il* †, du Sr. Richelet
„ qui a publié que l'on enterra l'Abbé Cotin
„ à St. Merry l'an 1673. Il lui ôte huit ou neuf
„ ans de vie, & ils demeuroient l'un & l'au-
„ tre dans Paris. M. Baillet qui demeure dans
„ la même ville le croyoit encore vivant en
1686.

* Voy. Baillet Jugemens fur les Poëtes, Tom. V.
pag. 244-245. † Tom. I. pag. 247.

„ 1686. Voila, *ajoûte-t-il*, une grande mar-
„ que d'abandon & d'obſcurité, & une occa-
„ ſion de ſe ſouvenir de l'épitaphe, qui fut
„ faite *ſur le champ*, *par une femme d'eſprit*, lors
„ qu'on crut qu'une Ducheſſe * étoit *perie par*
„ *la chûte d'un pont* ;

> *Cy git Olympe à ce qu'on dit.*
> *S'il n'eſt pas vrai, comme on ſouhaitte,*
> *Son Epitaphe eſt toûjours faite ;*
> *On ne ſait qui meurt ni qui vit.*

Baillet comptoit ſans doute ſur le caraĉtére de
Cotin † qui avoit été comme frappé de la
foudre après avoir éte expoſé au mépris public
dans les Satyres de Mr. Deſpreaux & être tombé enſuite entre les mains de Moliére qui
acheva de le ruiner de reputation en l'immo-
lant ſur le Théatre à la riſée de tout le monde
dans ſa Comedie *des Femmes Savantes*. Baillet
croyoit que n'ayant donné depuis ce temps-là
aucun ſigne de vie, on pouvoit bien le tenir
pour mort.

　Il y a eu des gens qui n'ont pas été ſi mal
traitez que Ménage & Cotin, qui ont crû pourtant n'avoir point lieu d'être contents de Baillet, & qui ont critiqué ſon Ouvrage ſans ménagement. Les Savans du Nord & ſur tout de
l'Allemagne ont prétendu qu'il y avoit dans ces
*Jugemens des Savans* compilez par Baillet certaines choſes qui étoient offenſantes pour eux.
Quoi qu'il en ſoit, il y en a eû quelques uns qui
ont ſoûtenu que cet Ouvrage de Baillet n'étoit
qu'une

* Mad. de Mombazon.　† Voy. ſur ce ſujet Mercure Galant de l'an 1672. Tom. I. pag. 64. 65. 66. 67.
Edit. de Holl.

qu'une imitation de plufieurs autres Auteurs qui
ont travaillé avant lui fur le même plan, comme de *l'Ars Critica* du Célébre Mr. le Clerc;
de *Thomæ Bartholini de libris legendis Differtatio-*
*nes feptem*, de *Joannis Friderici Hodanni Dif-*
*fertatio de libris legendis*. De *Francifci Sacchini*
*libellus de ratione libros cum fructu legendi*. De
*Claudii Verdierii Cenfura Auctorum omnium vete-*
*rum & recentiorum*. De *Leo Allatius in Difcep-*
*tatione fua de Erroribus magnorum Virorum in di-*
*cendo*. De *Jacobi Boyleau Colloquium Criticum de*
*fphalmatis Virorum in Re Literaria Illuſtrium* *.
Cependant il faut dire les chofes comme elles
font, le Célébre Struvius qui fait cette Critique,
ne laiffe pas de parler avec éloge de nôtre Baillet, dans le temps même qu'il croit n'avoir
pas fujet d'être fatisfait de lui, *licet*, dit-il, *ipfe*
*odii in Germanos & animi præcipitis non fit expers*.

M. Struvius eft un homme que je confidere
beaucoup, & pour lequel j'ai toute l'eftime
qui eſt duë à fon favoir, & à fon merite perfonnel Mais je dis franchement que je trouve
qu'il fe trompe dans la comparaifon qu'il fait
du Recueil des Jugemens de Baillet avec tous
les Ouvrages dont je viens de parler. Il n'y en
a aucun qui foit auffi ample, qui embraffe autant de matiére, ni qui rapporte les differents
fentimens auffi exactement que nôtre Baillet.
Il fait lui feul ce que tous les autres ont entrepris féparément; & on peut dire qu'il femble
que leurs divers Ouvrages ne foient que comme des projets & des tentatives de ce que Baillet

* Vid. *Burcardi Gotthelffii Struvii Introductionem ad*
*Notitiam Rei Literariæ & Ufum Bibliothecarum*, pag.
237. 238.

let a fi heureusement, fi pleinement & fi parfaitement exécuté.

Je dirai aussi avec toute la considération
qui est duë à un aussi habile homme que l'est
Mr. Struvius, qu'il n'a pas dû prendre en
mauvaise part ce que Baillet a dit des Allemands.

Je defapprouverois beaucoup qu'il en eût
parlé d'une maniére injurieuse ou méprisante.
Le P. Bouhours qui s'est oublié jusqu'au point
de commettre une telle faute a été traité comme il le méritoit par divers Ecrivains Allemands, qui l'ont convaincu d'avoir tort, non
seulement par leurs raisons, mais sur tout
par leur maniére d'écrire, elle même. Le docte
Mr. Cramer, connu dans la République des
Lettres par divers Ouvrages qui y ont déja paru, & par divers autres qu'on y attend, a été
le premier qui s'est soûlevé contre des sentimens fi injustes, dans une petite piece fort po-
lie, mais fort sanglante, qu'il a donnée sous
le titre de *Vindiciæ Nominis Germanici contra
quosdam obtrectatores Gallos*, imprimé in folio à
Berlin, & in 12. en Hollande en l'année 1694.
Il a su vanger le Septentrion de l'outrage qu'un
François trop prévenu pour la gloire de sa Nation, & contre l'honneur des peuples du Nord,
a voulu lui faire sur le chapitre du bel Esprit.
Et il n'y a qu'à voir ce qui est dit de lui, dans
le *Nouveau Journal de Berlin* * pour voir s'il
en étoit capable, & ce qui en est dit dans l'*Histoire des Ouvrages des Savans* † pour juger s'il a
bien réussi, en montrant par les effets que sa Nation est capable des productions les plus inge-
nieuses

* Tom. I. pag. 132.   † Juillet 1694. pag. 499. &c.

nicules & les plus subtiles. M. Jean Braun Docteur & Professeur en Theologie & en Langue
Hébraïque dans l'Université de Groningue &
des Ommelandes l'a suivi en l'année 1700. &
sur la fin de la troisiéme de ses sept Dissertations choisies sur des matiéres sacrées qui sont
la matiéré du Livre cinquiéme de l'Ouvrage
qu'il a intitulé *Selecta Sacra.* Il a répoussé vi-
goureusement les louanges que le P. Bouhours
a données à la Langue Françoise, dans ses *En-*
*tretiens d'Ariste & d'Eugene*, & l'injure qu'il a
faite à toute la Nation Allemande en mettant
en question *si un Allemand peut être bel Esprit?*
Et depuis nous avons vû l'Ouvrage de Chris-
tian Feustelius *de Eruditorum Germanorum Vitis*
*contra iniquas nonnullorum censuras. Speciatim de*
βιογράφοις *Germanorum, contra Rolandi Maresii* *
*Judicium Schediasma.* Je nê sai au reste pour le
dire en passant, comment il a pû arriver à Des-
marests de donner occasion de plainte contre lui
sur ce sujet, car il paroit par une de ses Lettres
addressée à Nicolas Heinsius, qui est la quarante troisiéme du Recueil de ses Épîtres, dont le
public est redevable à l'Illustre Mr. de Launoy,
& dont L. A. Rechenberg nous a donné une
nouvelle Edition à Leipsik & à Francfort en
l'année 1687. il paroit, dis-je, qu'il parle fort
avantageusement du genie des Allemands. Je
ne parle pas des deux traitez que Daniel George Morhoff, Professeur à Rostock & depuis à
Kiel, a promis l'un *de pura dictione*, & l'autre *de*
*Germanorum Meritis Literariis*; parce que je ne
les

---

* Voy. touchant ce Des Marêts & la publica-
tion de ses Lettres, *Mélange d'Histoire & de Litterature*
*par Vigneul-Marville* Tom. I. pag. 169. 170.

les ai point vûs , & que j'ignore s'il les a effectivement donné comme il l'avoit promis.

Quoi qu'il en soit, les François équitables
ont abandonné le P. Bouhours & tous ceux qui
ont eu la même indiscretion que lui, de même
qu'ils ont abandonné dans le siécle précédent
ce François téméraire contre lequel l'Illustre
Schouler connu sous le nom de Sabinus *,
Gendre de Melanchthon, & Professeur à Francfort sur l'Oder , & depuis à Konigsberg en
Prusse témoigna une si juste indignation dans
ces beaux Vers à la tête desquels il a mis ces
mots *in Obtrectatorem Gallum*. Le silence qu'ils
ont gardé à son égard , est une preuve suffi-
sante qu'ils ont blâmé sa conduite ; car sans cela
d'autres exemples nous apprennent qu'ils n'auroient pas manqué de venir à son secours & de
le défendre. Ceux qui savent ce qui se passe
dans la Republique des Lettres n'ignorent pas
combien de gens feu Mr. Steyaert s'est attiré
sur les bras pour avoir publié des Theses sous
ce titre si injurieux, *Positiones de Pontifice, ejus-
que auctoritate Apologetica contra obtrectatorem
Gallum*, imprimées à Louvain en l'année 1687.
Les François ne se sont pas contentez de blâmer cette conduite par leur silence , ils se sont
expliquez formellement sur ce sujet. L'illustre
Mon-

* Voy. au sujet de Sabinus, *Mélange d'Hist. & de
Litterature.* Tom. III. pag. 75. Item *Joh. Molleri Ho-
monymoscopia Historico - Philologico-Critica.* pag. 788.789.
Item *Sabini Poëmata*, pag. 315. Hendecasyll. Il raconte une Histoire fort singuliére dans ses annota-
tions sur le premier recit du dixiéme Livre des Metamorphoses d'Ovide. Cette Histoire est rapportée
par St. Romuald dans son Trésor Chronologique &
Historique Tom. 3. pag. 410.

Monfieur de Beauval * qui a donné l'extrait
du Livre de Mr. Cramer dont je viens de parler a pris occafion de fe déclarer hautement &
obligeamment fur une Queftion fi claire & fi
peu problematique. Chevreau a condamné publiquement ces expreffions du Cardinal du Perron *Gretzer a bien de l'efprit pour un Allemand*,
& du P. Bouhours qui demande *fi un Allemand
peut être bel Efprit.* Chevreau pouffe même fi
loin fa delicateffe fur ce fujet, qu'il defaprou-
ve que Scaliger aît dit que *Tilenus pour un Allemand parle & écrit bien François.* Cependant il
femble que fans choquer ni le général ni les
particuliers d'une nation on puiffe bien dire
de quelque étranger que ce puiffe être, qu'il
parle affez bien toute autre Langue, que la
fienne; & un François, par exemple, n'auroit
pas raifon de s'offencer fi on difoit de lui qu'il
parle affez bien Allemand pour un François,
ce feroit le louer plûtôt que de le méprifer. Il
eft d'autant moins jufte de faire fur cela un
procès à Scaliger, que bien loin d'avoir pretendu méprifer les Allemands, tout le monde
fait qu'il a fait une harangue pour les louër †.
Chevreau ‡ honteux que le Cardinal du Perron
pour lequel il a beaucoup d'eftime, aît commis une faute fi lourde, tâche de l'en difculper
en foûtenant que ces chofes font du nombre
de celles qui ne font point de lui & qu'on a
fourrées mal à propos dans le *Perroniana* ou
par malice, ou par imprudence. Qu'au fond
il ne peut jamais les avoir dites ni penfées, parce

---

* Hift. des Ouvrages des Savans, Juillet 1694. pag.
499. † Voy. *Scaligerana* pag. 7. ‡ Voy. *Chevraana*
Tom. I. pag. 158. &c. 162.

ce qu'il étoit trop délicat & trop favant pour
entretenir fes amis ou de ces fauffetez, ou de
ces bagatelles. L'Auteur des Sentimens de
Cleanthe fur les Entretiens d'Arifte & d'Eugene n'épargne point le P. Bouhoùrs fur la bevuë
qu'il a faite fur ce fujet. Il la reléve & la lui
reproche d'une maniere qui a dû lui avoir
fait fentir fa faute. „ A quel propos cela?
„ dit-il *, pourquoi attaquer fi hors de fujet
„ toute une Nation qui ne lui fait rien, & dont
„ il ne s'agit en aucune façon ? On dit affez
„ librement que cela ne peut venir que d'un
„ mauvais tour d'Efprit, ou d'un grand fond
„ de froide raillerie, ou d'une extrême envie de
„ parler ; & tout cela dans un Difcours du fecret
„ & de la difcretion, ni même dans un autre, ne
„ fait pas un fort grand ornement ; non plus que
„ cette queftion par laquelle il demande *fi un*
„ *Allemand peut être bel efprit.* Je vous affure,
„ Monfieur, que cela a déplû à des perfonnes
„ bien fages, qui m'ont dit que fi l'Auteur des *En-*
„ *tretiens* étoit plus judicieux, il traiteroit mieux
„ des gens, qui ont une inclination particuliere
„ pour les Lettres, qui les allient avec les ar-
„ mes ; qui ont trouvé des chofes admirables
„ dans les Arts & dans les Sciences ; l'Artil-
„ lerie, l'Imprimerie, le Compas de propor-
„ tion ; qui d'ailleurs font la plûpart nos amis,
„ nos alliez, & nos voifins . . . . C'eft dans
„ ce même Difcours que l'Auteur demande,
„ *fi un Allemand peut être bel Efprit?* Je ne
„ penfe pas qu'on fe fut encore avifé de dou-
„ ter de cette poffibilité ; & apparemment l'Auteur

* Partie premiere, Lettre quatriéme pag. 78. & Lettre cinquiéme pag. 91.

„ teur eſt le premier qui ait fait cette Queſtion.
Mr. Leti fait très-bien l'Apologie des Allemands contre ce proverbe ſi injuſte, *vous me
prenez pour un Allemand*, dans la premiere partie
de ſon *Ritratti biſtorici, overò Hiſtoria dell Imperio
Romano in Germania*, & on peut très-bien le joindre aux François équitables à cet égard puis
qu'il eſt en cela du même ſentiment qu'eux.
Il employe preſque tout le ſixiéme Livre de
cette premiere Partie à faire un portrait qui leur
eſt fort avantageux. Certaine Relation de la
Livonie imprimée à Londres in 8. en l'année
1701. établit de plein droit l'avantage des Païs
Septentrionaux ſur les Meridionaux. Mais comme je m'écarterois de mon ſujet ſi j'entrois dans
les raiſons qu'il en rend, je renvoye mon Lecteur à la Relation même s'il ſouhaitte d'en être
inſtruit. Je dis donc qu'il ne faut jamais parler
mal d'une Nation entiere, & qu'on a toûjours
blâmé ceux qui l'ont fait. Les anciens & les
modernes ſont d'un même ſentiment & d'un
même goût à cet égard. Quintilien * dit élo-
quemment à ſon ordinaire que, *Malè dicitur
quod in plures convenit, ſi aut Nationes totæ in-
ceſſantur, aut ordines, aut conditio, aut ſtudia
multorum*. Et nous voyons que Mr. le Vaſſor,
Auteur neanmoins egalement judicieux & poli,
ayant dit ſans affectation pourtant, dans le
premier Tome de ſon excellente *Hiſtoire de
Louis XIII*. que Henri IV. étoit le plus grand
Gaſcon de ſon Royaume, & qu'ayant repeté
dans la ſeconde Partie du ſecond Tome en parlant

* *Quintil. Inſtitut. Orator*. lib. 6. cap. 3. pag. 362.
de l'Edition d'Ulric Obrecht, faite à Strasbourg par
Dulſſecker, en deux Voll. in 4. en l'année 1698.

M 3

lant du Duc d'Epernon, qu'il étoit un Gafcon,
on a envoyé un mémoire à Mr. Bernard contre
lui fur ce fujet. ,, On ne lui épargne point ici,
,, dit Mr. Bernard * en parlant de Mr. le Vaf-
,, for par rapport au Duc d'Epernon, on ne
,, lui épargne point ici l'Epithéte de *Gafcon*, ce
,, qui ne plaira pas fans doute, à ceux qui ont
,, trouvé mauvais qu'il ait dit d'Henri IV. dans
,, le premier Tome, qu'il étoit *le plus grand*
,, *Gafcon de fon Royaume*. Nous avons reçu un
,, memoire, ajoûte Mr. Bernard, où l'on pré-
,, tend que c'eft vouloir choquer toute une Na-
,, tion, que de fe fervir de ce terme en ce fens ;
,, & l'on croit, que l'Auteur n'eft pas moins blâ-
,, mable en cela que le P. Bouhours qui a mis
,, en queftion, *fi un Allemand pouvoit avoir de*
,, *l'Efprit* ! On doit cependant avoüer qu'il y
,, a de la difference, on ne peut excufer en au-
,, cune maniére la queftion du P. Bouhours ;
,, mais le mot de Gafcon eft fi en ufage pour
,, fignifier un fanfaron, qu'il femble avoir per-
,, du fa premiere fignification, du moins ne
,, l'excite-t-il que fort obfcurément dans l'Ef-
,, prit, quand on dit d'un fanfaron que *c'eft*
,, *un Gafcon*. Il faut donc avoüer que toute la
,, faute de nôtre Auteur, s'il s'en étoit tenu à
,, l'expreffion de fon premier Volume, feroit
,, d'avoir employé une façon de parler qui pa-
,, roit au deffous de la gravité d'un Hiftorien ;
,, mais il eft vrai qu'il y revient fi fouvent dans
,, le fecond Volume qu'on ne fauroit douter
,, que l'expreffion ne lui aît plû ; ni blâmer
,, tout-à-fait ceux qui en ont été choquez.
En-

* Voy. Nouvelles de la Republique des Lettres,
Fevrier 1701. pag. 134. 135.

„ Entr'autres occaſions, il dit en parlant d'une
„ certaine harangue, qu'elle étoit comme cel-
„ les des Gaſcons, *courte & mauvaiſe*. Il faut
avouër que l'Auteur d'un Livre qui a pour
titre *le Puits de la Verité*, *Nouvelle Gauloiſe*, imprimé à Amſterdam in 12. chez Henri Desbor-
des en l'année 1699. les caractériſe d'une maniere moins offenſante, & qui ne les fait pas
moins bien reconnoître. Il nous les repréſente
comme des gens qui quittent volontiers leur
païs, où ils ne font rien, pour aller faire les
Maîtres dans le païs des autres.

Je desapprouverois donc, je le répéte encore, & je me ſuis étendu à en dire les raiſons
afin qu'on doutât d'autant moins que je ne deſ-
approuvaſſe extrémement que Baillet eut parlé
des Savans d'Allemagne avec mépris. Mais il
ne me ſemble point que ce qu'il en a dit doive
être pris en mauvaiſe part. Quelques courtes
Reflexions détromperont peut-être ceux qui
l'ont crû.

Le Docte Mr. le Clerc * faiſant des Remarques ſur quelques endroits de l'Ouvrage de
*Julius Firmicus Maternus*, intitulé *Matheſeos lib.*
8. fait voir que les Planetes, ſelon les Aſtrolo-
gues, envoyent leurs influences également par
toute la terre, & que ſi les mœurs des hommes
en dépendoient uniquement, le Naturel de toutes les Nations ſeroit à peu près le même, ce
qui n'eſt pas. Qu'on ne peut pas dire qu'il n'y
aît perſonne du tout parmi toutes les diverſes
Nations qui ne ſoit ſujet aux défauts, ou qui
n'aît les bonnes qualitez qu'on leur attribuë
communément, mais ſeulement que ces défauts,

---

* Bibliothéque Choiſie, Tom. II. Art. 5.

fauts & ces bonnes qualitez se trouvent plus
fréquemment parmi une Nation que parmi une
autre ; que cela est dû à la diversité de l'Edu-
cation & des opinions. Il est certain que cette
diversité est grande ; chaque Nation a son caractére particulier, & quand on le marque on
parle historiquement, & on ne prétend point
l'injurier, car si elle a ses defauts elle a aussi
ses perfections ; si tous les particuliers n'en sont
pas également dignes d'estime, il y en a plusieurs qui le sont ; l'avantage & le desavantage
sont égaux dans toutes les Nations, & aucune
ne doit point se choquer de ce que l'on la re-
presente avec ses défauts, aussi bien qu'avec
ses bonnes qualitez. On ne pecheroit pas moins
en louant toute une Nation qu'on pécheroit
en la blâmant ; en disant qu'elle a tous les
dons naturels & acquis qu'en disant qu'elle n'en
a aucun ; par exemple Mr. Dennis soûtient
dans un *Discours Critique de l'avancement & de
la Reformation de la Poësie moderne* imprimé à
Londres en l'année 1701. Que les Anglois
surpassent de beaucoup les François dans les
connoissances simplement utiles & necessaires,
& qui ne se soûtiennent que par leur solidité
sans rien emprunter de l'ornement & de la politesse ; que leurs Medecins sont plus estimez
en France même, que les Medecins François ;
& que leurs Theologiens ont acquis plus de reputation dans les païs Septentrionaux, quoi
qu'ils n'ayent presque écrit qu'en Anglois, non
seulement que les Theologiens de ces pays-là,
mais même plus que les Theologiens François
Réformez ou Catholiques Romains. La Nation Françoise ne s'est point soûlevée contre
cette prééminence attribuée aux Anglois à cet
égard

égard feulement. Si la Nation Angloife la
furpaffe en cela, elle furpaffe l'Angloife en
beaucoup d'autres chofes. D'ailleurs en éle-
vant les Anglois d'un côté on les abaiffe de
l'autre. Ils ont la folidité, dit-on, mais ils n'ont
pas la politeffe, ni la vivacité Françoife. Baillet * lui-même rapporte, quand il parle des
Anglois, le jugement qu'en a fait le P. Rapin,
favoir que par cette profondeur de genie qui
eft ordinaire à cette Nation, ils aiment les me-
thodes profondes, abftrufes & recherchées.
Baillet ni Rapin n'ont pas prétendu par là méprifer la Nation Françoife qui n'a pas les talents qu'a la Nation Angloife, mais qui en a
d'autres qu'elle n'a point. Chaque Nation a les
fiens particuliers & ne doit point être jaloufe
de ceux des autres.

> † Chaque Païs a fes talents,
> L'Allemagne a des Artifans;
> La France en Droit eft accomplie;
> L'Efpagne a des hommes prudents
> Pour montrer la Theologie.
> Les Peintres les plus excellents
> Se font trouvez dans l'Italie,
> Et la Grece des premiers temps
> Excelloit en Philofophie.
>
> 　　　　　　　　　Mr.

* Jugement des Savans &c. Tom. I. pag. 257.
　† *Divifæ ingeniis patriæ, Germania Fabros,*
　　　*Jurisconfultos Gallia noftra dedit.*
　*Theologos genitrix, nutrixque Hifpania fervat,*
　　　*Pingere Roma docet, Græcia differere.*
C'eft Mr. Maultrot qui a fait la traduction dont e
me fers ici.

Mr. Struvius lui-même exprime cela d'une maniere très-judicieuse dans son curieux & excellent Traité intitulé *Introductio ad Notitiam Rei
Litterariæ* *. *Quintum judicium*, dit-il, *dabit
Scriptoris patria. Non omnia ingenia omnis fert
tellus. Belle de his Bartholinus de libris legendis
Diff. 2. pag. 56. In Historiis Satyrisque scribendis
nonnulli felicius versantur. Alii artes mechanicas,
bellandique gloriam præferunt ; Mathematica hi
sectantur genii quâdam inclinatione, illi Sacra, Me-
dicinam isti, plures amœniora Studia, alii per ex-
perimenta Naturam venantur, alii ratione, sin-
gulæ Orationes suo modo Palladi procantur. Cu-
jusque Auctoris genium, si in universum considere-
mus, seculum & Patria prodit. Apud Gallos, a-*
joûte Struvius, *ultra seculum florent litteræ, cum
Regali munificentia provocantur, ita ut pauca
restent disciplinæ in quibus non singulare quidpiam
præstiterint; licet jam apud eos decrescere incipiat
Eruditorum numerus.* C'est suivant ce principe
que Baillet a voulu justifier ce que le P. Bouhours avoit dit avant lui, & ce qu'il a dit lui-
même sur ce sujet. ,, Un Auteur de nos jours,
,, *dit-il* †, semble avoir voulu mettre en ques-
,, tion de savoir, *si un Allemand peut être bel
,, Esprit*; parce que c'est comme un prodige,
,, *dit-il*, qu'un Allemand fut fort spirituel.
,, D'autres ont consideré cette proposition com-
,, me une injure, & une insulte qu'on auroit
,, voulu faire à une Nation très-considerable
,, dans l'Europe, qui fait paroître une inclina-
,, tion particuliére pour les Lettres, qui les
,, fait si bien allier avec les Armes, qui a trouvé
                                                    pour

* Cap. 5. §. 7. pag. 208. &c.   † Voy. Jugemens des
Savans, Tom. I. pag. 279. 280.

,, pour la gloire & l'utilité du genre humain
,, des chofes tout-à-fait admirables dans le;
,, Arts & les Sciences, telles que font l'Impri-
,, merie, l'Artillerie, le Compas de propor-
,, tion, & quelques découvertes qui ont paru
,, nouvelles dans l'Aftronomie, & dans les au-
,, tres Mathematiques. Mais l'Auteur n'a
,, point prétendu ôter aux Allemands la gloire
,, d'être de *bons efprits*, laquelle eft tout au-
,, trement folide que celle de *Bel Efprit*, qu'il
,, paroit leur vouloir difputer. Et tout homme
,, de jugement doit convenir qu'un Allemand
,, qui s'eft rendu *bon Efprit* par fon induftrie &
,, par fon travail, eft beaucoup plus louable
,, qu'un Italien ou un Francois qui étant né
,, *bel Efprit*, n'a foin de l'entretenir que dans
,, la vanité ou dans l'oifiveté ". Baillet leur
donne, ce me femble, un grand avantage, car
s'il refufe de reconnoître en eux cette vivacité,
& cette extrême delicateffe qu'il attribuë par
privilege à la Nation Françoife, en recompenfe
il les appelle de bons Efprits, & il leur donne
en partage la prudence & le jugement. Et c'eft
en cela que confifte l'effence du bel Efprit; le
refte n'eft que l'écorce & la fuperficie. Vigneul
Marville va bien plus loin, car il prétend qu'un
Bel Efprit & un bon Efprit font une même chofe.
,, Il feroit à fouhaiter, *dit-il* *, en parlant de
,, la Bruyere, qu'il nous eut dit, ce qu'il en-
,, tendoit par *beaux Efprits*; car je mets en fait,
,, que les veritables beaux efprits font de fort
,, bons Efprits; quoi que les bons Efprits, &
,, les gens de grand fens ne foient pas toûjours
beaux

---

* Melange d'Hift. & de Litterature, Tom. I.
pag. 346.

„ beaux Efprits. Et c'eft peut-être là un des
„ caractéres, qui diftingue plus le fiecle pré-
„ fent des autres fiécles. Les plus beaux Ef-
„ prits que nous ayons eû depuis cent ans, com-
„ me Galilée en Italie, Grotius en Hollande,
„ Bacon & Digby en Angleterre, Defcartes,
„ Gaffendi, & plufieurs autres en France é-
„ toient tous de très-bons Efprits. La preuve
„ s'en trouve dans leurs écrits, où le beau, & le
„ bon font heureufement alliez enfemble. Il
„ y a donc apparence que par beaux Efprits, Mr.
„ de la Bruyere entend les Efprits fuperficiels.

Quoi qu'il en foit, fi après ces Eclairciffemens, on trouve encore que Baillet aît tort,
je l'abandonne au jugement des perfonnes fages & équitables qui examineront fans pré-
vention fon intention & fes expreffions tout
enfemble.

Le célébre Morhoff a eû le même grief
contre Baillet, cependant il lui a rendu juftice
auffi bien que M. Struvius, d'une maniére fort
defintereffée & fort équitable. Il donna fon
*Polyhiftor*, en l'année 1688. Son projet avoit
tant de rapport avec celui de Baillet, qu'il étoit
difficile que marchant fouvent dans le même
chemin ils ne fe rencontraffent quelquefois;
cependant il ne s'eft point détourné de fa route, quoi que Baillet qui le précédoit fe fut faifi
de bien des chofes qu'il avoît préparées pour
les faire entrer dans fon plan. Ainfi il fe contente de nous avertir dans une courte Préface,
qu'il n'a point voulu rompre le fil de fon Ouvrage, en retranchant ce qui lui étoit commun
avec Baillet. * Il nous donne un Catalogue
très-utile de ceux qui ont compofé des Traitez

&

* Pag. 84.

& d'amples Catalogues, pour apprendre à connoître les Auteurs & les Livres ; il met à la
tête Voglerus, qui a fait un Livre intitulé *Uni-*
*verſalis in Notitiam cujuſque generis bonorum Scrip-*
*torum Introductio* ; Balæus, Naudé, Lambe-
cius, Photius, le Jeſuite Poſſevin ; Mrs. Bayle
& le Clerc y occupent auſſi une place honorable. Il avouë que l'Ouvrage de Baillet, dont le
deſſein eſt le plus étendu, & le plus achevé de
tous en ce genre, & qu'il a porté des jugemens
ſi ſages & ſi ingenieux, particuliérement des Auteurs François, qu'il eſt difficile d'y rien ajoûter.

Les jugemens que Baillet a rapportez touchant les principaux Imprimeurs, n'ont point
été épargnez par Mr. Struvius *. Toûjours
le cœur un peu ulceré il employe pour diminuer le merite des *Jugemens des Savans* de Baillet, un paragraphe tout entier à faire voir que
ce qu'il dit des principaux Imprimeurs n'eſt
point nouveau ; qu'il n'a rien dit qui ne ſe trouve ailleurs ; on prétend qu'il a puiſé une bonne
partie de ſes materiaux dans le Traité d'Almelo-
veen *de Vitis Stephanorum*; dans celui de Mal-
lincrot *de Ortu & Progreſſu Typographiæ*; dans
l'Hiſtoire de la Bibliothéque de Nuremberg par
Jean Saubertus, & dans l'Appendix qu'Antoine
Reyſerus a ajoûté à l'Indice qu'il a fait des manuſcrits de la Bibliotheque d'Augsbourg. Et
on allegue divers autres Auteurs contemporains de Baillet qui ont traité, dit-on, cette
matiere auſſi bien & auſſi curieuſement que lui.
Il eſt vrai qu'on lui fait la juſtice de reconnoître que s'il a emprunté de quelques Auteurs
qui l'ont précedé, d'autres ont emprunté de lui

à

* Struvius, ubi ſupra, pag. 515. &c.

à leur tour. \* On nomme entr'autres le Docte
Jean Albert Fabrice. Struvius ne cite que l'E-
dition seule faite à Hambourg in 8. en l'année
1697. de la Bibliotheque Latine; mais il s'en
est fait depuis, une autre à Londres, aussi in 8.
en l'année 1703. beaucoup plus belle & beaucoup plus ample.

Baillet avoit donné en l'année 1688. pendant le cours de sa dispute avec Ménage un
traité historique qui a pour titre, *des Enfans devenus célébres par leurs études ou par leurs écrits.*
Il fit cet Ouvrage pour le fils de Mr. l'Avocat Général de Lamoignon, qui étoit l'objet
de ses soins. Tout le monde sait qu'il avoit
gravé, pour ainsi dire, ses plus tendres amours
sur cette jeune plante. Ce jeune Eleve avoit
été choisi pour faire l'ouverture de la dispute
soûtenuë par Mr. l'Abbé de Louvois, desorte
qu'on peut dire que Baillet lui oppose dans son
Ouvrage des rivaux, dans la gloire d'avoir prévenu les années, plûtôt que de lui avoir mis
devant les yeux des exemples pour exciter dans
son cœur une noble émulation.

Baillet condamne sur la fin de cet Ouvrage
ceux qui soûtiennent que les études trop a-
vancées ne sont presque jamais heureuses. Il
rapporte toutes leurs raisons & les refute d'une
maniére également agréable & solide. Il fait
voir très-bien † que la prudence de l'Educa-
tion remédie à tout, & qu'il faut proportionner le travail aux forces de l'Esprit en fournis-
sant sagement des alimens au feu de la jeunesse. Il appuye ce qu'il dit, d'exemples très-curieux, & pour conclusion il montre, qu'à la
verité,

---

\* Ibid. pag. 519. † Pag. 475. &c.

verité, plufieurs grands hommes ont commencé fort tard à étudier & qu'ils ont néanmoins bien réuffi, mais qu'il n'y en a pas un feul qui n'eut été bien aife d'avoir commencé de bonne heure; fi leur conduite, dit-il, nous a perfuadé qu'il n'eft jamais trop tard de commencer, quand on a les talents avec les fecours néceffaires ; leurs defirs & leurs regrets nous ont fait connoître qu'ils eftimoient comme nous qu'il n'eft jamais trop tôt lorfqu'on fait proportionner les chofes à la portée des Efprits; & qu'ils portoient envie à tant d'illuftres Savans, qui avoient fait un fi bon ufage de leur enfance.

Les Savans du Nord ne laifférent pas jouïr long-temps nôtre Baillet, de la gloire de fon travail. * M. Sebaftien Kortholt Profeffeur ordinaire en Poëfie, & Bibliothécaire de l'Académie de Kiel parut d'abord fur les rangs, & notifia aux Savans qu'il avoit appris par des Lettres écrites de Paris que Baillet ne travailleroit point à une feconde partie de cet Ouvrage, comme on l'avoit efpéré, mais que lui Kortholt, avoit mis fous la preffe un traité intitulé ΑΝΔΡΟΠΑΙΣ, id eft, *puer doctus, five de præcocibus eruditis*, ab Adriano Bailleto infcripto ejufdem argumenti omiffis, liber; Qu'il y avoit joint une petite piéce intitulée ΟΨΙΜΑ-ΘΗΣ, id eft, *difcipulus fenex, five Differtatio de Viris Illuftribus qui ad ftudia fe tarde contulerunt*; Et une autre qui a pour titre *de Puellis à tenerrima ætate litteratis*. En attendant que ces Ouvrages paroiffent il inftruit d'avance fon Lecteur

* Voy. *Nova Litteraria Maris Balthici & Septentrionis Menfis Maji* 1704. pag. 153.154.

Lecteur de plusieurs corrections faites au Traité
de Baillet, qu'il y trouvera. Je ne sai pourquoi cette Edition qu'on disoit alors être déja
commencée n'a point été achevée. Quoi qu'il
en soit, le Docte Sebastien Kortholt s'en excuse : * *stare his promissis non potuit, quod occu-*
*pationum multitudo non sivit pertexere telam quam*
*dudum exortus est. Jam vero trecentos pueros doc-*
*tos à se collectos post Bailletam luci publicæ expo-*
*nit.* Comme l'entreprise de Baillet n'a point de
fin, parce que la nature n'en met point à la
production de ces fruits précoces, & qu'elle
en fait tous les jours des nouveaux, il n'y a pas
lieu de s'étonner que Kortholt en ait trouvé
trois cens au delà de ceux que Baillet a marqué.
Baillet lui-même a découvert, pendant qu'on
travailloit à l'impression de son Livre, des materiaux pour faire les deux additions consecutives qu'on voit à la fin de son Traité. Peut-
être que si on entreprenoit de travailler sur le
plan de Kortholt, on trouveroit plus de cinq-
cens jeunes Savans dont il n'auroit pas fait
mention. La question seroit donc de savoir si
Kortholt en a découvert quelques uns que Baillet eut pû connoître & qu'il a pourtant ignoré;
je crois qu'on peut dire sans donner atteinte à
la reputation de l'un ni de l'autre qu'ils n'ont
point épuisé la matiere, & qu'ils ont encore
laissé beaucoup de choses à ajoûter à ceux qui
écriront après eux sur ce sujet. David Scultet
avoit déja donné auparavant au public une Dissertation *de Doctis præcocibus*, imprimée in 4.
à Wittemberg en l'année 1702. contenant vingt-
deux jeunes Savans obmis dans l'Ouvrage de
Bail-

* Ibid. Mens. Dec. nb. 1705. pag. 374.

Baillet. Ce Livre n'a pas fait tant de bruit que celui de Kortholt, mais je doute qu'on doive en conclurre qu'il vaut moins. Je ne sai au reste pourquoi les Lettres de Paris que Kortholt dit avoir vuës portent que Baillet ne donnera pas la seconde partie de ce Livre, car il paroit par l'avis du Libraire au Lecteur qui est à la tête de ce Traité qu'il ne devoit servir suivant sa premiére destinée que d'Epître Dédicatoire à un plus grand Ouvrage, mais qu'ayant insensiblement grossi sous sa main, Baillet avoit crû qu'il meritoit de faire un Volume à part, d'autant plus que la matiere qu'il contient est toute differente de celle dont il s'agit dans le Recueil des Auteurs déguisez auquel il devoit être joint. Bien loin donc que ce Traité ait dû avoir une seconde partie, on avertit qu'il est plus gros qu'on n'avoit dessein de le faire. Les Correspondans de Mr. Kortholt ne lui avoient donc pas donné de bons avis sur ce sujet.

Cet Ouvrage concernant la découverte des Auteurs cachez fut annoncé dans la République des Lettres dans le mois de Novembre 1690 *. Il a eu un sort assez singulier; Baillet y travailloit dans le dessein de le conduire jusqu'à sa fin, mais ses amis lui ayant fait entendre qu'un tel Livre feroit un grand nombre de mécontents, il le discontinua & n'en donna qu'un Volume sous ce titre; *Auteurs déguisez sous des noms étrangers, empruntez, supposez, feints à plaisir, chiffrez, renversez, retournez, ou changez d'une Langue en une autre.* L'entreprise étoit difficile & même assez rebutante pour un Auteur qui a de l'esprit, car outre qu'il y
auroit

* Voy. Histoire des Ouvrages des Savans pag. 129.

auroit eu des peines infinies à démafquer les
Auteurs, & à ôter le voile qui les cache, le
travail en auroit été fec & aride; tout auroit con-
fifté plus en informations qu'en raifonnemens.
Il eft vrai que ces fortes de découvertes réjouïf-
fent infiniment plus les Lecteurs qui font ravis
que l'on tire le rideau derriere lequel les Auteurs
fe tiennent à couvert. Nôtre Baillet préparoit
donc ce regal au public, & ce Volume dont
je parle n'eft qu'un préliminaire qui contient
des remarques préparatoires pour le Recueil
des Auteurs déguifez. Les Nouvelles Litteraires du mois d'Août 1690. en parlent de cette
maniére, *Mr. Baillet,* difent-elles \*, *a donné un*
*Volume qui fervira comme de Préface à fes Auteurs*
*déguifez.* Baillet lui-même fait affez connoître
que ce Volume n'eft en effet qu'une Préface
d'un plus grand Ouvrage, car y parlant du
changement des prénoms par lequel divers Auteurs fe font déguifez, voici comment il s'exprime †. „ Je n'entends point parler des
„ Religieux qui changent tout, & nom & fur-
„ nom avec leur habit & leur premier genre de
„ vie à l'entrée du Cloitre, comme on le pra-
„ tique chez les Feuillans, les Carmes, les
„ Capucins &c. mais de ceux dans l'Ordre def-
„ quels il eft libre de conferver le nom de fa
„ famille. Ceux de cette derniere efpece qui
„ n'ont embraffé la profeffion Religieufe qu'a-
„ près avoir déja paru dans le fiécle en qualité
„ d'Auteurs, où de gens de Lettres ont quel-
„ fois embarraffé les connoiffeurs, lorfqu'a-
près

* Voy. Hiftoire des Ouvrages des Savans, Août
1690. pag. 538. † Voy. Auteurs déguifez, &c. pag.
420. 421.

„ près avoir changé le prénom qu'ils avoient
„ porté dans le siécle & sous lequel ils avoient
„ déja composé quelques Ouvrages, ils en ont
„ publié ·de nouveaux sous le prénom qu'ils
„ avoient reçû dans le Cloitre. Les Exemples
„ n'en sont pas si fréquents que des autres Re-
„ ligieux qui ont changé de surnom, & écrit di-
„ versement sous l'un & sous l'autre. Le nom-
„ bre en est pourtant trop grand pour pouvoir
„ être ici alléguez en témoignage. Vous trou-
„ verez bon que je vous les reserve dans un
„ Recueil à part de *Prénoms* changez qui sui-
„ vra le Recueil général des Auteurs dégui-
„ sez avec un autre Recueil de Religieux qui
„ ont changé leur surnom avec leur *Prénom.*
Ce Volume n'est pas moins curieux que l'auroient été les autres, il y a même plus de liaison & moins de sécheresse. Il commence par
des observations générales sur la manie des
hommes qui de tout temps ont rafiné pour se
donner de beaux noms, ou pour en prendre
qui eussent du rapport à leurs Qualitez person-
nelles. Il montre qu'autrefois le motif de ces
déguisemens n'étoit pas, comme il l'est devenu depuis, le désir de se dérober à la connoissance du public, en qualité d'Auteurs. Il montre au contraire que les Ecrivains prenoient de
grandes précautions pour afficher leurs noms
à leurs Ouvrages, & ils les inseroient jusques
dans le texte ; soit qu'ils ne fussent pas d'hu-
·meur à hazarder que les loüanges leur en écha-
passent ; soit par la simplicité des vieux temps,
selon laquelle chacun s'inscrivoit sans façon à
la tête de son Livre. On voit ensuite qu'il re-
sulta tant d'abus de ces variations de noms que
Henri second défendit par une ordonnance de
l'an-

l'année 1555. l'impreſſion de toutes ſortes de
Livres, ſans diſtinction, ſans un nom réel &
véritable. Le Concile de Trente a fait un de-
cret ſur ce ſujet, mais ii a borné ſa défenſe aux
Livres de Théologie ſeulement. Mais Louïs
XIII. a donné depuis une déclaration en l'année 1626. qui comme celle de Henri II. a étendu ſa défenſe indifferemment à toutes ſortes de
Livres. Baillet montre qu'au fond, pourtant
il n'y a pas tant de mal qu'on ſe l'imagine à diſſimuler ſon nom ; & il en rapporte
quatorze motifs très-innocents dans la ſeconde
partie de ſon Livre. Il paſſe enſuite dans la troiſiéme à l'examen de toutes les differentes maniè-
res de ſe déguiſer, & il accompagne toûjours
ce qu'il dit, d'exemples curieux qui en rendent
la lecture inſtructive & agréable tout enſemble.
Et dans la quatriéme enfin il traite des inconveniens qui naiſſent de la fiction ou de la ſup-
preſſion des noms. Et par une prudence digne
d'un auſſi habile homme qu'étoit Baillet, il a
mis à la fin du Tome, une liſte des Auteurs
dont il promettoit la découverte afin d'éviter
de faire des mécontents, inconvenient dont
j'ai fait mention, & qui lui avoit été repréſenté par ſes amis. * Son deſſein donc en donnant cette liſte, étoit d'inſinuer à ceux qui a-
voient interèt à n'être point démaſquez qu'ils
euſſent à l'avertir de ne point reveler le ſecret.
Cette précaution n'a point ſuffi, & il auroit eû
des mortifications à eſſuyer s'il eût continué ;
d'autant qu'il a quelquefois donné priſe ſur lui
en ſe trompant aſſez manifeſtement ; comme
quand il dit par exemple que Céſar Aquilinius
eſt

* Voy. Auteurs déguiſez &c. pag. 521.

est vraisemblablement *Errico* ou *Henri Scipion*.
J'ai fait voir * assez clairement, ce me semble,
dans mon *Mélange Critique de Litterature* que
Baillet a fait une faute à cet égard. Feu Mr.
Bayle, ce Critique exact à qui rien n'échapoit,
& qui a repris † Baillet, de ce qu'il attribuoit
à Mr. Justel une piece qui étoit de la façon de
Mr. Allix, auroit pû donner s'il avoit voulu
de terribles contredits contre cette decouverte
des noms, si l'honnêteté que Baillet a eû pour
lui comme on le verra à la suitte ne l'avoit peut-
être obligé à le ménager aussi.

M. Struvius ‡ fait aussi mention de cet Ouvrage de Baillet, mais se souvenant toûjours
du prétendu mépris que Baillet a fait paroître
pour les Savans de la Nation de Struvius, il
n'en parle point avantageusement. Il fait voir
que Baillet n'a été ni le premier ni le dernier
qui aît travaillé sur ce sujet, *sed ut verum fatear,*
dit-il, *in hocce Tractatu nonnisi potiora sunt ex-*
*cerpta ex Placcio & Deckero.* Il dit que *la visiera*
*alzata* des Italiens, *id est larva detracta,* est faite
sur le même plan que le Livre de Baillet; que
Johannes Petrus Jacobus Villanius en a publié
un pareil à Parme en l'année 1689. Mais il
met au dessus de tous les Livres de cette sorte,
un Livret intitulé *Larva detracta*; *h. e. brevis*
*expositio nominum, sub quibus Scriptores aliquot*
*Pseudonymi, recentiores imprimis, latere volue-*
*runt. Veriburgi* 1670. in 12. dont il dit que la Republique

* Voy. Mélange Critique de Litterature recueilli
des Conversations de feu Mr. Ancillon, Tom. II.
pag. 162. 163. † Voy. Nouvelles de la Republique
des Lettres, Juin 1686. pag. 666. ‡ Struvius ubi
suprà pag. 414.

publique des Lettres eſt redevable aux ſoins du
célébre Antoine Magliabechi.

Quoi qu'il en ſoit, Baillet ayant ceſſé de travailler à cet Ouvrage tant par prudence qu'à la
perſuaſion de ſes amis, il tourna ſes études d'un
autre côté, & dès l'année ſuivante 1691. il mit
au jour la vie de Mr. Deſcartes en 2 voll. in 4.
& en 1692. il en donna l'abregé. Cet Ouvrage
& ſon abregé furent annoncez dans la Republique des Lettres, dans le mois de Février
1691. * *La Vie de Mr. Deſcartes dont on dit que
Mr. Baillet eſt l'Auteur eſt auſſi ſous la preſſe*, &
dans le mois de Novembre de la même année,
† *Mr. Baillet fait imprimer lui-même un abregé
de la Vie de Deſcartes in 8. qu'il a donné il y a
quelque temps in 4.* Et enfin dans le mois d'Août
de l'année 1692. ‡ *Mr. Baillet a publié l'abregé
de la Vie de Deſcartes. On verra bientôt ici (Paris)
d'excellents mémoires de la Vie de Deſcartes par
un Prélat. Ils ſeront addreſſez à Mr. Regis, comme on a depuis peu addreſſé quatre Lettres à Mr.
Baillet ſous le titre de* Réflexions ſur les Jugemens des Savans. *Les Memoires ſont en forme de
Dialogue entre Mr. Chanut & Mr. Deſcartes. Ce
Philoſophe y eſt finement raillé & confiné à la fin
dans la Laponie pour y ériger une école où il enſei-
gnera les tourbillons.* Baillet en fait un portrait
fort reſſemblant, & comme il n'a rien oublié
de ce qui pouvoit contribuer à la reputation
de

* Voy. Hiſtoire des Ouvrages des Savans, Fevrier
1691. pag. 279. † Ibid. Novembre 1691. pag. 128.
‡ Ibid. Août 1692. pag. 543. Il y a une faute d'impreſſion dans cet endroit. Il y eſt dit que Deſcartes
eſt confiné dans la Japonie, pour dire dans la Laponie; autrement il auroit fallu dire dans le Japon,

de Defcartes il ne déguife point auffi fes défauts, perfuadé qu'il y a toûjours des marques
de force & de grandeur dans les foibleffes mêmes des grands genies. Les ennemis de Defcartes fe font tous accordez à l'accufer de vanité, & à lui reprocher qu'il afpiroit à la gloire
d'être Chef de feɗe. Si Baillet l'abandonne
à cet égard, il le difculpe entiérement du côté
de la Religion à l'égard de laquelle on l'a-
voit dangereufement décrié. Les Théologiens
l'ont entrepris par là violemment. Ce foupçon
s'eft même repandu jufques fur fes feɗateurs.
Baillet l'en décharge pleinement, il nous dit
que perfonne ne fut jamais plus refpeɗueux
pour la Divinité, & ne parla de la Religion
avec plus de circonfpeɗion & de retenuë. Il
étoit fort fobre à l'égard des myftéres de la foi.
Outre qu'il avoit de la répugnance pour les
chicanes dont on a embarraffé la Religion, il
trouvoit que l'on décide trop hardiment de ce
qui eft poffible ou impoffible à Dieu, comme fi
nôtre imagination pouvoit avoir autant d'étenduë que la toute-puiffance de Dieu. Baillet eft
perfuadé qu'on ne lui impute d'être Athée que
parce qu'ayant mal attaqué l'Athéïfme, au gré
des Theologiens; ils en conclurent que c'étoit
une feinte pour propofer leurs objeɗions en
fûreté, & faire fentir qu'il n'eft pas aifé de
les convaincre. Mais cela étant, il falloit tout
au plus lui reprocher d'avoir mal refuté les
Athées au lieu de chercher de l'artifice dans la
foibleffe de fes arguments, qu'il a pris pour
des Demonftrations. Le foupcon étoit mieux
fondé fur l'exclufion qu'il donnoit à la Raifon
dans le difcernement de l'Ecriture. D'un côté
il étoit perfuadé que perfonne n'eft auffi touché
des

des chofes que la foi feule nous enfeigne, &
où nôtre Raifon ne peut atteindre, que de celles qui nous font démontrées par des raifons
naturelles fort évidentes; & de l'autre il tenoit
que *c'eſt par la grace Divine ou par une lumiére
intérieure dont Dieu nous éclaire que l'on croit les
chofes de la Religion.* Or ce recours à une grace
intime, pour preuve décifive de la Divinité de
l'Ecriture, dans un homme accoûtumé à raifon-
ner jufqu'à la dernìere précifion, eſt un aveu
tacite de l'impuiſſance des preuves, & un refuge pour ne demeurer pas convaincu de ne
croire rien. Il y a dans les Oeuvres poſthumes
Phyfiques & Mathématiques de Defcartes un
Traité imparfait, intitulé *Recherche de la Verité
par la lumiére naturelle* qui explique très-bien
fes fentiments fur ce fujet, il eſt fait en forme
de Dialogue où Defcartes introduit trois Inter-
locuteurs. On n'a que le commencement de
ce Livre, mais Baillet nous apprend que cet
Ouvrage étoit divifé en deux Livres, & que le
but que Defcartes s'y propofoit étoit de déter-
miner par la lumiere naturelle toute pure , &
fans emprunter le fecours de la Religion ni de
la Philofophie les opinions que doit avoir un
honnête homme fur toutes les chofes qui doivent occuper fa penfée. Quoi qu'il en foit,
Baïllet infifte fort à le purger de toute tâche
d'Atheïfme ou d'incredulité, & il a même pris
foin de juftifier par des atteſtations en forme,
qu'il s'acquittoit exactement de tous les devoirs
de la Religion, en Catholique humble & pieux
quafi jufqu'au fcrupule.

Cet Ouvrage de Baillet n'a pas été plus heureux que les autres , il a été arrêté & attaqué
comme fes précedents. Et comme c'étoit per-
fon-

fonnellement à l'Auteur auquel on en vouloit,
il ne faut pas s'étonner si on ne manquoit pas de
critiquer fans miſericorde tout ce qui fortoit de
ſa plume. On publia deux Ouvrages entr'autres
qui attaquerent celui ci, de Baillet; l'un a pour
titre, *Nouveaux Memoires pour ſervir à l'Hiſtoire
du Carteſianiſme*, & a été imprimé à Utrecht in
12. en l'année 1693. C'eſt celui dont je viens de
faire mention. On feint là que Deſcartes mal
content de l'accueil peu favorable de la Reine de
Suede, & las de ſe voir aſſaſſiné de problêmes
& d'objeĉtions, & de foûtenir la qualité oné-
reufe d'Oracle du genre humain, fit ſemblant
de mourir pour ſe dérober au monde, & ſe confiner dans la Laponie. On comprend par là que
tout le Livre eſt ſur le ton plaiſant. L'Auteur
ne laiſſe pas pourtant d'y relever quelques bévuës de Deſcartes. On parle un peu plus ſé-
rieufement dans l'autre piéce intitulée *Reflexions d'un Académicien ſur la Vie de M. Deſcartes envoyées à un de ſes amis en Hollande*; imprimées à la Haye in 12. en l'année 1692. ,, *Ce-
,, lui qui en eſt l'Auteur ſe jette d'abord ſur
,, les bagatelles dont il prétend que Baillet a
,, groſſi ſon Livre. Par exemple il ſe moque
,, de l'exaĉtitude de Baillet qui a obſervé que
,, Mr. Deſcartes *d'une taille au deſſous de la mé-
,, diocre, portoit le plumet, le baudrier, & l'é-
,, pée, & s'habilloit de taffetas verd.* Et qu'il
,, avoit une *pente d'affeĉtion pour les femmes loû-
,, ches.* On lui remontre que cette deſcription
,, de ſon Héros, & cette inclination bizarre
,, pouvoient être judicieufement ſupprimées,
de-

* Hiſtoire des Ouvrages des Savans, Juin 1693;
pag. 548.

„ de peur de faire rire ſes Lecteurs.  La repri-
„ mende ſur les frequentes digreſſions ſur tous
„ les Potentats de l'Europe qui ont ſi fort en-
„ flé l'Hiſtoire de Baillet, eſt encore plus grave.
„ On prétend qu'il a plûtôt écrit „ * l'Hiſtoire
„ du temps que celle de Deſcartes, & que ſou-
„ vent Baillet après l'avoir placé quelque part
„ le laiſſe là pour faire de longues excurſions
„ hiſtoriques, & va ſe promener dans tous les
„ Etats pour en faire ſon rapport ; & puis il
„ reprend Deſcartes où il l'avoit quitté. Il eſt
„ difficile de n'oublier pas le Heros, qui n'eſt
„ que l'occaſion éloignée de tant de narrations
„ entaſſées, où il ne fait aucune figure. Il valoit
„ donc mieux, *dit-on*, mettre tout ſon art à
„ donner une expoſition vive & nette du Syſtê-
„ me de Mr. Deſcartes afin de joindre l'agré-
„ ment de l'Hiſtoire avec l'utilité de l'inſtruc-
„ tion. En liſant la vie du Philoſophe l'on au-
„ roit appris la Philoſophie ". Mr. de Beauval
qui a fait un Extrait fort judicieux de cette critique remarque † qu'on paſſeroit volontiers
à Baillet d'avoir ramaſſé les titres magnifiques
„ d'*Atlas de l'Univers*, de *Confident de la Nature*,
„ ou *de demi Dieu*, (comme l'appelloit le Pi-
„ lote de la Reine Chriſtine,) dont Mr. Deſcar-
„ tes a été honoré. Ces expreſſions figurées
„ marquoient tout ce que l'on penſoit de lui ;
„ mais que Baillet eſt deſcendu à des détails
„ que cet Auteur a ſi malicieuſement recueil-
„ lis que l'on a de la peine à s'empêcher d'en
„ rire avec lui. Il reprend depuis l'Exorde juſ-
„ qu'à l'Inventaire des biens meubles & im-
„ meubles de Deſcartes, que Baillet fait après

ſa

„ fa mort. Avec ſes airs de plaiſanterie il fra-
„ pe de toute ſa force, & ſe réjouït de bon
„ cœur de la déroute où il croit avoir mis
„ Baillet.

Le premier de ces deux Ouvrages eſt de la
façon de l'Illuſtre Mr. Huet Evêque d'Avran-
ches, * & Baillet a attribué l'autre au P. Bouhours, mais on croit qu'il s'eſt trompé. Baillet
ne nous a rien dit d'un fragment qui contient
les premieres penſées de Deſcartes ſur la gé-
nération des Animaux, & qu'on a publié en
l'année 1701. parmi les Oeuvres Poſthumes
Phyſiques & Mathématiques de Deſcartes. Baillet ayant appris de Deſcartes † même qu'il penſoit à publier un Traité des Animaux & qu'il
n'avoit pas pû encore l'achever, a crû peut-
être que ce fragment ſi imparfait, n'étoit que
le commencement d'un Traité, ou tout au plus
qu'une legere ébauche que ce Philoſophe avoit
miſe par écrit en attendant qu'il pût méditer
plus férieuſement ſur cette matiére, & ainſi il
a crû qu'on ne devoit pas le mettre au nombre
de ſes Ouvrages. Mais auſſi en recompenſe
Baillet nous apprend une anecdote curieuſe;
il nous dit qu'un petit Traité de Mechanique
qui eſt parmi ces Oeuvres Poſthumes de Deſcartes dont je viens de parler, accompagné des
Notes du P. Poiſſon, Prêtre de l'Oratoire, qui
avoit auſſi été imprimé en François, & qu'on
a traduit en Latin, & auquel on a joint les
Explications Phyſiques du même Auteur ſur
la Muſique de Deſcartes, qu'il avoit lui-même
publiées en cette même Langue; que ce petit
Traité

* Ibid. Novembre 1692. pag. 123.  † Voy. Deſcartes, Lettre 53. de la part. III.

Traité de Méchanique, dis-je, qui ne contient que neuf pages, n'eſt pas différent d'un autre Traité qui avoit pour titre *l'Explication des Engins*, & qui s'eſt perdu après la mort de l'Auteur.

Il y a dans le *Mélange d'Hiſtoire & de Litterature de Vigneul-Marville*, une curioſité concernant Deſcartes de laquelle il ſeroit à ſouhaiter qu'on donnât de bonnes preuves pour l'honneur de ce grand homme. Voici ce qui eſt dit dans ce *Mélange* ſur ce que M. Baillet dans la *Vie de Deſcartes* a rapporté que ce Philoſophe avoit eû en Hollande une fille nommée *Francine*. „ Un Cartéſien fort zelé m'a „ mandé, que cette Hiſtoire étoit un conte „ fait à plaiſir par les ennemis de Deſcartes, à „ l'occaſion d'une machine Automate qu'il „ avoit fait avec beaucoup d'induſtrie, pour „ prouver demonſtrativement que les bêtes „ n'ont point d'ames, & que ce ne ſont que „ des machines fort compoſées, qui ſe re- „ muent à l'occaſion des corps étrangers qui „ les frapent & leur communiquent une partie „ de leur mouvement. Ce Cartéſien ajoûtoit „ que M. Deſcartes ayant mis cette machine „ ſur un vaiſſeau, le Capitaine eut la curioſité „ d'ouvrir la caiſſe dans laquelle elle étoit en- „ fermée; & que ſurpris des mouvemens qu'il „ remarqua dans cette machine qui ſe re- „ muoit, comme ſi elle eût été animée la jetta „ dans la Mer, croyant que ce fut un Diable. „ Si quelqu'un ſait le denoüement de cet énig- „ me il fera ſans doute plaiſir au public s'il „ veut bien le lui apprendre. „ Ce que je viens de dire des Automates me donne lieu de remarquer que feu Mr. Bayle ayant

ayant dit dans ſes *Nouvelles de la Republique des Lettres* * que Deſcartes avoit apparemment commencé & fini ſes Meditations ſans ſonger à l'ame des bêtes & ſans avoir abandonné l'opinion qu'il en avoit euë dès ſon enfance; Baillet l'a refuté † par des preuves inconteſtables, & a fait voir demonſtrativement que l'hypotheſe des Automates eſt une des plus anciennes ſpeculations de Deſcartes. Mais apprenons de Mr. Bayle lui-même de quelle maniere Baillet l'a refuté. „ L'honnêteté de Mr. Baillet, „ *dit-il* †, a été ſi grande, qu'il a refuté l'Au- „ teur des *Nouvelles de la Republique des Let- „ tres* ſans le nommer, & qu'au contraire il „ l'a nommé lors qu'il a été queſtion d'une „ penſée qui lui paroiſſoit louable. C'eſt en „ quelque façon un excès de Cérémonie pré- „ judiciable à la liberté dont on doit jouïr dans „ la République des Lettres. C'eſt y introduire „ les œuvres de ſurerogation. Il doit y être „ permis de nommer ceux qu'on refute, il ſuf- „ fit de s'éloigner de l'Eſprit d'aigreur, inju- „ rieux & malhonnête. “ Un homme auſſi poli & auſſi civil que Mr. Baillet meritoit bien qu'on le refutât lui-même avec un peu plus de ménagement que la plûpart de ceux qui l'ont critiqué n'ont eu.

En l'année 1694. Baillet fit imprimer ſous le nom de Mr. de la Neuville ſon Hiſtoire de Hollande qui eſt la ſuite des Annales de Grotius en 4. Voll. in 12. Il a été très-bien caché ſous ce nom, car comme il y a eu pluſieurs

Au-

___

* Mars 1684. pag. 22.   † Baillet Vie de Deſcartes Tom. I. pag. 51. 52.   ‡ Voy. Dictionaire Hiſtorique & Critique, Tom. III. pag. 2352. col. 2.

Auteurs de ce nom, on n'a pas sû premiere-
ment, si c'étoit veritablement le nom de l'Auteur, & en second lieu, on n'a pas sû lequel
de tous ceux qui portent ce nom étoit l'Auteur
de cette Histoire. Il y a eu un Sieur de la Neuville auquel on a attribué un Livre intitulé *la
Fortune de la Cour*, qui contient des choses remarquables touchant le Duc d'Alençon frere
du Roi Henri III. & sur la fortune de Bussi
d'Amboise. Comme cet Auteur est ancien on
peut n'avoir pas soupçonné que le nôtre & celui-là fussent le même, mais il est parlé dans
la Republique des Lettres d'un la Neuville,
l'un des membres de l'Académie Royale des
Inscriptions; D'un defunt la Neuville Auteur
d'une Relation d'un Voyage fait en Moscovie
en l'année 1689. contenant l'Etat present de
la Moscovie, dans laquelle les Revolutions
arrivées sous le Czar Pierre qui regne presentement, sont assez exactement racontées, contre laquelle neanmoins l'Auteur d'une Lettre sur
l'Etat present de la Moscovie qui est à la suitte
de la Relation du Voyage de Mr. Evert Isbrand
envoyé de sa Majesté Czarienne, à l'Empereur
de la Chine en 1692. 93. & 94. par le Sr. A-
dam Brand, en preparoit une seconde en l'année 1699. dans laquelle il vouloit relever un
grand nombre de fautes qu'il prétendoit que
Mr. de la Neuville a faites dans sa Nouvelle
Relation de Moscovie. Il est encore parlé dans
la Republique des Lettres, d'un la Neuville
qui a osé entreprendre la continuation de l'E-
neïde de Virgile, parce que le dessein de ce
Poëte ne paroit point achevé, & qui a déja eû
la noble hardiesse d'en produire treize Livres
de supplément; Et d'un la Neuville qui a fait
l'His-

l'Hiſtoire de Portugal qui a été imprimée au
Louvre en deux Tomes in 4. en l'année 1699.
Il eſt vrai que le nom de ce dernier s'écrit la
Neufville, & que ſon veritable Nom eſt Lequien
de la Neufville, mais il me ſemblé que nonobſtant cela il eſt aſſez aiſé de s'y méprendre,
& de croire que l'Hiſtoire de Hollande & celle
de Portugal ſont les Ouvrages d'une même
main. Baillet donc ayant pris ce nom qui a été
le veritable nom de divers autres Auteurs, il a
été bien caché, & il a été bien difficile de le
découvrir. Cependant pourquoi s'être ainſi caché puis que pendant même qu'il compoſoit
cette Hiſtoire il la communiquoit aux Savans de
Paris, & leur faiſoit confidence d'avance du
deſſein, qu'il avoit de la publier ſous le nom
de la Neuville? * On imprime ici (Paris)
„ une Hiſtoire de Hollande, depuis la trève de
„ l'an 1609. juſqu'à la paix de Nimégue en
„ quatre Volumes in 12. C'eſt la Continuation
„ de Grotius. Cela ne fera achevé qu'à Pâ-
„ ques. Celui qui donne cet Avis ajoûte ces
mots. *On en fait aſſez de cas parmi les Savans,*
*qui l'ont vue chez Mr. de la Neuville qui la com-*
*poſe. On l'attend avec d'autant plus d'impatience*
*que perſonne n'a encore donné l'Hiſtoire de ce*
*temps-là.* Il y auroit bien des reflexions à faire
ſur cet Avis, mais j'aime mieux les ſupprimer, & dire ſeulement qu'il y a beaucoup d'apparence que celui qui l'a donné n'étoit pas du
nombre de ceux auſquels Baillet avoit communiqué ſon ſecret, & qu'il ignoroit que ce la
Neuville dont il parloit & Baillet, fuſſent un
ſeul

* Hiſt. des Ouvrages des Savans, Fevrier 1693.
pag. 273. 274.

feul & même homme ; car il parle de Baillet immediatement après * comme d'un autre Auteur. Baillet n'a été découvert publiquement pour être l'Auteur de cet Ouvrage qu'au mois de Juin de l'année 1699. „ On imprime au „ Louvre, *est-il dit dans les Nouvelles Litteraires de ce mois de Juin* †, en douze Tomes in 4. „ l'Hiſtoire du Portugal par Mr. de la Neu„ ville. Ce n'eſt pas le même qui a écrit l'Hiſ„ toire de le Republique de Hollande qu'on at„ tribuë à Mr. Baillet.

„ Quoi qu'il en ſoit, voici ce que portent les Nouvelles Litteraires de Hollande du mois d'Octobre 1703. „ ‡ On a imprimé à Amſter„ dam, *Hiſtoire de Hollande depuis la Paix de* „ *Nimegue juſqu'à celle de Ryſwyk*, pour ſervir „ de ſuite à celle de Mr. de la Neuville. Ce „ ſont deux Volumes in 8. Il y a apparence „ que comme cet Ouvrage a été compoſé en „ ce Pays, on n'y aura pas fait d'auſſi groſ„ ſes fautes, que celles qui ſe trouvent dans „ l'Hiſtoire de Mr. de la Neuville, & qui „ n'ont pas empêché pourtant que ce Livre „ ne ſe ſoit très-bien débité. " Voila en peu de mots, quel a été le ſort de cet Ouvrage & quel a été le Jugement qu'on en a fait. Baillet donna dans la même année 1694. un petit Traité in 12. *De la Dévotion à la Vierge* *& du culte qui lui eſt dû*. On l'annonça d'abord dans la Republique des Lettres & on ajoûta ¶ qu'on ſoupçonnoit qu'il n'avoit pas oſé dire

tout

tout ce qu'il penfoit; que l'exemple de Mr. du
Pin l'avoit peut-être un peu retenu. Cependant il fut bientôt dénoncé comme Héretique pour avoir fait cet Ouvrage. Il parut
d'abord deux cenfures contre lui, l'une étoit
une Lettre à Mr. Hideux, Docteur en Théologie, Curé des SS. Innocents, fur l'approbation qu'il a donnée au nouveau Livre de la
dévotion à la S. Vierge ; l'autre étoit un memoire addreffé à la Sorbonne touchant le Livre intitulé *Devotion à la S. Vierge*. Voici l'Extrait d'un Mémoire * communiqué à l'Auteur
de la *Bibliotheque Univerfelle* contenant quelques
nouvelles de la Republique des Lettres , par
lequel on verra ce qui fe paffoit à Paris au fujet de cet Ouvrage de Baillet. ,, On inquiete
,, Mr. Baillet pour fon Livre *du Culte de la*
,, *Vierge* & l'on croit qu'il fera condamné,
,, comme celui de Mr du Pin. Il y donne un
,, fens fort adouci à tous les titres que l'Eglife
,, donne à *Marie* tels que font ceux de *Media-*
,, *trice*, de *Mere de Mifericorde & de Grace*, de
,, *Refuge des Pécheurs de Nôtre Dame &c*. Et il
,, fe déclare hautement contre tous les autres
,, titres, qui ne font pas autorizez par l'Eglife
,, elle-même, & qui font venus du zéle téméraire & outré de quelques particuliers. Il
,, paffe enfuitte aux fêtes de la Vierge, dont
,, il reconnoit la nouveauté & dont il attribuë
,, l'établiffement à la condefcendance qu'a eû
,, l'Eglife pour la foibieffe de ceux , qui ne
,, peuvent atteindre à la perfection Chrétienne.
,, Il tâche de montrer que toutes ces fêtes ne
re-

* Bibliotheque Univerfelle & Hiftorique de l'année
1693. Tom. 24. feconde partie art. X. pag. 234. & fuiv.

„ regardent que *Jesus-Christ*; & quand il parle
„ de celles de la Conception, il paroit assez,
„ qu'il ne tient point pour sa Conception im-
„ maculée, non plus que pour ce qu'on assure
„ de son Assomption. Voici ce qu'il dit sur ce
„ dernier article. *Depuis l'établissement public*
*de la Fête consacrée à la mort de la Vierge la cu-*
*riosité se mêla dans la dévotion de plusieurs de ceux*
*qui ne croyoient pas devoir demeurer dans les ter-*
*mes de la modestie & de la reserve des Anciens sur*
*un point si généralement ignoré dans l'Eglise. On*
*oublia, ou, du moins, voulut-on oublier ce que le*
*Concile d'Ephese avoit crû du tombeau & de la dé-*
*pouille mortelle de la Mere de Dieu. On imagina*
*un autre sépulcre à Jerusalem, trouvé vuide, mais*
*avec l'Inscription du nom de Marie. On se persua-*
*da, que le corps de cette bienheureuse étoit ressusci-*
*té, les uns devinent que cette Resurrection pour-*
*roit être arrivée trois jours après sa mort, les au-*
*tres la reculant jusques au quarantiéme pour ne*
*point faire deux Cérémonies separées pour sa Resur-*
*rection & son Ascension. Pour autoriser la conjec-*
*ture de cette Resurrection, on feignit de chercher*
*les raisons, pourquoi son corps, quelque part qu'il*
*fut enterré, non seulement ne faisoit point de mira-*
*cles, comme celui des autres Saints, mais ne pa-*
*roissoit par même sur la terre. On vit venir des*
*revelations au défaut des témoignages humains pour*
*appuyer cette opinion. Quelques-uns mêmes, mal-*
*gre l'Arrêt irrévocable de Dieu, aimérent mieux*
*croire qu'elle n'étoit point morte, que de douter*
*qu'elle fut ressuscitée, en supposant sa mort. L'E-*
*glise en ces occasions n'a point jugé à propos d'arrê-*
*ter le zéle ou l'industrie de ceux qui introduisoient*
*des opinions nouvelles, pourvû qu'elles fussent édi-*
*fiantes & pieuses, &c.*

Tous

„ Tous les jours on voit paroître à Paris
„ quelque petite Piéce qui reléve ces endroits
„ & quelques autres, & qui demande pour ré-
„ parer le scandale, une condamnation solem-
„ nelle de ce Livre. " Je viens de donner les
titres des deux principales qui ayent paru, mais
le Lecteur, peut-être, ne sera pas fâché qu'on
lui donne au moins une idée générale de ce
qu'elles contiennent. La premiere qui a été
renduë publique est le *Mémoire addressé à la
Sorbonne touchant le Livre de la devotion à la S. V.*
C'est une denonciation par laquelle on a tâché
de soûlever la Sorbonne contre Baillet. * On
crie dans ce Livret qui ne consiste que dans
trente & une pages in 12. qu'il est scandaleux
que Baillet rabaisse si fort le culte de la Vierge;
qu'à bien entendre son Livre la dévotion à la
Vierge n'est qu'ignorance, simplicité, & bassesse d'esprit; qu'il attribuë l'établissement de
toutes les fêtes à une ferveur outrée, à un desir mal reglé d'honorer la Vierge, & à une devotion impatiente & indiscrete; qu'il fait comprendre que l'Eglise n'avoit pour cela que des
traditions très-incertaines, & ne savoit à quoi
s'en tenir, déférant tantôt aux boutades du zele
des particuliers, & tantôt adoptant tous les bruits
faux ou vrais sans se mettre en peine de les
rectifier. On lui reproche aigrement qu'il s'est
joint à ceux que l'Auteur appelle *Heretiques* &
que ce qu'il nomme leurs *déclamations* ne sont
pas plus outrageuses à l'Eglise que les leçons
qu'il fait pour tempérer la devotion à la Vierge, & les restrictions qu'il apporte sous prétexte

* Voy. l'Histoire des Ouvrages des Savans, Decembre 1693. pag. 174. &c.

texte de ne point donner de prife à l'ennemi.
On ne lui pardonne point d'avoir dit que c'eft
une puerilité que de s'entêter bonnement que
la Vierge eft plus ou moins favorable aux hommes, felon la diverfité des lieux ; que *c'eft être
charnel que d'avoir plus d'attache pour Nôtre Dame de Hall, que pour Nôtre Dame de Lieffe*, & de
préferer un certain pelerinage ou une image mi-
raculeufe de la Vierge. Il attribuë cette con-
currence de dévotion à une baffe jaloufie de
gens qui cherchent plus leur propre interêt,
que l'honneur du Saint. Le dénonciateur eft
fort en colére que Baillet réduife ainfi presque
à rien le culte de la Vierge, & qu'il l'ait spiri-
tualifé jufqu'à le confondre & à l'abforber dans
l'amour de Dieu. Il foûtient que Baillet par fes
témérite* combat le Concile de Trente & les
Decrets de l'Eglife, & qu'il eft tombé directement fous la cenfure du Pape Alexandre VIII.
qui commande d'honorer la Vierge d'un culte
particulier & précifément entant que *Marie*.
Car cette propofition qui revient à la doctrine
de Baillet, *laus quæ defertur Mariæ, ut Maria
eft, vana eft*, fe trouve pofitivement condam-
née dans la Bulle du 20. de Decembre 1690.

L'autre affaut que Baillet a reçu, car il n'en
a pas été quitte pour un, lui a été livré par
la *Lettre à Mr. Hideux Curé des S.S. Innocents,
fur fon approbation au nouveau Livre de la dévotion à la Vierge*, qui eft imprimée à Liege en
l'année 1693. Elle ne contient que quarante
quatre pages. L'Auteur y reprend violemment
la même matiére que le précedent a agitée, ce
nouveau délateur remontre d'abord à Mr.
Hideux qu'après avoir eu la mortification de
voir condamner les Livres de Mr. Dupin qui
étoient

étoient munis de son approbation, il devoit être plus retenu en la refusant au Livre *scandaleux* de Mr. Baillet. On lui fait sentir qu'il devoit éviter le terme de *Mere de Jesus-Christ*, dont il a affecté de se servir; parce que Nestorius cachoit sous cette expression le venin de son Hérésie, & que lui Mr. Hideux étant déja suspect de ce côté-là par son trop grand commerce avec Mr. Dupin, il falloit prudemment se servir du terme de *Mere de Dieu*. Ensuite venant à la personne de Baillet même, on l'accuse d'avoir copié ceux qu'on appelle *Hérétiques*, & autorisé leurs reproches d'Idolatrie, & de superstition. On dit que son Ouvrage n'est propre qu'à inspirer du dégout & de l'indifference pour la dévotion à la sainte Vierge, & qu'il a exposé les fêtes & les Cérémonies de l'Eglise sur ce point, à la raillerie & à l'insulte de ceux qu'il nomme *Hérétiques*, en ne donnant d'autre fondement à ces actes publics de piété que *des fables, & des Histoires feintes, ou incertaines*. On prétend aussi qu'il lâche le pied contr'eux, en faisant semblant de défendre l'Eglise sur les glorieux titres qu'elle a consacrez pour la Vierge. Bien loin de soûtenir qu'à la lettre ils appartiennent à la Vierge, il les abandonne indirectement, en convenant que ce sont des expressions hyperboliques, que la trop grande vénération pour la Vierge fait tolerer. Mais qu'ils signifient trop, & que les Catholiques n'y donnent pas toute l'étenduë du sens que l'on y peut attacher à la rigueur. En un mot on fait le procès à Baillet comme à un transfuge qui livre les endroits foibles à l'ennemi, & qui ne dispute la victoire que pour la ceder à la honte de l'Eglise Romaine.

N 7                                    Enfin

Enfin on a tant fait que cet Ouvrage a été condamné à Rome ; voici ce qu'en disent les Nouvelles Litteraires du mois de Février 1696.* Le Livre de Mr. Baillet *de la Dévotion* „ *à la S. Vierge, & du Culte qui lui est dû,* a „ été censuré à Rome. La Censure porte ces „ mots, *donec corrigatur*.,,. Baillet parlant dans son Discours sur la Vie des Saints, de Claude d'Espence dit que pour s'être mocqué dans un Sermon, des Prédicateurs qui deshonoroient la Chaire par leurs bouffonneries & par les contes extravagans qu'ils prenoient dans la Legende, il scandalisa tout son auditoire ; que la Faculté de Theologie le censura, & que selon Mr. de Thou, il fut exclus du Cardinalat pour avoir parlé avec une liberté digne d'une meilleure destinée. C'étoit le malheur du seiziéme siécle, ajoûte Baillet, & le zele du Docteur d'Espence eût été plus heureux dans le nôtre, où la Vérité respire un air plus pur, & plus libre. Je ne vois pas que Baillet eut trop de sujet de se loüer si fort de l'équité de son siécle, lui qui a été critiqué, denoncé, & censuré. Je ne sai donc ce qui l'a porté à parler si avantageusement d'un siécle dans lequel on a eû pour lui si peu de ménagement & de support.

Comme Baillet travailla depuis ce temps à composer les Vies des Saints, on fut quelques années sans rien voir de lui, à la reserve d'un petit in 12. intitulé *de la Conduite des Ames*, qu'il mit au jour en l'année 1695.

Enfin son grand Ouvrage des Vies des Saints fut

* Voy. l'Histoire des Ouvrages des Savans, Fevrier 1696. pag. 273.

fut achevé en l'année 1701. Il en fit précéder
la publication par un Difcours fur la Vie des
Saints. Ce Difcours n'en eſt que le prelimi-
naire. Ses Vies des Saints étoient en douze Volumes in 8. & ce Difcours en étoit la Préface.
Son entreprife dans cette compilation n'étoit
pas médiocre, il ne s'agiſſoit pas feulement de
ramaſſer, mais même d'abreger tout ce qui regarde la Vie des Saints. On en eſt épouvanté
quand on envifage la compilation du P. Pape-
brock qu'il groſſira jufqu'à foixante Volumes
in folio, & qu'on fait que fur un feul jour le
premier de Juin, par exemple, il place feize ou
dix - fept mille Saints. Cependant Baillet a fi
bien jetté fes mefures & fait un plan fi beau & fi
jufte, comme on le voit dans le Difcours dont
il s'agit ici, qu'il a renfermé cette innombrable multitude dans un efpace aſſez petit. Mr.
Bayle faifant quelques remarques * fur une
chofe très-curieufe, concernant les martyro-
loges, qu'Auguftin Valerius nous apprend
„ dans fa Rhétorique facrée, dit que ceux qui
„ voudront voir une infinité d'obſervations cu-
„ rieufes & judicieufes touchant ceci, n'au-
„ ront qu'à lire le Difcours de M. Baillet fur
„ la Vie des Saints. Mr. de Beauval en donne
„ un très-bon extrait dans fon Journal du mois
„ de Janvier 1701. depuis la page 37. jufqu'à
„ la 56. " Si le Jugement de feu Mr. Bayle avoit
befoin d'appui & de confirmation, je dirois
que je trouve fort à mon gré tous les extraits
que Mr. de Beauval nous donne, mais qu'en
particulier celui-ci eſt des plus excellents,
des

* Voy. Dictionaire Hiſtorique & Critique, Tom. 3.
pag. 2934. col. 2.

des mieux étoffez, & des plus polis.

Baillet donna enſuite ſes Vies des Saints qui
furent reçuës du public avec avidité. On écrivit de Paris au mois de Juillet 1701. ſur ce
ſujet en ces termes: „ * Les Vies des Saints de
„ Mr. Baillet *in folio* trois Volumes, & douze
„ Volumes in 8. ſe débitent ſi bien, que les
„ Libraires diſent que ces deux Editions faites
„ à la fois ſeront venduës avant qu'il ſoit ſix
„ mois. On dit que l'Auteur nous apprendra
„ dans quelque temps ce qu'il a retranché, & les
„ raiſons qu'il a euës de le faire.

Cette approbation & ce goût du public pour
cet Ouvrage n'ont pas empêché qu'il n'eut à
peu près le même ſort que les autres que Baillet a publiez. Mr. l'Abbé Faydit a donné au
public *l'Hiſtoire de la Vie de St. Amable Prêtre &
Curé de la ville de Riom en Auvergne.* Il a dédié
cet Ouvrage à Madame la Comteſſe d'Ayen,
& fait des Remarques dans l'Epitre Dédicatoï-
res ſur la Généalogie de la famille de Noaïl-
les, qui ont extrémement plû aux perſonnes
curieuſes, & qui ont procuré un grand débit
de ſon Livre; la Préface de ce Livre eſt très-
bien faite. L'Auteur y a inſeré † une Critique
qui a paru très-judicieuſe à pluſieurs perſonnes ſur l'opinion de Baillet touchant quelques
Saints de la Province d'Auvergne. Cependant
l'avanture qui eſt arrivée à cet Ouvrage eſt ſi
curieuſe qu'elle merite d'être rapportée ici.
Voici donc de quelle manière elle eſt racontée
dans les *Nouvelles de la République des Lettres,*
du

_____

* Voy. Nouvelles de la République des Lettres,
Juillet 1701. pag. 109. † Nouv. de la République
des Lettres, Juillet 1702. pag. 118.

du mois de Juillet de l'année 1702. „ Mr. l'Abbé
„ Faydit avoit fait imprimer depuis peu *la Vie*
„ *de St. Amable*, Prêtre & Curé de la ville de
„ Riom en Auvergne &c. avec des Eclaircif-
„ femens fur l'Hiftoire Ecclefiaftique & Ci-
„ vile d'Auvergne où il refutoit ce que Mr.
„ Baillet en avoit dit. Ce Livre étoit in 12. &
„ fe vendoit chez *Moreau*. Mais quoi qu'im-
„ primé avec privilege, il n'a pas laiffé d'être
„ fupprimé deux jours après qu'il a été mis en
„ vente. La raifon en eft, que l'Auteur avoit
„ manqué de bonne foi dans l'impreffion de
„ fon Livre, en changeant quantité d'endroits
„ du Manufcrit fur lequel il avoit obtenu le
„ Privilege; & ne fe faifant point fcrupule d'in-
„ ferer ce qu'il a jugé à propos dans le corps
„ de fon Livre, & fur tout ce que l'Examina-
„ teur ne lui auroit pas paffé. Il croyoit que
„ c'étoit affez d'être à l'abri d'un privilege pour
„ fe donner toute liberté. Il femble que cet
„ Abbé foit né pour fe faire des affaires. Son
„ Ouvrage eft divifé en trois parties. La pre-
„ miere contient la Vie de St. Amable, écrite
„ par *Jufte* Archiprêtre vers l'an 1125. La fe-
„ conde partie comprend des Eclairciffemens,
„ & des Differtations Critiques fur cette Vie
„ & fur l'Hiftoire Ecclefiaftique & Civile d'Au-
„ vergne du cinquiéme & du douziéme fiecle.
„ La troifiéme partie eft un Panegyrique ou
„ Eloge Hiftorique de St. Amable.

L'Illuftre Mr. Bafnage, l'un des plus célébres Miniftres Refugiez en Hollande, & Miniftre ordinaire à Rotterdam ayant affuré dans
fon *Hiftoire Ecclefiaftique* que l'Eglife Gallicane
avoit déclaré qu'il n'y avoit jamais eû de St.
Maur Benedictin, que les Benedictins eux-mê-

mes,

més, en étoient convenus, & qu'enfin ce Saint
n'étoit qu'un homme imaginaire qui n'avoit
jamais été. Baillet tout au contraire ayant avancé dans ses *Vies des Saints* qu'il y a eû deux St.
Maurs, & que celui qui a été disciple de St. Benoît n'est point venu en France pour y bâtir
l'Abbaye de Glanfeuil en Anjou, comme on
l'a crû jusqu'à present., Dom Thierry Ruinart
à donné au public un Ouvrage qui a pour titre,
*Apologie de la Mission de St. Maur Apôtre des Be-*
*nedictins en France ; avec une addition touchant*
*S. Placide premier Martyr de l'Ordre de S. Benoit ;*
*par Dom Thierry Ruinart Prêtre Religieux Bene-*
*dictin, de la Congregation de St. Maur.* Ce Livre
a été imprimé à Paris in 8. en l'année 1702.
Il prétend que la difficulté ayant été proposée
& agitée sous Mr. de Harlay, & en la presence
de Mr. le Cardinal de Noailles lorsqu'on voulut travailler aux nouvelles éditions du Bre-
viaire de Paris ; & que ces Prélats après un
examen rigoureux de toutes les difficultez qui
avoient été faites sur ce sujet, n'ayant pas trouvé à propos de donner atteinte à la tradition
qui se trouve établie dans leur Diocese depuis
plus de huit cens ans, il ne devoit plus y avoir
de doute ni de contestations sur cette matiere.
Cependant puisque cela est arrivé, après avoir
établi le fait, il refute le fameux Mr. Basnage ;
mais il s'étend beaucoup plus à refuter Baillet
qui, *dit-il*, après avoir déclaré d'abord qu'il
ne vouloit pas prendre parti dans cette contes-
tation, a toûjours parlé après cela comme s'il
étoit opposé entierement à la mission de St.
Maur. Le P. Ruinart dit qu'il semble qu'il
n'ait voulu faire cette déclaration que pour
s'ex-

s'exempter d'apporter aucune raiſon de ce qu'il diroit ſur ce ſujet. Ce qui paroît plus extraordinaire, ajoûte cet Auteur, c'eſt que Baillet a rejetté une tradition qu'il avoue avoir été univerſellement reçuë depuis huit à neuf cens ans, pour en recevoir une plus ancienne, à ce qu'il prétend, qui néanmoins n'eſt autoriſée d'aucun monument, ni d'aucun Auteur ancien ou nouveau. Comme cette conteſtation n'eſt point de mon ſujet, je ne m'y engagerai point inutilement. Je dirai ſeulement que Baillet n'eſt pas le premier Auteur du ſentiment qu'il avance; Mr. Châtelain l'a ſoûtenu dans des conferences, & Baillet l'a embraſſé dans la Vie de ce Saint dont on fait la fête le quinziéme de Janvier. Si le Lecteur eſt curieux de ſavoir plus preciſément ce que contient ce Livre du P. Ruinart, il peut le conſulter, ou en voir au moins les extraits dans les Journaux François *. Mr. Bernard rapporte auſſi dans ſes *Nouvelles de la République des Lettres* du mois de Novembre 1702. l'extrait d'une Lettre qui lui a été écrite de France, qui contient un précis aſſez net, aſſez exact, & aſſez court de cet Ouvrage.

Baillet voulut quelque temps après, faire imprimer des Tables Chronologiques de ſes Vies des Saints, mais il trouva quelque oppoſition de la part de ſes Libraires; il travailloit alors actuellement aux Vies des Patriarches, des Prophetes &c. du vieux Teſtament qu'il avoit deſſein de donner au public, avec les myſtéres de la Religion, dont l'Egliſe
fait

* Journal des Savans, Tom. XXX. pag. 896. & ſuiv.

fait la fête ; afin de perfectionner ſes Vies
des Saints. Cependant en l'année 1703. il
ajoûta à ſes trois Volumes in folio de ſes
Vies des Saints, un quatriéme Volume auſſi
in folio qui contient l'Hiſtoire des Fêtes mobi-
les, les Vies des Saints de l'Ancien Teſtament ;
la Chronologie & la Topographie des Saints.
Ces Livres ſont auſſi imprimez en dix-ſept Volumes in 8. & on en a donné une ſeconde Edition en 1704.

En l'année 1705. il fit imprimer ſans mettre
ſon nom, les *Maximes de St. Etienne de Gram-
mont* qu'il avoit traduites. Quelqu'un a prétendu qu'il avoit fait la Vie de Mr. Herman, Curé
en Normandie & neveu de l'Illuſtre Herman
Docteur de la Maiſon de Sorbonne & Chanoine de Beauvais. Ce neveu Herman a fait une
Hiſtoire des Conciles qui a été imprimée plus
d'une fois. Je ne ſai pas ſi Baillet a fait ſa Vie,
mais au moins je doute qu'elle ait jamais été
renduë publique.

Enfin de grandes infirmitez qui ſont preſque
toûjours la ſuite d'un travail auſſi dur que
celui que Baillet avoit ſoûtenu pendant toute
ſa vie le reduiſirent à l'extrémité, & il mourut âgé de cinquante ſept ans moins quelques
mois le vingt & uniéme Janvier 1706. Il travailloit alors à un abrégé de ſes Vies des
Saints.

Mr. l'Abbé Nicaiſe dit dans la ſeconde Lettre qu'il a écrite à Mr. Carrel ſur le commerce
que lui Mr. l'Abbé Nicaiſe a eu avec les Savans, & qui contient quelques circonſtances
de ſa vie, qu'il ſe faiſoit un plaiſir très ſingulier pendant qu'il étoit à Paris d'y voir Mr. Baillet, *qui eſt,* dit-il, *un repertoire de toutes bonnes choſes.*
Mr.

Mr. Bayle * parlant des Poëſies que Beze a faites dans ſa jeuneſſe, & connuës ſous le titre de *Juvenilia Bezæ*, dit que Baillet a fait voir ſon honnêteté & ſon équité ; & il cite à la marge la page 183. de ſon *Traité Hiſtorique des Enfans devenus célébres par leurs études ou par leurs écrits.* Je m'étonne que Mr. Bayle ait vanté l'Equité de Baillet ſur ce ſujet, car s'il y a eû une occaſion dans laquelle il en ait manqué, on peut dire certainement que c'eſt celleci, car il parle des Poëſies de Beze avec paſſion & fait un article de controverſe dans ſon quatriéme Tome des *Jugemens des Savans ſur les principaux Ouvrages des Auteurs*, article 369. Il y refute Mr. Jurieu, & fait paroître beaucoup d'aigreur dans tout ce qu'il dit. Je m'étonne d'autant plus que Mr. Bayle louë ſon équité, que deux lignes au deſſous du témoignage qu'il lui en rend il cite mon *Mélange Critique de Litterature*. Il me paroit par là qu'il l'a lû & qu'il y a vû ſans doute que je me plains † avec juſtice de Baillet, à cet égard ; & que je m'étends beaucoup à faire voir que ſes raiſonnemens ſont très-mal fondez. J'avouë que je ne connoiſſois pas encore alors Baillet, & que cet article que je refute m'en donnoit une opinion peu avantageuſe en fait d'équité. Mais depuis que j'ai eu une plus grande connoiſſance de ſon genie par la Lecture de ſes autres Ouvrages, je crois avoir remarqué que Baillet mortifiant

---

tifiant beaucoup les zelez indifcrets & les bigots,
il affecte de maltraiter ceux qu'ils appellent *here-
fiarques* ou *heretiques*, & fur tout ceux qu'ils
haïffent le plus, afin de ne fe point décrier entiérement dans fa Communion.

---

# JACQUES AUBERY.

IL a été Avocat au Parlement de Paris. Ra-
mus parlant de lui dans fon *Ciceronianus*,
le compare aux Orateurs Grecs & Romains les
plus célébres, & Antoine Loyfel remarque
dans fon Dialogue des Avocats de cet Illuftre
Barreau, qu'il y étoit un des plus employez &
des plus fameux. Son merite extraordinaire fut
caufe qu'il fut élevé aux premieres dignitez de
la Robbe. L'occafion la plus éclatante qu'il
eût d'étaler fon favoir & fon éloquence fut en
plaidant pour les habitans de Cabrieres & de
Merindol, contre le Baron d'Oppede Préfident
du Parlement d'Aix en Provence, contre l'A-
vocat Général, & contre quelques autres Membres de ce même Corps. * Henri II. évoqua
la caufe à foi, par une déclaration du 17. Mars
1550. & commit la grand' Chambre du Parlement de Paris pour juger la caufe au fond, &
les Appellations qui avoient été interjettées.
Aubery eut un ordre exprès du Roi d'occuper
pour les habitans de Cabrieres & de Merindol.
L'affaire étoit des plus importantes. Il s'agiffoit de fauver un peuple innocent, de l'arra-
cher, pour le dire ainfi, des mains de gens puiffants

‡ Thuan. Hiftor. lib. VI. num. 7.

fans & accréditez qui avoient conjuré fa ruine,
& qui fous le voile de la Juftice & de la Religion exerçoient fur lui la cruauté la plus bar-
bare dont on ouït jamais parler. Il s'agiffoit
même de vanger le fang qu'ils avoient déja répandu ; ou, fi ce peuple fe fut trouvé coupa-
ble, il s'agiffoit de continuer à le détruire & à
mettre à l'interdit tout le pays qu'il habitoit.
Le fujet de cette caufe ne pouvoit donc être
ni plus grand ni plus touchant tout enfemble. Robert qui avoit acquis la réputation
d'un des premiers Avocats de fon fiécle défendoit les accufez. Il ne manqua pas de repré-
fenter la fingularité & l'importance du fait. Il
dit qu'il s'agiffoit de l'honneur de Dieu, de l'interêt de la Religion Chrétienne reçue depuis
quinze cens ans & plus dans l'Eglife Oecumé-
nique, de la grandeur & de la dignité du Roi ;
qu'il s'agiffoit de rompre & de diffiper la force
& l'autorité des Cours fouveraines par les Or-
donnances & les jugemens defquelles les peuples font contenus dans leur devoir & dans l'o-
beïffance envers le Roi, leur Prince naturel
qui eft l'image de Dieu ; Que fans cette autorité des Cours qui font établies pour adminif-
trer la Juftice, la grandeur, & les Etats du Roi
ne pourroient fubfifter. La caufe fut plaidée
pendant cinquante Audiences avec beaucoup
de chaleur. Un nombre innombrable d'Auditeurs de tout ordre, curieux d'apprendre le
fuccès de cette affaire, & de l'entendre difcuter
par des Avocats fi habiles ; remplit l'auditoire
quelque grand qu'il fut. Aubery triompha d'un
Antagonifte redoutable & des ennemis puif-
fans qu'il avoit à combattre. Cet évenement
n'a pas été moins glorieux à la France qu'à
Au-

Aubery, & la poſtcrité n'admire & n'admirera
pas moins l'Equité du Roʾ, qui ſans avoir égard
à la diverſité de Religion, ni aux qualitez ſi diſ-
proportionnées des parties, ni aux conſequen-
ces de la choſe par rapport à l'autorité d'une
Cour Souveraine qui étoit priſe à partie, voulut que la Juſtice eût un cours libre & naturel,
*Tros Rutuluſve fuat nullo diſcrimine babetur;*
qu'on n'admirera la capacité de l'Avocat qui
n'oublia rien de ce qui pouvoit établir avec la
derniere évidence & d'une maniere invincible
le bon droit des innocens perſecutez, & ſon
éloquence qui rendit leurs miſeres ſi ſenſibles
& ſi affreuſes qu'elles toucherent les cœurs de
leurs Juges. Beze dit *, *qu'on penſoit plûtôt
voir, qu'ouïr parler du maſſacre.* Il ajoûte une
particularité curieuſe, ſavoir qu'Aubery appliqua à ſon ſujet ce beau vers du premier Livre
de l'Eneïde

  *Præſentemque viris intentant omnia mortem.*

Tout cela fit grand bruit alors, le Chancelier de l'Hôpital en fit une Relation courte
mais exacte au Chancelier Olivier, en beaux
Vers Latins † que l'on voit encore dans le
Livre ſecond de ſes Epitres. Les Poëtes célé-
brerent à l'envi un évenement ſi mémorable,
& les Hiſtoriens ne manquerent pas d'en rendre
un bon compte à leur ſiecle & aux ſiécles ſui-
vants.

* Hiſt. Eccleſiaſt. des Egliſ. Reform. au Royaume
de France, Tom. I. pag. 78. † *Michaëlis Hoſpitalii
Carmina à nonnullis pro antiquis accepta.* Vid. Morhoff.
Polyhiſt. Tom. I. pag. 82. *Hoſpitalius fuit Poëta humilis,*
vid. Scaligerana, pag. 91.

vants. Le célébre Daniel Heinfius fit imprimer
à Leyde en l'année 1619. le Difcours que nôtre illuftre Aubery fit dans cette occafion, &
le dédia à Maximilien & Louïs Aubery fils de
Benjamin Aubery Sr. du Maurier Ambaffadeur
du Roi en Hollande, quoi qu'ils fuffent alors
fort jeunes, & il ne manqua pas d'y joindre
tout ce qui avoit été fait à cette occafion à
l'honneur de fon excellent Auteur. Louïs Aubery du Maurier l'un de ceux à qui Heinfius a
dedié cet Ouvrage, l'a fait réimprimer depuis
en François, à Paris, avec Privilege du Roi
par les Cramoify Imprimeurs de fa Majefté, en
l'année 1645. fous ce titre, „ Hiftoire de l'Exe-
„ cution de Cabrieres & de Merindol & d'au-
„ tres lieux de Provence, particuliérement de-
„ duite dans le plaidoier qu'en fit l'an 1551.
„ par le commandement du Roi Henri II. &
„ comme fon Avocat général en cette caufe,
„ Jacques Aubery, Lieutenant civil au Châ-
„ telet de Paris, & depuis Ambaffadeur ex-
„ traordinaire en Angleterre pour traiter de la
„ paix l'an 1555. Enfemble une Relation par-
„ ticuliére de ce qui fe paffa aux cinquante
„ Audiences de la Caufe de Merindol. " Cette
feconde Edition eft dediée à Meffire Omer Ta-
lon Avocat Général au Parlement de Paris. On
y voit entr'autres chofes les Lettres que Henri
II. a écrites à nôtre Aubery au fujet de cette
affaire dans l'une defquelles *il le prie* de s'en
charger; on y voit auffi des vers, des Extraits
d'Epitres Dedicatoires qui lui ont été addref-
fées & qui contiennent fon Eloge en raccourci.
Jacques Aubery eft donc devenu plus *célébre*
par cette feule action que plufieurs autres par
des Ouvrages plus longs & plus penibles. Voici

O                    en

en peu de mots l'abregé de son histoire écrite
par Louïs Aubery Sr. du Maurier qui a donné au public celle de l'Execution de Cabrieres & de Merindol, & qui étoit fils de son
petit-neveu, „ Mon-pere, *dit-il*, *auroit as-
„ surément passé sa vie dans le Pays, com-
„ me quelques uns de ses Predécesseurs, sans
„ l'Exemple de son grand Oncle Paternel,
„ Jaques Auberi, qui par sa vertu, par son
„ savoir & par son Eloquence fit la Charge
„ d'Avocat Général au Parlement de Paris,
„ fut Lieutenant Civil, du Conseil d'Enhaut
„ de Henri II. & son Ambassadeur extraordi-
„ naire en Angleterre, où il fit un Traité de
„ paix entre les Rois Henri II. & Edoüard IV.†
„ & qui a laissé la reputation d'un Ciceron &
„ d'un Demosthene François, par ce fameux
„ Plaidoyer qu'il fit par ordre du Roi pour
„ ceux de Cabrieres & de Merindol, que Mr.
„ le Chancelier de l'Hôpital admira tant qu'il
„ le traduisit en partie en vers Latins.

Jacques Aubery étoit Seigneur de Mon-
creau, terre assez considerable dans l'Anjou.
Sa femme se nommoit Dame Marie Anto-
nis. Il n'a laissé qu'une seule fille, nommée
Françoise Aubery qui a été mariée à Mr.
Pierre de Pincé vivant Seigneur du Bois & du
Coudray en Anjou, Conseiller du Roi en sa
Cour de Parlement & Commissaire aux Requêtes, decedé le 22. Mai 1566. Elle étoit
morte dès le 3. Janvier de la même année,
com-

* Memoires pour servir à l'Histoire de Hollande
& des autres Provinces Unies. pag. 240.

† Il y a ici une faute d'impression, car ce fût
avec Edouard VI. que cette Paix fût faite.

comme on le voit par une Infcription en forme d'Epitaphe qui eſt ſur une piéce de marbre poſée ſur le premier pilier proche du Chœur,
vis-à-vis de la Chaîre dans l'Egliſe de St. Jean
en Greve, à Paris.  Nôtre Jaques Aubery a-
voit un Frere aîné nommé Pierre Aubery
Sieur du Maurier, pere de Jean Aubery mort
au Maurier dans le Maine, l'an 1585. Ce Jean
a été pere de Benjamin Aubery, Conſeiller d'E-
tat, & Ambaſſadeur en Hollande qui va faire
le ſujet de l'article ſuivant.

## BENJAMIN AUBERY.

IL étoit petit-neveu de Jaques Aubery dont
je viens de parler, comme on a pû le voir
dans l'Article précedent.  Son Inclination le
portoit à paſſer ſa vie tranquillement dans la
Province & ſur ſes terres, mais la fortune &
la mémoire glorieuſe de Jaques Aubery lui
donnerent de l'émulation.  Il crût qu'en tra-
vaillant il pourroit parvenir comme lui à des
Charges honorables.  Il employa, en effet, ſi
bien les grands talents que Dieu lui avoit donnez qu'il s'eſt vû auſſi comme lui dans les
Conſeils des Rois, & dans les Ambaſſades.

L'Europe jouïſſoit alors † d'une profonde
Paix, & par conſéquent toutes les Ambaſſades
dans les Cours étrangeres étoient inutiles, ou
au moins on n'avoit point d'occaſion de s'y
faire valoir, parce qu'il n'y avoit rien à y ne-
gotier,

gotier, que même il ne s'y paſſoit rien de
conſiderable qui meritât qu'on en donnât avis.
L'Ambaſſade de Hollande ſeule étoit importante à cauſe de la Guerre qui s'y faiſoit, ſous
le commandement, de la part des Hollandois,
du fameux Capitaine le Comte Maurice *,
& de la part des Flamands ſous Ambroiſe
Spinola, Genois, Général très-renommé. Et
comme la France s'intereſſoit alors dans tout
ce qui touchoit le bien des Provinces Uniés,
ſon Ambaſſadeur avoit à toute heure quelque
matiére importante à écrire à la Cour & des occaſions fort fréquentes d'y dépêcher des Cou-
riers.

La Cour de France ayant voulu envoyer
dans ce Pays-là un homme qui y fut agréable
jetta les yeux ſur nôtre Auberi. Il y étoit propre par toutes ſortes de raiſons; mais ſur tout
parce qu'il étoit de la Religion qui y eſt domi-
nante. Il eut d'ailleurs un patron puiſſant; ſans
cela peut-être ne l'eut-il pas emporté ſur un
nombre très-grand de concurrents bien appuyez & bien accréditez. Voici comment lui-
même & Louïs Aubery ſon fils parlent ſur ce
ſujet. „ †Mr. de Reffuge étoit alors Ambaſſa-
„ deur en Hollande ; dès qu'on ſût qu'il s'en
reve-

* Le Comte Maurice n'a été nommé que le *Comte de Naſſau*, pendant que le Prince Philippe d'O-
range, fils ainé d'un premier lit du Grand Guillaume Prince d'Orange a vêcu; mais dès que ce Prince
Philippe fut mort il fut nommé *Maurice Prince d'O-
range* & c'eſt ainſi que je le nommerai ci après lorſque je parlerai de choſes qui le concerneront arrivées depuis la mort du Prince Philippe.

† Memoires de Hollande pag. 216. &c.

„ revenoit en France, plufieurs perfonnes
„ très-qualifiées fe jetterent à la pourfuitte de
„ cet Emploi avec tant d'ardeur, que pour les
„ en écarter & m'y introduire, Mr. de Ville-
„ roy difpofa les affaires en forte que fur la
„ fin de Mai de l'an 1613. la Reine me com-
„ manda de partir foudainement de Fontaine-
„ bleau pour m'aller rendre près ledit Sr. de
„ Reffuge, auquel on difoit qu'on n'accordoit
„ congé que pour quatre mois, pour venir
„ donner ordre à fes affaires en France: que
„ cependant je demeurerois en fa place au-
„ dit Pays, à quoi j'obeïs felon mon de-
„ voir: & m'étant acheminé en pofte par Bru-
„ xelles, j'arrivai à la Haye en Hollande le
„ 2. jour de Juin de ladite année : m'a-
„ yant, avant mon départ, été donné affurance
„ que cet expedient tendoit à m'affermir plus
„ folidement dans cette charge ; de laquelle
„ ledit Sr. de Reffuge me mit en poffeffion a-
„ vant que de partir de Hollande.

Il y eut toute la fatisfaction & tout l'honneur imaginables, & tira de grands profits de
fon Emploi. Toute la Nobleffe de France alloit apprendre la Guerre, au fortir de l'Academie, fous le Prince Maurice, comme elle
alloit autrefois l'apprendre en Piedmont fous
le grand Maréchal de Briffac. Pendant les hyvers la Haye étoit toute pleine de Seigneurs
& de Gentils-hommes François qui ne man-
quoient pas pour honorer le Roi en la perfonne de fon Miniftre, de l'accompagner à l'audience de Mrs. les Etats Généraux quand il y
alloit ; & comme il n'eut pas été poffible de
fournir affez de Carroffes pour deux ou trois
cens Gentils-hommes & Officiers qui s'y trou-

voient quelquefois, l'Ambaffadeur alloit à pié à
la tête de cette belle troupe, & fon carroffe
fuivoit vuide. Cette Ambaffade étoit honorable & obligeoit à de grandes dépenfes, car il
falloit fouvent régaler cette nombreufe Nobleffe, mais auffi nôtre Aubery étoit-il bien
payé pour cela, & fon fils avouë qu'il tiroit
un grand profit de fon Emploi. En effet outre
les gages ordinaires de fes Charges, il avoit
encore vingt quatre mille Livres par an *comme
Intendant des finances en Hollande.*

Un pofte fi avantageux lui attira bien-tôt
des Envieux de confequence, qui jaloux de le
voir poffeder par Aubery firent tous leurs efforts pour le rendre fufpect & pour le faire
rappeller du plus bel emploi qu'aucun François pût efperer dans ce temps-là. Quelques
beaux-freres & queiques autres alliez du Prince Maurice, qui étoient alors en France, entrerent dans les mêmes vuës, mais Louïfe de
Coligny fille de l'Admiral, & quatriéme &
derniere femme du Grand Guillaume de Naffau Prince d'Orange, qui l'honoroit de fa bienveillance, le protegea & lui procura l'agrément de la maifon d'Orange qui lui étoit abfolument neceffaire pour fe maintenir. Elle
l'affermit dans fon pofte * en détruifant dans
l'efprit du Prince Maurice & des principaux
du Pays mille calomnies que fes Ennemis, &
fes envieux avoient inventé pour le rendre o-
dieux. Auffi lui voua-t-il fes fervices & fon attachement pour le refte de fes jours, & tranfmit
fon obligation envers elle à toute fa pofterité,
ad-

* Memoires pour fervir à l'hift. de Hollande pag.
215. &c.

adjurant ſes Enfans par le ſoin qu'ils devoient avoir de lui complaire & par la benediction qu'ils eſperoient de lui , de faire tous
étroite profeſſion d'être Serviteurs , & Serviteurs très-affectionnez à cette Illuſtre Princeſſe , au Prince ſon fils , & à ceux que Dieu
donneroit par lui pour ſucceſſeurs à l'Illuſtre
Maiſon de Naſſau , afin que l'obligation que
cette Dame avoit voulu ſi généreuſement & ſi
liberalement colloquer en lui aît pareille &
même plus longue durée que ſa propre vie.
La bienveillance de cette Princeſſe envers nôtre Aubery étoit ſi ſincere , qu'elle lui parloit
comme à ſon égal , & qu'elle lui faiſoit confidence de ſes ſecrets comme à ſon ami le plus
intime. Temoin, d'un côté, ces converſations*
familieres dans leſquelles elle lui diſoit la ſur-
priſe dans laquelle elle avoit été de voir la
difference qu'il y a entre la maniere de vivre
rude de ce pays dans ce temps-là & celle de
France , & la peine qu'elle avoit euë à s'ac-
coûtumer aux Carroſſes ou plûtôt aux chariots
découverts de la Hollande, & témoin d'autre
part ces entretiens graves & ſerieux dans leſquels elle lui avoüoit de bonne foi qu'à la ré-
quiſition du Prince Maurice ſon fils par alliance , elle avoit ſollicité Barneveld † à conſentir que ce Prince ſe rendît Souverain
des Provinces Unies ; Mais qu'après avoir
ouï les raiſons que Barneveld lui avoit al-
leguées pour fonder le refus qu'il lui en faiſoit elle les avoit approuvées , elle s'étoit de-
ſiſtée de ſes pourſuites & avoit tâché d'en
dégoûter le Prince ſon fils.

O 4

Au-

* Ibid. pag. 202.
† Ibid. pag. 204. &c. 246. 310.

Aubery de fa part ne fe contentoit pas des
fentimens de fon cœur pour elle, il donnoit au
Prince fon fils ceux de fes enfans qui étoient
en état de porter les armes. Ce Prince lui-même prit Aubery en affection, & écrivit à Mr.
de Villeroi après la paix de Loudun, non feulement pour juftifier nôtre Aubery & fa conduite, des accufations que fes ennemis avoient faites contre lui, mais même pour l'affurer que la
Cour ne pouvoit avoir perfonne en Hollande
qui fervit la France fi utilement que lui, & qui
lui fut fi agréable auffi bien qu'à Meffieurs les E-
tats. Cette Lettre fi obligeante eft rapportée
toute entiere par Louïs Aubery fon fils dans
fes *Memoires pour fervir à l'Hiftoire de Hollande*.
Elle confirma le temoignage avantageux que
le Prince Philippe de Naffau & la Princeffe
Éleonor fon époufe lui avoient déja rendu.

Il y avoit eû en France fort peu avant ce temps,
une guerre inteftine qu'on avoit appellé la guerre des Henris, parce que la plûpart des Chefs
de ce parti s'appelloient de ce nom. Mr. le
Prince s'appelloit Henri de Bourbon; Mr. du
Maine, Henri de Lorraine; Mr. de Longue-
ville, Henri d'Orleans; & Mr. le Duc de
Bouillon, Henri de la Tour. Les envieux &
les ennemis de nôtre Aubery avoient inventé
mille calomnies pour lui attirer l'indignation
de ces Princes & des autres Grands du Royaume qui s'étoient attachez à eux, & qui s'étoient
armez tous enfemble fous divers prétextes pendant la minorité du feu Roi. Ils leur avoient
dit que pendant ces mouvemens Aubery s'étoit
porté avec trop d'ardeur & de violence contr'eux

* Pag. 265.

tr'eux, ayant fait faifir des vaiffeaux pleins d'armes & fait arrêter plufieurs Officiers des troupes de Hollande qui devoient paffer à leur fervice; & outre toutes ces actions offenfantes on lui imputoit d'avoir tenu plufieurs difcours méprifants & injurieux à ces Grands.

Ces impoftures avoient fait d'abord tant d'impreffion fur leurs Efprits, que ne pouvant s'en vanger fur fa perfonne ils firent faccager fon château de la Fontaine d'Angé près de Châtellerault, qu'ils firent piller par leurs troupes. Ses amis l'en plaignirent, Mr. du Pleffis-Mornay qui n'étoit pas un des moindres, lui en écrivit en ces termes; „ * C'eft pourquoi je ne „ m'étendrai davantage finon pour me con„ douloir avec vous du traitement qui vous a „ été fait chez vous, encore qu'il ne vous peut „ tourner qu'en témoignage de vôtre fidelité „ indigne de cette vangeance. Dieu nous doint „ un meilleur fiécle ". Mais la Reine Mere de Medicis qui fut ce defordre s'étant trouvée alors à Poitiers le dedommagea liberalement en lui faifant donner deux mille écus & en faifant augmenter fes appointements de mille écus par an, deforte qu'il ne fouffrit que la perte de quelques papiers originaux & de quelques titres anciens que fa Majefté ne put reparer. Les Lettres obligeantes que cette Reine lui écrivit fur ce fujet tant en fon nom qu'au nom du Roi fon fils, & celle par laquelle Mr. de Puyfieux, lui notifie ces gratifications de la part de leurs Majeftez font rapportées tout entiéres par

Louïs

* Voy. Lettres & Memoires du Pleffis-Mornay, Tom. 4. pag. 889.

Louïs Aubery son fils dans ses *Memoires de Hollande* *.

Nôtre Aubery étoit en Hollande pendant
les contestations qui survinrent enrre les Arminiens & les Gomaristes, contestations qui diviserent même l'Etat. Il se conduisit avec tant de
prudence qu'aucun des partis n'eut lieu de se
plaindre de lui †. Il les exhorta en public &
en particulier de la part du Roi son Maître, à
se réünir, ce qui leur fut généralement agréable à tous. Son fils promet au public de lui
faire voir un jour les Harangues que son pere
a faites dans les années 1617. 1618. & 1619.
pour porter Messieurs les Etats Généraux &
ceux de Hollande en particulier, à la paix & à
la concorde, leur Etat étant ménacé de ruine
par la division. Ces Harangues meriteroient bien
d'être publiées, car Aubery parloit bien & écrivoit bien. Son fils nous assure ‡ qu'il a passé
pour une des meilleures plumes de son temps.
Mais il n'y a plus guere de lieu d'esperer de les
voir, Aubery le fils étant mort sans avoir tenu
sa parole, à moins que Messire Louïs Aubery
Chevalier Seigneur du Maurier & autres lieux,
qui sert actuellement le Roi de France dans
ses Armées & qui est le seul qui reste de ce glorieux nom, ayant par conséquent tous les papiers de la famille entre les mains, ne vueille
bien un jour degager la promesse qui a été faite
par Louïs Aubery dont il étoit petit-neveu &
filleul tout ensemble. Ce seroit un beau morceau
de l'Histoire de ce temps-là.

Lorsque la resolution de perdre Barneveld
fut

* Pag. 232. &c.  † Ibid. pag. 370. 372. &c. 381.
‡ Ibid. pag. 302.

fut prife, il interceda pour lui au nom du Roi
avec toute la diligence, l'empreffement & l'ardeur dont il étoit capable, perfuadé d'un côté
de l'innocence de ce vénérable vieillard, & prévenu, de l'autre, de la peur qu'il avoit que cette
trifte cataftrophe ne divifât la Hollande & ne
l'expofât en proye à fes ennemis. Il donna avis
exactement à la Cour de France de tout ce qui
fe paffa fur ce fujet, & executa fidelement &
avec zele les ordres qu'il en reçut. En un mot
on peut dire que nôtre Aubery parvint heureufement au but auquel tout Ambaffadeur qui a
de la probité doit tendre, qui étoit d'entretenir une bonne intelligence entre le Roi fon
Maître & les Puiffances vers lefquelles il étoit
envoyé.

Il étoit ouvert, affable, fe communiquant à
fes amis & fur tout à fes enfans aufquels il rendoit tous fes entretiens utiles. Il étoit fincere,
droit, équitable, fur fes gardes pour ne def-
obliger perfonne, craignant toûjours de pré-
judicier à quelqu'un, mais ne fe laiffant point
furprendre, renverfant aifément toutes les ru-
fes & tous les artifices dont on vouloit fe fervir contre lui. Il étoit ferme & vigoureux lorsqu'il s'agiffoit de foutenir les interêts de fon
Maître, témoin cette fermeté fi loüable, qu'il
fit paroître lorfqu'il fut queftion de foûtenir
en pleine affemblée de Mrs. les Etats Généraux
fuivant l'ordre qu'il en avoit reçu, à Mr. Aerfens qu'il ✶ avoit pris congé du Roi, ce qu'il
dénioit fortement. Aerfens eut beau s'emporter, le prendre à partie, le menacer, Aubery
fit fon devoir fans balancer & fans fléchir, fon
fils

_____
✶ Ibid. pag. 421.

fils nous dit que fon pere convainquit Aerfens
d'audace, de legereté dans fes difcours, d'ingratitude, & même d'infolence envers le Roi
fon Maître. Il alla jufqu'à le recufer dans les
affaires qui concernoient le Roi. De là vint
qu'ils furent ennemis perpetuels; fon fils nous
apprend pourtant auffi que cette haine n'a
pas continué dans les perfonnes des enfans de
l'un & de l'autre. Mais lors qu'il s'agiffoit des
interêts propres & particuliers de nôtre Aubery, il étoit facile; il étoit bienfaifant, il avoit
de la peine à fe refoudre lorfque la Juftice ou
la Raifon d'Etat l'obligeoient à ufer de quelque feverité. Sa conduite envers du Cerceau
fon Secretaire en eft une bonne preuve.

Ce Domeftique infidele fe laiffa gagner ou
plûtôt fe laiffa corrompre par ce Mr. Aerfens
dont je viens de parler. Il faifoit femblant de
fermer la porte du Cabinet d'Aubery, tous les
foirs quand il en fortoit, & lui en rendoit enfuite la Clef. Lorfqu'il voyoit que tout le monde étoit endormi ou retiré, il retournoit dans
ce Cabinet, y faifoit des copies de toutes les
dépêches pour les donner à Mr. Aerfens, deforte qu'il favoit tous les fecrets de la Negotiation auffi bien qu'Aubery lui-même. Aubery connut qu'il étoit trahi & foupçonna fon
Secretaire, il le fit épier, & enfin il trouva des
preuves fuffifantes pour le convaincre. Ce crime meritoit la mort, & un Maître dur & in-
flexible n'auroit jamais fait grace à un ferviteur
fi infidele. Cependant comme du Cerceau étoit
d'une très-bonne famille de Paris, & qu'Aubery étoit d'un naturel doux, il fe contenta de
faire partir fon Secretaire pour Paris avec des
Lettres pour fon Correfpondant. Dès que ce
Cor-

Correſpodant les eût ouvertes il fit une rude reprimende à du Cerceau, lui dit de retourner
chez ſon pere & d'être à l'avenir plus fidele au
Maître qu'il ſerviroit qu'il ne l'avoit été à celui
qui le congedioit avec tant d'indulgence.

.Pendant le ſéjour qu'Aubery fit en Hollande il eut ordre de paſſer en Angleterre, il y
negotia diverſes affaires avec la Reine Elizabeth, & c'eſt lui qui a remarqué la foibleſſe que
cette Reine avoit de ſouhaiter d'être cruë belle
de tout le monde. C'eſt lui auſſi qui nous a appris pourquoi du Pleſſis - Mornay aiant été envoyé vers elle en qualité d'Ambaſſadeur extraordinaire, pour lui demander du ſecours
pour Henri IV. contre la Ligue, en fut ſi mal
reçu, & n'en put rien obtenir; que lui Aubery
ayant été envoyé vers Mr. le Comte d'Eſſex
à Douvres pour le même ſujet, ce Miniſtre lui
répondit qu'il y avoit un malheur inconnu dans
cette affaire, & qu'il n'avoit jamais vû l'Eſprit
de la Reine ſi aliené des affaires de France qu'il
l'étoit; qu'enfin il découvrit que tout cela venoit de ce qu'un François nommé des Com-
bes avoit rapporté à cette Reine qu'étant à la
table de Mr. du Pleſſis - Mornay pendant le ſiege de Paris, Mr. de Buzanval qui avoit reſidé
à Londres de la part du Roi, en la contrefai-
ſant avoit dit que la Reine parloit fort deſa-
gréablement François, diſant ſouvent, mais
avec un accent long & ridicule *paar Dieu*, *paar
maa foi*, & qu'elle en avoit gardé le ſouvenir
pour ſe vanger & du railleur & de celui qui avoit
ſouffert qu'on eut raillé chez lui publiquement
d'elle.

Aubery perdit ſa femme au mois de Novembre de l'année 1620. Elle étoit Genoiſe

d'origine, de la Maison des Magdeleines du côté paternel, & du côté Maternel de celle des Franzones, de laquelle il y avoit il n'y a pas long-temps un Cardinal. Elle se nommoit Marie Magdeleine, elle étoit née le 7. Mai 1581. & elle mourut à la Haye le 12. Novembre 1620. âgée d'environ trente neuf ans & six mois. Elle fut enterrée dans la grande Eglise de cette ville; Mr. le Prince Maurice; Mr. le Duc de Simmeren; Mr. le Prince & Madame la Princesse de Portugal; Mr. le Comte de Culembourg; Mrs. les Etats Généraux; Mrs. les Etats de Hollande; tous les Corps de Justice & de Ville assistèrent au Convoi avec les Ambassadeurs & Ministres des Princes étrangers, & tous les autres Officiers des troupes Françoises.

Grotius intime ami de nôtre Aubery qui l'avoit secouru dans ses adversitez comme il paroit par un grand nombre de Lettres qui sont dans le Recueil qu'on a fait des Epîtres de *Grotius ad Gallos*, Grotius, dis-je, étant alors en prison n'apprit cette mort que fort tard. D'abord qu'il la sut il écrivit une Lettre de Consolation à son ami qui commence par ces mots, *Debeo hoc meis malis, Illustrissime Maurerii, quod aliena mala serius ad me perveniunt.* „J'ai cette obli„gation à mes malheurs, d'apprendre plus tard „que les autres, les malheurs qui arrivent à mes „amis. Cette Lettre est une piéce fort longue „qui a été fort estimée & qui doit plûtôt passer „pour un Traité parfait de Consolation que „pour une simple Epitre. Il lui envoya en mê„me temps une Inscription pour mettre sur le „tombeau de sa femme, mais comme Auberi „ne s'étoit point attendu à recevoir ce bon office

„ fice d'une perſonne affligée & qui étoit en pri-
„ ſon il s'étoit addreſſé à l'Illuſtre Daniel Hein-
„ ſius qui lui avoit envoyé l'Epitaphe ſuivante
„ qui a été gravée ſur un grand marbre noir;

Deo Optimo Maximo
Et Æternæ Memoriæ
Mariæ Magdalenæ *Conjugis cariſſi-*
*mæ, Matris dulciſſimæ, piiſſimæ, undecim li-*
*berorum parentis. Quorum novem unà cum pa-*
*tre ſuperſtitibus mœrorem de ſe ac deſiderium re-*
*liquit. Matronæ ad exemplum natæ, cum incom-*
*parabili Conjugis luctu, qui ex ea nil niſi morte*
*doluit cum* Maria & Benjamino *pri-*
*mogenitis hic conditæ ac ſitæ, in futuræ reſur-*
*rectionis ſpem cum uberrimis lachrymis. P. C.*
Benjaminus Auberius Maure-
rius *Aſſeſſor ſanctioris Conſilii Regis Chriſtia-*
*niſſimi, ejuſdemque ad Ordines Fœderatos Belgii*
*Legatus. Nata 7. Maii 1581. extincta 12. No-*
*vembr. 1620.*

Il faut avouër auſſi que cette Epitaphe eſt plus
exacte que ne l'étoit celle de Grotius car il y
preſuppoſe qu'il étoit reſté dix enfans à nôtre
Aubery, au lieu que la verité étoit qu'il n'en
avoit plus que neuf.

Aubery étoit de la Religion Réformée; les
Lettres que du Pleſſis-Mornay lui écrivoit font
voir * non ſeulement qu'il y étoit fort attaché, mais même qu'il avoit fort à cœur les Interêts

* Lettres & Memoires de du Pleſſis - Mornay Tom.
4. pag. 1168. 1092. & 1204. où il regrette la perte
que nôtre Aubery vient de faire de la perſonne de
Mr. de Villeroi ſon bon patron.

terêts de la Reformation. Qu'il étoit, pour le
dire ainſi, un des Arcs-boutans de la Religion.
Du Pleſſis lui envòyoit des Memoires ſur les
differends qui étoient entre les Theologiens de
Hollande pour les pacifier. Et lui, exhortoit du
Pleſſis à travailler à l'union de tous les membres des Egliſes de France. On voit, pour le
dire en paſſant, dans la Vie de Mr. du Pleſſis,
* que nôtre Aubery lui rendit un ſervice ſignalé
en certifiant à ſa Majeſté dans les Lettres qu'il
lui écrivit au mois de Decembre 1616. Janvier
& Février 1617. „ que les deportemens de Mr.
„ du Pleſſis bien conſidèrez par les Etats Gé-
„ néraux avoient grandement ſervi aux affaires
„ de Sa Majeſté entant que d'iceux ils auroient
„ tiré argument que ces mouvemens ne regar-
„ doient point la Religion, laquelle autrement
„ leurs peuples n'euſſent voulu laiſſer en dan-
„ ger ". Louïs Aubery du Maurier nous
apprend aſſez clairement de quelle Religion
ſon pere faiſoit profeſſion lors qu'il raconte
dans ſes Memoires † ce qui ſe paſſa lors que l'E-
lecteur Palatin ( Roi de Boheme) fit baptizer
un de ſes fils à la Haye en l'année 1623. Il dit
que le Roi ayant été prié de vouloir en être le
Parrain, il donna ordre à nôtre Aubery de le
nommer pour lui, ce qui fut fait avec toute la
magnificence poſſible dans cette occaſion; mais
que le Nonce du Pape qui étoit pour lors à Paris, en ayant été informé fit de grandes plaintes à la Cour, & dit que cela étoit honteux que
le Roi très-Chrétien fils aîné de l'Egliſe fit repréſenter ſa perſonne par un Huguenot, & dans
une cérémonie Eccléſiaſtique; cela eſt précis,

&

* Pag. 443. † Pag. 188.

& on ne peut plus douter que nôtre Aubery ne fut Reformé.

Quoi qu'il fut extrémement occupé des affaires publiques qui étoient en grand nombre & très-difficiles à cause des démêlez des Théologiens & des pourſuites qui ſe faiſoient contre Barneveld, il ne laiſſoit pas pourtant de prendre un ſoin très particulier de l'éducation de ſes Enfans. Il loüa une petite maiſon de ce Gentilhomme près de la Haye nommée Ingelbourg & y logea ſes fils avec le célébre Benjamin Prioleau Auteur de l'Hiſtoire Latine de la Regence derniere, & avec deux Valets pour les ſervir afin qu'ils étudiaſſent là plus en repos, que chez lui, & pour être moins détournez, parce que la maiſon d'un Ambaſſadeur n'eſt point un lieu où l'on puiſſe avoir pour les Muſes, l'aſſiduité & l'application, qui leur ſont duës. Dès que ſes fils furent en état d'aller dans les Univerſitez il les envoya avec Prioleau leur Précepteur, dans celle de Leyde. Louïs Aubery remarque que tandis qu'ils y ont été, Prioleau les menoit tous les Dimanches après diſné, joüer avec Henri Frederic deſigné Roi de Boheme avec ſon pere, & que ce Jeune Prince les aimoit extrémement.

Je m'étonne au reſte que feu Mr. Bayle qui a fait un article long & curieux, fort hiſtorique & critique au ſujet de ce Benjamin Prioleau n'ait fait aucune mention de cette Epoque de ſa Vie, ou plûtôt de cet eſpace de temps que Prioleau a paſſé dans la maiſon d'Aubery en qualité de Precepteur de ſes fils. Louïs Aubery, qui doit l'avoir bien connu puis qu'il l'a eû pour precepteur pendant long-temps, le repréſente comme un fourbe notable. Mais il lui don-

donne la loüange d'avoir très-bien connu. le foible du Cardinal de Richelieu & d'en avoir fait une peinture juste dans son Histoire Latine lors qu'il a dit de lui qu'il avoit été *primùm Abbas, deinde Episcopus, infelix Concionator, Sorbonicis Chimæris mentem pastus, politioris litteraturæ rudis.* Louïs Aubery est Juge competent de cette matiere, car on verra dans son article qu'il a été long-temps attaché à cette Eminence, & qu'il a eû le loisir d'apprendre à le connoître.

Ce Louïs Aubery qui nous apprend plusieurs particularitez curieuses sur la vie de son pere auroit bien dû nous dire aussi quand & comment son Ambassade de Hollande & sa vie ont fini. Cependant il n'en dit mot; il parle * seulement d'un congé pour trois mois que son pere obtint en l'année 1617. pour aller faire un tour en France pour ses affaires particulieres, mais il y a beaucoup d'apparence qu'il revint bientôt après en Hollande puis qu'il est sûr qu'il y étoit lors que Barneveld fut executé, & même en l'année 1620. puis que sa femme est morte & enterrée à la Haye. Et d'ailleurs nous voyons dans † la Vie de Mr. du Plessis-Mornay que nôtre Aubery ‡ s'en retournant en Hollande en sa qualité d'Ambassadeur & pour y en continuer les fonctions en la même année 1617. après avoir pris congé du Roi il étoit encore allé à Saumur exprès pour voir du Plessis, & pour conferer avec lui sur ces miserables differends

* Memoires pour servir à l'histoire de Hollande &c. pag. 397. † Pag. 339. 481. ‡ NB. Il y en cet endroit une faute d'impression, on y lit Aubert pour Aubery.

rends qui divifoient les Eccléfiaftiques de Hollande & l'Etat. Quoi qu'il en foit, on ne peut favoir de la fin de ce grand homme que ce qu'on en lit dans cette infcription qui eft dans l'Eglife de St. Jean en Gréve à Paris, & dont j'ai parlé dans l'article précedent ; il y eft dit que nôtre *Benjamin Aubery* Confeiller d'Etat, & Ambaffadeur en Hollande eft mort dans fa maifon du Maurier l'an 1636. J'ajoûterai feulement que les provifions de la Charge de Confeiller d'Etat lui avoient été expediées par Mr. de Puifieux en l'année 1615. dans la Ville de Poitiers , dans le cours du Voiage que le Roi Louis XIII. fit de Paris en Guienne pour accomplir fon mariage avec Anne d'Autriche Infante d'Efpagne.

Il a eu quatre fils & cinq filles, qui lui font reftez après la mort de fa femme. L'aîné nommé Maximilien retourna en France avec fon pere, qui le renvoya néanmoins à Henri Prince d'Orange en Hollande dès qu'il fut en âge de porter les armes. Il a depuis toûjours été près de ce Prince dans fa Cour & dans fa maifon , il l'a fuivi dans tous les fiéges qu'il a faits , & entr'autres au dernier fiege de Breda où il fut bleffé. Mais après que fon pere fut mort il retourna en France où il époufa une fœur de Meffieurs de Beauvau d'Efpence , gens connus pour s'être fignalez dans les armées , & pour avoir eû des commandemens confidérables. Ce Maximilien a eû un fils nommé Louïs qui a été marié à une fille de feu Mr. de Nettancour, & qui a été par conféquent beau-frere du Baron de l'Echelle. Ce Louïs eft mort & n'a laiffé qu'un fils nommé comme lui qui eft un Jeune homme d'environ
ron

ron trente ans, c'eſt le ſeul & le dernier du
nom, mais l'on peut dire qu'il renferme dans
ſa perſonne tout le merite de ſa famille, dont
il ſemble qu'il ait herité, auſſi bien que des
terres très-conſiderables qu'ils lui ont laiſſé.

Nôtre Benjamin Aubery envoya auſſi au
même Prince Maurice le plus jeune de ſes
fils nommé Maurice, du nom de ce Prince
qui étoit ſon parrain, auſſi-tôt qu'il fut en é-
tat de porter les armes. Ce Jeune homme é-
toit né à la Haye en l'année 1615. Il a ſuivi
ce Prince pendant pluſieurs années & auſſi
long-temps qu'il a vécu ; & après ſa mort il
s'eſt attaché particuliérement au ſervice du
Prince Guillaume Henri qui a été depuis
Roi d'Angleterre, & ne l'a point abandonné
juſques à ce qu'il fut tué à la Bataille de Senef. C'eſt lui qui a été connu ſous le nom de
la Villaumiere, & qui ayant paſſé toute ſa vie
en Hollande où il étoit né étoit parvenu par
quarante ans de Service dans les armes, & par
ſon ſeul merite ſans aucune faveur, à la charge de Colonel. Son frere, Louïs Aubery, nous
dit qu'il avoit un chagrin mortel de cette derniere guerre, car il tiroit ſon extraction de
France où il avoit ſa parenté ; d'autre côté il
ſe voyoit forcé de défendre le Pays de ſa Naiſſance où il avoit toutes ſes habitudes, & où il
étoit parvenu par une patience extraordinaire,
à un degré honorable. Son frere nous dit encore que jamais homme n'eut plus de veritables amis que lui, & de toutes Nations, même
qu'il s'étoit acquis l'eſtime de tous les François Illuſtres qui l'avoient connu en Hollande, entr'autres de Mr. de Beringhen premier
Ecuyer du Roi, de Mr. de St. Romain qui a
été

été Ambaſſadeur en Portugal & en Suiſſe, & ſur la fin de ſa vie, de Madame la Princeſſe de Tarente. Il ajoûte enfin qu'il a vêcu en grande eſtime de valeur & de fidelité, & qu'il eſt mort à la tête de ſon Regiment au combat de Senef, fort regretté de tous ceux qui l'ont connu & de Mr. le Prince d'Orange même qui avoit beaucoup de confiance en lui.

Daniel Aubery fut encore un des fils de nôtre Illuſtre Aubery. Il a été conſidéré dans ſon temps, comme un excellent homme dans toutes les parties des Mathematiques. Il fut tué à la Bataille de Nortlinguen le 3. Août de l'année 1645. en faiſant la Charge d'Aide de Camp dans l'armée du Duc d'Anguien.

Louïs Aubery Sr. du Maurier, qui a donné au public les *Memoires pour ſervir à l'Hiſtoire de Hollande* &c. où nous avons puiſé une partie des materiaux qui compoſent cet article, eſt le quatriéme fils de nôtre Benjamin Aubery. Nous ferons un article à part ſur ſon ſujet.

A l'égard des filles, il n'y en a eû que quatre qui ayent été bien établies & qui ayent fait bruit dans le monde. Les deux autres n'ont peut-être point été mariées, & ſelon les apparences elles ſont mortes fort jeunes.

L'une de ces quatre filles nâquit à la Haye en l'année 1614. & eût pour Marraine, Louïſe de Coligny, Princeſſe Douairiere d'Orange qui lui fit de grands préſents ; & pour Parrain, Mrs. les Etats Généraux repréſentez par l'Illuſtre Barneveld, qui lui donnerent cinq cens Livres de penſion dont elle a joui pendant ſoixante ans qu'elle a vêcu. Elle a été mariée en premieres nôces au Sr. d'Ardenay

au

au Maine dont elle a eû une fille mariée à Mr.
de Madaillan de la maison de Montaterre. Elle a epousé en secondes nôces Benjamin de
Pierre-Buffiere Marquis de Chambret, dont
elle a eû quatre fils, morts la plûpart à la
guerre en Hongrie & en Flandres pour le service du Roi de France ; & deux filles. Ce
Marquis de Chambret étoit d'une des plus Illustres Maisons du Limousin. Et du côté de
sa mere qui étoit la Maréchale de Themines de
la maison de la Nouë, il étoit petit-fils de ce
grand François de la Nouë surnommé *bras de
fer*. Cette Louise Aubery a été un prodige de
Memoire & de Jugement qui se rencontrent
rarement ensemble ; on dit d'elle qu'elle eut
rétabli le Vieux & le Nouveau Testament s'ils
eussent été perdus, tant elle les savoit bien
par cœur : qu'elle avoit sû toutes les histoires
& tous les Romans tant François, qu'Italiens
& Espagnols, qu'elle en savoit jusqu'aux moindres avantures, & qu'elle en avoit même retenu les noms des Confidents & des Suivantes ;
qu'elle étoit d'une conversation aussi inépuisa-
ble qu'agréable ; que si elle n'eut point passé
sa vie dans un Château à la Campagne & si
elle eut vêcu dans le grand air de la Cour elle
y eut été admirée & eut infailliblement égalé
la reputation de ce petit nombre de femmes
extraordinaires qui ont fait l'ornement de ce
dernier siécle.

La seconde fille de nôtre Aubery fut nommée Eleonor par la Princesse Eleonor de Bourbon sœur du Prince de Condé, & Epouse du
Prince Philippe de Nassau fils aîné du Grand
Guillaume & qui avoit été mis enfin en liberté par Philippe second, Roi d'Espagne, touché

ché de la longue captivité dans laquelle il l'a-
voir détenu, ou las de punir l'iniquité préten-
duë du pere, fur fon fils innocent.  Cette E-
leonor Aubery nâquit à la Haye en l'année
1615. & fut prefentée au Baptême par Henri
Frideric de Naffau Prince d'Orange qui en fut
le Parrain ; & par Eleonor de Bourbon qui en
fut la Marraine.  Elle a été mariée au Baron
de Mauzé proche de la Rochelle, frere du
Marquis de la Ville-Dieu ; & elle eft morte
fans enfans en l'année 1660.  On dit que c'é-
toit la femme de France qui peignoit le mieux,
qui écrivoit le plus correctement & qui faifoit
de fort bonnes Lettres, d'un ftile mâle & vigoureux & dans lefquelles il n'y avoit pas un
feul mot d'inutile.

La troifiéme fille nommée Emilie fut pré-
fentée au Baptême, par cette Princeffe Emilie
de Naffau, qui fe laiffa éblouïr par les cajo-
leries & l'addreffe du Prince Emanuel, fils du
Roi Antoine de Portugal depoffedé par Philippe fecond, & qui voulut l'avoir pour E-
poux.  Nôtre Amelie Aubery eut pour Parrain Mr. le Comte de Culembourg fils de Florent de Pallant Comte de Culembourg dont
l'hôtel qui étoit à Bruxelles fut rafé par ordre
du Duc d'Albe, & qui fans avoir jamais rien
fait depuis la Requête de la Nobleffe s'étoit
retiré en Hollande où il mena une vie fi ca-
chée qu'il mourut inconnu même à ceux de
fon parti.  Cette Amelie a été mariée au Seigneur de Montreuil près de Ste. Menehoud
en Champagne & vivoit encore dans le temps
que Louïs du Maurier fon frere écrivoit fes
Memoires.

Nôtre Aubery a eû deux beaux-freres de
con-

conféquence & qui meritent d'avoir place ici.
L'un a été Mr. d'Auſſon * de Villarnoul de la
maiſon de Jaucour qui s'étoit attaché au ſervice de Frideric Roi de Boheme, & qui perit
malheureuſement avec Henri Frideric déſigné
Roi de Boheme avec ſon pere, dans la Mer
de Harlem, allant voir les Gallions d'Eſpagne
chargez d'un butin ineſtimable, qui avoient é-
té pris par Pierre Hein Admiral Hollandois,
près de l'Iſle de Cube. On peut voir dans les
Memoires de Mr. du Maurier de quelle maniere cet accident ſi triſte, arriva.

† L'autre beau-frere de nôtre Aubery a été
Mr. de Marbaud établi à Paris, pour faire à
la Cour de France, les affaires des Reformez,
& pour entretenir correſpondance avec Mr.
du Pleſſis-Mornay ſur ce ſujet. Mr. du Pleſſis,
le nomme beau-frere d'Aubery, & quelquefois ſon frere ſur lequel il ſe repoſe du ſoin
de lui faire ſavoir l'état des affaires des Réformez en France. Il faut bien que ce Marbaud
aît été un homme d'un ſingulier merite, car
Mr. du Pleſſis qui ſavoit placer à propos ſon
eſtime & ſon amitié le nomme ſon vrai ami,
& commence toutes les Lettres qu'il lui écrit,
par ces mots, *Monſieur mon vrai Ami.*

Nôtre Benjamin Aubery a laiſſé à ſes fils
des conſeils excellents pour leur conduite dans
les affaires publiques. Louïs Aubery ſon fils
en a rapporté deux morceaux, ou plûtôt deux
Extraits dans ſes *Memoires pour ſervir à l'Hiſ-*
*toire*

---

* Pag. 188. † Voy. Memoires de du Pleſſis-Mornay tom. 4. pag. 627. 889. 950. voy. ibid. pag. 312.
& ailleurs, voy. Vie de du Pleſſis-Mornai pag. 290.
337. 455. 482. 498. 505. 566. 568. 614. 701.

*toire de Hollande.* \* On voit entr'autres chofes, par ces Extraits † que tout ce que le Duc de Rohan dit dans fon beau Traité de l'interêt des Princes, au fujet de l'affaire des Arminiens eft tout-à-fait chimerique & que c'eft une tâche qui défigure ce bel ouvrage.

Il y a eû un Aubery avec lequel du Pleffis-Mornay ‡ a eû correfpondance de lettres, autre que nôtre Benjamin, & qui apparemment étoit fon frere. Il étoit Confeiller du Roi dans fon Confeil d'Etat, Maitre des Requêtes ordinaire de fon Hôtel, & Intendant de la Juftice dans les Provinces d'Anjou, Touraine, & le Maine. Mais il y avoit cette difference entre cet Aubery & le nôtre, que celui-ci traittoit de *Monfeigneur*, du Pleffis Mornay lorfqu'il lui écrivoit, & que le nôtre ne le traitoit que de *Monfieur*. Ce qui fait voir la difference qu'il y avoit entre ces deux hommes Illuftres, quoi qu'ils portaffent le même nom & qu'ils fuffent d'une même famille. Ils font auffi très-bien diftinguez par Mr. du Pleffis Mornay. L'un eft appellé dans fes Lettres Mr. Aubery, & l'autre y eft nommé Mr. du Maurier, en forte qu'il n'eft pas poffible de s'y tromper. Au refte je me fuis étonné lorfque j'ai vû que dès l'année 1619. Mr. Aubery prenoit la qualité d'Intendant, car il eft certain que les Intendants n'ont été introduits en France fur le pié qu'ils font que par le Cardinal de Richelieu, dans la vûe de rendre le Roi

*\* Pag. 216. 383. † Ibid. pag. 379. & fuiv. Ibid. pag. 399. ‡ Voy. Lettres & Mcmoires de Mr. du Pleffi-Mornay tom. 3. pag. 203. Ibid. tom. 4. pag. 341. 351. 1204.*

Roi plus abfolu dans toutes les Provinces de
fon Royaume & pour y établir un gouvernement defpotique. Profitant en cela de l'exemple du Pape qui envoye des Legats *à Latere*
dans toutes les Provinces de la Chrétienté où
fon autorité eft refpectée , afin d'y être d'autant plus fouverain.

Il eft bon de faire encore une Remarque a-
vant que de finir. L'Auteur de la vie de du
Pleffis-Mornay parle d'un *Du Morier* qui étoit
Secretaire de Du Pleffis en l'année 1589. Il eft
parlé dans le même Ouvrage d'un *le Morier* qui
commandoit les chevaux legers de la Garni-
fon de Rochefort en l'année 1595. Et d'un *Du
Morier* qui refidoit à la Cour de France en
l'année 1602. pour les affaires de Mr. de Bouillon. Il n'y a point de faute d'Impreffion dans
ces noms , car quand le même Auteur parle
de nôtre Aubery il le nomme fort bien *le Sr.
du Maurier*. Cette obfervation fervira à éviter
la confufion dans laquelle on tomberoit fi on
mêloit ces noms, & fi de tous on n'en faifoit
qu'un feul.

# LOUIS AUBERY SIEUR
# DU MAURIER.

IL étoit fils de Benjamin Aubery dont je
viens de parler. Après tout ce que j'en ai
dit il eft aifé de conjecturer que celui-ci a été
fort habile homme. Non feulement il a eû un
naturel heureux ; il a été dans fa Jeuneffe en
lieu propre pour faire de bonnes Etudes ; & il

a eû un Precepteur favant; mais il a eu de plus
un pere qui s'eft plû à l'entretenir de bouche
& par écrit de tout ce qui s'eft paffé de plus
confiderable dans fon temps; qui ne lui a rien
caché de ce qu'il a fû de plus curieux & qui
lui a fait des reflexions judicieufes fur les éve-
nements les plus importans, deforte qu'en lui
apprenant l'hiftoire il lui a enfeigné de la maniére du monde la plus aifée & la plus naturelle, une politique d'ufage & de pratique bien
plus utile qu'une politique de Theorie qu'il
auroit appris dans les Livres ou de quelques
Maîtres étrangers. Il a voyagé beaucoup, il a
eu un foin tout particulier de connoître & de
faire habitude avec les perfonnes qui ont été
les plus eftimées dans les lieux où il a été. Depuis fon retour en France il a été à la Cour,
& il s'y eft fait connoître avantageufement du
Roi, de la Reine & des Courtifans. Voila en
général ce qu'on peut dire de fa perfonne,
voyons un peu plus en détail quelle a été fa
conduite & fa fortune. Ses Memoires feront
un de mes guides dans cette recherche, & le
fujet de quelques obfervations que je ferai
dans la fuite.

Louïs Aubery eft né en France, mais lorfque
fon pere fut envoyé par le Roi vers Mrs. les E-
tats Généraux il emmena toute fa famille en
Hollande. Il étoit fort jeune alors, fon pere
le mit avec fes freres fous la direction d'un
Précepteur qu'il nomme: c'étoit, dit-il, Benjamin Prioleau. Grotius * parlant de lui & de
fes difciples, dans une de fes Epîtres s'exprime
en ces termes, *habent ftudiorum fuorum egre-*
*gium*

---

* Epiftol. 70. in Epiftol. ad Gallos.

*gium adjutorem , Priolaum de cujus diligentia ni-
hil non mihi polliceor.* Nôtre Auberi dit * que
ce Prioleau étoit un fourbe notable , & Morhoff ne fait pas beaucoup de cas de sa personne
ne ni de son histoire , dans son *Polyhistor,*
*Benjamin Priolus*, dit-il , † *qui Historiam Galli-*
*cam ab excessu Ludovici XIII. scripsit, in appen-*
*dice istius libri promisit Judicia de Scriptoribus*
*Græcis & Latinis ; verùm quæ judicia exspectanda*
*ab homine qui ipse exiguo judicio præditus in am-*
*plissimo suo argumento ineptè versatur ? Nihil est*
*enim ista historia si dictionem , si argumentum vi-*
*deas quod placere doctis possit. Ridicula plane illa*
*operi subjuncta Epistola vel excusatoria vel defen-*
*soria quam stulta illa Lipsiani stili affectatio ; ac*
*passim decurrunt à Lipsii politicis ac aliunde con-*
*suti centones.* Rhodius qui a fait sa vie , ni Mr.
Bayle qui fait un grand article au sujet de
Prioleau, ne font aucune mention de cette description si desavantageuse de Morhoff. Voilà pourtant un trait essentiel qui manquoit au
portrait de cét historien moderne & qu'il faut
y ajouter. Cependant tout cela n'empêche
pas qu'on ne puisse croire qu'il a été fort capable d'enseigner les humanitez & les belles
lettres aux Jeunes gens qui étoient commis
à ses soins. Les mesures que le pere avoit pri-
ses en leur louant une maison de Campagne
pour les éloigner de l'embarras & du bruit, &
pour leur faciliter les moyens d'étudier avec
plus d'application ; & en les envoyant ensuite
dans l'Université de Leide donnent lieu de conjecturer que nôtre du Maurier avoit fait quelque

* Memoires de Hollande pag. 451. † Vid. Morhoff. Polyhist. lib. I. cap. XVI. pag. 176.

que progrès dans la connoiſſance des Langues
& des Sciences; & s'il dit dans la Preface *de
ſes *Memoires* qu'il n'a jamais été au College, &
que le peu qu'il ſait dans les Langues il l'a appris dans la maiſon par des Maîtres, ou par
l'uſage dans la converſation, qu'il n'a jamais
lû une ſeule ligne de Priſcian, ni des autres
Grammairiens; que les ſyntaxes, les Clenards
& les Deſpauteres, que ſon pere appelloit *les*
*Croix de la Jeuneſſe*, ſont pour lui des païs inconnus; qu'il n'a jamais pû comprendre ce
que c'eſt qu'un ſupin ni qu'un gerondif; &
qu'il s'en ſert dans l'occaſion par l'uſage ſans
pouvoir les definir ni les décrire. Il faut entendre tout cela à peu près de la même maniere qu'on explique ce qui eſt dit de Prioleau
ſon Précepteur qui lui a fait ſuivre ſans doute
la même methode qu'il avoit ſuivie lui même,
& dont il tient le langage à cét égard. Prioleau aſſure qu'il n'a jamais été au College, &
qu'il n'a jamais vû d'Academie, mais lorſqu'on lui demande pourquoi donc il reconnoit dans ſon Epitre dédicatoire addreſſée au
Doge & au Senat de Veniſe qu'il eſt redevable
de ſes meilleures inſtructions à l'Academie de
Padouë, il répond qu'il ne ſe contredit pas &
que ſon ſens, ou ſa penſée eſt † qu'il a appris
de lui-même tout ſon Latin ſans l'aide d'aucune Ecole. Mais pour les Sciences il ne prétend point cela, il reconnoit que les Profeſſeurs de Padouë ont été ſes Maîtres; ou ſi on
dit après Rhodius, qui a fait ſa vie, qu'il a é-
té

---

* Préface pag. 1. & 2. † Voy. Dictionaire Hiſtorique & critique de Bayle. 2. Edition tom. 3. pag.
2509. Col. 2.

té envoyé à Orthez & à Montauban pour y faire ſes Claſſes, Mr. Bayle répond pour lui qu'il n'y a point de contradiction entre ce qu'il a dit, & ce que ſon Panegyriſte a écrit, & qu'il faut entendre qu'il ne voulut jamais s'aſſujettir aux regles de ſes Regents, & qu'il apprit le Latin par d'autres routes. Suivant ce ſtyle nôtre Aubery a raiſon de dire qu'il n'a jamais été au College, mais il ne faut pas en conclurre qu'il ne ſavoit point de Latin, car on ſe tromperoit. Mais à l'égard des Sciences il avouë lui-même que ſon pere l'a envoyé dans l'Academie de Leide pour les y apprendre. Il y a même étudié en Droit; & on ſait que ſoit par legereté de jeuneſſe, ſoit pour avoir voulu ſe deſtiner à quelqu'autre profeſſion il avoit diſcontinué ſes Etudes, ce qui avoit fort mortifié ſon pere, mais que quelque temps après les ayant repriſes dans le deſſein de les continuer, pouſſé à cela par ſes amis & par ceux de ſon pere, ceux de ſon pere l'en avoient felicité. Grotius entr'autres, n'avoit pas été un des derniers à travailler à le ramener à ſon devoir, comme on le voit par l'excellente Lettre * qu'il lui écrivit ſur ce ſujet le 6. Fevrier de l'année 1632. c'eſt une des ſix que Grotius lui a écrites & que nôtre Aubery dit † avoir été imprimées. Voici comment il s'y exprime, *Te hortor quantum poſſum amicus tibi a patre datus, ut ad bonas litteras & ſapientiæ ſtudia tam feliciter hauſta, Juris quoque tum univerſi, tum præſertim patrii, cognitionem adjungas.* Ce Grand homme ne fut pas auſſi un des derniers à ſe réjouïr a-

vcc

* Grotii Epiſtol. ad Gallos. Epiſt. 26. 127. 156.
† Voy. Memoires de Hollande. pag. 436.

vec le pere de cette réſipiſcence. *De Filio*, lui
dit-il, *quem legum ſtudio deſtinaſti, non mediocri-
ter gaudeo reſtitutum in viam de qua propè deceſſe-
rat, amo illum & ob probitatem animi & ob ingenii felicitatem.*. A peu près comme ſi Grotius
eut dit, j'étois fâché que vôtre fils ſe fut débauché, je ſuis bien aiſe qu'il ſoit rentré dans
ſon devoir, c'étoit dommage, car c'eſt un joli
garçon. Voila le ſens que je crois qu'il faut
donner à ces paroles de Grotius. Je ſai bien,
que nôtre Aubery lui en donne un autre bien
different du mien, qui lui eſt beaucoup plus
avantageux, & qui peut-être ſeroit aſſez conforme à la verité des choſes, mais il s'agit ici
de ſavoir ſeulement ſi ce ſens eſt conforme à
l'intention de Grotius. Je n'ai garde de conteſter avec nôtre Aubery ſur cela, le Lecteur en
fera tel jugement que bon lui ſemblera.

Quoi qu'il en ſoit, il eſt certain que du Maurier étoit ſavant, on le verra lors que je parlerai de ſes Memoires de Hollande qui eſt le ſeul
Ouvrage qu'il ait publié, ou au moins qui ait
paru ſous ſon nom.

Il étoit habile dans les affaires, il avoit de la
prudence & de l'adreſſe à les bien manier, mais
il n'étoit point heureux, & quelques échantil-
lons qu'il nous a donnez de ſa conduite nous
le font aſſez connoître. La premiere occaſion
qu'il eut d'entrer dans quelque Negotiation
publique fut une commiſſion qui lui fut donnée par le Comte de Rantzau qui a été depuis
Marechal de France. Ce Comte étoit alors un
des ſoixante & dix priſonniers de qualité que
Dom Franciſque de Mello mit dans le Château
de Gand après la defaite de Honnecourt. Il
étoit fort des amis de nôtre Aubery qui lui

rendoit à la Cour tous les bons offices dont il
étoit capable & qui avoit avec lui un Commerce
de Lettres assez reglé. Il lui écrivit une longue
Lettre en chiffre partie en Latin & partie en
François, par laquelle il lui donnoit avis qu'il
n'y avoit rien de si aisé à surprendre que la Ci-
tadelle de Gand par le moyen des Hollandois
qui en étoient voisins, & que le Prince d'Orange pouvoit s'en approcher avec un corps d'In-
fanterie sans donner le moindre ombrage , &
il le prioit d'aller en faire la proposition à la
Cour.  La chose étoit en effet fort praticable
& fort aisée, comme on le voit dans les Memoires * de nôtre Aubery. Il ne manqua pas
de faire diligence, l'affaire étant importante,
il alla promptement la communiquer à Mr. des
Noyers qui étoit alors à Chaune en Brie avec le
Roi pendant l'absence du Cardinal de Richelieu, qui étoit demeuré aux Eaux de Bourbon.
Ce Ministre lui dit qu'il donneroit ordre à cela,
& lui commanda de n'en parler à personne,
desorte qu'il se retira remarquant à sa mine & à
son discours que cette proposition, quoi qu'avantageuse, ne lui étoit pas agréable venant du Comte de Rantzau qu'il haïssoit, & qui lui étoit odieux;
& en effet l'affaire échoua, il n'en fut plus parlé.

Une seconde affaire dont il se mêla & qui
eut un succès à peu près aussi malheureux fut
celle qui arriva au Prince Royal & hereditaire
de Suede. Ce Prince passant à Poissy, un jour
de St. Jean, accompagné de plusieurs personnes
de consideration & entr'autres de Grotius; ses
domestiques eûrent démêlé avec quelques habitans du lieu , ces derniers tirerent quelques
coups

* Pag. 194.

coups de fufil & blefferent quelques perfonnes de la fuite du Prince. Grotius en colere ménaça de repréfailles. Du Maurier
perfuadé que fi cela étoit fû à la Cour on donneroit fatisfaction au Prince, alla en avertir le
Cardinal de Richelieu qui étoit fur la frontiere
de Picardie lors du fiege de Hefdin. D'abord
après il reçut un gros pacquet addreffé à Mr.
le Chancelier Seguier & eût ordre de fon Eminence de le rendre à Grotius. Ce pacquet con-
tenoit un ordre à Mr. le Chancelier de faire une
Juftice exemplaire. Du Maurier crût avoir fait
des merveilles & avoir montré à Grotius qu'il
l'avoit fervi en ami; cependant lors qu'il voulut remettre ce pacquet entre fes mains, il lui
dit avec un vifage émû, qu'on fit juftice fi on
vouloit, mais qu'il ne fe chargeroit pas du pacquet; & en effet il ne voulut point s'en charger.
Du Maurier fut fort embarraffé, il craignit d'un
côté que s'il le rendoit à la Cour on ne lui re-
procha d'avoir donné legerement une fauffe
allarme. D'autre côté il n'avoit point d'ordre
de le rendre lui-même à Mr. le Chancelier, cependant il fe détermina à le lui porter. Cela lui
réuffit mieux qu'il ne l'avoit efperé, car Mr. le
Chancelier fit faire bonne Juftice à Grotius qui
reconnut enfin qu'il avoit eû tort d'avoir du
foupçon contre du Maurier, & de l'avoir tenu
pour fufpect, & lui rendit témoignage qu'il é-
toit le meilleur, le plus effectif & le plus officieux ami qu'il y eut au monde.

Du Maurier lui-même nous apprend qu'Il
n'a rien fait dans le monde, parce qu'il a toûjours fait profeffion de droiture & de verité, qualitez qui font incompatibles avec les
défauts neceffaires à la Cour, où pour réuf-

fir., *il faut neceſſairement applaudir au vice &
ſouvent opprimer l'innocence. Il a pourtant fait ſes
efforts pendant quelque temps pour ſe rendre
utile, & pour obtenir quelque emploi qui lui
convint, mais enfin il s'eſt laſſé † de piquer inutilement les coffres à la Cour & de ſe repaitre de
ſes vaines fumées, & enfin voyant ſa fortune enterrée avec le Cardinal de Richelieu qui le ſouf-
froit à la table ronde avec les plus grands du
Royaume, & qui lui avoit promis de faire quelque choſe pour lui, il ſe retira dans ſa maiſon
du Maurier, tant pour reparer les brêches qu'il
avoit faites à ſon bien en courant après les vaines eſperances du monde, que pour y jouïr du
repos qu'il croyoit goûter dans la tranquillité
de la ſolitude. Il nous apprend ‡ qu'il avoit
fait état de s'y divertir à mettre par écrit ce qu'il
avoit vû de plus conſiderable dans pluſieurs
Cours étrangeres, & même dans celle de France. S'il avoit executé ce projet il nous auroit
appris beaucoup de choſes curieuſes, car non
ſeulement il avoit beaucoup voyagé, mais il
avoit voyagé avec profit; comme on peut le
juger par ce qu'il en dit lui-même. Il avoit
été en Pologne, il y avoit été deux fois, il ſavoit très-bien l'état de ce Royaume, & il étoit
ſi bien connu ſur ce pié-là que la Princeſſe Marie
ſi connuë par ſa beauté ayant été deſignée Reine
de Pologne le fit prier par le Duc de Noailles
de l'inſtruire de tout ce qui concernoit ce Royaume dont elle alloit devenir Reine. Ce qu'il
fit en pluſieurs après-diſnées. Il avoit été en
Pruſſe à la Cour de George Guillaume Electeur
de

* Memoires de Hollande pag. 436. † Ibid. Preface pag. 3. & pag. 480. ‡ Ibid. pag. 481.

dè Brandebourg. La Princeſſe Julienne de Naſſau, mere de l'Electrice de Brandebourg étoit
retirée à Konigsberg Capitale de la Pruſſe Du-
cale chez cette Electrice ſa fille, depuis les deſ-
ordres du Palatinat. Il dit * que ces deux Princeſſes lui firent beaucoup de civilité.

Il a été en Suede, & quoi que Grotius fut
fort accredité, nous voyons néanmoins qu'il y
étoit dans une poſture à lui rendre de bons offices. C'eſt Grotius lui-même qui nous l'apprend dans une des ſix Lettres imprimées dont
j'ai déja fait mention dans cet article, dans laquelle il le remercie, enſuite dequoi il lui
parle en ces termes, *diſcemus abs te, ubi re-
dieris, qualis ſit illa mundi pars quam ſibi frigi-
dus ſeptentrio ſepoſuit.* Il eut été à ſouhaiter
qu'il eut ſatisfait à cet égard au deſir de Grotius.

Il a été à la Cour de Rome. Il nous le dit
lui-même dans ſa Préface †. Il y a vû entr'autres
choſes dans la Chapelle Pauline, la St. Bar-
thelemi repreſentée & l'Admiral qu'on jette par
les fenêtres, & au bas ces mots, *Pontifex Co-
lonii necem probat.* Il dit qu'il a lû ces étranges
paroles il y a cinquante ans avec regret, & qu'un
St. Evêque lui a dit auſſi les avoir lües avec
étonnement.

Il a été à la Cour de France & apparemment
il y a été dans une grande conſideration puis
qu'il paroit que la Reine Mere lui parloit familiérement & qu'elle lui racontoit des avantures divertiſſantes telles que celle qui arriva à la
femme de Grotius; elle merite bien d'être auſſi
rapportée ici. Pendant que Grotius étoit Ambaſſadeur

* Memoires de Hollande pag. 189. † Pag. 33.

P. 6

baſſadeur de Suede en France, ſa femme avoit
place au Cercle. Un jour y étant aſſiſe, le Cardinal de la Valette fendant la preſſe pour approcher, & enviſageant cette groſſe femme
qu'il ne connoiſſoit pas demanda à l'oreille, à
une Dame du Cercle, *qui étoit cet Ours aſſis
auprès de la Reine*, qui lui répondit en même
temps, *c'eſt ma mere, Monſieur*, car il s'étoit
addreſſé à Mademoiſelle Grotius nommée Cor-
nelia. Dès que le Cercle fut levé il alla faire
part de cette avanture à la Reine, & la Reine
s'en eſt depuis divertie en le racontant à nôtre
du Maurier.

Ce qu'il nous dit dans ſes *Memoires pour ſervir à l'Hiſtoire de Hollande* nous fait voir non-
ſeulement qu'il connoiſſoit bien l'état des Provinces Unies & de l'Angleterre, mais même
qu'il en ſavoit des Anecdotes dignes d'être
publiées. Ces Memoires nous font regreter qu'il
n'en aît pas donné de pareils concernant les autres pays dans leſquels il a été. Il y a dans le
Volume qui les contient pluſieurs traits fins &
délicats de la meilleure politique. Il y a pluſieurs endroits qui montrent que leur Auteur
poſſedoit parfaitement bien les belles Lettres,
l'Hiſtoire ancienne & moderne, la Geographie
& diverſes autres Sciences & qu'il ſavoit en
faire un uſage merveilleux. Il connoiſſoit particulierement les principales familles de l'Europe & ſavoit très-bien la Généalogie de chacune. L'Avanture de Lanchere qu'il raconte
lui-même dans ſes *Memoires*, qui ne ſachant
point que Juſtin de Naſſau fût bâtard lui dit
bruſquement en lui frapant ſur l'Epaule, *Eh
ne ſavez vous pas bien, Monſieur, que jamais fils
de putain ne valut rien*. Cette avanture, diſ-je,
lui.

luï avoit appris qu'il importe à un honnête homme qui fe mêle de fréquenter les Cours & le monde de ne point ignorer la Science des Généalogies.

J'avouë néanmoins que nonobftant toutes ces connoiffances du Maurier ayant dit dans deux differents endroits de fon Livre * qu'il y a cinquante & cinq ans qu'il a vû ou ouï ce qu'il rapporte fon Lecteur a quelque fujet de craindre lorfqu'il lit enfuite ce que nôtre du Maurier dit *qu'il écrit tout de memoire fans l'aide d'aucun Livre.* Il eft vrai qu'il ajoûte qu'il a la memoire affez bonne ; mais quelque bonne qu'elle foit elle manque quelquefois, elle trompe même fouvent lorfqu'elle rapporte des faits qui fe font paffez depuis fi long-temps. Le Lecteur craint d'autant plus, que nôtre du Maurier dit fouvent *qu'il a vû, qu'il fait, qu'il a ouï dire à fon Pere,* maïs qu'il dit auffi quelquefois *qu'il croit* †. Mr. Bayle a été un de ces Critiques défiants, qui a craint qu'il ne fe trouvât un jour, fur tout après la publication des Lettres de Grotius in folio, *que les Memoires de du Maurier n'auront été que des* ouï *dire & des* qui pro quo, *grand defaut,* dit-il ‡, *fur tout dans les Ouvrages de la nature de celui-là.* La prediction de Mr. Bayle étoit apparemment fondée fur l'extrait des Epitres de Grotius que Mr. le Clerc avoit fait au mois de Février precedent de la même année 1686. ¶ dans lequel il fait tomber très-fouvent du Maurier en con-

* Preface pag. 33. & Memoires pag. 449. † Pag. 191. ‡ Nouvelles de la Republ. des Lettres, Sepr. 1686. pag. 1029. ¶ Bibliotheque Univerfelle Tom. I. pag. 154. &c.

P 7

contradiction formelle avec Grotius, dans des choſes qui concernent Grotius lui-même. Baillet * a fait depuis une Remarque qui a échapé à Mrs. Bayle & le Clerc. Il dit que du Maurier s'eſt trompé lorſqu'il a dit † que Grotius avoit été fait Avocat du fiſc de la Province de Hollande à l'âge de quinze ans, Baillet prétend qu'il ne fut fait Avocat du fiſc que huit ans depuis, après qu'il fut de retour de France dans ſon pays, & qu'il ſe fut fait recevoir Avocat au Parlement de Paris avec les formalitez ordinaires. Mais cela n'eſt qu'une bagatelle, & il n'y auroit pas grand mal quand il ſe ſeroit trompé dans des faits de cette nature pourvû que les grands ſecrets qu'il nous révéle ſoient veritables.

Mr. le Vaſſor ‡ a voulu rendre ſuſpect, celui de tous ces faits qui eſt le plus important, ſavoir que Maurice Prince d'Orange avoit engagé la Princeſſe doüairiere ſa belle-mere à faire des démarches envers Barneveld pour le porter à conſentir qu'il s'emparât de la Souveraineté de la Hollande, & que ces démarches n'ayant point réuſſi Maurice ne l'a point pardonné à Barneveld & qu'enfin il en a coûté la vie à ce vénérable vieillard. „ Si Mr. du Maurier, *dit-il*, avoit „ écrit lui-même ce que ſon fils a publié, peut- „ être que la reputation qu'il s'étoit acquiſe „ par ſon Eſprit & par ſes bonnes qualitez, ſe- „ roit un préjugé de quelque force contre le „ Prince Maurice, mais ce n'eſt ici qu'un ſimple „ ouï dire que ſon fils nous rapporte. Il publia
ſon

* Enfans devenus célébres par leurs Etudes ou par leurs Ecrits, pag. 239. † Memoires de Hollande, pag. 439. ‡ Hiſtoire de Louïs XIII. Tom. II. 2. partie. pag. 497. & ſuivantes. Et Liv. 8. pag. 126. &c.

„ fon pretendu fecret dans un temps où la
„ France ennemie declarée de la maifon d'O-
„ range, vouloit la rendre odieufe & fufpecte
„ aux Provinces Unies. On faifoit alors la
„ Cour à Mr. de Louvois. *dit-il*, en flatant la
„ paffion qu'il avoit d'infpirer de la jaloufie &
„ de la haïne contre un Prince dont la pruden-
„ ce & la valeur devoient être le plus grand
„ obftacle aux vaftes & ambitieux projets de
„ Louïs XIV.

Mr. Jennet vivant Miniftre à Utrecht a
fait plus que Mr. le Vaffor, car il a fait tous fes
efforts dans le troifiéme Tome de fon *Hiftoire de
la Republique des Provinces Unies des Pais-Bas,
depuis fon Etabliffement jufques à la mort de
Guillaume troifiéme* pour refuter du Maurier,
qu'il dit avoir mal à propos fortifié les foupcons
qu'on avoit conçu contre le Prince Maurice:
Ce ne font, *dit-il*, que des conjectures inju-
rieufes à la Maifon d'Orange, répanduës d'a-
bord par les Efpagnols pour mettre la divifion
entre les Etats & le Prince ; & enfuite par les
ennemis de cette Maifon ; & il foûtient que le
témoignage de du Maurier ne fuffit point pour
flêtrir la Memoire d'un fi grand Prince. Mais
Mr. le Clerc * qui a examiné la chofe avec foïn
& avec beaucoup de jugement à fon ordinaire,
après avoir fait voir le pour & le contre, fe de-
termine en faveur de du Maurier, & montre que
la chofe eft manifefte, & qu'elle eft confirmée
par la vie même de Barneveld imprimée en Fla-
mand in 4. en l'année 1648.

Ce qu'il y a de fingulier, c'eft que Mr. le
Clerc

---

* Bibliotheque Choifie., Tom. II. pag. 139.
& fuivantes.

Clerc † fait voir que ce que du Maurier rapporte pour l'avoir ouï dire à son pere est plus certain que ce qu'il dit de son chef. Tout au contraire de ce qu'on auroit pû croire, étant naturel de parler plus certainement des choses que l'on sait pour les avoir vûës que de celles qu'on ne sait que par rapport & par ouïr dire.

Un autre fait important & qui a été contesté, est rapporté par nôtre du Maurier dans sa Préface *; il dit qu'il a ouï dire à son pere qu'il avoit appris de la bouche de Mr. de Belliévre que Henri III. ou plûtôt Mr. de Guise, que ce Prince craignoit, l'envoyerent Ambassadeur extraordinaire en Angleterre pour solliciter en apparence en faveur de Marie Stuart, qu'Elizabeth fit décapiter; qu'il avoit une très-ample instruction à cette fin; mais qu'il en avoit une toute contraire de la main de Henri III. pour exhorter la Reine Elizabeth à faire décapiter cette ennemie commune de leurs personnes & de leurs Royaumes; & que la Reine Elizabeth n'eut osé la faire mourir si elle n'y eut été portée par la France. Ce fait a déja été confirmé depuis dans un Ouvrage intitulé ‡ *Gallia vindicata* qui contient une Refutation de ce que Mr. Maimbourg dans son *Traité Historique* &c. & d'autres ont écrit en faveur de la Regale & des quatre propositions de l'assemblée du Clergé de France qui se tint en l'année 1682.

En un mot ces Memoires sont regardez depuis long-temps, comme une piéce si authentique.

† Ibid. pag. 163. * Pag. 11. 12. ‡ Principalement dans ce qu'on dit contre l'Epître dedicatoire de cet Ouvrage de Maimbourg.

tique & fi digne de foi que les Auteurs qui ont écrit fur ce fujet y ont puifé comme dans une fource pure. Nous en avons une preuve en Mr. Boyer, qui s'eft fervi principalement des Memoires de nôtre du Maurier pour compiler la premiere partie de fon Hiftoire de Guillaume troifiéme imprimée à Londres en l'année 1702.

Le grand debit qu'on a eu de ces Mémoires eft un préjugé qui leur eft fort favorable. La premiére Edition s'en eft faite à la Fléche en l'année 1680. Il s'en eft fait trois, depuis & cependant nous apprenons par les Nouvelles Litteraires de la Republique des Lettres * que ce Livre étoit devenu fort cher par rapport à fa groffeur & qu'on a fait une cinquiéme Edition en l'année 1703.

Il paroit par ces Memoires qu'outre la capacité de l'Auteur qui étoit grande, il avoit un genie heureux. Il eft clair & fuccinct dans fes narrations, folide dans fes raifonnemens, droit & équitable dans fes jugemens. Son expreffion eft toûjours propre & fon ftile naturel. Il étoit officieux, les fervices qu'il a rendu à Grotius & à plufieurs autres en font des preuves. Ce fut lui qui plaça Cerifante chez Mr. le Marquis du Vigean en qualité de Precepteur de Mr. le Marquis de Fors fon fils aîné. Il rendit ce bon office & plufieurs autres à Cerifante en confideration de fon pere, chez lequel il avoit logé dans fa jeuneffe, & pour lequel il avoit beaucoup d'eftime & d'affection. Cette condition a été le commencement & pour ainfi dire la caufe de fon établiffement dans le monde. Je
m'é-

* Nouvelles de la Rep. des Lettres, mois d'Octobre 1703. pag. 476.

m'étonne que feu Mr. Bayle qui fait un article fort long fur le fujet de Cerifante n'ait pas remarqué cette particularité qui n'eft pas une des moins confiderables de la vie de ce fameux perfonnage.

Quoique Benjamin Aubery pere de nôtre du Maurier fut Proteftant, il eft certain pourtant que nôtre du Maurier étoit Catholique Romain. Il le fait affez connoître dans plufieurs endroits de fes Memoires, mais particuliere-ment dans la Préface *. Cela n'empêche pas qu'on ne lui rende la juftice qu'on croit lui être duë. Il paroit équitable envers les Proteftants, il blâme nettement le maffacre de la St. Bar-thelemi & tout ce qui s'eft fait enfuite fur ce fujet; & il declare très-clairement qu'il n'eft point animé d'un efprit de parti & qu'il eftime également toutes les perfonnes de merite de quelque Religion qu'elles foient. Il eft jufte d'agir envers lui de la même maniere. Je dirai feulement que je fouhaiterois qu'il n'eut pas dit que les Huguenots font un Martyr de ce Meré furnommé Poltrot qui a affaffiné Fran-çois de Lorraine Duc de Guife, car il eft cer-tain que tous les Hiftoriens Proteftants ont fait voir d'une maniere évidente la fauffeté de cette imputation ou plûtôt de cette ca-lomnie.

Nôtre du Maurier n'a laiffé qu'une feule fille qui a été prefentée au Baptême par le Coadju-teur de Paris, alors Archevêque de Corinthe, & connu depuis fous le nom de Cardinal de Retz; & par Marie Louïfe Reine de Pologne femme fucceffivement de deux freres, Uladiflas

&.

* Pag. 2L

& Cafimir Rois de Pologne de laquelle j'ai déja eû quelque occafion de parler.

Du Maurier vivoit encore pendant la derniere guerre de Hollande declarée & commencée en 1672. car il parle dans fes Mémoires * de la rapidité des conquêtes du Roi de France, de la mort de Mrs. de Wit, de l'Etabliffement du Prince d'Orange qui depuis a été Roi d'Angleterre & auquel il attribuë le falut de la Hollande. Mais il y auroit lieu de croire qu'il n'a pas vêcu long-temps aprés avoir achevé ces *Memoires* parce qu'outre qu'il étoit alors âgé de plus de foixante & dix ans, il avoit promis que s'il lui reftoit encore un peu de vie il l'employeroit à déployer le grand Magazin des chofes curieufes qu'il avoit confervées dans fa memoire en voyant les Royaumes du Nord & divers Païs de l'Europe ; & que quand il auroit achevé de faire fes Memoires des Païs étrangers il écriroit ce qu'il avoit vû de plus remarquable pendant les dernieres, années du Regne du feu Roi & qu'il feroit une peinture véritable des Princes, des Grands, & des Miniftres qui étoient en ce temps-là, fi on ne favoit certainement de gens qui l'ont connu perfonnellement qu'il n'eft mort qu'en l'année 1687. Le portrait que ces perfonnes font du cœur de nôtre du Maurier ne répond pas tout-à-fait à celui que j'ai fait de fon Efprit; ils difent qu'il étoit malin & que tout accablé de goute & d'années qu'il étoit, ne pouvant agir il vouloit écrire, qu'il a tiré les Memoires qu'il a publié des mains de Maximilien fon frere ainé à qui le

pere

* Pag. 334.

pere les avoit laiſſé , & qu'il leur a donné la
forme qu'ils ont ; de ſorte qu'encore qu'il diſe
ſouvent que ſon pere lui a dit , où qu'il lui a
ouï dire , & qu'il ne parle que par mémoire ,
la verité eſt qu'il n'a fait que ſuivre les mémoires que ſon frere lui a communiquez , &
qu'il ne ſait rien de ce qu'il écrit que par ce
moyen. S'il fait ſemblant de douter quelquefois , & s'il dit qu'il croit ſe ſouvenir ce n'eſt
que pour perſuader d'autant mieux qu'il eſt Auteur en chef , & qu'il n'écrit que de memoire.
Ces perſonnes ajoûtent que s'il n'a pas publié
tout ce qu'il a promis ce n'eſt pas ſa faute. Il
a fait tout ce qu'il a pû pour tirer des mains
de ſon frere des Memoires par le moyen deſquels il eſperoit de pouvoir executer ſa promeſſe , mais ſon frere le connoiſſant trop bien ,
& craignant qu'il ne ſe ſervit de ces Memoires
pour chagriner bien des gens , ſous prétexte
de faire les peïntures veritables des Princes ,
des Grands & des Miniſtres dont il y eſt parlé ,
lui a refuſé les memoires qu'il lui a demandé ,
de ſorte qu'actuellement ils ſont encore entre
les mains de Mr. du Maurier ſon petit-fils , &
petit-neveu de nôtre du Maurier , le ſeul re-
jetton de cette Illuſtre famille.

Au reſte nôtre du Maurier ſe plaint beaucoup des Eccléſiaſtiques , qui l'ont harcelé
pendant long-temps , & il remercie Meſſire
Louïs de la Vergne Evêque du Mans de ce
qu'il l'a delivré de leurs vexations & de ce
qu'il a donné le repos à ſa vieilleſſe. On a l'o-
bligation à ce Prélat des Memoires de nôtre
du Maurier , car c'eſt lui , dit-il , qui le premier
l'a porté à les compoſer.

*Comme les Lettres de Coſtar à du Maurier con-*
*tien-*

*tiennent quelques faits qui concernent Jaques &*
*Benjamin Auberi aussi bien que Louis du Maurier,*
*on fera bien de les lire ; ce sont les Lettres 107.190.*
*239. & 240. du second tome des Lettres de Costar.*

---

# LOUIS AUBERY.

LOUÏS AUBERY étoit Avocat au Parlement de Paris , & aux Conseils du Roi,
mais il n'en a pas fait les fonctions.  Il a préferé l'Etude à l'occupation tumultueuse des
affaires.  Il a été extraordinairement laborieux
& il s'est attaché à ses Livres avec une assiduité
merveilleuse jusqu'à l'âge de 79. ans.

Le temps fort long qu'il a donné à l'Etude
de l'Histoire & à la composition de plusieurs
Ouvrages lui a merité un rang honorable parmi les Ecrivains du siécle passé.  Il fut conduit
dans ses études par les avis d'un frere beaucoup plus âgé que lui , Eccléfiastique d'une
pieté exemplaire, qui fut successivement Chanoine de St. Jaques de l'Hôpital , du St. Se-
pulchre & de la Sainte Chapelle de Paris.

Quand il eut appris le Latin & le Grec ,
qu'il eut achevé son Cours de Philofophie, &
pris quelque teinture du Droit , il s'appliqua à
l'Histoire ,  & étant encore fort jeune il eut
dessein de traduire Ciaconius , mais depuis ,
trouvant plus d'avantage à écrire de son chef
qu'à s'assujettir aux penfées d'autrui il entreprit de composer une histoire générale des
Cardinaux, & y travailla sans relâche de forte
que dès le mois de Janvier de l'année 1642.
il eut l'honneur d'en dedier le Premier Tome

*in*

in 4. au Cardinal de Richelieu, & de la lui prefenter. Il commence au Pontificat de Leon
IX. qui vivoit en l'onziéme fiécle; les années
fuivantes il en publia quatre autres volumes
& les dédia au Cardinal Mazarin qui en reconnoiffance lui donna une penfion de quatre cens livres dont il a joui plus de cinquante
ans.

Il fut aidé dans ce travail de quantité de Re-
lations, d'Oraifons funébres, de Généalogies, & d'autres piéces imprimées & manuscrites que Mr. Naudé lui fournit par ordre de
cette Eminence, outre celles que lui communiqua Mr. du Puy dans le cabinet duquel il fe
trouvoit tous les jours avec quantité d'hommes célébres par leurs dignitez & par leur E-
rudition. Il étudia alors l'Italien, l'Efpagnol,
& l'Anglois, & fe mit en état de lire les livres
écrits en ces trois Langues.

En l'année 1649. il mit au jour un Traité
hiftorique de la préeminence des Rois de France & de leur préfeance fur l'Empereur & fur
le Roi d'Efpagne & le dedia à Mr. le Chancelier Seguier.

Dans la premiere partie de cet Ouvrage il
rapporte les tentatives que fit Philippe II. pour
ufurper le premier rang à Venife, à Rome, &
au Concile de Trente. Il montre la poffeffion
ancienne dans laquelle les Rois de France ont
toûjours été de préceder les Rois d'Efpagne, &
prouve d'ailleurs leur droit par le titre de très-
Chrétien, par celui de fils aîné de l'Eglife, &
par celui de Roi des Rois que leur donne Matthieu Paris; par les prérogatives de leur facre,
& enfin par trois qualitez qui rendent un Gouvernement accompli, qui font la fucceffion

mafmasculine, l'autorité abfoluë & l'indépendance de toute autre puiffance.

Dans la feconde partie il examine les prétentions de l'Empereur; il remarque que Charles Quint, & François Premier furent traitez d'égaux par Paul III. dans la Bulle de convocation du Concile de Trente; & fans s'arrêter à la poffeffion. *il vient au petitoire*, & fait voir que l'Empereur n'étant plus couronné il n'eft pas feulement en état de difputer la prefféance à un Roi de France qui precede de tout temps le Roi des Romains, & qui eft Empereur dans fon Royaume comme Pepin l'a été qualifié dans une ancienne médaille.   Il dit d'ailleurs que l'Empereur *eft peu abfolu dans fes Etats*, qu'il ne parvient à fa dignité que par Election, qu'il ne la tranfmet point à fes proches, qu'il n'a aucun pouvoir en France comme il parut à l'entrevuë de l'Empereur Charles IV. & du Roi Charles V. qui ne lui accorda nulle marque de fouveraineté, point d'ornemens Imperiaux, point de cheval-blanc, non plus que François I. à Charles Quint, lorfqu'il paffa par la France.   Enfin il prétend que l'ancienneté decide la queftion, puis que le titre d'Empereur d'Allemagne n'a guere plus de huit cens ans, & fuivant le témoignage d'Eginard fut peu eftimé de Charlemagne qui étoit Roi de France long-temps avant que d'être Empereur. Enfin il avance que la Saxe, la Turinge, & d'autres Provinces étoient les conquêtes & l'héritage inalienable des Rois de France, d'où il conclut qu'ils font Empereurs d'Allemagne.

Il y a une difficulté qui n'eft pas petite au fujet de cet Ouvrage. Il eft attribué généralement

ment

ment par tous les Auteurs du temps , à nôtre
Aubery qui fe nomme lui-même Louïs , cependant Colletet qui a été fon contemporain
l'attribuë à Antoine Aubery qui ne peut point
avoir été le nôtre.　Voici fes termes dans la
vie de Nicolas Vignier qu'il a donnée au public.　,, Nicolas Vignier Auteur de la Biblio-
,, theque Hiftoriale a compofé auffi un Traité
,, de la preffcéance des Rois de France fur les
,, Rois d'Efpagne, imprimé à Paris l'an 1608.
,, & compofé par l'Auteur dès l'an 1589. pour
,, réponfe aux raifons propofées par un nom-
,, mé Auguftin Cravato Romain , en faveur
,, de l'Efpagne.　Noble matiére qui a encore
,, depuis peu été folidement traitée par An-
,, toine Aubery, comme l'Editiou de fon Ou-
,, vrage le juftifiera dans peu de jours.

Comme le traité de nôtre Aubery a paru en
l'année 1649. précifément dans le temps que
Colletet écrivoit la vie de Nicolas Vignier, il y a
beaucoup d'apparence que c'eft cellui-là qu'il a
defigné ; mais comme nôtre Aubery fe nomme
lui-même Louïs, il y a apparence que Colletet, quoi que contemporain de nôtre Aubery,
s'eft trompé en le nommant Antoine. Quiconque aura lû le chapitre 29. de la *Réponfe de feu*
*Mr. Bayle aux Queftions d'un Provincial*, ne s'é-
tonnera pas d'une telle méprife ; il y aura vû
que Richelet a publié que l'on avoit enterré
l'Abbé

---

* Voy. plufieurs Remarques curieufes de cette
nature dans la vie de Jaques Hotman écrite par Ne-
velet que Mr. van Meel a mife à la tête des Epitres de
François & Jean Hotman pere & fils qu'il a fait imprimer in 4. à Amfterdam , chez les Huguetan en
l'année 1700.

l'Abbé Cotin à S. Merri l'an 1673. & cependant il n'eſt mort qu'au mois de Janvier
de l'année 1682. & que Baillet qui demeuroit
dans la même ville que Cotin le croyoit encore vivant en l'année 1686. Et il en conclur-
ra que tout ce qui eſt écrit par un Auteur con-
temporàin n'eſt pas certain ni digne d'une abfoluë & aveugle croyance. Il y a des Hiſtoriens,
gens qui doivent être ſur leurs gardes plus que
tout autres contre ces ſortes de bevuës, qui
en ont commis pourtant de pareilles. Malin-
gre, par exemple, a dit dans ſon Hiſtoire de
Louïs XIII. que le Vicomte de Tavannes étoit
mort dans un temps dans lequel il étoit encore en vie; & il rapporte ſa mort avec tant de
circonſtances qu'un Lecteur n'oſeroit en douter. La difficulté donc ne doit point arrêter,
& ſûr que nôtre Aubery eſt Auteur du Livre
dont il s'agit, & qu'il s'appelloit Louïs, il faut
conclurre que Colletet s'eſt trompé manifeſtement en le nommant Antoine. Au reſte ſi un
contemporain, & pour ainſi dire, un compa-
triote s'eſt ainſi mépris à l'égard du nom d'Aubery, on peut bien pardonner la même erreur à un Etranger, qui peut-être ne l'a commiſe qu'en copiant Vignier ou ceux qui ſe ſont
trompez comme lui; le celebre Struvius Profeſſeur à Jena, ſi exact d'ailleurs, a commis cette faute, dans pluſieurs endroits de ſes * Bi-
blio-

* Bibliotheca Philoſophica. cap. 7. de Script. Politicis §. 22. pag. 167. Bibliotheca Selecta Hiſtorica
cap. xiv. de Scriptor. Regni Gallici §. xvii. pag. 337.
§. xix. pag. 343. cap. xvii. de Script. Hiſtor. Germ.
§. xii. pag. 463. voy. Ibid. cap. xv. de Scriptor. rer.
Belgicar. §. xii. pag. 378.

Q

bliotheques choifies. Mais je ne puis lui en paffer une fur ce fujet dans laquelle il n'a pas dû
tomber; c'eft d'avoir confondu Louïs Aubery
qu'il nomme Antoine, avec Louïs Aubery du
Maurier, & d'attribuer au premier les *Memoires pour fervir à l'Hiftoire de Hollande* qui font
conftamment l'Ouvrage du fecond.

En l'année 1654. nôtre Aubery donna au
public l'Hiftoire du Cardinal de Joyeufe avec
la généalogie de cette maifon, & un Recueil
de Lettres écrites de Rome au Roi Henri III.
par ce Cardinal.

En 1660. il mit au jour le plus confiderable de fes Ouvrages. C'eft l'Hiftoire du Cardinal de Richelieu *in folio*, qui contient les principaux évenemens du Regne paffé. Elle eft
accompagnée de deux autres volumes de titres, de Lettres, de dépêches, d'inftructions
& de Mémoires qui fervent de preuves. Antoine Bertier Libraire à Paris qui les imprima*
avoit recueilli ces pieces avec un grand foin,
mais il repréfenta à la Reine Mere qu'il n'o-
foit les publier *fans une autorité & une protection particuliere de fa Majefté, parce qu'il y avoit
plufieurs perfonnes qui s'étoient bien remis en Cour,
dont la conduite paffée n'ayant pas été réguliere &
étant marquée fort defavantagenfement par eux
dans ces Memoires ne manqueroient pas de lui fuf-
citer des affaires fâcheufes;* Allez, *lui dit la Reine,* travaillez fans crainte à faire tant de honte
au vice qu'il ne refte que la vertu en France.
Je ferai dans la fuitte quelques obfervations
fur cet Ouvrage.

Il

* Voy. la Caille Hiftoire de l'Imprimerie pag.
285. 286.

Il fit fept ans après un Livre qui traitoit *des juftes prétentions du Roi fur l'Empire*, & le dedia à fa Majefté le Roi de France. Il y repeta beaucoup de chofes qu'il avoit déja avancées dans fon Traité de la préeminence des Rois de France & les appuya de quelques nouveaux faits & de quelques nouveaux raifonnemens.

Ce Livre donna de l'ombrage à tous les Princes d'Allemagne que le premier avoit déja ému & chagriné : ils crurent que le Roi de France penfoit à troubler leur repos, à envahir leurs Etats & à les rendre ou fes Sujets ou fes Vaffaux. Ils s'allarmerent de ce Livre comme s'il eut été l'avant-coureur de leur ruine, & il eft arrivé que cet Ouvrage fait dans la vûë d'élever le Roi, au deffus de toutes les autres Puiffances, a ouvert les yeux à tous les Potentats de l'Europe & les a obligez à prendre des précautions fort oppofées aux Interêts de la France. * Les Auteurs fe mirent d'abord fur les rangs, le celebre Henri Kipping connu dans la Republique des Lettres par fon excellent Ouvrage des Antiquitez Romaines, que Mr. Baudelot de Dairval a refuté un peu trop durement, dans fon Livre *de l'Utilité des voyages* †; connu encore par un autre Ouvrage excellent de fa façon, qui a pour titre *Nova Methodus Juris publici*, fit imprimer à Breme en l'année 1668. une refutation folide de l'Ouvrage de nôtre Aubery fous ce titre *Notæ & anim-*

* Voy. tous les Ouvrages qui ont été faits contre ce Livre d'Aubery, dans Struvius *Selecta Biblioth. Hiftor.* cap. xvii. de Scriptor. Hiftor. German. §. xii. pag. 463. je ne parle ici que des principaux.

† Tom. I. pag. 181. &c.

*animadverſiones in axiomata Politica Gallicana que Dn. Aubery Galliæ Regis Conſiliarius* \* *& Advocatus Parlamenti Pariſienſis evulgavit de juſtis prætentionibus Regis ſuper Imperium, & prærogativa ejuſdem in 12.* Il a renverſé par cet Ouvrage & detruit toutes les Maximes de nôtre Aubery & par conſéquent les prétentions qu’elles établiſſoient ou qu’elles appuyoient. Le fameux Louïs du May Chevalier, Sieur des Salettes, Conſeiller de Sa Majeſté le Roi de France, & de S. A. S. Mr. le Duc de Wirtemberg célébre dans la Republique des Lettres par divers Traitez qu’il a donnez en François; par ces Avis judicieux écrits en Italien & qui accompagnent & embelliſſent les obſervations politiques que Trajan Bocalini nous a donné ſur Tacite; par l’Etat de l’Empire qui eſt l’Ouvrage le plus parfait que nous ayons en ce genre; par la Science des Princes, ou Conſiderations politiques ſur les Coups d’Etat de Gabriel Naudé. Par ſon prudent Voyageur contenant la deſcription politique de tous les Etats du monde; ce du May, dis-je, François d’origine., & établi en Allemagne, homme très-équitable qui honoroit extraordinairement le Roi de France ſous la domination duquel il étoit né & qui lui ſouhaittoit tout le bonheur imaginable quoi qu’il fut hors de ſa patrie comme il le dit lui-même dans l’Epitre dédicatoire de ſon Etat de l’Empire addreſſée à Mr. de Lyonne Miniſtre & Secretaire d’Etat; mais qui étoit bien intentionné pour l’Empire dans

---

* Il ſe trompe, Aubery n’étoit point Conſeiller du Roi, il n’a jamais pris que la qualité d’Avocat au Parlement & aux Conſeils du Roi.

dans le sein duquel il avoit trouvé un établissement honnête & avantageux, indigné contre
nôtre Aubery & irrité de ce qu'en voulant
pousser trop loin les caresses qu'il faisoit au
Roi il lui attiroit une foule d'ennemis, fit en
homme desinteressé cet excellent Traité qui a
pour titre, *l'Avocat condamné & les parties mises
hors de procès par Arrêt du Parnasse, ou la France & l'Allemagne également défenduës par la solide refutation du Traité que le Sr. Aubery a fait
des prétentions du Roi sur l'Empire* ; & le dédia
au Roi de France même, auquel il représenta
de la maniére du monde la plus forte que les
obligations qu'il avoit à Sa Majesté & à l'Empire étant également enracinées dans son ame,
l'avoient aussi également contraint à mettre la
main à la plume pour refuter le Sr. Aubery,
& pour faire voir que si d'un côté son Ouvrage est injurieux à l'Allemagne, de l'autre il est
très dommageable à la France. Ce Traité de
du May est un des plus doctes, & des plus curieux qu'il aît mis au jour ; il y paroit habile
dans l'histoire & dans le droit public. La force de ses raisonnemens lui fait honneur, & il
y montre une si grande équité & un si grand
desintéressement qu'il est difficile de n'être pas
persuadé qu'il aime également la France &
l'Allemagne, & qu'il souhaitte de voir ces deux
grands Etats en bonne intelligence, & leurs
Princes Amis & Confederez, & que son but
est d'y contribuer par son Ouvrage. Le dessein
en est donc très-juste, & on pourroit dire
qu'il l'auroit executé d'une maniere très-loüa-
ble, s'il avoit écrit avec un peu plus de moderation & s'il n'avoit pas traité son adversaire a-

vec trop de mépris, le confiderant toûjours
comme un flateur ignorant, pernicieux, &
dangereux, tout enfemble. Il parut dans le
même temps trois autres Ouvrages fur ce fujet.
1. *Libertas Aquilæ triumphans, five de jure quod
in Imperium Regi Galliarum nullum competit ;
&c. à Nicolao Martini. In Acad. Kel. Politic.
Profeff. Francofurti* 1668. 2. *Differtatio de liber-
tate omnimoda, cui inferta eft deftructio præten-
tionum Auberianarum, quas injuffu Regis Chrif-
tianiffimi fcriptas fuiffe deducitur; fumptibus Joh.
Crameri Bibliopolæ Noribergenfis ann.* 1668. 3.
*Chimæra Gallicana continens axiomata Politica
Imperii Gallicana deducta ex tractatu,* „ des Juf-
„ tes pretentions du Roi fur l'Empire; par le
„ Sr. Aubery Avocat au Parlement & aux
„ Confeils du Roi. Imprimé avec Privilege
„ du Roi, à Paris chez Antoine Bertier 1667.
„ &c. C'eft un livret de 48. pages in 12. dans
lequel tout le precis du Livre de nôtre Aubery eft reduit en maximes afin d'en faire voir
l'abfurdité par la feule propofition qui en eft
faite. Mais comme le Traité de Kipping & celui de Du May, ont fait plus de bruit que ces
trois derniers, par cette raifon je me fuis étendu à en faire connoitre le merite & les Auteurs. Je ne dirai rien de ces trois derniers, les
curieux pourront les confulter, s'ils ne font
pas fatisfaits de ce qu'ils auront vû dans les deux
autres après qu'ils les auront lûs.

Les Princes ne fe contenterent pas de ces
Réfutations, ils porterent leurs plaintes à la
Cour, & en firent une affaire grave & importante. Pour les appaifer, & pour diffiper leur
crainte, le Confeil du Roi de France jugea à
pro-

propos de donner ordre qu'on conduifit l'Auteur Aubery à la Baftille *.   Il eft vrai que
comme ce n'étoit que par politique, ou plûtôt
par grimace & pour la forme qu'on l'y envoyoit, il y fut bien traité, vifité par les perfonnes les plus diftinguées du Royaume, & mis
bientôt après en liberté.

En l'année 1673. nôtre Aubery donna au
public un Traité de la Dignité de Cardinal, &
en expliqua le fujet dans l'Epître Dédicatoire
qu'il addreffa à Mr. le Duc Mazarin.   Il y
dit qu'ayant entrepris fort jeune l'Hiftoire générale des Cardinaux, & que n'ayant pû alors
mettre une Préface à la tête pour informer
fon Lecteur du merite de fon deffein, il s'é-
toit refolu de le faire dans ce petit Volume
à part.

Cinq ans après il fit imprimer un Traité de
la Regale, qu'il avoit compofé quelques années auparavant pour Mr. l'Avocat général
de Lamoignon auquel il le dédia. Ce Traité a
quatre parties. La premiere eft de l'ancienne
Inftitution des Evêques, à l'occafion de quoi
il parle de la Pragmatique Sanction & du Con-
cordat. La feconde eft de l'origine & du progrès de la Regale. La troifiéme de la foûmiffion
uniforme de toutes les Provinces à ce droit.
Et la quatriéme de l'extenfion de la Regale aux
Abbayes.

Je dirai en paffant que Mr. à Beughem † à
qui d'ailleurs la Republique des Lettres a beaucoup d'obligation, s'eft trompé fur cet article,
en

* Voy. l'Hiftoire des Ouvrages des Savans, Février
1697. pag. 274.   † Voy. la France Savante &c. Conf-
pectus 11. perfonalis litt. A. pag. 240.

Q 4

en l'attribuant au Sr. Aubert ; car il eſt certain
que ce Livre eſt un des Ouvrages de nôtre Aubery. Pluſieurs fautes de cette nature ont donné lieu à Vigneul Marville de parler de Mr. à
Beughem aſſez deſobligeamment †.

Le dernier Ouvrage dont il ait fait preſent
au public eſt l'Hiſtoire du Cardinal Mazarin, tirée pour la plus grande partie des Regîtres du
Parlement de Paris , ſur leſquels il avoit travaillé long-temps avec feu Mr. le premier Preſident de Lamoignon , & dont il s'étoit encore
avantageuſement ſervi depuis la mort de cet
Illuſtre Magiſtrat, pour fixer une grande quantité d'évenemens de l'Hiſtoire de France & pour
rétablir des dattes dans leſquelles les meilleurs
Auteurs de cette Nation s'étoient trompez. Il
étoit prêt de communiquer au public ce qu'il
avoit recueilli de ces monumens authentiques
des choſes paſſées, & nous en aurions bientôt
jouï ſi la mort ne nous l'avoit envié & enlevé.
On s'étoit flatté que nous verrions ce curieux
Recueil lorſque ſes heritiers auroient eu le loiſir
de choiſir entre un nombre preſque infini de
papiers écrits de ſa main , les Ouvrages qui ſe-
roient en état de paroître ; mais comme il s'eſt
paſſé plus de douze ans ſans qu'il en ait rien
paru, il n'y a pas beaucoup de lieu de l'eſperer
pour l'avenir. Perſonne ne s'étonnera qu'il
ait laiſſé tant de manuſcrits quand on ſaura que
le temps lui étoit extrémement précieux & qu'il
en ménageoit juſques aux moindres momens.

Au reſte cette Hiſtoire du Cardinal Mazarin
eſt celle de ſon temps bien circonſtantiée , &
char-

† Mélanges d'Hiſtoire & de Litterature Tom. II.
pag. 295.

chargée de mille détails qu'on ne trouve point
ailleurs, mais, dit Mr. de Beauval *, qui eſt
un Juge bien competent & de bon goût, le Heros n'y fait pas une figure aſſez brillante, & il
eſt ſouvent confondu parmi le nombre de faits
qui y ſont entaſſez & qui en inſtruiſant le Lecteur ne lui font point aſſez remarquer l'influence qu'y avoit le Cardinal Mazarin. Il ne faut
point oublier une obſervation de Critique que
nôtre Aubery nous fournit dans cette Hiſtoire.
Il remarque que le Cardinal Mazarin laiſſa un
Teſtament Politique, dans lequel il poſoit des
Regles pour la conduite de l'Etat. Mais il ſoûtient que celui qui a paru ſous le nom du Cardinal de Richelieu, eſt ſuppoſé, & qu'il porte
divers caractères de fauſſeté, ſenſibles à tous
ceux qui ont quelque connoiſſance de l'Hiſtoire
de ce temps-là.

Nôtre Aubery ſe levoit tous les jours à cinq
heures & travailloit toute la matinée à l'exception
du temps neceſſaire pour faire ſes dévotions. Il
continuoit ſans relâche l'après-diſnée juſques à
ſix heures qu'il alloit autrefois dans le Cabinet
de Mr. Dupuy & enſuite dans ceux de Mr. de
Thou & de Mr. de Vilevault. Toutes les fois
qu'il vouloit ſe délaſſer de ſes Etudes ſerieuſes
il liſoit quelques pages des Remarques de Vaugelas & ſe perfectionnoit dans la Langue Françoiſe. Il ne faiſoit preſque aucune viſite & en
recevoit encore moins qu'il en faiſoit.

Quoi qu'il eut été reçu Avocat au Conſeil
au mois d'Avril de l'année 1651. il n'en fit
guere les fonctions, & préféra toûjours le commerce

* Hiſt. des Ouvrages des Savans Oct. 1695. pag.
57.

Q 5

merce tranquille de ſes Livres à l'exercice tu-
multueux des affaires.

Ainſi ayant mené une vie longue & uniforme, il en fut enfin privé à Paris, par un accident imprévû. Un ſoir, comme il s'en retournoit chez lui au commencement du mois de
Decembre de l'année 1694. il tomba ſur le
pont S. Michel, & fut tellement ébranlé par la
peſanteur de ſa chûte qu'il ne pût jamais s'en
relever. Il languit près de deux mois dans le
lit ſans ſe faire pourtant aucun remede, n'y é-
tant pas accoûtumé, & n'ayant eu aucun beſoin
de Medecin depuis plus de cinquante ans. A-
près avoir pratiqué tous les devoirs de la Religion Romaine dont il faiſoit profeſſion & dont
il avoit toûjours obſervé religieuſement les
preceptes il expira doucement le 29. Janvier à
ſept heures du ſoir à l'âge de ſoixante & dix-
huit ans, huit mois, onze jours.

J'ai dit d'abord en commençant cet article
que pluſieurs Ouvrages que nôtre Aubery a
compoſez lui ont merité un rang honorable parmi les Ecrivains du ſiécle paſſé. Je ne crois pas
que perſonne me deſavouë à cet égard. Il eſt certain pourtant qu'il y en a deux qui bien loin d'a-
voir augmenté ſa reputation ont donné quelque atteinte à celle que ſes autres Ouvrages lui
avoient acquiſe.

L'un eſt celui qui attribuë au Roi de France
des juſtes Prétentions ſur l'Empire. J'ai fait
voir combien de reproches, de cenſures aigres,
d'accuſations, & de blâme il lui avoit attiré.
On en a pris occaſion de le décrier comme un
flateur outré qui fouloit aux pieds la Juſtice,
la Raiſon & la Pudeur, & qui ſacrifioit le
repos

repos de l'Europe à l'esperance de faire sa
Cour.

L'autre est son Histoire du Cardinal de Richelieu. Elle passe pour un panegyrique plûtôt
que pour une Histoire. Le nom le moins o-
dieux qu'on donne à son Auteur est celui de
Panegyriste. Voici comment Mr. le Vassor
s'exprime, *Le Roi*, dit-il *, *n'a pas moins d'in-*
*clination à secourir ses Alliez qu'à maintenir ses*
*peuples dans l'obeissance, dit un Panegyriste du*
*Cardinal de Richelieu.* Mais ailleurs il se sert
d'un terme plus injurieux ; † *Mr. le Cardinal,*
*dit ce flateur, ne voulut pas rompre entierement*
*&c.* L'Auteur qui a donné au public il y a
quelques années ‡ la Vie du Cardinal de Richelieu en 2. Volumes in 8. traite mal nôtre
Aubery, dans son Avertissement, *C'est un fla-*
*teur insupportable*, dit-il, *qui veut faire passer le*
*Cardinal pour un saint homme & qui possedoit en*
*un degré aussi éminent les Vertus Episcopales que*
*les talents d'un Ministre d'Etat. Il dissimule pres-*
*que par tout ce qui est desavantageux à ce Minis-*
*tre, & exaggere en toute occasion ce qui lui peut*
*être honorable; ou pour mieux dire, il plaide la*
*cause du Cardinal de Richelieu pour persuader à*
*ses Juges, c'est-à-dire, à la posterité que c'étoit un*
*Evêque irreprochable & un Ministre sans défaut.*
*Tout ce que fait le Cardinal, tout ce qu'il dit, ne*
*se pouvoit pas mieux dire ni mieux faire, selon Au-*
*bery. C'étoit un homme sans passions & sans vices,*
*qui n'agissoit que par des vûës parfaitement desin-*
*teressées, & qui ne tendoient qu'au seul bien de*
                                    *l'Etat*

---

* Histoire de Louïs XIII. Tom. V. Liv. XXI. pag.
14. † Ibid. Tom. 7. Liv. 34. pag. 154. ‡ En l'année 1694.

*l'Etat*, & *à la gloire du Roi.* Un langage fi
contraire à ce qui étoit de notorieté publique a
donné lieu à croire que nôtre Aubery étoit
payé pour écrire d'une maniére qui fut glorieufe au Cardinal, & à donner à fa plume la
qualité de plume venale. Il donne en effet d'a-
bord en commençant fon Hiftoire un préjugé
qui lui eft fort desavantageux. „ Il me fau-
„ droit, *dit-il*, travailler d'abord à décrire les
„ finguliers avantages de cette ancienne & Il-
„ luftre Famille, remarquer les hautes & puif-
„ fantes Alliances aufquelles en divers temps,
„ elle eft entrée, & rapporter les grands &
„ fignalez fervices qu'elle a rendu à l'Etat de-
„ puis plus de quatre fiécles. En un mot il me
„ faudroit commencer l'Hiftoire du Cardinal
„ Duc de Richelieu par la defcription de fa
„ Généalogie, fi je n'avois été prévenu par
„ feu Mr. du Chefne Auteur généralement re-
„ connu non moins fidele & finccre que favant,
„ ou plûtôt confommé dans la recherche des
„ Généalogies, lequel en a dreffé une fur des
„ titres & des monumens authentiques; c'eft
„ pourquoi je me contenterai de remarquer foi-
„ gneufement après lui que cette famille,&c. En
fuivant du Chefne à cet égard il encourt le même blâme qu'un nommé Villa-Real, a encou-
ru. Voici ce que le Laboureur * en dit, & que
Mr. Bayle a rapporté dans fon Dictionaire Hiftorique & Critique †. Après avoir fait quelques obfervations contre les Généalogiftes qui
ont débité que le Cardinal de Richelieu defcen-
doit

* Le Laboureur Addit. aux Memoires de Caftelnau.
Tom. II. pag. 303. † Diction. Hiftor. & Crit. Tom.
III. pag. 2962. col. 2. fur la fin.

doit du mariage de Guyonne de Laval avec
François du Pleſſis. „ Il montre que c'eſt une
„ fauſſeté, & par conſequent, *dit-il*, il faut
„ ſupprimer tout le Livre entier fait en Eſ-
„ pagnol par un Portugais nommé Villa-
„ Real, depuis brûlé pour le Judaïſme à Lis-
„ bonne, fameux plagiaire, qui le copia ſur
„ le Sr. du Cheſne, pour faire deſcendre le
„ Cardinal de Richelieu par l'ālliance de La-
„ val, des Rois de Caſtille, & de Portugal,
„ & qui ne laiſſa pas de profiter d'une bonne
„ penſion ". Nôtre Aubery ayant puiſé dans
la même ſource que Villa-Real, il eſt évident
que ſon Livre ne peut guere éviter d'avoir le
même ſort.

Mr. Bayle, ce Critique exaẟ auquel il eſt
échapé peu de choſes, a remarqué * deux fautes aſſez conſiderables dans cette Hiſtoire de nôtre Aubery †. „ La premiere conſiſte en ce
„ qu'il dit que ſon Cardinal étant né à Paris
„ eut d'abord un avantage qu'avoit autrefois
„ ſouhaitté Chriſtophle Longueil ce fameux
„ Orateur, & cet autre Ciceron pour l'elegan-
„ ce & pour la pureté de ſon ſtyle, lequel dans
„ la premiere de ſes deux Apologies, qu'il fut
„ obligé de prononcer à Rome devant le Pape
„ & le ſacré College, déclare ingenument
„ qu'il s'eſtimeroit bien glorieux & croiroit a-
„ voir tout ſujet de vanter ſa naiſſance ſi elle
„ étoit arrivée dans cette ville capitale du pre-
„ mier Royaume de la Chrétienté & qui eſt
„ ſans contredit la plus célébre de celles du Septentrion

* Reponſe aux Queſtions d'un Provincial, Tom.
I. pag. 139. &c.    † Hiſtoire du Cardinal de Richelieu
Tom. I. ch. 2. pag. 9.

Q 7

„ tentrion & du Midi ". Et la feconde faute
confifte en ce qu'il dit que Longueil a prononcé
cette Harangue devant le Pape. La première
paroit par les paroles de Longueil. Nôtre Aubery „ amplifie beaucoup ce qu'il a dit, & lui
„ impute mal à propos d'avoir donné à la ville
„ de Paris la préference fur toutes celles du
„ midi. Cet Orateur n'avoit garde de faire
„ cette faute dans une Harangue deftinée à fa
„ juftification, devant le Senat Romain con-
„ tre ceux qui l'accufoient d'avoir manqué de
„ refpect à la Majefté de Rome ". Et la fecon-
„ de eft également évidente parce qu'il eft cer-
„ tain que cette Harangue ne fut jamais pro-
„ noncée, comme nôtre Aubery le dit, & qu'on
„ y addreffe la parole, non pas au Pape & aux
„ Cardinaux mais aux Senateurs ". Nôtre Aubery ou plûtôt fon Hiftoire eft à couvert pre-
fentement de la Critique févére de feu Mr. Bayle, mais il eft à craindre qu'il n'en paroiffe
d'autres à l'avenir dans la Republique des Lettres
auffi impitoyables que lui qui n'épargnent pas
plus nôtre Aubery & qui découvrent au public les
fautes qu'il a commifes. Je dirai en paffant
qu'il femble que Sorel * le regarde comme un
plagiaire. Voici fes termes „ Nous avons les
„ Vies de tous les Cardinaux écrites en Fran-
„ çois par Mr. Aubery après ce qui en a été
„ écrit en Latin par d'autres ". Il femble, dis-
je, qu'il vueille le faire paffer pour Traducteur
feulement de cet Ouvrage, duquel pourtant il
fe dit le veritable Auteur. Sur ce pied-là, le
P. Alby Jefuite, du Verdier & du Chefne qui ont puifé comme nôtre Aubery dans
Onu-

* Dans fa Bibliotheque Françoife, pag. 153.

Onuphrius, dans Cicarella, dans Ciaconius, &
dans d'autres Auteurs plus modernes; l'un pour
faire les Eloges hiſtoriques des Cardinaux Illuſtres qu'il a publiez à Paris in 4. en l'année 1644.
l'autre pour faire ſon Hiſtoire des Cardinaux
Illuſtresqu'il a auſſi publié à Paris in 4.en l'année
1653. Et le dernier pour faire ſon deſſein de l'Hiſtoire de tous les Cardinaux François de naiſſance
qu'il a publié in folio à Paris en l'année 1653.
pourroient bien paſſer pour plagiaires, d'autant plus qu'ils ont tous écrit ſur la même matiére qu'Aubery, & depüis lui, car ſon Ouvrage, du moins le premier Tome, a été publié dès
l'année 1642. & le reſte a ſuivi de près ce premier Tome.   Cependant on n'a pas remarqué
que le P. Alby, du Verdier ni du Cheſne ayent
paſſé pour plagiaires. Il n'y a pas plus de raï-
ſon à charger nôtre Aubery *de ce crime hon-*
*teux* qu'il y en auroit à en charger les autres.

Le Sr. du May * a intenté une accuſation
d'une autre eſpece contre nôtre Aubery. Il l'a
accuſé & lui a reproché dans ſon *Avocat con-*
*damné* dont j'ai parlé ci devant, que quoi qu'il
fit profeſſion ouverte d'être zelé Catholique il
avoit attaqué pourtant ſans reſpect & ſans raï-
ſon le ſiege Romain dans ſon Livre, *des juſtes*
*prétentions du Roi ſur l'Empire.* Il n'a point changé de conduite, car environ dix ans après il a
écrit contre les interêts du Pape, dans ſon
Traité de la Regale. Et l'Auteur du Livre qui
a pour titre *Gallia vindicata* dont j'ai fait mention dans l'Article precedent ſe ſont étendus à
refuter un des plus importants principes, ſavoir que les Evêchez étant des Dignitez éminentes

* Refutation du Liv. 3. ch. 1. pag. 34.

nentes à caufe defquelles il eft dû hommage, & le ferment de fidelité, ils doivent auffi être regardez comme des fiefs importans dont les fruits appartiennent au Roi pendant la vacance, en qualité de Seigneur dominant.

Au refte comme j'ai dit à l'entrée de cet article que nôtre Aubery étoit frere d'un Eccle-fiaftique de même nom, Chanoine de la Ste: Chapelle ; le Lecteur ne fera pas fâché qu'on lui apprenne que cet Eccleliaftique eft celui dont Defpreaux parle dans fou Lutrin en ces termes,

Alain touffe & fe leve, Alain ce favant homme,
Qui de Bauny vingt fois a lû toute la Somme,
Qui poffede Abely, qui fait tout Raconis,
Et même entend, dit-on, le Latin d'Akempis.
N'en doutez point, leur dit ce favant Canonifte,
Ce coup part, j'en fuis fûr, d'une main Janfenifte,
Mes yeux en font témoins, j'ai vû moi même hier
Entrer chez le Prélat le Chapelain Garnier.

Le frere d'Aubery dont il eft ici parlé fous le nom d'Alain, étoit un fameux Molinifte, qui ne parloit jamais qu'il n'eut touffé une ou deux fois, auparavant. Ce Chapelain Garnier s'appelloit Fournier, c'étoit fon veritable nom, il étoit grand Janfenifte, & n'étoit pas par con-féquent trop bien dans l'efprit d'Aubery dont il contredifoit les fentimens avec chaleur & avec aigreur. Mr. Menage voulant faire voir que l'on s'aveugle fouvent quand il s'agit de voir fes défauts dans une peinture même la plus fidele, nous dit que Mr. Aubery lût plu-fieurs fois le Lutrin fans s'y reconnoît, mais

que

que Mr. son frere s'en apperçut bien. Il est bon
que je remarque que Mrs. Aubery font mal
nommez dans ce *Menagiana* \*. Ils y font nommez *Aubry*, ce n'est point une faute de petite
consequence, car Loisel observe † à la verité
dans ses Opuscules que Jacques Aubery le premier de ce nom qui a été fameux, se nommoit
indifferemment Aubery, & Aubry. Mais comme il y avoit des gens d'une autre famille nommez Aubry, dont le même Loisel fait mention
à peu près dans le même endroit, on a distingué
les noms pour éviter la confusion des personnes, & je crois qu'il ne faut pas les remêler depeur de tomber dans cet inconvenient, à moins
qu'on ne prétende que nôtre Aubery est descen-
du de ces Aubry, & qu'il a voulu se donner la
même licence d'allonger son nom d'une Vo-
yelle, que Jacques Aubery & tous ses succes-
seurs de la même famille ont prise; ce qui n'est
guere vraisemblable, car nous voyons que ceux
qui font descendus des Aubry conservent ou
ont conservé leur nom sans aucun changement.
Témoin ce Claude Aubry *Evêque de Constance*
qui a signé cette Lettre si célébre que Mr. de
Marca écrivit à Innocent X. au mois de Juillet
de l'année 1653. au nom du Clergé de France
contre les Jansenistes, & qui est rapportée toute
entiere dans la Bibliotheque Anti-Jansenien-
ne ‡.

---

\* Menagiana 2. Edition Tom. 2. pag. 8. & 9. † Indice Alphabetique des Avocats du Parlement de
Paris & autres personnes célébres dont il est parlé
dans le Dialogue des Avocats &c. pag. 630. ‡ Pag.
50. &c. & 70.

JEAN

## JEAN AUBERY.

JEAN AUBERY fut Medecin. Il n'y a point d'apparence qu'il fut de la Maifon d'aucun des Aubery dont il eft parlé dans les articles précédents. Tous les Auteurs célébres qui ont latinizé les noms des autres les ont tous appellez *Auberius*. Mr. de Thou même qui eft accufé de déguifer les gens dont il fait mention dans fon Hiftoire, de telle maniére qu'on a de la peine à les connoître, ne le nomme point autrement. Mais celui-ci eft appellé *Albericus*, en Latin, par fes amis qui ont fait des vers à fa louange.

Ce Jean Aubery a fait un Livre qui a pour titre, *L'Antidote d'amour, avec un ample Difcours, contenant la nature & les caufes d'icelui, enfemble les remedes les plus finguliers pour fe preferver & guerir des paffions amoureufes.* Il a été imprimé à Delft in 12. chez Arnold Bon en l'année 1663. mais je foupçonne que c'eft une feconde Edition, car comme le Livre eft dédié à Du Laurens Profeffeur du Roi dans l'Univerfité de Montpellier & Medecin ordinaire de Henri IV. qui eft mort dans les premiéres années du fiécle paffé, il faut neceffairement qu'il ait été mis au jour plûtôt.

Nôtre Aubery avoit étudié fous ce Du Laurens, comme il paroit par l'Epître dédicatoire qu'il lui addreffe, & il avoit très-bien profité de fes leçons. Car pour dire les chofes comme elles font, le Livre qu'il a fait, eft curieux & favant tout enfemble. Il eft plus utile & plus

agréa-

agréable que le titre ne le promet. Il contient
253. pages, partagées en vingt deux chapitres
dans lesquels il traite fort judicieusement &
fort solidement plusieurs questions qui ont du
rapport à son sujet.

---

# CLAUDE AUBERY.

CLAUDE AUBERY a fait des Scholies sur
les Caracteres de Theophraste qui ont été
imprimez à Basle in 8. en l'année 1582. * On
donne ce témoignage à cette Edition accompagnée de ces Scholies que c'est une des plus
belles qui aient été faites jusqu'alors. Ce Claude Aubery est nommé en Latin *Auberius* &
pourroit bien avoir été parent de Jaques Aubery dont j'ai parlé, mais comme je n'en ai aucune certitude je ne le nie ni ne l'affirme
point.

* Vid. *Struvii Bibliotheca Selecta Philosophica* cap.
VI. de Scriptor. Philos. Pract. §. v. pag. 108. §. XVIII.
pag. 121.

---

# JEAN BAPTISTE COTELIER.

J'AI déja fait voir dans diverses occasions
que Mr. Denis Simon prodigue souvent
ses louanges dans sa *Nouvelle Bibliotheque
des Auteurs du Droit*, en faveur de personnes
obscures & sans nom, qui ne les meritent
point;

point; & qu'il est au contraire fort succinct
lorsqu'il a à parler de certains hommes Illustres sur le chapitre desquels on pourroit dire
plusieurs particularitez que le public seroit bien
aise d'apprendre.

JEAN BAPTISTE COTELIER est un de
ces grands hommes, dont Mr. Simon pourroit & devroit avoir fait un bel Eloge, & dont
néanmoins il n'a dit que très-peu de choses;
„ Jean Baptiste Cotelier de Nismes, dit-il *,
„ Bachelier de la maison de Sorbonne, Pro-
„ fesseur Royal de la Langue-Greque a donné
„ *Ecclesiæ Græcæ Monumenta in 4.* trois volu-
„ mes; le 1. en 1677. le 2. en 1681. le 3. en
„ 1686. *Patres qui temporibus Apostolicis floruе-*
„ *runt.* 2. *voll. in fol. Paris* 1672. Grecs Latins
„ avec des Notes. Il mourut le 12. Août
„ 1686. âgé de 57. ans.

Le célébre Baluze, le fameux Mr. de Graverol Avocat à Nismes, & l'Auteur du *Jour-*
*nal des Savans* du mois de Septembre 1686. lui
ont rendu plus de justice. L'un a écrit une
Lettre fort ample à l'Illustre Emeric Bigot,
qui avoit été contemporain de nôtre Cotelier,
& son Compagnon d'Ecole, & qui avoit toûjours conservé pour lui une parfaite estime,
& une amitié très-sincere; dans laquelle il lui
fait une espece de Journal de la vie de Jean
Baptiste Cotelier. Le Docte Mr. le Clerc, a
mis cette Lettre avec quelques autres à l'entrée, ou au commencement du premier volume des *Constitutions Apostoliques* qu'il a fait
reim-

* Voy. Nouvelle Bibliotheque Historique & Chronologique des Auteurs & Interpretes du Droit &c.
par Mr. Den's Simon Tom. 2. pag. 92.

reimprimer à Anvers en deux volumes in folio en l'année 1698. Il rend compte au public
dans une Préface qu'il a mise à la tête du premier Tome des raisons qui l'ont porté à la
placer en cét endroit ; mais il y a dans cette
Préface un enigme qu'il n'y a que lui seul qui
puisse nous expliquer. Dans la même Edition
de 1698. dont je viens de parler, il y a une
Préface qui est la même dans tous les Exemplaires excepté dans ce qui concerne l'Epitre
de Baluze, & l'Eloge que ce Savant fait de
nôtre Côtelier. Dans quelques uns, Mr. le
Clerc dit que les louanges que Baluze lui
donne, sont trop grandes, que cette Epitre est
un peu trop flateuse, & qu'il a trouvé à propos d'en avertir les Lecteurs afin qu'elles ne
portassent point de préjudice à Cotelier dans
l'esprit de ceux qui après avoir lû ses Ouvrages trouveroient qu'il n'a pas merité un Eloge
si complet, voici ses termes ; *Nihil est quod
amplius diceremus, de hac Editione, nisi monendus esset Lector, Epistolas huic Præfationi subjectas, paullò serius mihi esse à Bibliopolis traditas,
quo factum est ut aptioribus fortè locis inseri non
potuerint, omittendæ tamen non sunt, cùm possent
placere quocumque in loco legerentur. Omnes exceptâ ultimâ, pertinent ad Scriptores Apostolicos
quos complectuntur hæc duo volumina. Ultima verò conscripta est à Clarissimo viro Stephano Baluzio, in memoriam sempiternam Joh. Baptist. Cotelerii, qui dignus projectò est cujus vita bic exstet,
quoniam alibi non est edita, vel ob laborem, quem
in gratiam nostrorum horum Scriptorum exantlavit.
Itaque eam, prout Lutetiâ ad nos transmissa est,*
.cai-

* Préface pag. 3. 4.

*edidimus ; licèt fortè paullò plus quam necesse erat illi tribuatur laudum, ad cognitionem linguæ Græcæ & humaniorum litterarum quod attinet, certè Latinæ Elegantiæ nequaquam erat studiosus, & ab ea sine necessitate passim abit, non minus in notis quàm in versionibus. In Græcis nonnullis in locis interdùm ubi omnia plana erant, cespitavit;* ut observavimus ad Barnabam & ad Clementem. *Sæpe exempli causâ, vocem* κεφαλαιωδῶς *verterat Barbarè & improprie* capitulatim, *cùm nemo nesciat Latinè dici* summatim *quod mutavimus; perpetuò fermè utitur præpositione* per, *ubi Latini utuntur præpositione* à; *quod mutari non potuit. Hæc illi fortasse ex assiduâ Lectione Scriptorum Ecclesiasticorum recentiorum ætatum adhæserant; sed hæc diligentiâ, studio, fide, humanitate, & modestiâ facile compensavit; nec dicimus carpendi gratiâ, sed ut ne laudes nimiæ illi noceant apud eorum animum, qui iis dignum, per omnia, lectis ejus scriptis, non judicarent.* Et dans quelques autres Exemplaires Mr. le Clerc fait un abregé de toutes les louanges, que Baluze donne à Cotelier, il n'en omet aucune; & il ajoûte qu'il est très-digne de toutes celles qui lui sont données; voici comme il parle. *Nihil esset quod amplius diceremus, de hac Editione, nisi monendus esset Lector Epistolas huic præfationi subjectas, paullò seriùs nobis esse à Bibliopolis traditas, quo factum est ut aptioribus fortè locis inseri non potuerint. Omittendæ tamen visæ non sunt, cùm possent placere quocumque in loco legerentur. Omnes exceptâ ultimâ, pertiment ad Scriptores Apostolicos, quos complectuntur hæc duo volumina. Ultima verò conscripta est à Clarissimo viro* Steph. Baluzio

---

* Prefat. pag. 3. 4.

*tio in memoriam sempiternam* Joh. Baptiſt. Cotelerii, *qui dignus profectò eſt, cujus vita hic ex-
ſtet, quoniam alibi non eſt edita, vel ob laborem
quem in gratiam noſtrorum horum Scriptorum exantlavit. Itaque eam, prout Lutetiâ ad nos tranſ-
miſſa eſt, edidimus. Vir quidem, diligentiâ, ſtudio, fide, humanitate, & modeſtiâ inſignis. Vir
cùm in Græcis, tùm in Latinis litteris verſatiſſi-
mus; vir acri judicio, ingenioque ſagaci in emen-
dandis auctorum, quod in ſuis notis laudat, erra-
tis feliciſſimus, ut cuique cùm ejus verſionem, tùm
notas, in hoſce Scriptores, legenti clarè patebit;
quibuſque laudibus dignum per omnia, lectis ejus
ſcriptis lectores æqui quicumque judicabunt.* Mr.
le Clerc fera plaiſir au public & à moi en particulier lors qu'il voudra bien dire ſur quoi
eſt fondée cette diverſité de ſentimens & de
langage dans divers Exemplaires d'une même
Edition. Je ne doute pas qu'étant auſſi habile
homme qu'il eſt, il n'en puiſſe rendre de bonnes raiſons, & c'eſt pour cela même qu'on ſera bien aiſe de les apprendre, & qu'on les demande.

Mr. de Graverol n'a fait proprement ni vie
ni Eloge. Il a donné ſeulement des Memoires
pour ſervir à la Vie de Sorbiere & à celle de
Cotelier, qui ſont imprimez à la tête du *Sorberiana*, dans leſquels il a remarqué quelques circonſtances conſiderables de la vie de Cotelier.

Enfin l'Auteur du *Journal des Savans* a fait
à ſon ordinaire, un court mais judicieux Eloge de nôtre Cotelier. J'emprunterai des Ouvrages de ces trois grands hommes ce qui me pa-
roitra le plus neceſſaire ou le plus curieux; &
j'y ajoûterai quelques faits ou quelques Refléxions

fléxions qui donneront une connoiſſance plus
particuliere & plus parfaite de nôtre *Jean Baptiſte Cotelier.*

Jean Baptiſte Cotelier étoit iſſu de l'ancienne & Noble famille des *Coteliers*, fameuſe &
Illuſtre depuis long-temps dans la Ville de Niſmes. Et du côté de ſa mere nommée *Marie
Deyron*, il deſcendoit par les femmes de la
Maiſon des *le Gros*, qui a fourni un Pape à l'E-
gliſe Romaine dès l'année 1265. ç'a été Clement IV. nommé *Gui le Gros*, natif de la ville
de St. Gilles, dans le bas Languedoc. Ce Pon-
tife avoit été marié, Avocat, Conſeiller du
Roi St. Louïs & ſi célébre Juriſconſulte que
*Durandus*, Doien de l'Egliſe de Chartres, un
des plus renommez Canoniſtes de ce temps-là,
l'appelle, *la lumiere de l'un & de l'autre Droit.*
Platine, Martin Polonois, Bernard de l'Ordre de St. Dominique, Onufre, & pluſieurs
autres qui ont écrit ſa vie, diſent qu'il n'étoit
pas ſeulement ſavant, mais qu'il étoit homme
de bien, vertueux, ſage, prudent, modeſte, &
charitable. Il a fait divers Ouvrages que l'on voit
dans *Henri Steren*, dans Ciaconius, dans l'Hiſtoire des Rois d'Arragon, & dans Papyre Maſ-
ſon, outre leſquels il en a fait d'autres qui ont
été publiéz à part, entr'autres un *Traité de la
Reception des Cauſes.*

Mais Jean Cotelier Pere du nôtre, ne ſoû-
tint pas trop bien l'honneur de ſon nom &
de ſa famille. Il étoit Miniſtre de la Religion
Reformée dans l'Egliſe de Niſmes, mais il ſe
gouverna ſi mal & il eut des mœurs ſi corrom-
puës, que le Synode National, qui fût tenu à
Alez dans les Cevennes en l'année 1620. fut
obligé de le dépoſer. Voici l'acte tel qu'il ſe
trouve

trouve dan *le Rolle des Apostats, déposez, &*
*Coureurs*, mis à la fuite des Actes de ce Synode.

Art. 7. *Jean Cottelier, ci devant Ministre de
l'Eglise de Nismes en bas Languedoc, âgé d'environ vingt-cinq ans, de petite stature, & ramaf-
sé, Tête pélée, poil noir, front élevé, déposé pour
paillardise & autres fautes.*

Outre toutes les fautes qui font comprifes
dans cette expreffion générale, il a fait une action qui ne peut y être renfermée parce qu'elle
n'étoit pas encore connuë alors, & qu'elle n'a
été decouverte que long-temps depuis ; cette
action l'a couvert de honte pendant fa vie, &
noircit fa mémoire après fa mort. Voici en peu
de mots quelle elle eft.

\* Le Synode National de Vitré tenu en l'an
1617. nomma quatre Députez pour fe trouver
au Synode Général que les Etats des Provinces
Unies fe propofoient d'affembler à Dordrecht
pour terminer les difputes des Arminiens qu'on
appelloit *Remontrans*, & de ceux qui traitoient
leur doctrine de nouveauté, qu'on appelloit
*Contre-Rémontrans*, ou Gomariftes. Mais cette
députation n'eut pas d'effet, la Cour de France l'empêcha, on n'en fut pas les raifons d'a-
bord, mais elles furent découvertes à la fuite.
† Au commencement de l'année 1648. c'eft-à-
dire trente & un an après, on dreffa & on publia un *écrit pour fervir d'inftruction à ceux qui
travailleroient à la ruine des Reformez* ; Il étoit
divifé en trois parties ; la premiere portoit le tî-
tre *d'Inftructions générales pour tous les Commif-
faires*

ſaires qui aſſiſtent de la part du Roi aux Synodes
Provinciaux des Egliſes P. R. de ce Royaume. La
ſeconde portoit celui d'*Inſtructions générales
pour tous les Commiſſaires qui aſſiſteront de la part
du Roi aux Synodes Nationaux de ceux de la R.
P. R.* La troiſiéme portoit celui d'*Articles
à Noſſeigneurs les Miniſtres d'Etat à ce que ceux
de la R. P. R. ne faſſent aucun progrès en ce Royaume ſoit dans le temporel, ſoit dans le ſpirituel.*
Mr. Benoit dit „ qu'on ne peut refuſer à l'Au-
„ teur de cet écrit, l'Eloge d'habile homme,
„ qui avoit pénétré juſques au fond de la plus
„ pernicieuſe malignité, & qui n'avoit rien
„ oublié de ce qui pouvoit apprendre à l'exer-
„ cer avec le plus exquis rafinement, contre
„ des perſonnes innocentes & ſans appui. Il
ne ſoupçonne point Cotelier d'avoir été cet
Auteur, mais quoi que Cotelier parle de lui-
même dans cet Ouvrage comme d'une perſonne tierce, je crois neanmoins qu'ayant fait le
métier d'Eſpion *, pour ne pas dire plus, parmi les Reformez, & ayant conſervé, auſſi long-
temps qu'il a pû, ſon caractére de Miniſtre
pour les tromper d'autant plus aiſément, il y a
quelque vraiſemblance à le lui attribuer. Cotelier avoit changé de Religion en l'année 1648.
en laquelle cet écrit a paru, il faiſoit alors profeſſion ouverte & publique de la Religion Romaine. Quoi qu'il en ſoit, le premier article de
la troiſiéme partie de ce Traité qui concernoit
le ſpirituel, exhortoit *les Miniſtres d'Etat* à veil-
ler *perpetuellement, pour combatre par tous moyens
l'ancien deſſein des Miniſtres & Profeſſeurs de la
Ville de Geneve.* „ Cet ancien deſſein, dit Mr.
Benoît

---

* Voy. ibid. pag. 123. 124.

Benoît, étoit celui de réünir toutes les Sectes Proteſtantes dans une mutuelle Communion. Et l'on nommoit ce deſſein *le plus per-*
*nicieux* que les Egliſes Reformées euſſent
jamais conçu contre l'Egliſe Catholique. Il
faiſoit une longue Hiſtoire de ce deſſein, for-
„ mé du temps de l'aſſemblée de Saumur, par
„ les Miniſtres de Geneve, appuyez par les
„ Proteſtans d'Allemagne, communiqué au
„ Roi d'Angleterre Jaques I. mais rompu par
„ la réſiſtance des Lutheriens de Suede, & des
„ Huſſites de Dannemarc, qui ne voulurent
„ jamais entendre à la reconciliation. Après
„ cela ce même deſſein fut repris, diſoit-il,
„ par Diodati, Miniſtre & Profeſſeur à Gene-
„ ve, fort célébre & autoriſé, qui procura par
„ ſes ſollicitations la convocation du Synode
„ de Dordrecht, ſous prétexte d'Arminius,
„ de qui ces Mémoires diſoient que les nou-
„ veaux dogmes anéantiſſoient le Calviniſme.
„ Ils inſinuent que Barneveld, qui protegeoit
„ ce Novateur, entroit auſſi dans le deſſein de
„ cet anéantiſſement. Mais ils révélent ſur ce
„ ſujet un Myſtére qui ne m'étoit pas connu,
„ lorſque j'ai parlé ailleurs des défenſes qui fu-
„ rent faites aux Députez du Synode National
„ de Vitré, de ſe trouver à cette aſſemblée.
„ *Il y avoit,* dit-il, *à Niſmes un Miniſtre nom-*
„ *mé Cothelier* * *à qui le Conſiſtoire de Charenton*
„ *adreſſa la Lettre de ces Députez, pour la leur*
„ *faire tenir. Ce Cothelier, ſoit qu'il fut penſion-*
*naire*

---

* Il écrit ce nom avec un h Cothelier, mais c'eſt
une faute que l'Auteur de cet écrit a commiſe & non
pas Mr. Benoît qui repete les propres termes de
l'écrit.

,, naire de la Cour, soit qu'il fut de ceux qui entroient
,, dans les sentimens d'Arminius, qui avoit plu-
,, sieurs partisans en France, envoya cette Lettre
,, au Duc de Luynes, par Courier exprès, & y
,, joignit des Instructions pour informer la Cour de
,, l'importance de ce voyage, & des raisons de l'em-
,, pêcher. Desorte que les ordres du Roi ayant trou-
,, vé ces Députez encore à Geneve, ils furent obli-
,, gez de s'en retourner chez eux.

Le Pere de l'Oratoire qui a fait le Supplément au Traité Dogmatique & Historique des
Edits, &c. commencé par le P. Thomassin,
pour répondre à l'Histoire de l'Edit de Nantes,
ce Pere de l'Oratoire, dis-je, qui est fort ingenieux à disculper ses partisans accusez, & qui
fait pallier avec beaucoup d'art & d'addresse
les fautes les plus énormes qu'ils ont commi-
ses, n'entreprend point de justifier Cotelier de
l'action qui lui est imputée. Voici comment il
en parle. * Vôtre Historien même n'a pû s'empêcher
d'accuser ici de trahison Cothelier Ministre de Nismes qu'il croit Arminien, parce qu'il se crût obligé
d'avertir la Cour, que vous songiez à cette union
qui qu'impossible, dès là que vous n'y vouliez pas
souffrir vous-même l'Arminianisme, comme la Cour
l'avoit souhaité contre le Synode de Dordrecht. Il
ne dénie point le fait, comme on le voit, &
comment auroit-il pû le denier, c'est un Catholique Romain qui nous le decouvre dans un
Ouvrage destiné à ruiner les Réformez. Le fait
donc étant constant, qui est-ce qui pourroit,
ou qui oseroit entreprendre de défendre une
action si odieuse? Je dis odieuse, car soit que
Cotelier fut dans le parti d'Arminius, soit qu'il
fut

---

* Pag. 573. il écrit aussi Cotelier avec un h.

fut Penſionnaire de la Cour de France comme
le dit Mr. Benoît; ſoit qu'il fut alors déja Catholique dans l'ame, & comme s'exprime Jean
Baptiſte Cotelier ſon fils dans ſon Epître Dédicatoire * addreſſée au Clergé de France aſſemblé à Pontoiſe en l'année 1661. qui eſt à la
tête de quatre Homelies de St. Chryſoſtome ſur
les Pſeaumes & de l'Interpretation de la pro-
phêtie de Daniel attribuée à cet Ancien Docteur de l'Egliſe, & comme s'exprime après lui
le Docte Mr. Baluze écrivant à l'Illuſtre Emeric
Bigot; qu'il fut, dis-je, *Catholici Cultus amantiſ-*
*ſimus*, c'eſt toûjours un crime & une lâcheté inſigne de trahir une compagnie dont il eſt Membre, & ſur tout lorſque, comme dans le cas dont
il s'agit, elle ſe confie entiérement en lui, &
le rend, pour ainſi dire, le dépoſitaire de ſon
ſort, ou le Maître de l'affaire, en lui envoyant
les Lettres de Credit ſans leſquelles les Dépu-
putez ne pouvoient pas continuer leur voyage,
ou ſans leſquelles, s'ils l'euſſent continué, il
eut été abſolument inutile. On ſe ſert des traitres, mais on ne les aime pas; la ſentence prononcée par Clovis I. ou au moins la raillerie
de cet ancien Roi qui ſe moqua de ces Sujets
traitres qui lui avoient livré Ragnacaire Roi de
Cambrai, & ſon frere Riquier, qu'il fit mourir, devroit être une leçon bien efficace à tous
ceux qui ont l'ame aſſez baſſe pour avoir du
panchant à la trahiſon. „ Etant bien informé
„ *dit Mezeray* †, que les Sujets de ce Roi ne
„ pouvoient plus ſouffrir ſes infamies, il tenta
„ leur fidelité, & n'eut pas beaucoup de peine
à

* Pag. 7.   † Voy. Hiſtoire de France par Mr. Mezeray, in Folio, Tom. I. pag. 23. 24.

„ à la corrompre, leur envoyant des baudriers
„ & des braſſarts d'or, afin qu'ils lui livraſſent
„ leur Prince. Sur leur parole il marcha en
„ perſonne avec ſon armée de ce côté-là ; à ſa
„ vuë une partie des troupes de ce malheureux
„ tourne le dos. l'autre qui veut reſiſter, eſt
„ taillée en piéces. Les Traitres ſe ſaiſiſſent de
„ ſa perſonne, & de celle de Riquier, & les
„ lui menent pieds & mains liez. Tout ſur
„ l'heure, il leur enfonce ſa hache d'armes
„ dans la tête, leur ayant auparavant fait ces
„ moqueuſes reproches. A Ragnacaire, *Pour-*
„ *quoi as tu deshonoré nôtre race en te laiſſant lier*
„ *comme un coquin. Et à Riquier ; ſi tu euſſes*
„ *aſſiſté ton frere comme tu le devois, on ne l'eut*
„ *pas garotté de cette ſorte.*

„ Les Traitres qui avoient livré ces deux
„ Princes, ayant reconnu que les baudriers &
„ les braſſarts qu'il leur avoit donnez n'étoient
„ que de cuivre doré, s'en étant voulu plain-
„ dre, il leur répondit, que veritablement ce
„ n'étoit pas un digne payement pour des gens
„ qui avoient amené leur maître à la bouche-
„ rie ; & que pour les bien récompenſer, il les
„ faloit faire mourir dans les tourments. Ils
„ en eurent ſi grand' peur, qu'ils ne lui de-
„ manderent plus rien que d'avoir la vie ſauve.

* *At genus & proavos, & quæ non fecimus ipſi*
  *Vix ea noſtra voco.*

J'eſtime qu'il faut entendre cela du bien & du
mal egalement, de l'honneur & de l'infamie,
des richeſſes & de la pauvreté. Sur ce pied-là
tout ce que je viens de dire ne concernant que
Jean

‡ Voy. Ovid. Metamorph. lib. 13 v. 140. 141.

Jean Cotelier pere, ne regarde point son fils, qui a été un homme d'un profonde érudition. Je viens donc à Jean Baptiste Cotelier cet illustre fils.

Il est né à Nismes au commencement du mois de Decembre de l'année 1627. Baillet n'ayant pas sû positivement le temps de sa naissance a dit * d'une maniére équivoque qu'il étoit *né vers l'an* 1628. Cette expression, *vers*, signifie, *circùm, circà, circiter, environ* ou *approchant de l'année* 1628. Vossius dit † que ces trois mots *præverbia sunt à nomine* circus, *quod ambitum significat.* Je crois pouvoir lui donner ce sens sans blesser l'autorité de Vaugelas ‡ & le sentiment des Auteurs de nos Dictionaires qui disent que *vers* signifie le *versùs* des Latins. Cette signification qu'ils lui donnent n'est pas complette & ne comprend pas tout ce qu'il désigne. Car j'estime que ce mot renferme tout ensemble la fin de l'année 1627. & le commencement de l'année 1628. & nullement l'une ou l'autre séparément. En effet si on prend le mot *vers, versùs*, à la rigueur, il ne désignera rien. Il ne désignera pas l'année 1627. car *vers* ne signifie pas *dans* ; il signifie au contraire quelque chose de different, & si je puis le dire, il signifie plûtôt *hors,* que *dans.* Il ne designera pas par la même raison l'année 1628. Il faut donc le considerer comme un terme qui marque de l'incertitude,

&

* Baillet, Enfans devenus Célébres par leurs Etudes, pag. 353. † Voy. *Gerhardi Johannis Vossii Etymologicum Linguæ Latinæ*, pag. 136. col. 2. ‡ Voy. Observations de l'Academie Françoise sur les Remarques de Mr. de Vaugelas Tom. II. pag. 137. Remarque 353.

R 4

& qui signifie que Cotelier est né sur la fin de
l'année 1627. ou au commencement de l'année 1628. Ainsi ce mot *vers* embrasse en même
temps dans un même Cercle la fin de l'année
1627. & le commencement de l'année 1628.
Ce mot, *circùm* ou *vers*, est à cet égard un *cir-
cumcellio* pour ainsi dire. Il est errant, il n'a ni
temps ni lieu fixes & limitez.

Jean Baptiste Cotelier a été baptizé à Beau-
caire le cinquiéme du même mois de Décem-
bre, dans l'Eglise de Nôtre Dame des Pomiers.
A peine étoit-il âgé de quatre mois que tout
d'un coup sa nourrice perdit son lait & mourut
de la peste qui regnoit aux environs de St. Gilles. Desorte qu'aucune autre nourrice ne voulant l'allaiter depeur de la contagion, on fut
obligé de le faire nourrir par une chévre. Quelque temps après on voulut lui donner une nourrice, mais il ne voulut jamais la téter, desorte que la Chévre continua à le nourrir. D'où
est venu, qu'au sentiment de Graverol un de
ses meilleurs amis, il a toûjours été fort mélancholique & qu'il a presque toûjours eu de la
fiévre. Car on dit que les chévres ne sont jamais sans fiévre, & que cette maladie passe
d'elles aux personnes qui se nourrissent de leur
lait. Voici comment Graverol lui-même raconte la chose dans sa Lettre intitulée, * *Memoires pour la Vie de Messieurs Samuel Sorbiére,
& Jean Baptiste Cotelier, dans une Lettre écrite
par Mr. Graverol, Avocat de Nismes, à Messire
Loüis de Rechignevoisin de Guron, Evêque de Comenge*, qui est à la tête du *Sorberiana*. „ J'ai
„ appris avec plaisir que le docte Mr. Baluze
„ veut travailler à sa Vie, mais peut-être igno-
re-t-il

* Pag. 25. & suiv.

„ re-t-il une circonſtance qui eſt fort finguliér-
„ re, & qu'il faut, Monſeigneur, que je vous
„ communique aux mêmes termes que je l'ai
„ marqué dans une Lettre que j'écrivis il y a
„ environ deux mois à un de mes amis de Rot-
„ terdam , & dont j'ai bien voulu conſerver
„ une copie contre ma coûtume, en vûe de
„ m'épargner un peu de peine en cas que quel-
„ que autre de mes amis me demandât des nou-
„ velles de la perſonne dont j'ai l'honneur de
„ vous entretenir.  Cette circonſtance fingu-
„ liére confifte en ce que Cotelier étant né dans
„ cette ville de Niſmes durant la peſte de l'an-
„ née 1629. ſon Pere & ſa Mere furent obli-
„ gez de ſe retirer à une maiſon de campagne,
„ qui eſt près de la petite ville de St. Gilles. Sa
„ nourrice étant morte du mal contagieux , &
„ ne s'en trouvant aucune qui voulut l'alai-
„ ter, on fut réduit à la neceſſité de lui donner
„ une chévre pour nourrice.  Le mal s'étant
„ enſuite un peu relâché, on lui preſenta une
„ femme pour continuer de l'alaiter,  le temps
„ qui étoit neceſſaire, mais il la rejetta, & ne
„ voulut jamais plus goûter de lait de femme,
„ deſorte que la chévre continua de le nour-
„ rir.  De là vient ſans doute qu'il a toûjours
„ été fort mélancholique & fort valetudinaire,&
„ que depuis les premieres années de ſa Vie
„ juſques fort avant après ſa majorité , il n'a
„ preſque jamais été ſans fiévre. Sur quoi, je
„ vous prie, Monſeigneur, de vouloir vous
„ ſouvenir, quand ce ne feroit que pour la
„ juſtification de Pline, de ce paſſage du plus
„ docte des Romains, je veux dire Varron,
„ *capras ſanas ſanus nemo promittit.* (parlant de

„ la vente de cette forte d'animaux. ) *Nunquam*
„ *enim fine febre funt.*

Je ferai trois Refléxions fur ce narré qui ne
feront point inutiles au fujet. La premiere,
que Baluze n'a point ignoré le principal & l'ef-
fentiel de cette Hiftoire, car il dit en parlant
de nôtre Jean Baptifte Cotelier, que, * *vix*
*quatuor menfium puer erat quum fubitò ei lac nu-*
*tricis defuit. Tum verò nutritus eft lacte capræ,*
*quæ in extremam fenectutem fervata domi eft.*
Mais il n'en a pas fû toutes les autres circonftances qui font rapportées par Graverol. Mais
Graverol auffi de fa part n'a pas fû celle-ci que
Baluze remarque, favoir que cette chévre qui a
vécu fort long-temps a été nourrie & gardée
foigneufement dans la maifon. Les voyageurs
† nous apprennent que les Maures révérent les
chevaux, qui ont fait le facré voyage de la
Mecque, que ces chevaux fanctifiez font ordinairement difpenfez de tout fervice, & qu'on
leur affigne des penfions pour leur fubfiftance,
qu'on les diftingue par les Reliques dont leur
col eft chargé. Que les Turcs qui vont en Pelerinage à la Mecque font porter par un cha-
meau l'Etendart d'or, ‡ que l'on offre en Cé-
remonie à Mahomet, & qu'en recompenfe cet
Animal eft exempt de fardeau le refte de fa vie.
On peut joindre à ces exemples celui de la
Mule d'Athenes qui fut nourrie pendant fa
vieil-

---

* Steph. Baluz. Epiftol. Clariffimo & Eruditiffimo
Viro Emerico Bigotio, pag. 1. col. 1. † Voy. la Re-
lation de l'Empire de Maroc &c. par Mr. de St. Olon,
Ambaffadeur du Roi à la Cour de Maroc. ‡ Voy.
Relation Univerfelle de l'Afrique ancienne & moderne
&c. par le Sr. de la Croix.

vieilleffe aux dépens du public, parce que pendant fa jeuneffe & pendant tout le temps qu'elle
avoit été capable de rendre quelques fervices,
elle avoit été employée à l'utilité publique. La
Chévre qui a nourri Cotelier n'a-t-elle pas été
auffi digne de recompenfe que tous ces animaux?
Et la reconnoiffance de Cotelier envers elle
n'a-t-elle pas été auffi bien fondée que celle de
ces Maures, de ces Turcs, & de ces Atheniens
envers leurs chevaux, leurs chameaux, & leurs
Mules ? Cette chévre auroit même peut-être
bien autant merité une Epitaphe que ce Cheval
qu'on appelloit *Martin* auquel on en a fait une
fi magnifique que l'on voit dans l'excellent *Mélange d'Hiftoire & de Litterature recueilli par
Vigneul Marville* *. Au moins, fi elle n'eft pas
auffi célébre dans l'Hiftoire que la Louve qui
a nourri Romulus le fondateur de Rome, fi
tant eft que ç'aît été une Louve & non pas
une femme débauchée & proftituée ; il y
fera parlé de cette Chévre auffi long-temps
qu'on y parlera de Cotelier, & de fon Edu-
cation.

La feconde Réflexion que je fais eft que Graverol marque la naiffance de Cotelier dans
l'année 1629. Cependant Baluze la met dans
l'année 1627. & Baillet la met aux environs de
l'année 1628. Il y a beaucoup d'apparence que
Graverol fe trompe à cet égard, car il dit lui-
même dans fa Lettre † que Cotelier eft mort
agé de cinquante-huit ans le 12. du mois
d'Août de l'année 1686. & tout le monde en
convient ; or s'il étoit vrai qu'il fût né en
1629. il n'auroit pas eu cinquante fept ans ac-
complis,

* Tom. III. pag. 30.  † Pag. 24.
R 6

complis, bien loin d'en avoir eu cinquante-
huit.

Ma troisiéme Réflexion concerne le sentiment commun, que les chévres ont toûjours
la fiévre & que ceux qu'elles allaitent ou qui
se nourrissent de leur lait sont travaillez de la
même maladie. Ecoutons ce que Chevreau dit
sur ce sujet.   ,, * La premiére nourriture des
,, Enfans, est d'une consequence merveilleu-
,, se, parce que se tournant en leur substance,
,, elle forme leur temparement;  & que les
,, mœurs suivent d'ordinaire le temperament
,, du corps.  J'en rapporterai ici un exemple
,, d'assez fraiche datte, que je viens de lire
,, dans les *Memoires pour la Vie de Mess.Samuel*
,, *Sorbiere & de Jean Baptiste Cotelier*, qui sont
,, au devant des *Sorberiana*. Voici ce qu'en dit
,, Mr. de Graverol sur la Vie de ce dernier,
,, qui étoit assurément un fort savant homme.
,, *La Nourrice de Mr. Cotelier étant morte d'un*
,, *mal contagieux, on fut reduit à la necessité de*
,, *lui donner une chévre pour Nourrice.  Le mal*
,, *s'étant un peu relâché, on lui présenta une fem-*
,, *me pour continuer de l'alaiter le temps qu'il se-*
,, *roit necessaire; mais il la rejetta, & ne voulut*
,, *jamais plus goûter de lait de femme, desorte que*
,, *la chévre continua de le nourrir.  De là vient*
,, *sans doute, qu'il a toûjours été fort mélancholi-*
,, *que & fort valetudinaire; & que depuis les*
,, *premieres années de sa vie, jusques fort avant*
,, *dans sa majorité, il n'a presque jamais été sans*
,, *fiévre; sur quoi, je vous prie, Monseigneur, de*
,, *vouloir vous souvenir, quand ce ne seroit que*
,, *pour la justification de Pline, de ce passage du*
                                          *plus*

* Chevræana, Tom. I. pag. 222. 223. 224.

„ *plus docte des Romains, je veux dire de Varron,*
„ Capras enim fanas , fanus nemo promittit,
„ *parlant de la vertu de ces fortes d'Animaux,*
„ nunquam enim fine febre funt. La juftifica-
„ tion de-Pline, dont parle Mr. Graverol,
„ doit être apparemment du chapitre dixiéme
„ du Livre vingt huitiéme de fon hiftoire Na-
„ turelle. *Millia præterea remedia ex eo animali*
„ (capra) *demonftrantur , ficut apparebit , quod*
„ *quidem miror, cùm febri negetur carere.*

„ Un autre exemple peut confirmer la pro-
„ pofition que j'ai avancée. *Achille,* fi l'on en
„ veut croire tous les bons Auteurs, fut nour-
„ ri de la moelle de Lion , & je n'ai pas ou-
„ blié ces vers de Stace:
„ * *Non ullas ex more dapes babuiffe , nec ullis*
„ *Uberibus fatiaffe famem , fed fpiffa leonum*
„ *Vifcera , femianimesque libens traxiffe me-*
     *dullas.*

„ Après cela , il n'eft pas étrange que dans
„ Homere, il foit du Naturel du Lion, cole-
„ re, implacable, fuperbe, cruel, & qu'Ho-
„ race aît dit,
     —— † *Honoratum fi forte reponis Achillem,*
     *Impiger , iracundus , inexorabilis , acer,*
     *Jura neget fibi data , nihil non arroget armis.*
L'Auteur qui fe cache fous le nom de Vigneul-Marville foûtient dans fon excellent
*Mélange d'Hiftoire & de Litterature* ‡ que „ le
                                        „ lait

* Stat. Achilleidos lib. 5. v. 98. 99. 100. Voy.
fur ce fujet la Replique de Girac à Coftar. pag. 60.
& fuivantes. Voy. auffi le Dictionnaire de Bayle tom.
I. pag. 54. col. 1. lettr. A. † Voy. Horat. de Arte
poëtica pag. 120. 121. 122. ‡ Tom. 3. pag. 227.
228.

„ lait de chévre n'eſt point contraire à la ſan-
„ té, quoi que pourtant il s'en faille ſervir a-
„ vec précaution. *Lac Caprarum*, dit Jonſton,
„ *moderatè ſe habet; etſi minus quàm huma-*
„ *num temperatum. Eſt tamen & in eo, ſi ſpec-*
„ *tes ætatem, paſſiones, anni tempus & ſpatium*
„ *quo à partu edito diſtant, diſcrimen; ſine melle*
„ *periculoſè ſumi*, auctor Galenus de boni &
„ mali ſucci cibis cap. 6. *quod in ventriculo coa-*
„ *guletur. Minus idem alvum tentat, niſi ſcam-*
„ *monio & alliis veſcantur.*

„ Pline Hiſt. Nat. l. 24. c. 7. prétend que le
„ lait de chévre eſt un remede contre plu-
„ ſieurs ſortes de maladies. *Scio*, inquit, *Da-*
„ *mocratem in valetudine Conſidiæ M. Servilii*
„ *Conſularis filiæ, omnem curationem, auſteram*
„ *recuſantis, diu efficaciter uſum lacte caprarum,*
„ *quæ lentiſco paſcebatur.*

„ *Vis ei imprimis Alexiteria; Hauſtus cum u-*
„ *va taminia, contra ictus ſerpentum juvat. Quod*
„ *primum mulgetur leviores facere in quartanis*
„ *acceſſiones, ſive potum, Sextus Empiricus auctor*
„ *eſt .... eodem peruncta gingivæ faciles dentitio-*
„ *nes faciunt. Potum cum ſale & melle alvum*
„ *ſolvit.* Le lait de chévre, ſelon ces Auteurs,
„ eſt bon contre la fiévre; & la Créme de ce
„ lait ſoûlage ceux qui ſont frapez du mal-ca-
„ duc, les Mélancholiques, les paralytiques,
„ les lepreux, &c. *Schiſtum datur Comitialibus,*
„ *melancholicis, leproſis, Elephantiacis, &c.*

Bien loin que cet Auteur ſe rende au ſentiment de Graverol & à l'exemple de Cotelier,
„ il les refute. *Mr. de Graverol, dit-il, Avocat
„ de Niſmes, dans une Lettre à Mr. l'Evêque
de

* Ibid. tom. I. pag. 289. 290.

„ de Comenge, pour fervir de Memoires à la
„ vie de Mr. Cotelier, obferve que ce favant
„ homme ayant eû dans fon enfance une ché-
„ vre pour nourrice, il fut toûjours depuis fort
„ mélancholique, & fort valetudinaire, pref-
„ que jamais fans fiévre ; d'autant que felon
„ Pline & Varron, *capreæ nunquam fine febre*
„ *funt.*

„ J'ai fû d'un Medecin, que les Lions, les
„ Oifons, les Enfans, & *Mulieres prægnantes*,
„ ne font jamais fans fiévre, ou du moins
„ fans émotion. Quant à ce que Mr. de Gra-
„ verol ajoûte, que les Enfans, nourris de
„ lait de chévre font mélancholiques, & va-
„ letudinaires ; je fai au contraire, m'en é-
„ tant bien informé, qu'ils font d'ordinaire
„ fort fains, joyeux, & qu'ils aiment, com-
„ me leur Nourrice, à fauter & à danfer. J'ai
„ ouï dire qu'un enfant étant repris par fon
„ pere, de quelques legeretez, qui lui étoient
„ échapées au College, lui dit pour toute ex-
„ cufe en avouant fa faute, fouvenez vous,
„ s'il vous plait que j'ai été nourri de lait de
„ Chévre.

Quoi qu'il en foit, il a été élevé dès fa plus
tendre Jeuneffe dans l'Etude des Langues &
des Sciences ; c'eft lui-même qui nous l'apprend & qui nous donne en même temps une
jufte idée de fa modeftie. *Id etiam*, dit-il, * *te*
*admonitum voluißem, ne quid magni à me exfpec-*
*tes, cujus omnia mediocria funt, ingenium, eru-*
*ditio, dicendi facultas ; unum tamen fi excipias,*
*quod profecto excedit mediocritatem ; amorem dico*
*lit-*

---

* Vid. Ecclefiæ Græcæ Monumenta tom. I. ad
candidum Lectorem Præfatio. pag. 6. fub fin.

*litterarum ; quibus , quemadmodum a teneris ,*
*(uti aiunt) unguiculis innutritus fui , ac per totam*
*vitam nullâ intermiſſione addiĉtus , ſic demùm im-*
*mori exopto.* Il dit ailleurs * que ſon pere a eû
toûjours un ſoin très-particulier de ſon éducation , & qu'il lui a donné ce goût & cette inclination qu'il a euë pour les belles Lettres, il
lui en témoigne même ſa reconnoiſſance dans
l'Epitre dédicatoire qui eſt à la tête d'une Diſſertation ſur la prédeſtination des ſaints & ſur
la grace de Dieu ; *de prædeſtinatione Sanĉtorum*
*& Gratia Chriſti* , qu'il a compoſée à la perſuaſion de ſon pere & qu'il lui a dédiée. Son
pere en effet aiant été Miniſtre il ſavoit aſſez
bien l'Hébreu, le Grec, & le Latin, & voiant
dans ſon fils une grande diſpoſition à apprendre ces Langues, mortes à la vérité, mais neceſſaires à un homme qui vouloit ſe dévouër
à l'Etude des Sciences , il prit plaiſir à les lui
enſeigner avec ſoin , comme s'il avoit eû un
préſſentiment ſecret des progrès qu'il feroit,
& du point de perfeĉtion qu'il atteindroit dans
la ſuite. Ce fils répondit de ſon côté fort heureuſement à ſes ſoins. Comme toute ſa conduite a eû quelque choſe de merveilleux , il
faut le ſuivre pas à pas , ce ſera une occupation fort agréable ſans doute, & fort inſtruĉti-
ve pour un Leĉteur curieux, qui aime un détail auſſi diverſifié que celui dans lequel je vais
entrer.

Jean

* Voy. ſon Epitre dédicatoire des quatre Homelies de St. Chryſoſtome ſur les Pſeaumes & de l'Interpretation de la Prophétie de Daniel , par le même Pere. Cette Epitre eſt addreſſée au Clergé de France aſſemblé à Pontoiſe pag. 7.

Jean Baptiſte Cotelier donna lieu dès ſa plus
tendre Jeuneſſe d'avoir de lui une magnifique
eſperance , & d'en attendre de grandes choſes.
Ses commencemens furent heureux ; il ſe rendit d'abord digne de l'eſtime & de l'affeƈtion
de tout le monde ; les perſonnes de la premiere diſtinƈtion & les autres lui en donnerent
également des marques éclatantes. Il eut enſuite dans le cours de ſes Etudes un ſecours,
ou plûtôt un encouragement pareil à celui que
Grotius dit que Lipſe eût autrefois, c'eſt-à-dire que dès ſon enfance il vit croitre & ſe fortifier une reputation belle ; legitime & bien
fondée.

En l'année 1634. on célébra à Niſmes certains jeux Académiques. Quoique Cotelier
n'eût alors tout au plus que ſept ans , il y recita des vers à la louange des vertus Morales;
& il le fit avec tant de vivacité , de préſence
d'eſprit, & de bonne grace qu'il eut l'applaudiſſement général de toutes les perſonnes qui
l'entendirent. Au mois de Juin de la même
année * Henri de Bourbon Prince de Condé
s'étant trouvé dans cette même ville Cotelier
eut l'honneur de lui faire la reverence & de
lui reciter des vers François qui étoient faits
à ſa louange de ce Prince. Au mois de Novembre ſuivant Charles de Schomberg Duc
d'Haluin Gouverneur du Bas Languedoc étant
de retour de la Cour de France dans la Ville
dé Niſines, cét enfant lui fut envoyé dans la
Maiſon de Mr. Caſſagne , où il étoit logé ,
pour lui faire compliment ſur ſon heureux retour , par de très-beaux vers de la façon de
ſon

* Vid. Steph. Baluzii Epiſtola ad Emeric Bigot.

ſon pere. Il s'aquita de ſa commiſſion de telle
maniére qu'il ſe fit admirer, & que cét Illuſtre Maréchal de France étonné de ce petit
prodige le prit entre ſes bras & le porta à Anne d'Haluin ſon Epouſe, devant laquelle il
recita auſſi d'autres vers faits pour elle & à ſa
louange. Alphonſe, Cardinal & Archevêque
de Lyon, frere du Cardinal de Richelieu, allant à Rome au mois de Mars de l'année ſuivante 1635. pour quelques affaires importantes, le Duc d'Haluin crût qu'il étoit de ſon
devoir de lui aller faire ſa Cour à Avignon où
il pouvoit le joindre. Il voulut emmener avec
lui nôtre Jean Baptiſte Cotelier non ſeulement
pour avoit ſon agréable compagnie pendant le
voyage, mais principalement, pour le faire
voir au Cardinal, pour le lui préſenter, &
pour le lui recommander, ce qu'il fit.

Antoine Denis Cohon étoit alors Evêque de
Niſmes, mais il ne vint prendre poſſeſſion de
ſon Dioceſe & de ſon palais Epiſcopal qu'au
mois de Juin de l'année 1636. Nôtre Jean
Baptiſte Cotelier ne manqua pas d'aller le feliciter d'abord qu'il fut à Niſmes, ſur ſon heureuſe arrivée, par une harangue en proſe,
courte & judicieuſe qu'il lui fit. Ce Prélat en
fut charmé, & ſouhaitant depuis en l'année
1637. de procurer particuliérement à l'Egliſe
un jeune homme qui pouvoit lui être avec le
temps très-utile, & lui faire honneur, il l'engagea dans les premiers ordres de Clericature.
Au mois d'Octobre de cette même année cet
Evêque aiant fait la viſite de ſon Dioceſe & é-
tant de retour à Niſmes Cotelier le harangua
en Latin dans le College des Jeſuites, où il
fut prié de ſe trouver pour l'entendre. Quelques

ques jours après ce jeune homme recita dans
le même College l'Hiftoire du combat d'Ajax
& d'Ulyffe, qui eſt repréſenté par Ovide dans
le Livre troiſiéme de ſes Metamorphoſes ; il s'y
fit écouter par ſes auditeurs avec un plaiſir & une
attention qu'il feroit difficile de bien exprimer.

Au mois d'Octobre de l'année 1637. Cotelier Pere partit de Nîſmes pour Paris, accompagné de ſes deux fils, ſavoir de nôtre
Jean Baptiſte, & de Pierre ſon frere aîné. Ils
ne prirent pas la route ordinaire de Lion parce que la peſte y étoit ; ils prirent par cette raiſon la route d'Auvergne. Ils arriverent à Paris ſur la fin du même mois. Le Pere qui étoit
déja connu du Cardinal de Richelieu, voulut
lui préſenter ſon fils & le mettre ſous ſa protection. Il le ména pour cét effet au mois de
Novembre ſuivant, dans la belle Maiſon de
Ruel où cette Eminence étoit alors. Cét Enfant l'abordant recita ſon Panegyrique en Latin ; ſon diſcours fut élegant, & court. Il le
prononça d'une maniére ſi agréable & ſi char-
mante que tous ceux qui furent preſens l'ad-
mirerent extrémement. Cela plût tellement à
ce fameux Cardinal, qu'il ne pouvoit ſe
laſſer de louër par tout en public & en particulier nôtre jeune Jean Baptiſte Cotelier. Ce
lui étoit ſans doute un avantage & un honneur
fort grand, d'avoir merité les louanges d'un
ſi grand homme. Au mois d'Avril de l'année
ſuivante ſon Eminence témoigna qu'on lui
feroit plaiſir de lui ramener cét enfant. On
n'eut garde d'y manquer ; il fit à ſon ordinaire une courte harangue au Cardinal, contenant ſon panegyrique. Après qu'il l'eut recité
le célébre Pere Joſeph Capucin qui ſe trouva
pré-

présent lui fit plusieurs questions sur diverses choses, ausquelles il répondit si judicieusement & si à propos que ce Religieux assura hautement qu'il ne pouvoit être plus content qu'il l'étoit de ses réponses, & qu'il admiroit également son esprit & sa capacité. On doit être assuré que ces louanges étoient sinceres; en effet elles ne pouvoient pas être suspectes de flaterie, car outre qu'elles étoient bien dües à ce jeune Savant, quelles raisons un homme aussi accrédité & aussi élevé en dignité auroit-il eû, de flater le pere ou le fils qui étoient des gens d'un médiocre étage, qui même se trouvoient alors dans une situation fort chétive & fort incommode?

La Réputation de cét enfant s'étant repanduë & faisant même beaucoup de bruit, Pierre Seguier, Chancelier de France, que nous avons vû pendant si long-temps, & jusqu'à sa mort, se faire un honneur de favoriser les Sciences & les belles Lettres aussi bien que les Savans qui les cultivoient; qui avoit dressé une ample & riche Bibliotheque dans le plus bel endroit de son magnifique Hôtel; ce Chancelier, dis-je, touché de cette reputation, & du savoir surprenant de nôtre Cotelier dans un âge si tendre, lui donna entrée chez lui au mois de Decembre de la même année 1638. & l'admit dans cette célébre assemblée d'hommes Illustres qui se tenoit dans son Hôtel, & en sa présence, composée entr'autres, d'Eleonor d'Estampes, qui étoit alors Evêque de Chartres, & qui depuis a été Archevêque de Rheims, de François de Grignan qui étoit alors Archevêque de Sr. Antoni de Tricastin ou de Trechasteau, & qui l'a été depuis d'Arles;

de

de Charles Jaques de Gelas de Leberon, E-
vêque de Valence, & de plufieurs autres
grands hommes femblables. La prémiere fois
que nôtre Cotelier fe trouva dans cette affemblée, il s'y fit d'abord entendre par une harangue qu'il fit au Chancelier. Auffi-tôt après
qu'il l'eut prononcée, il fut pour ainfi dire entrepris par toute l'affemblée; chacun l'interrogea, il repondit à tout fur le champ, à fon
honneur, à la fatisfaction de fon pere & à l'é-
tonnement de tout le monde qui admira également la vivacité de fon Efprit, & l'étenduë
de fon favoir qui furpaffoit infiniment la portée de fon âge. Mr. de Barillon fur tout, qui
affiftoît auffi à ces Conférences, & qui étoit
un fort habile homme, le preffa plus que tous
les autres, il l'interrogea particulierement fur
ce qui concerne la Langue & les Auteurs
Grecs; ce jeune enfant lui répondit fur le
champ fans hefiter, & interpreta à l'ouverture
du Livre, avec une facilité merveilleufe, les
Pfeaumes de David d'Hebreu en Latin & en
François; & le Nouveau Teftament, de Grec
dans les mêmes Langues.

Au mois d'Avril de l'année 1639. Henri
Duc de Ventadour, mena les Coteliers pere
& fils avec lui au College de Clermont, ap-
partenant aux Jefuites. Dès qu'on fut qu'ils
y étoient, il s'y amaffa une foule prodigieufe
de toutes fortes de gens pour voir cét enfant
fi extraordinaire. Tout ce qu'il y avoit de
grands hommes alors dans ce College n'eut
garde d'en perdre l'occafion; Jaques Sirmond
entr'autres & Denis Petau, que l'on appelle
encore les deux grandes lumieres de l'Eglife
Gallicane, s'y trouverent avec empreffement,
&

& par les diverſes queſtions qu'ils lui firent
en Grec & en Hebreu , ou plûtôt ſur ce qui
concerne ces deux Langues ils s'aſſûrerent par
eux-mêmes que tout ce que la Renommée pu-
blioit ſur le ſujet de cét enfant, bien loin d'ê-
tre outré , étoit même au deſſous de ce qui en
étoit. Il harangua le Cardinal de la Rochefou-
caut qui ſe trouva là comme les autres , &
aiant enſuite été conduit dans l'appartement
d'Armand de Bourbon, Prince de Conti, qui
n'avoit pû y venir , & qui étudioit alors en
humanité dans ce College on l'interrogea encore beaucoup devant lui ſur les Langues
dont je viens de parler. Après toutes ces E-
preuves le Duc de Ventadour le mena auſſi
chez cét Illuſtre Henri de Meſmes Préſident
au Parlement de Paris, dont le nom ſera éternellement venerable parmi les Savans.

Au mois d'Octobre de l'année 1640. nôtre
Jean Baptiſte Cotelier complimenta par une
petite harangue Latine , l'Incomparable Ma-
thieu Molé ſur la dignité de Premier Préſident
du Parlement de Paris à laquelle Louïs XIII.
venoit de l'élever.

Voilà ſans doute un grand nombre d'avantures agréables , ſur tout à un enfant parvenu
à peine dans un âge capable de raiſonner ,
mais on peut dire que la plus heureuſe & la
plus mémorable qu'il ait eû dans toute ſa vie
eſt celle qui lui eſt arrivée au mois d'Avril de
l'année 1641. Elle eſt curieuſe ; voici quelle
elle a été. Le Clergé de France étoit alors aſſemblé à Mante dans le Diocèſe de Chartres,
Octavius Archévêque de Sens, y préſidoit. E-
leonor Evêque de Chartres y fit un long diſcours ſur le mérite extraordinaire de cét enfant;

fant ; l'enfant lui-même s'y étant préfenté *
il expliqua facilement la Bible en Hebreu , à
l'ouverture du Livre ; il rendit en même temps
raifon des difficultez qu'on lui forma tant fur
la conftruction de la Langue Hebraïque que
fur ce qui dépendóit des ufages des Juifs ; il
expliqua auffi coúramment le Nouveau Teftament Grec, & fit enfuitte quelques demonftrations de Mathematiques en expliquant les dé-
finitions d'Euclide; ce qui le fit regarder dès-
lors comme un prodige , & lui acquit l'eftime
& l'affection de tout le Clergé. L'Hiftoire de
cette Affemblée Générale du Clergé de France , & de ce qui s'y eft paffé n'a pas negligé
d'inftruire la pofterité de cét événement. Mais
comme on y dreffa un acte de la déliberation
qui y fut prife fur ce fujet qui contient toutes
les circonftances de cette avanture , le Lecteur fera bien aife de le trouver ici.

† *Extrait du Procès verbal de l'Affemblée Générale du Clergé de France, tenuë à Mante.*

### Du Mardi 30. Avril 1641.

„ MOnfeigneur l'Evêque de Chartres a
„ M dit que le Sr. Cotelier , Miniftre
„ converti, ayant pris foin particulier d'éle-
„ ver un fien fils , dans l'Etude des Langues
„ & des Sciences afin de le rendre capable de
„ fervir un jour l'Eglife, il feroit bien-aife de
„ faire voir à la compagnie, combien il a réuffi
heu-

* Voy. Journal des Savans tom. 14. pag. 406.
† Vid. Epift. Steph. Baluzii Clariffimo & Eruditiffimo Viro Emirico Bigotio. fub. fin.

„ heureuſement, & à quoi il a employé l'argent
„ qu'il reçoit du Clergé. Ce jeune garçon in-
„ troduit dans la ſale, âgé de douze ans, ou
„ environ, a expliqué facilement la Bible en
„ Hebreu, à l'ouverture du Livre, & ʃ rendu
„ raiſon des difficultez qui lui ont été for-
„ mées, tant ſur la conſtruction de la Lan-
„ gue, que de ce qui dépendoit de l'uſage des
„ Juifs, & a auſſi expliqué couramment le
„ Nouveau Teſtament Grec ; & après a fait
„ quelques demonſtrations des Mathematiques
„ expliquant les definitions d'Euclide. Ce qui
„ a paru comme un prodige, en ſon âge, & a
„ donné deſir à la Compagnie de l'aſſiſter pour
„ continuer ſes Etudes ; & déliberation priſe
„ par Provinces, a été reſolu que n'étant de
„ la qualité requiſe pour être employé ſur l'E-
„ tat, & ſon pere y étant déja couché pour
„ ſix cens Livres, cette penſion lui ſera aug-
„ mentée juſques à la ſomme de mille Livres
„ pour lui donner moyen d'avancer cét en-
„ fant dans les Sciences. A quoi il a été ex-
„ horté de la part de l'Aſſemblée par Mon-
„ ſeigneur le Préſident, & particuliérement
„ de l'éléver en la crainte de Dieu, & ména-
„ ger ſes forces dans un âge ſi tendre. Et en
„ outre lui a été ordonné la ſomme de trois
„ cens Livres, qui lui ſera payée comptant,
„ pour l'ajder à achetter les Livres neceſſaires.
Je tire de cét acte une conſéquence bien juſte, c'eſt que Baillet l'a mis * donc à bon ti-
titre & avec beaucoup de juſtice au nombre des Enfans devenus célébres par leurs E-
tudes ou par leurs Ecrits.

Le

* Pag. 352. 353. 354.

Le Cardinal de Richelieu étant de retour de Flandres cette même année après la prise d'Aire, nôtre Cotelier l'en felicita par une courte harangue, sur la fin de laquelle il l'assura qu'après tant de belles actions qu'il avoit faites, il y avoit dans le Ciel une place certaine qui lui étoit destinée. Cette harangue se trouve encore quelque part, aussi bien que les autres dont j'ai fait mention dans cet article. Outre diverses copies qui en ont été faites on peut en voir les originaux parmi les manuscrits qu'il a laissez après sa mort.

Sur la fin de cette année après les vacances de la St. Remy Cotelier commença à étudier en Philosophie dans le College des Grassins; & après y avoir achevé son cours, il entreprit au mois de Juillet de l'année 1643. de soûtenir des Theses en public généralement sur toutes les matieres de la Philosophie & de ne parler que Grec dans toute la dispute. Après un acte solemnel si extraordinaire, il fut reçu sans difficulté Maître és Arts. Incontinent après il commença son cours de Theologie; il s'y appliqua particulierement; cette Étude & celle de l'Histoire Ecclesiastique ont été ses Etudes favorites. Il nous l'apprend lui-même dans une de ses Prefaces. * *Cùm non me lateret*, dit-il, *varia inter incepta, quibus Ecclesiastica seu Theologica Litterae ( iis enim potissimùm annos devovi meos, partim ampliari, partim illustrari possunt.* Cette Etude lui donna lieu de voir un grand nombre de Livres & particuliérement des anciens Manuscrits Grecs dans la connoissance

* Vid. Ecclesiae Graecae Monumenta Tom. I. Praefat. pag. 1.

S

fance defquels il s'exerça auffi de fort bonne
heure, enforte que quoi qu'encore fort jeune
il avoit acquis une grande facilité à les déchiffrer & à les lire. *Cùm præterea intelligerem,*
dit-il, *à me longo ufu nonnullam Linguæ Græcæ,*
*legendorumque Græcorum MSS. peritiam compara-*
*tam fuiffe.*

. Au mois de Janvier de l'année 1644. on
mena Cotelier au Louvre, & on le préfenta au
Roi & à la Reine Mere, qui le reçurent de la
maniere du monde la plus careffante, & qui lui
parlerent très-obligeamment.

Au mois de Février de l'année 1647. il aquit
le degré de Bachelier en Theologie, & enfuite
il enfeigna la Philofophie dans le college *de Juf-*
*tice* * où, auffi bien que dans ceux de Bayeux,
de Narbonne, & de Seez les Ecôles ont ceffé
depuis quelques années. Ceux qui afpirent d'ê-
tre Docteurs en Theologie de la Maifon & Societé de Sorbonne, font obligez de faire ce
Cours avant que de fe prefenter pour être reçus. Au mois de Septembre de l'année fuivante
après avoir achevé ce Cours de Philofophie, il
foûtint des Thefes en Theologie que l'on appelle ordinairement *les Robertines* où *les Sorbo-*
*niques* ; deforte qu'au mois de Decembre de
l'année 1648. il fut effectivement reçu Docteur
en Theologie de la Maifon & Société de Sorbonne par les fuffrages unanimes de quatre-
vingt & huit Docteurs en Theologie qui fe trouverent à fa reception. On voit encore aujour-
d'hui la harangue qu'il fit au Doyen de la Faculté

* Voy. la Defcription nouvelle de la ville de Paris, par Mr. Brice, impreff. de la Haye 1685. Tom.
II. pag. 90.

culté de Theologie, & au Recteur de l'Académie pour les remercier de l'honneur qu'ils lui avoient fait.

Son pere mourut à Paris au mois de Janvier de l'année 1651. & fut enterré deux jours après dans l'Eglise de St. Benoist. Il en fut affligé à un point qui ne se peut exprimer. Il ne regretoit pas seulement sa personne, il étoit sur tout sensiblement touché lors qu'il se représentoit, les soins, les peines, & l'assiduité avec lesquelles il l'avoit élevé, instruit & enseigné. Il lui a rendu un beau témoignage des bons offices qu'il a reçus, & il lui en a témoigné en même temps sa grande reconnoissance dans une Lettre qu'il lui a écrite. J'ai déja parlé de cette Lettre, mais j'espere que le Lecteur ne sera pas fâché de voir ses propres termes ; *Il n'a pas été en ma liberté*, dit-il, *de resister à vos ordres ; vous à qui, sans parler de mille biens que vous m'avez fait, je suis redevable de la vie & des moiens de vivre honnêtement & heureusement tout ensemble, c'est-à-dire de la Vertu & de la Science que vous m'avez inspiré & dont vous m'avez donné les semences dès ma plus tendre jeunesse. Si Alexandre de Macedoine disoit autrefois qu'il avoit beaucoup d'obligation à Philippe son Pere, mais qu'il en avoit encore plus à Aristote son precepteur, parce que l'on lui avoit donné la naissance, mais que l'autre lui avoit donné de l'éducation & de la Science. Que ne vous dois-je pas, à vous qui êtes tout ensemble & mon Philippe & mon Aristote ? Si vous n'avez pas aussi bien réussi qu'eux, vous n'avez pas moins assidument travaillé.*

En l'année 1654. George d'Aubusson qui étoit alors Archevêque d'Embrun, & qui a été depuis Evêque de Metz, ayant dessein de retour-

ner

ner de Paris dans son Diocese, & faisant reflexion sur la consolation & la douceur qu'il y
auroit pour un Prélat comme lui qui s'éloi-
gnoit de la Cour pour aller se confiner dans les
solitudes les plus reculées du Royaume, d'a-
voir avec soi un homme docte, de bonne conversation & de bonnes mœurs, songea à emmener nôtre Cotelier, & lui fit pour cet effet
des propositions honnêtes qu'il accepta. Desorte qu'ils partirent ensemble au mois de Juillet de cette année 1654. Nôtre Cotelier a
donc tenu bonne & fidele compagnie à ce Prélat, non seulement pendant le voyage, mais
même pendant quatre années consecutives dans
le lieu de sa residence. Il ne songeoit jamais à
ce séjour si long, qu'il n'en eut du regret & du
chagrin, non pas qu'il se repentît d'avoir été
avec cet Archevêque, avec lequel il avoit eû
beaucoup d'agrémens, mais parce qu'il avoit
manqué pendant un temps si long, de conversation & d'habitude avec des gens habiles,
cultivant les Sciences, & qu'il y avoit toûjours
été dans une grande disette de bons Livres, ce
qui lui avoit fait paroître le temps encore plus
long qu'il n'étoit, & son séjour fort ennuïeux.
Emeric Bigot & ses autres amis ont été fort
souvent les témoins & les auditeurs de ses
plaintes & de ses regrets quand il leur parloit
de ce voyage. Aussi, dès qu'il fut de retour
à Paris, prit-il une ferme resolution d'y fixer sa demeure, & d'y passer le reste de ses
jours. Il s'y remit à l'Etude des Sciences & des
belles Lettres.

En l'année 1660. un de ses meilleurs amis,
homme au dessus de toute louange, lui procura l'occasion de mettre en œuvre ses lumieres

&

& fa capacité. * Il travailla donc à un Ouvrage qui parut l'année fuivante 1661. Cet Ouvrage contient quatre homélies fur les Pfeaumes, & l'interpretation de la Prophetie de Daniel, qu'il attribuë également à St. Jean Chryfoftome, quoi que plufieurs Savans ne veuillent pas bien reconnoître le ftile de cet ancien Pere de l'Eglife dans cette interpretation, qui en effet ne porte pas fon nom dans le manufcrit qui fe trouve dans la Bibliotheque de l'Efcurial. Ces quatre homélies, qui ne font qu'une partie des vingt-fept que l'on voit dans ce manufcrit, avoient été déja publiées, auffi bien que cette interpretation de Daniel, par un Religieux du Monaftére de St. Laurens de l'Efcurial, nommé *frere Gabriel de St. Hiérome.* Mais fa Verfion Latine fut faite avec tant de négligence, tout favant Théologien qu'il étoit, que cela porta Mr. Cotelier d'en donner une de fa façon qui eft tout-à-fait literale, & parfaitement bien faite. Il eft même certain que fi l'ami qu'il avoit employé pour tranfcrire les autres vingt-trois homélies ne fut pas mort, il les eût auffi donnéces au public comme il l'avoit fait efperer.

Cet Ouvrage fe préfénta fort à propos; *Quinque*, dit-il, dans la Préface † qu'il y a mife, *abhinc menfibus, cùm in eo totus effem, ut gratum animum in Ecclefiæ Gallicanæ illuftriffimos Præfules aliqua fignificatione teftatum relinquerem; multaque, ita ut fit, mente agitarem ac perquirerem cogitatione, commodum fefe obtulit occafio.* Il l'a donc dedié au Clergé de France affemblé

à

* Voy. la Lettre de Mr. de Graverol, au commencement du Sorberiana, pag. 22. † Pag. 1.

S 3

à Pontoife. Les motifs qui l'y ont porté font mieux exprimez dans l'Epître Dédicatoire qu'il leur addreffe que dans la Préface dont je viens de rapporter les termes. Voici donc comme il y parle. *Hæret, æternumque in hominum cogitatione ac memoria hærebit Cleri Gallicani erga hæreticos ad Orthodoxam fidem fe recipientes, & erga ingenio doctrináque præftantes Viros prolixa liberalitas, vereque Regia; in neutris ego nomen meum profiteri poffum. Verùm quia eum patrem habui, qui ex utroque numero effet, quique inter cæteras dotes cultus Catholici amantiffimus fuit, eo factum est ut nihil tale promeritus in album Clientelarum veftrarum jam inde ufque à pueritia fim relatus. Quamobrem cùm plurima forent quæ ad hoc opus vobis infcribendum quemlibet perpuliffent, quæ ne publicis commodis, veftris occupationibus officiam, video effe omittenda. Ego certe fine magno crimine committere nequivi, quin vobis quod veftrum est offerrem; fi quid enim in his ftudiis profeci, quod, quam exiguum fit, & valde fentio & prædico libenter, totum benignitati veftræ non folùm acceptum refero, fed etiam debere me id verò gaudeo & triumpho. Accipite primitias ftudiorum meorum, tenues illas quidem, at magno gratias agendi animo delatas; & fi alicui ufui effe videmur, in ære veftro fumus, utimini. Sanè contendemus quantùm poffumus, cumque omnia fecerimus, nihil nos feciffe arbitrabimur.*

Depuis ce temps-là il a fait de fi grands progrès dans les Sciences par la nouvelle application qu'il y a donnée, qu'on l'a regardé comme un des plus favants hommes du temps. Et

il

* Voy. Journal des Savans Tom. 14. pag. 407.

il s'eſt tellement perfectionné dans la connoiſſance de la Langue Grecque qu'il ne cedoit ni
aux Budez, ni aux Turnebes, ni aux Touſſains,
ni aux Danés, ni aux Etiennes, ni aux Chrétiens, ni aux Caſaubons, ni aux Petaus, ni
enfin aux Valois que tout le monde ſait avoir
été là-deſſus de fort grands hommes. On en a
vû des preuves dans l'Ouvrage dont je viens de
parler, & dans d'autres qu'il a fait imprimer en
divers temps.

En l'année 1672. c'eſt-à-dire onze ans après
la publication de ces homeliés; ſoit de ſon propre mouvement, ſoit à la ſollicitation de ſes
amis, il entreprit de donner au public en deux
Volumes *in folio* diverſes pieces curieuſes de
l'Egliſe primitive ſous le titre de *Opera Sancto-
rum Patrum qui temporibus Apoſtolicis floruerunt;*
les Oeuvres des Sts. Peres qui avoient fleuri
du temps des Apôtres; tant celles qui avoient
été publiées, que celles qui ne l'avoient pas été
& tant les veritables que les ſuppoſées. Ainſi
l'on voit dans ce beau Recueil les Oeuvres at-
tribuées à Barnabé, à Clement, à Ignace, à
Polycarpe, & à Hermas, qui eſt le même que
celui que St. Paul ſaluë dans ſon Epître aux
Romains. Cotelier y a ajoûté des notes fort
ſavantes & fort judicieuſes, comme l'a reconnu
hautement Mr. du Cange dans la Préface de
ſon Gloſſaire de la baſſe Latinité. Le merite de
l'Auteur, joint au malheur que *Petit* Libraire
qui avoit imprimé cet Ouvrage, a eû de perdre une bonne partie de cette Edition dans
l'embraſement du College du Montaigu, a été
cauſe que ce Livre eſt devenu fort rare. Le Célébre Mr. le Clerc à qui la Republique des Lettres eſt redevable de tant d'Ouvrages impor-

tauts,

tants, qu'il a produit, & qu'il lui a procurez,
a remedié en quelque sorte au sort malheureux
que l'impression de cet Ouvrage avoit eû, par
la nouvelle Edition qu'il en a fait faire à Anvers aux depens des Huguetân en l'année 1698.
Il ne s'est pas contenté d'en faire faire une nouvelle Edition en deux Volumes *in folio*, & aussi
belle pour le moins, aussi commode & aussi
correcte que la précédente le pouvoit être, il
y a encore ajoûté des notes excellentes de sa
façon, il est vrai qu'elles sont en petit nombre,
il en dit lui même la raison. Ses grandes &
nombreuses occupations ne lui ont pas permis
d'en donner davantage. Je remarquerai encore
en passant à cette occasion que Mr. le Clerc a
ôté de la Préface de son Edition dans plusieurs
exemplaires l'avertissement qu'il donne dans
d'autres sur ce sujet. Je ne puis pénétrer dans
les raisons qui l'ont porté à diversifier ainsi sa
Préface dans les exemplaires d'une même Edition. Mr. le Clerc auroit fort enrichi son Edition s'il avoit eû les notes que l'Illustre Mr. de
Spanheim a faites sur cet Ouvrage, qui sont
encore manuscrites en six feuillets in folio de
son écriture, qu'il a laissez dans un des Tomes
de son Exemplaire qui se trouve dans sa Bibliotheque à Berlin, achetée de lui par Sa Majesté le Roi de Prusse. Monsieur le Conseiller
Schott dont je parle ailleurs, qui en est le Bibliothecaire, m'a communiqué le Livre & le
manuscrit tout ensemble. Il étoit juste en quelque sorte qu'on lui commît le soin de cette
Bibliotheque; car quoi qu'elle aît quitté son premier Maître elle n'est point tombée dans des
mains étrangeres. Mr. Schott ayant été long-
temps avec Mr. de Spanheim, il étoit pour
ainsi

ainſi dire déja dès lors le Curateur de ſa Bibliotheque.

Il y a encore une particularité conſiderable
à obſerver au ſujet de cet Ouvrage de nôtre
Cotelier. Pendant qu'il y travailloit il arriva
un incident qui en retarda l'impreſſion de quelque temps. L'Illuſtre Mr. Colbert qui s'eſt
rendu ſi célébre en favoriſant les beaux Arts,
& les Sciences, & en protegeant d'une maniére
toute particuliére les perſonnes qui les cultivoient de ſon temps, crût qu'il ſeroit à propos
qu'on viſita pluſieurs manuſcrits curieux en diverſes Langues, qui étoient dans la Bibliotheque du Roi; il jetta les yeux ſur tous ceux qu'il
y crût propres, & choiſit nôtre Jean Baptiſte Cotelier en l'année 1667. pour examiner ſoigneu-
ſement les manuſcrits Grecs, & pour en faire
un Catalogue exact. Il employa cinq ans à
ce travail; cette occupation lui procura l'honneur d'entretenir ſouvent aſſez familiérement
ce Grand Miniſtre, qui l'ayant goûté le prit
en amitié. Il donna ordre qu'on portât chez
nôtre Cotelier tous les Livres imprimez ou manuſcrits de ſa Bibliotheque, ou de celle du Roi,
dont il pourroit avoir à faire, ſoit pour ſon
uſage particulier, ſoit pour le bien commun de
la Republique des Lettres auquel il avoit con-
ſacré ſes veilles & ſon travail; ç'a été à la recommandation de ce grand & illuſtre Miniſtre que depuis, au mois de Juillet de l'année
1676. nôtre Cotelier a été reçu Lecteur & Profeſſeur Royal en Langue Greque dans l'Académie de Paris.

En parcourant & en feuilletant ainſi les vieux
Livres de la Bibliotheque du Roi & de celle de
Mr. Colbert, il y trouva pluſieurs beaux mo-

numens

numens de l'Eglife Grecque qui n'avoient
point encore été imprimez. Il en a publié une
partie en trois Volumes in 4. fous ce titre,
*Monumenta Ecclefiæ Græcæ.* Le premier parut
en l'année 1677. le fecond en l'année 1681.
& le troifiéme en l'année 1686. La feule lifte de
piéces qui font contenuës dans ce Recueil en
fait connoître le prix. Il eft certain qu'on n'a-
voit jamais vû tant de pieces rares & curieufes
unies enfemble, comme elles le font dans ce
beau Recueil qui eft un véritable tréfor des monuments de l'Eglife Greque.

Les Notes qui accompagnent tous ces Ouvrages & les corrections qu'on y a faites qui fervent d'Eclairciffemens dans les endroits obfcurs, font toutes fi judicieufes & fi favantes,
elles renferment un fi grand nombre de belles
Obfervations Critiques fur les matieres & fur
les Auteurs de ces piéces auffi bien que fur la
Langue Greque, qu'elles marquent un profond favoir, & qu'il eft aifé de comprendre que
celui qui les a faites devoit être en ce genre de
litterature un des premiers hommes du fiécle.
Cotelier fui-même nous apprend dans la Préface du premier Tome les peines qu'il a euës,
& les difficultez qu'il a eu à furmonter, pour
donner ces Ouvrages tels qu'ils font. Il y a
des notes de deux fortes dans chacun de ces
Volumes, les unes ne font que des diverfes leçons, des corrections, des paffages paralleles,
& des citations d'Auteurs, & celles-là font mifes à la marge. Les autres font prefque toutes
des Obfervations de Critique, des endroits
corrompus rétablis; des explications de paffages difficiles. Comme celles-là font amples elles font mifes à la fin de l'Ouvrage. Il a eu
fou-

souvent occasion de refuter quelqu'un, ou de relever quelques fautes ou quelques bevuës de quelques Ecrivains, mais il l'a toûjours fait avec tant de modestie & d'honnêteté que personne n'a lieu de se plaindre de sa Critique. Il reconnoit qu'il est difficile de ne se point tromper quelquefois, il reconnoit que cela lui est arrivé à lui-même, & il excuse en même temps qu'il corrige les erreurs qui se présentent à lui. Il n'est point diffus, il s'est étudié à être court & succinct, voulant ménager le temps & la patience de ses Lecteurs.

Ces trois Volumes ont paru separement comme je viens de le dire. Cotelier les a dediez à diverses personnes, mais il a eû plus d'égard à leur rang qu'aux raisons qu'il avoit de les leur addresser. Mr. de Harlay Archevêque de Paris avoit été son patron de tout temps, il l'avoit favorisé dès sa plus tendre jeunesse; il lui étoit redevable de tout ce qu'il étoit; il avoit tant d'amitié pour lui qu'il lui avoit imposé la necessité de le venir voir au moins tous les ans une fois, afin que nonobstant son humeur sauvage, il fut obligé à lui rendre quelques visites. Il sembloit donc que ce fut à lui à qui il dut dedier son premier Tome; cependant il ne lui dedie que le second. L'Archevêque de Rheims avoit une estime toute particuliere pour lui depuis long-temps, c'étoit un ancien ami. Cotelier faisoit tant de cas de sa protection que sans elle il n'auroit pas vécu aussi tranquillement qu'il vivoit. Il sembloit donc qu'après avoir rendu ses premiers hommages à Mr. l'Archevêque de Paris, il dut rendre les seconds à Mr. l'Archevêque de Rheims, qui en lui fai-

faut

fant faire le Catalogue de fa Bibliotheque a été
caufe qu'on lui a donné ordre de faire celui de
la Bibliotheque du Roi. Cependant il ne lui
dédie que le troifiéme Tome de fes Monumens.
C'eft à Mr. Colbert à qui il addreffe le premier
Volume. C'eft lui qu'il appelle fon patron par
excellence; c'eft à lui qu'il attribuë tout le bien
& tout l'honneur dont il jouït. C'eft ainfi qu'on
encenfe à la faveur, au credit & à l'autorité;
l'amitié n'eft pas toûjours en liberté, & fouvent on eft obligé de préferer celui que l'on
craint, ou de qui l'on efpere, à celui qu'on
aime.

Cotelier n'acheva le troifiéme Tome de ces
Monuments que l'année même qu'il mourut.
L'Edition n'en fut achevée qu'au mois d'Août
dans lequel il eft mort.

Il en préparoit un quatriéme qui étoit déja
prefque achevé dans lequel il faifoit entrer diverfes homelies d'*Afterius*, de *Hefychius*, d'*E-
phrem*, de *St. Jean Chryfoftome*, d'*Antipatre de
Boftre*, & d'*Anaftafe Sinaite*; fix Opufcules de
*St. Bafile* Archevêque de Cefarée en Cappado-
ce; les definitions de *Diadochus* Evêque de Pho-
tice qui n'ont été publiées jufqu'à prefent qu'en
Latin feulement; les collections & les demonftrations de *Photius* Patriarche de Conftantinople tirées des Ecrits hiftoriques & Synodiques
qui ont traité des Evêques & des Metropoli-
tains; de la Novelle de Conftantin Porphyro-
genette, concernant ceux qui meurent *ab in-
teftat*; de la démonftration de *Jean d'Antioche*
touchant l'Euchariftie; de l'Epître de *Theodore Balfamon*, addreffée au Metropolitain de
Philippopolis; de l'explication des dogmes
Ecclé-

Eccléſiaſtiques de Marc d'Epheſe ; de la viè
de l'Abbé * *St. Theodoſe*, écrite par Theodore
Evêque de Patre, ſon diſciple ; & enfin de
l'Apologetique de l'Heretique *Eunomius*, ſans
compter un grand nombre d'autres piéces dont
la liſte eſt inutile, & ſeroit trop longue pour
être rapportée ici tout entiére. Hector Cotelier, Conſeiller du Roi au Préſidial de Niſmes, Neveu & Heritier de nôtre Jean Baptiſ-•
te Cotelier a mis en dépôt tous ces monuments
entre les mains de feu Mr. Baluze, qui avoit
promis † de les rendre publiques lorſqu'il en
trouveroit l'occaſion. Mais comme il eſt mort
ſans les avoir publié, il y a beaucoup d'apparence qu'elle ne s'eſt point preſentée de ſon
vivant. Il paroît par là que ſi nôtre Cotelier
eut vêcu plus long-temps, il cut pû pouſſer
les volumes de ſes *Monumenta Eccleſiæ Græcæ*
auſſi loin que le P. Dom Luc d'Acheri a pouſ-
fé ſon *Spicilegium*, dont nous avons treize
volumes in 4. & enrichir comme lui les Bibliotheques par l'Edition des anciens monumens les plus curieux & les plus rares.

Quoi qu'il en ſoit, l'Edition du troiſiéme
tome de ſes Monuments de l'Egliſe Greque
étant achevée, ce grand homme dont la ſanté
n'étoit pas fort bonne, qui même n'en avoit
pas aſſez de ſoin, tomba malade d'une inflam-
mation de poitrine. Cette maladie eſt dange-
reuſe, ſur tout aux perſonnes valetudinaires,
& qui ſont d'une foible complexion ; la ſai-
gnée eſt le premier remede dont on doit ſe ſervir pour en arrêter les mauvaiſes ſuites, mais
Cote-

* *Archimandrita.*   † Vid. Stephan. Baluzii Epiſt.
Emerico Bigotio. ubi ſuprà.

S 7

Cotelier ne fouhaita point qu'on lui fit cette
operation, parce qu'il avoit vû mourir quelques jours auparavant un de fes meilleurs amis
quoi qu'on l'eut faigné dix fois; deforte qu'on
peut dire qu'il eft mort de peur de mourir, &
pour n'avoir pas voulu pratiquer ce remede
parce qu'il le croyoit mortel. Il ne déclara
point fon mal affez-tôt; il le cacha non feulement aux Medecins, mais même à fes amis;
ce ne fut que le cinquiéme jour qu'il en parla.
Se trouvant alors à l'extrémité il demanda à
un Medecin s'il ne feroit pas bien de fe faire
ouvrir la veine, on le lui confeilla, & on la
lui ouvrit en effet, mais avec peu de fuccès,
le mal empira, & il mourut enfin le 12.
d'Août de l'année 1686. à cinq heures du matin. Comme c'étoit un homme célébre le bruit
de fa mort fe répandit par tout. Menage nous
apprend que les Gazettes l'apprirent d'abord
au public; „ Mr. de la Courbe du Belley
„ qui alloit, *dit-il* \*, au bureau d'addreffe, é-
„ toit chez moi lors qu'après la mort de Mr.
„ Cotelier nous lifions la Gazette qui parloit
„ de lui avec éloge. Je témoignai la joye
„ que j'avois de ce qu'elle faifoit honneur aux
„ Lettres en la perfonne d'un homme qui le
„ méritoit. Il me dit là-deffus: Nous n'y met-
„ tons pas les Confeillers du Parlement, mais
„ fi vous mouriez, par exemple, ajoûta-t-il,
„ on vous y mettroit avec éloge. La penfée de
ce Mr. de la Courbe du Belley étoit apparemment que comme le public s'intereffoit plus à
la mort d'un Savant qu'à celle d'un Confeiller
du Parlement, on prenoit auffi plus de foin
de

\* Voy. Menagiana tom. I. pag. 86. 87.

de l'inftruire de la mort du Savant que de celle du Confeiller.

Jean Baptifte Cotelier fut enterré deux jours
après fa mort dans l'Eglife Paroiffiale de St.
Benoît près des fonts Baptifmaux *, deforte
que le pere & le fils y font enterrez.

Cette Eglife de St. Benoît † eft fort ancienne, mais l'Edifice n'a rien de beau, le bâti-
ment en eft fort fimple & fort groffier. La
Nef fût bâtie fous François I. Depuis quelques
années le Chœur a été refait tout de neuf &
décoré en dedans d'un ordre d'Architecture en
Pilaftres Corinthiens, dont Claude Perrault,
Architecte du Roi, a donné les mefures. Il y
a dans la Chapelle de Paroiffe, un tableau qui
repréfente une defcente de Croix, qui eft de
la façon de Sebaftien Bourdon, Peintre fameux. Cette Eglife eft préfentement fort claire, & n'a pas le défaut qu'elle avoit autrefois,
qui étoit que le grand Autel étoit tourné du
côté de l'Occident. Lorfque dans le feiziéme
fiécle l'on commença à la rebâtir, on chan-
gea entiérement cette difpofition, ce qui fit
qu'on le nomma *Saint Benoît le bien tourné*.
Car en ce temps-là on étoit fort exact à tourner les Eglifes du côté de l'Orient, & même

* Voy. Defcription nouvelle de ce qu'il y a de
plus remarquable dans la Ville de Paris par M. B.
Edit. de la Haye, tom. 2. pag. 41.

† Voy. auffi Defcription nouvelle de la Ville de
Paris, ou Recherche curieufe des chofes les plus
finguliéres & les plus rémarquables qui fe trouvent à préfent dans cette grande Ville &c. par
Germ. Brice, Parifien, Impreff. de Paris 1701. tom.
2. pag. 105.

me on s'en faifoit une efpece de fcrupule:

Le Sr. Brice que je cite à la marge, remarque dans la feconde Edition de fa Defcription Nouvelle de la Ville de Paris, que le célébre René Chopin, l'illuftre Jean Baptifte Cotelier, & le fameux Claude Perrault, ont leur fepulture dans cette Eglife, & il donne une connoiffance générale, mais affez jufte, ou plûtôt il fait un Eloge court, mais beau, de chacun de ces grands hommes. Il ne dit pas un mot de Jean Cotelier pere, quoi qu'il y foit enterré auffi bien que fon fils & que les deux autres; ce qui fait voir pour le dire en paffant, qu'encore que de Miniftre Reformé qu'il étoit il fe fut fait Catholique Romain, & que pendant même qu'il exerçoit le Miniftére il eût été l'Efpion des adverfaires de fon parti, les gens équitables l'ont crû plus digne de l'oubli, que de la mémoire des hommes, & du rang qu'on a donné à fon fils parmi les hommes Illuftres de fon temps.

Le Célébre Santeuil, un des plus excellents Poëtes du Siécle paffé; & le fameux François Pinffon Avocat au Parlement de Paris, ont fait chacun un Epitaphe à nôtre Jean Baptifte Cotelier. Voici celui de Santeuil;

COTTELERI *ingentis parvo fub marmore trifles*
*Calcans exuvias, pavidus veñerare Viator,*
*Hæc non nota tenus cæcis eduxit ab umbris,*
*Græcorum Monumenta, quibus Romana fuperbit*
*Relligio, longè pofthâc his fortior armis,*
*Regius interpres Græci Sermonis, Athenæ*
*Invideant tali, quo Gallia jactat alumno.*
SANCTOLIUS VICTORINUS.

Voici.

Voici celui de Pinſſon;

*Sub hoc lapide*
*Conduntur triſtes exuviæ*
JOHANNIS BAPTISTÆ COTELERII
*Nemauſenſis Cleri,*
*Domus Sorbonicæ Theologi,*
*Linguæ Græcæ Profeſſoris Regii;*
*Viri mediocris quidem ſtaturæ,*
*Maximæ verò ac infinitæ propemodum*
*Litteraturæ.*
*Qui eruendis Eccleſiæ Græcæ Monumentis aſſi-*
*duam navans operam*
*Publicæque utilitati, etiam propriæ vitæ diſpendio,*
*Totus invigilans*
*Fractis corporis viribus, animam exhalavit*
*die XII. Auguſti.*
*M. D. C. LXXXVI.*
*Ætatis LVIII.*
*Requieſcat in Pace.*
*Amico juſta perſolvebat mœrens*
FRANCISCUS PINSSONIUS
*Advocatus Pariſienſis.*

Ces Epitaphes ne diſent rien de trop à la louange de nôrre Jean Baptiſte Cotelier. Il a été un
des plus ſavants hommes de nôtre temps ;
mais ce qui rend ſon Erudition encore plus
recommandable, c'eſt que c'étoit un homme
d'une probité digne des premiers temps, ſans
faſte, ſans oſtentation, & rempli d'une modeſtie ſurprenante. Il l'a fait paroitre également dans toutes ſes actions & dans ſes écrits;
& il n'y a pas de doute que des qualitez ſi rares ne faſſent revivre à jamais ſa Mémoire
parmi les Savans.

Mr.

Mr. de Graverol nous apprend * que la plus grande partie des Manuſcrits de nôtre Cotelier ont été mis dans la Bibliothéque du Roi, & qu'ils ſont en fort grand nombre ; entr'autres il y a neuf volumes *in folio*, qui ſont des Extraits des Peres & des Auteurs Eccleſiaſtiques, reduits en lieux communs avec des obſervations. Parmi ces Volumes il y en a un entier ſur St. Baſile, & un autre ſur les Oeuvres d'Euſebe. Il y a auſſi un gros volume *in folio* ſur les Conciles Généraux & particuliers, qui eſt de quelque importance, & qui ſerviroit utilement à ceux qui voudroient travailler à une nouvelle Edition des Conciles, ou aux perſonnes qui les voudroient étudier. On voit encore parmi ces manuſcrits huit porte-feuilles, remplis des études du défunt ſur les bons Auteurs ; il y en a un qui a pour titre *Obſervationes Sacræ* qu'il eſtimoit beaucoup. Un autre contient des Obſervations ſur toutes ſortes d'Auteurs Eccléſiaſtiques. Il y en a même deux remplis des piéces ſur leſquelles il travailloit actuellement, lorſqu'il fut attaqué de ſa derniere maladie, & qu'il diſpoſoit pour les faire entrer dans le quatriéme Tome des *Monumenta Ecclefiæ Græcæ*, qui auroit été bien-tôt publié comme je l'ai déja dit, ſi la mort ne l'eut pas prévenu ; il ne faut pas oublier un petit volume qui contient les differentes leçons & reſtitutions des Homelies de St. Chryſoſtome ſur-Saint Paul, & qui avoit été trouvé dans la Bibliotheque du ſavant Tuſanus,

* Voy. Lettre de Mr. de Graverol à Mr. l'Evêque de Comenge, qui eſt à la tête du *Sorberiana*. pag. 26. 27.

fanus, qui connoiſſoit ſi bien toutes les beautez & toutes les fineſſes de la Langue Greque.

Il y a auſſi des notes de la façon de nôtre
Cotelier ſur la premiere Apologie de Juſtin
Martyr pour les Chrétiens addreſſée à Anto-
nin le pieux, que le Docte Mr. Grabe * fit imprimer à Oxfort en l'année 1701. & ſur le
diſcours de Tatien contre les Gentils, & la
Raillerie des Philoſophes Paiens par Hermias,
que le ſavant Mr. Worth † avoit fait imprimer l'année précedente dans la même ville.

Mr. Bayle nous apprend que Mr. l'Abbé Ga-
lois ſi fameux par ſon *Journal des Savans* avoit
été fait Profeſſeur en Mathématique à la place
de feu M. Blondel, mais qu'il avoit quitté ce
poſte pour celui de Profeſſeur en Langue Greque qui étoit devenu vacant par la mort du ſavant Mr. Cotelier. Après que Mr. Bayle a
donné cét avis il fait ‡ un Eloge ſuccinct, mais
bien avantageux de nôtre Cotelier, & donne
une petite liſte des Livres qu'il a fait imprimer en divers temps. Je ne le rapporte pas ici
parce que j'ai déja indiqué ailleurs tous ces
Ouvrages, & que j'ai parlé de chacun d'eux en
particulier.

J'ai fait une Remarque dont le Lecteur ne
ſera pas fâché peut-être que je lui faſſe part.
Jean Baptiſte Cotelier a été ſi univerſellement eſtimé que je n'ai vû perſonne qui n'en
parlât avec eſtime & même avec reſpect, non
ſeulement par rapport à ſa capacité qui étoit
ſans

---

* Voy. Nouvelles de la Republique des Lettres
Mai 1701. pag. 578. 579. † Voy. Ibid. Sept. 1701.
pag. 318. ‡ Voy. Ibid. Aôut. 1686. pag. 977.

fans contredit très-grande, mais même par rapport à fon defintéreffement, & à fa générofité. Je n'ai trouvé dans tout le cours de mes Lectures, que le feul Ménage qui aît tâché de ternir un peu fa reputation de ce côté-là. Il lui rend toute la juftice qui lui eft dûë a l'égard du favoir ; il n'avoit garde d'en agir autrement car il fe feroit fait plus de tort qu'à Cotelier dans l'efprit de tous les Savans. Voici ce qu'il en dit.

„ † J'ai toûjours fait beaucoup de cas de
„ ceux qui favent le Grec, car fans cette
„ Langue, on ne peut être que favant à de-
„ mi; M. Cotelier, Mr. de Treville, & Mr.
„ Bigot, font les feuls en France qui lifent
„ les Peres Grecs dans leur Langue. Ils en-
„ tendent le Grec auffi bien que les Grecs mê-
„ mes. Pour moi j'avouë que je n'entends pas
„ affez Pindare pour y prendre du plaifir, &
„ que je n'ai jamais lû le Grec d'aucun Au-
„ teur fans avoir lû la traduction.

„ Mr. Cotelier difoit qu'il avoit trouvé de
„ grandes difficultez dans les Peres Grecs, qu'il
„ avoit été quelquefois huit & dix jours à
„ chercher pour s'éclaircir de certains en-
„ droits, fans en venir à bout, & que fix mois
„ ou un an après, il en avoit trouvé l'explica-
„ tion fans la chercher.

Comme Mr. Ménage avouë que Cotelier favoit le Grec auffi bien que les Grecs mêmes, ce qu'il trouvoit quelquefois d'embarraffant, ne regardoit point apparemment le langage. Il ne concernoit que les raifonnements de ces Peres qui font fouvent fort embrouillez & fort obfcurs. Quoi qu'il en foit,

cette

† Voy. Menagiana. tom. 2. pag. 32.

cette Remarque de Ménage ne diminuë rien
du favoir & de la capacité de Cotelier que
perfonne n'a ofé lui contefter ; Mais voici un
trait un peu malin, tiré adroitement contre
Cotelier.

„ Mr. Petitpied (c'eft Mr. Ménage qui
„ parle*) Chanoine de Nôtre-Dame de Paris,
„ a fait autrefois une action de générofité en
„ faveur de Mr. Cotelier qui l'avoit reçu Maî-
„ tre és Arts. Il lui abandonna fans aucune
„ charge la dignité de Théologal de Bayeux,
„ dont on l'avoit revêtu. Ce fut Mr. de Lau-
„ nai Profeffeur en Droit François qui en fit
„ la propofition, & qui la fit accepter à Mr.
„ Cotelier, qui depuis la réfigna à un autre,
„ à la charge d'une penfion.

Cela montre que dans l'Eglife Romaine les
plus honnêtes-gens n'acceptent les emplois
d'Eglife que *propter beneficium*, & nullement
*propter officium*.

Cela montre en fecond lieu, que fi Cotelier ne vouloit pas garder la dignité de Theo-
logal, il auroit dû imiter la générofité de fon
prédeceffeur, & la refigner à un autre fans aucune charge.

Cela montre en troifiéme lieu que Cotelier
avoit aimé l'argent, car il avoit des patrons
qui ne lui laiffoient manquer de rien; & comme il étoit feul il avoit des revenus fuffifants
pour vivre à fon aife. Qu'eft-ce donc qui pouvoit le porter à fe défaire ainfi d'un emploi qui
lui avoit été donné, & pour ainfi dire à le
vendre, car qu'on dife ce qu'on voudra, je
ne parlerai jamais autrement des permuta-
tions & des refignations à charge, qui fe ne-
gotient

* Ibid. pag. 388.

gotient par les Eccléfiaftiques de l'Eglife Romaine *.

Mais toutes ces conféquences defavantageufes n'étant fondées que fur un fait incertain, avancé par Ménage qui étoit peut-être un peu jaloux de la reputation de Cotelier, & de fon favoir dans la Langue Greque, qui empêchoit que Ménage lui-même ne fut regardé comme le premier homme de fon temps à l'égard de cette Langue; il ne faut pas les tirer legerement contre Cotelier qui a été notoirement & univerfellement connu d'ailleurs pour un parfaitement honnête homme.

La feule chofe que je trouve à reprendre en Cotelier eft l'Invective & l'Infulte qu'il fait aux Reformez dans l'Epitre dédicatoire du troifiéme Tome de fes *Monumenta Ecclefiæ Græcæ* qu'il a addreffée à l'Archevêque de Rheims. Je me fuis fouvent étonné qu'un homme fi favant dans l'Antiquité & dans la Théologie aît eû ou affez de préjugé, ou affez de paffion ou affez de foibleffe pour vouloir flatter ce Prélat aux depens de gens innocents, & de bonne foi, perfécutez de la maniére du monde la plus dure & la plus cruelle; & pour avoir pû témoigner tant d'animofité contre des gens qui ne lui ont jamais donné le moindre lieu d'en avoir.

Il ne me refte plus avant que de finir cét article que de donner un avertiffement à mon Lecteur. *L'Hiftoire des Ouvrages des Savants* du

mois

* Voy. fur ce fujet, l'Hiftoire de l'Origine des dixmes, des benefices & des autres biens temporels de l'Eglife par Mr. l'Abbé Marfolier. pag. 359. 360. &c.

mois d'Août de l'année 1689. parle de deux
amis de feu Mr. du Cange qui l'ont porté à
travailler à fon Gloffaire du Grec du bas empire; & les nomme *Mrs. Bigot & Coutelier*. Je
foupçonne (& je pourrois bien même en répondre) que ce Coutelier, eft nôtre Cotelier, car il étoit ami de Mr. du Cange & de Mr.
Bigot, & Mr. du Cange lui-même en a parlé
avec beaucoup d'eftime dans fon Gloffaire de
la baffe Latinité, comme je l'ai déja dit ailleurs. Cette erreur dans les noms vient ordinairement de ce qu'on fes déguife trop en les La-
tinifant; ou de ce qu'on les orthographie
mal; ou de la reffemblance que les uns ont a-
vec les autres; quelquefois de ces trois fautes enfemble. On a écrit Cotelier, avec deux
tt. *Cottelier*. On l'a écrit avec un h. *Cothelier*;
quelqu'un ne l'a-t-il point nommé en Latin
*Cortelerius*; c'en eft affez pour le confondre
enfuitte, avec * *Alexandre Cariero* qui a écrit
& publié quelques Ouvrages fous le nom de *Cor-*
*telerius* ou *Cortelliero* ou avec cét † Auguftin
Coltellini qui a écrit fous le nom fuppofé de
*Gufo de Gujonibus*; & peut-être même avec le
Pere *Coturius* Jefuite Auteur de l'*Epitome con-*
*troverfiarum*. C'eft à quoi ceux qui lifent & qui
écrivent doivent bien prendre garde, pour ne
s'y point laiffer tromper.

* Voy. Baillet Auteurs déguifez pag. 545.
† Voy. Ibid. pag. 562.

LAU-

# LAURENT BEGER.

LAURENT BEGER naquit à Heidelberg le neuviéme Avril * de l'année 1653. Il fit paroître dès fa plus tendre Jeuneffe , une inclination fi forte pour l'étude que fon pere fe fit un devoir & un plaifir de la lui laiffer fuivre. Il étudia de fi bonne forte qu'à l'âge de dix-huit ans il avoit heureufement achevé le cours des études ordinaires au College de Heidelberg. Il s'y étoit enfuite appliqué à l'étude du Droit , mais fon pere qui étoit Tanneur de profeffion, mais homme de bon fens, & qui étoit un des Membres de la Magiftrature Bourgeoife de cette Ville , lui aiant fait connoître qu'il eut mieux aimé qu'il fe fut dévoué à la Théologie , & qu'il auroit fouhaité de le voir Miniftre du St. Évangile, il tourna fes études de ce côté-là , fans répugnance, & y fit des progrès très-grands qui firent voir qu'il étoit propre également à toutes les Sciences.

Son pere étant mort peu de temps après , il quitta la Théologie qu'il n'avoit embraffée que par complaifance , & reprit l'étude du Droit. Il s'y attacha fortement & uniquement jufqu'en l'année 1675. Dans ce temps Charles Louïs Electeur Palatin l'un des plus grands & des plus favants Princes de fon fiécle , le fit fon Bibliothéquaire, quoi qu'il n'eut alors que vingt deux ans ; âge peu avancé pour un emploi

ploi

* Vieux ftile.

ploi qui demande une capacité peu commune.
Nôtre Mr. Beger voulant répondre dignement
au choix que ce Grand Prince avoit fait de sa
personne, & à l'opinion qu'il en avoit conçuë,
prit occasion de là de s'appliquer d'une maniere très-particuliére à l'étude de plusieurs Langues, & des Sciences les plus utiles & les plus
belles; de sorte que par ce moyen il se fit bientôt estimer de son Prince qui étant savant lui-
même connoissoit bien le vrai mérite & en faisoit un cas tout extraordinaire.

Quelque temps après, Charles Louïs forma
le dessein d'avoir un cabinet de Médailles anciennes & de diverses autres antiquitez rares &
curieuses pour lesquelles il avoit un goût exquis & tout-à-fait extraordinaire. Il envoya
plusieurs personnes en Italie, pour y en chercher, entr'autres le célébre Baron de Spanheim
qui étoit alors un des Conseillers de la Cour
Palatine, & qui est presentement l'un des Ministres d'Etat de Sa Majesté le Roi de Prusse,
& son Ambassadeur extraordinaire en Angleterre. Cet illustre Savant revint bientôt après
à Heidelberg & y apporta plusieurs pieces très-
riches & tres-precieuses, dignes du choix d'un
Connoisseur aussi parfait qu'il l'étoit, & d'un
goût aussi excellent qu'étoit le sien. Comme
il n'y avoit alors auprès de Sa Serenité Electorale personne qui fut versé dans cette sorte de
Science, il sollicita nôtre Mr. Beger à s'y exercer. Ce conseil de son Prince lui tint lieu
d'ordre, il s'appliqua à cette étude, & il y fit
de si grands progrès dans peu de temps, que
non seulement Sa Serenité Electorale, mais
même tous les autres Connoisseurs de l'Europe
le regarderent comme un Maître du premier

T                    ordre

ordre, dans cette Science difficile. Tout le monde fait que depuis ce temps il a toûjours été regardé parmi eux fur ce pié fi honorable & fi avantageux.

La maniere avec laquelle ce bon Prince engagea nôtre Beger dans l'étude de cette Science, eft affez finguliére & merite bien d'être rapportée.

Nôtre Mr. Beger ayant remarqué que ce qu'il avoit appris de Theologie & de Jurisprudence ne fuffifoit pas pour lui acquérir les bonnes graces de fon Prince, qui étoit néanmoins très-favant dans l'une & dans l'autre de ces Sciences, chercha quelqu'autre moyen plus efficace. Il fit une Differtation Latine *de Margaritis*, qu'il lui préfenta ; ce bon Prince la reçut, mais en même temps il lui montra une grande quantité de médailles qu'il avoit, entaffées les unes fur les autres, & qui n'avoient point été démêlées depuis qu'on les avoit apportées d'Italie. Il lui demanda s'il pourroit bien les mettre dans un bon ordre. Nôtre Mr. Beger qui n'avoit jamais vû de médailles fe trouva fort embarraffé, & comme il n'étoit point de ces prefomptueux qui croyent toûjours favoir tout fans avoir jamais rien appris, il avoua naïvement fon ignorance. Son Alteffe Electorale eut la bonté de lui faire connoitre le plaifir & l'utilité qu'il retireroit de cette Science, afin de l'encourager à s'y appliquer, & enfuite il lui montra lui-même de quelle maniére il falloit qu'il s'y prit. Il ne lui donna pour prémiére tâche que le foin de ranger les médailles fuivant l'ordre Chronologique, ou la fucceffion des Empereurs & des Rois. Nôtre Mr. Beger s'enferma dans la Bibliothéque de S. S. E. pour

y

y travailler fans relâche, S.S.E. y étant entrée peu de temps après accompagnée de plufieurs perfonnes de diftinction & particuliérement de plufieurs Dames, l'y trouva occupé à cet Ouvrage. Il s'approcha de lui & examina ce qu'il avoit déja fait ; il y trouva des fautes qui lui firent quelque peine, deforte qu'il ne pût s'empêcher de le témoigner à nôtre Mr. Beger ; il alla, jufqu'à lui dire qu'il s'étonnoit qu'il les eut commifes, fachant l'Hiftoire & la Géographie comme il les favoit, & lui ordonna de recommencer & de faire mieux. Comme cette cenfure lui étoit faite par fon Prince, & pour ainfi dire en public, en préfence de Dames, & de perfonnes de la premiére confidération, nôtre Mr. Beger en fut fi mortifié , que le chagrin qu'il en eut le rendit prefque malade. Il eft certain néanmoins que ces fautes n'étoient pas de ces fautes groffieres d'une ignorance abfoluë, qui ne pouvoient pas être commifes par un habile homme. C'étoient de ces fautes dans lefquelles les medailles donnent fouvent lieu de tomber. Il y en a, comme on le fait, de peu confervées, prefque rongées de la rouille , & pour ainfi dire illifibles ; telles étoient ces médailles qui firent broncher nôtre Mr. Beger. Quoi qu'il en foit, fenfible comme il étoit, cette correction fit un tel effet fur lui, qu'il voulut fe rendre capable à quelque prix que ce fut. Il réüffit en effet , même dans très-peu de temps, deforte que comme je l'ai dit il devint Maître, & Maître du premier ordre dans cette Science difficile. Il ne pouvoit pas manquer de le devenir, il étoit docile & attentif, fon genie étoit capable de tout, & fon Prince qui le formoit pour ainfi dire de fa propre main , & qui le fa-

çon-

çonnoit tous les jours étoit un des plus savans,
non-seulement de tous les Princes, mais même de tous les hommes de son temps, dans
toutes les Sciences, mais sur tout dans celle-
ci. Après donc que ce Prince eut fait de son
Eleve un Maître parfait & accompli il le revêtit
de la qualité de son Garde des Antiquitez &
des raretez de son cabinet.

Pendant qu'il exerça cet emploi, il lui arriva une avanture qui n'est pas connuë, parce
qu'elle a été tenuë fort secrette jusqu'à présent; & je ne la révéle qu'en ce qu'elle concerne Mr. Beger, & que j'y suis obligé par une
remarque, que Baillet a faite dans la liste de
ses Auteurs déguisez. Il y dit * que *Daphnæus
Arcuarius* est nôtre Laurent Beger, mais il ne
dit pas dans quel Ouvrage il a pris ce nom, &
quel rapport il y a de ce nom déguisé à son
nom véritable. Le Lecteur pourroit s'étonner
que je passasse sous silence une circonstance si
considérable de la Vie & des Ouvrages de nôtre Mr. Beger.

L'Auteur Anonyme d'un Livre imprimé à
Amsterdam en l'année 1697. & qui a pour titre *La Vie & les Amours de Charles Louïs Electeur
Palatin*; qui n'a presque suivi dans la composition de son Ouvrage que le contenu dans la
Requête que Charlotte née Landgrave de Hesse,
Princesse d'un très-grand merite a presenté à
l'Empereur Leopold I. contre Charles Louïs
Electeur Palatin son Epoux, au sujet de la
conduite qu'il tenoit envers elle & la Baronne
de Deguenfeld l'une de ses filles d'honneur;
cet Auteur, dis-je, prétend qu'on ne peut pas des-
avouër,

* Pag. 529.

avouër, „*que Madame l'Electrice n'eut beau-
„ coup de tort dans le procedé qu'elle tint d'a-
„ bord, lors qu'elle commença de s'apperce-
„ voir de l'intrigue de fon Epoux; car au lieu
„ de le faire revenir par les careffes & par la
„ douceur, elle le prit d'un ton fi haut & fi
„ fier, qu'elle effaroucha ce Prince naturelle-
„ ment galant & honnête. Elle lui dénioit les
„ douceurs du mariage, lors qu'il eut été plus
„ à propos de les lui permettre, & même de
„ les lui affaifonner de tout ce qui pouvoit les
„ rendre plus agréables; elle en fit tant en un
„ mot qu'elle aliena le cœur de ce Prince,
„ & qu'elle ne pût plus le rappeller par tou-
„ tes fes recherches, & par toutes fes foûmif-
„ fions.

Je n'examine point le droit des parties dans
cette affaire, je n'ai garde d'en louër ni d'en
blâmer aucune, je rapporte feulement des faits
avancez par un Auteur qui affure †. avoir écrit
fur des Memoires bien fideles & bien fûrs, &
j'y ajoûterai une particularité qu'il n'a point
fuë & qui concerne Mr. Beger.

Charles Louïs, Electeur Palatin, fe trouvant
dans la fituation dans laquelle on vient de le
voir, fongea à époufer la Baronne de Deguenfeld, Dame auffi illuftre par fes qualitez per-
fonnelles, que célébre par fon avanture; &
comme il étoit favant en Theologie auffi bien
que dans les autres Sciences, il crût qu'il ne
lui feroit pas difficile de juftifier que la Polygamie n'étoit pas défenduë par le droit Divin. Il
confulta pour cet effet tous les Auteurs de fa
Bi-

* Pag. 104. 105.  † Ibid. Avis de l'Imprimeur,
pag. 2. 3.

T 3

Bibliotheque & fit des extraits de tous les endroits des Livres qui fembloient favorifer fon
deffein. Il medita lui-même fur cette matiere,
& ayant tant de fon crû que d'emprunt, dequoi
compofer un traité fur ce fujet, qui lui fut favorable, il donna ordre à nôtre Mr. Beger de
travailler fur les Mémoires qu'il lui mit entre
les mains.

Mr. Beger ne pût pas defobeïr à fon Prince,
il mit en œuvre les materiaux qu'il lui avoit
donnez & fit un Traité en Allemand fous le
nom de *Daphnæus Arcuarius*. Ce Traité avoit
pour titre *Inftruétions fur le mariage*. C'étoit une
efpece d'Apologie, tendante à établir le droit
des Polygames & la Juftice de la Polygamie.
Dès que ce Livre fut compofé le fecret fut extrémement recommandé ; on le mit fous la
preffe en cachette, & comme à la dérobée.
Après qu'il fut imprimé S. A. E. en fit apporter
tous les exemplaires dans fon Château ; & pour
les publier fans qu'on en fût l'Auteur, & fans
qu'on pût deviner de quelle part ils venoient ;
il en fit mettre certaine quantité dans plufieurs
Caiffes qu'il addreffa à divers Libraires renommez des principales villes de l'Europe, qui igno-
rerent d'où pouvoit leur venir un tel prefent.
Perfonne n'a entrepris de refuter cet Ouvrage ;
on auroit crû peut-être que Charles Louïs é-
tant connu pour en être l'Auteur, le refpeÉt
qu'on avoit pour un Prince auffi grand qu'il l'é-
toit auroit retenu tout le monde dans le filence. Mais comme on voit qu'on a découvert
que Mr. Beger en étoit l'Auteur, il eft affez
furprenant que perfonne n'ait entrepris d'y répondre.

Il faut au refte que quelqu'un ait violé le
fecret,

secret, car comment Baillet auroit-il pû deviner que *Daphnæus Arcuarius* fignifioit *Laurent
Beger* ? Il eft vrai que le mot Grec Δαφνη fignifie *laurus* & que de *laurus* on a pû faire *Lau-
rentius* ; que *bogen* eft un mot Allemand qui
dans nôtre Langue fignifie *un arc*, & que *Boëger*
eft un autre mot Allemand qui fignifie *un homme qui tire de l'arc*; qu'ainfi le mot *Arcuarius*
fignifioit *Beger*. Mais non feulement il faudroit
préfuppofer que Baillet favoit la Langue Allemande., & qu'il avoit une pénétration &
une fagacité inconcevables,. il faudroit même préfuppofer qu'il avoit le don de deviner, car de tous les noms qu'on a voulu ca-
cher, je ne crois pas qu'il y en ait aucun qui
foit plus deguifé que celui de nôtre Beger l'é-
toit fous ces mots *Daphnæus Arcuarius*. Il me
femble que fi Baillet n'avoit point été inftruit
de tout le myftere renfermé dans ce nom, il
auroit été affez naturel de prendre ce *Daphnæus
Arcuarius* pour un Theologien célébre qui a
laiffé beaucoup de bons Ouvrages, nommé
*Dan. Arcularius*, qui a vécu dans le feiziéme
fiécle. Celui dont il s'agit ici qui traite de la
Polygamie, étoit vraifemblablement plûtôt du
reffort d'un Theologien que d'un Jurifconfulte
tel qu'étoit Mr. Beger, à moins que Mr. Baillet ne fut encore que Mr. Beger étoit Jurifconfulte & Theologien tout enfemble. Je laiffe
à mon Lecteur à juger fi mon foupçon eft affez
bien fondé.

Ce Prince étant mort en l'année 1680, Charles Electeur Palatin, fon fils & fon fucceffeur,
ayant fu ce qui s'étoit paffé entre feu l'Electeur fon pere & Mr. Beger, au fujét du Livre
dont je viens de parler, regarda d'affez mauvais
œuil,

œuil, Mr. Beger qu'il confideroit comme l'Auteur de cet Ouvrage. Mr. Beger n'eut pas de peine à s'en appercevoir ni à s'en juftifier. Il fit connoître à fon nouveau Maître qu'il n'avoit rien fait en cela que par obeïffance ; que ce n'étoit point une matiere fur laquelle il fe fut jamais préparé, ni fur laquelle il eut eû le moindre interêt de travailler. S. S. E. trouva fes raifons, valables, & l'excufa à condition neanmoins qu'il refuteroit fon propre Livre. Comme Mr. Beger ne l'avoit pas fait pour fuivre les mouvemens de fa confcience, ni fes propres lumieres, mais uniquement pour fe conformer à la volonté de fon Prince & pour lui obeïr, il promit fans fcrupule de faire un Traité fur ce fujet qui détruiroit le premier dont on fe plaignoit ; il le fit en effet, & le mit entre les mains de S. S. E. pour le rendre public s'il le trouvoit à propos, ou pour en difpofer autrement ainfi que bon lui fembleroit. Comme l'acquiefcement appaife les paffions autant que la réfiftance les irrite, ce Prince ne fongea plus à cette affaire dès que Mr. Beger lui eut remis fa réponfe ; il laiffa vieillir le manufcrit parmi fes papiers inutiles, deforte qu'après fa mort, cette réponfe tomba entre les mains d'un Officier du Prince défunt qui s'en faifit, & le porta chez lui. Un Miniftre de la Cour Palatine, qui étoit ami de Mr. Beger, ayant rencontré un jour cet Officier tenant ce manufcrit entre fes mains & le lifant, l'avertit qu'il appartenoit à Mr. Beger, & lui dit qu'il feroit bien de le lui rendre. Cet honnête homme ne manqua pas de le lui rendre en effet d'abord. Nôtre Mr. Beger ne l'a jamais fait imprimer, il eft actuellement entre les papiers qu'il

qu'il a laissez en mourant. Plusieurs personnes
l'ont demandé à sa Veuve qui en a la disposi-
tion, mais elle n'a jamais voulu le donner, desorte qu'il y a beaucoup d'apparence qu'il de-
meurera, peut-être même qu'il perira dans
l'obscurité. Quoi qu'il en soit, Charles Electeur Palatin content, à cet égard, & à tous autres de la conduite de Mr. Beger confirma son
établissement dans la Charge de son Bibliothéquaire & Garde des Antiquitez & raretez de son
Cabinet. Mr. Beger qui se sentoit capable de
tout entreprendre & de réüssir dans tout ce
qu'il entreprendroit, remarquant que son Prince aimoit la Poësie s'y exerça si heureusement
qu'il composa plusieurs Poëmes excellents qui
pourront bien être donnez tous ensemble un
jour au public. Ces Ouvrages lui acquirent
beaucoup de reputation & firent voir qu'il a-
voit autant de talent pour la Poësie qu'il en
avoit fait paroître dans toutes ses autres é-
tudes.

Le Prince Charles étant décédé en l'année
1685. Mr. Beger continua à rendre ses devoirs
au Prince Philippe Guillaume, de la ligne de
Neubourg, successeur dans l'Electorat, &
l'héritier du Palatinat, qui fit connoître à
nôtre Mr. Beger qu'il lui feroit plaisir de demeurer à son service. Mais s'étant trouvé qu'en
vertu de certains traitez & de certaines conven-
tions la Bibliotheque devoit appartenir à son
Altesse Serenissime Monseigneur le Landgrave
de Hesse-Cassel ; & le Cabinet des Medailles
& des raretez à Sa Serenité Electorale Monseigneur l'Electeur de Brandebourg ; ce changement fit cesser l'exercice des emplois de Mr.
Beger. Son Altesse Electorale Palatine qui n'é-

T 5                    toit:

toit pas bien aife de voir fortir de fes Etats un
fi grand homme, lui offrit la charge de Profeffeur en Droit, dans fon Univerfité de Heidelberg, pour le conferver. Mais il furvint
quelque difficulté qui empêcha que cette offre ne
fut effectuée. Cependant ce Prince donna com-
miffion à Mr. Beger de faire porter & delivrer
le Cabinet de Médailles & de Raretez, à très-
puiffant Prince, Monfeigneur Frederic Guillaume Electeur de Brandebourg, lequel étoit
alors à Cleves. Le Difcours que Mr. Beger fit
à Sa Serenité Electorale fur le fujet de ce Cabinet lui plût fi fort qu'il lui offrit de le prendre à fon fervice ; Mr. Beger accepta cet
honneur du confentement de S. S. E. Monfeigneur l'Electeur Palatin à qui il en demanda
l'agrément ; deforte qu'il fut revêtu de la Dignité de Confeiller, Garde de la Bibliothéque
& des Médailles, des Antiquitez & des Raretez du Cabinet de S. S. E. Monfeigneur l'Electeur de Brandebourg ; non feulement de celles
qu'il lui avoit apportées, mais en général de
toutes celles que ce Grand Prince avoit, & qui
étoient en fort grand nombre.

Frederic Guillaume le Grand étant décédé
en l'année 1688. Sa Majefté Frederic premier
Roi de Pruffe, lui ayant fuccedé, Mr. Beger
a été continué & confirmé dans toutes fes dignitez & dans tous fes emplois, dont il a fait
des fonctions pendant le refte de fa vie.

Il avoit époufé en l'année 1683. Demoifelle
Sophie Clodi, née à Copenhagen, & venuë à
Heidelberg avec la très-puiffante Princeffe Wil-
helmine Erneftine, Princeffe Royale de Dannemark & Electrice Palatine, de laquelle elle
étoit fille d'honneur.

Cette

Cette Sophie Clodi étant décédée en l'année 1693, il convola à de secondes nôces, & épousa Demoiselle Anne Neuhausen, la plus jeune des filles de feu Mr. Matthias Neuhausen vivant Bourguemestre de Berlin, qui est présentement sa Veuve.

Il n'a point eu d'enfans de ses mariages, mais ce défaut a été en quelque sorte reparé par les excellentes productions de son Esprit, dont les monuments seront immortels. Le nombre en est assez grand, comme on le voit par le Catalogue que j'en donne ici.

*Thesaurus ex Thesauro Palatino selectus, sive Gemmæ & Numismata Cimeliarchii Elect. Palatini elegantiora æri incisa & Commentario illustrata,* Heidelb. 1685. fol.

*Observationes & Conjecturæ in Numismata quædam antiqua,* Col. Brand. 1691. 4.

*Spicilegium Antiquitatis, sive fasciculi variarum Antiquitatum, vel novis luminibus illustratarum, vel recens etiam editarum.* Col. Brand. 1692. fol.

*Thesaurus Reg. Elect. Brandenburgicus selectus, sive Gemmæ, Numismata, Statuæ, Imagines, Sigilla, aliaque in Cimeliarchio Reg. Electorali Brandenburgico asservata, æri incisa, & Dialogo illustrata, tribus tomis.* Col. March. 1696. fol.

*Meleagrides & Ætolia ex Numismate* KΤPIEΩN *apud Goltzium, interspersis marmoribus quibusdam de Meleagri interitu, & Apri Calydonii venatione.* Col. Brand. 1696. 4.

*Cranaë Insula Laconica, eadem & Helena dicta, & Minyarum posteris habitata, ex Numismatibus Goltzianis, contra communem opinionem quæ ad Helenam Atticæ respexit.* Col. Brand. 1696. 4.

Con-

*Contemplatio gemmarum quarundam Dactylio-thecæ Gorlæi, à Jacobo Gronovio aucta & illustra-tæ.* Col. Brand. 1697. 4.

*Bellum & excidium Trojanum ex Antiquita-tum reliquiis delineatum & illustratum.* Berolini 1699. 4.

*Regum & Imperatorum Romanorum Numisma-ta, à Carolo Duce Croy collecta; ab Alb. Rubenio edita, recusa, & annotat. illustrata.* Col. March. 1700. fol.

*De Nummis Cretensium serpentiferis Disquisitio antiquaria, ubi de Cretensium origine, & de M. Antonii & Augusti nummis serpentiferis.* Col. Brand. 1702. fol.

*Colloquium quorumdam de tribus primis Thesauri Antiquitatum Græcarum Voluminibus.* 1702.

*Lucernæ Veterum sepulchrales Iconicæ, à P. Bel-lorio editæ, recusæ, Observationibus in Latinum versis.* Col. March. 1702.

*Numismata Pontificum Romanorum, aliorum-que Principum Ecclesiasticorum rariora; in Cime-liarchio Regio Elector. Brandenb. asservata, æri in-cisa & illustrata.* Col. Brand. 1703. fol.

*Alcestis pro marito moriens, & vitæ ab Hercule restituta, ex Msto Pighiano edita & illustrata.* Col. March. 1703. fol.

*Ulysses Syrenes prætervectus, ex delineatione Pighiana, subjectis aliis de Ulysse antiquitatibus.* Colon. Brandenb. 1703. fol.

*Pœnæ infernales Ixionis, Ocni, Sisyphi, & Da-naïdum, ex eodem Pighiano Msto.* Coloniæ Mar-chicæ 1703. fol.

*L. Ann. Flori Rerum Romanarum Libri duo priores, cum Notis Historicis, Politicis, & Anti-quariis Variorum, in usum Friderici Wilhelmi Prin-*

*Principis*, *Regni Prussici Hæredis.* Col. March.
1704. fol.

*Examen Dubiorum quorumdam.* Col. March.
1704. fol.

Tous ces Ouvrages font voir que Mr. Beger n'étoit point du caractére de ces gens qui se reposent doucement à l'ombre d'une reputation acquise souvent avec plus de bonheur que de justice. La sienne étoit fondée très-solidement, & sa santé, d'ailleurs, qui étoit depuis long-temps fort mauvaise, car il étoit attaqué d'un Asthme qui le tourmentoit presque sans relâche, l'auroit dispensé legitimement s'il avoit voulu, de s'appliquer à des occupations qui demandant beaucoup d'assiduité & de méditation la ruinoient de plus en plus. Mr. Beger a donc bien merité du public la reputation qu'il s'y est établie, *puisque*, pour me servir des termes d'un de nos Savants * *il a employé ses veilles dans une santé delabrée, à expliquer des antiquitez ignorées jusqu'à nos jours.*

Comme son travail étoit utile & agréable au public, le public s'interessoit à en recevoir les fruits. Dès qu'ils paroissoient on en annonçoit la nouvelle avec empressement dans les Journaux. Son *Thesaurus ex Thesauro Palatino selectus*, qui a été son coup d'essai, avoit établi sa reputation, & avoit donné du goût pour tout ce qui sortoit de sa plume. En effet nous voyions qu'aiant donné en l'année 1691. ses Observations & ses conjectures sur quelques médailles anciennes, *Observationes & conjecturæ in Numismata quædam antiqua*,

on

* Voy. Mr. Chauvin. Nouveau Journal de Berlin tom. 2. pag. 186.

T 7

on en avertit d'abord les Savans.  * *On a imprimé*, dit-on de Berlin, *les Obſervations & les conjectures de Mr. B. ſur quelques médailles. Mr. Spanheim y a ajoûté quelques remarques.* Cét avis étoit un peu général ; ce qu'on appelle remarques de Mr. de Spanheim ſont deux Lettres de cét Illuſtre Savant , dans leſquelles il fait une critique honnête & obligeante des Obſervations & des conjectures de nôtre Mr. Beger.  Mr. Beger a répondu à la premiére de ces deux Lettres , & joignant enſuite toutes ces piéces capables de donner des ouvertures , des éclairciſſemens , & des leçons aux amateurs de la Science des médailles , il en fait un corps d'Ouvrage qu'il rend public par l'Impreſſion ; il y donne un merveilleux exemple de docilité & de modeſtie ; il ne s'opiniâtre pas dans la Lettre qui ſert de reponſe à celle de Mr. de Spanheim à ſoûtenir en homme entêté de ſes ſentiments , tout ce qu'il a avancé dans ſes Obſervations ; il cede au contraire à ſon Illuſtre Adverſaire l'honneur d'avoir mieux débrouillé que lui, les médailles dont il s'agit ; & s'il fait encore quelque reſiſtance , ce n'eſt que pour tirer plus d'utilité de ſa défaite , en fourniſſant à Mr. de Spanheim de la matiére pour de nouvelles Obſervations.

L'Illuſtre Mr. de Bauval donnant l'extrait de ce Livre a fait en peu de mots un très-bel éloge de ces deux Savans ; mais il ſemble qu'il attribuë toute la gloire de l'Ouvrage à Mr.

* Voy. Hiſtoire des Ouvrages des Savans. Août 1691. pag. 544. Novembre 1691. pag. 127.

Mr. de Spanheim feul. Voici comment il s'exprime *.

,, Il porte à la tête deux noms (il parle de
,, l'Ouvrage) qui lui répondent de l'aplaudif-
,, fement du public. Le fond eft de Mr. Bege-
,, rus, & les Lettres incidentes font de Mr.
,, Spanheim : mais on peut dire que l'Ouvra-
,, ge appartient à Mr. Spanheim en vertu de la
,, loi †, *Si quis in aliena tabula pinxerit, nobis*
,, *melius videtur tabulam picturæ cedere. Ridicu-*
,, *lum eft enim picturam Apellis, vel Parrhafii*
,, *in acceffionem tabulæ cedere.* Mr. Begerus s'eft
,, déja fait connoître par fon *Thefaurus Pala-*
,, *tinus.* Et le nom de Mr. Spanheim *, fans
,, compter fes vertus politiques qui ne font
,, pas tant de nôtre reffort, a volé par-tout
,, l'Empire des belles Lettres, & il eft d'au-
,, tant plus chéri des Savans, qu'il fait adou-
,, cir ce que l'érudition a de trifte & de fé-
,, vére, par des maniéres humaines & polies.

Après ce que j'ai dit de la modeftie de Mr.
Beger, on ne peut pas douter qu'il n'acquief-
çât à cette décifion s'il étoit encore en vie.
Mais à en juger défintereffément il eft certain
qu'ingenieufe comme elle l'eft, elle fait plus
d'honneur à celui qui l'a prononcée qu'aux
parties intereffées mêmes ; elle montre qu'il
fait donner un tour agréable à ce qu'il dit, &
qu'il affaifonne la civilité qu'il fait à Mr. de
Spanheim d'une autorité de Droit qui la met à
couvert de tout foupçon de cajolerie. Mais il
ne

* Voy. l'Hiftoire des Ouvrages des Savans Octob. 1691. pag. 90. † Inftitut. lib. 2. tit. 1.

‡ Confeiller d'Etat de S. S. E. de Brandebourg
préfentement Roi de Pruffe.

ne donne pas à Mr. Beger la part qui lui eſt
dûë dans la louange que cét Ouvrage merite
& qu'il a remporté. Il y a vingt quatre Obſervations de la façon de Mr. Beger, & il n'y
en a que quatre que l'Illuſtre Mr. de Spanheim aît critiquées, les autres ſont demeurées
ſaines & entiéres, ſans aucune atteinte ; il
faut même remarquer ici que les Lettres de
Mr. de Spanheim ne contiennent pas une cenſure perpetuelle, au contraire il louë & il appuye ſouvent pluſieùrs Remarques de nôtre
Mr. Beger. Que Monſieur de Bauval me per-
mette donc ſans bleſſer l'amitié qui eſt entre
nous, de me pourvoir ici contre ſa déciſion,
& d'en appeller à lui-même. L'Ouvrage dont
il s'agit n'appartient point abſolument à Mr.
de Spanheim, comme il le décide ; le Livre
dont il parle, ſera la toile, s'il le veut, j'y
conſens, & les remarques de l'Illuſtre Mr. de
Spanheim ſeront la peinture, il faut attribuer
au moins à Mr. Beger le prix de la toile, c'eſt
à dire quelque portion de la louange publique ; la loi * la lui adjuge. *Unde*, dit-elle,
*ſi a Domino tabulæ imaginem poſſidente, is qui*
*pinxit eam petat, nec ſolvat pretium tabulæ, po-*
*terit per exceptionem doli mali ſubmoveri. At ſi*
*is, qui pinxit, eam poſſideat; conſequens eſt, ut*
*utilis actio Domino tabulæ adverſus eum detur :*
*quo caſu, ſi non ſolvat impenſam pictura, poterit*
*per exceptionem doli mali repelli. Utique ſi bonæ*
*fidei poſſeſſor fuerit ille, qui picturam impoſuit.*
Ma prétention eſt donc fondée ſur la même
loi que Mr. de Bauval allégue ; elle donne
action à Mr. Beger contre Mr. de Spanheim,

com-

* Inſtitut. ubi ſuprà §. 34.

comme elle la donneroit à Mr. de Spanheim
contre Mr. Beger fi l'Ouvrage entier lui étoit
attribué. J'ajoûterai à cela , fans craindre
d'ennuier mon Lecteur par une digreſſion trop
longue, une Remarque qui eſt digne de fa curioſité, & qui fera voir qu'on ne doit point a-
voir pour cette loi, ni dans le cas préſent, ni
dans d'autres , tous les égards que l'on s'imagine lui être dûs. Mais j'eſpere que tout ce
que je dis fur ce fujet fera pris par le public &
particuliérement par Mr. de Bauval , dans le
même fens & de la même maniére qu'on a
reçu ce que Mr. de Bauval lui-même a dit,
puis que je ne fais que fuivre fes idées , que
je parle à peu près le même langage , & que
j'écris ceci dans le même eſprit que lui; * *At
fi is qui pinxit* , dit la loi , *eam poſſideat, conſequens eſt , ut utilis actio Domino tabulæ adverſus
eum detur.* Ce que l'Empereur dit dans ces
mots , eſt contraire à ce qu'il a avancé au
commencement du même paragraphe , car fi
la toile cede à la peinture n'étant conſiderée
que comme fon acceſſoire , il s'enfuit que fi
le Peintre fe trouve poſſeſſeur du tableau , le
maître de la toile ne peut pas le révendi-
quer , parce que par un droit ſpécial il appartient au Peintre, & que *duo non poſſunt eſſe Do-
mini ejuſdem rei in ſolidum.* Et fi le Peintre a
l'action reelle pour la revendication du tableau
qui feroit en la poſſeſſion du maître de la toile,

---

* Voy. les Inſtitutes de l'Empereur Juſtinien, a-
vec des Obſervations pour l'intelligence de ce qui
eſt obſcur, ou de ce qui a été abrogé par le Droit
des Novelles par Mr. Claude de Ferriere , Avocat
au Parlement tom. I. pag. 216.

le, il doit fans doute avoir une exception contre le maitre de la toile, en cas qu'il le poffede pour le retenir, felon la loi *invitus* 156. §. 1. *ff. de Reg. Jur. cui damus actiones, eidem & exceptionem competere multò magis quis dixerit.* Comme il ne s'agit point ici de cela, je ne m'y étends pas; & laiffant la loi alleguée par Mr. de Bauval que je reçois en ce qui le concerne & qu'elle prononce en fa faveur par l'ingenieufe application qu'il en a faite, je reviens à Mr. Beger & à fes Ouvrages.

J'ai dit qu'on en avoit annoncé quelques uns d'avance dans les Journaux, & que cette nouvelle avoit été fort agréable au public. On a fait cét honneur à un autre qu'il publia quelque temps après celui dont je viens de parler; on l'annonça *, dis-je, aux Savans avant qu'il parut dans la Republique des Lettres. *Mr. Begerus*, dit-on de Berlin, *qui publia il y a quelques mois un Traité de Médailles où Mr. Spanheim avoit bonne part, en va publier un autre, qui expliquera un grand nombre de Médailles remarquables qui font dans le Cabinet de S. S. E. Mr. l'Electeur de Brandebourg.* Comme ceux qui donnoient ces avis n'avoient point vû les Livres dont ils faifoient mention & qu'ils n'en parloient que fur ce qu'ils en avoient ouï dire, il ne faut pas s'étonner s'il y a eu fi peu d'exactitude dans leurs Nouvelles. Ce Traité dont il s'agit ici eft ce célébre
Tré-

* Voy. l'Hiftoire des Ouvrages des Savans Février 1693. pag. 268. Août 1696. pag. 533. voy. Nouvelles de la Republique des Lettres. Juin 1702. pag. 705.

Laurent Beger

Tréfor des antiquitez & des raretez qui font
dans le Cabinet de Sa Majefté le Roi de Pruffe ; *Thefaurus Reg. Elect. Brandenburgicus fe-*
*lectus, five Gemmæ, Numifmata, Statuæ, Ima-*
*gines, Sigilla, aliaque in Cimeliarchio Reg. Elec-*
*torali Brandenburgica affervata, æri incifa, &*
*Dialogo illuftrata, tribus Tomis Col. March.* 1696.
*fol.* Dés que les deux premiers Tomes de cét
Ouvrage furent achévez, Mr. Beger les fit re-
lier fort proprement, & les envoya à Mr. de
Spanheim, qui étoit alors Envoyé extraordinaire de Brandebourg à la Cour de France
pour les préfenter au Roi, de fa part, & les
mettre dans fa Bibliothéque. Il auroit envoyé
le troifiéme Tome de même lorfqu'il a été imprimé fi la guerre qui eft furvenuë depuis ne
l'en avoit empêché. Quoiqu'il en foit, Mr.
de Spanheim qui porté par l'ancienne connoiffance & l'ancienne amitié qui étoit entr'eux avoit beaucoup d'inclination à lui rendre ce bon office, & qui y étoit d'ailleurs en-
couragé par les bons fervices que Mr. Schott,
neveu de Mr. Beger, dont j'aurai lieu de parler dans la fuitte, lui rendoit en qualité de
Secretaire d'Ambaffade, fit fi bien fa commif-
fion, qu'outre un Remerciment fort honnête
& fort obligeant, Mr. de Torci Miniftre &
Secretaire d'Etat, fit préfent à Mr. Beger de
la part du Roi fon Maître d'une Chaîne d'or
avec une Médaille, le tout valant environ fix
cens Rifdalles que Mr. de Spanheim reçut à
Verfailles & que Mr. Schott lui fit rendre peu
de temps après, à Berlin. Les Savans n'ont
pas recompenfé Mr. Beger en or ni en argent,
mais ils l'ont recompenfé en louanges & en
Eloges. Mr. Beger qui étoit un Savant généreux

reux qui faisoit cas de la Réputation & de l'Estime des honnêtes gens, ne se soucioit des richesses qu'entant qu'elles le mettoient en état de soûtenir dignement son rang ou qu'autant que ce qu'on lui en donnoit étoit une marque d'estime & d'approbation. Mr. Beger étoit fort sensible à celles qu'il recevoit des Savans, & sur tout des bons connoisseurs. J'en rapporterai quelques unes, qui feront juger de l'opinion avantageuse, qu'on avoit pour lui dans la Republique des Lettres.

„ Je viens de recevoir, *dit un Savant* *, le
„ *Thesaurus Electoralis Brandenburgicus in fol.*
„ Ce Trésor renferme abondamment des pier-
„ res précieuses gravées, très-belles & très-ra-
„ res; des Médailles Greques & Romaines
„ fort recherchées, & curieuses; & plusieurs
„ antiques, savoir Statues, Images, Bas-re-
„ liefs, Urnes, Lampes, Instruments des An-
„ ciens &c. Comme on n'a point pû exposer
„ toutes ces raretez aux yeux du public dans
„ un seul volume, le premier qui paroît au-
„ jourd'hui, nous étale seulement les Pierres
„ gravées & les Médailles Greques. Mais
„ on ne tardera pas à nous communiquer
„ bien-tôt le reste, car il y a déja plus de qua-
„ tre vingt feuilles du second volume impri-
„ mées & on se hâte d'achever l'Ouvrage.
„ Quand on saura que celui qui prend soin
„ d'illustrer toutes ces piéces antiques est le
„ célébre Mr. Beger, qui a déja fait voir aux
„ Savans combien il est versé dans la con-
„ noissance des anciens monumens, & dans
„ tout

* Voy. Nouveau Journal de Berlin, tom. I. pag. 286. &c.

„ tout ce qu'on appelle *belles Lettres*, on pre-
„ jugera fans doute que l'Ouvrage dont nous
„ parlons eſt d'un grand prix , & digne de la
„ curioſité de ceux qui ſe piquent de Science
„ & d'érudition. Ce que Mr. Beger écrivit
„ lorſqu'il étoit dans la Bibliotheque de S. A.
„ E. Palatine , il y a environ dix ans , lui ac-
„ quit une belle reputation. Mais depuis, de-
„ venu Antiquaire & Bibliothéquaire de S. S.
„ E. de Brandebourg , il s'eſt ſi fort ſurmonté
„ lui-même , qu'il eſt en état de ſe produire
„ plus avantageuſement , & de faire honneur
„ par ſes écrits au glorieux Prince qu'il ſert,
„ & à ſon ſiécle. D'ailleurs l'Ouvrage qu'il
„ nous donne préſentement le recommande
„ lui-même. On trouvera dans ce premier
„ volume cent cinquante cinq Pierres gra-
„ vées, & quatre cens dix-huit Médailles Gre-
„ ques. On y fait remarquer les pierres d'une
„ antiquité bien reconnuë, que l'on diſtingue
„ de celles qui n'ont qu'une antiquité ſuſpecte
„ ou douteuſe. On montre , en expliquant
„ quelques unes des *Gemmæ* ou pierres pré-
„ cieuſes gravées , quelle étoit autrefois la
„ Théologie paienne ; en d'autres on décou-
„ vre les actions mémorables des Héros ou
„ des hommes Illuſtres des prémiers ſiécles,
„ après en avoir fait obſerver les Images, &c.
„ Et l'on ne néglige point celles qui paroiſ-
„ ſent moins anciennes à cauſe qu'elles ſont
„ belles , & donnent occaſion de déployer u-
„ ne vaſte érudition. On déchiffre enſuite les
„ Médailles des Rois, & des perſonnes Illuſ-
„ tres. Les principales regardent la Grece &
„ la Sicile ; & parmi les autres qui concer-
„ nent la Macédoine , la Syrie, l'Egypte, la
Ca-

„ Carie; la Bythinie, la Mauritanie, &c. il
„ y en a quelques unes fort rares & curieuses,
„ qui appartiennent aux anciens Allemands.
„ Les Médailles des Villes suivent celles-là;
„ & ici on peut parcourir agréablement & uti-
„ lement la grande Grece, ou l'Italie, la Si-
„ cile, les Isles, l'Asie, l'Afrique, & l'Espa-
„ gne. L'ordre que l'on tient en exposant les
„ Médailles des Rois & des hommes Illustres
„ est & Geographique & Chronologique. Ce-
„ lui que l'on garde en parlant des villes est
„ purement Géographique. On a crû que les
„ Médailles devoient être dessinées également
„ grandes, mais on y a mis des Lettres, qui
„ marquent leur véritable grandeur, si on les
„ rapporte à la mesure des grandeurs qui a é-
„ té donnée sur la fin de la Préface. Tout ce-
„ ci est écrit en forme de Dialogue. Ce que
„ l'on a fait non seulement pour égayer les
„ matiéres qui y sont traitées, mais aussi pour
„ pouvoir plus commodément se faire des ob-
„ jections, & résoudre les difficultez qui peu-
„ vent naître sur les choses dont on parle. La
„ gravûre est exacte & délicate. Et il y a à la
„ fin un indice fort complet.

Après un Eloge si magnifique, ou au moins,
après une idée si avantageuse, il ne faut pas
s'étonner si le même Auteur dit ailleurs * que
cét Ouvrage est un véritable *Trésor*, que ce
qu'il renferme ne peut s'exprimer que par le
mot de *Trésor*. Et s'il ajoûte avant que d'en
donner l'extrait que ce qu'il va produire de ce
Trésor aux yeux du public, confirmera bien
ce qu'il a insinué de la grande capacité de Mr.

Beger,

* Ibid. pag. 292.

Beger, qui n'a pas moins étalé ici les richeſſes de ſon Eſprit, qu'il a fait valoir le précieux amas des piéces rares & curieuſes qui ſe trouvent dans le Cabinet de cét Auguſte Prince, dont il eſt le Conſeiller Antiquaire.

Mr. de Bauval faiſant l'extrait de ce premier volume a mis avec juſtice nôtre Mr. Beger, au rang de ceux qui contribuent le plus aux progrès d'une Science dont les Antiquaires exaltent beaucoup la néceſſité. „ Mr. Beger, „ *dit-il*, * s'eſt déja fait diſtinguer, & ce n'eſt „ pas ici le premier Eſſai de ſa plume. Nous „ avons autrefois parlé de lui, & avant cela il „ avoit déja produit ſon *Theſaurus Palatinus*. „ A la verité ce dernier Ouvrage eſt comme „ le fond & la matiére premiere de celui dont „ nous parlons préſentement. M. l'Electeur „ de Brandebourg a enrichi & orné ſon Cabi- „ net de ce *Tréſor Palatin*, qu'il a fait tranſ- „ porter à Berlin, & Mr. Beger a été chargé „ de faire la deſcription de l'un & de l'autre „ réünis enſemble. Cét aſſemblage eſt aſſez a- „ bondant pour remplir deux volumes. Le ſe- „ cond roule encore ſous la preſſe, & celui- „ ci contient les pierres précieuſes & les Mé- „ dailles Greques.

„ Mr. Beger rend compte dans ſa Préface „ de l'ordre dans lequel il a diſpoſé & arran- „ gé les piéces qui doivent entrer dans ſon „ Ouvrage. Après quoi il ſe répand en Elo- „ ges pour M. l'Electeur de Brandebourg, „ qui jettant des regards favorables ſur les Sa- „ vans, les encourage par des recompenſes „ & par ſes liberalitez. Enſuite il vient à Mr.

V de

* Voy. Hiſt. des Ouvrages des Savants Septemb. 1696. pag. 4. &c.

,, de Danckelman, qui étant (alors) le premier
,, Miniftre du Prince & le diftributeur de fes
,, graces, & de fes faveurs, excite à fon exem-
,, ple, & ranime par des bienfaits l'amour des
,, Arts & des Sciences. Elles ont en effet be-
,, foin de ces benignes influences pour être
,, cultivées; car que l'on vante le Savoir tant
,, que l'on voudra, il ne tient point lieu de
,, recompenfe à lui-même; & l'expérience ne
,, confirme que trop tous les jours la réponfe
,, de Simonide. On lui demandoit s'il ne va-
,, loit pas mieux être fage & favant que riche;
,, il n'y auroit pas de difficulté, dit-il, fi l'on ne
,, voyoit pas fi fouvent les Sages & les Savans
,, à la porte des riches. Enfin Mr. Beger n'avoit
,, garde d'oublier Mr. de Spanheim, qu'il révére
,, comme un Oracle, fur les réponfes duquel il
,, a fouvent rectifié & réformé fes Obfervations.
    St Gelais a très-bien compris la penfée de Si-
monide & l'a très-bien exprimée dans ces Vers,
    *Di-moi, ami, que vaut-il mieux avoir*
    *Beaucoup de biens ou beaucoup de favoir?*
    *Je n'en fais rien, mais les Savans je vois*
    *Faire la Cour à ceux qui ont dequoi.*
On fait l'Hiftoire d'Elien; feu M. Bayle * l'a
renouvellée & l'a accompagnée de quelques u-
nes de fes Reflexions. Elien a encore des difciples & des imitateurs dans ce fiécle. Au refte s'il y
a des lieux où les Savans foient obligez à mandier
leur pain, c'eft un mauvais préjugé contre ces
lieux-là, la barbarie n'en eft pas loin. Ce que
je dis ne difpenfe point ceux qui diftribuent les
graces d'en faire part à ces vrais Savans, quoi
qu'ils ne les importunent point, au contraire cela
doit les y porter. Il n'y a rien de plus beau que
                                        ce

*Voy. Nouv. de la Rep. des Let. Oct. 1685. p. 1105. 1106.

ce mot du célébre Walſtein *, qu'il auroit honte
d'avoir des Savans à ſi bon marché. On en ſait
l'occaſion. Retournons à nôtre Mr. Beger.

„ Mr. Beger pour donner à ſon Ouvrage
„ une forme plus agréable & y faire entrer plus
„ naturellement toutes les remarques inſtruc-
„ tives, dont il a deſſein de l'embellir, a choiſi
„ le tour & la familiarité du Dialogue. Il in-
„ troduit un voyageur qui a aſſez d'érudition
„ & de bon goût pour connoître & pour louër
„ ce qui merite d'être loué , & qui a une cu-
„ rioſité éclairée & intelligente pour faire des
„ queſtions & des difficultez, qui donnent lieu à
„ Mr. Beger d'étaler tout ſon ſavoir. Ainſi Mr.
„ Beger, en qualité d'Antiquaire de M. l'Elec-
„ teur, le conduit dans le Cabinet des Médail-
„ les; là ils en examinent toutes les piéces; ils
„ en expoſent le ſujet, & ſelon que chacune
„ d'elles fournit matiére ou à l'Hiſtoire, ou à
„ la fable ou a quelque trait d'antiquité , Mr.
„ Beger ne manque point à s'en expliquer ſous
„ le pretéxte d'inſtruire ſon voyageur.

On n'avoit encore vû alors que le premier
Volume de cet important Ouvrage, mais les
deux autres ont paru depuis. Mr. Beger continuë dans le ſecond Volume, la deſcription,
ou pour mieux dire, l'Inventaire du Cabinet
de Sa Majeſté le Roi de Pruſſe ; & il le donne
dans la même forme que le précédent, c'eſt-
à-dire en forme de Dialogue dans lequel il ſe
fait à lui-même toutes les Queſtions qu'il juge
les plus inſtructives pour le Lecteur.

Après que ces deux Volumes furent achevez,
V 2                    Sa

* Voy. l'Hiſtoire de Guſtave Adolphe dit le Grand.
Et de Charles Guſtave Comte Palatin Roi de Suéde &c.
par le Sr. R. de Prade. Paris 1686.

Sa Majesté le Roi de Prusse fit de nouvelles acquisitions pour enrichir son Cabinet, & entr'autres choses il acheta tout le Cabinet de Bellori. Mr. Beger y trouva de quoi faire un troisiéme Volume qu'il donna au public, comme un supplément aux deux autres. Si le premier a donné lieu de parler si avantageusement de Mr. Beger, les deux suivans ne lui ont pas moins acquis l'estime des Savans.

Mr. Bernard faisant l'Extrait des trois Volumes s'exprime de cette maniére. „ * Cet Ouvrage n'a pas tout paru en même temps ; le „ premier Volume fut publié l'an 1696. L'an„ née de l'impression n'est point marquée dans „ les deux autres; mais le dernier n'a été mis „ au jour que depuis que Mr. l'Electeur de „ Brandebourg a été couronné de Roi de „ Prusse. C'est ici, pour ainsi dire, un monu„ ment, que Mr. Beger éléve en l'honneur de „ son Souverain & de son Bienfaiteur. Car ou„ tre que tout l'Ouvrage fait voir que le Roi „ de Prusse, au milieu des pénibles affaires du „ Gouvernement, ne néglige pas de ramasser „ dans un riche Cabinet tout ce qu'il peut trou„ ver de plus rare & de plus curieux ; outre „ les Epîtres Dédicatoires mises au devant de „ châque Volume, où l'Auteur ne manque pas „ de faire paroître avec éclat les vertus de son „ Heros; toutes les Vignettes du Livre, toutes „ les Préfaces ou Introductions de chaque †

En-

---

* Voy. Nouvelles de la Republique des Lettres Juillet 1702. pag. 4. &c.   † L'Ouvrage est écrit en forme d'Entretiens entre Archæophile & Dulodore, dont le dernier fait voir & explique au premier toutes les raretez du Cabinet de M. l'Electeur.

,, Entretien, marquent quelque événement,
,, quelque Edifice, ou quelque Etabliſſement uti-
,, le, qui ſervent à relever l'éclat de la Cour
,, de Berlin, & la gloire du Maître qui y com-
,, mande.

,, Il y a peu de Savans à qui le nom de Mr.
,, Beger ne ſoit connu par les divers Ouvrages
,, qu'il a donnez au public, & ſur tout par un
,, Livre ſemblable à celui-ci, qu'il publia il y
,, a quinze ou ſeize ans ſous le titre de *Theſau-*
,, *rus Palatinus.* Il ne ſe pique point d'écrire uni-
,, quement pour ces Savans du premier ordre,
,, qui n'ignorent preſque rien, & à qui il ne
,, faut fournir que des choſes de la plus pro-
,, fonde recherche. Quoi que ces Savans puiſ-
,, ſent trouver ici dequoi ſe ſatisfaire; on y lit
,, auſſi dequoi contenter abondamment les Lec-
,, teurs qui ne volent pas ſi haut, & dont les lu-
,, mieres ne s'étendent pas ſi loin. Il ſe préſente
,, peu d'occaſions d'expliquer ou la fable, ou
,, l'Hiſtoire, que Mr. Beger ne le faſſe d'une
,, manière également claire & conciſe. C'eſt
,, auſſi en faveur de cette ſeconde ſorte de Lec-
,, teurs, qu'il ne s'eſt pas contenté de rappor-
,, ter les pieces rares & qu'on auroit peut-être
,, de la peine de trouver ailleurs, que dans le
,, Cabinet du Roi de Pruſſe; mais qu'il nous
,, donne toutes celles qui lui ont paru impor-
,, tantes par elles-mêmes, ſoit qu'elles ſoient
,, rares, ſoit qu'elles ſoient communes. Il a
,, d'autant moins negligé ces derniéres, que
,, quoi qu'on les trouve ailleurs, on les y trou-
,, ve preſque toûjours avec quelque différence
,, conſidérable; c'eſt là, dit-il, l'idée géné-
,, rale qu'on peut donner de cet Ouvrage.
Il entre enſuitte dans le detail & il remar-

que

que „ qu'une bonne partie du premier Volume
„ eft employée à rapporter & à décrire les prin-
„ cipales pierres precieufes du Cabinet du Roi
„ de Pruffe , qui contiennent quelque figure
„ ou gravée ou en relief. L'Auteur marque
„ toûjours de quelle efpece & de quelle gran-
„ deur eft la pierre dont il donne la figure , &
„ fi elle eft ou gravée ou en relief. Il y en
„ a de féparées, & d'autres enchaffées dans des
„ bagues; quelques unes repréfentent des Di-
„ vinitez payennes , & d'autres des hommes.
„ Tout cela eft rangé par ordre dans cet Ou-
„ vrage. A l'égard de l'explication Mr. Beger
„ avouë qu'il eft fouvent redevable de fes-dé-
„ couvertes à l'Illuftre Mr. Spanheim , dont il
„ rapporte même quelquefois des Lettres tou-
„ tes entiéres , dans lefquelles les Savans du
„ premier ordre trouveront toûjours dequoi fe
„ fatisfaire. Il commence par les figures qui
„ repréfentent quelque Divinité , & paffe de
„ là à celles qui concernent les hommes.

Mr. Bernard donne un Extrait fort judicieux
de ce premier Volume , & à l'égard du fecond il en donne un pareil extrait & il fait voir
que les Medailles Romaines tant Confulaires
qu'Impériales l'occupent & le rempliffent tout
entier. Venant enfin au troifiéme Volume , il
dit qu'il eft le plus gros, qu'il contient une
efpece de fupplément aux deux autres, & que
les Antiquitez que le Roi de Pruffe a fait acheter en Italie depuis peu ont fervi à groffir con-
fiderablement ce Volume, dont il donne auffi
un très-bon extrait. Il finit fon article par ces
paroles. „ Tout cela, dit-il, eft accompagné
„ de courtes explications, qui font de bonnes
„ preuves du profond favoir & des curieufes

„ recherches de Mr. Beger. Il pourra bien en-
„ core avec le temps ajoûter un nouveau fup-
„ plément à ces trois Volumes; puis qu'il fert
„ un Prince qui, au milieu des grandes affai-
„ res du Gouvernement, ne néglige pas de fa-
„ vorifer les Arts & les Sciences, & de faire les
„ dépenfes néceffaires pour ce fujet.

Comme ces trois Volumes font remplis d'un
très-grand nombre d'Eftampes qui encheriffent
beaucoup l'Ouvrage, Mr. Beger avertit le public qu'il ne falloit pas que le prix rebutât les
Curieux, & que comme Sa Majefté le Roi de
Pruffe a fait les frais de l'Impreffion, & qu'il
a fait préfent des exemplaires à lui Mr. Beger,
pour recompenfe de fon travail, Mr. Beger promet une bonne compofition à ceux qui feront
tentez de l'acheter.

Il n'y a guere d'Auteur qui aît été plus loué
que nôtre Mr. Beger, & cet article feroit d'une
longueur incroyable fi j'y rapportois tout ce
qu'on a dit & qu'on a écrit d'avantageux fur
fon fujet. De tous fes Ouvrages le *Thefaurus
Brandenburgicus* dont je viens de parler eft fans
contredit le plus confiderable, & celui qui a é-
tendu fa repûtation le plus loin. Cependant il faut
l'avouër, il y a eu des gens qui ont trouvé dans
le premier & dans le troifiéme Tome des chofes qu'ils ont defapprouvées, & fur lefquelles
ils ont exercé leur Critique.

Ce qu'ils ont defapprouvé dans le premier
Volume eft le fentiment de nôtre Mr. Beger au
fujet de la médaille de Phidon qui fe trouve
dans le Cabinet de Sa Majefté le Roi de Pruffe.
Il prétend que Phidon eft le premier qui aît fait
frapper des Médailles, & que celle dont il s'a-
git eft une des premiéres qui ont été frappées.

V 4                          Mr.

Mr. de Sperling Conſeiller du Roi de Dannemark & Profeſſeur à Coppenhague, approuve
bien le premier chef ou la premiere partie du
ſentiment de Mr. Beger. Il avouë que Phidon
a été le premier qui ait fait frapper des Médailles, mais il dénie que celle-ci ſoit une de
celles qui ont été frappées les premiéres. L'Illuſtre Mr. de Spanheim eſt entré dans la même opinion que Mr. Sperling. Quoi que ce
Jugement de condamnation ſoit prononcé contre Mr. Beger par deux auſſi grands hommes, cependant ſon ſentiment trouva un dé-
fenſeur habile & généreux, Mr. Jean Charles Schott, Neveu de Mr. Beger, ſon ſuccef-
ſeur dans les Charges & dignitez de Conſeiller
du Roi, Bibliothéquaire, Garde du Cabinet de
ſes Médailles, & Antiquitez, & dans la qualité de Membre de la Societé Royale de Berlin,
dont il eſt revêtu; qui ſoûtient dignement la
reputation de cet illuſtre Prédeceſſeur, & qui,
comme lui, enrichiroit la Republique des Lettres de pluſieurs Ouvrages curieux, ſi ſa ſanté
étoit aſſez vigoureuſe pour ſoûtenir le travail
de ſon Eſprit; Mr. Schott, dis-je, a défendu
le ſentiment de ſon Oncle contre ces deux
grands hommes, dans une Diſſertation qu'il va
mettre ſous la preſſe intitulée, *De Nummo Phi-*
*donis argenteo in Regia Brandenburgenſi Gaza aſ-*
*ſervato, Diſquiſitio antiquaria, quâ dubia circa*
*hujus nummi fidem a duobus dignitate ac doctrinâ*
*præſtantiſſimis Viris mota removentur. Genuina ac*
*eximia ejus vetuſtas adſtruitur, ſimulque evincitur*
*eum ut vetuſtiſſimum, ita ſummo jure pro ſin-*
*gulari rariſſimoque habendum.* Quoi qu'il en
ſoit, il faut que le ſentiment de Mr. Beger
ne ſoit point abſurde ni déraiſonnable puis

qu'un

qu'un Savant, connu notoirement pour un Savant modeſte & équitable, entreprend de le ſoûtenir.

Ce qu'on a trouvé à cenſurer dans le troiſiéme Tome n'eſt pas de la même nature. Ce n'eſt point un ſentiment problematique, c'eſt une mépriſe que nôtre Mr. Beger a faite, & qui ne lui a point été pardonnée. Il y a depuis long-temps, conteſtation entre les Médailliſtes au ſujet d'une Médaille de *Septime Sevére*, ſur le revers de laquelle Eſculape eſt repréſenté debout, appuyé ſur un bâton, autour duquel eſt un ſerpent; Il a pour legende A K P A C I Ω T Ω N, *Acraſiotarum.* Mr. de Spanheim a ſoûtenu qu'aucun Auteur n'a parlé des Acraſiotes, on lui a ſoûtenu que ce n'étoit point un peuple chimerique. Quelques uns ſont allez juſqu'à prétendre qu'il y avoit eû deux villes nommées *Acraſe*, l'une en Lydie & l'autre en Lycie. Mr. Beger eſt entré dans ce ſentiment qu'il y avoit eû deux villes nommées *Acraſe*, mais au lieu de les placer, l'une en Lydie, l'autre en Lycie, il en a placé une en Phrygie & l'autre en Libye, trompé en cela par un Auteur moderne qui citant les Notices Eccléſiaſtiques, dit que l'Evêque d'Acraſe ſe trouve du nombre des Evêques de la Libye, *inter Libyæ Epiſcopos.* Ce qui eſt une faute d'impreſſion, & en effet on trouve dans l'*Errata* que *Libyæ* a été mis pour *Lydiæ.* On reproche donc à Mr. Beger qu'il a fait une faute qu'un habile homme comme lui ne devoit point faire; & qu'il y eſt tombé pour n'avoir pas entendu ſa matiére, pour n'avoir pas recouru aux ſources, & pour n'avoir pas conſulté l'*Errata* du Livre dont il empruntoit ce qu'il diſoit. On lui a reproché mê-

me

me que dans la médaille Grecque de Neron du
côté du revers de laquelle on lit A K A Σ I. autour d'une tête de femme, furmontée d'une
trompe d'Elephant, & qui a donné lieu à Mr.
Beger de parler de la ville d'*Acrafe*, il ne s'agit
nullement d'une ville, & qu'il ne l'a crû que
parce qu'il n'a fait qu'un mot de toute la legende
de fa Médaille, duquel mot il a compofé une
ville, telle qu'il l'a jugé à propos. Il faut
avouër que Mr. Beger s'eft trompé dans tout
cela, lui-même le reconnoîtroit, & la conduite que nous avons remarqué qu'il a tenuë
envers Mr. de Spanheim à l'occafion de fes
Obfervations & de fes Conjectures fur quelques médailles anciennes nous perfuade qu'il
remercieroit même, s'il vivoit encore, ceux qui
lui auroient donné lieu de s'appercevoir de
cette méprife. Mais ce n'eft pas là une faute
qui donne atteinte à fon merite, & à la jufte
reputation qu'il s'eft acquife; il eft fi aifé de
broncher dans l'explication des Médailles, tout
y eft fi ténébreux, on eft fi fort obligé d'y marcher à tâtons, qu'on ne doit point s'étonner s'il
arrive tous les jours aux plus favans Antiquaires d'y faire des faux pas. Mr. Beger a donné
tant de preuves de fa pénétration, de fa fagacité, de fa grande capacité dans l'Hiftoire ancienne, & il a répandu tant de lumiere fur plufieurs médailles des plus obfcures, qu'il femble
qu'on auroit dû lui pardonner cette faute, &
je ne fai fi on ne pourroit pas dire que Mr. l'Abbé Mezzabarba *, qui l'a relevée, qui l'a étalée
pom-

* Voy. le Journal de Trévoux ou Memoires pour
l'Hiftoire des Sciences & des beaux Arts, Tom. IX.
pag. 32. &c.

pompeufement aux yeux du public, dans le
temps que celui qu'il proſtitue ainſi croyant
avoir fourni ſa courſe d'une maniére honorable ſe préparoît à ſortir de ce monde , & qui
s'en eſt moqué d'une maniere ſi choquante &
ſi inſultante, n'en ſera pas blâmé dans la République des Lettres, par les perſonnes ſages &
graves qui n'approuveront point, ſans doute,
qu'un jeune homme qui commence à s'y faire
connoître , découvre ainſi la nudité d'un de
ſes plus anciens, plus illuſtres & plus venera-
bles Savans ; qu'il s'en mocque, & qu'il excite les autres à s'en mocquer auſſi. L'humilité
de nôtre Mr. Beger jointe à ſon vaſte & profond ſavoir, ſes travaux & les ſervices qu'il a
rendus au public meritoient quelque reſpect,
ou au moins quelques égards. J'avoüe qu'encore que j'aye pour Mr. l'Abbé Mezzabarba
toute la conſideration qui lui eſt duë, que je l'eſtime & que je l'honore comme un digne membre de la République des Lettres ; je ne puis
voir ſans quelque indignation la maniére mépri
ſante avec laquelle il turlupine un auſſi grand
homme que nôtre Mr. Beger l'a été. Il a merité
d'autant moins d'être traité de cette maniére
qu'encore qu'il aît eû pluſieurs occaſions de relever diverſes fautes de quelques Savans , dont
les uns ſont morts & les autres ſont encore vi-
vants, il l'a toûjours fait d'une maniére ſi honnête , & ſi modeſte qu'il étoit aiſé de voir qu'il
avoit uniquement en vuë d'empêcher que le
public ne tombât dans l'erreur, & non pas de
cenſurer & de condamner ceux qu'il repre-
noît ; qu'on liſe *Meleagrides & Ætolia* de Golt-
zius ; *Cranaë & Helena*, du même Auteur, &

fa *Contemplatio gemmarum quarumdam Dactylio-
thecæ Gorlæi*, on y verra qu'il montre très-fouvent que Gefner, Meurſius, le P. Hardouïn,
Gronovius, & Gorlæus ſe font ſouvent trompez, mais il le fait toûjours avec tant d'honnêteté & de retenuë que ſes Antagoniſtes n'ont
pû jamais raiſonnablement s'en plaindre ; &
comme dans le fond ſa critique étoit juſte on
n'y a jamais vû de replique ni de la part de
Gronovius qui y étoit un des principaux inter-
eſſez, ni de la part d'aucun autre. Il ſeroit à
ſouhaitter que tous les Critiques en uſaſſent
ainſi, & ſur tout qu'ils en euſſent uſé envers
lui de cette manîére.

Un des derniers Ouvrages de nôtre Mr. Beger a été le Livre qui a pour titre *Lucernæ Veterum Sepulchrales Iconicæ* &c. Ce Livre n'étoit
nouveau que par la rareté des Exemplaires, car
il avoit été imprimé à Rome, dix ou douze ans
auparavant. Il eſt vrai qu'il n'étoit point connu dans le réſte de l'Europe. Mr. de Bauval *
remarque que nôtre Mr. Beger par un zéle peu
commun pour l'utilité publique en a fait faire
une nouvelle Edition à ſes frais, qu'il a traduit en Latin les Obſervations de Mr. Bellori
qui étoient en Langue Italienne ; & qu'ainſi
c'eſt un préſent purement gratuit, que fait Mr.
Beger au public, ſans aucun interêt d'Auteur.

Après avoir ainſi travaillé long-temps, deſin-
téreſſément & généreuſement pour le public,
enfin une fiévre Ectique ayant conſumé les forces de nôtre Illuſtre Mr. Beger, il mourut à
Berlin

---

* Voy. l'Hiſtoire des Ouvrages des Savans, No-
vemb. & Decemb. 1703. pag. 390.

Berlin le vingtiéme Février 1705. agé de cinquante & un an dix mois. Il étoit Licentié en
Droit, & outre toutes les dignitez dont nous
avons vû qu'il étoit revêtu, il avoit été fait
Membre de la Societé Royale de Berlin lorfqu'elle fut formée. Il étoit très-célébre, dans
toute l'Europe; & fort laborieux; fa maniére
d'écrire étoit le Dialogue. On peut dire qu'il
étoit digne d'une plus longue vie, puifqu'il
l'employoit à l'utilité & à l'avantage du public.
Il a eû l'honneur d'avoir eû part aux bonnes
graces & à l'eftime de cinq Princes Electeurs,
& d'un Roi, qui l'en ont honoré d'une maniere
toute extraordinaire.

On peut dire de lui ce que Baillet a dit autrefois d'un autre homme Illuftre mort comme nôtre Beger dans un âge peu avancé: Que
fa Vie a été fagement conduite dans toute la
longueur qu'il a plû à Dieu de lui prefcrire;
Qu'à dire le vrai, cette longueur a été réduite
en un jufte abregé parce que Dieu avoit voulu
en retrancher toutes les inutilitez, qui rendent les
plus longues vies ennuyeufes, pour ne pas dire
criminelles; que par ce moien nôtre Beger a
eû tous les avantages de la vieilleffe fans en
avoir eû les incommoditez. Que c'eft ce qui rend
la mort plus excufable de s'y être trompée elle-
même, en le prenant pour un vieillard confommé & confumé, lorfqu'au lieu de compter
fes années, elle confidera feulement que fon
efprit étoit meur & fon corps ufé.

Comme il avoit eû pendant toute fa vie
beaucoup de piété, & beaucoup de charité il a
laiffé fon nom en bonne odeur dans tous les

V 7 lieux

lieux dans lesquels il a été connu, desorte
qu'il pouvoit dire en mourant

*J'expire consumé d'une mortelle ardeur ;*
  *Mais mon sort n'a rien de funeste ;*
*Mon Esprit monte au Ciel & de moi-même il reste*
  *Sur la terre une douce odeur.*

## F I N.

# TABLE
## DES MATIERES
Contenues dans ce Volume.

### A.

a ij

# TABLE

Baillet,

# TABLE

## B.

# DES MATIERES.

# TABLE

Boileau

# DES MATIERES.

Bré-

# TABLE

Chan-

# DES MATIERES.

# TABLE

Com-

# DES MATIERES.

X                                        Cotin

# TABLE

Deo-

# DES MATIERES.

# T A B L E

Eglise,

## E.

## F.

X 3　　　　　　　　　　　　　　*ceux*

# TABLE

Il

X 4

Cette

# TABLE

II

# DES MATIERES.

X 5          Guerre

# TABLE

*Celle*

Im-

# TABLE

# TABLE

Mau-

# DES MATIERES.

                                        Men-

# TABLE

a

# TABLE

Con-

# DES MATIERES.

# DES MATIERES.

Scan-

# TABLE

# DES MATIERES.

　　　　　Struvius

# TABLE

Traitres,

Y *iis*

# TABLE DES MATIERES.

Fin de la Table des Matiéres.

# ERRATA.

Pag. 7. lign. 26. Misson *lisez* Muisson.

p. 8. l. 23. Misson *lisez* Muisson.

p. 13. l. 3. *credi de se* lisez *credere de se.*

p. 15. l. 32. & les faisant *lisez* les fera.

p. 21. l. 17. en l'appelloit *lisez* on l'appelloit.

p. 35. l. 8. qu'il ait sû *lisez* qu'il sçavoit.

p. 44. l. 14. de *lisez* du.

l. 32. n'auroit à point *lisez* n'auroit point.

p. 52. l. 11. acheve le portrait *lisez* en acheve le portrait

p. 70. l. 19. que je me ferai *lisez* que je me déferai.

p. 72. l. 21. courvées *lisez* corvées.

p. 73. l. 26. le seule *lisez* la seule.

p. 82. l. 13. Il *lisez* Conrart.

p. 98. l. 31. qu'il les cachoit *lisez* qu'il le cachoit.

p. 105. l. 30. dans son lit, *lisez* dans son fauteuil au bout de la table dans le temple.

p. 144. l. 1. ne se suivent pas pas à la verité *lisez* ne se suivent pas à la verité.

p. 213. l. 18. & trois jours *lisez* moins trois jours.

p. 235. l. 30. qui envoia *lisez* qui l'envoya.

p. 250. l. 17. je veux bien bien leur porter, *lisez* je veux bien leur porter.

p. 277. lign. 9. le dessein est le plus étendu & le plus achevé *lisez* est le plus étendu, qu'il est aussi le plus achevé.

p. 284. l. 4. mais il a borné *lisez* mais il a borné.

l. 32. d'autant qu'il a *lisez* d'autant plus qu'il a.

p. 359. l. 24. Enfin il prétend *lisez* il prétend encore.

p. 375. l. 30. Traité de la Regale. Et l'Auteur du Livre *lisez* Traité de la Regale, lui & l'Auteur du Livre.

p. 385. l. 1. dan *lisez* dans le Rolle.

p. 391. l. 2. d'un profond *lisez* d'une profonde.

p. 411. l. 28. que l'on lui, *lisez* que l'un lui.

p. 458. l. 17. a été couronné de Roi *lisez* a été couronné Roi.

p. 460. l. 12. Tout cela *lisez* tout cela.

p. 464. l. 2. ΑΚΑΣΙ *lisez* ΑΚΡΑΣΙ.

p. 465. l. 23. avec laquelle *lisez* avec laquelle.